U0907481

江苏凤凰文艺出版社
JIANGSU PHOENIX LITERATURE AND ART PUBLISHING, LTD

图书在版编目（CIP）数据

古剑屠魔录 / 月关著. — 南京：江苏凤凰文艺出版社，2017.7
ISBN 978-7-5594-0585-2

Ⅰ. ①古… Ⅱ. ①月… Ⅲ. ①长篇小说－中国－当代 Ⅳ. ①I247.5

中国版本图书馆 CIP 数据核字(2017)第 121275 号

书　　名	古剑屠魔录
著　　者	月　关
责任编辑	孙建兵
出版发行	江苏凤凰文艺出版社
出版社地址	南京市中央路 165 号，邮编：210009
出版社网址	http://www.jswenyi.com
印　　刷	南京新洲印刷有限公司
开　　本	718×1000 毫米 1/16
印　　张	20. 625
字　　数	430 千字
版　　次	2017 年 7 月第 1 版　2018 年 8 月第 2 次印刷
标准书号	ISBN 978-7-5594-0585-2
定　　价	39.80 元

曾经，它威镇八荒，
曾经，他心比天高，
曾经，她风流妖娆，
如今，它败落如斯！
如今，他明珠蒙尘！
如今，她铅华洗尽！
一把息壤，重启乱世风云，
一方古碑，开辟修仙大道，
一柄锈剑，劈开五行大山，
一只天眼，凝结亿万魔兵，
御剑九州，
神游洪荒，
魔尊蛊蛊，
仙魔大战，
红莲业火，还她一身干净！
东海长流，腾他凌云之志！
蜀山归来，再铸第一仙宗！

目 录

剪　影

“花师姐，那个家伙，就是救了你的人呀？”

“嗯！帅不帅？”

“还可以！”

“什么叫还可以，明明很帅的好吧？”

“好好好，帅帅帅，不过……你家的小帅哥好像正在勾三搭四欸！”

“啊？有吗？”

“喏！你瞧他，一左一右，都是美人儿呀，眉来眼去的，啧啧啧……”

“耶？竟然给老娘戴绿帽子！男人真是靠不住！”

那年花开季，宣弥城，他们初相识。花如娇眸光一荡，笑靥如花：“我十九，你十八，姐姐大你一岁，不叫你小弟弟，该叫什么？”

……

那一年，蜀山绝顶，神魔再战，她为他，挡那一掌。

“娇娇姐……”

“小弟弟，其实……我比你小，初相识时，我才十七呢。你怨不怨我占了你的便宜？”

楚渊泪如雨下。

“小弟弟，快到风阑城了！我走后，你会不会想我？”

“呵呵……”

……

“小弟弟，我……就要死了。我若死了，你会不会想我？”

“会！我会！我会想着你，一千年，一万年……”

“我不信你，你们男人啊，最靠不住！”

“娇娇姐……”

“我不想，似星主一般苦挨万年！我不想，人鬼殊途，相聚不得！我……甘愿融入剑灵，与你长相厮守！”

于是，她祭炼自己，入剑为灵，从此千秋万载，再不分离！

当年，他是蜀山最优秀最杰出的弟子，而她，只是金丹峰上一个小女修。

那一年，她初出江湖，在一个渡口，邂逅了风度翩翩的丁大侠。

情窦初开的小女孩，就此不可自拔地爱上了他！

忽然有一天，魔界来袭，蜀山不见了！丁尹不见了！于是她的心，也就不见了！

为了他一句也许，为了一句一万年后，她便等了一万年。

一万年后，顽石化人，她的丁大哥回来了！

而她，为了他，魂飞魄散，永世不见！

什么情比金坚，全是狗屁！

鲛人女王喜欢拆散，喜欢破坏，喜欢揭穿所谓的情深似海。爱情，根本就是经受不起什么严峻考验的调剂品，不是吗？

“都说鲛人鱼尾化腿是为情，我本以为女王也是个痴情之人，想不到，我错了！”

鲛人女王只一怔，她已转身，跳入死寂之地。

你为我，跃下深海！

我为你，义无反顾！

鲛人女王怔怔而立，痛声嘶吼：“我不懂情？我不用情？如果不是他那般对我，我又岂会如此绝情！”

话毕，鲛人女王已是泪流满面。

一颗颗眼泪落到地上，化作一颗颗晶莹剔透的珍珠。

原来，鲛泪化珠的传说，是真的！

第一章 当年威风

墨岭山脉仿佛一条上古的巨龙，蜿蜒盘踞在九州大陆的东南部，峰峦起伏，山林密布，远远望去云雾缥缈，颇为神秘。

山脉绵延，尽头处本该是最险峻、最巍峨处，也就是山脉的龙头位置，却陡然降了下去，化作一座高不过百丈的低矮山丘，与整条山脉雄壮恢宏的气势截然不同。

这座矮山，名为蜀山。山上几乎没有什么树木，只有一人多高的蒿草被风吹得哗哗作响，倒是在山脚下突兀地生长着一棵五六人才能合抱的大树，却也并不参天，主干虽然粗大，枝干却是向四下散逸开来，树叶浓密得仿佛一把大伞，可以在雨天笼罩半亩地的范围。

没有人知道这棵树到底长了多少年，周围的村民不管是耄耋老人还是幼稚孩童，都会说一句“我爷爷说他小时候这树就已经这样了”。

此刻，粗壮的树干下靠坐着一个老人，他身边围着一圈小孩子，老人灰色的长袍皱巴巴的，手中握着一个破旧的酒壶，布满岁月痕迹的脸通红，一开口就先打了个酒嗝。

“嗝……想我蜀山剑派当年，那可是九州大陆第一门派，嗝……别的不说，单单一门御剑之术，嗝……那也是让其他门派黯然失色的……”

这个胡吹大气的醉酒老人就是当今蜀山剑派掌门，号一琼真人。可他浑身上下没有一点修炼者的仙风道骨，每日里只会烂醉如泥地给村里孩子们讲那些早就听烂了的蜀山光辉史。

“一万年前，魔族突破壁障，大举侵犯人间，当时江湖诸派以我蜀山为首，为了对抗魔族的进犯，我蜀山掌门燃眉真人手持屠魔宝剑……”

“狗剩儿，你怎么还在这里，快点回家吃饭！”正讲得起劲，一个膀大腰圆的农妇虎虎生风地走上前来，伸手拧住一个孩童的耳朵扯着就走。

少年疼得龇牙咧嘴：“娘亲，我听真人讲故事哩，您快松手啊，真人还说要教我们御剑术呢！”

农妇黑炭般的眉毛不屑地挑起，回头看了一眼醉醺醺的一琼真人，嗤笑道：“什么破故事，听了几百遍了也不嫌烦，整天听这老头儿胡扯，你还想不想进五行宗了？”

五行宗就在蜀山旁边巍峨峻峭的五行山上，是此地最有名的修仙门派，传承已近千年，方圆数千里内的门派无一可与其争锋，门内修真高手众多，被当地居民奉若神明。

相比之下蜀山剑派简直不值一提，看这掌门就知道不靠谱，农妇生怕一琼真人把她寄予厚望的儿子给带坏了。

“胡扯？你这村妇才是一派胡言！我蜀山剑派传承悠久、领袖群伦，老夫所言句句属实！”一琼真人挺起胸膛，不甘地争辩。

农妇哈哈一笑，松开小孩的耳朵，双手叉腰，高声道：“呵，还传承悠久、领袖群伦呢。你十里八乡的打听打听，蜀山算什么呀，我看是你喝的酒够悠久吧！”

“哈哈，虎妞，你又撒泼了？孩子们，别听故事了，回家吃饭啦！”几个归家的农夫经过，牵着黄牛，一条一人多高的大黑狗跟在后面。

一琼真人梗着脖子，脸庞涨得通红，高声道：“本真人德高望重，不与你这村妇一般见识！”话说到一半，一琼真人的眼睛陡然一亮，盯上了黄牛、黑狗。

“想当年我蜀山自成秘境，蜀山剑阵镇压万千妖魔，哪里有妖兽敢在我蜀山放肆？如今几条狗精牛怪，也敢大模大样出来撒野了！”

一琼真人的一番义正词言顿时惹来一阵狂吠。

“大胆妖孽，看我斩妖除魔！”醉醺醺的一琼真人大喝一声，脚下一动，摇摇晃晃的身子化作了一道流光。原本嘻嘻哈哈的众人都一愣，一琼真人竟然这么厉害？！

“大胆妖孽，敢在本真人面前撒野，看我不咬死你！”一琼真人转眼间就到了大黑狗跟前，张口就朝黑狗咬去。众人吓了一跳，一琼真人又喝多了！

“真人真人你快松口啊，可别咬坏了我家大黑！”一个孩子冲出来，心疼地看着自家的大黑狗被一琼真人咬地呜呜直叫。

“师父，快松嘴，这狗还没熟呢，不好吃！”听见这边的动静，旁边的田地中冲出一胖一瘦两个少年。

这两个少年是一琼真人的二徒弟朱平安和三徒弟陈厚，跑在前面的胖子一身青灰色长袍，紧紧地绷在身上，随着一身的肥肉颤动着，似乎下一秒就要裂开。

后面的瘦子一件土黄色的外罩，底下是一条深灰色的裤子，衣服松松垮垮的挂在身上，裤脚挽起来堆在脚腕处，边跑边道：“二师兄，你胡说什么呢，还不快把师父拉开。”

两人还没冲到近前，一道影子快速地闪过，手指在一琼真人的背上轻轻一点，同时另一只手往前一推，一琼真人就松开了嘴，那大黑狗被推了出去，在地上打了个滚儿，站起来呜咽了两声，然后夹着尾巴藏在了主人身后。

出现的少年目如朗星，五官俊美，一身寒酸的衣着却丝毫不影响他英俊的容颜。他穿一身蓝色粗布衣衫，脚下一双快磨烂了的草鞋，身上背一个洗得发白的布袋，布袋鼓鼓的，似乎装满了东西。

看到少年，一琼真人佝偻的身子站直了一些，眯着的眼睛睁开，似有一道精光一闪而过，但转瞬间剩下的就只有沧桑与混浊了，他张口打了个酒嗝，懒洋洋地道：“楚渊，你回来了？”

楚渊是一琼真人的大弟子，今年刚满十六岁，和一琼真人还有两个师弟相依为命，师父整日里疯疯癫癫酒醉不醒，蜀山派的大小事务——也就是吃饭穿衣，都由他负责。

“楚渊啊，快带你师父回去吧，一喝醉了就发酒疯，唉……”

有个相熟的农夫叹了口气。

其他人见没有什么热闹可看，便招呼孩子们回家，孩子们跟着大人回村，一边走一边嘻嘻哈哈地唱起了自己编的儿歌：“蜀山掌门技高一筹，降妖除魔一丝不苟，纵身一跃便去咬狗，吓得小狗哧溜哧溜……”

第二章　风光不再

“降妖除魔乃我蜀山之大任……”一琼真人高喊一声，身子晃悠悠地一歪，靠在了楚渊身上。

“大师兄，我看看你给我们带了什么好吃的！”朱平安伸手朝挂在少年身上的袋子摸去。

他的胖手刚摸到袋子，就被另一只瘦瘦的手给打了开来：“二师兄你就知道吃，这可是大师兄辛辛苦苦给我们换的口粮，我来保管。”

“小气鬼，我不过就是看看罢了。”胖胖的少年舔了舔嘴角，却任由瘦瘦的少年将布袋接过。

楚渊抬起头，一双漆黑而又璀璨的眸子特别吸引人，他笑了一下：“平安你别急，今天晚上改善伙食！”

“真的？”朱平安肉乎乎的双眼登时亮了起来，“大师兄我最爱你了。”

“你爱的是大师兄带来的好吃的吧！？”瘦子毫不客气地吐槽，胖子也不生气，无所谓地笑着。

一琼真人靠在楚渊身上，含糊地打了个哈欠：“今儿晚上改善伙食？这一趟出山看来还顺利！”

楚渊开心地笑道：“师父您放心好了，这次顺利得很，如今天旱缺水，各村寨都很欢迎我呢！”

一琼真人刚要说话，忽然剧烈地咳嗽起来，佝偻的身子随着咳嗽不断起伏，像是要将肺给咳出来。

“师父！”楚渊大惊，赶忙过去扶住老人，用手轻轻地拍打着他的后背给他缓解咳嗽。

一胖一瘦两个少年也着急地看着老者，忽然那胖子大叫一声：“大师兄，师父咯血了！”

老者迅速地将嘴角的血迹拭去，故作轻松地道：“不碍事，不碍事，老毛病了，你们又不是不知道。”

楚渊脸色却变了变，伸手夺过老者手中的酒壶，打开壶盖闻了闻，脸色又变了变："师父，酒没了多久了？"

老者脸上似有些愧疚之色，微微低头，像是做错了事情的孩子："楚渊，为师没事儿，这里面其实还有酒的，只是稀释了。"

一琼真人早年也曾是个修炼奇才，曾经是蜀山剑派崛起的希望，在年轻的时候已经是同龄人中的翘楚，可是后来却因急于求成，强行修炼已然残缺不全的蜀山剑典走火入魔，从此断了修炼之路。

实际上一琼真人当时经脉尽毁，性命都难以保住，多亏了一位精于医道的前辈指点，将暖阳酒虫植于体内为其续命，但暖阳酒虫需要用酒来喂养，而且这酒还不能是一般的美酒，而是需要饱含大地土元灵气的酒。

这样的美酒，人类很难酿造得出来。一些大门派的高手虽然有这个本事，却也没有必要去酿造饱含土元灵力的酒。但世间偏有一种生物，擅长酿酒，而且所酿美酒天生就饱含土元之力，那就是泽精。

泽精是后土元气衍化而生的一种生命，体形大小如同人类的婴儿，喜欢穿黄衣戴黄帽，双脚只要不离地面，便可拥有使不尽的力气。它能遁地入土，而且没有什么能杀死它，除非它自身的土元灵气消耗殆尽。

泽精喜欢模仿人类的生活，可性情却喜怒无常，别说是普通人，就算是修真者也很少去招惹泽精。所以一琼真人才不想让徒弟去为他频繁求酒。

他太清楚这些年楚渊为了给他求取泽精的酒吃过多少苦头，第一次进山寻找泽精的时候，楚渊还是个半大孩子，因为不了解泽精的性情，险些丢了性命。

一琼真人嗜酒如命，其实并不是他好酒，而是他必须不断饮酒，才能满足体内的暖阳酒虫，因此他整日里醉醺醺的，也就不可避免了。

楚渊正色道："师父，你体内的暖阳酒虫离了含有大地灵气的美酒是活不下去的，弟子马上去泽精秘境为你寻酒。"

"不可！"一琼真人马上阻止："泽精性情古怪，喜怒无常，去得频繁了，恐惹恼他们……"

"师父，没事儿，我和那些难缠的泽精现在熟着呢！"楚渊故作轻松地开口，这几年他经常去泽精秘境为师父寻酒，和泽精交道打得太多，确实早就熟悉了！

在蜀山不远处的山脉里，就有一处泽精聚集的天然秘境，泽精秘境是楚渊给他们的所在地取的名字，泽精们则喜欢称那里为桃花源、泽精村。

桃花源这三个字据说是泽精族一个很博学的大学问家在阅览了人类的一本古籍后所取的。

泽精一族亲近自然，尤其是酿造的美酒十分出名，而其中又以百花酿久负盛名，更是暖阳酒虫的最爱，楚渊每次去的目标就是百花酿。

第一次去的时候，楚渊因为不了解泽精喜欢模仿人类生活而且讨厌被人类揭穿的忌讳，结果被折腾得很惨。好在他那时年纪不大，对泽精小人儿们来说，尚是少年的楚渊看起来还算可亲，所以手下留了情，否则他真就可能有去无回了。

如今楚渊应付泽精算是经验丰富，只是泽精喜怒无常，性情多变，他每次去依旧都不敢大意。

楚渊坚定的目光让一琼真人有片刻恍惚，最后叹了口气，道："明日再去吧，今天回去休息一下，为师有东西给你。"

一琼真人说完，转身朝山上走去，佝偻的身子摇摇晃晃，口中念念有词地唱着什么调子，夕阳照在他的背上，莫名的有些荒凉和寂寞。

一条几乎淹没在杂草中的小路蜿蜒而上，越过山腰间几处破败的断壁残垣，师徒四人终于到了山顶，山顶有一处尚算完好的建筑，一丛丛野草在房顶瓦片之间顽强地生长着。

一阵风吹过，屋顶野草摇曳作响，一群乌鸦受惊飞起，嘎嘎地叫着飞远，似乎在诉说着兴衰往事。

第三章　礼轻情重

九州大陆修炼盛行，人们以修炼仙法窥探玄妙之道习得神通，以求长生之法。蜀山剑派就是众多修炼门派中的一个，历史确实非常悠久，据说在上古时期就已经存在，并且曾经站在修炼界的巅峰。

一琼真人常常在酒后怀念蜀山剑派曾经的荣光，嘟囔着一万年前的那场仙魔大战，那场大战中，蜀山为了天下苍生挺身而出，可也是从那一场大战开始，蜀山走上了没落之路，传说那场大战中，蜀山所有高手损失殆尽，甚至断了技法的传承……

万载悠悠岁月以降，无数蜀山弟子努力想要恢复昔日荣光，可仙路已断，蜀山剑典仙术也随着那一战而消失沉寂，蜀山一年不如一年，直到今天只剩下一座孤零零的山头，一个醉醺醺的掌门，还有三个半大的孩子。

一琼真人跌跌撞撞地靠着朱漆斑驳的柱子坐了下去，枯瘦的手掌伸入怀中摸了半天，才掏出一张皱巴巴的符箓递给楚渊。

"师父，这……这是飞行符！"楚渊向来沉稳的脸上露出了兴奋的神色，激动地将符箓接过来。

一琼真人点了点头，看了眼楚渊即将磨破的草鞋："我蜀山事务，如今全赖你一人打理。时时奔波，处处奔波，有个代步的工具，也可省些时间、省些气力！"

朱平安和陈厚闻言都围了上来，飞行符箓可是稀罕东西，他们还没这么近距离地看到过。

“大师兄，你快试试，肯定很拉风！”朱平安吞了吞口水，仿佛这飞行符箓是什么绝世美味一般。

陈厚目不转睛地看着符箓，点头道：“是啊，大师兄，你快试试。”

楚渊笑容满面地点头，符箓是修炼者的一种特殊工具，用可附术法的材料和法力融合而成，使用的时候用法力催动。而飞行符箓，顾名思义就是可用以飞行的符箓。

定了定心神，楚渊漆黑的眼眸中带着虔诚，小心地催动法力注入飞行符箓，望空一抛，符箓陡然暴涨，瞬间就变成了一只……其貌不扬的呆头鹅！

“……！！！”

三兄弟傻眼了，楚渊他们虽然从未拥有过飞行符箓，可是他们见过啊。隔壁五行宗高调得很，总有弟子以飞行法器高来高去，要不就是俊美的仙鹤，要不就是雄壮的老鹰……

可将符箓炼成呆头鹅的样子，还真没见过！

“大师兄，这是鹅，对吧？”陈厚轻轻碰了碰楚渊。

朱平安擦了擦口水：“师父这符箓做得真的很形象，我都饿了。”

一琼真人有些不好意思，挠了挠有些纷乱的头发：“咳！这个嘛，只是为了节省真元，实用一些。如果炼成仙禽神兽的样子，所耗真元太多，为师真元不足……”

楚渊眼睛微微有些湿润，他已经明白给师父讨来的百花酿明明还够用几天的，为何会消耗得这么快了，师父是为了给他做这个飞行符箓消耗了过多的法力！

“呵呵，这才有个性呢，做人，就是要与众不同！”楚渊打起精神笑道，呆头鹅又怎么样，师父的心意是怎么都换不来的！

陈厚兴奋道：“就是，样子不能决定一切，大师兄，你试一下呗！”

楚渊点点头，盘膝坐上呆头鹅，控制着它飞起来。呆头鹅摇摇晃晃地飞了起来。低头看着地面越来越远，楚渊兴奋地想要大叫，他飞起来了，他真的飞起来了！

一阵强烈的山风吹过，呆头鹅被吹得翻个跟头，楚渊眼疾手快地抓住鹅脚才幸免于难，一琼真人脸上的笑容一僵，他如今是真的不比当年了，炼个符箓都这么差劲。

呆头鹅带着楚渊在空中翻转。楚渊脸色发白，目光却很坚定，他知道，他是符箓的主人，他必须自救！集中心神，楚渊全力控制呆头鹅。随着他的努力，翻转不停的呆头鹅终于渐渐平稳下来，楚渊翻身坐上鹅背，最后摇摇晃晃地落在了山顶之上。

“大师兄，刚才真是吓死我了！”陈厚后怕地拍着心口，楚渊的脸也有些发白，却还是安慰师弟道：“小厚别怕，刚才只是我还不熟悉它，用熟了就好。”

“楚渊，把符箓拿来，为师找时间给你重炼一个吧。”一琼真人也有些看不下去了，赧然向徒弟伸出了手，这飞行法器，确实太拿不出手了。

楚渊笑道："那可不行，徒儿就喜欢这只呆头鹅！"

楚渊对一琼真人道："师父，你的暖阳酒已经喝光了，不能再等到明日，既然有了飞行法器，弟子行路也就快了，这便去泽精秘境走一遭。"

"楚渊！"一琼真人拉住了楚渊的手臂，一双老眼有些湿润："徒儿，为师已成废人，岁数也大了，已经没有力气再从头教徒弟。你的两个师弟入门又晚，蜀山的希望，全在你身上了……"

看着絮絮叨叨的师父如同看着儿子出远门的老妈，楚渊的鼻子也不禁有些发酸，从小由师父抚养长大，他很清楚师父的心愿，一个很卑微的心愿。他不求楚渊能承担起复兴蜀山的重任，毕竟他传给楚渊的也只是一部残缺不全的蜀山剑典，而这部剑典，还只是当年蜀山剑派的入门基本剑术。

他只是希望楚渊能把蜀山传承下去。薪火相传！只要能薪火相传，他心中那团希望的火苗就不会熄灭。无数代蜀山传人默默地忍耐、默默地传承，所期待着的蜀山重现的希望就不会熄灭。

楚渊吸了吸鼻子，向师父默默地点了点头。

终于，楚渊还是乘上呆头鹅出发了，呆头鹅颤悠悠地在空中飞行着，时不时地还有"咔咔"的声音传来，让楚渊总有种呆头鹅随时都会解体的心惊感。

"哎呀，大家快来看看，那是谁？"到桃花源要经过五行山，骑着呆头鹅的楚渊刚好遇到了五行宗的弟子。

"噗，那不是蜀山的大弟子楚渊么，这么厉害，那是骑的鸭子还是鹅啊，真是丑爆了！"

"哈哈哈，我倒是觉得那呆头呆脑的样子和楚渊一样，绝对是个二货！"

听着那些人的嘲笑，楚渊默默地握了握拳头，在漫长的岁月当中，五行宗和蜀山一直都是竞争关系，他们弟子之间亦然。

只是如今的蜀山已经完全没有了和五行宗争锋的资格，可五行宗的弟子每次见到楚渊等人还是难免一番奚落，时不时地给他们找麻烦、使绊子，楚渊早就习以为常了。

"喂，姓楚的，不会又去给人家浇田捉虫吧，我看你还是早点回家吃奶吧，哈哈哈……"

第四章　地有灵兮

蜀山剑派没落，修真方面的传承日渐稀少，他们甚至穷得揭不开锅，好在蜀山有一套灵植法术的传承尚算完整，能够帮助村民在小范围内行云布雨，用来换取他们四人的生活费用。

只是如此一来，楚渊和蜀山几乎成了附近的一个笑话，修炼者追求的是长生，成天往庄稼地里钻算什么，不如直接去当农夫好了。

楚渊依旧没有理会他们，这样的嘲笑已经持续几年了，他们乐此不疲，楚渊倒是早就觉得无聊了。

五行宗繁华昌盛又如何，他关心的只有蜀山，师父和两个师弟才是他在乎的人，其他人的嘲笑，以他现在的少年心性，自然做不到宠辱不惊，却也只能忍耐。

见楚渊没有反应，五行宗的弟子不高兴了，其中一个弟子眼睛一转，忽然道："喂，那只笨鹅摇摇晃晃的，不知道有多少本事，不如咱们试试？"

其他弟子顿时眼睛一亮："好啊，就怕那只笨鹅根本经不起一击吧？"

几人说着纷纷祭出飞行符箓，五行宗普通内门弟子的飞行符箓是清一色的鹞鹰，这六七个人中，却有一只是白鹰，应该是比较重要的弟子。

本来对于他们的调笑无动于衷的楚渊脸色一变，赶忙集中精力，拼命地调动法力催动呆头鹅快速前进，这是师父亲手做给他的飞行法器，他珍爱得很，可不希望有什么闪失！

"哈哈哈……快看啊，楚渊那个胆小鬼跑了！"见楚渊终于有了动作，五行宗的弟子哈哈大笑。

那个拥有白鹰符箓的弟子不屑地笑道："哼，就知道蜀山都是些胆小鬼，让他夹着尾巴做农夫去吧。"

"叶师兄说的是，和蜀山的小农夫一般见识，那绝对会掉了师兄的身价啊。"一个弟子还不忘了拍马屁。

原来五行宗的这些弟子只是捉弄楚渊而已，听着身后那些嘲笑声，楚渊脸上却松了口气，他刚才拼命逃跑的样子其实也是故意做出来的。

五行宗的弟子以捉弄他为乐，他越是反抗不配合，他们越是起劲，自己害怕地落荒而逃，他们反而不会真的行动了。在艰难的处境中久经历练，楚渊对他们、对更难缠的泽精们，早就有了丰富的应对经验。

楚渊终于抵达了泽精村入口的那座大山。他压低了飞行高度，在莽莽的丛林中缓缓而行。

"哈！居然有人骑鹅……"

一个忍俊不禁的女孩子笑声忽然从下方响起，这里人迹罕至，不想竟有人在，楚渊不禁吃了一惊，急忙定住身子，往下一看。

一个手持弦月弯刃的俏美少女正站在一棵大树下，笑吟吟地看着他。眸如点漆，肤白如脂，玄衣玄裤，纤腰一束。她正笑着，一双笑眼弯弯的，像她手中的弦月弯刃一样，说不出地惊艳。

楚渊脸上一热，向她尴尬地拱了拱手，立即催动脚下的呆头鹅向前行去。这座山上有通过泽精村的秘密通道，楚渊不想叫人知道，而且驾着一只逊毙了的呆头鹅，面对这样一个美丽少女，未免自惭形秽。

“喂！你别走啊！”

手持弦月弯刃的美少女见他一言不发便即离开，不禁着了急，立即祭出她的飞行法器，那是一只火红色的朱雀。朱雀一出，整个翠绿色的大森林中都荡漾起火红色的波光。

楚渊回头望了一眼，心中暗道：“原来她也是修真同道，难怪敢到这人迹罕至的所在。”一想到对方也是修真道上的人，楚渊更不想暴露泽精村的所在了。

“喂！骑鹅少年，等等我啊！”

少女催动朱雀追了上来，呆头鹅在楚渊的控制下只是歪歪斜斜地飞着，速度较之那头火红色的朱雀实在差了许多，但在这样的密林中速度快是没有用处的。

楚渊仗着对道路的熟悉，穿过一丛丛密林，回头一看那只火红色的朱雀还在密林中打转。楚渊微微一笑，立即驱动呆头鹅穿过一道银帘一般的瀑布，钻进了一处山洞。

一段昏暗的穿行之后，眼前豁然开朗。

桃花源不仅名字取自人类的“世外桃源”之意，就连布局都和记载中的类似——

洞口处就是茂密的桃花林，中间没有一棵杂树，也不知道用了什么办法，一年四季桃花盛开，微风吹过，落英缤纷，美不胜收。

桃林中有一条小道，楚渊轻车熟路的沿着小道而入，大约百步左右，就穿过桃林。

土地平旷，屋舍俨然，阡陌交通，鸡犬相闻，田间有农夫耕作，也有美妇采桑，村落中炊烟袅袅，老人在门口晒着太阳，小孩子在一旁嬉笑打闹。若是普通的人类村落，可能要赞一声好一幅悠然自得的田园生活图！

可眼前的景象，入目的泽精虽然俱是人形，但个头却极小，只到楚渊膝盖高，不管男女老幼，似乎都对黄色有着莫名的偏执，全都黄衣黄帽，就连拿的工具或者玩具，也都由黄色装饰。

远处的村落高低倒是和人类的房舍相近，却也是黄砖黄瓦，看起来整齐划一。

“驾！”

脚边一阵生风，楚渊一低头，只看到一道黄色影子瞬间从膝前蹿过。泽精的座驾是一种黄色小车，由一种黄色的袖珍奇兽拉车，可以日行千里。

“小哥，你又来了啊？”旁边田间的土壤一拱，一个泽精就钻了出来，农夫打扮，黄色的粗布衣服，还有黄色的头巾。

楚渊龇牙一笑，道：“是啊，您这稻子种得真好，一看就是个好庄稼把式。”

楚渊已经知道泽精喜欢模仿人类的生活，自然投其所好。那只扮农夫的泽精果然大喜，眉开眼笑地道：“哈哈，小哥好眼力，老夫最擅长的就是种稻子了。”

楚渊笑着应承，心里却想，这还真是睁眼说瞎话，上次我来的时候就是你，正扮赤脚郎中呢，还非要替我看病……

泽精喜欢模仿人类生活，想要体验什么角色完全是凭心情而定，所以每次楚渊都小心应对。这么多年打交道，楚渊总结出了和泽精相处的经验，最重要的一条就是：一定要把他们当人，而不是泽精。

所以楚渊一副再自然不过的样子，一路行去，不时和相熟的、不熟的泽精大娘、泽精小孩子们打着招呼，仿佛自己也是他们之中的一员。

玄衣少女驾着朱雀追到瀑布边，便失去了楚渊的身影。玄衣少女降到地面，收了朱雀，讶异地东张西望，奇怪地自语：“咦？那傻小子去哪儿了，没道理会跟丢啊！”

玄衣少女无论如何也没想到，那珠帘般的瀑布后面居然有一条秘密通道。她在附近找了一阵，突然望着面前的一株植物雀跃地叫道：“凝冰翠！我找到了！”

第五章　轻车熟路

那是类似竹子的一种植物，只是没有竹子那么高，叶子比起竹叶肥大了许多，翠绿的肥大竹叶上凝结着一层白霜似的东西。

这是一种剧毒的植物，在有毒的植物中，它并不是最毒的，但它的特性却是：对一切法术免疫。因此，修真者即便各具神通，可以凭他们修炼出来的通玄力量翻江倒海，也可以凭他们修炼出来的力量克制种种剧毒，唯独对这种毒药不起作用。

玄衣少女就是到山上寻找这种剧毒植物的，方才想拦下楚渊也是想向他打听凝冰翠的消息，如今虽未找到楚渊，却已找到凝冰翠，玄衣少女欣喜不已。

玄衣少女立即取出一个玉筒和一柄小刀，小心地将叶上的白霜刮取进玉筒，直到将玉筒装满，她才停下来，冷冷一笑：“离火真人，等着本姑娘索命吧！”

泽精几乎家家都懂酿酒，但是他们既然喜欢模仿人类世界的生活，自然也有自己的酿酒师。而且生命无比漫长的泽精闲极无聊，喜欢尝试各种人类职业，上一次见过的酿酒师，这一次可能就是个打着幡儿给人算命卜卦的人了。楚渊想找到如今正扮酿酒师的泽精，只能靠闻了。

楚渊一路行去，一边小心地应付着沿途所见的泽精，一边嗅着空气中的味道。忽然一阵酒香顺风飘来，楚渊心中一喜，刚想辨别来处，忽然听到一个稚嫩的声音：“喂！喂！大个子，大个子……”

楚渊低头一看，这才发现一个小小的身穿黄衣、头戴黄色花环的泽精小美眉正一跳一跳地喊他，身高只到他的小腿。楚渊不禁吓了一跳，这一不小心差点儿踩着人家。

楚渊赶紧弯下腰，换上一副笑脸，笑眯眯地问道：“小妹妹，什么事呀？”

小姑娘稚声稚气地道：“大个子，你能帮宝宝一个忙吗？”

小姑娘一张肉嘟嘟的小脸白皙娇嫩，一双明亮的大眼睛满怀期待地看着楚渊。看到小女孩渴望的眼神，楚渊的心一下子就化了，马上咧嘴一笑：“好啊，宝宝要大个子帮你做什么呢？”

小女孩歪着头向他一笑，招手让楚渊蹲下来，牵住他的一根手指，指着高处奶声奶气地道：“大个子，你个子那么高，能帮宝宝把风筝取下来吗？”

楚渊顺着泽精小女孩所指的方向看去，一株十分粗大的桃花树，灼灼的桃花间，一个蝴蝶形状的风筝挂在上面，随着树枝摇曳着。

楚渊不禁会心而笑，泽精是大地之精，别看他们幻化人形，行止模样与人类无异，只是个头儿小了许多，可是作为大地之精，他们的身体可是奇重无比的。

眼前这个小丫头，如果真是人类的话，最多不过十斤重，可是作为一个泽精，她却是一个货真价实的“千斤小姐”，如果让她自己爬上那棵桃花树，恐怕这棵树就要被压断了，难怪她束手无策。

楚渊爽快地道：“你看着，大个子哥哥这就给你把风筝摘下来。”

桃树长得十分粗壮，楚渊动作麻利地攀爬上去，只是那风筝挂得很有技巧，正好在几根只有拇指粗细的树枝上。

楚渊伸手试了几次都够不着，那树枝显然也不能承受楚渊的体重，他略微想了一下，找好角度，双脚猛然在树干上一蹬，借势朝前方一跃，手掌利落地将风筝抓在了手里，身子下落的时候灵巧地攀住了几根树枝，借着力量落在了地上。

“哇塞，大个子真厉害，像猴子一样灵活呢！”小女孩拍着小手跳了起来。

“拿好了，可别再挂到树上了。”楚渊将风筝还给小女孩，朝巷子里张望起来。他刚才爬到树上，嗅到酒香就是从那巷子中传出的。

黄衣小姑娘眨了眨眼睛：“大个子在找什么？”

楚渊蹲下来，好脾气地道：“我在找百花酿，你知道谁家会酿酒吗？”

黄衣小姑娘吮着手指，稚声稚气地道：“我爷爷就是酿酒师傅啊！”

楚渊又惊又喜：“你爷爷？太好了，我能向你爷爷讨些酒吗？买也行！”

黄衣小姑娘挺起了小胸脯儿：“大个子是好人，宝宝要帮大个子，你跟宝宝来，宝宝帮你拿酒，不用买。”

楚渊大喜：“太好了！小妹妹，你叫什么名字呀？”

黄衣小姑娘嘻嘻地笑起来：“大个子好笨，宝宝就叫宝宝呀。”

楚渊：“……”

黄色的小宝宝蹦蹦跳跳地在前面领路，楚渊兴奋地跟在后面。

酿酒师傅的门口种着几棵桃树，灼灼其华地开着，院门敞开，酒红色带釉的酒坛露出一角，勾的人心里痒痒。

院子里只有一口大缸，浓郁的酒香就是从其中传出来的，一个黄衣黄帽还不足酒坛高的老者正背着手围着酒坛转圈，样子有些滑稽。

宝宝蹦蹦跳跳地跑过去，唤道："爷爷！"

黄衣泽精老头儿扭头看到她，马上满脸堆笑："宝宝回来了啊，今天去哪儿玩了，开不开心哪。"

宝宝打断他的话道："爷爷别打岔，大个子想要美酒，你送他一缸！"

黄衣泽精老头儿这才看到楚渊似的，看他一眼，变声变色地道："一缸？宝宝啊，爷爷这酒可是酿了足足五十年哪，嗯！那一年你才刚出生，你想想，这得多不容易，怎么能随便送人呢。"

泽精承天地灵气而生，寿命远超人类，五十年对泽精来说，确实还只是幼儿的年纪，楚渊常来泽精村讨酒，倒是知道这一点，并不吃惊。

宝宝叉着小腰肢，不屑一顾地道："少来这套，爷爷你酿了足足一窖好酒，送人一缸有什么了不起。大个子是我的朋友，我就要送给他。"

黄衣泽精老头儿尴尬道："宝宝哇，这酒……"

宝宝麻利地往地上一坐，两条小短腿就扑腾起来："呜呜，爷爷不爱我了，在爷爷心里一缸酒都比宝宝的快乐重要，呜呜，宝宝好可怜，爷爷不喜欢宝宝……"

宝宝个头儿虽小，却也是泽精演化，两条腿扑通起来，敲在地上，不亚于一对千斤重的大锤，震得地面一阵晃悠，那酒缸里的酒也像遭了地震似的震荡起来。

黄衣泽精老头儿慌了，赶紧道："哎呀，我的小祖宗，你别哭啦！你别踢啦！缸都要被你震碎了！"

宝宝眼泪一收，瞪着他道："那你给不给？"

黄衣泽精老头儿无可奈何地道："给给给，当然给，爷爷最疼的就是宝宝了，一缸酒算什么啊，身外之物嘛……"

黄衣泽精老头儿说着，心疼地看了眼那缸美酒，越想越是不忿，忍不住奋力一跳，一拳打在楚渊的膝盖上，喝道："花言巧语骗我孙女！哼！拿了酒快滚！"

最高的泽精也就到楚渊膝盖高，黄衣泽精老头儿年纪大了，腰佝偻着，就更矮了，这奋力一拳，也不过就打到他的膝盖。不过他这一拳也就是做做样子罢了，否则以他的体重，这一拳足以将楚渊的腿打断。

楚渊大喜，赶紧上前一弯腰，把那缸……对他来说只是一坛的美酒捧起来，连声道谢："多谢老先生，多谢老先生！"

那泽精老头儿皱着一张老脸，跟一个全是褶儿的包子似的："快走，快走，不要让老夫再见到你！”

楚渊心中偷笑，这个泽精老头儿显然极疼他的小孙女儿，自己只要和宝宝保持良好关系，今后就不愁这泽精所酿的美酒没有着落了。

于是，楚渊捧着酒坛，对宝宝道：“宝宝妹妹，大哥哥急着把酒带回去，就先不陪你玩了。你喜欢风筝是么？下回大哥哥再来，给你做一个……不！做十个风筝，蜈蚣的、金鱼的，什么样子的都有！”

宝宝一听两眼发亮：“好啊好啊，那大哥哥你什么时候会来啊？”

黄衣泽精老头儿却是大惊：“你小子还要来啊？”

楚渊道：“最多一个月，我就来找你。”

泽精寿命极长，一个月对他们来说，不过相当于过了一天，只是因为他们喜欢模仿人类，所以时间才按照人类的标准制定了，宝宝自然不会觉得一个月太长，她马上拍着小手道：“好啊好啊！那我等大哥哥来！”

黄衣泽精老头儿听了却是一副牙疼的模样，只是当着心肝宝贝的面儿，却是无论如何也不敢说出不许楚渊再到他家里来的话。

“拉钩钩！”宝宝一双大眼睛亮晶晶的满是期待。

楚渊毫不犹豫地伸出一根手指：“好，拉钩钩。”

宝宝的手指比起楚渊来实在是不成比例，一大一小两根小手指根本钩不起来，宝宝干脆抱了抱楚渊的小手指，再笑嘻嘻地放开。

楚渊也是眉开眼笑，宝宝可是黄衣泽精老头儿的克星啊，哄住了这位小姑奶奶，师父的长期“酒票”就不愁了。

第六章　清扬婉兮

楚渊安全归来，蜀山上下都十分高兴，说是蜀山上下，其实一共也就师徒四人，以前蜀山还有几个弟子，可是一琼真人受创之后，为数不多的弟子看不到未来与希望，纷纷离开了。

只剩下一琼真人孤零零地守着蜀山，连弟子都收不到一个，谁肯加入这样没前途的门派呢？直到趁着战乱，先后捡回三个孤儿，这才成就了如今蜀山剑派的“规模”。

从这个意义上来说，五行宗的一些弟子嘲讽蜀山剑派是蜀山捡派、捡垃圾派，似乎也有他们的道理。一琼真人连弟子都是靠捡的，修真修到这个份儿上，着实凄苦。

楚渊拿回的这坛美酒，相当于以前五六葫芦的酒量，有了这些酒，一琼真人在相当长的一段时间内，就可以让体内的暖阳酒虫安稳下来了。

回到蜀山后，楚渊每日做的依旧是修炼和偶尔下山帮村民做灵植任务——利用他微薄的法力在小区域内降雨或除虫。

蜀山剑派虽然没落，却也不是完全没有留下任何的功法传承，虽然留传至今的都是些筑基的基本功法，而且残缺不全，可楚渊修炼却没有一日懈怠。

“大师兄，等我练成了就可以和你一起下山了。”今年天旱，楚渊的灵植法术比以往更受村民们的欢迎，楚渊隔三岔五地就要下山，此刻又要出发了。

楚渊亲昵地笑道：“嗯，那你留在山上好好练功，别跟二师兄似的老偷懒。等我这次收了酬劳，就去悬明城给你添置件新衣服！”

“大师兄，真的会有新衣服穿啦？”陈厚开心起来，他穿的衣服都是二师兄淘汰下来的，早就想要一身属于自己的新衣裳了。

楚渊揉了揉陈厚的脑袋：“那是当然。”

陈厚扯了扯自己身上肥大的衣服，咧嘴一笑，朱平安在一旁抢着道：“大师兄，别忘了给我们带好吃的。”

“吃吃吃，二师兄你的身材都快比上猪了，还是减减肥吧。”陈厚补了一刀，惹得朱平安一阵不满。

楚渊微笑着看着两人，目光一闪落在了靠在大殿前斑驳柱子上打着瞌睡的一琼真人身上。翻身坐上呆头鹅，朝山下而去，这时靠在柱子上醉醺醺的一琼真人才睁开眼睛，望着他的背影，深深地叹了口气。

对这个徒弟，他有种深深的歉疚。楚渊的资质很好，如果换成任何一个大门派，这孩子的前途都将不可限量。可如今却为了几乎已没有希望的一缕希望，留在了蜀山。

一琼真人当年的几个小师弟业已纷纷离开，另投名师了。他也不知道蜀山的香火还能传承多久，为了那一丝渺茫的希望，为了曾经蜀山的无上辉煌，他只能把这份歉疚埋在心底，就像一位老父亲，明知道该让翅膀硬朗起来的儿子振翅高飞，却又舍不得他离开膝下。

田间地头，楚渊右手指间夹着一道符箓，左手捏印，闭着眼睛口中念念有词，忽然，他豁然睁开眼睛，手中的符箓往空中一扔，口中喝出一声：“燃！”

符箓瞬间燃烧，青烟在空中汇集，竟然变成了一片乌云，楚渊手中的印子越结越快，伴随着最后一个手势完成，乌云中哗哗地下起雨来。

“太神了，楚渊啊，要说这施雨法术，你绝对是大师啊。”楚渊身边围了一圈农夫，看到自己干旱的田地终于有了雨水滋润，开始恭维起来。

楚渊笑笑不语，他的灵植法术可以说是尽得真传，甚至运用得比一琼真人还要熟练，可只能依靠灵植法术给农户施雨除虫来过活，对一个修炼者来说并不是什么值得高兴的事儿。

“哈哈，骑鹅小农夫，手艺不错啊。”

正在这时，传来一阵嘲笑，楚渊的脸微微沉了下去，又是五行宗的人！

“叶师兄，你别这么说嘛，你看那些农夫很崇拜他的样子呢。”

“切，只会施雨除虫，那叫农夫，可不是修炼者。”这位叶师兄也正是上次捉弄楚渊的那个，名叫叶金斗，继续嘲笑道，“姓楚的小农夫，以后可别说自己是修炼者，给我们修炼者丢人哪！”

“就是，这种人还修什么行，直接做农夫好了。”

农夫们不知道说什么好，他们感激楚渊的帮忙，因为大部分修炼者都很清高，他们根本请不起，但对方是五行宗的人，他们也不敢得罪。

楚渊默不作声地从农夫那里取了报酬离开，蜀山现在全靠他在撑着，技不如人，就不能逞一时意气。忍字头上一把刀，对他这种血气方刚的少年人来说，这种痛忍得尤其辛苦，可他只能忍耐。

“呸！什么东西！”叶金斗见楚渊离开愤愤地呸了一声，若不是有事在身，今天他还真想给楚渊点颜色看看。

楚渊没有直接回山，而是驾驭着他的宝贝飞行器“呆头鹅”，朝悬明城而去。

悬明城是附近百里最大的城市，也是楚渊长这么大所见过的最繁华的地方，街道纵横，楼房林立，楚渊第一次来的时候连眼睛都不够用了。

楚渊整了整身上的衣裳，大步走进悬明城，熙熙攘攘的人群中，他一抬眸，却诧然发现一位灵气十足的少女。她在人群中，可你只要看到她，就会完全忽略了她身边的所有人。

白衣，娇靥，一美人。

楚渊第一次觉得自己是这么的词穷，眼前的女子，不，应该说是一个少女，和他差不多大的年纪，却仿佛从画中走出来的仙子，楚渊看得痴了，少年的心骤然跳得飞快。

少女腰间系着一串银铃，随着少女的步伐隐隐有悦耳铃声传出，她身后跟着几个少男少女，和她一样的衣着，看样子属于同一个门派。

看到楚渊发呆的样子，那少女不禁嫣然一笑，只这一笑，楚渊眼前就有一种蓦然一亮的感觉。倒是那少女身后的一个女孩子，鄙视地瞪了楚渊一眼。

“那姑娘生得可真美，以前怎么没见过啊？”

“你知道什么，据说那几个是百巧门的弟子呢！惹不起啊。”

百巧门？楚渊心中一动，九州大陆上修炼门派众多，在他们这里五行宗一家独大，但是放眼整个大陆，五行宗就不够看了，而百巧门放在整个大陆上那也是第一流的强大势力。

他们……是两个世界的人！

楚渊克制了回头再看一眼的冲动，只是定了定身子，便深吸一口气，默默地向前走去。

第七章　真器鉴宝

楚渊没有马上去买布匹，而是轻车熟路地朝着一家店面很气派的店铺走去。龙飞凤舞却又带着一股子凌厉气势的“真器坊”三个字表明了这家店铺的身份，楚渊的眼中顿时露出热切的渴望。

真器坊是悬明城最大的法宝店铺，里面的法宝种类多、质量好，不过价格也不便宜。楚渊虽然法力低微又穷困潦倒，不过却很痴迷于那些千奇百怪的法宝。

这还是因为小时候清理蜀山倒塌的地宫时，无意中寻到了一本书，这本书并非修行功法，却记载了许多的法宝珍器，还介绍了一些天材地宝，让楚渊大开眼界，从此开始痴迷于这些东西。

所以每次到悬明城，他都会抽出时间到真器坊去长长见识，哪怕只是看看，都觉得十分爽快!

店里的伙计刚要起身招呼，看到是楚渊又退了回去，这个少年他们已经熟悉，每次只看不买，懒得对他浪费口舌。

楚渊毫不在意，直接朝左前方走去，那里总有些新晋的稀罕物，不知道这次又能看到什么好东西。

一阵香风从身边飘过，隐隐有种熟悉感，楚渊抬头，赫然看到是刚才遇到的那位百巧门少女，淡淡的香味不同于寻常女子的脂粉，更似一种清淡的花香，或许是品流极高的胭脂吧。

白衣少女并没有注意到楚渊，伸手拿起了架子上的一条白色长绫。

“姑娘真是好眼光，这雪花绫可是上好的雪蚕丝织成，水火不惧，和姑娘您冰清玉洁的相貌气质实在是太般配了。”殷勤相随的店小二见少女似乎感兴趣，赶忙不失时机地推荐。

“俞师妹，你若喜欢，我帮你买下吧。”少女身旁的一位白衣男子开口了，面目清秀俊俏，颇有几分修仙者的飘逸之气。

白衣少女看了看手中的雪花绫，是有些喜欢，但却摇了摇头，将雪花绫放了回去。

楚渊看在眼中，下意识地点了点头，这少女倒不是那种华而不实的人，雪花绫之类的宝器由于漂亮，确实很讨女孩子欢心，但法器最大的作用是用以战斗的，雪花绫并不是最好的选择。

“你点什么头，不懂装懂，穷酸一个，也不知是多没出息的门派，才教得出你这样的弟子！”楚渊的动作刚好落在小二眼中，因为生意没做成，小二便把气撒在了楚渊身上。

楚渊本来不想理会，可是听小二贬低自己的师门，却颇感不忿，对一向寻衅滋事的五行宗，为了不让师父和师弟们为难，他可以忍，却没道理对真器坊的一个店小二也要忍。

楚渊忍不住道："我还真不知道你们真器坊是这样做生意的，不管适不适合人家，只管胡乱推销，这也太不厚道了吧。"

"我怎么胡乱推销了？你一个臭穷酸懂什么！"那小二被楚渊说中了心事，有些恼羞成怒。

楚渊一笑，揶揄地道："真器坊所卖的，都是修行人所用的宝器或炼制宝器的材料，宝器之于修炼者，既是辅助也是升华，更讲究人器合一，若是鸡肋，不要也罢！"

"这雪花绫可近可远，和这位姑娘的长剑也能刚柔相济，怎么就是鸡肋了，你小子再胡说就把你扔出去，每次都来偷偷摸摸地看，没准儿就是个宵小之辈！"

店小二不屑地瞥了一眼楚渊，他怎么也在店里干了五六年了，虽不曾修行，眼力也是极好的，论鉴宝能力还比不过一个野路子的修炼者？

楚渊没有急于反驳，他上前几步，从不远处的架子上拿了一样法宝，看样子那是一条手链，上面有一圈半月形的坠饰装饰，中间有一个圆环，将链子连接起来。

不过整条链子有些灰蒙蒙的，像是从哪淘来的古董，看起来并不好看。楚渊将手中的东西递给那位少女，开口道："姑娘，我觉得这个手链比雪花绫更适合你。"

白衣少女从楚渊开始说话的时候就注意到他了，容貌俊秀，穿着打了补丁却整齐干净的衣服，尤其是这不卑不亢的语气，让她为之侧目。

白衣少女的眸光扫过楚渊手中的法宝，却并没有接。

"这手链太寒酸了吧，一点都不配我们师姐的气质。"白衣少女旁边的一名圆脸蛋儿的甜美姑娘有些嫌弃。

楚渊耸了耸肩，无所谓地道："若你们觉得不合适就算了。"

"慢着！"就在楚渊要转身的时候，那位美少女终于开口了，声音清脆干净，十分悦耳。

楚渊抬眸，平静地看着眼前的美少女："姑娘有何指教？"

"请教道兄，这个法器，有何用处？"白衣美少女饶有兴致地看着楚渊。

楚渊愣了一下，这姑娘是百巧门的人，而且明显是百巧门中的重要弟子，居然不认得这件法宝？

楚渊之所以能一眼就认出这手链，也是从那本法宝图鉴上学来的，如此看来，识得这手链的人当真不多。估计真器阁的人也不知从何处收来，并不明了它的价值，所以才如此随意地摆放。

“师姐，那东西有什么好的，你若想要手链，比这漂亮的多了去了！”那甜美圆脸女子说着从另一个架子上拿起几串法宝手链，每一串都光鲜亮丽，十分漂亮。

店小二也眉开眼笑：“这位姑娘好眼光，那破烂不知道在店里扔了多久了，根本就没人买，只怕会辱没了姑娘您的身份！”

白衣少女摇了摇头，依旧凝视着楚渊，微笑道：“我看这位道兄，一定有所见解！”

楚渊对少女大起好感，便和缓了声音道：“若我没有猜错，姑娘最擅长的应该是傀儡术？”

白衣少女和同伴的眼中都闪过一丝诧异，这个少年不简单啊，竟然能看出她最擅长的是傀儡术！

其实倒也不是楚渊有多厉害，而是他认识少女腰间的银铃，别人或许以为那是装饰，可是他知道，那应该是法宝谱上有名的摄魂铃，是修炼傀儡术的修炼者梦寐以求的法宝。

白衣少女点点头，脸上的笑容更温和了些：“道兄好眼力！”

楚渊一笑，道：“这条手链，对于别的修行者来说，确实用处不大，但是对于修炼傀儡术的你来说却不然，它……能增益傀儡术施展时法力控制的范围和力度。”

“你倒是有几分眼力，看得出我大师姐擅长傀儡术，不过呢，也可能你早就认出了我大师姐，所以才故弄玄虚！”

甜美少女撇了撇嘴：“一个手链能增益傀儡术，闻所未闻！大师姐，你别听他的，我看这人就是想找借口跟你套近乎。”

白衣少女嗔怪地瞪了她一眼，笑吟吟地对楚渊道：“哦？只要戴上它，便能起作用吗？”

俏丽少女急道：“大师姐，你还真信呀！”

白衣少女叹了口气，看向俏丽少女：“师妹，你这性子，真得改改了。这位道兄所说的话，正因为太容易验证真假，所以，不可能是假话。尚未验证，你如何就能如此武断地说人家是骗子呢？”

俏丽少女语气一窒，有些不服气地道：“看他打扮如此寒酸，识得宝物才怪。咱们百巧门都没人听说过的法器，他会认识？”

白衣少女严肃起来：“师妹，江湖中能人辈出，岂可以貌取人？”

俏丽少女悻悻地不再言语，白衣少女向楚渊拱手道歉：“我这师妹天真烂漫，口无遮拦，道兄莫怪。”

楚渊有些腼腆地挠了挠头：“没关系，姑娘你不妨戴上手链，注入法力，具体如何，一试便知。”

第八章　钟灵毓秀

白衣少女点点头，手掌一挥，没有接触楚渊，却把法宝凌空拿了过去，楚渊不由得暗暗一惊，这份功力，他可是望尘莫及了。

少女微合双目，向手链中暗暗注入法力，登时就觉得有数十道丝线般的意念从那手链中催生出去，蛇一般在空中舞动，她心意一动，那些灵蛇般的意念便一阵地摇摆，随着她的意念或分或合，或延长或缩短。

少女不由得暗暗激动，傀儡术的强弱，要看你对傀儡的控制能力。她凭借法力控制傀儡，其实意念本来就是分散成丝缕状，与放出去的傀儡直接产生联系。但那种意念却很难如此实质化，实际上此时她凭借手链所催生的意念同样没有实体化，但是在她的意念中，它却相当于具备了实质似的。

显然楚渊所说的这个手链对傀儡术有增益作用的说法并不假，实际上它不仅仅是有增益作用，而且是大有增益。她以前最多只能同时控制三个傀儡，但是只要这手链在手，她相信自己至少能同时控制七个傀儡尚有余力，而她的小师叔目前也不过就只能同时控制七个傀儡而已。

少女强抑激动，缓缓地张开了眼睛。她方才注入法力所感受的一切，旁人都全无察觉。她旁边几个同门和那店小二都瞪大了眼睛，但在他们眼中，那手链仍旧朴实无华，并没有大放光华的效果。

少女刚一张开眼睛，她的一个师妹就迫不及待地道："大师姐，怎么样？"

少女目光一闪，淡淡笑道："嗯，确实有些增益效果。我现在能同时控制三个傀儡，用了这手链后，并不能增加我的控制能力，不过灵活度却也小有提高。"

旁边那师妹大失所望，道："原来只有这么点作用啊！师姐只要勤加苦练，用不了多久，控制的灵活程度就会大幅提高，这样没用的外物，实在鸡肋。"

少女笑了笑，道："在功力提高前，便能提前体会更好的掌控灵活度，也算是一个训练了，把这小玩意儿买下来吧。"

楚渊微微愕然，他是认识这法宝的，对傀儡术的增益，何止这少女所说得那么弱，莫非……

当楚渊目光一转，看到一旁店小二失望的神色，这才恍然大悟，不禁暗笑："这仙子般的少女，原来也是如此狡黠，她是怕说出这法宝的效用，那小二趁机提价呀！"

少女说了话，旁边那小师妹便去解荷包掏钱，因为这件法宝卖相不好，不值几个钱，那个想要讨好美少女的同门师兄便没抢着付钱。

店小二快快地报了个价格，收了钱，那手链便归了少女，少女将手链系在手腕上，少女向楚渊一笑，抱拳道："小妹俞婉儿，百巧门弟子，不知道兄如何称呼？"

楚渊挠了挠头，道："我叫楚渊，来自蜀山。"

俞婉儿来自中州胜地，没有听过什么蜀山，蜀山剑派曾经的辉煌已经是上万年前的事了，从三千年前，蜀山的名字就已很少被人提起，俞婉儿实未听说过。不过在她想来，楚渊连这么古怪的法宝都认识，应该是什么隐世门派的弟子。

俞婉儿又是浅浅一笑，礼貌地道："原来是蜀山派的道兄，今后行走江湖，还望多多关照！"

楚渊暗自苦笑，关照什么？帮人家百巧门施云布雨吗？这种影响、控制小范围天气的道法，大多数修仙者都会，只是人家懒得去做这种事罢了。

不过，面对一个美丽的女孩子，楚渊的自尊心不容许他露怯，他只是微微一笑，道："大家都是江湖同道，理应相互关照！"便礼貌地点点头，道，"先走一步！"率先走了出去。

俞婉儿也随后出去，她那小师妹不忿地道："大师姐对他何必这么客气，给师姐推荐了这么一个没用的宝器，瞧他一副胸有成竹的样子，我还真当他有多大本事。"

俞婉儿沉声道："师妹不要胡说！这件法宝，大有来头！"

她那白衣师兄一呆，道："师妹，你这是什么意思？"

俞婉儿道："如果我没猜错，这条手链，就是传说中的'牵丝'！"

几个同门一听，不禁大吃一惊。"牵丝"，是专门为傀儡师设计的法宝，据说曾经有个炼器大师，因为自己深爱的女子是个傀儡师，所以呕心沥血为她设计了这款宝器，只可惜这项技术早就失传了。

他们都听师父提起过这种宝物，每次说到最后，师父都会惋惜地说："可惜了，如果这种宝物尚有人能炼制，为师给你们每人买上一条，不啻增加一甲子的修为啊！"

一甲子就是六十年，能凭空增加六十年功力，而且随着他们自身法力的提高，这六十年的增幅也是同步增长的，那是何等宝贵难得的法器。

几个同门眼热地看着她皓腕上那条毫不起眼的手链，想不到这件宝物竟然如此了得却又如此毫不起眼，真是神物自晦啊。那小师妹纳罕地道："既然这法宝就是'牵丝'，那方才师姐怎么……"

俞婉儿格格一笑，在她鼻头上刮了一下，娇笑道："傻瓜，我不那么说，那店小二还不坐地起价？"

"嘿嘿，好精明的女娃儿！"

旁边突然传来一声怪笑，俞婉儿的手腕被一只大手扣住了。俞婉儿眉峰一挑，见是一个红衣中年人，身材高大，眉毛却淡至近无，狭长的一双眼睛，仿佛一条危险的毒蛇。

俞婉儿怒道："你是谁，要做什么？"

中年人伸出舌头，舔了舔嘴唇，那猩红的舌头，使他整个人透出愈发诡谲的气势：“‘牵丝’是已经失传的宝器。既然现在又有一件问世了，我想拿回去好好研究研究！”

俞婉儿一字一句地道：“这件法器是我的！”

中年人傲然一笑：“我既然看上了，它就是我的！”

俞婉儿的一个小师妹怒道：“你好大胆子！我们可是百巧门的人！”

中年人不屑地道：“百巧门又怎样，本座最看不惯的就是你们这些名门正派，不要说是你们这些晚辈弟子，就算你们百巧门掌门亲自赶来，我也不放在眼里！”

第九章　怀璧其罪

“呛啷啷”一阵响，百巧门几个弟子都下意识地拔出了兵刃，只是俞婉儿被人扣住了手腕，稍一用力便半身酸软，根本动弹不得，众人投鼠忌器，却也不敢上前。

俞婉儿的白衣师兄色厉内荏地道：“放开我师妹，否则我百巧门不会放过你的！”

那中年人阴阴一笑，道：“又抬出百巧门，真当你百巧门无往而不胜吗？我何洪宵与你们掌门恰有一笔旧账未算，今日既然碰上你们这些小辈，就把你们宰了，权当收些利息吧！”

他的眼睛微微一眯，复又张开，整个眼眸竟然奇异地如浸了鲜血一般变成了一片血红，全然没了眼白与瞳孔，俞婉儿的小师妹吓得怪叫一声：“血瞳？他是邪道大魔头何洪宵！”

“森罗魔殿护法何洪宵？”

白衣师兄听了骇然退了两步，其他几个百巧门弟子也是大惊失色。森罗魔殿护法何洪宵是个十分残忍的大魔头，最擅长的功夫是化血魔功，可以吸人精血，据说死在他手上的正道修士，无一不是被吸干精血而亡。

何洪宵笑道：“哈哈，不错！还不算是孤陋寡闻嘛！”说着便去俞婉儿腕上欲摘下牵丝手链，一面淫亵地道：“小丫头，生得倒是漂亮，就这么杀了未免可惜了，不如与本座和合一番，修个欢喜禅？”

俞婉儿又羞又气，怒道：“你这魔头，不得好死！”

听到何洪宵有意染指自己的心上人，那白衣师兄顿时大怒，一时也忘了害怕，大喝道：“魔头，闭上你的臭嘴！”挺剑就冲了上去。

何洪宵冷哼一声，大袖一卷一翻，就把那位气势汹汹的白衣师兄给拍飞了出去：“不自量力！”

“大家一起上！”

小师妹尖叫一声，与几个同门一起扑了上去，何洪宵哈哈一笑，抓起俞婉儿便迎向她的长剑，小师妹大吃一惊，急忙撤剑，何洪宵已当胸一脚踢来，小师妹“哇”地吐了一口鲜血，仰面摔出。

旋即，何洪宵便扯着俞婉儿，鬼魅一般幻闪起来，百巧门几个弟子哪里是他的对手，不几回合便纷纷重伤倒地。旁边许多人赶来围观，可是惮于何洪宵的凶名，却是无人援手。

此时，离开不久的楚渊也闻讯赶了回来。他本来只是听说此间有人打斗，赶回来看个热闹，不想他从人群中挤过来，看到的正是百巧门众弟子被人杀得落花流水的时候。

眼见何洪宵大施淫威，楚渊不禁暗暗吞了吞口水，他虽然没听过何洪宵这个名字，可是却知道森罗魔殿，江湖上有名的魔教，被正道不齿，却也为正道所忌惮。

“啊！楚大哥！”

俞婉儿被何洪宵扣着，始终无可奈何，眼见众多同门纷纷受伤倒地，心中大为焦灼，这时一眼看到楚渊，不禁大喜，在俞婉儿想来，此人能一眼看破早已失传的法宝“牵丝”，定然是大有来头的人，下意识地便向他求救。

小师妹捂着胸口，吃力地道：“楚……楚少侠，大家同为名门正道，还望楚兄帮忙，救下我师姐，百巧门定……定当重谢！”

楚渊的嘴角轻轻抽搐了两下，救人？拜托，现在倒在地上向他求救的这些人，哪个都比他更厉害，他拿什么救人？

何洪宵乜向楚渊，那完全不见眼白和瞳孔的一双血红的眼珠带着冰冷的杀意，楚渊不由得激灵灵打了个冷战。旧伤未愈的师父，还有两个不曾长大的师弟，全都赖他照顾呢，他能强出头？

楚渊干笑两声，对何洪宵拱手道：“误会，纯属误会，晚辈只是过路的！前辈请继续，晚辈不打扰了。”

人群中，一个玄衣玄裤的俏丽少女看到这一幕，不禁皱了皱鼻子，自语道：“胆小鬼！胆子这么小，难怪那天一见我就跑。”这玄衣少女，正是在山上寻找“凝冰翠”时与楚渊邂逅一面的少女。

何洪宵一声怪笑，道：“小子，想去通风报信吗？”

何洪宵说着，五指箕张，便向楚渊抓来。

楚渊瞋目大喝：“魔头，安敢挑衅？”

“呃！”

楚渊被一把扣住喉咙，提到了何洪宵面前。

旁观众人大跌眼镜，方才眼见俞婉儿惊喜地向他求援，结果楚渊卑躬屈膝，本就闪了众人一次，复见楚渊英眉一轩，不怒自威，还当他是个了不起的隐世高手，没想到竟然是不堪一击。

何洪宵一把抓住楚渊，也是一呆，没想到他连躲闪的本领都没有，何洪宵不禁失笑：“如此脓包！百巧门竟然求助于你这废物！真是可笑！”

楚渊被他扼着喉咙，气儿都喘不匀了，赶紧堆起满脸谄媚的笑容道：“是……是，我……我是废物！杀我……脏了前辈的手，不……不如就放了我吧！”

俞婉儿万万没想到她心目中的隐世高手竟然如此无能，而且如此没有骨气，一时惊得说不出话来。那小师妹却是狠狠啐了一口，道：“呸，没种，真给我们正道中人丢脸！我汤思悦真是瞎了眼，居然把你当英雄！”

就连那位受伤的白衣师兄也道：“我等名门正道，可杀而不可辱，你竟然对邪道魔头低头，气节何在？”

楚渊理直气壮地道：“气节……能当饭吃吗？你们这些名门大派弟子可以把生死……置之度外，我可舍不得！何老前辈，晚辈家里还有重病的父亲，嗷嗷待哺的弟弟，您老就高抬贵手，把小的当个屁，放了吧！”

楚渊这番不要脸的话说出来，连围观群众都替他脸红。玄衣玄裤的女子更是一脸嫌弃。可是，却也未见他们之中有一个跳出来维护百巧门这些弟子，何洪宵的凶名实在是太大了。

“无用之人，留来何用！”楚渊的软骨头样儿，就连何洪宵这种大魔头都嫌弃了，他不屑地看了楚渊一眼，手指慢慢扣紧。

楚渊急叫道：“前辈莫下手！小的对您可有大用啊！”

第十章　神土息壤

何洪宵手一松，楚渊顿时剧烈地咳嗽起来。

何洪宵冷冷地道：“你有什么用？”

楚渊弯着腰剧咳一阵，道：“我……我知道息壤在哪儿！”

何洪宵大吃一惊，一时忘形，竟然松开俞婉儿，一张脸凑到楚渊面前，血红的眼珠死死地瞪着他，低声道：“你说……息壤？”

“您老轻点，晚辈要被您勒死了。”楚渊拉着领子咳嗽几声。

何洪宵眼珠一转，冷声问道：“你怎么知道我在找息壤？”

楚渊道：“何老前辈颈上挂着的那个小盒子，应该就是烈土盒吧？那是专门用来盛放息壤的，晚辈见到了，自然就知道前辈正在寻找息壤。”

何洪宵摸了摸颈间那只土黄色的玉制小盒子，神色缓和下来，眼睛眨了眨，血色的双眸渐渐恢复了黑白两色，那是凝聚的魔功散去的征兆，楚渊看在眼里，暗暗放下心来，这老魔头暂时是没有杀意了。

何洪宵急切地问道：“息壤在哪里？”

何洪宵修的是化血魔功，提升迅速，威力惊人，但缺点就是易走火入魔，何洪宵练到如今这等境界，已经很难再进一步，就是因为再要更进一步，很容易走火入魔。

不过，这也并非完全不可解的，息壤就是能让他平心静气，不致走火入魔的一件宝物。

这息壤，当然不是神话传说中可以无限增长的一种神土。不过它既名息壤，自然也有其神奇之处。

息壤可以算是大地之精的另一种体现：一种，是变成了泽精，衍化出生命。另一种，依旧是无知无识的土壤，但只要指甲盖那么大一块儿，就有一座小土山的重量，而这么大的重量凝缩成那么小的一块儿，一旦落地，也很容易渗入大地深处，渐渐与周围土壤融合，就此难分彼此，所以一旦找到息壤，必须得用烈土盒这种特殊的法器盛装、滋养。

而何洪宵如果已经得到息壤，是决不可能挂在脖子上的，那重量能生生勒断他的脖子，所以楚渊一见他颈间挂着烈土盒，就知道他在寻找息壤，而且还没有得到息壤。

楚渊道：“何老前辈，那地方的地形太过复杂，我可说不明白，只能带您老人家过去。”

何洪宵嘿嘿一笑，道：“好！那老夫就先留下你的小命，若是真能替本座找到息壤，自有你的好处，若是你敢骗我，本座动动小指，就能取你性命！”

楚渊赶紧道：“是是是，借我几个胆子，也不敢欺骗何老前辈。那……咱们这就出发？”

何洪宵冷冷地瞟了俞婉儿等人一眼，道：“不急，这几个小辈是我的仇家百巧门的弟子，我要吸干他们的精血，祭炼我的化血魔功！”

楚渊吃了一惊，忙道：“何老前辈，万万不可！”

何洪宵冷笑：“有何不可？旁人怕他百巧门，老夫可不怕！等老夫得到息壤，避免走火入魔之危，神功大成之日，百巧门就更加不会放在老夫眼里啦！哈哈哈……”

楚渊急中生智，忙道：“何老前辈，息壤这种宝贝，是有妖兽守护的，与其把他们杀了，不如把他们带上，到时候让他们充当血食引开那妖兽，您老才好下手啊……”

“楚渊，你个胆小鬼，你不得好死！”

楚渊已经压低了声音，奈何他实力不咋样，别人的实力又不错，所以他的提议被俞婉儿等人听了个正着，汤思悦第一个怒骂出声。其他人也顿时气愤不已，楚渊竟然要让他们当引开妖兽的血食！

楚渊一副恼羞成怒的模样，吼道：“闭嘴！没有你们引开妖兽，充当诱饵的人就是我了！得罪何老前辈的本来就是你们，本来就是你们该死，你们自诩名门大派，难不成现在反要逼我牺牲？”

“说得好！”何洪宵用力拍了一下楚渊的肩膀，啧啧赞道：“这番话很对老夫的胃口！你快带老夫找到息壤，老夫一高兴，就收你做我的衣钵传人。”

楚渊一脸惊喜，谄媚地连声道谢。汤思悦等人顿时破口大骂起来，比起何洪宵这个大魔头来，楚渊的所作所为尤其叫他们痛恨。

俞婉儿却是深深望了楚渊一眼，心中暗自犹疑，如果说楚渊贪生怕死，倒也不稀奇，不过马上就能转变得如此彻底，如此的寡廉鲜耻，与她方才所接触的那个楚渊却实在无法重合成一个形象。

楚渊生怕他们的怒骂激怒何洪宵，不管不顾痛下杀手，便对俞婉儿道：“俞姑娘，你还是劝劝你的同门吧，所谓好死不如赖活着，多活一刻是一刻嘛。”

楚渊说着，向俞婉儿急急递了个眼神儿，俞婉儿心中疑惑，只是老魔头当面，却是无法问起，她把受伤最重的一个同门轻轻扶了起来，淡定地道：“跟他走！”

何洪宵瞟了他们一眼，道：“都别动什么鬼心思，谁要是敢耍花招，老子立毙他于掌下！”

楚渊向俞婉儿递的那个眼神堪堪被玄衣玄裤的女子捕捉到，玄衣少女登时心中一动：“不对！这只呆头鹅莫非另有打算？”

只是，她虽心中好奇，可是何洪宵这个老魔头她可不想沾惹，这一犹豫，便已失去了楚渊一行人的踪影。

第十一章　桃源胜地

楚渊一行人离开城池后，何洪宵扬手祭出一道飞行符箓，化作一匹火红的天马！他一纵身就跨上天马，冷眼看向俞婉儿等人。

飞行法器的速度和飞行法器本身的属性有关，但是和操纵者的功力深浅更有关系，所以何洪宵也不怕他们祭出法器就会趁机逃走，就凭他们人人带伤的模样，想逃是根本不可能的。

俞婉儿倒是没有受伤，可她又如何可能做得出抛弃同门独自离开的事，是以也认了命，一扬手便祭出了她的法器，凭空化作一只青鸾鸟。

百巧门众弟子也是纷纷祭出法器，大多是各色飞禽。楚渊见了，也硬着头皮摸出他的飞行符箓，催动法力，当呆头鹅凭空出现的瞬间，众人都惊呆了！

“噗……”汤思悦唇角的血迹都还没干呢，眼下又是受制于人，却还是忍不住笑了出来，其他几个百巧门弟子也是人人神情古怪。

何洪宵一脸怪异的神情，道：“你这飞行符箓，倒是个性十足。”

楚渊干笑两声，讪讪地道：“多谢老前辈夸奖。”

眼见老魔头虎视眈眈，百巧门众人不敢故意拖延，只好纷纷施法飞起，心中只盼方才城中那一场冲突，会有人找到他们的师门长辈报个信，那么他们还有一线生机。

楚渊身下那只呆头鹅抻着脖子，奋力拍着翅膀，飞得却是龟速，何洪宵乘着天马跟了一阵儿，实在忍受不了楚渊的龟速，不禁一探手臂，把楚渊提到了自己马上，没好气地道："收了你的那只笨鹅，该往哪去，你指路，本座带你同行！"

楚渊只是知道何洪宵在找息壤，所以投其所好，嚷出自己知道息壤所在的事情，其实他哪知道何处有息壤，方才在空中就是漫无目的地乱飞。

蜀山所在的方向，他是不敢过去的，师父就算从前武功最强的时候也不可能是这大魔头的对手，何况他自走火入魔，武功已大不如前，至于五行宗，虽然他常受五行宗弟子羞辱，却也没想过把这大魔头引去五行宗，祸害人家的宗门。

正没奈何间，他就被提到了何洪宵的天马之上，这一着急，倒是想到了一个绝妙的所在，楚渊马上不动声色地指点着，引导何洪宵前行，所去方向，正是泽精秘境。

一行人在空中掠过，百巧门的一个弟子渐渐放慢了速度，慢慢落在了众人后面，俞婉儿等人也刻意调整了速度和队形，将那人的身形掩藏起来。

砰！

何洪宵忽然一甩袖口，一道红色的光芒从他的袖子中射出，一团火球划了个弧形，避过那些故意挡在前边遮掩行迹的百巧门弟子，击中了那个落单的人。

"啊！"

那弟子一声惨叫，整个人连同他身下的飞行法器化成了一团烈焰，火光逸去时，已经化作一团飞灰，消弭在天地之间。

俞婉儿悲呼一声："七师弟！"

何洪宵冷冷地道："在老夫眼皮子底下耍花样！"

俞婉儿恨得目眦欲裂，可情知不是他的对手，只得强行忍耐，指甲都深深扎进了掌心。楚渊看在眼里，也是暗暗叹息："在这老魔头面前，怎么能玩障眼法！"

当下，楚渊只得放弃拖延，加快了指点的速度，免得何洪宵再借故杀人。一行人受楚渊指点，在山中飞行了好一阵儿，楚渊忽然指着一处苍翠欲滴处道："就是那里，何老前辈，降下去吧！"

何洪宵大喜，马上控制飞行符箓下降，那处地方自空中看去极美，置身其间更是仿佛仙境。只是何洪宵对这美景全无兴趣，只管催促他快快找到息壤。

楚渊便领着他们穿过一道瀑布，指着前方一个洞口道："何老前辈，穿过那个洞口就到了。"

何洪宵喝道："统统给我进去！"

何洪宵逼着众人都进了山洞，自己也跟了进去。洞中昏暗，何洪宵艺高人胆大，却也并不畏惧，只是双眸又开始泛红，虽然不致赤红如血，却也颇显妖异，显然还是提了小心的。

众人在洞中穿行良久，也不见有什么稀奇之处，渐行间，就见远处一处亮光，显然是快到出口了。

众人从那洞中出去，俱都是一怔，如果说方才降落处已经仿若仙境，那此间无异就是真正的仙境了。何洪宵从山洞中冲出来，那双泛红的眸子微微一扫，也是狂喜。

眼前一片灼灼其华的桃花林，花间落英缤纷，芳草鲜美，好似人间仙境。更远处竹林苍翠，远山如黛，田野阡陌，纵横其间，这等胜境，当真不似人间。

眼前的景象太美，就连百巧门的弟子也一时忘了之前的愤怒，何洪宵却很清醒，略带激动地道："息壤在哪，快带我去！"

其实他本来并没有完全相信楚渊的话，可是来到桃花源后，见到这洞天福地，反而觉得楚渊的话有八成可信了。楚渊赔笑道："何老前辈，往这边走。"

他不是何洪宵的对手，但泽精们可未必啊。那些看起来萌萌的、完全与人无害的泽精……楚渊本来最头疼与他们打交道，此时竟无比的期待。

众人穿过桃花林，就看到了泽精聚集的村落，房舍俨然，炊烟袅袅，只是比起人类所居，所有的一切都小了几号，仿佛是小人国，看得众人啧啧称奇。

"你们快看，那个穿黄衣的小人儿，真可爱！正在地里干活呢。"汤思悦眼尖，看到田间有个黄衣黄帽的泽精，那个泽精模仿人类生活，扮的是农夫。

因为距离远，何洪宵没心情凑过去看热闹，虽然这泽精小人儿着实罕见，可他们是修仙之人，稀奇古怪的事见得多了，倒也不至于太过稀罕。

"快看，那儿又来了一群穿黄衣服的小人儿。"小师妹汤思悦明显就是个玩心很重的人，若不是眼下处境堪忧，她都想跑过去和这些小黄人儿一块儿玩耍了。

第十二章　又见泽精

泽精们也看到了这些"巨人"，泽精村还很少看到这么多人类，好奇心本就甚重的泽精们登时围拢过来，对着他们指指点点，憨态可掬。

汤思悦想迎上前去，却被俞婉儿轻轻拉住了她的衣袖，一双美眸向她微微示意了一下，阻止她轻举妄动。俞婉儿注意到，那些黄衣小人儿身材虽如稚龄儿童，有的却已满面皱纹，白发苍苍……俞婉儿一下子想到了他们的身份。

"小子，这是泽精聚居之处？"何洪宵眯起眼睛，身上爆发出危险的气息。他虽然没和泽精打过交道，可是这种奇异的生物，他还是知道的。

楚渊也知道瞒不了多久，毕竟泽精的形象太明显了，作为见多识广的修行人，大多知道他们的存在。

楚渊诚惶诚恐地道："何老前辈，晚辈也没说他们不是泽精啊，不过息壤就在这里，只是这片洞天福地，也被泽精们看中了而已。"

何洪宵眯着眸子思索了一下，缓缓点头："嗯！有道理！泽精乃大地之精衍化出来的生命，息壤同样是大地之精，两者本同出一源，聚于一处也在情理之中！"

何洪宵根本没把那些泽精放在眼里，他知道泽精的存在，却不清楚泽精的性情和能力，人类和泽精打交道的机会并不多，少数与泽精有过亲密接触的人类，又罕有如楚渊一般进退自如的，所以有关泽精的情况自然也就传播不开了。

"都给我滚开！"何洪宵眼见那些泽精小人儿围在四周看热闹，便不耐烦地吼了一嗓子。因为彼此身高的巨大差距，他还真没把这些小东西看在眼里。

一个白发苍苍的泽精小黄人儿吹胡子瞪眼睛道："咦，你这老头儿，为老不尊！到了我们桃花源，怎么对我们却这般无礼？"

一个还在蹒跚学步、梳着朝天辫儿的女性小泽精走到俞婉儿身边，伸手拉着她洁白的裙摆，羡慕地道："大姐姐，你的裙子好漂亮。"

她刚刚玩过泥土的手在裙子上面留下了清晰的手指印，俞婉儿却没有丝毫的不悦，脸上甚至还带起了一抹温柔："小妹妹，等你长大了，也可以穿漂亮裙子的，快去玩儿吧，那老头儿很凶的，别惹他。"

最后这句话，她却是和那白发老泽精说的，她知道何洪宵这个魔头手段狠辣，不想牵累这些可爱的泽精。

可是，何洪宵脾气不好、喜怒无常？这本是泽精们的专利好吧，就算何洪宵不主动找碴儿，这些寿命极长、闲极无聊的泽精们也会主动来戏弄他，何况他还出言不逊。

另一个泽精老头儿奋力地顿着他的拐杖，冲着何洪宵咆哮："真是岂有此理，你这个没礼貌的老家伙，快滚出我们村子！"

何洪宵嘿嘿一笑，瞪向众泽精，一双眸子开始渐渐变红："你们这些人不人鬼不鬼的小玩意儿，本座本想放你们一条生路，奈何你们偏要自寻死路，给我滚！"

何洪宵咆哮一声，抬腿一脚飞去。

汤思悦吓得一声尖叫，就算一个普通人类，这么一脚下去，也要踢得那小人儿骨断筋折了，何况何洪宵这样一身法力通天的大魔头？这小黄人儿还不被他一脚踢得飞出数十丈远？

不料，何洪宵一脚踢出，只听砰的一声，那黄衣小老头儿站在那儿一动没动，手中的拐杖都没错移过一丝位置，何洪宵的大脚印在小黄人儿的身上，过了半晌，才缓缓落下，他的眉宇之间已经露出痛苦之色，而一双眸子也变得愈发红了。方才他没有动用太多功力，结果这一脚下去，仿佛踢中了一根铁柱，他的脚趾已经断了。

俞婉儿等人都惊奇地瞪大了眼睛，还没看明白究竟发生了什么，何洪宵已然深深地吸了口气，一只大手陡然又胀大了一倍，变成了恐怖的猩红色，这是他的化血魔功运到极致的表现。

何洪宵大吼一声，一掌拍下，作为人类，他的手本来就比泽精巨大了许多，这一胀大一倍，登时簸箕一般，将那小老头儿整个笼罩其下。

“给我死！”

噗的一声，巨掌印到了地面上，恐怕那小小泽精已经被他这一掌拍成了扁扁的肉泥。

“天哪！歹人杀人啦！鲁老丈被杀啦！”

泽精们大呼小叫起来，楚渊见了心花怒放，想杀泽精？哪那么容易，这些泽精可是大地的宠儿，只要他们不离开地面，与大地就是一体的，不死不灭。

泽精小人儿们愤怒地围上前去，对何洪宵连打带踢，可是其中个头儿最高的也只能纵身跃起，奋力一拳打在他的膝盖上，力道更是弱得如同蚊子咬。

何洪宵大笑，他方才踢泽精那一脚吃了暗亏，还以为这些泽精有什么本事，原来除了身子坚逾精金，却也没有什么特别之处。何洪宵当即喝道：“一群不知天高地厚的精怪，今天你们统统都要死！”

何洪宵双手一合一张，一道赤练般的并无实体的火链便在掌中成形。何洪宵挥舞火链，向泽精们抽去，但凡被他抽到的泽精，登时化作一抔黄土，散落在地。

泽精娃娃们哇哇大哭，泽精妇人则惊惶尖叫，只是他们深藏眸底的一丝兴奋，却没有人注意到。在人类的书籍中，它们也了解到战乱时的悲惨场面，如今可算有机会模仿一把了，一时间玩得不亦乐乎。

俞婉儿好生不忍，尖声叫道：“你是来取息壤的，不要胡乱杀人！”

何洪宵挥鞭将最后一个，也就是那个刚才摸俞婉儿裙子的泽精小女孩一鞭抽得灰飞烟灭，瞪着一双火红的眸子转过身来，冷笑道：“你已自身难保，还想替人出头？”

看到他可怖的样子，俞婉儿不禁骇然退了一步，这时汤思悦忽然指着何洪宵身后，结结巴巴地道：“那……那是怎么回事儿？”

第十三章　不死生命

何洪宵扭头一看，也不禁吓了一跳。方才被他用化血神鞭抽得灰飞烟灭的小黄人儿居然又重新出现了，他们站着整整齐齐的队伍，神色木然。

何洪宵不禁退了一步，诧异地道：“这是什么鬼？”

小黄人儿们齐刷刷地举起了双臂，好像一群硬邦邦的僵尸，又齐刷刷地向前一跳，用诡异的声调道：“还我命来~~~，还我命来~~~”

小黄人儿齐刷刷地向前一跳一跳的，何洪宵虽然惊诧却也不惧，冷笑道：“你们做精怪时本座不惧，难道做了小鬼，本座就怕了？”

何洪宵嘿嘿一笑，手中火链鞭向上一扬，登时放大无数倍，恶狠狠一鞭抽下：“今天，我就叫你们神魂俱散！”

眼见这一鞭就要抽中那些扮僵尸的小黄人儿，土中突然钻出一个白发黄衣老头儿，迎风便长，刹那间便化作一个身高十数丈的人，那一鞭也像死蛇般被他挟在了指缝间。

俞婉儿等人仰面望去，那老者赫然就是最初被何洪宵一掌拍得无影无踪的那个老头儿。

巨人老头儿伸出巨棒一般的手指，指着何洪宵道：“这个人面目可憎，着实讨厌，杀了他。”

“杀了他！”

那些扮小鬼的小黄人儿们也都长大起来，顷刻间就变成了一群巨人，汤思悦忍不住叫道：“天哪！他们是怪物！是怪物！”

正在看热闹的楚渊暗叫不妙，你这丫头，废什么话啊！他们本来就不是人，难不成方才扮小人儿的时候就算是人类了？

可泽精喜欢模仿人类啊，他们最讨厌的就是被人类说他们不是人，汤思悦这无心的一句话，可是把他们彻底得罪了。楚渊知道和这些性情古怪的精怪是没有道理可讲的，冲过来牵起汤思悦的手就跑，大叫道：“大家快逃！”

汤思悦甩开他的手，嗔怒道：“你这个懦夫，滚开！”

这时汤思悦的话已经激怒了那些巨人泽精，他们恶狠狠地瞪过来：“这些人也很讨厌，统统杀了！”

巨人们迈动脚步，大地震颤着，向他们俯压式地冲过来。

何洪宵手中火链鞭倏然一闪，因为本就是无形之物，登时就从那巨人泽精指间抽了出来，狠狠抽向那些泽精，可泽精只要依托大地，就是不死不灭，无物可伤的，那些巨人虽被他的火链鞭抽得火星四溅，却是毫发无伤。

一个巨人泽精抬起大脚，向何洪宵当头踩来，何洪宵吃了一惊，一个瞬移，登时闪现在数十丈外，手中火链鞭消失，双手不断结着手印，口中念念有词，显然是要动用法术。

那些泽精虽然已经变成巨人，看着动作有些笨拙，可他们能瞬息千里的种族特有能力却并未因为他们变大的身体而失去，巨人泽精们只是身影一闪，便又围到了何洪宵的周围，数只巨灵掌狠狠拍下，逼得何洪宵仓皇再闪，打断了施法的过程。

趁此机会，楚渊对百巧门的人道：“老魔头被泽精们缠住了，还不快走！”

俞婉儿恍然大悟：“你……是故意引他来的？”

俞婉儿这句话，登时把还围在他们周围的其他泽精的目光吸引过来，其中一个泽精怒指楚渊道："这小子也不是什么好东西，干掉他们！"

"毁了毁了，祸从口出啊~~~"

"啊"字出口时，楚渊已经疯狗一般窜进了稻田。只是泽精栽种的水稻比起人类世界的水稻同样矮小了许多，蹚在他脚下仿佛草丛，根本遮掩不了他的身形。

更远处，被泽精巨人围在中间的何洪宵化作一道道残影，尤其一双手掌化为诡异的红色，扬起漫天红色虚影。只是，他的化血魔功最强大处就是吸取他人精血，而泽精是大地之精衍化，没有血脉，根本汲取不了他们的生命，偏偏他们还不死不灭、力大无穷、刀枪不入，可以遁地化形，一时间何洪宵被打得鼻青脸肿，叫苦不迭。

楚渊一边逃，一边大喊："快走啊，迟恐不及！"

俞婉儿终于也反应过来，喝道："众同门，退出此地！"

嗤嗤嗤嗤！

一道道手臂粗细的树根从地面上钻了出来，宛如一条条灵蛇，迅速地朝俞婉儿他们包围而来。

俞婉儿脸色一变，双臂高举，翠袖褪下，露出两截皓腕，摄魂铃和牵丝同时发动，五道符篆同时从摄魂铃中蹿出，瞬间化作五具高大的木质傀儡，手握大刀，劈砍枝蔓。

无数的树根疯长，长的短的，粗的细的，从地下钻出，瞬间就结成一个巨大的牢笼。五具傀儡的双足都被藤蔓缠绕起来，有的手臂和大刀也被牢牢地束缚住了，蛇一般收紧，勒得咯咯作响，若非仍有法力支撑着，恐怕早就恢复符篆原形。

不过，倚仗这五具傀儡的劈砍，牢笼还是被砍开了一个缺口，俞婉儿等人迅速从牢笼中冲出来，纷纷祭出飞行法器，四散奔逃。

远处，何洪宵也早已召唤出火焰天马，奈何巨人泽精们围在四周，你一拳我一拳，嬉闹一般眼看将那天马打成了半透明状，很快就耗尽法力恢复原状，根本逃脱不了。

一见俞婉儿等人逃出，众泽精马上停止对藤蔓的催动，拔足追来。方才那个夸奖俞婉儿裙子漂亮的泽精小丫头变成了巨人大丫头，也是杏眼圆睁，头顶巨大的朝天辫儿一晃一晃地向她堵过来。

俞婉儿想着她与这泽精小丫头还算有些情分，便向她飞过去，高声叫道："方才实属误会，小妹妹……"

一语未了，那泽精小丫头的大手已凌空挥至，一把握住了她的青鸾，用力一攥，登时破碎，化作一堆碎符纸落地。

早在那泽精小丫头挥掌击来时，俞婉儿就腾身跃到了空中，此时尖叫一声落向地面，被一个泽精的巨掌扫中，复又飞向空中，一口鲜血喷了出去。

危急关头，楚渊骑着呆头鹅，贴着水稻歪歪斜斜地飞了过来。那些巨人纷纷伸出手掌去捞，可楚渊飞行高度只及他们膝盖以下，巨人泽精们双手挥动并不便利，总是险之又险、差之毫厘地被他避过。

楚渊一把接住从空中坠落的俞婉儿，叫道："泽精喜怒无常，只要激怒了他们，再攀什么交情都没用，快逃！"

俞婉儿身子一落，压得呆头鹅向下一沉，肚腹险些触及地面，那呆头鹅拼命地拍打着翅膀，载着二人再度飞起，摇摇晃晃地落荒逃去。

第十四章　落难秘境

巨人们拔足便追，楚渊仓皇回头，大叫道："何老前辈，我引开他们了，你快走啊！只要您老人家无恙，我们都死光了也没关系！"

"我……我日！"

何洪宵气得三尸暴跳，带不带这么坑人的啊？

追赶楚渊和俞婉儿的泽精是一群泽精小孩子所化的巨人，智商有限，一听他这么说，完全忘了他方才还称那何老前辈为老魔头，只道那个可恶的老头儿才是最重要的，当然不肯再上楚渊的"当"，其中一大部分马上返身向何洪宵赶去，仿佛一群孩子在捉一只蜻蜓。

而实际上，他们也真的仿佛在捉蜻蜓，一个泽精孩子幻化的巨人跑到一半儿，伸出巨臂拔下一棵参天大树，举在手中就向何洪宵扑去。

扑通！

武功再高，也怕菜刀。一代魔头，竟然被一棵当成扫把的大树拍在了地上，再也挣扎不得。

楚渊还在逃，他的呆头鹅卖相虽不好，飞得也不高，此时此刻半高不高的距离，却更有助于他逃脱追兵。楚渊此时也顾不得辨识方向，只管利用地势，尽可能地摆脱那几个如同做游戏般兴高采烈的泽精小巨人。

夜深人静的时候，楚渊常常坐在山顶，想象着蜀山一万年前的荣光，悬浮于云端山顶的蜀山宝殿，一群御剑而行的蜀山门人……

一琼真人曾说，一万年前蜀山剑派是天下修炼者所向往的最大门派，纵横三界，所向披靡！莫说几个泽精，就算是魔道几大至尊，也是闻声丧胆。

而今呢，蜀山剑派的掌门大弟子，正骑着呆头鹅超低空飞行，后边还跟着几个放大了无数倍的黄衣黄帽的泽精小孩子，真是悲哀啊……

前边的地形愈加荒凉了，看样子就是泽精村的泽精也不曾到过这里，这里没有路，没有屋舍，没有庄稼，也没有被人砍伐采摘过的痕迹。

本来紧追不舍的泽精忽然停了下来，一个跑得太急的泽精被一个年长一些的泽精拉了一把，踉跄一下才停住。他们又缩小成了黄衣黄帽的小人儿，围在那儿嘀咕一番，仿佛争论着什么，最后竟然返身离开了。

楚渊只顾逃命，连头都无暇回顾。直到他浅薄的法力都耗尽了，那呆头鹅一头栽下去，来了个腹部落地，向前滑行了一阵，这才停下。

呆头鹅重新化成了黄纸符，楚渊则坐在地上，怀中还抱着横卧的俞婉儿。楚渊四处观望，自己所在的地方像是一处废墟，四周居然有断壁残垣，上边爬满了藤蔓，外层是碧绿的，底下则是一层层已经枯萎了的，也不知生长了多少年。

楚渊又回头看看，喜道："我们摆脱追兵了！"

怀中却没什么声息，楚渊低头一看，这才发现俞婉儿双目紧闭，脸色苍白。楚渊赶忙将俞婉儿放下，试了一下她的呼吸，气息极其微弱。

楚渊皱了皱眉，自言自语道："俞姑娘伤得好重！"

目光落在俞婉儿的俏脸上，黛眉如画，鼻子精致，唇形优美，与初见她时相比，显得几分柔弱，却也更加动人。

只是看到她唇边浅浅的血迹，楚渊却顾不得继续欣赏她的美貌了，他轻轻拉开她的衣衫一角，露出雪白的香肩，从那一丝缝隙，可以看到她光滑如玉的后背上一大片淤青。

"咝……"昏迷中的俞婉儿忽然颤抖了一下，楚渊赶紧小心翼翼地放下她的衣衫。楚渊知道，俞婉儿是被化身巨人的泽精用巨掌伤了，这种纯外力的打击伤了内腑，反而不易痊愈。

楚渊道行浅薄，自然不会"隔衣疗伤"什么的功夫，师门穷得都揭不开锅了，身上也不会常备出家旅行必备良药，不过恰因如此，楚渊倒是识得许多草药和配方。

楚渊抱起昏迷的俞婉儿，四下转悠了几圈儿，追兵已完全不知所踪，四下也没有什么凶猛的野兽，楚渊便就地找到一处藤蔓密布的洞穴，将她轻轻放下来。

俞婉儿触到冰凉的地面，嘤咛一声苏醒过来。楚渊惊喜道："俞姑娘，你醒了。"

俞婉儿渐渐看清了他，急道："是你！我的同门……哎哟！"

俞婉儿一动，触及伤处，不禁又是一痛。

楚渊忙道："俞姑娘，你受了伤，不要动。你放心，你的同门都逃开了，那些泽精一部分去追那老魔头了，一部分追着咱们过来，倒是没有对他们穷追不舍，相信现在已经逃出去了。"

俞婉儿略觉放心，环顾四周，迟疑道："这里是？"

楚渊道："我被泽精追着，慌不择路，就逃到了这里来了。你先待在这里，我去看看周围情形，提防泽精追来，同时再寻些草药给你疗伤。"

俞婉儿答应一声，柔柔地道："有劳楚大哥了。"

楚渊的心酥了一半，生怕被她看出端倪，急急答应一声，转头就往外走，一时神不守舍，脑袋在洞顶碰了一下，他也不敢喊疼，唯恐被人家姑娘笑话。

殊不知他的反应，俞婉儿早已看在眼中，忍俊不禁，目中已然露出笑意。

第十五章　蜀山剑碑

废墟的范围大得出奇，其中杂草丛生，可是却意外地安静，楚渊找了半天，别说什么野兔野鸡了，就连鸟儿都没看到一只，仿佛这里没有一个活物一般。

至于草药，楚渊在草丛中寻摸半天，倒是找到几株，却不对症。值得庆幸的是，泽精确实跟丢了，没有追上来。

“这地方还真奇怪。”不知不觉之间，楚渊已经走到了废墟深处，四周变得更加荒凉起来，连杂草都变得稀稀落落。裸露的地面呈暗红色，还带着一股子难闻的腥味儿，就好像被鲜血浸染过一样。

“这是什么鬼地方，看起来阴森森的。”

楚渊抬头看了一眼，就连头顶的太阳似乎都变得有些惨白。浑身的汗毛都竖了起来，楚渊决定赶忙离开，却不料转身的时候，脚下被藤蔓绊了一下，整个人往地上扑倒。

轰隆……扑通……

跌倒的瞬间，他身下的地面一颤，然后轰然滑落下去，楚渊猝不及防，整个人随着下沉的地势滚落下去。

翻滚的土石在身上敲打，楚渊尽量地将身体蜷缩，护住了自己的头部。山坡不算特别高，却被弥漫的藤蔓遮蔽住了，如果不是楚渊失足滑落下来，还真未必能发现这方小天地。

当他停住身子，抬头看时，整个人都愣在原地，这……是什么地方？天空中飘荡着血色阴云，就在这一方山谷的正上方，沉沉的仿佛随时会坠落下来。

地面上横七竖八的都是巨大的石头和累累白骨，还有不知道丢弃了多少年的兵器，有些掩埋在土石之下，有些孤零零地竖立着，锈迹斑斑。

所有的巨石和骸骨似乎都向着中间的方向，楚渊抬眼望去，就看到一座由骸骨堆积而成的骨山突兀地矗立在大地上，顶部孤零零地竖立着什么。

一阵风吹过，带着难言的死气，让楚渊毛骨悚然，却又带着一点莫名的兴奋。

不由自主地，他朝那座骨山走去……

楚渊走得很慢，偶尔踩到枯骨上，发出咔吧的断裂声，在山谷中尤为清晰。

渐渐地，楚渊看清楚了骨山上竖立的是什么，一块巨大的石碑斜斜地插在那里，上面布满斑驳的痕迹，顶部还破损了一块，隐约能看到有两个模糊的大字。

楚渊在石碑前站定，伸手缓缓将上面的泥土和青苔擦掉，终于看清楚了上面那两个古老的大字——剑碑。

“剑碑？”楚渊疑惑地重复了一句，小心地摩挲了一下，除了这两个字，石碑光滑无比，再也没有半点字迹。

无字剑碑？到底什么意思？怎么会在这里？

“哎……”

脚下的枯骨堆受压，忽然塌陷了一下，楚渊下意识地低呼了一声，伸手想攀住石碑，石碑上一角锋利的凸起被他不小心摸到，划破了手掌。

殷红的血珠渗出，滴在了剑碑上，楚渊想要收回手掌，却惊讶地发现，他的手掌像是粘在了石碑上一样，根本拿不下来。

手掌拿不下来也就算了，最恐怖的是，他感觉自己的血液正在向外奔涌，那石碑竟然像是活了似的，正在从他的手指伤口上吸血！

楚渊大吃一惊，奋起余力拼命击打石碑，可那石碑虽然看着随时都能朽化，却是坚硬无比。楚渊修习的是蜀山正宗心法，但只是蜀山的入门心法，真正高深的修仙法门早已失传，凭他的力量怎么可能摧毁这石碑。

但是，就是楚渊如此低微的法力，一掌掌击在石碑上时，击打处却隐隐泛起一圈圈涟漪似的金光。

砰！砰！砰！

石碑仿佛成了一面鼓，被他击打发出的声音越来越大，他掌下荡起的金色涟漪也是越来越有若实质。

楚渊惊讶地住了手，看看自己的手掌，纳罕道：“我……我什么时候有这么深厚的功力了？怎么会发光呢？”

言犹未了，石碑上陡然爆发出耀眼的光芒，楚渊也被这近乎实质的光芒硬生生地弹了开来，险些摔倒在地。

来不及庆幸，楚渊就被眼前的景象给惊呆了，一道浓稠的仿佛铜柱般的光从剑碑上冲霄而起，刺入血色的云层，云层立即翻滚涌动起来，似乎受这光柱影响，大有驱散之意。

楚渊骇然瞪大了眼睛，眼见那石碑不仅光芒越来越胜，自身也越来越亮，碑上原本的刀剑刻痕纷纷平复，恢复了光滑的质地。岁月的风霜被这金光涤荡干净，碑身上一个个金光闪闪的字迹出现，只是光芒太亮，楚渊根本看不清楚上面的字迹。

可越是如此，楚渊越想看个明白，眼睛越睁越大，忽然间，剑碑上光芒大盛，整个剑碑拔地而起，化作一道虹芒，直刺苍穹。天空中的血色浓云如雪狮子见火，顷刻间化作乌有，天地间唯有金茫茫一片。地面的白骨在金光的照耀下，以肉眼可见的速度消融着。

一个洪钟般的声音在楚渊脑海中轰然响起："神魔一体，封印永恒！唯我蜀山，荒域传承！"

第十六章 神仙眷侣

十六字，声声如巨雷，楚渊识海一激，只觉得天旋地转，忍不住大叫一声，捂着双耳仰面倒下，此时那拔地而化作金虹烁烁于空的石碑，忽然化作一点星芒，倏然冲入楚渊的瞳孔。

楚渊此时仰面倒着，双目大张，可是对此一切却全然无知，在那虹芒刺入眼中的刹那，他的识海中仿佛投入了一颗陨石，天崩地裂，山呼海啸，竟尔眼前一黑，晕了过去。

泽精村的方向，遍体鳞伤、鼻青脸肿的何洪宵被一群黄衣黄帽的小矮人儿拖死狗一般拖向村子，忽然极远处金光大盛，继而瞬间消失，那白发泽精瞠目望去，忽然魂不附体般拜倒于地，颤声叫道："荒域祖地不见了，荒域祖地不见了！"

众泽精骇得战战兢兢，纷纷拜倒，连连叩头。这荒域祖地，就是此地泽精诞生的根源。天地间精华之气聚敛之地，久而久之，方能诞生泽精，然而像泽精村这般形成村落，有大量泽精诞生的所在，却是绝无仅有。

要知道，泽精寿禄极长，如果诞生得太快了，老的不死，年轻的不断出生，那天地间还有其他生灵的生存之地么？所以，泽精的产生，不亚于一头巨龙的降生，是极其艰难的。

这也是世间修行者知道泽精的存在，对其却不太熟悉的原因，泽精太罕见了。可这桃花源的泽精，却每隔几百年就诞生一批，渐渐形成一个大村落，就是因为荒域祖地里有一股深埋地下的无限生机，催生泽精产生。

那股生机造化催生泽精，只要双脚沾地便能不死不灭的泽精则保护着这片荒域不受外人侵扰，故而千百万年下来，此地依旧是一处世外桃源。

而今，这寿近八千年的泽精老村长，却忽然感觉到孕育、诞生了他的荒域祖地那股无限生机消失了。老村长自然惶恐不已，如丧考妣，那些大小泽精也是跪地号啕，好像死了亲爹一般。

何洪宵睁开乌青肿胀的眼睛，只见众泽精都遥拜远方，号啕大哭，根本没人理他，赶紧爬起来蹑手蹑脚地逃开，何洪宵逃开一阵，回头看看，泽精们还是没注意到他的离开，登时撒开双腿，仿佛一条野狗般一溜烟儿地消失了。

不是他不想飞腾而起，他祭炼的天马飞行符器已经被泽精们破坏了，他又不懂传说中的御剑飞行之术，也只得靠这双腿落荒而逃了。

荒域中，楚渊缓缓张开眼睛，他也不知昏迷了多久，睁眼看时，澄净的天宇，悠悠的白云，鸟语花香，原本的鬼域模样全然不见了。

楚渊急忙爬起，发现面前的白骨堆不见了，石碑不见了，周围许多锈蚀的兵器也不见了，遍地青葱，生机盎然，楚渊不由得啧啧称奇。

忽然，他发现远处残阳夕照，竟已黄昏，不由得惊叫一声："坏了，昏迷这么久，楚姑娘要急坏了。"

楚渊匆匆离开，之前因这荒域的存在，周围连鸟兽都没有，只有杂草丛生，草药也是罕见，这时整个荒域都变了模样，他走不多远，就在草丛中找到了需要的草药，也不知是原本就长在那里，只是荒域了无生机，白骨累累，所以不曾看到，还是这片刻工夫，整个荒域改天换地而形成的。

楚渊欣喜地采了草药，匆匆赶回俞婉儿寄居的山洞，行不多远，忽然想起昏迷前识海中听到的那如雷般的偈语："神魔一体，封印永恒！唯我蜀山，荒域传承！"

楚渊不由得心中一动，那个奇怪的声音为什么要提到蜀山？"唯我蜀山？"难不成那个威严的如同天神般的声音，是我蜀山曾经的某位前辈？

楚渊却不知，那上古石碑正是与蜀山大有渊源，也因此他师承蜀山的正宗心法才能让石碑产生感应，否则他纵然功力再高十倍，也奈何不得那石碑，那石碑也不会有丝毫反应。

楚渊百思不得其解，只好摇摇头，加快了步伐，心里只想着，来日逃去后，把此事说与师父听，没准他老人家知道这段话究系何指。

楚渊正行间忽然停下，前方青萝碧翠，杂花丛生，花草间俏生生站着一个美人儿，手中扶着一截虬龙似的古藤枝，如诗如画，沁人心脾。

楚渊险些拿不住手中的草药，脱口唤道："俞姑娘。"

俞婉儿见到楚渊，不禁松了口气，道："你回来了。"

楚渊急忙迎上去，道："俞姑娘，你受伤颇重，为何不在洞中养息，出来做什么？"

俞婉儿道："我在洞中歇息，忽然光芒大盛，我在洞中也觉周围照得一片透明，不晓得发生了什么，唯恐你出了意外，是以出来寻找。"

楚渊听她关切，心中一甜，只是方才那奇怪的一幕实在是说不清楚，尤其是还涉及蜀山，更是不可胡乱说与他人知道，所以倒没有色令智昏地说出一切，只含糊道："我方才也见到了，还被那刺目的光芒弄得眩晕了一下。此地着实古怪，等姑娘伤好一些，我们尽快离开！"

楚渊东张西望一阵，发愁道："如何熬药呢，难不成还要弄点儿泥巴，先烧几个陶碗？"

俞婉儿忍俊不禁，打趣道："你要不要在此处再盖间茅屋，垒上灶台、床铺？"

楚渊听出她的调侃之意，苦笑道：“那倒不必，只是这草药……”

俞婉儿微笑道：“我师门自然有炼制的各种丹药，方才我已经服过药了。”

楚渊这才恍然，百巧门乃中州修仙大门派，实力自非他蜀山可比。楚渊松了口气道：“姑娘有师门丹药疗伤，那再好不过，一会儿我去捉几只兔子来，咱们烤了吃，歇息一晚，明日便寻机离开。”

俞婉儿也是归心似箭，温婉地点头。

楚渊把俞婉儿送回洞中歇下，自去捉了两只兔子，就在溪边清理干净了，又兜了一前襟的野果，都洗净了。回到洞中生起火来，把野兔架在火上烤熟了，又挑了几个长得饱满成熟的果子摆在俞婉儿面前的一块青石板上，道：“姑娘请用！”

“多谢楚大哥！”俞婉儿启唇一笑，如银瓶乍破。楚渊看在眼里，心中都是朵朵莲花盛开的感觉，若不是还有师父和两个师弟牵挂着，他真希望就在这里盖一间茅屋，起三五畦菜地，与这等美人儿在此做一对神仙眷侣。

第十七章　比翼双飞

俞婉儿很文静，吃东西的样子斯斯文文的，小半只烤兔吃下去，唇边才只微露一丝油光，而楚渊则满脸是油，吃相粗鲁得很了。

俞婉儿的饭量似乎也不大，小半只野兔下肚，已经不再进食，她又吃了个果子，才道：“你是故意引何洪宵来这里的？”

楚渊倒也没有矫情，点了点头。

俞婉儿看着楚渊，又问：“你为什么救我？”

楚渊使劲啃了口兔腿儿，道：“搂草打兔子，救人、自救，如此而已。”

楚渊实话实说，并未为了取悦俞婉儿就信口胡说，他自知能力有限，如果不是被何洪宵盯上，确实不会强出头。

俞婉儿似乎有些意外，沉默了一下道：“多谢你了。”不管楚渊是不是顺便，救了她都是事实。楚渊摇了摇手，表示不在意，然后道：“你身上的伤怎么样了？”

“没有大碍，这是什么地方？我们怎么出去？”俞婉儿有些着急，她不知道自己的同门在哪儿，现在情况如何，怎能放心得下。

楚渊大体地讲了一下泽精的事情，又道：“泽精还不知道怎样了，你还是先养养伤吧，我去打探一下再说。”

“那……多谢你了。”俞婉儿向来独立，这种需要别人照顾和帮助的情形还是第一次，心中有些奇怪的感觉。

楚渊走出去，却接着退了回来，一步一步，小心而又谨慎，背部略微僵直。

俞婉儿也敏锐地嗅到了空气中一抹淡淡的紧张之气："怎么了？"

"你现在走得快吗？"楚渊没有回头，只是小声问了一句。

楚渊对面有一道巨大身影，那是一只奇怪的野兽，足足有一人多高，鸟头鹿身，尖锐的长喙如最锋利的箭尖，闪闪发光。尤其是那一双眼睛，闪着饥饿的绿光。

俞婉儿脱口叫道："破魔兽！"

这种生物行动如电，长喙锋锐可破重甲，尤其是它能抗御一切道法，只能以物理力量打败它，所以寻常猎户可能不怕它，修仙者倚仗道法逞强，大多数并不练习武艺，反而拿它束手无策，万没想到，此间竟然有一只。

楚渊低声道："我拖住它，你快点离开，一直往东，就能出去。"

俞婉儿大为感动，没想到此时楚渊不是想着自己逃走，反而会如此惦记她的安危。

其实楚渊本就是这样的人，与他无干时，他会估量一下自己的能耐，不会逞强斗狠强出头。可是需要他承担时，也决不畏怯逃避，他活得很真。

而对俞婉儿来说，感觉却大不一样。规避危险是人的本性，就连刚才被泽精围攻，她最后也是一个人苦苦支撑。她并不责怪同门，身为大师姐，她也要有她的担当，可是在这种危急时刻，有人愿意站出来挡在她的身前，那种被庇护被照顾的感觉真得暖暖的。

俞婉儿起身，握着摄魂铃，缓缓走到了楚渊跟前。

楚渊眉头一皱："你怎么还不走？"

俞婉儿低声道："我不是贪生怕死的人。"

破魔兽歪着鸟头睇向俞婉儿，似乎对她的肉更感兴趣的样子，眼中的贪婪和杀意更浓了。"吼！"略微一个停顿，那怪兽便大吼一声，纵身朝俞婉儿扑去。

楚渊抽出腰间长剑狠狠劈去，当的一声，剑刃与怪兽的长喙碰撞，发出金属般的颤音，下一刻楚渊的身子就被弹飞出去，撞在了一旁的石壁上。

丁零零……

楚渊飞出的瞬间，怪兽作势就要冲上前去，一阵悦耳的铃声响起，怪兽的动作微微一顿，目光有那么一瞬地涣散。俞婉儿擅长傀儡术，精修傀儡术的人不只能控制傀儡，对意志薄弱者还能造成干扰，甚至把它变成自己的傀儡。

俞婉儿现在当然没这本事，不过有牵丝手链的增益效果，倒也影响了破魔兽。破魔兽目光涣散了一下，忽又清醒过来，不禁愤怒地咆哮一声，再度扑向俞婉儿。

长喙堪堪触及俞婉儿，楚渊已经扑过来，抱着俞婉儿滚翻在地，匆匆忙忙地钻出了洞穴。破魔兽愤怒地嘶吼一声，不屈不挠地追上来。

楚渊抱着俞婉儿气喘吁吁地狂奔："快！放傀儡阻止它，要不……我没时间放出飞行符。"

俞婉儿手腕再扬，砰的一声，凭空冒出一只木制的八脚蜘蛛，只是那蜘蛛头部飞快地乱转，横在原地并不攻击破魔兽，被那破魔兽用长喙奋力挑开。

楚渊匆忙间回头看了一眼，就见凭空又出现许多只木青蛙，呱呱叫着扑向破魔兽，只是这小玩意儿毫无杀伤力，如何阻得住那破魔兽。

楚渊又好气又好笑，道："这是什么玩意儿？"

俞婉儿俏脸一红，道："这是我平时用来训练控制力的。"

楚渊道："怎么不放那种持刀巨人傀儡了？"

俞婉儿道："我平时只能同时控制三个傀儡，带多了也没用。带五个已经有两个备用了。这些都是损坏了尚未修复的，以及用来训练的小玩意儿。"

楚渊道："不管了，全放出去，阻止它，我们强行离开！"

俞婉儿皓腕疾振，各种损坏的、毫无杀伤力的傀儡被释放了出去，其中居然还有一堆翩跹起舞的蝴蝶。与此同时，楚渊也取出了呆头鹅，向前一抛，口念道诀，那呆头鹅砰的一声，从纸符变成了一只大白鹅。

楚渊抱着俞婉儿一屁股坐了上去，喝道："走走走，起飞，起飞！"

那呆头鹅猛然压上去两个人，刚一起飞就被压到地上，呆头鹅跌跌撞撞地弹跳了几次，快把屁股颠破了才勉勉强强飞了起来，而坐在呆头鹅上的楚渊却是因此大享艳福，温香软玉一个身子抱在怀里，因为颠簸，两人的身子不断做着亲密接触，虽然挨贴在一起的时间都很短，可对楚渊这个未曾尝过女人滋味的少年人来说，却是别具销魂味道。

第十八章　泽人小薰

俞婉儿也是面红耳赤，对楚渊来说，怀里是香香软软的一团，不经意间究竟碰到了哪里，俞婉儿可是比他还清楚，可她也知道楚渊纯是无心之举，又怎好嗔怪。

呆头鹅飞得再慢，总比那破魔兽的奔跑更快，待那破魔兽摆脱了一堆乱七八糟的傀儡，再想追时，二人已经贴着碧绿的青草飞向远方，破魔兽眼看着猎物从嘴边上消失了，只能远远地愤怒地咆哮几声。

楚渊长长地松了口气，低头一看怀中的俞婉儿，俞婉儿苍白的面颊上透着一抹嫣红，异常动人。

俞婉儿见他望来，挣扎坐起，道："我没事了！"

楚渊连忙放手，只是一头大鹅，背上能有多大的空间？俞婉儿虽然离开了他的怀抱，两人依旧贴得近近的，只是俞婉儿面向前方而坐，虽然身体接触，不必看到他的模样，羞涩感便差了些。

楚渊坐在她背后，风从脸颊旁掠过，带来姑娘阵阵处子幽香，一时间如临仙境，陶醉的楚渊都不想说话了。

俞婉儿回过头，忸怩地道："你……你能不能坐开一些？"

楚渊也觉得下体紧贴着姑娘丰盈饱满的臀部，虽然滋味销魂，未免唐突了佳人，闻言忙向后挪了挪，可后边本就没有多少空间了，楚渊险些滑下呆头鹅的身子，他哎呀一声，下意识地搂紧了姑娘的小蛮腰，俞婉儿大窘。

两人正不知所措，身下的呆头鹅也因为二人的动作浮浮沉沉地努力保持平衡晃悠着，这时迎面忽然一黑，一片花花绿绿扑面而来，呆头鹅一头撞了上去，再也维持不了平衡，扑棱着翅膀就往地面撞去。

楚渊和俞婉儿摔在青草地上，倒是不曾受伤，只是那一大片花花绿绿正罩在脸上，二人也不知道那是什么东西，七手八脚地把那一大片东西撕开，翻身坐起来，楚渊赫然看见一张粉嘟嘟的小脸儿，正眨着一双水汪汪的大眼睛，好奇地看着他们。

俞婉儿一看那黄衣黄帽的小人儿，登时一声尖叫，脱口就要叫出"泽精"二字，却被楚渊一把掩住嘴巴，对那小黄人儿颔首笑道："宝宝，好巧！"

那小泽精正是此前他曾遇到过的宝宝，宝宝惊奇地问道："哇！是大个子，已经到一个月了吗？我的风筝呢？风筝呢？你说要做给我的风筝呢？"

宝宝在楚渊身上翻来翻去，可楚渊哪有风筝。楚渊这才发现刚才糊在他们脸上的正是一只大风筝，想来是宝宝正在放风筝，结果遇到了他们。

"呃……"楚渊脑筋一转，眼都不眨地说起了鬼话："还没到一个月呢，不过哥哥怕宝宝着急，所以就提前赶了来，哥哥是想啊，如果和宝宝一块儿做个大风筝，一定比送你一个现成的更好！"

"嘻嘻~~~~"

宝宝眉开眼笑，她还是穿着一条嫩黄的裙子，只是上面绣了粉色的桃花，头上也是一顶桃花编织的花环，看起来粉妆玉琢，可爱极了："好啊好啊，大个子哥哥是要陪宝宝做风筝吗？那更好玩了。"

宝宝说着，忽然看向俞婉儿，小小的眉头一皱："她是谁？"

楚渊迟疑道："呃……她是……她是……"

宝宝小嘴叭叭叭地说个不停："我们泽精村遇到恶人了，村里人和那些大恶人狠狠打了一架，大恶人逃走了。不过，我们的荒域祖地却出了变故，老村长说，以后村子里要添丁进口可就难了，这都是那些大恶人带来的坏运气，老村长还说啦，洞口封啦，再也不许那些坏人进来，也不许村里人随便出去。大个子你是常来村里的，还要给宝宝做风筝，当然不是坏人，可别人嘛……"

宝宝把双手背在身后，傲娇地道："她死定了！"

"别别别……"

楚渊慌忙解释："这个姐姐这么漂亮，怎么会是坏人呢？她当然不是坏人！"

宝宝瞪着他道：“那她是谁？”

“她是……她是……对了，她是大个子哥哥刚娶过门儿的小媳妇儿！”

楚渊这情急生智的一句话，惊得俞婉儿目瞪口呆：“啊？”

宝宝也惊讶地张大了嘴巴：“她是大个子哥哥的媳妇儿？”

楚渊点头：“是啊是啊！”

宝宝扳着手指头盘算：“大个子不是坏人，漂亮姐姐是大个子的媳妇儿，所以漂亮姐姐也不是坏人。嗯，有道理欸！”

宝宝眉开眼笑地一挥手：“那就行啦，咱们回村，做好看的大风筝去！”

宝宝蹦蹦跳跳地走在前面，俞婉儿又羞又气：“你怎么说我是你媳妇儿？”

楚渊收了几近残破的呆头鹅，摊手道：“不然呢？”

俞婉儿顿足道：“说妹妹不行吗？”

楚渊一呆，干笑道：“我……一时情急，没想到！”

俞婉儿瞪眼看着他，楚渊老脸一红，讪然道：“我可没有总想着娶媳妇儿，就是当时……咳，我随口这么一说，你别当真。”

俞婉儿没好气地啐道：“鬼才当真！现在怎么办，我们去泽精的村子？”

楚渊紧张地道：“你没听说，他们封了出口吗？先去村里，见机行事吧。你记住，泽精喜欢扮人，最讨厌的就是被人叫破身份，所以，你一定要把他们当成同类，切记！切记！”

宝宝在远处站住了，回头叫道：“大个子哥哥，快走啦！”

“哦哦，来了，快走啊！”楚渊催促俞婉儿，俞婉儿一动便哎哟一声，方才跌下来时还是撞到了膝盖，当时未觉得怎样，此时一动，才觉得疼痛。

宝宝皱起了眉头，奶声奶气地大叫：“你们是不是骗我，想要逃跑？”

楚渊赶紧道：“没有没有，漂亮姐姐腿酸了，我背她走！”

楚渊不由分说，就把俞婉儿背了起来，小声解释道：“泽精喜怒无常，一言不合就会翻脸，所以……冒犯了！”

俞婉儿已经被他背起，难道还能再反对？只好默认了。

楚渊背着俞婉儿前行，柔软的触感从后背传来，楚渊双腿都有些微微发颤了。俞婉儿俏脸红得也似大红布似的，低眉敛目，呼吸急促。

谁料宝宝看得有趣，却是蹦蹦跳跳跟在一旁，唱起了儿歌：

“小小子儿，

坐门墩儿。

哭着嚷着要媳妇儿。

要媳妇儿干什么？

说话、逗笑、解解闷儿。”

被她一唱，俞婉儿更是面红耳赤，羞不可抑。楚渊没来由的却是一阵欢喜，如果这一切都是真的，那该多好？可是一想到人家姑娘是中州大派百巧门的大师姐，而自己却是籍籍无名的蜀山剑派弟子，楚渊便是一阵黯然。

……

第十九章　满口胡言

进了村子，一群在村口玩耍的泽精小孩儿便看到了他们，其中有几个孩子就是此前曾经与何洪宵等人大战过的，不过孩子心性，不会一直仇视一个人，宝宝在他们中间又甚有威望，经她一番解说，这些孩子自然就不会把楚渊和俞婉儿视作敌人了。

于是，他们也都跟在楚渊身边，一路走，一路拍手唱：

“小小子儿，

坐门墩儿。

哭着嚷着要媳妇儿。

要媳妇儿干什么？

蒸饭、炒菜、包饺子儿。”

泽精小孩子哈哈笑着，声音越唱越大：

“小小子儿，

坐门墩儿。

哭着嚷着要媳妇儿。

要媳妇儿干什么？

铺炕、叠被、穿袜子儿，

早上起来梳小辫儿。”

楚渊低着头，俞婉儿则伏在楚渊背上，两人都尽量降低存在感，也不知道是被泽精小孩子们调侃的无地自容，还是避免被成年泽精注意到。

可是他们的身高和泽精比起来实在是太过显眼，还是很快就有人注意到了他们：“咦，这不是和那个魔头一起来的人吗？”

“不错，就是他们，荒域祖地生机消失，就是因为他们破坏了桃花源！”

怒气冲冲的泽精们认出了楚渊和俞婉儿，立刻围了上来，楚渊赶紧解释道：“不不不，你们误会啦，我们可不是恶人，与那个大魔头可不是一伙儿的！”

“大家静一静！”在众泽精将要出手之际，宝宝拢着手合成一个大喇叭，大声喊了一句：“大个子哥哥不是坏蛋！”

一个中年妇人模样的泽精道："宝宝，你怎么知道他不是坏蛋？"

宝宝理直气壮地挺起小胸脯儿："大个子哥哥告诉我的！"

楚渊啼笑皆非，赶紧抢过话头儿，道："我确实不是坏人，我……我也是受害者啊……"

泽精村的老村长是个活了八千岁的老泽精了，眼看寿限将近，是村中最古老的泽精之一。泽精的确不死不灭，那是指没有外力可以伤害他们，但是他们自己耗尽了内蕴的天泽精元后，还是会寿终正寝的。

一般来说，泽精的平均寿命是五千年，居住在灵气充沛地区的泽精则能多活个一两千年，泽精村因为地处桃花源，不远处就是荒域祖地，有那里源源不断的生机滋养，所以活得更久一些。

如今荒域祖地的生机消失了，泽精们十分沮丧，但主要原因是觉得如此一来，他们的族群无法迅速扩大了，至于个人缩短个一两千年寿命，他们倒不是很在乎，因为他们活得实在是太久了。

因此，荒域祖地的生机消失，老村长固然痛心，可事实已成，却也不至于天天为此伤心。此时，他背着双手正要去外边转悠转悠，忽然瞧见村口围了一大帮人，便也好奇地凑了过来。

许许多多的小黄人儿，有男、有女、有老、有少，呆呆地围成一大圈儿，中间楚渊和俞婉儿并肩坐在一块石头上，楚渊正在唾沫横飞地给他们讲"故事"：

"我和婉儿两情相悦，她呢，出身大户人家，还入了中州大派百巧门，可她从未因此瞧不起我，对我始终如一！后来，后来森罗魔殿的少殿主马文才看中了婉儿的美貌，想强纳她为妾。婉儿不胜纠缠，就离开中州，赶来蜀山见我！"

俞婉儿红着脸听他扯淡，不过这些泽精小黄人儿看着萌萌哒，究竟有多可怕，她再清楚不过。如果真被他们当成敌人，势必不可能安全离开了，所以她也只能由着楚渊胡扯。

楚渊道："那马文才呢，是个不学无术的纨绔子弟，本领也稀松平常得很，不过他是森罗魔殿的少殿主啊，势力大得很。婉儿的父母贪图森罗魔殿的权势，也要逼着婉儿嫁给那个纨绔子弟。"

众泽精听得愤愤不平，全然不知楚渊是把一个民间流传的爱情故事抄袭过来蒙他们的。

楚渊道："婉儿为了让他放心，就和我拜堂成亲，做了我的娘子。谁料那马文才还是不肯死心，于是派了他的爪牙何洪宵来抓婉儿。我和婉儿打不过他，只好逃跑……"

老村长初见楚渊时满面怒容，这时也听得入了迷，站在泽精群里听得津津有味。

楚渊说着，还配合地抹了抹眼睛，可谓是声泪俱下。

楚渊道："我们的同门气不过，也赶来帮忙，可依旧不是那个大魔头的对手，我们慌不择路，就跑进了泽精村，这时那个大魔头就跟了进来。之后，就和你们发生了冲突，你们也看到了，当时我那些同门大多身上有伤，那就是被大魔头打伤的……"

众泽精齐刷刷地点头："原来如此！"

一个白胡子老泽精忽然想起一事，有些疑惑："不对呀！那个大魔头不是叫我们让路，说他要去找什么东西？也不像是要抓了你们离开啊？"

楚渊不动声色地道："是啊！他……他本来是要抓我们离开的。不过到了泽精村呢，他却发现这里灵气充足，应该会有息壤出世，所以就想带着我们先去找到息壤，于是就发生了后来的事了……"

众泽精恍然大悟："原来如此！"

第二十章　故事大王

俞婉儿乜着楚渊，心道："这小子看着老实，编起瞎话儿来，却是眼都不眨啊！"

"小姑娘啊，你别害怕，那个大魔头已经逃走了，你们尽管放心，一会儿啊，我们送你们离开，要是那魔头还来，咱们就帮你们把他赶走！"一个泽精大婶同情心泛滥了。

俞婉儿大喜："好啊好啊！"

宝宝却踮起脚尖叫道："不可以！不可以！大个子哥哥说要帮我做风筝的，做十个漂亮的大风筝！他们还撞坏了我一个大风筝，要给我做十一个大风筝才能走！"

楚渊垮下脸来，俞婉儿恨恨地瞪他一眼。

这时老村长咳嗽一声，说话了："唔！你们现在离开的话，那个大恶人不死心，说不定还会在外边等着你们，不如你们就在村子里住下，反正你们已经拜了堂，就在这儿安心住一阵子，等你们有了孩子再走，那时候，那个什么森罗魔殿的少殿主，总不好横刀夺爱了吧？"

楚渊大喜："好啊好啊！老村长，您真是德高望重、才高八斗、君子如玉、通情达理……"

老村长捻着胡须，怡然自得地听他大拍马屁。

俞婉儿气不过，探手在楚渊腰间狠狠掐了一把，楚渊却向她回了一个无奈的眼神儿。

"楚渊，你别太过分！"俞婉儿微微俯身，凑在楚渊耳边低声警告一声，又向老村长腼腆地笑笑。

楚渊则对她低声道："配合，配合一下，小心他们发火，这帮祖宗，只能哄着。"

泽精们满足了好奇心，终于纷纷散去，而宝宝则领着他们回了自己家。

“爷爷，爷爷，宝宝回来啦！”

黄衣泽精老头儿倚着大缸，酒气冲天地睡着，宝宝上前捏着他的鼻子大喊了几句，这才把他唤醒。

黄衣泽精老头儿醉眼张望，宝宝道：“大个子哥哥也来了，还带着他的小媳妇儿呢。”

黄衣泽精老头儿醉眼蒙眬地看看，傻笑两声：“嗯！确实……漂亮！这么漂亮的女孩子，怎么会看上这个傻小子，难不成眼神儿不好吗？”

楚渊哭笑不得，宝宝向他翻了个大大的白眼儿，道：“大个子哥哥，你别理他。我爷爷赢了品酒大会，获得了大宗师的称呼，这几天开心，哪天都大醉不醒，所以……就酒后吐真言了呗！”

这么一说，就连俞婉儿都有些哭笑不得了。

宝宝大声宣布：“爷爷，大个子要和他的小媳妇儿在咱们家住几天，你快给他们安排个住处啊！”

黄衣泽精老头儿倚着酒缸，懒洋洋地道：“他们那么大的个子，咱们家里怎么住得下呢？”

宝宝发了愁：“那怎么办，大个子还要帮我做风筝呢。”

黄衣泽精老头儿挥手：“领他们去我的酿酒房吧，那儿大！”

黄衣泽精老头儿刚刚合上眼睛，突又张开：“臭小子，住许你住，可不许偷老夫的酒喝，不然……哼哼！”

黄衣泽精老头儿哼哼两声，又合上眼睛，打起了呼噜。

……

“只有一个房间？”

楚渊和俞婉儿被领到了黄衣泽精老头儿的酿酒房，这间房子倒是和人类居住的房子大小相仿。不过，房子只有一间，俞婉儿不禁大窘。

宝宝吮着小指，好奇地看看他们：“你们不是夫妻吗？为什么要住两间？”

楚渊笑容可掬地道：“宝宝说的有道理！我们就住这里啦！宝宝啊，哥哥先安顿下来，回头再帮你做风筝！”楚渊一边说着，一边将俞婉儿推进了房间。

数日之后，楚渊坐在院子里，削着竹篾。俞婉儿则在一边摊开一张大纸，在上边绘制着蝴蝶图案。而在他们四周，却有许多的泽精小人儿，坐在马扎上，双手托腮，听楚渊讲他和俞婉儿相爱的故事。

楚渊早就知道泽精喜欢模仿人类，却不知道泽精的八卦精神比起人类来也丝毫不让，他们对楚渊和俞婉儿的爱情故事非常感兴趣，恨不得挖掘清楚每一个细节。

于是，这几天楚渊就不停地编故事，他所知道的所有爱情故事都被他融合到一起，掺和进了他那破绽百出的故事。

“大个子，你说的不对啊，上次你说和娘子一见钟情的啊？怎么又变成日久生情了？”宝宝口中含着糖，鼓得嘴巴高高的。

楚渊拍了拍脑袋，唉，故事编得太多，他自已都混乱了，看了一眼俞婉儿，快速道：“是我对婉儿一见钟情，婉儿对我呢，是日久生情。”

“婉儿姐姐，是这样吗？”宝宝转向俞婉儿。

俞婉儿俏脸羞红，却只得点头：“呃，是这样吧。”

楚渊继续讲故事，一个泽精妇人忽然开口质疑：“不对啊！昨天你不是说森罗殿少殿主有十八房小妾吗？今天怎么又说是九房啊？”

楚渊不动声色：“本来是十八房的，不过马文才喜欢醉酒打人嘛，所以十八房小妾，被他先后打死了九个，就只剩下九个了。”

“原来如此！这个人渣！太可恨了！”

众泽精愤愤然。

楚渊的故事漏洞很多，也许泽精们只是想听故事，而不在乎它的真与假。又或者一直在模仿人类的泽精们，其实根本没有搞清楚人类的事情，总之，他们接受了楚渊难以自圆其说的解释，这样的听众，是一群多么可爱的人啊！

终于，在楚渊的故事已经讲得遍地都是填不上的坑儿的时候，他的第十一个大风筝也做完了，可以拍拍屁股走人了。

楚渊讲故事已经讲得快要崩溃了，每天重复地讲，如此洗脑之下，他简直真要把俞婉儿当成他的娘子了。

“呼……世界终于安静了。”

看着小黄人儿们听完故事心满意足地散场，楚渊重重地舒了口气，转眼看向俞婉儿时，他忽然又生出一股不舍之意，离开，也就意味着分离。

两人的眼神儿只一碰就飞快地分开了，他隐约觉得，似乎从俞婉儿的眼神里，也看到了相同的意味。

第二十一章　冤家路窄

“大哥哥，你记得一定要常回来看我哦。”宝宝眨着清澈的眼睛，依依不舍地看着楚渊。泽精固然是一种喜怒无常的生物，可也是有感情的。这么久的相处，宝宝很喜欢楚渊。

再说，都说泽精难相处，但泽精与泽精之间，却几乎从无打斗发生，反倒是人类之间，动辄就是一场大战，钩心斗角的事更是从未停止过。或许，所谓喜怒无常，只是人类对泽精不了解而得出的结论。

楚渊微笑着向她再次保证："放心吧，大哥哥说话一定算数。"

"那大哥哥和我拉钩，你要是不来找我，我就出去找你！"宝宝一脸认真，扬起小手。

楚渊蹲下身来，很郑重地和宝宝拉钩，俞婉儿看着宝宝憨态可掬地抱住楚渊的小手指，眼眸微微动了一下，相处下来，楚渊给她的印象变化真得很大。

"走吧！"安抚好宝宝，楚渊祭出了自己的飞行符箓呆头鹅。

俞婉儿也祭出自己的飞行符箓青鸾，这几天的工夫，她已经重新祭炼了一只。她已经能自己祭炼飞行符箓，而楚渊则要由师父替他炼制，结果还是这么一只卖相呆萌的蠢货，区别之大，可想而知。

两人一起起飞离开，俞婉儿放慢了速度，看了一眼摇摇晃晃的呆头鹅，忍不住问道："楚渊，你的飞行符箓……为什么不选个更好的？"

"这个很好了啊，能飞，样子还别致，可是师父送给我的宝贝。"楚渊理所当然地开口。

俞婉儿想到蜀山剑派，是她从未听说过的一个名字，不禁若有所悟，便也不再多说什么。二人到了那道可以穿越出去的洞口，果见此处有泽精把守。

楚渊手中持有老村长开具的路条，那些泽精也未难为他们，二人收了飞行法器，默默地穿过洞窟，当他们再次走到阳光下时，不约而同地站住了脚步，抬眼望向对方。

"师姐！师姐！"远处突然传来惊喜的大叫声，俞婉儿一抬头，就看到自己的同门师兄弟们正迎面而来，汤思悦更是加快速度朝俞婉儿冲来。

"师姐，你没事真是太好了，这几天可担心死我了！"汤思悦激动地叫着，一下子抱住了俞婉儿。

俞婉儿脸上也满是欢喜，见到众同门安然无恙，她也就放心了。

"师姐，那天出来之后，许久都不见你，可担心死我了。后来，我们就见何洪宵那老魔头出来，好像丧家之犬似的，也没发现我们就藏在附近，仓仓皇皇地就逃了。后来我们尝试回去找你，结果发现泽精守住了洞口，这儿山上好像加了禁制，我们转来转去也翻不过去……"

俞婉儿目光一扫，不见那位同门大师兄，不禁问道："大师兄呢，他没事吧？"

汤思悦道："大师兄回师门报信去了，那些泽精旁的本事倒也没有，可是伤不得打不死，又力大无穷，我们实在束手无策，大师兄就回师门搬救兵去了。"

俞婉儿微微一笑，她那位师兄，是一位师伯的弟子，虽然是她的师兄，却比不得她这掌门弟子身份贵重。这位师兄的品性为人，她了解一些，眼见她出了事，十有八九已经丧命于桃花源中，她那位师兄担心受到师门责备，抢着回去报讯儿，便能抢得先机，到时如何说辞还不由得他？

"呵呵，这位就是俞师妹吧？"汤思悦正叽叽喳喳地说着，一道人影忽地凌空一跃，落在了她们身边。

来人是个大约二十岁出头的青年，容貌英武，脸上带着淡淡的倨傲之色，楚渊不由得皱了皱眉，这个人他认识，是五行宗的大弟子王浩然！

汤思悦连忙道："啊！大师姐，这位是五行宗的王师兄，我们久等师门援手不来，打听到五行宗就在附近，所以就去五行宗求援，半路遇到这位王师兄，就把他请来了。"

王浩然淡淡一笑，道："泽精这种怪物，秉天地灵气，承天泽精元而生，确实难缠，可也最好对付，只要让他们双脚离地，他们的力量源泉便断绝了。王某对付泽精，倒还小有心得，所以闻得俞师妹有难，便毛遂自荐，赶了来……"

王浩然一向高傲，此刻的神情却变得十分亲切友好，眼神儿也炽热起来。

俞婉儿肌肤如雪，神情清冷，白衣随风而飘，带着一股子飘逸出尘的仙气。王浩然还是第一次见到这样美貌和气质并存的美女，先前他肯答应援手，是觉得汤思悦甜美可爱，如今见了俞婉儿，又是一个大惊喜了。

俞婉儿看到他眼中的贪婪之色，神色淡下来，客气地拱手道："多谢王师兄了。"

"不谢不谢，我也没帮上什么忙，呵呵，俞师妹若不嫌弃，不如到我五行宗住上些时日，也好让我尽一下地主之谊。"王浩然满脸笑容地发出邀请，若非藏在眸底深处的那抹惊艳与贪婪，瞧来倒是一副正人君子模样。

俞婉儿点了点头："那就麻烦王师兄了，我们本来也正有事要到五行宗。"

王浩然顿时心花怒放，笑道："那真是太好了，俞师妹，请。"

俞婉儿回头看向楚渊，温柔地道："楚兄准备去哪里？"

王浩然自第一眼看到美若仙子的俞婉儿，目光就再没从她身上挪开过，此时才注意到俞婉儿身边竟然是蜀山剑派那个只会施雨除虫的废物，不禁奇道："俞师妹怎么会认识他？"

俞婉儿讶然道："怎么，王师兄与楚兄认识？"

"认识，当然认识，蜀山的楚渊楚大师兄嘛？呵呵，方圆百里谁人不识，那可是本地农夫最欢迎的人物呢，行云施雨乃是一等一的高手。"

第二十二章　不叛师门

王浩然语含嘲讽，楚渊只淡淡一笑，仿佛根本没有听到他的话，转而对俞婉儿道："在下要回转师门了，便与姑娘在此别过吧！"

俞婉儿何等慧黠，只瞧他和王浩然的反应，便知这两人不对付，不禁暗悔自己孟浪，一听楚渊告辞，忙道："楚兄且慢！"

俞婉儿转向汤思悦道："你那里还有百草辅灵丹吗？"

汤思悦从怀中摸出一个羊脂玉瓶，道："还有三颗，怎么？"

俞婉儿接过玉瓶，双手奉于楚渊，真诚地道："这里有三颗百草辅灵丹，于楚兄修行小有助益，还望楚兄不要推辞。"

楚渊心中一动，百草辅灵丹，他是听说过的，这种丹药是修行者奠基筑丹的宝物，炼制十分不易，也就是百巧门这样的中州大派才能如此轻易拿出吧。换作蜀山，可是一颗也无。

楚渊并不图报，可是他想到两个师弟天资一般，修行迟滞，迄今连行云布雨这样的低阶道法都施展不出，这丹药正可给师弟们服用。因此，虽见王浩然在一旁撇嘴冷笑，还是坦然伸手接了过来，微笑道："多谢俞师妹，那……我就却之不恭了。"

人穷志短，没办法啊。

王浩然嗤的一声冷笑，看向俞婉儿，却见俞婉儿微微一笑，道："救命之恩，又岂是几颗丹药就能报答得了的，这只是婉儿的小小心意罢了。"

王浩然本想看到俞婉儿鄙夷楚渊的神色，却不想竟听到这样一句话，有些不敢置信地道："就凭他？能救下俞师妹？呵呵，俞师妹，你不是开玩笑吧？"

这时天空中啾的一声仙鹤长鸣，众人抬眼一看，就见一只巨大的仙鹤盘旋而下，临近地面，那仙鹤猛然一收，化作一道符箓，被一位衣带飘飘、仙风道骨的老者一抬手便收入袖中。

"师叔？您老怎么来了？"王浩然一见，赶忙迎了上去。

来者是五行宗的长老程青嵘，修为高强，在五行宗的地位颇高。

程青嵘扫了俞婉儿一眼，冷哼道："还不是听说你自作主张，来找泽精的麻烦，老夫怕你小子出事，这才急急赶来！"

王浩然不以为然地道："不过是一群大地之精，木克土，我五行宗的四柱牢正是他们的克星，要对付泽精，还不是手到擒来。"

程青嵘斥道："愚蠢！五行相生相克，哪里有你说得那么简单。说到底，还是要看功力深浅，木克土，土还生木呢，你以为那些泽精就不通晓驭木之法吗？他们的驭木之术比你还要精通呢。幸亏你还不曾去寻泽精麻烦，否则就算师叔想救你离开，恐怕也要大费周折。"

王浩然刚在俞婉儿面前吹了一通法螺，此刻被师叔一说，不禁颜面无光，悻悻地闭上了嘴巴。

这时俞婉儿等人才上前施礼相见，程青嵘含笑答应，听俞婉儿说起如何进入桃花源，又如何出来时，不禁欣赏地看向楚渊，等俞婉儿说完，程青嵘呵呵一笑，道："不错，不错，楚渊这孩子，临危不乱，智计百出，真的不错。楚渊啊，老夫上次所提的事，你考虑得怎么样了？"

王浩然愕然，程师叔居然认识楚渊这样默默无闻的人物？

楚渊向程青嵘长揖一礼，恭敬地道："多谢程长老，楚渊自幼蒙师父恩惠，是绝对不会改投他派的。"楚渊毫不犹豫地拒绝了，说出的话却让王浩然为之一震。

什么？程师叔想招揽楚渊进五行宗？想收他为弟子？而……楚渊居然拒绝了？！

程青嵘道："楚渊，我知道你感激一琼真人的养育之恩，老夫准你带艺投师，依旧认下一琼这个师父，如何？"

楚渊摇头："自入蜀山，楚渊便不曾想过改投别的宗门，多谢程长老厚爱，楚渊不能答应您！"

程长老无奈地摇了摇头，他是真心欣赏楚渊的资质，楚渊不为所动，固然令他更加欣赏楚渊的品行，可是明珠暗投，终究让人惋惜。王浩然此时已经目瞪口呆了："这是什么情况？程长老为了招揽楚渊，居然不惜放宽条件，而楚渊……还是拒绝？"

"师叔？楚渊可是蜀山的人，您……您是在开玩笑吧？"王浩然试探着开口，自然也是不信的。

却不想程青嵘叹了口气，颇为惋惜地看向楚渊："唉，楚渊的修炼天赋颇好，当年我遇到他的时候就十分喜欢，想要收他为徒，想不到他死心眼儿，一琼那老牛鼻子，有福气呀。"

程青嵘是真的想要收楚渊为徒，这些年也断断续续地邀请过几次，却都被楚渊拒绝了，他不仅没有灰心，反而越发欣赏起楚渊来。天赋和心性都能入他的眼，耗在蜀山，真是有些浪费了！

楚渊是七岁的时候遇到的程青嵘，当初程青嵘在他身上又捏又摸，最后和一琼提出要收他为徒，而一琼居然也答应了，显然自家事自已知，他也知道楚渊留在蜀山，会耽误了他。

可楚渊却拒绝了，他当时就知道五行宗比蜀山剑派威风百倍，可他不想离开养育自己的师父。现在长大了，楚渊依旧不后悔小时候的决定。

如果再给他一次选择的机会，他依旧会选择蜀山、选择一琼真人，即便他能学到的只是些施雨除虫的灵植法术，得到的只是一只摇摇晃晃的呆头鹅。

第二十三章　仙宗大会

俞婉儿和一众百巧门弟子看向楚渊的目光透出了几分敬意，修行人追求的是什么？就是高明的道法，多少人为此连良知都可以抛弃，而楚渊守着一个完全没有未来与希望的蜀山，却能如此的坚持，这样的傻瓜，值得敬重，因为这样的人，已经越来越少了。

俞婉儿略一沉吟，自袖中取出一张烫金的请帖，正色道："楚师兄，我代表百巧门，邀请足下参加仙宗大会！”

楚渊惊道：“仙宗大会？”

俞婉儿点点头，脸上露出一丝笑意：“是的，就是仙宗大会。今年，由我百巧门主持大会，婉儿代表百巧门，正式邀请楚师兄代表蜀山剑派赴会！”

仙宗大会，是九州大陆修仙门派的一次盛会，每隔十年才举行一次，这是各派考量各门派年轻弟子的修行，互相切磋交流的一个盛会，而在这样的大会上获得显著名次的人，自然也会顷刻间名动九州，提高本门派的影响力，因此非常受到各修真门派的重视。

“师姐，师父派咱们来各大门派派发请柬，其中可没有蜀山啊！”汤思悦小心翼翼地提醒俞婉儿，一旁王浩然听了，登时说道：“俞师妹或许有所不知，这蜀山剑派早已没落，目前门派内算上师父在内也不过四人，其中连一个剑修都没有，掌门是个老酒鬼……”

俞婉儿淡淡一笑，道：“邀请何人赴会，是我百巧门的事，不劳王师兄费心。”

王浩然虽然贪婪于俞婉儿的美貌，却也不至于被迷到神魂颠倒，失去自然。听她这么一说，高傲的个性使得他大为不悦，不禁反唇相讥道：“既然如此，我就不枉作小人了。如果百巧门主持本届大会，安排一个种田的比试项目，相信蜀山剑派一定能夺得魁首，哈哈……”

程长老斥道：“浩然，不得无礼！”

王浩然收了笑声，依旧一脸悻悻。

程青嵘抚须一想，对楚渊道：“俞姑娘一番美意，你就收下吧，仙宗大会上去见识一下也是好的。”

私心里，程青嵘觉得让楚渊去仙宗大会见识一番，或许就会发现修炼的世界多么丰富多彩，激起了他的好胜心，说不定就会愿意拜自己为师了。

“是啊，见识一下也是好的。”楚渊将邀请函塞进怀里，语气淡漠中仿佛带着一抹自嘲，他背光而立，刺眼的阳光让人看不清他脸上的表情，只觉得有些模糊的遥远。

俞婉儿微笑道：“那就仙宗大会上见了。”

楚渊没说什么，仙宗大会，在很久很久以前，久到大家所说的传说的年代，是由蜀山剑派倡导发起的。

他曾在蜀山那没落破败的遗址中，翻到许多破旧的书籍，里面还记载着当年蜀山主办仙宗大会的盛况，可是如今，仙宗大会还在传承，而蜀山剑派已经没落到仙宗大会都忘了它这个发起者……

可悲，可叹，可怜！

怀着莫名的情绪，楚渊回到了蜀山，远远地就看到朱平安那胖乎乎、圆滚滚的身子，楚渊不禁心头一热。

“师兄，师兄啊，你可回来了，好多天没有你的消息，我们都快担心死你了！”朱平安拖着身子“滚”到楚渊身边。

楚渊问道：“师父呢？”

朱平安道：“还不是老样子，在山上晒太阳呢。”

听得师父没事，楚渊也放下心来，两人一起朝山顶走去，朱平安瞥了楚渊几眼，忍不住道：“那个，大师兄，你……你不是去悬明城了吗？有没有给我带好吃的？”

楚渊一拍脑袋，歉意地看向朱平安：“啊，我给忘了，平安啊，下次师兄再补给你。”

“喔！”朱平安摸了摸脑袋，小有失望。

山顶上，醉醺醺的一琼真人靠着一根斑驳的柱子懒洋洋地晒着太阳，看到楚渊回来，一琼真人扬手道：“渊儿，你回来啦？”

楚渊答应一声，跑到师父面前，陪坐在他旁边，道：“师父，弟子这次出去，遇到了些事情。”

一琼真人漫不经心地道：“啥子事情？”

楚渊便说起自己此番出门遭遇的经历，朱平安和陈厚两个师弟早就跑了过来，也坐在旁边，听到楚渊遇到森罗魔殿护法何大魔头时，不禁惊呼出声。

一琼真人倒还镇定，楚渊就在眼前，显见是此番有惊无险，这时慌张又有何用。

可是待楚渊说起在桃花源内误闯荒域，耳畔听到那奇怪偈语时，一琼真人却一下子坐直了身子，激动的老脸涨红，面上的醉意全然不见。

“你再说一遍，你听到的是什么声音？”

楚渊重复道：“神魔一体，封印永恒！唯我蜀山，荒域传承！”

一琼真人喃喃念道：“神魔一体，封印永恒！唯我蜀山，荒域传承！”一琼真人也不知念叨了多少遍，才神色一凛，道：“你说，当时有一方巨大的石碑埋在白骨之中，后来那石碑化作一团金光，不见了？”

楚渊用力点了点头，朱平安忍不住问道：“师父，你和大师兄究竟在说什么啊，我怎么听不明白？”

“别吵！”

一琼真人吼了一声，站起身来，低着头徐徐踱步，口中念念有词，楚渊三兄弟不禁面面相觑。

过了许久，一琼真人才又回到原地盘膝坐下，从腰间挪过酒葫芦，拔下塞子狠狠地灌了一口，满面红光地对楚渊三人道：“为师有没有对你们说过我们蜀山……”

朱平安抢着道：“说过！当然说过啊！师父不但对我们说，还对山下的村民们说，说了都不知道多少遍了，咱们蜀山当年是如何的威风，我脑子这么不好使，都能背下来了。”

一琼瞪了他一眼，道：“为师有说过我蜀山剑派究竟是如何没落的吗？”

朱平安呆了一呆，摸摸鼻子，道：“好像……不曾说过。”

一琼真人长长地吁了口气，道：“这件事，不载于史，都是我蜀山掌门，口口相传，一代代交代下来的，其中真假，为师也不知，只是，你们的太师祖，当初就是这么告诉你们师祖，你们师祖又这么告诉你们师父的。”

第二十四章　蜀山之秋

陈厚眨眨眼道：“那么，师父应该告诉大师兄才对，我和二师兄也能听吗？”

一琼真人苦笑一声，看了看他们，伤感地道：“我蜀山剑派，如今只有你我师徒四人，还讲那许多规矩做什么？”

一琼真人长长地叹了口气，悠悠地道：“我蜀山剑派，本来是正道领袖。相传，一万年前，魔界一连出了几位天资聪颖的人物，都是玄法通神的大圣。一时道消魔长，天下间人人自危。

“后来，依旧是我蜀山剑派，联络各大门派，一起向魔道诸门发起挑战。那一场仗，打得天昏地暗，风云色变啊！可是，当时的魔门实在是太强了，几位魔道大圣更是齐心协力，打开魔界之门，亿万魔兵蜂拥而入，整个天下都要受到荼毒……”

楚渊等人听得心惊肉跳，忍不住问道：“后来……后来如何了？”

一琼真人缓缓地道：“后来，为了无数苍生，我蜀山剑派无数先贤齐心协力，以无上法力拔起蜀山，将魔界大圣及无数魔兵尽数镇压其下！”

楚渊三人听得热血沸腾，一琼真人却缓缓抬头，看向他们，道：“你们听明白了吗？我蜀山精锐尽出，拔蜀山，镇魔道，魔道固然被镇压住了，而蜀山连同蜀山上的无数精英，为了不让魔界妖人脱困而出，也只得永生永世，镇压其上！”

楚渊等人怔住，楚渊心中隐隐生起一个可怕的念头，结结巴巴地道：“师父……是什么意思？”

一琼真人苦笑一声，缓缓地说：“你们以为，现在这个破山头儿，就是九州无数修仙宗门之首的蜀山剑派的山门？不是，这只是蜀山剑派幸存弟子定居之址！

“你们以为，我蜀山剑派传承至今，是一代代渐渐没落的？错了！我蜀山剑派在那一战之后，所有精英便尽数消失了，他们和魔界诸妖，和已经被祭炼成无上法器的蜀山，全部封印起来了。之后的蜀山剑派，只是我蜀山剑派幸存的一群末流弟子重新建立的！”

楚渊、朱平安、陈厚只听得目瞪口呆。朱平安怪叫道：“师父啊，这事儿，你怎么早不告诉我们？”

一琼真人萧索地道：“你让为师告诉你什么呢？告诉你蜀山的山门早就不见了，这个山头，只是一个毫不稀奇的破山头儿，根本不是传说中的蜀山？告诉你，如今的蜀山剑派，只是原本蜀山剑派中一群入门弟子重新建立的，本派真正的绝学道法，早已随着那批精英一起被封印了？”

楚渊三人再度呆住，一琼真人涩然道：“如果那么说，蜀山……早就断了香火，更加的不会有人肯加入蜀山剑派，你我师徒，也不会有缘分聚在这里了。”

楚渊三人呆呆地说不出话来，一琼真人告诉他们的这一切太惊人了。原来，蜀山剑派不是慢慢没落的，而是当年与魔道一战，精英尽失，只是由当时一群被遣散出去的刚入门弟子重建的。

原来，整座蜀山都被蜀山剑派祭炼成了无上法器，而这座蜀山，也被蜀山剑派连根拔起，充作了镇压魔道的法宝，他们此刻视为蜀山的这个山头儿，只是当年蜀山旁的一个小山丘。

可是换一个角度考虑，蜀山遭此重劫，仅凭一群刚入门的弟子重建的蜀山剑派，即便是当时天下各派感念蜀山剑派为天下人所做的一切故而有所照顾，依旧能传承至今，也足可以想象当年的蜀山剑派底蕴是如何的雄厚了。

一琼真人一把抓住楚渊的手，激动地道：“渊儿，你想明白了吗？神魔一体，永恒封印！这句话，说的分明就是当年这件事啊！我蜀山剑派所有精英，和当时参战的各派前辈英雄，以蜀山为法器，镇压亿万魔兵，这可不就是神魔一体，永恒封印吗？”

楚渊惊得一跳，道：“对啊！那……那唯我蜀山，荒域传承，又是什么意思？”

一琼真人道：“你说泽精称那地方为荒域？”

楚渊道：“是啊，那个泽精老村长，已经活了八千年了，他就是把我发现石碑的地方称为荒域的。”

一琼真人道：“唯我蜀山，荒域传承。应该是说，只有来自蜀山派的人，才能在这个荒域里面，继承我蜀山衣钵！联系上半句，应该是说：‘我们为了天下苍生，不得不镇压着魔界，一同封印了！这一封印，就是千秋万代，永无止歇。除非，是有我蜀山剑派的传人找到这里，那么……’”

朱平安和陈厚异口同声地叫道：“衣钵传承！”

一琼真人目光炽烈，道：“对！衣钵传承！”

一琼真人和朱平安、陈厚两个徒弟直勾勾地盯着楚渊，仿佛饿了七天的狗看到了一块肉骨头，把楚渊看得汗毛都竖了起来：“师……师父，两位师弟，你们究竟在说什么啊？”

一琼真人恨铁不成钢地在他头上敲了一记，楚渊哎哟一声，捂住了脑袋，一琼真人大声道：“传承啊！那位神秘人……啊不！那个神秘的声音，一定是本门当年的一位前辈，他老人家不是说得很清楚了吗？他们和魔界众妖一起受到了封印，我蜀山传承也因此绝了。所以呢，他们一直在等，等我们蜀山后人出现，好把传承交给我们！”

楚渊讶然道：“不会吧？师父，你老人家的想象力未免也太丰富了，传承呢？传承在哪？我当时就是被震晕了，没有接到什么传承啊？”

一琼真人急道：“怎么会？老前辈既然这么说了，怎么可能骗你！你有没有神功大成，举手投足就能毁天灭地？”

楚渊干笑：“师父，你又喝多了吧？”

一琼真人捏了捏楚渊的肩膀、手臂，焦灼地挠了挠头发，狐疑地道：“没什么变化？那……你有没有接到什么法器、秘籍一类的东西？”

楚渊摊了摊手，一脸无辜。

一琼真人继续挠头，挠得头屑飞扬，楚渊眼见师父如此着急，心里也明白这件事对师门来说是何等的重要，他努力想了想，恍然道：“对了！我想起来了，我当时不小心在那方石碑上划破了手指，谁料那石碑竟像活了似的，竟然要吸我的血。我就拼命击打石碑，这时石碑上激荡起层层金光，那个神秘的声音才响起来。”

一琼真人惊道：“那就不会错了，手！一定是手！”

一琼真人宝贝似的捧起楚渊的手，小心翼翼地看了半晌，问道：“伤口呢？”

楚渊耸肩道：“一个小创口，已经痊愈了。”

一琼真人不死心地道：“一定发生了什么，只是我们资质愚钝，不能领悟前辈的指示！”

楚渊无奈地道：“师父……”

一琼真人紧握双拳，一字一句地道：“这个秘密，我一定会解开的！”

……

第二十五章　何谓传承

蜀山剑派存放历代前辈掌门灵位的山洞中，一琼真人毕恭毕敬地上了炷香，激动地对楚渊道：“渊儿，上！”

楚渊深吸一口气，举步上前，将手掌按在铜鼎上。

一琼真人道：“据说，这只鼎是本派最古老之物，是我蜀山剑派的传承尚未断绝前就存在的，后来又受了我派千万年的香火，应已有了灵气。你若受了我蜀山剑派前辈的传承，它必生感应！”

铜鼎稳稳当当地杵在那儿，你吼或是不吼，它没有任何变化。你看或者不看，它始终四平八稳。

一琼真人气急败坏地道：“怎么没反应？怎么可能没反应？！”

……

香案、香炉、蜀山剑派祖师爷的画像。

一琼真人在香案前郑重地磕了三个响头，跳起身来手捏剑诀，右脚跺地，口中念念有词："有请祖师爷上身哪 ~~~~" 然后就像打摆子似的抖了起来。

楚渊三兄弟一脸窘态地站在后面，朱平安叹气道："看把师父逼的……"

陈厚道："这都跳起大神儿了。"

楚渊无奈地道："这能有用吗？"

……

山头上，夕阳西下。

一琼真人持着小刀，抓着楚渊的手，神情果毅。

一琼真人："渊儿！"

楚渊郑重地点头："来吧！"

一琼真人深吸一口气，在他手指上轻轻划了一刀，殷红的血流了出来。

一琼真人抓起楚渊的手高高举起，威风凛凛地大喝："变身吧，楚渊！"

朱平安一脸糗样，道："师父啊，你都魔怔了！"

……

所有的方法都试尽了，他们没有找到任何传承的证据，一琼真人仿佛大病一场，失魂落魄地坐在地上，倚着半截石柱。

楚渊不忍，走过去坐在他身边，揽住了他的肩膀，低声道："师父，你别这样。"

一琼真人黯然道："你是不是觉得师父疯了？"

楚渊："……"

一琼真人轻轻摇头，凄然一笑："师父没疯，只是，这个消息，对师父的刺激太大了！你知道吗？作为掌门弟子，我第一次听说本门消亡的故事时，心里是多么的绝望？这个秘密，我还必须得深藏心底，不能说给任何人听。看着同门依旧抱着希望，希望恢复曾经的荣光，那般地努力时，我的心里是何等的难过。我不知道每一代的蜀山掌门是如何撑下来的，也许……也许就为了那一丝虚无缥缈的可能……"

一琼真人老泪纵横："现在希望就在眼前，为什么我看不到？为什么我看不到啊？祖师爷、祖师爷，你老人家显显灵啊！"

一琼真人忽然跪倒，头磕得砰砰直响，额头迅速淤青，哭声里，是一个蜀山弟子无尽的委屈，无尽的悲伤。朱平安和陈厚跪倒在他身边，脸上也是潸然泪下。

楚渊眼中转动着泪花儿，紧紧地抱住了师父单薄的身子，许久，两行泪水终于缓缓落下……

……

最后一丝阳光消失在山尽头，天地间暗了下来。

一琼真人终于恢复了平静，向楚渊涩然一笑，擦擦眼泪道:“师父有些失态了。唉! 你不懂得，那种绝望中忽然有了希望的感觉……”

楚渊道:“我懂! 我懂得! ”

一琼真人道:“我蜀山前辈既然那么说了，一定有他的缘故，也许，只是时机未到吧。别失望，我们还有希望，我们比以前历代等候着这份机缘的前辈，都更有希望! ”

楚渊和朱平安、陈厚用力点头。

一琼真人吁了口气，道:“你说你醒过来时，山谷已经恢复了正常，石碑不见了，白骨、兵器，也都在之前的金光里消融了? 泽精村的泽精们也说，那里的天泽精元都消失了? ”

楚渊道:“是! ”

一琼真人有些惆怅，喃喃地道:“可惜，我真想亲自去看看，也许会弄明白祖师的示意! ”

楚渊不想让师父纠结此事，忽然想起俞婉儿送给他的那份请柬，忙道:“啊! 师父，你看看这个……”

一道炫目的金光晃了下眼睛，一琼真人看到那邀请函，一把抢了过去，惊奇地道:“仙宗大会的邀请函? 这……你从哪里得来的? ”

楚渊把经过说了一遍，一琼真人缅怀地道:“仙宗大会啊……我们蜀山剑派已经很多年不曾参加过了，很久很久，久到我都想不起上一次我们参加，是什么时候了。”

一琼真人霍然转向楚渊，沉声道:“渊儿，你打算什么时候出发? ”

楚渊一呆，道:“师父，我没打算去啊? ”

一琼真人大怒:“我蜀山好不容易才有这个机会，你为什么要放弃? ”

楚渊涩然道:“师父，倒不是徒儿妄自菲薄，只是以我现在的实力，就算去，也不过是自取其辱啊。”

“放屁! ”

一琼真人吹胡子瞪眼睛:“去，你一定要去! 去见识见识天下精英，也让他们知道，我蜀山的香火，还没绝呢! ”

一琼真人不死心地看看楚渊的手掌，道:“说不定，咱们蜀山前辈传与你的机缘，也需要一个合适的契机才能出现，而机会是要你去找的，不是等来的! ”

楚渊受到了触动，师父还没死心哪? ! 可是，师父的这份坚持和不肯绝望，岂不正是蜀山剑派凭着当年一点入门级的微末功夫，便依旧传承一万年下来的根源所在?

多少名门大派，曾经辉煌一时，都在历史的长河中消逝了，仿佛一朵浪花，没留下任何痕迹。现在的蜀山是弱，但它就像一盏长明灯，虽然灯火黯淡，却坚持着、坚持着，不肯熄灭！

楚渊点了点头，郑重地道："嗯！听师父的，我去！"

第二十六章　突破神速

楚渊在陋室中盘膝而坐，默习着师父传授给他的《天罡剑典》。一直以来，他都勤练不辍，现在要去参加仙宗大会，自然更不会懈怠。

虽然，师父以前一直告诉他们，《天罡剑典》是蜀山的无上武学，一旦练至大圆满境界，便有通天彻地之能，而现在他已经知道，这不过就是蜀山剑派曾经的入门功法，就算练到最高境界，它也依旧不过是入门功法，在蜀山剑派，根本算不得什么高深的武学。

不过，曾经的天下第一仙宗，那是何等不可一世的存在。《天罡剑典》虽是当年蜀山的入门功法，放到天下修真界，却也算是一门很不错的功法了，如果练至大成，就算不能纵横四海，却也能闯出一番声名来。

一琼真人年轻的时候修习的就是这一门剑典，也曾小有所成，若不是后来急于求成，走火入魔伤了身体，现在或许也算是一方高手了。

由于这部剑典也有缺少，又没有精习过剑典的前辈指导，楚渊修炼这门功夫的时候，总觉得晦涩难行，修炼进境也十分缓慢，可是今天，那些体内的晦涩和阻塞，竟像是忽然间都打通了，意外的顺利！

"难不成师父所说的传承真的存在？只不过，它是以改造我的经脉的方式传授给我？"

楚渊又惊又喜，生怕这种感觉只是一时的灵光，不敢停顿下来，马上把思绪沉入识海，按照剑典运行真气。

天罡剑典的运行愈发流畅，随着他悠长而有节奏的吐息，楚渊感觉到体内的真气越来越充盈。随着真气的攀升，楚渊的心也越发的宁静，心无旁骛之际，天地仿佛忽然寂静下来，连风动的声音也消失了。

识海中，一片蔚蓝色的大海，无边无际，远处都笼罩在层层浓雾之中，那是他尚未开发的脑域范围。

以前，他从来也无法看到那片识海中的一切，他的意识也走不进去，而此刻，在那团团浓雾之中，却有一片金光愈来愈盛，渐渐出现一柄长剑，金色的长剑。

金色的长剑闪烁着万道金光，浮浮沉沉于大海之上，带着一抹从远古苏醒过来的莽荒般的气息。悠远、浩瀚、霸气、悲壮、凌厉……

由于金剑的驱散，识海深处的浓雾缩减了一分，楚渊的意识在识海中幻化的小人儿竟然踏着海浪，比往昔走得更远了些。他想走向那柄金剑，只是一旦越过他以前能踏出的最远距离，周围就有一种黏稠的阻滞力，好像使他陷入淤泥之中，使用全力也很难更进一步。

一步、两步、三步……

识海之中，楚渊每踏出一步，都要使尽周身气力，累得满头大汗，三步之后，他的气力已经耗光，再也无法前进一步了。可这时候，楚渊意识所化小人的周围，灵气也有了更大地波动，他盘坐的真身轻颤了一下，意识中似乎有什么东西啪的一声被打破了，气息陡然提升！

然后……他突破了！

楚渊修行《天罡剑典》已经多年，从一年前就卡在第二层，迟迟不得突破，可是今天，却意外的升到了第三层！

楚渊心中大喜，今天的修炼出乎他预料的顺利，尤其是打破了一直以来的桎梏，师父说过，只要打破第二层的壁垒，那么就能将《天罡剑典》修炼得小有所成！

只是，没有前辈高人指点、帮助，也缺少灵药辅助筑基，蜀山剑派的人要付出比别人更大百倍的努力才能有所成就。当年一琼真人足足用了七年时间才修炼到第三层，据说已经算是资质出众，如今楚渊这么快就突破到第三层，简直是旷世良材了！

而这惊喜还没有完，真气灵元仿佛一股波涛汹涌的洪水，识海中，楚渊意识所化的小人也从大海上冉冉升起，在他脚下，渐渐形成一道漩涡，最后演化成一道龙卷风，“龙吸水”，吸着他识海中大海汪洋般的精气，从他脚底涌泉穴泉水般地冲进了他因为冲击第三层剑典而几乎耗尽真元的经脉，他的气息再次攀升起来……

咔……

壁垒打破，楚渊练成了《天罡剑典》的第四层境界！

若不是正在修炼当中，楚渊几乎都要惊跳起来！连升两级，这怎么可能？可它真的发生了！

第二十七章　胯下之辱

此时，朱平安正兴高采烈地为一户农夫家的田地施雨除虫。

朱平安和陈厚其实练功也颇为刻苦，他们都懂得笨鸟先飞的道理。

可是，俗话说“穷文富武”，练个武艺，还要富有人家的子弟才更有条件，更何况是修仙。蜀山剑派太过没落，没有任何可以辅助修行的灵丹妙药，全靠一己之力，他们这进境比起其他门派弟子来，自然就差得远了。

如今楚渊从俞婉儿那里得到三颗百草辅灵丹，一回山就交给了师父，其中两颗被分配给了朱平安和陈厚。

朱平安距离突破本就只差一线之遥，又是头一次服用丹药，身体没有什么抗药性，丹药的药力得到了最大地发挥，所以竟然迅速突破，可以使用一些低阶道术了。

如今师兄要为参加仙宗大会勤练剑典，朱平安就主动请缨，捡起了大师兄曾经做过的差使。

一场淅沥的小雨，温润了面前两三亩的山地。这片山田附近无水，一旦天气旱些，浇灌便成了麻烦，所以常要求助于蜀山剑派。

此刻施雨成功，那请他来施法的农夫高兴，满头大汗的朱平安更加高兴，他这可是头一回担此重任呢。

“平安，歇歇吧，就剩下最后两块地了，你干得真不错啊，不比你大师兄差。”农夫感激地对朱平安说着。

朱平安嘿嘿一笑，抹了一把汗道：“不碍事，我身子壮，累不坏的。”

“哈哈，你们快看，蜀山的人又来帮人施雨除虫了，这农夫派后继有人了啊。”

“是啊！这位英雄身宽体胖，八面威风，没准将来神功大成，还能自立一宗！”

“就他？他能立什么宗？”

“有了他那功法，灌溉的山泉就用不到了，自然就叫山泉宗。”

“啧啧啧，好名字，农夫派山泉宗，农夫山泉好威风！”

一阵放肆的嘲笑声响起，朱平安看了一眼，正是几个五行宗的年轻弟子，带头的那个叫叶金斗。

朱平安涨红了脸，却没有理会他们，小时候的他们，每每受人欺辱，也曾愤而还击，其结果却是每次都害得师兄遍体鳞伤。

朱平安对那村夫道：“走吧，咱们去另一块地！”

五行宗几个弟子见他如此目中无人，大为不忿，叶金斗不屑地呸了一声道：“不愧是农夫派一脉相承，跟他大师兄楚渊一样，是个没种的胆小鬼！”

朱平安猛然回头，愤怒地道：“我大师兄才不是胆小鬼！”

在朱平安的心里，楚渊占据的地位可能比师父一琼真人还要重，他可以忍受别人对自己的羞辱，却无法忍受别人对楚渊的诋毁。

听到朱平安反驳，五行宗弟子哈哈大笑起来，叶金斗道：“小胖子，你那师兄就是个缩头乌龟，一见到我们五行宗弟子夹着尾巴就跑的，不是胆小鬼是什么？”

“大师兄不是！”朱平安坚持。

叶金斗饶有兴趣地看了一眼朱平安：“啧啧，这小胖子穿的还是新衣服呢，蜀山这农夫门派看来生意不错啊。”

“呵呵，叶师兄，我看这农夫啊，还是得有农夫的样子，他们掌门都叫‘一穷’真人了，穿这么光鲜可不好。”一个五行宗的弟子弹指飞出一个光球，这么低微的法力对别的修行者用处不大，但足以把朱平安撞一个跟头。

朱平安弹飞出去，一跤跌进田里，刚刚浇过雨水的泥土顿时把他的衣服沾得全是泥巴。

“我的新衣服！”朱平安因为是第一次下山灵植，所以格外重视，特意穿了件他一直舍不得穿的新衣服，这一下子沾的全是泥巴，只气得他浑身发抖。

叶金斗大笑起来：“这样才对嘛，既然是农夫派，就得有点农夫的样子，也对得起那个‘一穷’真人了，还有那个胆小鬼楚渊……”

“你们闭嘴，不许你们骂师父和大师兄！”朱平安愤怒地从泥水里爬出来，朝叶金斗冲了过去。

五行宗的弟子一怔，随即叶金斗笑道：“呦，农夫派的胖子撒泼了！”

眼见朱平安冲到面前，叶金斗滴溜溜一转，朱平安的拳头贴着他的前胸擦了过去，叶金斗伸足一绊，朱平安又是一个狗吃屎摔了出去。

朱平安像一头愤怒的公牛，跳起身来又向叶金斗扑去，不出所料地又被摔了个跟头，一群五行宗弟子嘻嘻哈哈的，把他当猴子耍了起来。

陈厚听说二师兄今日下山灵植，匆匆把缸挑满了水，碗筷洗净后，就兴冲冲地下了山，想看看二师兄大展神威的样子，走到半山腰，恰好看见这样的一幕。

陈厚年纪更小，道法更为低微，自知上去也是白搭，一见二师兄如此受人欺凌，马上返身向山上跑去。

楚渊一鼓作气，竟然连续突破三层剑典，练到了《天罡剑典》的第五层！这样惊人的速度，平素他就是做梦都不敢想。

不过第五层之后，修炼速度就放缓下来，楚渊知道，《天罡剑典》越往后越难，五层之后每突破一层所需要的精元几乎都是一层的一倍，层层叠加，纵然真的是祖师爷暗中护佑，也不可能一日之间便神功大成。

由于师父曾经的遭遇，楚渊很清楚欲速则不达的后果，他缓缓收了功，吐出一口浊气。

楚渊满心欢喜地下了榻，正想冲出去找师父说出这个喜讯，小师弟陈厚就气呼呼地冲了进来，小脸儿跑得通红，汗水淋漓：“大师兄，不……不好啦，二师兄……二师兄被五行宗的人欺负呢。”

“什么？”

楚渊大吃一惊，马上拔足向外冲去，到了外边他又怕来不及赶去，干脆祭出他的呆头鹅，骑着大白鹅飞速向山下冲去，匆匆追上来的陈厚大叫：“大师兄，等等我！”

朱平安实力不够，任何一个五行宗弟子，都能轻易辗压了他，何况是好几个人。但是这些人不断地辱骂一琼真人和楚渊，却让朱平安无比的愤怒，他一次次被打倒，一次次爬起来，虽然鼻青脸肿，却始终不肯罢手。

蜀山剑派的这些人，看起来比谁都软弱好欺，可是他们每一个人，骨子里都有一股不容轻视的韧劲儿。一代代蜀山掌门明明知道蜀山剑派没落的真相，却依旧绝望而坚持地守候，是如此！楚渊和朱平安这些人可以容忍自己被欺凌，对同门无条件的爱戴与维护，也是如此。

叶金斗狠狠一拳将朱平安击飞出去，冷笑道："跪下，承认楚渊是胆小鬼，蜀山是无能无用的农夫派，我就饶了你！"

"去你妈的！"朱平安一双眼睛本来就小，此刻因为肿胀更是只剩下了一条缝隙，但他仍然爬起来，大吼着："我们蜀山不是废物，大师兄不是废物！"

砰！

又是当胸一拳，朱平安仰面摔进泥地，身上的衣服已经完全看不出形状。

"住手！"

半空中一声大喝，那呆头鹅仿佛一头秃鹫，凌厉地扑落，堪堪降至一人高度，楚渊便从上边一跃而下，狠狠一拳打在叶金斗的脸上。

砰！的一声，叶金斗只觉得口鼻一热，一道血剑蹿了出来，大脑更是嗡嗡作响，头脑昏眩，整个人一下子倒跌出去，要不是一旁的同门下意识地扶了他一把，他都要跌倒在地了。

几个人被楚渊这突如其来的一击给惊呆了，谁也没有想到平时"任他们捏扁搓圆"的楚渊会忽然发飙，而且还一上来就打了叶金斗。

第二十八章　毁你法器

"混蛋，你这个废物竟然敢打我！"叶金斗终于反应过来。

楚渊看到朱平安被打得那般凄惨，不禁怒火中烧，大吼道："打的就是你，你要是再敢欺负平安，我见你一次打一次，把你这张脸打得比平安还胖！"

楚渊拳脚如雨，叶金斗又一连着了好几拳，这才大喊道："还愣着干什么，动手啊！"

其他人如梦方醒，纷纷拿出法宝，朝楚渊攻来。

"给我破！"

楚渊手捏剑诀，大喝一声，肩后佩剑铿然一声弹跃出来，竖停于他的头顶，楚渊剑诀一换，又是一声大喝，一柄长剑陡然幻成一道剑轮，倏然迎向五行宗众弟子的法器。

这些五行宗弟子所用的法器也都是些低阶法器，而楚渊此刻所修剑典，已经到了《天罡剑典》的第五层境界，比他师父一琼真人全盛时期还要强上许多。

法器再好，也要法力高深的人来使用，才能最大限度地发挥它的威力，此刻双方用的都是稍加祭炼的初级法器，那较量的就是彼此功力的深浅了。

楚渊那口剑也不是什么削金断玉的名剑，但此刻剑轮疾转，竟也耀射出满天剑光，那一口口飞剑迎着五行宗众弟子各色各样的法器，半空中一阵铿锵爆裂声响起，仿佛放烟花一般，诸般法器在剑气纵横之下纷纷破碎，变成了废铜烂铁。

“我的法器！”

“天哪！师父刚刚帮我炼制的法宝！”

“该死的！我的法器被毁了！”

五行宗众弟子纷纷惊叫，一时间惊怒交加，居然忘了深思，这楚渊怎么可能有这么大的神通，片刻工夫就把他们的法器毁得干干净净，要知道，这可等于是楚渊以一人之力，同时力敌他们好几个人哪。

“小畜生，竟敢毁我的金斗，今天，要你死！”叶金斗缓过神来，沾血的脸上带着狠毒的神色，显得十分狰狞。原来，他这名字居然是以法宝取名，想来是五行宗中出生的后辈子弟，甫一出生，就有长辈赠以法器，干脆就以此为名了，却不想这样的法器也毁于楚渊剑下。

楚渊只是哼了一声，心中却是又惊又喜，他只是激怒之下猝然出手，本也没想到自己现在居然如此厉害，不过才修炼到第五层而已，对付起叶金斗等人竟然这么的得心应手。

“是吗，你五行宗难道就只一张嘴巴厉害？”

楚渊冷哼一声，漫天剑气一收，复又合并成一剑，悬停于楚渊面前，笔直地指向叶金斗，骇得叶金斗连连后退。

楚渊也不想如此嚣张，他现在确实进境一日千里，可五行宗随便来一位长老，恐怕就要胜过他，更不要说以今日之蜀山，迎对五行宗那样高手如云的大宗大派了。

可是，楚渊也是骑虎难下，都已经出手了，人家的法器也毁了，此时收手，对方就肯罢休？何况，五行宗毕竟是名门大派，因为门派太大，门下弟子良莠不齐，难免有些好勇斗狠之辈，但师门长辈们可做不出恃强凌弱的事儿来。

所以，眼下这事儿不怕闹大，就怕闹不大。闹大了惊动了五行宗的前辈，他们反而无事，就怕此事闹不大，叶金斗等人呼朋唤友，私下寻仇，那时才是真的麻烦。

想到这里，楚渊自然不会示弱。

五行宗的弟子眼见楚渊如此威风，简直都吓傻了，这就是那个只会施雨除虫的楚渊，这就是那个总被他们羞辱，却连话都不敢反驳一句的楚渊？他什么时候变得这么强了？

楚渊一剑横空，前方几个五行宗弟子竟然不敢妄动。朱平安又惊又喜，连忙擦擦嘴角血迹，迎上去道：“大师兄，你……你好厉害，这别就是师父说的荒域……”

楚渊急急向他递个眼色，朱平安心头一凛，马上闭了嘴。如果师兄真是得到了蜀山传承，这事儿还真得必须保密，直到师兄真正把蜀山绝学融会贯通为止，否则，可是匹夫无罪，怀璧其罪啊。

天空中一只仙鹤轻唳，众人抬头，就见一个白衣人乘着一只仙鹤，飘然降下。

“金斗，是你们？”

那白衣人年近四旬，面容清癯，他落到地面收了仙鹤，瞧见叶金斗等人模样，不禁有些诧异。叶金斗等人看见他，不禁大喜，纷纷叫道：“马师叔！”

这人是五行宗一位长辈，功夫地位当然比不上程青嵘那样的嫡传弟子，却也不是这些后辈可比的。

叶金斗马上指着楚渊道：“马师叔！是他，是他仗势欺人，辱我五行宗无人，弟子气不过，才与他们交手的。”

楚渊已经见势收了长剑，那剑夭矫如龙，射至长空，铿然一声，笔直地插入他背后剑鞘。

楚渊拱手道：“马前辈，并非蜀山欺人。我这师弟，好端端地在这儿帮村人行雨浇田，叶金斗等人却横加凌辱，更是将他打成这般模样，晚辈身为蜀山大师兄，自然不能坐视不理！”

那位马长老看看几个五行宗弟子的狼狈模样，又看看散落一地的法器碎片，不禁皱了皱眉。因为他在五行宗地位不是很高，所以对底下弟子们恃强凌弱的恶行倒是时常能听说到。

这时听双方一讲，他就明白真相如何了。令他诧异不解的是，蜀山剑派根本就没落得不成样子了，这个楚渊怎么有本事把叶金斗等人打得如此狼狈？

马长老忽然想起本门师兄程青嵘对这个楚渊青睐有加，莫非这个小子天纵奇才，蜀山那点微末之技，也能被他练得出神入化，还是受过了程师兄的指点？

马长老暗自忖度着，不动声色地道：“你们这些小辈，着实顽劣，小小口角，也能闹成如此阵仗，幸亏老夫由此经过，感应到法器真力的波动，及时赶来阻止！”

叶金斗听他语气，大有息事宁人之意，忍不住道：“马师叔，蜀山的人技不如人，竟然偷袭，我们才吃了大亏。您老可不能放过这些鸡鸣狗盗之辈啊。”

其他几个五行宗弟子纷纷帮腔，朱平安气呼呼地道：“你们放屁，我大师兄可是堂堂正正打败你们的！鸡鸣狗盗之辈？我大师兄受百巧门之邀，要参加仙宗大会的人，会是鸡鸣狗盗之辈？”

马长老更感意外，他地位不高，又是长辈，做事尤其谨慎，听说这楚渊还受到了百巧门的特别器重，更是不愿鲁莽地插手其间，便道：“你竟受邀参加仙宗大会？好！好好好，果然是少年可畏！”

叶金斗激动地道：“马师叔！”

马长老瞟了他一眼，微微一笑：“金斗啊，你师父也是要参加仙宗大会的，你何不回去，央你师父带你去仙宗大会？你等小辈间争执，老夫是不便插手的。不过你们今日败了，弱的却是我五行宗的名头了。”

马长老捻须一笑，道：“私下争斗，绝不可取。你不服气，就在仙宗大会上与楚渊好生切磋切磋，找回这个场面吧！”

马长老大袖一扬，仙鹤再现，他一抬腿，就飘然跨上了仙鹤，沉声道：“都跟我回去！”

叶金斗等人气愤不过，可又不敢违抗长辈命令，只得恨恨地祭出飞行法器，跟着马长老一起离去。

第二十九章　镇山宝剑

楚渊扶着朱平安，先绕到山后谷底，用涧中泉水洗净了头面和衣服，就那么拧干了，湿漉漉地穿在身上，便往山上赶去。走到半山腰，恰见一琼真人带着陈厚匆匆赶来。

一见楚渊带着朱平安回来，一琼真人不禁松了口气。五行宗不是魔道邪派，弟子们是不敢胡乱杀人的，一琼真人本就不担心弟子会有生命之险，只是楚渊外柔内刚，骨子里其实是个极倔强的人，一琼真人怕他不知进退，闯出大祸。

一见一琼真人，朱平安就兴奋地迎了上去，虽然他被打得猪头一般，却是兴高采烈：“师父，师父，你刚才是没有看到，师兄好厉害啊，一个打好几个，那些五行宗弟子祭出了法器，却被师兄一剑就给毁了。”

“什么？”

一琼真人大惊，楚渊一剑，毁了五行宗弟子好几人的法器？能拥有法器的人，就算是低阶法器，那也不是可以等闲视之的。五行宗里也不是每个弟子都有资格得到法器，有法器的大多是嫡传弟子，楚渊什么时候修为如此之高了？

楚渊也正要把他练功时感应到的奇怪幻象告诉师父，当下师徒四人一边上山，楚渊一边就把自己先前练功时的感应对他说了一遍。

一琼真人听得激动万分，道：“没错了，那一定没错了！我就说嘛，祖师爷怎么可能开晚辈的玩笑，你一定是获得了我蜀山绝学的传承了！”

楚渊疑惑地道：“可弟子为何对此全无所觉？”

一琼真人道：“前辈高人，手段不知何等高明，不让你察觉，又有何稀奇？”

楚渊道：“如果是本门前辈传功，又何必不让我清楚明白地知道？”

一琼真人道：“祖师爷这么做，定然有祖师爷的道理，你管那么多做什么？”

一琼真人想了一想，忽又紧张道："哎呀，渊儿啊，那个仙宗大会，你不要去了。"

楚渊奇道："为什么？"

一琼真人道："你可是我们蜀山复兴的希望，一旦外出，有个三长两短可怎么办？你就留在山上，从现在起，什么都不用你做了，只管安心练功，如果你能将我蜀山绝学全部参悟明白，我蜀山一定可以重新啸傲天下！"

楚渊苦笑道："师父，其实我……我也没有感应到什么，只是练功速度突然加快了。整日困在山上，也增加不了什么。仙宗大会，我蜀山已经多少代都没有参与过了，弟子想明白了，人外有人，山外有山，去见识一下，不是坏事。"

一琼真人实际上也舍不得放弃这个机会，只是现今楚渊成了他复兴蜀山的唯一希望，生怕他出任何意外罢了。不过转念再想，仙宗大会是天下名门大派举办的大会，邪魔外道在这个时候大多偃旗息鼓，不愿行走江湖，以免发生大冲突。而且仙宗大会只是各大门派交流切磋的所在，不是血流成河的决斗，去见识一下，未必就有危险。

想到这里，一琼真人道："好吧！那……你就去吧！不过，你须记住，无论如何，以保全自己为第一要务，你可是我蜀山最后的希望了！"

一琼真人停下来想了想，下定决心道："走！我把镇山之宝交给你，你带在身上，以作防身之物！"

楚渊和朱平安、陈厚呆了："镇山之宝？我们蜀山现在一穷二白，家徒四壁，还有什么镇山之宝？"

一琼真人将他们又领回了祠堂，这座山上，还算完整的屋子都没几间了，也幸亏这祠堂设在山洞里，才能保存得如此完整。

密密麻麻的蜀山历代掌门和重要长老的排位前，一琼真人虔诚地上了炷香，沉声说道："各位祖师在上，我蜀山遗宝，遵照祖训，不应轻取。然而，今有后代弟子楚渊，肩负我蜀山重新崛起之众望，不容有失，故而弟子一琼，擅作主张，有请镇山宝剑！"

一琼真人郑重地磕了三个头，楚渊三人也郑重地跟着磕头，一套烦琐的程序完成，一琼真人双手食指并在一起，口中念念有词，许久方大喝一声，向前一指，咄的一声，前方地面上竟然缓缓升起一方石台，石台升起半人高，顶端花瓣状旋转开来，露出里边一副剑架，上边搁着一口墨绿色剑鞘的长剑。

一琼真人上前，又敬一礼，双手将长剑从架子上小心翼翼地取下，转身面向楚渊。

楚渊急忙上前几步，重新跪倒，双手微微颤抖地接过长剑，又缓缓立起，一手持剑鞘，一手持剑柄，拇指在卡簧上轻轻一按，嚓的一声，长剑出鞘！

"这……是咱们蜀山的镇山之宝？"楚渊愣了一会儿，才茫然看向老神在在的一琼真人。

一琼真人郑重地点头："是啊，有什么问题吗？"

楚渊无语，不是有什么问题吗？而是全都是问题好不好？说好的至宝呢？这把破破烂烂的剑到底算是怎么回事儿？剑鞘上的墨绿色拿在手里才知道那是锈，剑柄乌黑，却是因为缠柄乌丝久未打理的缘故，至于那剑刃……

这是剑吗？锈迹斑斑也就算了，上面那像是被虫蛀了一样的小洞又是怎么回事？朱平安和陈厚也不由得吞了吞口水，朱平安咧了咧嘴："师父，这剑……还能用吗？"

"臭小子，你胡说什么，当然能用，这剑可是咱们蜀山的镇山之宝！当然，比起已经失传的紫青双剑那是大有不如，不过，那也是一等一的名剑！通灵的！"

陈厚讪讪地道："师父啊，这口名剑，看起来还没有我们厨房那把菜刀锋利呢。"

一琼真人其实每隔一年就要维护一下这里，对这把剑，他也觉得似乎……算不上什么镇山之宝。不过，他相信历代祖师不会欺骗他，如果只是为了诳骗后人，佯装声势，那么找一把光鲜点的剑总不至于太难吧？所以，他认定这口剑必有神奇之处，只不过是他资质愚钝，参悟不透罢了。

一琼真人正色道："楚渊，我蜀山历代掌门传承时，都会慎重告诉下一代掌门，这口剑的所在，以及取用的方法，可见这口剑，必有莫测之能。至于如何发挥它的功力，为师确实不知，你祖师爷曾告诉我，这口剑是留待有缘人的！我相信，你就是我蜀山的那个缘，你要佩着它，发掘出它的秘密！"

见一琼真人说得如此慎重，楚渊也不由得郑重起来："弟子明白了！这柄镇山宝剑，弟子一定小心呵护，剑在人在，剑亡人亡！"

一琼真人咧了咧嘴，道："倒也没有那么严重，如果真遇到危险，还是以保全你自己为第一要务！"

翌日，楚渊再次练功，发觉进境较之以往确实快了许多，但要像第一天那样一日之内连续三次突破，却是再也不能了，想必当日也是厚积薄发，神功道法终究要稳扎稳打，求不得速进。

第三十章　离火真人

又过了两日，楚渊便辞别了师父和两个师弟，祭出自己的飞行符篆，望中州而去。

楚渊一路未停，在天黑之前到了宣弥城，宣弥城处于三江交汇处，交通十分发达，货物流通也很方便，四方的商人在这里会集，因此十分繁华。

城中最为出名的是酒楼和青楼，这一酒一色，使得宣弥城充满了纸醉金迷的味道。

楚渊走在宣弥城的大街上，忽见前方几个衣着暴露、步态妖娆的女子姗姗走来，蛮腰款摆，说不出的动人。隔得还老远，便有一股脂粉香气顺风而来。

楚渊知道这几个女子乃是青楼中人，只是瞧她们明眸皓齿，明艳无方，忍不住还是多看了一眼。其中一个美人儿看见了，不禁向他娇媚地一笑，楚渊登时面红耳赤。

楚渊几乎落荒而逃，走出好远，才忽然想起方才看见那女人袖间花纹有些特别，仔细一想，忽然记起，那是合欢花，难不成那几个妖媚女子不是青楼名妓，而是合欢宗的人？

合欢宗，是九州大陆的魔教宗派之一，和森罗魔殿一样，实力非常强大，据说掌门是女子，门内也是以女弟子居多，而且个个貌美如花，擅长使用媚术。若说森罗魔殿是凶猛的恶魔，那么合欢宗绝对是有毒的美女蛇。

真要说起名气，合欢宗比森罗魔殿还要有名，毕竟一个全是美人儿的门派，别人想不议论都难。所以就连楚渊这样和其他门派几乎没什么来往的人，都知道合欢宗的大名。

楚渊暗自奇怪，仙宗大会举办之际，众多名门正派都会出山，这个时候那些魔道妖宗大多会暂且关闭山门，免得正派人多势众，双方一旦发生纠纷，未免会吃大亏，为何这合欢宗却在此时招摇过市？

楚渊没有多想，合欢宗，与他而言形同于两个世界的人，两者之间不可能有什么交集。

五行宗的人此刻业已赶到宣弥城。五行宗是大派，弟子众多，宗门实力雄厚，单独包下了一处大客栈。

夜色下，门口只悬了两盏气死风灯，在风中轻轻摇曳，丝毫看不出里边居然住了一个大宗门的掌门和众多弟子。

此时，十几道轻盈的身影翩然跃入墙内，夜色下看来，如同鬼魅一般。

叶金斗洗了澡，穿着浴袍趿着木屐哼着小曲儿从浴房里出来，肩上搭着一条浴巾，正往自己住处走去，廊下突然闪出一个美女，搔首弄姿地冲他“嗨”了一声。

叶金斗两眼一直，看着这声音娇滴滴的，神情动作无比妩媚的姑娘，惊喜地道：“姑娘，你……你是……”

美人儿嫣然一笑，玉手轻扬，一蓬白烟便笼到了叶金斗的脸上，叶金斗两眼发直地仰面倒去，被及时从房中闪出来的另一个姑娘一把托住，轻轻放在地上。

那位姑娘同样生得妖娆，手中提着短剑，剑上正有殷红的血，缓缓滴下。

那姑娘向撒药粉的姑娘打了个手势，蛮腰一扭，就向后进院落奔去。与此同时，几道纤细的倩影分别从不同的房间里冲出来，几个起落间就跟了上去，其中几人，赫然就是楚渊下午在城中见过的那几个女子。

一群美人儿在后进院落前聚合了，处于众人中间位置的，赫然是一位上着紧身短衫，露着性感纤细的小蛮腰，下身一条喇叭口筒裙裤的妩媚少女。这少女竟是在泽精村外山中与楚渊相逢过的玄衣少女。

少女手持一对弦月状的弯刃，盯着后宅门道："离火那老家伙就住在这里。如今宣弥城中正派高手云集，我等不可造次，杀了他，立即远遁，莫要多惹是非！"

众女子齐齐点头，短衫少女又道："离火老贼道法高深，不过我们的兵刃上已经涂了'凝冰翠'剧毒，只要划破他一丝伤口，就能要了他的命，一旦得手，立即撤离！"

众女子齐称遵命，短衫女子向那扇门一指，喝道："杀！"

几个女子仿佛一条条美人鱼，向那扇门齐齐扑去，轰的一声，她们堪堪冲到门前，那门却突然爆裂，无数的碎片向外扑来，众女子惊呼一声，齐齐左手一挥，身前笼罩起一道半月状的透明盾牌。

那真气凝聚而成的盾牌挡住了利箭般爆射的木屑碎片，可是受那木屑激射，真气盾的能量也迅速消耗殆尽，众人踉跄落地，骇然抬头，就见一个青袍白发道人从门框内傲然而出。

"哼！我道是何方妖孽，原来是合欢宗里几个不知天高地厚的小辈！"

一个美少女骇然叫道："离火真人！"

手持弦月弯刃的美少女见到离火真人，两只眼睛都红了，娇斥一声道："离火老狗，纳命来！"

美少女双手一扬，一对弦月弯刃脱手而出，盘旋飞转，袭向离火真人。

离火真人哈哈大笑，双臂一张，背后腾现一双火云般的真元羽翼，羽翼回圈，将他周围包成了一个火红色的茧子，那弦月弯刃"铿铿铿"地割划着火茧，只碰撞出无数火花，根本伤不了他分毫。

离火真人双臂一张，火翼张开，将一把弦月弯刃弹射回去，而另一把弦月弯刃则被他二指一挟，稳稳挟在掌中。美少女接住兵刃，受那大力撞击，踉跄地退了几步。

离火真人看了眼手中弦月刃上蓝汪汪的幽光，轻蔑地道："涂了毒？呵呵，连我的真元羽翼都攻不破，还想杀了老夫！"

离火真人双目一瞪，厉声道："是合欢宗宗主派你们来的？"

那美少女眸中满满都是恨意，道："你这老狗，杀我父、害我母，我恨不得食尔之肉，饮尔之血，今日你插翅难逃。"

离火真人一呆，定睛看了看那美少女，依稀觉得似乎与记忆中的某个女人有些相似，离火真人脱口叫道："啊！你是……你是成妖女的后人！"

美少女挺起蓓蕾般娇美的胸膛："我，花如娇！家父花子鹏，家母成若彤！"

离火真人大怒："果然是你这魔道余孽。我那师弟，天资聪颖，本可修成神功，壮大师门！可恨被成若彤那妖女勾引，堕入魔道，老夫不去找你这小妖女斩草除根，你倒找上门来！"

花如娇眼圈儿发红，泪水滚滚而落："呸！你这老狗，我爹和我娘两情相悦，彼此相爱，何曾做过一件有违天道人和之事？你横加阻挠，害死我的母亲，打死我的父亲，若非我被爹娘早早托付于外，也早着了你的毒手。”

离火真人冷笑：“魔道妖人，人人得而诛之。子鹏贪恋女色，居然忘却大义，我是他的师兄，岂能坐视他被妖女迷惑，堕入魔道，最终闹个身败名裂？我杀了他，是救了他，是维护师门清誉。”

离火真人戟指花如娇：“至于那成若彤，魔道妖女，死有余辜！”

“我杀了你！”

花如娇尖叫一声，就冲了上去。

离火真人信手挥洒，漫不经心地抵挡着她的进攻，扬声道：“我还当是合欢宗倾巢来攻，原来是你这小妖女寻私仇。你们都出来吧，把她们给我一网打尽！”

第三十一章　美人入室

门内呼啦啦闪出一群人，程青嵘、马长老等人都在，王浩然也赫然在列。

一个美少女一把拉住被离火真人真气震回的花如娇，吃惊地道：“花师姐，离火老狗早已有备，我们快走！”

另一个美少女也道：“留得青山在，不怕没柴烧！”

花如娇仇人当面，恨不得立刻宰了他为爹娘报仇，可她是偷跑出来的，只会合了几个要好的同门，本打算要杀离火真人一个出其不意，对方既已有备，如何还能得手？

她倒也拿得起放得下，把银牙一咬，恨声道：“分头走！”

几个合欢宗女弟子立即似纷飞燕一般，闪向四面八方。

离火真人自恃身份，并不追赶，只是哈哈大笑道：“把那花如娇给我拿下！”

离火真人不出手，程青嵘、马长老等人便也立于其身后不动，只有王浩然等后辈弟子仗剑追了上去。他们重点只在花如娇身上，其他女弟子倒是逃得比较容易了，可花如娇却是使尽手段，也难以摆脱追兵。

花如娇穿房越脊，飞檐走壁，在夜生活极其丰富的宣弥城里造成了一场不小的热闹，王浩然领着几个人穷追不舍，花如娇在屋脊上与他们交手数合，弦月弯刃脱手飞出，伤了一个五行宗弟子，却也被王浩然狠狠一掌印在胸口。

花如娇“哇”地喷出一口鲜血，倒撞出去好远，稀里哗啦地摔下房去，跌进一丛灌木花丛，忙强忍剧痛，矮了身形匆匆逃去。

两个五行宗弟子跃下房脊四下搜索一番，向傲立于屋顶的王浩然道：“大师兄，她逃了！”

王浩然冷笑：“中了我的离火神掌，火毒攻心，绝逃不远，给我搜！”

楚渊盘膝坐在室内，静静地吐纳着，意识则沉入识海。

修行是寂寞的，也是艰苦的，常人只看得到修炼有成者的风光，又有多少人知道，他们背后付出多少的艰辛。

今晚楚渊隐隐又有突破的迹象，正在关键时刻，识海中他的意识幻化的小人儿正要往那金剑杵立的浓雾之中再进一步，外界的种种炸裂声响终于影响到了他。

楚渊缓缓收了功，抬腿下地，懊恼地冲过去打开房门，走到院子里四下探看一番，愤怒道："半夜三更的，谁家如此吵闹？"

楚渊说话的当口儿，一道倩影已悄然闪进他的房去。

不远处陡然传来一个声音："五行宗缉拿魔道妖人，闲杂人等回避！"

修仙门派虽然也混迹于尘世之间，却是超脱于凡人世间的存在，俗世政权基本不敢理会这些超凡脱俗的修真人，除非他们掺入政权之争，所以这人说话，真比官府办案还要威风。

五行宗？楚渊一怔，这还真是冤家路窄，楚渊不想再与五行宗的人起纠纷，上次他痛打了叶金斗那批人，还毁了他们的法器，谁知道这些五行宗的人会作何感想。

楚渊二话不说，转身就走，谁料该来的事，想避也避不了。

房顶上那王浩然闲庭信步般踱过来，一眼瞧见月色下的楚渊，一抬腿便飞落下来。

王浩然微微一笑，道："想不到，你还真要去仙宗大会啊？"

楚渊道："怎么，不可以吗？"

王浩然摸着鼻子笑了笑，道："你既受了百巧门的邀请，我又怎么会阻止你？"

王浩然看看楚渊，忽然问道："听说你揍了叶金斗，还击毁了他们几个人的法器？"

楚渊暗暗提气，小心戒备着，道："不错！莫非你想替他们找回场子？"

王浩然嘿嘿一笑，他跟叶金斗那批纨绔可不怎么对付，眼见对方吃瘪，他偷笑都来不及，又怎会替对方出头。不过，楚渊竟然能打败叶金斗那批人，这可提起了他的兴趣。

王浩然道："很好！看来你资质果然不错，就凭蜀山剑派那三脚猫的功夫，那等匮乏的资源，能让你练到这般境界，难怪程师叔如此青睐。仙宗大会上，王某定当讨教！"

楚渊暗暗松了口气，道："那就仙宗大会上见了！"

楚渊转身要走，这时另两个五行宗弟子跃进了院落，对王浩然道："大师兄，没找到！"

另一个人道："就剩这一间房没搜了。"

王浩然往屋里看了一眼，楚渊住的这房间是最省钱的那种简单客舍，屋里除了摆下一张床，别无他物，怎么可能藏得下人。再者，方才楚渊还大呼小叫来着，如果他藏了人，断然不敢如此招摇。

王浩然摇了摇头道：“此处如何藏人，那妖女定然是往别处逃了，给我扩大搜查范围，莫要让她走脱了！”

竖起耳朵听着王浩然这番话的楚渊提起的心扑通一下又放了回去。他刚刚一转身，就发现不对了，他榻上的被子是放开了的，好像刚刚睡过。而实际上他方才一直在练功，根本还不曾歇下，被褥整齐得很。

王浩然带着两个师弟离开了，楚渊把门一闩，又侧耳听听动静，马上握紧了剑鞘，转向被褥道：“出来！”

第三十二章 人比花娇

榻上毫无动静，楚渊冷笑道：“你以为榻上藏得住吗？我已经知道你藏在那里，马上出来！否则，捅你个透明窟窿！”

榻上还是毫无动静，楚渊皱了皱眉，持着连鞘的长剑小心翼翼地靠近，轻轻插入被角，用力一掀。

一个美人儿静静地卧在榻上，仿佛一条妖娆的美女蛇，那细细的、柔韧的小蛮腰，露出一痕雪白的肌肤，在灯下白得耀眼。腰肢过于纤细，衬得隆翘圆润的臀部无比诱人。

楚渊费了好大劲儿，才把目光从她的胴体上拔出来。姑娘的身体时而会轻轻起伏一下，显然她还活着。但她那苍白如纸的脸颊、紧紧闭合的眼帘，又证明她正晕迷着。

楚渊深深吸了口气，走到榻边，弯腰。

很俏、很媚的一张脸，尖尖的下巴，长长的睫毛，眼睛一定很大，这种脸，是典型的狐狸脸，天生狐媚。此时她正晕着，相信她醒过来时的模样会更加迷人。

啪嚓！

外边一块瓦片掉在地上，摔得粉碎。

楚渊吓了一跳，赶紧把被子掩上，把那姑娘从头到脚都罩在其下，一屁股坐在被角上，朝向外面。

等了半晌，并没动静，那只是方才花如娇和王浩然等人打斗时踏碎的一块瓦片，刚刚才掉下来罢了。

“唔……你是想闷死我吗？”

楚渊刚刚松了口气，被底便传来娇媚的一个声音，微微带着些荡意，不是荡妇刻意扮出的风骚，而是媚骨天生的人，不经意间便会带出的旖旎味道。

楚渊又吓了一跳，急忙跳起来掀开被子，就见那狐狸脸的少女正张着一双杏眼，柔柔地看他。

楚渊讶然道：“你没晕？”

“本来晕了，又醒了。”

那女子笑了笑说，脸色虽然苍白，眸波却有些调皮灵动。

“啊！我认出你了，我见过你！我在……”楚渊刚才就觉得这姑娘有些眼熟，此刻终于想起。

女子向他嫣然一笑，打断了他的话：“不只在山中，后来你扮猪吃虎，欺骗何洪宵老魔头的时候，我也在呢。你骗了那老家伙的事，现在已经在江湖上传开了呢，敢骗那老家伙，还把他骗得团团转，有胆色，有本事！”

楚渊却没理会女子的叙旧，而是脸色一冷，沉声问道：“五行宗的人，为什么追杀你？”

楚渊很关心这一点，他和五行宗的人虽然有种种恩怨，但是仍然属于同一阵营，那么被五行宗追杀的人，应该是什么身份？

花如娇向他眨眨眼睛，道：“你不关心我的名字吗？”

楚渊抿着嘴巴没说话，花如娇扁扁嘴：“真是个没趣的男人。”

楚渊还是没说话，他关心的是对方的身份。

花如娇撑着床，慢慢坐起来，指着自己的鼻子：“你记住，我呢，叫花如娇。花是貌美如花的花，如是如花似玉的如，娇是人比花娇的娇。”

楚渊的手掌握住了剑柄，这是一个威胁的动作。

花如娇好像没看见，或许她是觉得凭着自己的花容月貌，很难会有一个血气方刚的男人忍心对她拔剑。但她的脸色已经渐渐平静下来，有种平静的凄婉。

她缓缓地仰起脸颊，平静地道：“五行宗离火真人，杀了我爹和我娘，我一直想找他报仇。可惜，他龟缩在五行宗里，轻易不大出门，而我又没本事杀进五行宗。这一次，他亲自往中州参加仙宗大会，这是我难得的机会！”

楚渊忍不住问道：“你把离火真人杀了？”

花如娇看他一眼，道：“我倒是想，可那老狗……道行太深。”

楚渊沉默片刻，道：“离火真人，为什么要杀你的爹娘？”

花如娇哧哧笑道：“为什么？因为，我娘是人所不齿的魔道妖女，虽然，她自从艺成出山，就没做过一件坏事。然后，她遇见了我爹，而我爹，偏偏是名门正派里一个年轻有为的少侠。”

花如娇捂了捂胸口，秀眉微蹙，胸口那一掌，伤得着实不轻。

花如娇忍了忍，才继续道：“他们一见钟情，谁也舍不得放弃谁，于是相约一起归隐山林。可离火真人不开心了，因为我爹是他最器重的小师弟，他还指望着我爹成为他麾下最得力的打手，怎么舍得放他离开？我爹不肯听，结果，他就杀了我爹，美其名曰：清理门户。那时，我娘已经有了我，她……生下我之后，托付给了我师父，只身杀上了五行山，然后……”

花如娇看向楚渊，一双明媚的大眼睛已经蓄满了晶莹的泪水：“然后，她就陪我爹去了。丢下我一个人……”

第三十三章　我是你姐

楚渊沉默下来，手中的剑也缓缓地放下。

花如娇含泪睇着他，痛苦地问道：“我娘一辈子没做过一件坏事，为什么她就是妖女？离火老狗杀了两个无辜的人，为什么他就能理直气壮？忠奸善恶，是天生的吗？你们名门大派，永远都是好人？而我们，则无论做过什么，或是什么都没做，就死有余辜？”

这个问题，楚渊无法回答。蜀山，没落太久了，久到他们根本无力承担“维护天下正道”的责任，久到根本没有资格参与针对魔道门派的一次次讨伐。

没错，像森罗魔殿护法何洪宵那样的人，的确是死有余辜的魔头，可名门正派里就没有恶人？又或者所有出身魔道的人就都是恶人？因为蜀山人微言轻，一直被排挤在名门正道的边缘位置，所以他反倒能客观地看待这个问题，所以，他无法回答，因为他不以为然，但是站在他的立场上，他又不能偏袒这个合欢宗的小妖女。

他看着花如娇的衣袖，那里绣着一朵娇艳的合欢花。

花如娇怒声道：“你为什么不说话？是不是你也要杀了我这个魔道妖女，为天下正道除害？”

花如娇说着，已经暗暗做好了准备，眼前这人有多大本领，她并不清楚。至少在她受了重伤的情况下，她不确定自己能够活着离开，但她不会屈服，决不！

楚渊摇了摇头：“你和五行宗的恩怨，不关我事。我和他们，关系处得也不怎么样！”

楚渊对五行宗的确毫无好感，不仅仅是因为五行宗年轻一辈的弟子经常侮辱戏弄蜀山门人，作为掌门弟子，很多事他都比两个小师弟了解得更多，包括师父经常的装疯卖傻。

一琼真人为了养育体内的暖阳酒虫，固然每日都要酩酊大醉，但他真的会醉到去咬一只土狗？七分醉是真，三分疯是假呀。由于一琼真人曾经表现出来的修真天赋，其实五行宗离火真人一直对他很警惕。

五行宗年轻一辈弟子对蜀山几个门人的一再侮辱，背后未必没有离火真人的纵容，他想知道一琼是否真的再无恢复的希望。没有人希望自己的卧榻之旁出现一个强者，只是同为仙宗正道，有些事可以做，却不可以说，所以双方都以一种微妙的心态去理解、去领会、去相处着。

楚渊一直怀疑，师父当年的走火入魔，恐怕未必就只是走火入魔那么简单。对于这样的所谓正道仙宗中人，楚渊早已深恶痛绝。正道仙宗既然可以有这样的卑劣小人，魔宗邪道为什么就不能有正人君子？所以，面对花如娇的控诉，他恨不起来。

可花如娇却是见多了仙宗正道中人除魔卫道的嘴脸，闻言不禁呆了一呆，忍不住道："可我是合欢宗的弟子啊！我是邪派，我是魔道妖女啊！"

楚渊眸中已经隐隐露出一丝笑意："那你知不知道我是谁？"

花如娇怔了怔："你是谁？"

楚渊挺起胸道："我是九州天下各大名门正派望风景从，奉为统帅的天下正道第一大派，蜀山剑派掌门大弟子！"

花如娇怔怔地看他半晌，忽然扑哧一声笑，用手背掩了嘴巴，忍俊不禁地道："不好意思，没听说过。"

楚渊耸耸肩道："你看吧，我并没骗你，但你不信。为什么？因为我从来没有证明过我蜀山拥有与之相匹配的实力！同样的，你出身合欢宗，你并没瞒我，但是在你做出人神共愤的恶行前，我为什么要相信你是恶人？"

花如娇又呆了，她从来没有遇到过这样的修真人。以前，她只要一说出自己的身份，对方要么就拔剑相向，誓欲杀之而后快；要么就像见了血的苍蝇一般蜂拥上来，因为合欢宗的名声一向不好，在外界传言中，合欢宗的女人都是人尽可夫的荡妇。而像楚渊这样的人，她从来没见过，这还是头一次。

花如娇又呆了许久，唇角渐渐漾起一抹令人心动的笑，她懒洋洋地偎回了榻上，声音里带着一丝媚意地道："那……我这几天，小弟弟，就拜托你了。"

楚渊失声道："小弟弟？"

花如娇道："难道不是？你多大了？"

楚渊道："十八岁！"

花如娇"喔"了一声，眸光一荡，道："我十九，你十八，姐姐大你一岁，不叫你小弟弟，该叫什么？"

楚渊明知她故意调笑，偏偏毫无应对女人的经验，只好照搬当初应对五行宗挑衅弟子的办法：扮鸵鸟。他冷哼一声，不接花如娇的话茬儿，只道："我虽不杀你，可也没理由帮你吧？"

花如娇撑着下巴，慵懒地睨着他："随你喽，反正我现在受了伤，没力气反抗，要么，你就把我丢到街上去，被五行宗的人抓去杀掉！要么……"

花如娇媚眼如丝："你就照顾我，直到我伤势痊愈！"

第三十四章　同病相怜

楚渊当然干不出把花如娇丢到街上的事来，于是，他只好带上了花如娇。

翌日，楚渊租了一辆车，蜀山师徒四人，生活拮据，自然没钱租车的。不过花如娇有钱，楚渊是为了照顾她，倒也并不客气。

二人乘了马车往中州而行，其实速度比起楚渊乘飞行符要慢上许多，只是花如娇受了重伤，虽有师门丹药，却也需慢慢调理，自然不好受风。

于是二人日行夜宿，如常人一般赶路，比起飞在天上，倒也别有一番情趣。

如是者三日，第四天。

"花姑娘……"

"告诉过你多少次了，叫我娇娇！"

"咳！花大姐儿……"

"花大姐儿？我还七星瓢虫呢。"

楚渊苦笑道："叫你娇娇，总是不妥的。你我又不是……咳咳，算了，这个称呼问题，我们都理论三天了，终究没个结果，且不去管它。花……你这伤也快好了，你看咱们是不是……"

花如娇瞪眼道："干吗？你要撇下我不管？"

三天来，花如娇一直观察着楚渊，曾经与她打过交道的修真者，要么畏之如蛇蝎，一见她就喊打喊杀，要么就对她的美色垂涎三尺，巴望着能一亲香泽。而楚渊和他们截然不同。

她能看得出面对她的美貌，楚渊也会喜欢多看几眼。不过，他的眼神很清澈，那只是对美丽的欣赏，没有贪婪，没有淫邪，没有欲望，也没有爱慕。

这令花如娇对楚渊充满了好奇，因为好奇，其实她已经可以离开，却依旧以受伤为借口，留在了他的身边。她却不知，对于一个女人来说，对一个男人充满了好奇心，就是一个危险的开始。

"怎么能算是撇下呢？"

楚渊面对这个蛮不讲理的女人，只能一次次苦笑："你的伤已经没有大碍了，五行宗的人也已离开此地，我想必你师门的人正在急着找你，我也该上路，去仙宗大会了，咱们就此作别，岂不正好？"

花如娇道："仙宗大会啊？我也正要去那里，一起上路有什么不好？"

"你确定？"楚渊诧异地道："仙宗大会可是名门正派的一次大聚会，你是合欢宗的人，去找死吗？”

花如娇张开双臂，在他面前娇俏地转了一圈儿，一扬眉：“我已经换过衣服了啊，袖上没有合欢宗的符号，谁认得我是谁？”

楚渊皱眉道：“你去仙宗大会做什么？”

花如娇颜色转冷，恨声道：“杀离火老狗！”

楚渊摇头道：“你原来有众同门相助，都不是他的对手。而今单枪匹马，去送死吗？”

花如娇双眼一亮，笑道：“你关心我啊？”

楚渊脸儿一热，否认道：“我管你去死，与我有何相干？这么慢腾腾地赶路，我怕赶不上仙宗大会了，花姑娘，告辞了！”

楚渊拱了拱手，疾退两步，扬手掷出呆头鹅，腾身跃上，那呆头鹅振翅疾飞，呼扇了好几下，才渐渐稳住，载着楚渊越飞越远。

楚渊回头一看，花如娇还站在原地，目瞪口呆，不禁得意地一笑。花如娇伤势还没大好，想必不会耗费法力乘坐飞行符箓的，这下子总算摆脱她了。

三天来，有佳人相陪，那是一种滋味。这时候独自上路，驾鹤……驾鹅乘云，逍遥自在，又是一番风味，起码觉得肩上轻松了许多。

楚渊不想惊动世俗之人，专挑荒野高山飞行，片刻工夫，已在数十里地以外，正觉心旷神怡之际，耳畔忽然响起一个声音：“哈！你乘的这是……一只鹅？真有个性！”

楚渊扭头一看，花如娇的娇靥近在咫尺，惊得楚渊哎哟一声，险险一跤从呆头鹅上摔下去。楚渊手忙脚乱一阵，急忙抱住鹅的脖子，这才免于堕鹅之险。

花如娇看得有趣，不禁咘咘地笑了起来。

楚渊这才发现，花如娇坐在一只火红色的朱雀身上，那朱雀和她的人一样，美得神采飞扬。

楚渊惊道：“你怎么追来了？”

花如娇道：“我说过，我也要去仙宗大会啊！”

楚渊道：“那你刚才……为何我飞走时你一动不动，你故意耍我？”

花如娇娇俏地白了他一眼，道：“我是被你祭出来的这……这只呆头鹅给吓住了！好半晌才反应过来。”

说到这里，花如娇又吃吃地笑了起来：“喂，你怎么祭炼了这么个呆头呆脑的东西，实在是……”

“这东西虽然丑，却是我师父亲手为我祭炼的。”楚渊摸了摸自己胯下的呆头鹅，脸上露出一抹温柔的笑意：“这是师父的一片心意，美丑什么的，我却是不放在心上。”

花如娇眼中闪过一抹羡慕：“你师父对你真好。”

“难道你师父对你不好？”

花如娇脸上的神色有些复杂起来，师父对她好不好，她也不确定。如果说那么严苛的训练和要求就是对她的关爱的话，她并不想要，也从未从中感觉到快乐。

记得哪怕是她很小的时候，修炼稍有懈怠，又或者出了一点儿小错，都会受到师父严厉的惩罚，甚至有一次，师父将她扔到了万蛇窟整整一夜，那时候她才五岁，她都不知道自己当初是怎么坚持下来的了。

“你的父母呢？”沉默了一会儿，花如娇主动聊天。

楚渊道：“我是师父捡到的孤儿，不知道自己的父母是谁。”

花如娇一怔，刁蛮的神色渐被一抹温柔取代。孤儿最知孤儿的苦，花如娇忽然觉得她和楚渊，有些同病相怜。

第三十五章　第一个吻

天色渐晚，二人不约而同地选择了一处山谷露宿。降下云头，就见山谷中一条缓缓流动的河流，女儿家好洁，花如娇风霜满面，第一件事就是想洗漱一番，登时欢呼一声，向河边奔去。

楚渊收起飞行符箓的速度稍慢了一些，待花如娇奔向河边，他才定住身子，无意间一瞥，看到河面上有一节枯木一样的东西漂浮着，突然向花如娇靠近了些。

楚渊心中一惊，不禁失声叫道：“小心！”

哗！

那截枯木突然跃出了水面，张开血盆大口，露出一嘴锋利的獠牙，竟然是一条巨鳄。

完了！

楚渊救援不及，只道花如娇这娇滴滴的美人儿就要葬身鱼腹，但……

花如娇前奔的娇躯突然退了一步，紧接着那条巨鳄就重重地落到了岸上，带着一蓬水浪，它的嘴巴张得大大的，身子僵直不动，也不知着了什么道儿，只有一条尾巴徒劳地拍打着。

楚渊松了口气，这才想起这个百媚千娇的姑娘是合欢宗的得意弟子，一身功夫未必在他之下。

花如娇回眸看了楚渊一眼，似笑非笑地道：“没让你英雄救美，是不是有点失望？”

楚渊一窘，又来了！这丫头，貌似就以调戏他为乐。

楚渊继续祭出装傻大法，只当没听见。

花如娇嘟了嘟嘴巴，娇嗔道：“真是块木头！”

花如娇想了想，忽然嘻嘻笑道：“其实幸亏你那一喊，要不然，我还真未必来得及反应。严格说来，我这条命还是你救的……”

说到这里，花如娇媚眼如丝，风情撩人，踮着脚尖儿走向楚渊，呵气如兰地道：“小弟弟，你救过人家两次了呢，要不要娇娇姐以身相许，报答深恩呀？”

花如娇越走越近，声音腻得甜死人。那饱满丰挺的酥胸“顶”得楚渊连连后退，他真是有些招架不住了。

楚渊连连后退，苦笑道：“花……娇……娇娇姐，你要总是这么调侃我，我可真要一个人上路了。”

花如娇双眼一亮，喜滋滋地道：“你肯叫我娇娇了？”

楚渊强调道：“是娇娇姐！”

花如娇笑靥如花：“一样一样，娇娇姐就娇娇姐！”

花如娇回身到河边蹲下，掬水洗脸，对楚渊道：“小弟弟，把鳄鱼拖上岸去，好好拾掇一下！它想吃你娇娇姐呢，今儿晚上，咱们就吃它！”

花大姐儿是女人，可女人未必就一定懂得针织女红、生火做饭。花如娇自幼练功，这些事儿还真是一点不懂。倒是楚渊，一直像个小大人儿似的，照顾他整日醉醺醺的师父和两个年幼的师弟，煎炒烹炸，样样精通。

山间条件简陋，那肉只能烧烤，撒些盐巴，就近找些可以充当香料的野生植物，把果实研末或挤出汁液洒上去，香气扑鼻。

一开始，花如娇还兴致勃勃地在一旁帮忙，后来发现自己只能越帮越忙后，她就乖乖地在一旁看楚渊烧烤了。

楚渊的脸庞被火光照着，轮廓异常分明。他那专注的眼神儿，尤其让花如娇着迷。花如娇从未想过，自己看一个厨子做饭，也能看得津津有味。

楚渊不经意间抬头，正好对上花如娇的目光，花如娇居然飞快地移开目光，俏脸上微微有些发烫。楚渊不明所以，下意识地擦了擦自己的脸，还以为自己脸上弄上了灰尘。

吃饱了，倚着大树，听着虫鸣，感受着晚风的抚摸，仰望着轻纱似的薄云笼罩的明月，花如娇突然无比留恋此时此刻这样的生活。

“小弟弟，快到风阑城了！我走后，你会不会想我？”

楚渊道：“我相信你一定会照顾好自己的。”

“你这人，还真是没趣。”花如娇嘟了嘟嘴巴。

楚渊笑笑，轻轻地道：“你和我，不属于同一个世界！”

花如娇的眼神儿忽然黯淡了一下，过了半晌，幽幽说道：“是啊！你和我，不属于同一个世界……”

风更轻、云更淡了，花如娇的声音缥缥缈缈，也似那薄云笼罩下的明月。

楚渊轻轻闭上了眼睛，却没有即时回答，他要继续修炼。上一次眼看突破在即，却因花如娇的到来被打断了，这几天勤练不辍，隐隐又有了突破的迹象，他要抓住每一个机会，争分夺秒。

可是，忽然间，他感觉到颊上触到了一抹温暖柔软还微微有些湿润的感觉，楚渊微微一惊，迅速睁开眼睛，就见花如娇俏美的容颜近在咫尺，她微翘的花瓣状的唇儿艳得像火。

“晚安！小弟弟！”

花如娇羞笑，脸蛋儿红红的，却仍要佯装强势：“不许胡思乱想喔！”

楚渊慌了，刚才……是她亲了他？

楚渊急忙闭上眼睛，心口怦怦直跳，他没有这方面的经验，不知道该如何应对这一切。

花如娇看着他紧张慌乱的神情，尤其是那双因为紧张揪紧了衣襟的手，嫣然一笑，蜜一样甜。

第三十六章　天宝阁上

天亮了。

楚渊在一片虫鸣鸟唱的交响乐中醒过来，揉揉眼睛，却不见花如娇的身影。

楚渊只当她先起来去洗漱了，可是往河边一看，晨雾袅袅的河岸边依旧没有她的身影。

楚渊一惊，急忙跳起来，大叫道：“花……娇娇姐！娇娇姐，你在哪儿？”

楚渊急急转了个身，四下全然没有花如娇的痕迹，倒是在昨晚花如娇倚靠的大树上，楚渊发现了一行刻下的字迹：“我走了！记得想我！”

花如娇走了？楚渊忽然觉得心里空落落的，有些难言的惆怅。

风阑城就是百巧门主办仙宗大会的所在，楚渊本也知道，一旦到了风阑城，两人就得分道扬镳。如果到时候花如娇依旧对他纠缠不休，试图以他为掩护，他也一定要狠下心来赶她走，以免给师门惹下不必要的麻烦，可是当她真的走了，走得如此干净利落，楚渊偏偏怅然若失。

风阑城，是中州大埠。

到了风阑城，楚渊才知道自己以前一直当作大城市的悬明城充其量只能算是一个大一些的镇子或者小县城。与这繁华、富庶、宏伟、壮观的风阑城相比，两者简直有天壤之别。

“天宝阁！”

已然看得目不暇接的楚渊一眼就看到了这座楼。

它位于西门正街大道的正前方，高七层，每一层都有寻常人家住宅的三层高，如此一算，相当于一座高达二十一层的宝塔，巍峨壮观，那悬于楼顶的金字招牌如果放下来看，任何一个字的高度，都相当于一层楼，只要不是瞎子，谁还看不见？

看到这几个大字的时候，楚渊的心就骚动起来，似乎那里有什么东西在吸引着他。因为读过一本本门流传下来的法宝鉴赏的古籍，所以楚渊对法宝类的法器一向情有独钟。

他但凡见到这样的所在，总喜欢去里边看看，虽然买不起，可是将所学与所见法宝一一印证，也是一个学习提高的机会。如今见到这天宝阁，自然也不例外。

不过，他能明显地感觉到自己内心的渴望是那般强烈，好像这天宝阁中有什么了不得的东西在吸引着他，而不仅仅是因为他对法宝的喜爱。

天宝阁不愧为天宝阁，那门楣高大得就像是一座大殿，一走进去，巨柱耸立，殿宇宽广，恐怕能同时容纳数千人聚会。光是这一层的法宝数量，如果认真看下去，恐怕一天都逛不完。

楚渊欣喜若狂，马上逐一欣赏起来。可是，在更高处，似乎有什么东西一直在呼唤着他，他一走进这天宝阁，那种感应就愈发地强烈。楚渊逛了一阵，实在克制不住那种内心的强烈呼唤，忍不住放弃了还没有欣赏的众多法器，举步向第二层走去。

第二层比第一层小了一圈，但仍旧宽广无比，陈列着琳琅满目的法宝。楚渊只匆匆走过几个柜台，就感觉那种奇怪的感应仍然在上边，忍不住向第三层走去。

“这位小哥，请出示你的贵宾卡。”一个青衣小帽的店小二笑吟吟地走过来，彬彬有礼地拦住了他。这天宝阁随便一个小二，都是修行有成的人物，放到江湖上也能闯出一番名号的，更不要说那些二掌柜、大掌柜，以及游曳于各层的护卫。否则的话，这满堂的法宝，哪里看得住。不过，来者就是客，哪怕楚渊只是个手无缚鸡之力的普通人，这店里的人也要以礼相待。

楚渊一怔：“贵宾卡？”

店小二笑眯眯地道：“是！三层以上的法宝，更加的珍贵。为了避免普通客人只是随意浏览，并无意购买，影响那些有心购买法宝的主顾，所以三层以上，需得有本店颁发的贵宾卡，方才可以登楼。”

楚渊听后抱歉地笑笑，道：“对不住，小子从外地来，不知此间规矩！”

楚渊转身沿着台阶往下走，感应到更上层那种愈加强烈的心灵呼唤，心中好不遗憾。

一个穿月白衫子、领口袖边绣着金边，衣着服饰极其华美的少年伴着一个美貌女郎走上楼来，他显然是看到了店小二与楚渊的交涉，倨傲不屑地瞟他一眼，手指一动，便亮出了一枚黄金色的贵宾卡。

楚渊打眼一看，注意到他袍襟上的花纹绣饰，应该是三象门。九州大陆上大小门派不计其数，其中最为出名的就是十二仙宗，百巧门、五行宗，还有这个三象门，都位列十二仙宗之内。

“哈！是你！喂，姓楚的，你站住！”

楚渊一开始不知道是有人唤他，及至听到姓楚的，才转头一看，赫然发现正有三人拾阶而上，其中一个是俞婉儿，一个是五行宗大弟子王浩然，而正向他雀跃招呼的则是俞婉儿的小师妹汤思悦。

楚渊又惊又喜，欣然道：“俞姑娘、汤姑娘！”至于王浩然，当然无视了。

王浩然正笑容可掬地与俞婉儿说着话，瞧见楚渊，登时脸色一沉，颇为不耐烦。

俞婉儿看到楚渊，也是心中一喜，两人在桃花源荒域祖地那番经历，如今她还时常想起，对这个成熟稳重、品性如玉的少年颇有好感，此时看到，自然欢喜。

她扬眸向上一看，就知道楚渊为何走下来了，不禁莞尔一笑，道：“这天宝阁，是我们百巧门开的，楚大哥对宝器鉴赏颇有造诣，不如一起上去瞧瞧？”

俞婉儿真的很重视楚渊的这份能力，要知道，她百巧门本就以祭炼各式法器最为有名，更是在风阑城开了这最大的法器行。她对法宝的鉴赏能力自然毋庸置疑。

可是，当初在悬明城那种小地方，就连她这样的真正的大行家都看走了眼，没有认出那据说已经失传的“牵丝”，偏偏楚渊一眼认出，就凭这份眼力，如果在百宝阁做个二掌柜，也是绰绰有余了。

只是，她亲眼见过五行宗的程长老想招揽楚渊，人家拿出了亲传弟子的身份，楚渊都不为所动，自然更不可能因为丰厚的薪水离开蜀山，到这里来做个宝器店的掌柜。

楚渊真心想看看上面究竟有什么东西，让他产生如此强烈的渴望，因此也不矫情，而是露出爽朗的笑容，拱手道：“固所愿也，不敢请耳！多谢俞姑娘了！”

俞婉儿嫣然一笑，拱手道：“楚大哥，请！”

第三十七章　偶试锋芒

王浩然见楚渊与他们同行，翻了老大一个白眼儿。无奈俞婉儿才是地主，他总不能反客为主，再者说，从身份、地位与样貌上，他觉得俞婉儿都是自己的良配，正有心追求，自然不想给她留下不好的印象。

有了俞婉儿带路，楚渊自然通行无阻。到了三层，法宝数量明显少了许多，常常一个柜台中，只摆放一件法宝，有一个专门的鉴宝师站在后面。

不过，这里的法宝价值也比下面两层的法宝要贵重得多，第一层几十件低阶法器加在一块儿，怕也不及此处一件法宝。

王浩然轻咳一声，微笑道：“俞师妹，你可是地主呀！要是有什么合适师兄使用的法宝，还请师妹多多推介一下。”

俞婉儿正与楚渊低声说着什么，听到这里莞尔一笑，道：“王师兄，这天宝阁虽然是我百巧门所开，可小妹对此间法器了解得也不算多呢。你真要想买法器呀，倒不如求助于你五行宗这位好邻居……”

俞婉儿笑吟吟地看了楚渊一眼，道：“说到鉴宝的眼力，我不及他！”

“他？”

王浩然忍不住想笑，嘴角抽了抽，才道：“要鉴宝，先得知宝。蜀山上下，穷得就剩下土了，恐怕什么宝贝都没见过，他能鉴宝？”

楚渊早已适应了别人的冷嘲热讽，对这句话毫无反应。俞婉儿见了他淡然的神色，却是对他更高看了一眼，这位出身无名小派的弟子涵养如此之高，不免令人刮目相看。

俞婉儿忍不住举起皓腕，道：“小妹这只据说早已失传的‘牵丝’，在一家宝器阁中也无人识得，被当作了寻常低阶法宝，就是幸赖楚兄慧眼识出呢。”

“牵丝”，算不得什么多了不起的法宝，它本身就是一件辅助类的法器，而且只对会用傀儡术的人有效。不过因为已经失传，在法宝界便也有了一席之地。

旁边那位鉴宝师听说这个衣着极是普通的年轻人居然认得出“牵丝”，不免对他另眼相看了。

楚渊感激地向俞婉儿笑笑，道：“王师兄是五行宗大弟子，见多识广，楚某怎么能替王师兄择选法器，俞姑娘说笑了！”

俞婉儿知道五行宗与蜀山相邻甚近，而王浩然又是五行宗大弟子，将来是要执掌五行宗的，所以好意帮二人撮合机会，一旦两人成为朋友，有五行宗的照拂，蜀山的日子也能好过些。

谁料照此看来，这两人芥蒂已深，是根本不可能成为朋友的。

王浩然性情乖张，见楚渊不卑不亢，反而令俞婉儿观感更好，心中恚怒，不禁冷笑道：“你倒有自知之明。要说法器嘛，你蜀山剑派以剑扬名，你这蜀山大弟子的宝剑，想必是一件了不起的法器了！不妨让王某见识见识！”

王浩然一伸手，就要去拔楚渊的剑。楚渊这口剑是疯疯癫癫的一琼真人从祖祠里郑重请出来的，虽说它破破烂烂，恐怕送到当铺都不值一文钱，但纪念意义重大，楚渊还是很在意的，怎肯让他触碰。

楚渊下意识地一躲，他的剑正背在身后，和包袱连在一起，王浩然抓住了剑柄，却没把剑抽出来，被楚渊一躲，扯开了包袱，里边的东西稀里哗啦撒了一地。

打了补丁的衣服、生锈的剑鞘、几块干透了的馒头、一锭散碎银子外加十几文铜钱，散落了一地。

王浩然一瞧那剑鞘，便忍俊不禁了：“楚大师兄，这就是你的佩剑吗？怎么都锈蚀成这副样子了。老天，这剑……别是你从哪个古坟里刨出来的吧？”

四周宾客非富即贵，瞧见这口卖相“奇佳”的镇山宝剑，也都窃笑起来。

王浩然更加得意，讽刺道：“蜀山剑派整天与农夫们厮混在一起，虽然落魄，倒还算是守得住规矩，如果沦落到盗墓，那可就实在不入流了。”

“王浩然，你够了！”

楚渊剑眉轻扬，火气渐浓。

他容不得王浩然诋毁蜀山，那是他的家，他最爱的地方，那里有他最亲的人。他不知道这五行宗掌门大弟子的功夫究竟如何，功力大进的自己是不是他的对手，但是为了他的守候，他不惜一战，哪怕是死！

“楚大哥息怒！”

俞婉儿见他动了真火，心中暗悔，早知这两人关系如此恶劣，就不该把他们凑到一起的。

俞婉儿赶紧谢罪道：“婉儿忝为地主，未能尽到地主之责，实在抱歉，还请楚大哥莫要见怪。”

俞婉儿说到这里，又瞟了王浩然一眼，眸中有些冷意。

王浩然这才意识到做得有些过火，惹得俞婉儿不悦了，登时悻悻闭嘴。

楚渊长长吁了口气，蹲下身去开始收拾自己的东西。

周围客人窃窃私语：

“都锈成那个样子了，还携带在身，这个什么蜀山派也未免太落魄了吧？”

“难说，说不定人家一语成谶，真是从什么古墓里……”

“闭嘴！百巧门的面子还是要给的，你没见俞姑娘对他甚是礼遇？”

俞婉儿红了脸，不知道为什么，旁人如此奚落、鄙视楚渊，竟然令她感同身受，有种愤懑、羞辱的感觉。她默默地蹲了下去，帮着楚渊一起拾捡东西。

楚渊看着那双一枚枚拾着铜钱的柔荑小手，心头最柔软处，忽然被狠狠地撞击了一下，眼睛酸酸的，有种想要流泪的感觉。

周围的议论奚落声停止了，百巧门是仙宗门派的领袖之一，而俞婉儿更是百巧门最杰出的掌门大弟子，在世人眼中，她是高高在上的，不食人间烟火的仙子，而如今她却为了那个不知名的穷小子，弯下了她高贵的膝盖，低下了她优雅的颈项！

“师姐……我来！”汤思悦吃了一惊，认真看看楚渊，忙也蹲下身去。

“谢谢！”

楚渊对她俩温和地说了一句，将包袱系好，重新背到身上，无意间包袱压到卡簧，剑倏地弹出一截，楚渊生恐他们看到那满是蛀孔的剑刃，蜀山更受奚落，连忙把剑按了回去。

可谁知就是剑刃弹出这么一刹，天宝阁最高一层里竟然有一件东西忽然大放光华，幸亏宝阁四周都有窗棂，否则那毫光万道，势必传遍全城。

第三十八章 试剑之石

天宝阁最高一层，只有一件东西，它放在天宝阁最高一层中间位置，一人多高，上边盖着红绸，那毫光就透过红绸，耀得满室生辉。

在它面前，盘膝坐着一个老者，乍见此物生此反应，不由骇然站了起来，失声道："来了！它来了！它一定就在此楼中！"

天宝阁三层里，因为方才一桩事，俞婉儿对王浩然有了一丝冷意，连带着汤思悦也不大待见他了。王浩然本是极高傲的人，若换作平时，早已拂袖而去，可是他对俞婉儿很中意，一直觉得她能成为自己的仙侣，壮大自己的声名地位，所以犹豫半晌，还是忍耐了下来。

只是如此一来，彼此间生疏了许多，两人之间默默无言，倒是俞婉儿出于歉意，常寻机会与楚渊说话，二人时时停下，对某一宝物品头论足、窃窃私语，愈发显得亲密了。

这时，一个须发皆白的老者匆匆从四层走下来，站在楼梯上拍了拍手掌，引起众宾客注意后高声道："诸位！我天宝阁今有一件不明来历的奇物，想要劳烦各位鉴赏鉴赏，若有人识得此物，必有酬谢！"

天宝阁虽然汇聚了一批对法器宝物极有研究的大师，可天下之大，无奇不有，也不是每一样东西，天宝阁的人都认识，所以天宝阁一直就有这么一个规矩：如果天宝阁搜罗到什么稀罕物，自己无法甄别的，就会邀请外人鉴别。

天下间能人无数，而且有些客人对于法器的造诣，未必就比天宝阁聘请的大师名匠差，让他们参与一番，不但能尽快弄明白不明来历的宝物，而且通过这种参与，也会让他们更愿意来天宝阁做生意。

众人听了不免好奇心起，此时隐隐听到二层里也有人在重复着相同的话。那白发老者说罢，便道："这件不明来历的奇物，就在四层，各位，请！"

这时，无贵宾卡不得登上三层以上的规矩自然就打破了，众人纷纷登上四楼。俞婉儿很是好奇，忙对楚渊道："楚兄，咱们也去瞧瞧！"

片刻工夫，天宝阁就汇聚了无数的人，四层中间位置站着一个青衣白袜的朴素中年人，手中捧着一只托盘，托盘中放着一样东西，众人都是修行有成的人，哪怕隔得远些，眼力也足以看清那件物事。

一旦看清了那件东西，众人不禁更加惊奇。

乍一看，那仿佛是一块鹅卵石，灰扑扑的，没有任何的特色。而且，那还不是一块完整的鹅卵石，仿佛是被人从一块大石头上敲下来的一小块。

众人面面相觑，就是这玩意儿？这算什么宝贝？

方才那白发老者举起双手向下压了压，打断了众人的议论：“不错，要请大家鉴别的，就是这件宝物。呵呵，它当然是石头，却又不是一块普通的石头。至于它究竟有什么用……”

白发老者扫视了众人一眼，坦然道：“天宝阁十大鉴宝师都看过了，人人都知道，这不是一块寻常的石头，但也无人说得清，它究竟是什么，有什么用处！所以……”

白发老者道：“诸位随便试，不管你用什么法子，哪怕是你用的法子把它毁坏了也没关系，放手施为吧！”

白发老者说罢，就缓缓退到了一边。众人望着这么件莫名其妙的东西，交头接耳议论纷纷，一时却无人上前。

过了半晌，终于有人高声道：“我来试试！”

楚渊循声望去，正是三象门的那位年轻公子。

那人走到中央，掂起石头，眉头微微一挑，道：“好轻！这……真是石头？怎么轻若羽毛？”

旁边并无人回答他，天宝阁十大鉴宝师全都不认得，又如何给他解释。

那人凝运法力，缓缓注入石头，那石头全无反应。那人脸儿一红，将那石头放在一块砧石上，呛啷一声抽出自己的佩剑，登时满室霞光缭绕。

有人忍不住脱口叫道：“好一口仙剑！”

三象门那人微现得意之色，运剑如风，照着那块石头狠狠一剑劈下。

当的一声，那石头没碎，也没被劈飞，倒是有半截雪亮的断剑化作一团光轮，呼啸着飞向旁观的几个客人。天宝阁那位白发苍苍的老者信手一扬，一团氤氲的霞光登时张现在那几人前面，断剑刺入霞光，仿佛刺入了一团浓稠的胶质，忽然有种寸步难行的感觉，在空中虚滞了一刹那，便当的一声落了地。

三象门弟子吃惊地看着手中的断剑，痛呼道：天哪！我的紫云宝剑！”

白发老者歉意地道：“万公子，实在对不住。一会儿，本阁准你在阁中挑选一柄质地、能力不逊于这口紫云宝剑的法器，以作补偿。”

那位万公子听他这么说，才不再那么心疼了。这一来更是激起了其他人的兴趣，既然有人开了头，不免纷纷上前尝试，种种稀奇古怪的办法都用上了，甚至有人用蒸的、煮的，看得楚渊忍俊不禁，这位仁兄一定是个吃货，这是打算煎炒烹炸，把那石头烹成美食的节奏吗？

可惜，无数人尝试，却纷纷铩羽而归。俞婉儿看到楚渊唇角的笑意，不禁问道：“楚大哥，你认得这件东西么？”

楚渊早已想过自己所看鉴宝秘录所提及过的东西，却也没有一样与这东西类似，不禁摇了摇头。

俞婉儿鼓励道："楚大哥何不也上前试试？"

楚渊犹豫了一下，他对这东西也很好奇，便缓缓走上前去。

嗡……

那块石头忽然颤动起来，随着楚渊走近，它的颤动愈发激烈，竟尔缓缓浮起空中。旁观众人纷纷惊呼："动了！它动了！那块顽石，有反应了！"

"奇怪！那小子什么都没做，那块石头怎么会浮起来了？"

白发鉴宝师也是双眼骤亮，他激动地盯着楚渊，看着他一步步走向那块石头，不敢有丝毫打扰。

楚渊对于那石头的异动也很诧异，他是想到了几种旁人还没用过的鉴宝手法，所以想上前尝试一下，可是……他还什么都没做啊。

楚渊越走越近，他没有注意到的是，在他的左眼中，正有诡谲瑰丽的仿佛星河的光彩在闪动。如果有人现在贴近了去看他的眼睛，就会发现他的瞳孔中似乎正有一个宇宙在徐徐旋转。

然而，众人站得并没有那么近，注意力还被那石头分去了大半，顶多是注意到他神情专注，眼神发亮，而此刻眼见那块看似寻常的石头真的发生了异变，谁又不是两眼发亮呢？

楚渊看着那块奇怪的悬空的石头，小心翼翼地伸出手去。仿佛他的掌尖有某种奇怪的磁力，那块石头竟然缓缓向他飘浮过来，楚渊下意识地张开手，那块石头就落到了他的掌心。

旁观众人都倒抽了一口冷气，这种情形太诡异了，那块石头就像是有了意识，而楚渊就是它的主人，可以操纵它的行为似的。这究竟是怎么回事？

这块石头究竟是什么？楚渊，又是什么人？

第三十九章　识海幻象

白发老者激动地走过来，毕恭毕敬地道："这位少侠贵姓？出身哪个门派？"

楚渊把石头放回了托盘，道："楚渊，蜀山！"

白发老者微微一怔，恍然道："啊！原来是蜀山派！"

看他意外的神色，显然他知道蜀山派，不过并不是那一万年前曾领袖群伦的蜀山派，而是如今早已默默无闻的蜀山派。如今的蜀山派只是偏居一隅的小门派，除了与它比邻而居的五行宗，很少有人知道还有这么一个门派，这老头儿竟然知道，也算是博闻了。

白发老者并未因为楚渊的出身而生出轻视之意，他肃手道："楚少侠，请上七层，屠老想见见你。"

"屠老！"

人群中微生骚动，毕竟知道这个屠老的人就不那么多了，但还是有人知道的，俞婉儿也知道，那可是天宝阁阁主，连她师父都礼遇三分的老前辈。

屠刚屠老前辈要见楚渊？他怎么知道楚渊这么个人，又知道他来了天宝阁，难不成……就因为那块石头？

俞婉儿的目光不禁落到那块奇怪的石头上，眼见楚渊要被邀请上七层，去见那个什么屠老，王浩然心理失衡了。

他刚进天宝阁时，俞婉儿就带些歉意地告诉他，纵然有她这位百巧门少门主陪同，纵然天宝阁就是百巧门的产业，她也只能陪他登上第六层，第七层那是连她未经允许也不许上去的所在。而现在，楚渊这个小门小派的穷小子居然有资格上七层？

王浩然高声道："且慢！"

白发老者微微转身，蹙起眉来。

王浩然道："那块石头……也许只是恰于此时显现异状，未必就与他有关。再说了，纵然他能让那块石头生出感应就行了？老前辈，你怎知道我们这些还没试过的人，也能让那石头生出异状？"

旁观众人中不少都是心高气傲的豪门子弟，登时应和道："对啊！天宝阁当一视同仁，让我们都试过了才行。"

白发老者微微一笑，道："屠老已经等了很久，总不能让他老人家一直等下去吧？这位楚少侠，可以先上七楼。至于各位有心一试的朋友，请！"

白发老者退了一步，让出那块石头，王浩然冷哼一声，大步走上前去。他就不信了，楚渊都能让那顽石生出感应，他堂堂五行宗大弟子就不行。

五行宗善用与五行有关的术法，其中就有木属性的道法，而石头也属土，他甚至暗暗打定主意，如果不能让那石头生出感应，就用本派道法悄悄施加影响，让那石头有些异状，总之，不教楚渊的风头盖过了他去。

楚渊看了俞婉儿一眼，俞婉儿一笑，道："七层是屠老的地盘，未经邀请，我也不能上去的。"

白发老者哈哈一笑，道："少门主说笑了，你真要上去，屠老又怎会阻拦。不过，这七层上空荡荡，实在不是什么好去处！"

白发老者打着哈哈，终究没有邀请自家的少门主登楼，而是客客气气地请了楚渊，向楼上走去。

楚渊登上四楼转角楼梯处时，往下边看了一眼，就见王浩然面红耳赤、怒目凸瞪地正与那块顽石对着运气，却也不知他感应到了什么没有。

上了七层，楚渊发现这里较之最下面的一层，已经缩小了至少五倍，但仍算是一个极宽敞的楼阁，楼阁里确如白发老者所言，空空荡荡。只有楼阁中央，红绸遮盖着一人高的一件什么东西，一个白发老头儿，正站在那块石头前面，直勾勾地瞪着他。

引他登楼的老者在楼梯口停住脚步，欠身恭敬地道："屠老，这位楚少侠，就是那个人！"

"哦？"

白发老头儿目光一凝，挥了挥手，像轰苍蝇似的把那引路老头儿赶了下去，快步走过来，上下打量楚渊几眼，哈哈笑道："啊！楚小友，贵姓啊？"

楚渊："……"

屠刚老头儿忽然醒悟到了自己的语病，尴尬地一笑，道："啊啊！楚少侠叫什么名字，身属何门啊？"

楚渊道："晚辈姓楚名渊，蜀山剑派弟子！"

"蜀山？"

屠老头儿有些讶异："蜀山剑派还没亡哪？哦，不是不是，咳！楚少侠不要见怪，老头子每天都和一些不会说话的法器混在一块儿，不常与人说话，所以不会说话，你莫见怪。"

楚渊有些啼笑皆非，这老头儿身形高大，微微伛偻，一张国字脸，两道阔眉，威风凛凛，气势不凡，不说话时，颇有前辈风范，这一张口就是个逗逼，反差未免也太强烈了些。

楚渊道："蜀山剑派自然不曾消亡。屠老前辈听说过蜀山剑派？"

从屠刚的话里，他当然品咂得出，这老头儿是知道曾经的蜀山的。

屠刚咂摸了一下嘴儿，悠悠叹道："是啊！蜀山，蜀山，蜀山剑派，太古老了，太辉煌了，太了不起了，可惜……可惜了……"

屠刚同情地看了楚渊一眼，忽然想到了今日邀他上楼的目的，登时把对蜀山的缅怀抛到了九霄云外，一把拉起楚渊，热情洋溢地道："来来来，小友，你来看看！"

屠刚把楚渊兴冲冲地拉到那块红绸遮盖的东西前，用力一拉，那块红绸飘然滑落，现出了一块灰扑扑的大石头，一人多高的大石头，质地颜色和楚渊方才所见的那块小石头完全相同。

楚渊只觉左眼瞬间有种灼烧般的痛感，那红绸一落，似乎有一股无形的剑气猛然从那石中迸发而来，凌厉而又狂暴，楚渊不由自主地退了两步，骇然道："这是什么？"

屠刚欢喜地道："你感应到了？你感应到了？哈哈！我就知道，寻常人，是感应不到的，就连任青峰那老家伙都感应不到！”

屠刚像抚摸着十六岁少女光滑而富有青春活力的肌肤，贪婪地抚摸着那块光滑的大石头：“别说话！这种感觉，稍纵即逝的，你继续感受，看看你都能感应到些什么？”

此时，楚渊已经根本听不到他说话了。他的意识已经全部投入了奇怪的幻象中：像血一样红、一样浓稠、散发着腥气的天空，巨浪腾空，天空中一道道龙卷风，龙吸水地卷引着汩汩的海水。

长达天际的巨龙、巨龙一般庞大的蜈蚣、魔影幢幢、闪电夹杂其间，有无数神魔飞起，有山岳拔地而起，那是无法想象的可怕的大战，是传说中神魔才能造成如此规模的大战。

忽然，一道金色光芒横空，那是一柄大到无法想象的长剑，巨剑下抵大海深渊，上抵无尽苍穹，漫天的神魔围绕在它周围，仿佛只是一群围绕着大树盘旋的蚊虫。

金剑放出弥漫了整个天地的金光，于是，血云消失了，风暴消失了，巨龙消失了，神魔也消失了，整个天地都变成了一团混沌的金光，就连笼罩其内的金剑都已看不到形状。

楚渊不由闷哼一声，踉跄地退了两步，他认得那口剑，那口剑，赫然是现存于他识海之中的那口金剑。

第四十章 屠魔宝剑

屠刚见到楚渊的反应，惊喜之色更浓，激动地道：“小友，有何感受？”

楚渊定了定神，道：“剑气纵横！神魔飞舞！有巨龙，还有巨大的妖兽，我……我无法形容所见到的一切，那根本……根本不应该是人间的场面，那是神魔的战场！”

屠刚激动地浑身发抖：“没错！没错！一定是这样！那自然不可能是人世间的景象！”

屠刚抚摸着那块灰扑扑的石头，道：“楚小友，你可知道，此物究竟是什么？”

楚渊道：“小子不知，正要请教！”

屠刚道：“这是……磨刀石！”

楚渊一呆，有些哭笑不得：“一块磨刀石？”

屠刚正色道：“非也！这种石头，就名为磨刀石！”

楚渊无奈地摊了摊手：“有什么区别？”

屠刚道：“当然有区别！这不是我们选来用以磨刀，而称之为磨刀石的磨刀石，而是任何一块这种石头，不论它是大是小，什么形状，适不适合用来磨刀，它都叫磨刀石。”

楚渊明白了，道：“奇怪！世间竟有这样的石头？晚辈才疏学浅，竟是从未听说过！”

屠刚道：“嘿嘿！你不必妄自菲薄，天下本就没几个人听说过。这种石头，人间没有，是从魔界带过来的。”

楚渊怵然：“魔界？”

屠刚道：“不错！魔界……”

屠刚眼中露出奇异的光芒，缅怀地道：“据说，上古年间，曾有几位修习魔道大成，成就大圣尊位的魔道高手，联手打开了魔界通往人间的通道，魔界大军蜂拥而入，他们带来了一些魔界的东西，诸如……这种奇异的石头！”

屠刚弯下腰，举手轻轻一托，那块巨大灰色磨刀石的一半竟然被他轻而易举地举了起来。楚渊这才发现，这块石头曾被人一剑从中削开过，断开平滑如镜，所以两块石头合成一体，严丝合缝，看不出一点破绽。

屠刚道：“轻如鸿毛，却坚如金刚，无物可破！”

楚渊指着被人像切馒头一样切成两半的石头，窘道：“可这……”

屠刚道：“这是屠魔宝剑留下的痕迹。亘古以来，也只有屠魔剑，配以蜀山《乾坤屠魔剑典》的凌厉罡气，才能劈得开！”

楚渊动容道：“蜀山剑典？”

屠刚深深地望了他一眼，道：“没错！就是你蜀山派的无上剑典:《乾坤屠魔剑典》！”

楚渊骇然，同时又激动万分。刚才在三层，他可是亲眼见过那三象门弟子的紫云宝剑是如何折断的。那柄剑明显是法器，削金断玉不在话下，可是一剑劈下，那一小块磨刀石连一点痕迹都没有，足可见其坚硬。

而今，这么大的一块磨刀石，竟然是被一口剑劈开的，须知，这样一块大石，一剑劈下，越是往下，所耗气力越大，入石三分后，再想往下劈，每进一寸，几乎就是之前劈开三分所耗真气的一倍，能一剑把这么大一块磨刀石劈成两半，切口平滑，一气呵成，那此人该有何等惊人的功力。

楚渊激动地道：“前辈对我蜀山很了解？”

屠刚摇了摇头：“蜀山，沉寂太久了。我所知道的，只是一万年前，蜀山率领正道仙宗，与魔道诸雄曾有过一场大战，其他的，也是所知有限。”

楚渊听了大失所望，屠刚叹了口气，对楚渊道：“老夫一生，嗜喜鉴宝。这块石头，老夫早已隐约觉得，它就是魔界特有的磨刀石，只是无法确定！这磨刀石，除了坚不可摧，还有一个特性，就是对能伤害到它的东西，会像活的生物一样，产生畏惧之意。

“屠魔剑是蜀山剑派的宝剑，你是蜀山剑法的后世弟子，虽说你蜀山绝学近乎失传，你所学宗派剑道粗浅得很，可毕竟还有一丝蜀山剑典的气息，这块磨刀石对你有所感应，也就在情理之中了。老夫现在终于可以确定，它正是来自魔界之物！”

屠刚将那半块磨刀石放回原处，轻轻推合，回首看向楚渊，和气地道：“多谢小友帮我解惑，你可以离开了。”

楚渊有很多关乎本派的事情想要问他，可是看这模样，这屠老头儿也未必知道，而且人家已经不想多说，只好拱手告辞。

“屠老，就这么放他走了？”楚渊刚一走，大柱上的一道暗门儿就打开了，走出一个老者，正是百巧门掌门任青峰。

屠刚淡淡地道：“不然呢？我把他留在天宝阁，除了浪费一日三餐，还有什么用？”

任青峰一窒，道：“你说这石头仿佛活的，对能伤害他的人的气息特别敏感，这是真的假的？”

屠刚道：“当然是假的。石头就是石头，就算它来自魔界，还是石头，怎么可能对伤害它的人产生感应。”

任青峰道：“那么……”

屠刚望向那块磨刀石：“我屠家先祖曾经帮蜀山丁尹丁大侠补全过一口神剑，那口剑叫‘星’，不知丁尹大侠自何处取得，可惜的是剑锷残缺了一部分。这块磨刀石，就是我家先祖为他修剑后，丁大侠用来试剑的那块石头。神奇之处，不在于这块石头，而是丁大侠所用的神剑，运转之际留在这块石头上的气息。”

屠刚微微仰起头：“那一日，这块石头产生了强烈反应，应该是星剑出世了！今日，楚渊能让这块石头再生感应，那么他身上纵然没有星剑，也必然有与那星剑密切相关的东西。”

任青峰激动地道：“星剑如果再度出世，必有大事发生。这小子既与星剑有莫大关系，你怎还放任他随意离开，万一他有个三长两短……”

屠刚打断他的话道：“机缘，不是等来的。天道不可逆，天意不可为，还是顺其自然的好！”

屠刚说到这里，忽然想起一事，道：“你说，婉儿与他相识？”

任青峰颔首道：“婉儿在悬明城遇到了森罗魔殿的护法长老何洪宵，险遭毒手，亏他用计，方才救了婉儿。”

屠刚道：“甚好，让婉儿多跟他亲近亲近，这个人，关系到星剑……不！是关系到曾经一夜之间消失的无数仙宗前辈，一定要看紧了！”

任青峰缓缓点头。

第四十一章　那位姑娘

楚渊出来的时候，仍由先前那引路老者陪着，到了三层一看，围在那里的人早已散去，俞婉儿迎上来道：“楚大哥。”

楚渊目光一扫，纳罕地道：“王浩然呢？”

汤思悦抿嘴儿笑道："他法子都用尽了，那块石头始终是块顽石，没有任何变化，他脸上挂不过，找个借口先走了。"

楚渊忍俊不禁，也是一笑。

俞婉儿道："楚大哥，屠老请你上去，鉴别了什么宝物？"

楚渊苦笑道："一块石头！"

汤思悦惊道："啊？"

楚渊道："一块更大的石头！"

这时那引路老者对俞婉儿耳语了几句，俞婉儿惊讶地看了他一眼，引路老者已经转向楚渊，微笑道："楚少侠，您帮屠老解开了那块石头的秘密，按照规矩，我天宝阁当有酬谢！三层以下，楚少侠可任选一件法器！"

楚渊大喜，这样的机会，他当然不会故作大方地放弃，就算他不要，也可以带回山去给师弟用啊，何况蜀山如今确实连一件拿得出手的法器都没有。

楚渊连声道谢，便由俞婉儿陪着，在三层转悠了一阵，选了一口剑。这口剑，比起刚才三象门弟子所用的那口紫云剑还要逊色一些，但对蜀山来说，已是极其珍贵的宝贝。

蜀山是剑修，即便没落了，依旧是剑修。在三层上，其他法器中也有比这口剑更好的，但是楚渊觉得，正因蜀山资源贫瘠，所以更要靠自己，借助外力，终究不是王道。而一口好剑，对增强蜀山弟子自身的能力是大有帮助的，总好过借助其他法器！

楚渊选好了宝剑，俞婉儿便微笑道："楚大哥刚到风阑城，可已找到居住的地方？"

楚渊道："还不曾，我刚进城，就被贵派天宝阁的金字招牌给吸引过来了。"

俞婉儿抿嘴一笑："既如此，就请楚大哥住在我百巧门别院吧！"

楚渊拘谨地道："这个……这样妥当吗？"

俞婉儿笑道："这有什么不妥的，那别院本就是招待此次赴会贵宾的所在。楚大哥是我亲自邀请来的贵宾，当然住得！"

仙宗大会于次日召开，楚渊被领到百巧门别院时，空余的房间已经不多。

俞婉儿歉笑道："楚大哥，此处已经快住满了，没有更好的房间，还请楚大哥莫要见怪。"

楚渊看了看那独立的一个小院儿，笑道："俞师妹太客气了，这处屋舍，已经极好了。"

俞婉儿微微一笑，引他进了房间，又取出一本册子，道："这是本届仙宗大会的会程，楚大哥有空的时候不妨看看。"

楚渊接过来随手一翻，奇怪地道："只有四十八个门派参加较量吗？天下九州，各门各派，齐集中州风阑城，应该不只止么点吧？"

汤思悦插嘴道："要说天下宗派，那可就多啦。三个人也称帮，五个人也称派，哪怕只有一个人，也敢自称什么门的比比皆是，个个都当作一个门派来看待，这一场仙宗大会怕不得比到明年去了？所以，只有综合实力排名靠前的四十八个门派喽！”

这小丫头心直口快，可忘了如今的蜀山连师带徒，一共不过四人。楚渊脸上发热，虽知这小妮子是无心之举，还是有些窘涩。

俞婉儿心思细腻，瞧出他不自在来，忙解释道：“是这样，直接选出子弟上台参赛的，只有包括十二仙宗在内的四十八个门派。其他门派和散修，也不是就没资格较量。

“他们呢，可以由有资格上台的人主动发起挑战，也可以在看过四十八个仙宗门派弟子比武后，自觉还有一搏之力时，主动向台上的人发起挑战。这样，一些散修见识过他人道行后，会主动放弃参赛，不然时间可就绵绵无期了。”

楚渊恍然，这么做倒也无可厚非，并不是存心瞧不起其他门派。如果真要一视同仁，不过是多耗工夫，这种章程，已经最大限度地保证了小门派和散修的求进之路，足够公平了。

有城池的地方，似乎总少不了青楼这种很古老的营生，风阑城也不例外，本城的风月场所，如同这座城池一样兴旺发达。

城南十二楼，有十二位艳绝四方的红倌人，于是便以十二楼为名了。曾小侯爷今日慕名而来，一瞧十二位美人，果然叫人看花了眼，奈何十二位美人每一个的缠头之资都是一笔惊人的天文数字，而且十二位姑娘并不同时接待同一位客人，曾小侯爷百般取舍之后，终于选定了七姑娘。

七姑娘娇小玲珑，香扇坠儿一般可爱。可是看似稚龄，偏偏妩媚天成，曾小侯爷一见就色授魂与了，他打定主意，今晚就让七姑娘陪宿，明日再把其他美人换过，此次巡视风阑城，一定要把这十二位美人儿都睡个遍。

他也知道本城各大修仙门派毕集，不过那些修仙门派和他这世俗势力一向井水不犯河水，倒也不必去理会他们。

曾小侯爷将七姑娘抱在膝上，那软弹弹、香馥馥的一个身子搂在怀里，彼此调笑喝酒、唱曲儿逗乐，正觉你侬我侬之际，就见窗外花丛下，忽有一位姑娘款款走过。

蛮腰一握，如风摆柳枝，酥胸高耸，如双峰傲云，那步态婀娜的，走出了一路风情，直把曾小侯爷看直了眼睛。

“这……这……站住！”

曾小侯爷腾地一下就站了起来，把那怀中美人儿抛在一边就冲了出去。那美人儿虽然只是乍现即逝，可他远远只一瞧见，竟有一种销魂蚀骨般的感觉，这才是女人、这才是绝世尤物啊。

第四十二章　合欢魔宗

曾小侯爷追到院子里，那绝世尤物已经不见了踪影。曾小侯爷急了："你，你过来，方才过去一位姑娘，你可见到了？她叫什么名字，为何十二位美人中，我却不曾见！"

曾小侯爷随手拉住一个龟公，急吼吼地问起来。

那龟公听得一脸茫然，讷讷不能言语。

这时，那七姑娘已经追了出来，听到这位曾小侯爷火烧屁股似的冲出来，竟是为了其他姑娘，心中醋意顿起。七姑娘撇撇嘴角道："小侯爷，那位姑娘呀，您就别想啦。"

曾小侯爷惊喜地道："难不成你知道她是谁？快说！她是何人，不管出多少钱，本小侯爷都答应。"

七姑娘似笑非笑地道："小侯爷，那位姑娘呢，你出多少银子，都是换不来的。人家呀，可不是我们院子里的姑娘。"

曾小侯爷大怒："你诳我？在你们楼里，怎么可能……"

七姑娘伸出一根手指，向上指了指，轻笑道："是呀，人家……也就是住在这里而已。会飞的！"

曾小侯爷哑然失声，七姑娘只一句，他就知道了，原来那位姑娘是修真者。那些以追求长生、修习道法的世外之人，确实不是他的钱所能打动的，也不是他的世俗权力所能控制的。曾小侯爷嗒然若丧，只得怏怏地回了房间，只是再看怀中那位七姑娘，实有些味同嚼蜡，全然没了味道。

花如娇可不知道自己偶一回顾，竟然就让一位花丛浪子品位大为提高，竟然就"取次花丛懒回顾"了。

花如娇很快就来到了一堵高墙处，使了个本门的道诀，面前一堵高墙顿时化作虚影，飘摇了几下渐次消失，现出青砖红瓦的一个小院落，这小院落修竹处处，十分优雅，就处于十二楼中，外边却设了禁制，普通人经过这里，是根本看不到这处院落的。

花如娇自然不会被这障眼法蒙蔽，她迈步进去，信手一挥，那堵高墙又渐渐出现，浑若实质。

"师父！"

一进院门儿，花如娇就见到合欢宗宗主祈无颜正坐在石桌前，这女人已经年过半百，看起来却仍是花信之年的娇俏模样，跟花如娇比起来，仿佛姊妹一般。

祈无颜沉着脸道："谁准你刺杀离火真人的？"

花如娇辩解道："师父，离火老狗与弟子有不共戴天之仇……"

祈无颜一拍石台，斥道：“跪下！”

花如娇咬了咬薄唇，屈膝跪下。

祈无颜起身走到她面前，道：“有勇无谋，莽撞冒失，险些葬送诸多同门性命。你这样的性子，将来叫为师怎么放心把宗门交到你的手上？”

花如娇眸中隐隐漾起泪光，低声道：“师父，杀父杀母之仇，如心中之刺，弟子一日不敢或忘。这个大仇不报，弟子岂为人子？又有什么脸面，做一宗之主？”

“你……”

祈无颜恨恨地住了口，一甩衣袖，沉默片刻，才道：“以后不可莽撞了。你当五行宗是那么好对付的吗？如果好对付，为师早已替你母亲报仇了！要报仇，也得有所谋划！”

花如娇低声道：“是！”

祈无颜道：“你可知道，为师为何命你们来风阑城会合？”

花如娇低头道：“弟子不知。”

花如娇是奉师命带几个同门赶往风阑城途中碰到五行宗的人，这才起了行刺之意。仙宗大会，诸邪回避，其实她也不清楚师父为何会在这种敏感时刻，把她们唤到风阑城来。

祈无颜脸上微微露出一丝笑意，道：“这数十年来，仙宗嚣张，我魔道大不如前，只能夹起尾巴做人。如今，总算到了扬眉吐气的时候了。”

花如娇讶然抬头：“师父是说？”

祈无颜道：“很快，你就会知道了。也许，你父母的仇，这次也能一并报了！”

祈无颜轻轻拍了拍花如娇的削肩，淡淡地道：“不必多问，只管看着吧！”

俞婉儿和楚渊闲聊了一阵儿，这才起身告辞。楚渊将她师姐妹二人送出小院，回到房中，和衣躺在榻上，长长地舒了口气，放松了身心，马上就想到了今日在天宝阁中的奇遇。

来自异界的奇异石头、从中感受到的凌厉剑气、神魔大战的恐怖幻象，这一切，究竟会给他带来什么？还是说，不过是镜花水月，就此了无痕迹。

为什么别人感受不到，偏偏他能让那块顽石生出感应？真如屠老所言，是因为他是蜀山弟子？楚渊感觉，屠老所言恐怕有些不尽不实，不过屠老对他应该也没有恶意。

楚渊又想到了在桃花源荒域祖地的那番离奇遭遇，那番遭遇并没有给他带来翻天覆地的变化，除了识海中多了一把金剑、修炼进度有所提高。如果那个神秘的声音真的是千万年前的蜀山前辈，那么变化应不止于此，这一切究竟又是因为什么？

思来想去，寻不到头绪，楚渊又不禁想起了明天的仙宗大会，这是扬名立万的好机会，这是把师门发扬光大的好机会，这是见识天下仙宗各大门派得意道法努力提高的好机会……

与此同时，它也是身败名裂的机会，让师门蒙羞的机会，这一切，最终取决于你胜还是败！在这里，就是以成败论英雄的。

楚渊最初想来仙宗大会，还只是抱着观摩学习的心态，而现在修为精进，比起师父全盛时期还要高明些，他很想知道，自己现在的功夫究竟有多强，能不能在仙宗大会上占有一席之地。

如果有那个可能……

楚渊忽然觉得热血沸腾。

他盘膝坐了起来，明日就是仙宗大会，但今日的功课不可落下，如果再能有所突破的话，那么在仙宗大会上扬名立万的可能就更大了几分。

楚渊一向低调，但那是因为不得已。他是一个少年人，是蜀山剑派的当代大师兄，他又何尝不想为师门、为自己，带来荣耀、带来风光？修仙是为了什么？难道是为了像草木一样，无知无识地了此一生？当然不是！

而桃花源荒域祖地的机缘，给了他希望！

第四十三章　满天神佛

仙宗大会这一天，对风阑城的百姓们来说，是一个很有趣的日子。尽管有些修真人士是出了城之后才祭出飞行符箓，可还是有不少门派的人直接在城中就祭出了法器。

风阑城是中州大埠，修真人士众多，此地百姓对修真的人并不陌生，不至于大惊小怪，有些人也就少了顾忌。

一时间，漫天都是各色飞行法器，不过其中还是以飞禽类法器居多，因为飞禽本就是天上飞的东西，飞行符箓做成飞禽也更合乎飞行的原理。

只有少部分人把飞行符箓练化成花朵、走兽等形状，这样的人要么是法力高深，不在乎飞行符箓形体上的问题，要么就是比较骚包，只图美观，不在乎实用价值。

是以城中百姓只要一抬头，就可见漫天“神佛”，仿佛此间就是神仙道场，瞧来当真令人叹为观止。

楚渊笨鸟先飞，早早就赶到了风阑城东的栖霞山。莫道君来早，更有早行人，楚渊到了栖霞山，才发现已经有许多修道之士已经赶到这里，人山人海。

楚渊不是四十八大派的人，俞婉儿也不好给他太多的照顾。楚渊也不需要过多的关照，身份地位不够，却强行挤进人家的交际圈子，那只能自取其辱。

所以，楚渊就和那些散修们一样，站在外围。这样一来，仙宗大会召开的盛大场面，十二仙宗头面人物的讲话等内容，他这遥遥站在外围的人便无缘得见。

直到仙宗大会正式开始，一阵骚动传来，正与几个刚刚结识的散修闲聊的楚渊才精神一振，知道戏肉终于来了。

一座战台冉冉升空，悬停于半空之中。

这是由十二仙宗联手发动，用法力送上去的。之所以让擂台悬空，自然是为了方便各派弟子观看，于是众人纷纷祭出飞行符箓，再次升空，一时间擂台周围上上下下，俱都是各色飞行符箓。

也有那修为太低的人连飞行符箓都没有，这样的人在十二仙宗看来，也没资格观看仙宗大会，这又不是跑江湖杂耍，供你看个热闹，自然也不会理会。

而且这仙宗大会第一战，就是俞婉儿对战金铃门的唐冰。金铃门同魔道的合欢宗一样，是正道仙宗里唯一一个只收女弟子的门派，所以金铃门不管走到哪里都是一道亮丽的风景线。

而百巧门虽不以女弟子多著称，俞婉儿却是万里挑一的一个美人儿，同身材高挑的金铃门弟子唐冰站在一起，一时瑜亮，不分轩轾。

二人登上擂台，唐冰向俞婉儿扮个鬼脸，笑道："婉儿姐姐，对小妹你可得手下留情喔。"

言犹未了，一道蓝色长绫从她袖中激射而出，疾若闪电，迅若游龙，猛地缠向俞婉儿。

俞婉儿身形一仰，手捏道诀，口中嗔道："臭丫头，又使诈！"

听语气，两人熟稔的很，想来也不是头一回较量了。

随着俞婉儿疾闪，一道巨大的身影从天而降，轰然落在台上。这是一个青铜状的巨人傀儡，身上雕刻着神秘古朴的花纹，那些纹路上不时闪现出一道道闪电，显得极是威猛。

蓝色长绫蟒一般缠上了傀儡的身躯，却根本奈何它不得，长绫奈何不得巨人傀儡，却立即贴着它的身子滑向俞婉儿。攻击傀儡的控制者，才是最有效的手段，否则对方若是准备了足够的傀儡，打完一个又一个，那可要疲于应付了。

俞婉儿手上道诀变幻，一道黄影又凭空幻现，蹲在青铜巨人傀儡的肩上，吱吱尖叫两声，忽然张开利爪，向唐冰抓去。

唐冰脸色一变，飞快地后退，左手拇指按着掌心，疾喝一声"咄！"一道掌心雷猛然轰向那只灵猿。谁料那灵猿十分灵活，一个纵跳，掌心雷轰在擂台上，霹雳般一声巨响，亏得那擂台由十二仙宗的人同时加持法力，牢不可摧。

俞婉儿的青铜巨人傀儡力大无穷，坚不可摧，但缺点却是动作极其迟缓，唐冰本想针对她的这个弱点下手，却不想对方竟又用出了第二个傀儡——身形如电的一只灵猿——弥补青铜傀儡的不足。

"没关系！婉儿姐姐最多同时驱策三只傀儡，而且同时驱策的傀儡越多，所耗的法力越多，只要我以守代攻，耗尽她的法力，我就赢了！”

唐冰微微一笑，长绫回收，卷向灵猿，另一只手掐着道诀一声娇斥，幻出一道半月状的真气盾，堪堪迎上青铜傀儡的一只巨拳，轰的一声响，唐冰踉跄跌向擂台边，半个身子后仰，似乎就要跌下去了，但她一个急旋，却又稳住了身子。

四下悬停于空观战的各派中人纷纷叫好。

唐冰心有余悸地吐了吐舌头，道：“婉儿姐姐，精进了许多嘛。”

俞婉儿笑道：“这就觉得吃力了吗？那你如何应付我这只苍鹰呢？”

俞婉儿双手食指并在一起，望空一指，一道毫光从指尖直刺苍穹，天空中陡然一声鹰鸣，一只硕大的苍鹰从天而降，张开长达近丈的黑翼，探出铁钩般的鹰爪，凌空抓向唐冰。

唐冰娇呼：“哎呀，玩真格儿的呀！”

她振臂一抖，手中那条长绫竟然化成了九条，仿佛纠缠在一起的九条长蛇，猝然一分，分别袭向青铜傀儡的双腿、自空扑击的苍鹰，以及那头贴身近战的灵猿。

这还不算，她左手的真气盾也猛然抛出，在半空中化作一道疾旋的光刃，从高大的青铜傀儡胯下钻过，切向俞婉儿的脖子。

楚渊失声叫道：“小心！”

俞婉儿微微一笑，不言不动，任由那光刃袭来，堪堪击中她的颈项时，俞婉儿还是一动不动，楚渊骇然大叫：“俞姑娘！”

“安啦安啦！别担心啦，师姐没事的！”

随着这句话，就见那道光刃铿的一声击中了俞婉儿脖子的位置，但是……似乎还差着一些距离。

光刃倏地弹飞了出去，在俞婉儿脖子位置，一个乌黑色的东西铿的一声掉到擂台上，轱辘辘一滚，滚到唐冰脚下，突然探出一个蛇头模样的脑袋，“呼”地喷出了一道蓝光，蓝光立刻化成了玄冰，冻住了唐冰的脚。

唐冰脚下一顿，震碎那道玄冰气，气急败坏地道：“婉儿姐姐，你耍赖，怎么还有第四个傀儡啊！”

俞婉儿哭笑不得：“谁规定和你较量，只能动用三只傀儡啊？”

唐冰一边还手，一边道：“我不管，我不管，你以前和我交手，一向只用三只傀儡，你说过只能操纵三只的，现在出现了第四只，你不是耍赖是什么？”

第四十四章　炉火中烧

旁边观战的楚渊见俞婉儿险之又险地避过了这一记光刃，甚而还占了上风，不禁松了口气。这才扭头看向旁边，就见旁边一只蓝孔雀状的飞行符篆，汤思悦坐在上边，正笑嘻嘻地看着自己。

楚渊讶道："好巧！"

汤思悦白了他一眼道："巧什么呀，我看到你了，才过来的。"

楚渊道："这漫天都是人，姑娘居然找得到我，好眼力！"

汤思悦"咭"地笑了一声，道："满天空都是人，可骑大白鹅的却是只此一家，别无分号，我怎么可能看不见你。"

楚渊这才恍然，苦笑一声，才看向台上，就见俞婉儿向唐冰调皮地一笑，道："姐姐本来只能操纵三只傀儡的，可我现在突破了，行不行？"

仿佛是印证她这句话，一只战车般大小的甲蜘蛛又轰然出现，八条腿一阵乱蹬，口中嗤嗤地射出一道道黏性极大的蛛丝，唐冰又要防备从天而降的苍鹰，又要小心脚下不时喷来的玄冰气，还要防备那只灵猿蹿到她的背上，对面那个巨大的青铜傀儡每迈一步都是一阵地动山摇，巨大的拳头不时在她身周呼啸，登时就手忙脚乱招架不住了。

唐冰怪叫："居然还有第五只！"

她的水冰绫被那蛛丝喷中，便粘连起来，片刻工夫就挥不动了。

这时候，俞婉儿俏生生地立在那儿，双手负在身后，笑道："认不认输？"

俞婉儿笑问着，头顶又陡现一只朱雀。

唐冰瞪大了眼睛，震惊地道："第……六只傀儡？"

朱雀呼地喷出一股烈焰，证明了她的想法。

唐冰目瞪口呆，半晌才垮下小脸儿，跺了跺脚儿，望空叫道："师父，婉儿姐姐祭出六只傀儡呢，怎么办？"

唐冰的师父洛惊鸿是个三十五六岁、雍容优美的中年女子，她也是个妙人儿，一听宝贝徒弟询问，坦然答道："认输喽！"

唐冰恨恨地道："认输啦！"

说罢一纵身就跳出了擂台，半空中祭出她的飞行符箓，载着她飞向自己的师父。

四周一片喝彩声起，俞婉儿大大方方地行了个罗圈揖，也祭出她的青鸾离开了擂台。飞离擂台的刹那，俞婉儿的盈盈目光恰向楚渊投来，见楚渊也正望着她，不禁抿唇一笑。

若非楚渊帮她寻到的那条"牵丝"手链，她哪能同时操纵六个傀儡，八面威风。于是，俞婉儿到了师父面前说了几句，便也操纵着青鸾，来到楚渊身边。

左边一只孔雀，右边一只青鸾，两只神鸟上边各自坐着一位衣袂飘飘的美人儿，居于中间的楚渊，身下骑乘的却是一只引人发噱的呆头鹅，不免引起了一些人的注意，纷纷猜测这是哪个大派的有个性的少主，竟然受到百巧门小公主的如此青睐。

乘着飞行符箓定于空中观看比武的修真者不计其数，在一个不起眼的位置，有几个月白衫子的少年，骑着清一色的云雀，也在观看比武。

少年们明眸皓齿，容颜都是说不出的俏美，只是带了些脂粉气，也不晓得是什么门派的人。他们聚在一块儿，叽叽喳喳的就像一群小麻雀。

“花师姐，那个家伙，就是救了你的人呀？”

“嗯！帅不帅？”

“还可以！”

“什么叫还可以，明明很帅的好吧？”

“好好好，帅帅帅，不过……你家的小帅哥好像正在勾三搭四欸！”

“啊？有吗？”

“喏！你瞧他，一左一右，都是美人儿呀，眉来眼去的，啧啧啧……”

“耶？竟然给老娘戴绿帽子！男人真是靠不住！”

“师姐，你不过去捉奸啊？”

“捉什么奸啊！哎，你有没有觉得……”

“什么？”

花如娇沾沾自喜：“我家小帅哥眼光还蛮不错的。”

小师妹：“……”

如此彪悍的对答，自然就是花如娇花大姐儿和她几个师妹易钗而弁了。

仙宗大会的比武较量还在继续，之所以由百巧门掌门大弟子来比试第一场，一则是因为百巧门是本届大会的主办者、东道主，另一方面也是直接展示强横的武力，直接打消那些道行尚浅的散修们想要参与的想法，免得他们不自量力，依照大会规则，又不能拒绝他们的挑战，使得大会拖拖沓沓、没完没了。

当天的比武较量中，除了俞婉儿脱颖而出，如五行宗的王浩然、罗汉宗的莲印和尚、飘渺宗的上官靖等人也都技压群雄，顺利进入决赛名单。

当然，像唐冰这样的失败者，同样还有第二轮机会，他们败在俞婉儿这样的高手之下，固然是败了，可是比起今日赴会的大多数修真者，还是高明许多，自然不能一战定终身。

当日大赛结束，一共选定了十四个入选决赛的人员。楚渊一直在用心观察各派杰出弟子的表现，暗中估量如果自己与之交手可能有几分胜算，越想越有信心，不免跃跃欲试了。

俞婉儿陪在他身边，也不时解说、评价各派参赛弟子的表现，有这位名门高徒一针见血地点评，楚渊获益匪浅。

待当日大赛结束，修真者纷纷返回风阑城，唐冰却驾着一只火凤凰向他们三人飞来。

“婉儿姐姐，这位少侠是谁啊，蛮俊俏的喔。”

唐冰笑嘻嘻地打量楚渊，眸中带着一抹玩味。

俞婉儿作为百巧门的掌门大弟子，将来是要执掌百巧门的，所以她不仅要有一身与身份相衬的艺业，还得学习待人接物的本领。一个大派掌门，如果性情乖张、不近人情，当然不利于门派的发展。

所以，俞婉儿并不因其身份而傲若冰霜、不近人情。但是作为她的腻友闺蜜，唐冰对她最了解不过，俞婉儿只是客气地与人打交道，还是真心喜欢与一个人来往，她是看得出来的。

百巧门掌门大弟子，又是万里挑一的大美人儿，如此身份、如此姿色，不知多少名门正派的青年才俊心生爱慕，向她表露爱意，可俞婉儿始终不为所动，今日却对这个青年如此青睐有加，唐冰当然好奇。

楚渊看过她与俞婉儿较量，知道她和俞婉儿关系应该不错，便客气地颔首笑道："在下楚渊，来自蜀山剑派！"

唐冰没听说过这个门派，不过在她想来，婉儿姐姐喜欢的男人，怎么也不会太差了，便笑道："久仰，久仰。楚师兄哪日上台挑战一番，叫小妹见识一下你的功夫！"

俞婉儿可不知道楚渊现在功力大进，生怕他尴尬，忙道："小冰别乱起哄，楚师兄是隐修，此次来仙宗大会只是观摩为主，是否上台较量，还不确定呢。"

唐冰掩口笑道："哟！这还没怎么样呢，先维护上了啊！你放心好啦，如果你这情哥哥对上了我，我一定手下留情的啦！"

俞婉儿大羞，嗔道："什么情哥哥！你不要跑！"

两人就在空中追打嬉闹起来，唐冰有意绕着楚渊转圈儿，俞婉儿追在其后，远远看来，便成了两位姑娘与楚渊嬉闹。

王浩然一战成名，志得意满。一群同门也围在身边，恭维不止。正得意间，忽然看到远处俞婉儿和楚渊嬉闹，脸色登时沉了下来。

王浩然已将俞婉儿视作自己的仙侣，如今眼见她与楚渊亲热，自然嫉恨交加。只是他也太一厢情愿了些，他看了眼，便把婉儿视作了自己的禁脔，可自始至终，俞婉儿都还不曾表示过愿与他来往。

叶金斗顺着他的眼神儿一看，登时了然，便道："大师兄，俞姑娘何等神仙般的人物，那楚渊不过是个蜀山破落户儿的弟子，也敢觊觎，真是不知所谓。像俞姑娘那般身份，也只有大师兄你堪称良配啊！"

王浩然哼了一声，忽地冷冷一笑，道："这个楚渊，来仙宗大会只是观摩，没胆子上台的，俞姑娘受他甜言蜜语蒙蔽，如何晓得他是金玉其外？金斗……"

叶金斗道："大师兄请吩咐！"

王浩然道："明天，你打败对手，便主动向他发起挑战，给我好好整治他一番。"

叶金斗的父亲是五行宗的一位长老，叶金斗上次败在楚渊手中后，回去向父亲哭诉一番，得到了一件更加强大的法器，正想找楚渊报仇雪恨，王浩然这番话甚合他的心意。

叶金斗马上振奋地道：“大师兄，你就瞧好儿吧，明天，我一定狠狠整治他一番。”

……

第四十五章　向你挑战

翌日主动挑战入选者或入选者向其他人挑战的事就多了起来。挑战入选者这事儿容易理解，散修和小门小派的人没有直接入选资格，要想出人头地就得发起挑战。

而已经入选者向围观者中的某人发起挑战，原因就不一定了。有些人是知道某人道行颇深，只是爱惜羽毛，又或者本门入选名额有限，这次没有选上，已入选者又胸怀磊落，想堂堂正正拥有这个名次，所以要较量一番。

还有些人则是曾经败在某人手上，又或者曾经发生过私人恩怨，借这个机会要一雪前耻。毕竟，尽管是比武较量，也难免会有失手，真要在擂台上打死了人，可以托词是失手，不至于扩大矛盾，给彼此的师门惹来麻烦。

王浩然就是打的这个主意，他要公开折辱楚渊。世上真有不附加任何条件、无怨无悔的爱情吗？他不信！如果楚渊一无是处，心高气傲的俞姑娘怎么可能会爱他，就算她肯，百巧门也绝不会容许她下嫁一个废物。

但是，第一个跳出来的，却不是叶金斗，而是林枫。

林枫也是五行宗少一辈的弟子，王浩然是未来的掌门人，谁不巴结？既有这个机会，他也不会放过，所以他抢在叶金斗前面，向楚渊发起了挑战。

林枫刚刚打败一个对手，成为守擂方。他把长剑向空一指，高声道：“五行宗弟子林枫，挑战蜀山剑派楚渊！”

五行宗，大家都听说过。蜀山剑派，知道的人就微乎其微了。五行宗林枫要挑战蜀山剑派的楚渊？围观的各路修真者纷纷四顾，不知道此人是何方豪杰。

楚渊也是一呆，没想到林枫会挑战他。俞婉儿和唐冰、汤思悦正在他的身边，一个女人就是五百只鸭子，三个女人……是一台戏，叽叽喳喳聊得正欢，听到这里，也不禁静了下来。

俞婉儿担心地道：“楚大哥，你可以拒绝的！”

守擂方可以挑战别人，也可以被挑战，但是台下的人却有权利拒绝被挑战。俞婉儿印象中的那个楚渊，还是那个技艺一般但品性高洁的少年，可不认为他会是五行宗杰出弟子的对手。

楚渊深深地吸了口气，沉声道：“他挑战的，是蜀山剑派楚渊！”

俞婉儿沉默片刻，道："婉儿懂了，楚大哥……小心！"

楚渊的话说得很清楚，人家挑战的是蜀山剑派楚渊，首先是蜀山剑派，其次才是他这个人。他无法拒绝，也不能拒绝，因为他肩负着蜀山剑派的荣耀与脸面。

俞婉儿身为百巧门的掌门大弟子，自然明白，这份光荣与尊严，远比个人的生死存亡更加重要。

林枫喊了一嗓子，不见楚渊回答，脸上倨傲之色更浓，扬声又喊："蜀山剑派的，出来！五行宗林枫，要与你一战！"

高高在上观战的离火真人微微一蹙眉，向左右道："蜀山剑派？枫儿在搞什么鬼，蜀山剑派有什么好挑战的。"

马长老抚着胡须，低声接了一句："掌门，小辈们之间，有些纠葛。"

离火真人恍然，程青嵘程长老却是有些担忧之色，他虽看好楚渊的资质与悟性，但蜀山……哪有什么绝学。

林枫第三次大喊："怎么？蜀山剑派没人了么？如果不敢战，就大声说一句：'蜀山甘拜下风'，不要……"

他还没有说完，楚渊已驱动白鹅，飞向擂台："蜀山剑派楚渊，应战！"

飞行符箓一收，楚渊飘然落地。

林枫嘿嘿一笑，看向楚渊："好胆量！听说，前不久你用诡计赢了叶师兄一招？"

楚渊淡淡一笑，对这等小人，他懒得争辩。

瞧楚渊比他还要傲气三分，林枫大为不忿，缓缓扬起银色长剑，喝道："楚师兄，请亮剑！"

楚渊一伸手，就拔出了自己的宝剑，摆了个手势道："请林师兄指教！"

楚渊肩后还有一口"镇山之宝"，手中这口剑则是从天宝阁选的，号为"冲霄"。

林枫狞笑一声，抢先动手，手中的银色长剑宛如长蛇，直取楚渊要害。

楚渊不慌不忙地往后退，冲霄剑迎面刺去。两人用的都是剑，不过林枫的剑是软剑，而楚渊的长剑则透着一股子刚毅之气，银光如水，寒光四射！

楚渊手腕轻动，剑花似出水之莲，林枫本不相信楚渊能打败叶金斗等好几个师兄，叶金斗等人嫌丢人，回山后也未说个详细，只说楚渊用了阴谋诡计才赢了他们，是以心存怠慢。

可是随着楚渊的攻击，他的脸色渐渐凝重起来，这个名不见经传的楚渊，竟然真是个对手！当下也不敢大意，手掌一翻，捏了一个法诀，灵蛇般的长剑猛然绷直，从剑身传出一股寒气。

法宝之所以成为法宝，那是因为它们各有自己的神通，很显然林枫的这口剑也是法器，与寒冰属性有关。

五行宗修炼的功法不外乎金木水火土五种类型，寒冰属性是水系功法中实战效果极佳的一种功法，不仅可以直接用以伤敌，还可以凭着袭人的寒气滞缓对方的速度。

咔咔……

伴随着几声脆响，林枫在楚渊周围快速移动起来，一道道剑光在楚渊身边划过，每一道剑光消失，就会有一根尖利的冰锥形成，瞬间将楚渊囚禁起来。

楚渊凝神屏气，肃立不动，眼见楚渊被冰牢困住，林枫眼中闪过一丝惊喜，冷笑道："楚师兄，结束了！"

说着长剑一抛，捏了个法印，高声喝道："疾！"

那冰牢竟突出无数尖刺，涌向楚渊！

楚渊也将手中长剑一抛，大喝一声："万剑朝圣！"

一柄长剑在空中疾旋，瞬间化作一个剑轮，正是他当日破了叶金斗等人的那一招。

剑光回转，迎向剑牢，将那冰剑削得粉碎，无数冰屑激扬于长空，阳光一照，七彩迷离。

但林枫的手段不只如此，他一招手，抓回长剑，人剑合一，便向那剑轮的中心点刺去，他知道，那是楚渊这剑轮的"眼"，莫看那剑轮无坚不摧，只要击中这剑眼，此招便破。

可楚渊此时已经破了冰牢，万剑重新化为一剑，堪堪迎向林枫，剑轮已失，剑眼也就没了，林枫这志在必得的一剑，已经扑了个空。

第四十六章　遥远回忆

天空最高处，居高临下观战的就是十二仙宗的掌门。

底下这场比斗，自然入不了他们的法眼，不过蜀山剑派这个名字，却是勾起了他们一些近乎遗忘的记忆。

"蜀山剑派……好久没听说过这个名字了啊！"一位掌门眯了眯眸子。

一旁一位高冠博带的中年男子喟然道："世间的一切，都禁不起岁月的消磨。万年前无人敢轻掠其锋的蜀山剑宗，也早已不复存在了。看到这年轻人，让人心有戚戚焉。"

十二仙宗的掌门显然是对蜀山剑派有所了解的，七嘴八舌，尽是对绵长岁月的惆怅、对蜀山没落的惋惜，只有百巧门门主任青峰默然不语，只把目光投注在楚渊身上。

"如果蜀山剑派真的重见天日了，又该是怎样一番光景呢？屠老前些日子感受到的屠魔剑的气息，不会有假。而屠魔剑，当年可是与蜀山一起消失了的。"

擂台上，楚渊和林枫还在搏斗，林枫法宝尽出，楚渊却只一口长剑，但他功夫实在林枫之上，所习蜀山功法虽然都是入门低阶功法，胜在纯熟浑厚，能把这些功法发挥到十二成境界。

久战之下，林枫渐渐不支，楚渊窥个空隙，一个幻影移形，闪到他的背后，一掌拍在他的后心，林枫闷哼一声，摔出擂台，在空中喷出一口鲜血。

其实楚渊这一招已经手下留情了，否则他闪到林枫背后时，若是一剑递出，林枫就要一命呜呼了。

可是虽然之前林枫招招都往楚渊要害处下手，毫不留情，一副要置楚渊于死地的样子，可是关键时刻，楚渊还是留了分寸。

“蜀山，楚渊，胜！”

裁判高声宣布，楚渊缓缓收剑，朝蜀山的方向望了一眼：“师父，我赢了！弟子没给蜀山丢脸！”

林枫被五行宗的人接住，退了下去，而叶金斗马上怒气冲冲地跃上台来。现在楚渊打败林枫，已经成为守擂方，必须接受挑战，不能想走就走了。

叶金斗大喝道：“五行宗叶金斗，挑战蜀山楚渊！”

声音未落，他单手一划，一面土黄色的大盾就幻现在面前。手指在腰间一按，一道蓝色的水链横空出现，一圈圈地环绕在他的身上，化作一副蓝色战铠，再从怀中掏出一个金钵，望上一投，一束金光罩下，正笼在他的身上。

汤思悦见了噗的一声笑，对俞婉儿道：“厚土盾、金光罩、寒冰甲……五行宗这位仁兄法宝倒是不少，不过……这胆子也太小了吧？”

俞婉儿也有些好笑，四周观战的各派修真者也纷纷失笑，高处五行宗离火真人脸色一沉，有点挂不住了。这个叶金斗，也太不成气了，至于如临大敌吗？

不过，叶金斗是叶长老的儿子，离火真人也不好多说什么，只盼着这个混蛋能打赢这一场，要不这脸就丢得更大了。

叶金斗一连布了三道护甲，精神大振，道：“姓楚的，今天我要打得你心服口服！”

楚渊看看那一身装备，哭笑不得地道：“靠这厚土盾、寒冰甲和金光罩打败我吗？”

叶金斗冷笑一声，道：“继续笑吧，很快，你就笑不出来了！”

叶金斗双手一合、一分，缓缓张开，一柄巨大的长柄战斧缓缓出现在他的手中。

楚渊目光一凝，看着那战斧上闪过的一道道寒光，神情凝重起来。

叶金斗双手握起那柄高度与他比肩的大斧，哈哈大笑道：“这柄战斧，是神桃木所制，却重愈精铁，锋利无比，尤其是内蕴神木的一丝神性，可镇妖魔、祛百邪！楚渊，受死吧！”

叶金斗抡起神桃木斧，就向楚渊一斧劈来。

楚渊可舍不得用他的冲霄剑去迎这样沉重的一件兵器，虽然这柄斧子是用木头制成的，但那可是神桃木啊，入水即沉，火焚不毁，真比精铁还硬。

楚渊一记幻闪，叶金斗这一斧铿的一声劈在擂台上，虽然由十二仙宗掌门加持了法力维护，仍然一阵嗡然震颤，叶金斗立足不稳，竟然向前踉跄了一下。

楚渊手持冲霄剑，较他轻灵许多，趁机一道蛇形曲线，绕到他的侧面，凌厉无匹的一剑刺向他的肋下。

这一剑迅疾无比，叶金斗身前的厚土盾笨重无比，来不及移动过来，但他还罩着金光罩，楚渊这一剑刺去，金钵金光大盛，仿佛实质，竟然挡住了楚渊这一剑。

楚渊双手握剑，一个疾旋，再次绕到叶金斗的死角，铿地又是一剑，这时楚渊手中宝剑尖端已经射出尺余长的一道毫芒，这是剑罡，无坚不摧。

“铿铿铿”，楚渊一剑接着一剑，以剑罡劈刺，金光罩在他的一次次劈刺下渐渐变得黯淡起来，而叶金斗手持大斧，不断追砍轻灵如猿的楚渊，看来固然威风，却每每总是劈空。

“给我破！”

楚渊的冲霄剑也是一柄法器，连连劈刺几十剑后，那金光已经淡了，楚渊双手握剑，身形一旋，剑上罡气倏然探出三尺多长，仿佛把这剑接长了一倍，凌厉无匹的剑罡狠狠劈在叶金斗的身上，叶金斗头顶的金钵嗡的一声悲鸣，罩下的金光顿失，金光罩，被破了。

但金光罩破了，叶金斗还有贴身的寒冰甲。他老爹为了让他在这次仙宗大会上扬名立万，可是没少给他准备行头。楚渊这一剑劈中寒冰甲，冰屑四射，却未伤了叶金斗。

不过，那金光罩是罩在叶金斗身周的，这寒冰甲是贴在叶金斗身上的，楚渊这一剑虽然伤不了叶金斗，却也劈得叶金斗一个趔趄，失足竟然滑下擂台，幸亏他以大斧钩住擂台边缘，奋力一纵，复又跃上擂台，凌空一跃，大斧高举，向楚渊当头劈下。

第四十七章　车轮大战

楚渊并不硬接，轻轻一跃，再度闪过。高处，离火真人已面沉似水。

一旁观战的林枫恨声道：“这楚渊，自幼受我五行宗同门戏弄，从不曾露出过如此功夫，想不到他竟然是在藏拙，这小子，心机深啊！”

王浩然冷笑一声，道：“那他可要枉费心机了，在强横无匹的武力面前，一切阴谋伎俩都是没用的！”

林枫赔笑道：“大师兄若出马，自然是手到擒来！”

擂台上，楚渊就像一只猴子，蹿高伏低，时不时偷袭一剑，便是一片冰屑纷飞。法器护甲也是需要法力维持的，楚渊要做的就是耗尽他这件法器上所蓄的法力。

而叶金斗头顶金光罩，身披寒冰甲，举着厚土盾，拎着桃木斧，每一件法器都需要他用法力支持，每一件都要牵扯他的精力心神，久战之下，连楚渊的一根汗毛也没捞着，体力却已渐渐不支，跌跌撞撞得像一只大狗熊似的。

离火真人实在看不下去了，有心喝令这个蠢货弃械投降，可是他一向自视甚高，向人投降的话又怎么说得出口?

擂台上，叶金斗勉力支撑，已是破绽无数。只是，楚渊破不了他里三层外三层的防护，他也伤不着楚渊的一根汗毛，二人就这么僵持着。

仙宗大会较量，很少有斗个几百回合的，高手过招，几个回合就能分出高下胜负，可两人这一场打斗，却创下了仙宗大会的比武记录，足足打了一个多时辰，看得围观者昏昏欲睡。

忽然间，叶金斗膝盖一软，单膝跪到了擂台上，拄着桃木大斧，喘得跟风箱一般："不……不打了！"

楚渊长剑一横："你认输了？"

叶金斗四仰八叉地倒了下去，胸膛起伏，大口喘息，断断续续地道："不……不认……我没输！等……等我歇过劲儿来……"

四周的人再也忍不住大笑起来，高处的离火真人脸都黑了，再也顾不得尊者身份，沉声吩咐一个侍立身旁的弟子："去！叫那混账滚下擂台！让浩然去，必须打败楚渊！"

叶金斗被人搬下了擂台，王浩然却马上就跃了上去，沉声道："五行宗王浩然，挑战蜀山楚渊！"

汤思悦惊道："师姐，五行宗大弟子，挑战蜀山剑派大弟子了！"

俞婉儿虽然不喜欢王浩然，却从没小觑过这位五行宗大弟子，神色变得极其紧张。

一旁唐冰却大叫起来："喂！五行宗的人还要不要脸，这是要车轮战吗？"

四周看客也纷纷为楚渊鸣起了不平，这时候楚渊可是已连战两场，第二场更是在叶金斗的乌龟战法下持续了一个多时辰，楚渊怎么可能还有余力迎战五行宗年轻一辈的第一人?

王浩然很尴尬，身为五行宗掌门大弟子，他不能不顾师门令誉，再者，他也有信心击败楚渊，要知道，挂了一身乌龟壳的叶金斗，在他手下也走不过五招，而楚渊和叶金斗打了足足一个时辰，是靠把他累趴下才赢的。既如此，何不故示大方?

想到这里，王浩然道："好！你且打坐半个时辰，你我再行比过！"

王浩然甚至还取出一颗橙青色的丹药，托在掌心道："这是我五行宗的五行归元丹，可滋补元气！"说着，王浩然屈指一弹，将那丹药射向楚渊。

离火真人见了抚着胡须暗暗点头，林风和叶金斗这两个晚辈太不争气，此刻王浩然的表现就可圈可点了。

楚渊接过丹药，淡然道："多谢王师兄，不必了！"顺手一抛，又把那丹药抛了回去。

王浩然冷笑一声，就在擂台上盘膝坐下，楚渊见状，也就地打坐。俞婉儿见了，对汤思悦耳语几句，递过一颗丹药，汤思悦点点头，便向擂台上飞去。

唐冰见了，嘻嘻一笑，揶揄道："心疼情郎了呀？"

俞婉儿俏脸一红，道："小冰，又来取笑！楚师兄……"

俞婉儿顿了一顿，才道："楚师兄对我有救命之恩，因为这段因果，所以我才想助他一臂之力，可不干男女私情。"

唐冰讶然道："救命之恩？哎呀，若是救命之恩，一颗固本培元的丹药可还不上这个情儿。"

俞婉儿道："是呀，我也觉得，欠他良多。"

唐冰道："所以喽，以身相许吧！"

"你……"

俞婉儿又好气又好笑，狠狠瞪了唐冰一眼，她也不怕，反而回了一个鬼脸。

汤思悦在擂台上方盘旋两周，俏生生地道："喂，楚大师兄！"

楚渊抬起头，汤思悦道："我大师姐赠你的百草小还丹！接着！"

汤思悦顺手一抛，楚渊抬手接过，顺势纳入口中，微笑道："多谢！"

王浩然见俞婉儿赠药，心中无比嫉恨，见楚渊痛快地收下俞婉儿的丹药，却把自己所赠丹药毫不犹豫地还回，心中更加恼火，暗暗打定主意，一会儿定然叫他求生不得、求死不能。

二人打坐半个时辰，各方修真者且去歇息，等时辰一到，又纷纷升空，一时悬于半空的那座擂台被围得水泄不通，因为先前一段插曲，这已不再仅仅是仙宗大会的保留节目了，而是籍籍无名的蜀山剑派与大名鼎鼎的五行宗之争，大家兴致更浓了。

"楚兄连胜我五行宗两个弟子，王某佩服。事关师门令誉，一会儿少不得全力以赴，楚兄可要小心了。"

王浩然这话一出口，楚渊就知道，他动了杀机，这是为他杀人做铺垫。对上王浩然，楚渊纵然功力大进，其实也并无把握，但他更不能退，蜀山剑派，已经退无可退了。

楚渊沉住了气，道："理当如此，请指教！"

王浩然缓缓抬起双手，手中骤然出现一杆由头到脚漆黑如墨的长枪。他没用叶金斗那样花里胡哨五花八门的法器，掌中就只这一杆漆黑如墨的枪，冷声道："我只用这一杆定魂枪，楚兄，把你最拿手的法器拿出来吧！"

楚渊道："蜀山门下，自然用剑！"

说着那柄冲霄剑也脱鞘而出。

王浩然大吼一声，轰的一声，似连身体都被拉扯，直接划破长空，人枪形成一条直线，疾刺楚渊。

第四十八章　驭剑术现

他的速度太快了，瞬间便到了楚渊面前，竟不容他躲避，事实上楚渊也无法躲，枪扫一片，他的辗转腾挪在这样凌厉的一击下如果想躲，势必失了先手。

楚渊也动了，一抖手，一颗土黄色的珠子直奔王浩然面门，一口小木剑射向王浩然的小腹，手中冲霄剑则斜斜削向王浩然的定魂枪。

王浩然吓了一跳，蜀山派居然还有法器？他急忙侧身，这志在必得的一枪气势便弱了，楚渊一剑刺在枪势最弱处，饶是如此，仍然被这凌厉无匹的一枪震得倒退三步。

王浩然却是气得大吼一声，左手猛地伸出，拇指与食指间黑芒一闪，一道玄冰气刺向楚渊的丹田。

原来，方才甫一接触，他才发现那黄色小丸居然就是一颗普通的泥丸，而那小木剑，也他娘的就是一柄普通的小木剑，根本不是法器，亏他还如临大敌。受此戏弄，王浩然岂能不怒。

王浩然运枪如飞，枪枪不离楚渊要害。他要打败楚渊、杀死楚渊，让蜀山剑派永远笼罩在他王浩然的阴影之下。

定魂枪的枪尖，随着他电光火石般的点刺动作，渐渐透出了红光，那红光慢慢汇集，越来越大，恐怖的气息开始朝四周蔓延，周围天地灵气都异动起来。

俞婉儿脸色一沉，道："王浩然竟然要用定魂一枪！"

汤思悦紧张地道："楚大哥危险了。"

一向调皮的唐冰也知道楚渊面临生死之险，竟难得地没有调侃。

定魂一枪，勾引天地灵气，衍化的那团红光，可以隔绝法力，包括他人使用的法器，乃至自身法力的运行，简而言之，就是这团红光具有禁魔效果。

一旦被禁魔，那对方作为一个修真之士，就徒具普通武夫的功力了，如何是他对手？

楚渊也感受到了压力，手上再次结出剑印，冲霄剑上也是银光大盛。

"楚渊，看招吧！"

随着王浩然的一声大喝，定魂枪的枪尖上，那团红光陡然亮如一轮红日，暴烈的光芒陡然射出，铺天盖地的红色光芒，带着势不可当的气势，朝着楚渊冲击而去。

红光过处，连空气都爆裂开来，发出噼里啪啦的响声，整个场地寂静无声，有人更是情不自禁地在飞行符箓上站了起来，这楚渊，只怕是在劫难逃了。

俞婉儿俏脸苍白，高空之上的离火真人唇角却逸出一抹不屑的笑意，敢辱五行宗之清誉者，理应得此下场。

在众人震惊、惋惜的目光中，那红色的光芒彻底将楚渊笼罩起来，紧接着，那枪尖也像疯狂的神龙，呼啸着冲了过去。禁魔红日与定魂神枪产生了无比的威力，竟把楚渊死死地压向地面。

轰!

红色的光芒接触地面，发出震耳欲聋的爆裂之声……

那悬空的擂台竟然被定魂枪刺穿了一个大洞，这擂台本用一整块的金刚石制成，此刻中间破了一个圆形大洞，被击碎的碎石哗啦啦地向山间坠去。而天空中，却有一片片闪亮的银光激射，那是冲霄剑，楚渊的冲霄剑，竟在这刹那间被定魂枪击得粉碎。

可楚渊呢?

人们下意识地向下看了一眼，飞泻而下的都是被击成拳头大小的石头碎块，根本没有人体，难道那一枪，竟把楚渊生生地炸得尸骨无存?

红色的光芒散逸开去，石头碎屑也渐渐消散，擂台上根本没有楚渊的影子，这时居于最高处的十二仙宗掌门，却是齐齐惊噫一声，甚至有人忘形地站了起来。

终于有人发现了，失声叫道:“天……天上！人在天上！”

楚渊正在空中，站在一口剑上，那剑品相并不好，看起来破破烂烂，不过此时没有人注意那口剑，他们注意的是站在剑上的楚渊。

王浩然一见楚渊动用了剑形飞行符箓，居然死里逃生，不禁暗暗懊悔。不过，比武擂台上不许使用飞行符箓脱身飞离，否则就算输。眼下楚渊为了活命动用了飞行符箓，也等于是变相地认输了，众目睽睽之下，他总不好再追上去杀人，只好把长枪向身后一背，故作大方地道:“楚师兄，你输了！”

旁观者中，俞婉儿深深地松了口气，汤思悦更是很不淑女地拍起了鼓胀胀的酥胸。

而旁观人群中，扮作少年的花如娇此时也是长吁了一口气，慢慢放松了已经抓紧的那对弦月状奇门兵刃。

“谁说……我认输了?”

楚渊踏着飞剑盘旋而下，停在擂台上方一人高处，他的脸色有种异样的红润，双眼闪闪发亮，毫无失败的颓废，反而显得异常兴奋，兴奋得有些反常。

一旁负责裁定胜负的修真前辈沉声道:“蜀山楚渊，你动用飞行符箓，已经败了！”

楚渊拱手道:“晚辈并未动用飞行符箓！”

那位修真前辈隐现怒气，道:“你现在就踏着飞行符箓，居然信口开河?”

楚渊缓缓降低高度，向他抱拳一礼，沉声道:“前辈，仙宗大会比武较量，只规定不许使用飞行符箓，可曾说过就连所用的武器也不能驾乘?”

那位裁判愕然道:“所用的武器?你……你脚下……”

那人突然脸色大变，颤声道：“你说你脚下那把剑是武器？你用用看！”

楚渊飞身跃下宝剑，稳稳地落在擂台上，也不见他捏剑诀，也不见他诵道诀，那柄横亘于身畔仿佛已被蚀得全是洞眼的长剑便像是有人操纵着似的，飞到半空之中。

突然，那剑一凝，仿佛有人握住了剑柄，高高竖起，突然劈下，剑身上，荡出一道白茫茫的剑气，凌厉无匹地劈落，掠过那擂台一角。

没有任何声音发出，那道剑气一掠而过，然后一块三角形的金刚岩便无声地向地面坠落下去，整座栖霞山上、整片山顶的天空，所有人，鸦雀无声。

沉寂许久，直到那块巨石砸到山上，发出轰然巨响，翻滚着向更低处砸去，惊呼声才此起彼伏地响起。

“御剑术！这是御剑术啊！”

那个做裁判的前辈高人就像得了羊癫疯似的，浑身直打摆子：“御……御……真的是御剑术！传说中的御剑术！苍天哪！御剑术重现江湖了！”

第四十九章　蜀山传人

御剑术，如今的修真人，已经没有人会了。

万余年前那场天地浩劫，将当时的修真精英一网打尽，许多玄妙的道法也因此失传了。万余年下来，各大修真门派又陆续研究出一些道法，但是比起上古年间修道者的通天彻地之能，可不能同日而语。

为什么见楚渊所踏的飞剑能够御敌，众人就确认这是御剑术了呢？因为，飞行符箓就是飞行符箓，只能用以代步，它并不具备攻击伤害敌人的效果。

用来攻击的法器就只能用来充作攻击他人的兵器，不能载人。用来载人的法器就只是一件交通工具，不能用来攻击。楚渊所踏这口剑既然具备攻击力，自然不是做成了剑形的飞行符箓，更何况，它的剑气如此凌厉。

或许有人觉得奇怪，楚渊之前也能驱使长剑啊，也能乘坐飞行符箓啊！现在只不过是把飞行符箓和用以攻击的法器合一了而已，有什么特别？

当然有，御剑术并不是简单地把飞行符箓与攻击用法器合而为一，御剑术，才是真正地把人和法器合而为一，而其他使用法器的方法，和傀儡术差不多，区别只是傀儡术控制的是练就的傀儡，而他们控制的是法器。

练成了御剑术，才能最大限度地发挥法器的作用，可以真正做到人剑合一，可以瞬息万里，速度远超飞行符箓，练到至高境界，可以飞剑取人性命于万里之外，因为他的神念是可以附着于法器之上的，法器成了他可以飞翔的眼睛、拳头。

自一万年前天地浩劫，御剑术就从人间界消失了。后人绞尽脑汁，研究出了飞行符箓，部分具备了之前修行者可以飞天遁地的本领，可是形不同，质也不同，两者所能表现出来的战斗力，实在是有天壤之别。

十二仙宗的头面人物也都震惊了，他们没想到，御剑术竟然尚未失传，蜀山！蜀山啊！这时候，他们才忽然记起，楚渊是蜀山剑派的人！

果然是瘦死的骆驼比马大，蜀山剑派居然还拥有这门功法？御剑术，仅仅是一个称呼，它能御的当然不只是剑。如果这门功法能被他们掌握，凭着他们远高于楚渊的法力，那么……他们就可以恢复祖上的荣光，就可以掌握更高明的道法！

他们驾青鸾、乘朱雀，那胯下的飞翔之物就可以不再只是一件飞行器具，而是一件炼就的真正法器。意念一动，直接就可以代替他出手。

他们就可以飞得更高、更远，可以腾于九霄之上，可以遨游于万里之外，尤其重要的是，他们的影响力就不必局限于自己的山门所在，凭着瞬息万里，神念杀人的道法，他们可以把宗门的影响无限扩展到远方。

每一个人的心都热了：御剑术啊！

其实楚渊此刻的震惊丝毫不逊于他们，只是楚渊强自抑制保持平静罢了。刚才大难临头，他根本抗不住定魂枪那一击，他的法力已经被禁魔，无法使用了。

可是就在生死存亡的关键时刻，他的识海中那枚金剑突然金光大盛，这一次不同以往，他竟能透过那金光，看清那顶天立地的金剑上的纹路，那些细小而精致、优美而神秘的纹路，原来并不是纹饰，而是字。

其中一行字突然放得无比巨大，让他看得清清楚楚，那是一句法诀。楚渊下意识地便跟着默念起了那句法诀，与此同时，一片洪水般的金云从那识海中的巨大金剑下席卷而至。

从百会而至膻中，从膻中而至丹田，从丹田而至涌泉，片刻间便涌过了他的全身。受此感应，他肩后那件“镇山之宝”脱鞘而出，载着他以神鬼莫测的神奇速度脱离了定魂枪的那一击。

那一刻，他有种奇异的感觉，就仿佛世间的一切都变慢了，变得极慢极慢，他能看到王浩然举着那杆枪，眼神狞厉地刺下来，但是他的速度慢到几乎像是被定在那里。

他甚至还有余暇四顾，看到了俞婉儿惊骇的眼神，汤思悦微张的小嘴，唐冰姑娘紧攥的粉拳，然后，他的剑载着他闪开了，那杆定魂枪才狠狠地刺下去，将金刚石的擂台刺了一个窟窿。

楚渊强抑着激动得几乎要跳出腔子的心脏，望着王浩然，朗声道：“我还没有败，王师兄，我们继续比过？”

“五行宗认输！”

天空中飘来离火真人的声音，他的声音不高，说得也不快，但整个栖霞山上每一个人都听得清清楚楚。

任青峰微微闭上了眼睛，又缓缓张开，一向古井无波的心竟然荡起了层层波澜，不能自已。也许，这个天下真的要变了，如果蜀山重现，如果当年跟着蜀山一起消失的各派前辈高人重新出现，整个修真界，将改天换地，所有的一切，都要变了！

离火真人站了起来："败于御剑术之下，不丢人！浩然，你可以退下了！"

王浩然只是从小就听长辈们时时无限缅怀地讲起修真界曾经有过的这门术法，却从未见过，方才见楚渊一剑之威，也是暗暗心惊，如果楚渊拥有这样的神剑，他绝不是对手，只怕人家一剑下来，他和他的定魂枪都要被劈成两半，是以一听师父发话，正好下台。

他深深地望了楚渊一眼，神情说不出是哭还是笑。经过今日，天下无人不知蜀山，无人不知楚渊了。而这一切，是他一手促成的。

人群中，花如娇先是星眸发亮，忽然又抹上一层忧色，低声对几个师妹道："御剑术这件事，不得说与任何人知道，连师父也不能……"

说到这里，花如娇看看漫天的修真者，又颓然叹了口气，在场的有这么多人，楚渊掌握着御剑术的秘密，又怎么可能瞒得住。

花如娇忧心忡忡地想，楚渊拥有御剑术，确实不是寻常修道人能够对付得了的，可是，他道行尚浅，并不是掌握了一门神奇道法，就能纵横四海、所向披靡的。

在场的不要说是十二仙宗掌门，或者四十八大派的掌门，就是一些长老级的人物，若是全力出手，也未必就不能擒下楚渊，这个楚渊也太不懂事，怎么就不明白匹夫无罪、怀璧其罪的道理？真是让人为他操碎了心呀！

十二仙宗掌门缓缓降下，目标正是楚渊。楚渊掌握着御剑术的秘密，而御剑术的遗失是桎梏整个修真界更上一层楼的关键。虽然知道哪个门派的绝学都是不可能对外泄露的，但他们还是抱着万一的希望，实因此事对整个修真界来说，都实在是太重要了。

这一刻，整个栖霞山上，十二仙宗、四十八大派，所有人眼中，只有一个楚渊，来自蜀山的楚渊。

第五十章　森罗魔殿

"楚渊！"

离火真人先开口了，他的脸上勉强牵起几丝纹路，仿佛在笑："呵呵，蜀山与我五行宗比邻而居这么多年，看来本真人对这个老邻居的了解却着实有限啊！"

楚渊欠身道："前辈身为大宗宗主，日理万机，诸务繁忙，无暇他顾，也是可以理解的。"

离火真人听出他隐隐有调侃之意，只当不懂，而是顺势说道：“是啊，魔道猖狂，贼心不死，本真人忝为正道的一分子，敢不鞠躬尽瘁，匡扶正义？适才，我观贤侄使出的，可就是御剑术？”

说到这里，离火真人的目光便有些炽热起来。

楚渊眼见十二仙宗掌门齐至，偌大的阵仗，已经暗暗警觉，听他这一问，登时醒悟过来，这御剑术是早已失传的绝学，哪个修真之人看了不为之心动？糟了，自己只会一门御剑术，而且道行尚浅，这一下子只怕要怀璧其罪了。

楚渊急急思索，正斟酌着要如何说，才不至于为蜀山惹来无穷的麻烦，远处忽然浓云滚滚，望栖霞山而来。

此时，大多数人仍旧浮于空中，老远就看得真切，只见那黑云如墨一般，滚滚而至，浓云隔着尚有十余里路，看起来已是遮天蔽日，威势着实骇人，随着那云，阵阵凛冽的寒风已扑面袭来，吹得众人衣袂猎猎。

任青峰眉锋一耸，凛然道：“魔道中人！”

离火真人大喝：“魔道来袭，众道友速速结阵！”

一时间，漫天神鸟飞舞，各仙宗弟子门人纷纷集结，他们不是军队，顶多按照各自门派或者关系的远近集结成一个圈子，匆匆部署防御。

人群中，花如娇暗叫一声不好，飞快地看了楚渊一眼，却见十二仙宗掌门齐齐向前迎去，却留下了四位长老，对楚渊隐隐形成了合围之势。

楚渊身系修真界的一个绝大秘密，这十二仙宗掌门自然不能让他出现意外，是以派人保护。

花如娇听师父祈无颜简单透露了几句，隐约晓得仙宗大会举办的这些日子，魔道会有所行动，他们以散修身份混迹其中，也是为了到时候里应外合。

不过具体的发动时间花如娇却不清楚，迫于师门严令，她没有告诉楚渊。在她想来，楚渊所在的蜀山剑派，是早已被边缘化的正道门派，实则与散修无异。

一旦魔道众高手来袭，她神不知鬼不觉地就可以把楚渊带到身边保护起来。可是世事难预料，她怎想得到，五行宗今日突然向楚渊发难，紧接着楚渊又亮出了失传已久的御剑术。

这一来，正道中人必然将他视若瑰宝，众目睽睽之下自己如何能够掩护于他？听师父的语气，这一次魔道众魔头是有备而来，恐怕不会善了，大战之中自己如何兼顾于他。

花如娇这边暗自焦急不提，十二仙宗掌门却是凝神屏气，齐齐向那黑云迎去。

那黑云滚滚，隐隐现出一个王座，王座上端坐一人，面目笼于黑云之中，看不清楚。那王座起于累累白骨之上，王座本身用无数骷髅堆砌而成，样式古怪而可怖，在王座后面，高竖一杆大旗，旗幡飘扬，殷红如血，瞧来极是诡异。

逍遥宗掌门青云子轻咦一声，道：“是森罗魔殿魔尊！”

离火真人冷哼道：“把他的森罗王座也搬出来了，好大的威风！”

滚滚浓云之中，传来一阵桀桀怪笑，一个声如雷鸣的声音道：“诸位仙宗道友，别来无恙啊！”

随着他的笑声，黑云之中突然射出一支白骨箭，这一箭长有七丈，粗有三尺，也不知是以何物骸骨炼制而成，通体惨白的一根白骨，飒然射向迎在最前面的紫阳山紫阳真人。

紫阳真人眼见那白骨箭劈面射来，左手望空划了一个圆，往外一推，一轮轮紫阳便喷薄而出，迎向那支白骨箭。

噗！噗！噗！

紫阳真人一共推出十三轮车轮大小的紫阳盾，自忖只到七八面盾时就能撞碎那支白骨箭，却不料那支白骨箭连破十三面紫阳盾，射速竟然丝毫不减。

紫阳真人大骇，急忙抽身急避，一面大袖哧啦一声被白骨箭穿透。在其后面的是离火真人，离火真人没料到紫阳真人竟没抵住那支白骨箭，双手急忙向前一推，却是一轮厚土盾。

方才叶金斗也用过厚土盾，可叶金斗用法力凝聚出来的那面厚土盾，比起离火真人这面厚土盾，恰似一粒芝麻之于一个西瓜。离火真人这面厚土盾厚有七尺，直径足有十丈，向那白骨箭当头迎去。

铿！

白骨箭钉在了厚土盾上，两者力道相较，发出吱吱嘎嘎的声音。

离火真人神色一松，取笑紫阳真人道：“紫阳道兄，你那紫阳真气盾……”

他刚说到这里，他那面厚土盾猛然轰的一声化作了漫天尘土，白骨箭透盾而出，一刻不停，射向离火真人的胸口。

离火真人又惊又怒，可他明明白白的探知，这一箭上附着的魔力，足以让他粉身碎骨，仓皇间哪里还顾得上气势风度，急忙一闪身，让开了那支白骨箭，白骨箭又射向后面的南山老人。

南山老人一见紫阳和离火双双吃亏，瞋目大喝，大袖一甩，袖中飞出一口小钟，小钟在空中滴溜溜乱转，每转一圈，便大一分，等那白骨箭射至面前时，小钟已经大如一座殿宇，赫然正是南山派镇山之宝东篱钟。

南山老人这口东篱钟已经经过七代掌门的炼制，南山老人曾自夸这口东篱钟就算比起传说中的上古神器东皇钟，怕也不遑多让。此刻，这口东篱钟就迎上了森罗殿主的白骨箭。

当！

一声悠扬钟声，激得那破碎的厚土盾本已弥漫天空的黄土更是弥散开来。

东篱钟被白骨箭震得向后一荡，马上又迎向白骨箭，再度发出惊天的一声巨响，神钟再荡、再迎，如是者七次，那支白骨箭终于碎裂成漫天的骨粉。

南山老人收了东篱钟，喉头泛起一丝腥甜，被他硬生生压了下去。

第五十一章　白骨王座

黄土、骨土，纷纷扬扬，什么人也无所遁形，等那滚滚黑云终于到了面前，缓缓向两边分开，露出站立其间的人时，众仙宗人士已经是灰头土脸，只有十二仙宗掌门和其他一些道行高深的门派领袖以法力护体，才免遭此劫。

一箭之威，竟至于斯，而那白骨王座下，尽是累累白骨，如果万箭齐发，又是何等模样?

十二仙宗掌门暗暗心惊，不过并不十分畏惧。他们和森罗魔殿打交道也不是一回两回了，对森罗魔殿魔尊的实力知之甚详，如此霸道无双的一箭，绝不可能是森罗殿主一人射出，定是王座前群魔合力射出的这一箭。

在那白骨王座前，站着不下二三十人，其中有森罗十殿的十大殿主，诸殿护法，还有几位魔道门派的掌门，合欢宗宗主祈无颜赫然在列。

任青峰扫了他们一眼，沉声道:“魔尊此来，意欲何为？”

森罗魔尊坐在白骨王座上，仰天大笑:“哈哈哈哈，趁着仙宗大会，你们这些沽名钓誉的名门正派都在，本魔尊要一网打尽！”

众仙宗中人闻言不禁又惊又笑，这魔尊好大的口气！没错，作为魔道第一霸主，他的确厉害，可是这里可是汇聚了天下仙宗正道的所有精锐，他居然敢妄言要把仙宗门派一网打尽?

任青峰和其他十一位仙宗掌门却没有把森罗魔尊的这句话当成一句狂言。仙宗大会每十年举办一次，每逢此时，正道群英纷纷出山，正是魔道中人为之回避的时候，这一次森罗魔殿不但没有销声匿迹，而且召集了其他魔道门派气势汹汹而来，恐怕是有所倚仗的。

此时，旁边众仙宗弟子已纷纷叫骂起来：

“大言不惭！”

“森罗魔尊别是得了失心疯吧？群英荟萃之地，他竟妄言要一网打尽？”

“哈！他自以为挂了个魔尊的称号，就真当自己是魔了？自从一万年前魔界之门被封闭，真正的魔便再也不曾出现在九州大陆了。”

“就是！他们这些魔道中人，不过是当年信奉魔教，得了魔界中人传授了几手功夫的凡人，真当自己是魔吗？还想一统天下！”

森罗魔尊笑吟吟地听着，也不生气，听他们嬉笑嘲讽，脸上的笑容居然越来越盛，好像开心得不得了，听了半晌，森罗魔尊终于放声大笑，朗声道：“说得好！说得妙！与魔界失去联系，本尊便称不得真正的魔，哈哈哈哈……”

森罗魔尊仰天狂笑了一阵，笑容一收，傲然站起，睥睨四方，朗声说道：“你们可知，本尊就在不久前，偏偏就收到了来自魔界的讯息？”

他这句话是用法力说出的，整个栖霞山上成千上万的人，俱都听得清清楚楚，这句话说罢，万余人的现场，居然静寂到了极点，仿佛一根针落到地上都听得清楚。

静了半晌，爆笑声突然响起，有人笑道：“哈哈，森罗魔尊果然得了失心疯！魔界之门早已封印，天下已然再无真魔，他居然说自己收到了魔界的讯息！”

“可笑！可笑！可怜！可怜！”

“大言不惭！”

任青峰、离火真人等脸色却有些凝重，他们在空中的位置不禁悄悄移动了一下，十二人的站位，渐呈半月状，这是明显的防御阵形，不知为何，他们觉得森罗魔尊并未说谎。

森罗魔尊“嘿”了一声，这一声竟比南山老人的东篱钟发出的声音还要大，震得众人耳目一鸣，登时闭口。

森罗魔尊道：“月余前，本尊正闭关修炼，忽然接收到魔界一位大圣的神念传讯，告诉我，魔界之门很快将再次打开，叫我召集魔界同道，共襄盛举！那位魔界大圣还顺手点拨了本尊几手功夫，今日的森罗魔尊，已经不是昔日的森罗魔尊了！”

任青峰心头怦然一震，一个月前？那不正是磨刀石发出感应，屠魔剑重现人间的时间？难不成……森罗魔殿殿主说的是真的？屠魔神剑似乎重现江湖了，魔界之门也要重新打开？一万年前的神魔之战，还要重演吗？

森罗魔尊冷眼一扫众人，冷哼道：“这些年来，我魔道中人在你仙宗正道的打压之下，藏头露尾，苦不堪言，那些洞天福地，都被你们这些仙宗正派占据了。凭什么？就因为我们习的是魔功，拜的是魔神？笑话！正与邪、神与魔，不是你们这些自诩仙宗的人来决定的！你们欺压凌辱我魔道众同门多少年了？这笔账，今天也该清算一下啦！我就叫你们看看，什么才是真正的魔功！究竟是神定胜魔，还是魔定胜神！”

森罗魔尊双手一举，一袭黑袍无风自鼓，白骨王座下的累累白骨纷纷飞起，那白骨尽化作一支支的白骨箭，从四面八方将栖霞山上仙宗正道的万余人团团围住。

紧接着，那由一颗颗骷髅头组成的白骨王座也离散开来，飞临栖霞山上空，那一颗颗骷髅头每一颗周围都笼罩着一团黑雾，骷髅头幻化得有数丈大小，黑洞洞的眼孔，森白的牙齿，下颌张合着，竟然发出鬼怪般妖异的笑声。

见此威势，仙宗群雄骇然失色，立即纷纷发动本宗本派的防护阵法，一时间，半空中弦月形状、土盾形状、龟甲形状、彩虹形状，种种离奇阵法纷纷出现。

森罗魔尊狞笑："雕虫小技！本尊魔功大成，岂是你们这些半吊子的仙宗法术所能抵抗的？"

森罗魔尊右手一招，原本立在白骨王座后方的那面猩红的大旗倏然飞起，化作一面小旗飞临他的手中，森罗魔尊将小旗一摇，登时黑云漫天，将四周天空尽数屏蔽，黑云之中，一道道半透明状的幽灵鬼魅凄厉地号叫着，作势欲扑。

第五十二章　仙魔斗法

众仙宗中人顿时色变，他们已经见识过白骨箭的威力了，而此刻天空中有千万支白骨箭，不只如此，还有似乎威力更在白骨箭之上的白骨骷髅。

而如今，四周黑云笼罩，又有无数经过祭炼的阴魂幽灵游荡其中。那些白骨箭，明显是以物理攻击为主，这些幽魂则明显是灵魂攻击，而那些骷髅头，似乎又别有奥妙在其中，众仙宗中人都心中凛凛，对于魔道邪功，他们一向深怀忌惮。

森罗魔尊摇动招魂幡，将那黑云弥漫了整个天际，连阳光都遮蔽了起来，神念一动，无数幽灵便号叫着张开乳白透明的利爪，扑向各自为战的仙宗中人。

嗡~~~嗡~~~嗡~~~

幽灵们扑击在他们的防御阵法罩上，防御罩一阵阵颤抖，发出嗡嗡的声音，但也成功地挡住了幽灵们的侵入，可是那些白骨箭，却也在此时向他们激射过来。

如果这些白骨箭有方才那一箭之威，这些防御罩未必能防得住，这时森罗魔尊猖狂的大笑声再度响起："本尊神功大成，只我一人，就能摧枯拉朽，尽灭十二仙宗！"

随着森罗魔尊的这句话，那些隐于浓云黑雾中的骷髅忽然齐声大吼，那些法阵防护罩在一波波幽灵的扑击下，在一支支白骨利箭的攒射下本就摇摇欲碎，再受这诡奇的声浪攻击，顿时泡沫般破碎。

"快！祭起法器！"

众仙宗中人纷纷祭出各自法器，击向那些白骨箭、幽灵鬼魅，可还是有许多人受到了无穷无尽的幽灵袭击，一时间，炸裂的白骨箭、粉碎的法宝、漫天飞舞的幽灵、怪笑的骷髅、仙宗中人的瞋目大喝，各式武器纵横长空的光辉，交织在一起，在那浓浓黑云之中，仿佛绽放的一处处绚丽的烟火。

一时间，也不知有多少仙宗中人受伤或死去，从高空中下饺子一般纷纷坠下，也不知有多少白骨箭被击碎、多少幽灵被法器打得神魂俱灭。

在大战打响的那一刹那，俞婉儿就和汤思悦闪回了本门弟子的所在，她是百巧门掌门大弟子，这时不能不出面主持大局。至于楚渊，有四位长老级人物护持着，比留在她身边更加安全。

而与此同时，花如娇也是一个幻闪，出现在楚渊左近，身形向外，不教楚渊看到她的模样，摆出一副准备誓死抵抗的散修模样。此时一片大乱，那四位长老和楚渊都没发现到她。

眼见敌我双方混战在一起，殒命者不计其数，森罗魔尊狂笑一声，道："诸位道友，也请出手吧！"

顿时，森罗魔殿十大殿主、众护法，以及祈无颜等其他魔道门派的宗主、长老，也纷纷祭出自己的法器，招出自己祭炼的魔物加入了战团。

何洪宵赤瞳如血，十指如钩，纵横在漫天飞舞白骨箭群之中，游曳于凄厉鬼叫的幽灵之间，听着那摄魂骷髅叫人神旌摇荡的鬼叫，如闻仙乐，杀得愈发性起。

这片刻工夫，也不知有多少修道之人被他吸干精血。只是他还没有寻到息壤，此时已经有所控制，不敢摄入太多精元，否则一旦走火入魔，可也不是好消受的。

杀着杀着，何洪宵突然一眼看见了楚渊。何洪宵登时心头火起，他纵横天下，还很少受到过在泽精秘境中那样的屈辱。堂堂一代魔头，令人闻风丧胆的大高手，却在泽精秘境中，被一群捶不烂、打不碎、力大无穷、不死不灭、偏又比他还蛮不讲理的泽精打成了一条死狗，这个屈辱他实在无法承受。

此时一见楚渊，何洪宵赤红的双瞳瞬间探出寸余长的红色光芒，这是魔功发挥到极致的表现，厉吼一声，就向楚渊抓去。

楚渊此时骑着呆头鹅，正驾驭镇山宝剑却敌。他有御剑术，一口飞剑比起其他人祭起的法器更具破坏力，而且御剑术不只能产生极大的物理破坏力，还可以直接杀伤无形无质的幽灵，是以一口飞剑在他的意念控制下，纵横如电，所过之处，也不知劈断了多少白骨箭、让多少幽魂化为乌有。

此时，楚渊刚刚一剑将一只骷髅头劈成两半，巨大的骷髅被锐利的剑气劈开，向山顶摔落，可是那骷髅头分开，中间恰现何洪宵，五指箕张，双瞳血红，狰如厉鬼地向他扑来。

守御在前的两位长老立即大喝一声迎了上去，与他缠斗在一起，不远处刚刚将一个仙宗中人击得爆裂开来的魔殿长老尹寂然与何洪宵是好友，一见何洪宵在两大长老夹击下左支右绌，有些招架不过来，马上也凌空飞扑而至。

依旧守在楚渊左右的程青嵘和马长老马上不约而同地迎上去，各挺长剑，与他战在一起。

此时，任青峰正在迎战森罗魔尊。

"任青峰，只有你一个，可不是我的对手！"魔尊嚣张的笑声响彻天地，任青峰的脸色更沉一分。

以前他和森罗魔尊的功力只在伯仲之间，而这一次，才交手几个回合，他就明显不敌了，这森罗魔尊果然功力大进。

离火真人果断加入，以二敌一，森罗魔尊依旧游刃有余。南山老人喝道：“除魔卫道，我辈责任。不必讲什么江湖规矩，并肩子上！”说罢已经扑了上去，祭出东篱钟，砸向森罗魔尊天灵。

紫阳真人方才被森罗魔尊连破十三道紫阳盾，老脸蒙羞，这时也不言语，恶狠狠便加入了战团。

森罗魔尊越战越勇，笑声愈发猖狂：“你们就是全上，也不是本尊对手！十二仙宗，今日就要从大陆上除名了！”魔尊双手幻化，一股氤氲之气渐渐散逸出他的身体，在头顶渐渐幻化成一道光轮。

第五十三章　屠魔剑阵

见此情景，一位仙宗掌门骇然叫道：“森罗魔尊已经练至长生境巅峰！”

十二仙宗掌门齐齐身子一震，长生境！乃是目前修真界的最高境界，据说若能突破长生境就能成为真仙，在这个已经没有了神仙的世界，站立在长生境巅峰，就等于站在了这个世界修行的最高峰！

十二仙宗掌门目前都是长生境高手，可其中大多只是长生境初期，偶有一两个刚到长生境中期，距离大圆满的巅峰境，还有很长的一段路要走。

可是，初期、中期和巅峰境虽然同在一个境界，却有着天壤之别，并不是能够靠数量弥补这种质量上的巨大差距的。五位仙宗掌门围着森罗魔尊大打出手，居然还落了下风。而其他仙宗掌门已经无法参战了，因为这六个人的战圈，已经占据了方圆七八里左右的范围，无论是鬼物还是其他仙宗中人，根本进不了这个圈子，一旦进入，不是被他们漫天纵横的剑气所伤，就是阻碍了他们出手，使他们不得发挥。

“死吧！死吧！都去死吧！”

森罗魔尊越打越勇，南山老人持放大数倍的东篱钟撞向森罗魔尊，却被森罗魔尊一掌拍了回来，撞在他的胸口，南山老人哇地一口鲜血喷在东篱钟上，带着东篱钟倒飞出一百多丈，方才稳住身子。

十二仙宗中的金铃门门主洛惊鸿立即飞身而上，顶替了南山老人的位置。

那厢里，何洪宵窥个机会，一把扣住了马长老的手臂。马长老只觉皮肤一阵刺疼，手臂迅速干瘪如烧干的树枝。

化血魔功！

马长老倒也果断，右手长剑一挥，立即斩断了自己的手臂，否则，再有刹那工夫，他全身精血都要被吸干了。

程青嵘吃了一惊，急忙扶着马长老倒飞出去，一抬手，一颗疗伤的丹药便送进了他的嘴巴："马师弟，你且裹伤！"

程青嵘说完，一个幻闪，又迎向何洪宵，楚渊关系重大，他是不能让何洪宵伤了楚渊的。

此时何洪宵已经扑向楚渊，狞笑道："小子，老夫要把你这奸诈小辈吸成人干！"

楚渊抬手一招，满是洞眼的不起眼镇山宝剑已经飞回手中，楚渊双手举剑，大喝一声，猛地腾空而起，剑尖陡射丈余长的剑罡，凌厉无匹地劈向何洪宵。那剑上满是孔洞，随着这一劈，还发出凄厉的呜咽声，令人听来心烦意乱，似乎有扰神效果。

何洪宵吃了一惊，他可没想到那不济事的小子道行竟然精进如斯，猝不及防之下只得急急一侧身，一掌拍向剑罡。

剑罡无坚不摧，纵然他功夫远胜于楚渊，也不是可以赤手去接的，这一掌拍去，明明拍在剑罡的侧面，但楚渊手腕只微微一动，剑身动一分，长及丈余的剑罡就已整个儿侧了过来，以罡锋迎上。

何洪宵这一掌等于是直接拍在了剑罡的锋芒上，何洪宵哎呀一声，四根手指齐根而断，鲜血狂喷。

不过两人功力相差太远，这一掌拍去，楚渊剑上喷吐的剑罡也顿时缩为一尺左右，楚渊只觉手腕一阵酸软，险些持不住宝剑，显然只是这刹那接触，也被何洪宵吸去一缕精血。

程青嵘此时飞身掠来，倏然横在楚渊前面，喝道："老魔，休找小辈麻烦！"说罢一剑刺去，何洪宵顾不得左掌鲜血淋漓，就咆哮着与他战在一起。

这时，花如娇趁机掠到楚渊身旁，急声道："小弟弟，跟姐姐走！"

"是你！"

楚渊一听声音，就知道是花如娇，抬眼一看，虽然她穿了男装，却未变化容貌，可不正是花如娇。楚渊怒道："你也参与剿杀我仙宗中人？"

花如娇没好气地道："少废话！我是来杀离火真人的！可没找过别人麻烦！"

花如娇说着，已经帮楚渊挡开两个鬼物，她们这些人身上都携有祈无颜交给她们的信物，那些鬼物似乎能够辨识出来，并不攻击她们，但她们却可以对鬼物下手。

楚渊道："我不走！仙宗正道正受魔道攻击，楚渊若不战而逃，蜀山令誉何在？"

花如娇急道："愚蠢！你纵有御剑术，在这些绝顶高手面前，却也连屁都不算，留下来当炮灰吗？"

这时森罗魔尊一掌打在洛惊鸿肩头，身子一转，又拍向任青峰的天灵盖。他的脑后，一轮闪烁着黑色光芒的光圈儿，可不仅仅是长生境巅峰的象征，那光轮烁烁，可以帮他以十倍的速度凝聚天地元气，所以久战下来，他元气充沛，仿佛没有什么消耗，而与他交手的仙宗掌门却是耗损甚巨，不得不以车轮战应敌了。

任青峰双掌望空一架，虽然挡住了森罗魔尊这一掌，整个身子却是连着身下的飞鹤迅速下沉了百十来丈，险险堕及山峰。

任青峰法力一催，那仙鹤又扶摇直上，此时已另有人填补了他的空位，与森罗魔尊战在一起。

任青峰长吸了口气，平抑了一下胸中翻涌的血气，又看了一眼混战的天空，血雨纷飞，不知多少仙宗中人在苦战中纷纷殒命。

“各位宗主，结十二仙宗屠魔剑阵吧！”

任青峰的话让各位掌门都怔了一下，却在下一刻迅速朝他聚拢而来，正与森罗魔尊苦战的众宗主也迅速摆脱对手，赶到他的身边。

森罗魔尊并未趁势追赶，而是暗暗蓄势，冷笑道：“十二仙宗屠魔阵？不就是当年的蜀山屠魔剑阵吗？我倒要看看，你们十二仙宗能演出几分它的神韵！”

第五十四章　祸起萧墙

蜀山两个字清清楚楚地落在了楚渊的耳中，楚渊不由得抬头，蜀山屠魔剑阵？为何蜀山剑阵会掌握在十二仙宗手中，难不成这其中还有什么不为人知的秘密？

十二仙宗掌门也知道眼下情况危急，仙宗各派已经损失惨重，而魔道有备而来，出现的又只是一些头面人物，其弟子门人俱都不曾出现，元气未伤。如果不能及时改变这种局面，此消彼长之下，道魔之间的力量对比恐怕要从此颠倒过来了。

十二仙宗掌门按照一个奇怪的方位站好，各掐手印，默诵道诀。以这十二个人的功力，很少有需要他们如此凝重地站位诵诀了，除非是惊天动地的大道法，他们完全可以做到瞬发。

而此刻合十二人之力，居然还要做此准备，这个屠魔剑阵，定然不简单。森罗魔尊明明也知道这一点，居然并不打断，眼看这十二仙宗的诸多长老纷纷飞到他们前后护持，依旧傲然而立，一动不动。

程青嵘等长老也不曾见过这代代相传的十二仙宗屠魔剑阵，毕竟它需要十二仙宗的掌门集齐，才能发动。而十二仙宗掌门每十年才能聚集一次，不曾遇到外敌时同样不会发动。

但他们都知道这个剑阵非同小可，仅从它需要十二仙宗掌门同时出手才能发动，就知道它该是如何的惊天动地，于是，他也马上闪到离火真人旁边，凝神防备魔道偷袭。

此时，连他想要护持的楚渊也得暂时抛到一边了，楚渊虽然重要，可总不及本派掌门重要，不及这即将发动的屠魔剑阵重要。

十二仙宗掌门要联合出手，仅此一举，混战的天空便立即平静下来。魔道中人纷纷退回森罗魔尊身后，那漫天白骨、骷髅也重新凝聚成了白骨王座，数千万幽灵也都飞扑向那面猩红的招魂幡，显然森罗魔尊也并不敢大意，正在蓄势以待。

任青峰所站位置明显是阵眼，他手掐道诀，沉声大喝："以日洗身，以月炼真，仙人辅我，日月佐形。千邪万秽，逐水而清，急急如律令！"

其余十一人逐一变化手印，一人一字，皆以真气吐出，字字如雷霆："十、二、星、象、破、秽、祛、邪、皆、灭、亡！"

随着众人的法印和口诀，一道道紫中蕴青的神光缈缈而起，幻化诸般星象，最后合在一起，形成一道气势磅礴、神妙、无法形容的巨大符篆，于长空之中飘摇片刻，轰然一声，散作点点星光弥漫于天地间。

此时，森罗魔尊的法术已经收了，黑云已经收敛在白骨王座下，仿佛浓墨一般，但交战至此，天已经黑了，天空澄净，只有一轮明月当空。

但是随着这符篆化作点点星光，明月陡然更亮，柔和而不刺眼，山河沐浴其下，一草一木都看得清楚。

栖霞山下，有一条大河，大河蜿蜒于山谷之中，滚滚东向。此时随着漫天星光弥散，那条大河仿佛活了一般，化作一条巨大的水龙，冲霄而起，长龙瞬息之间就升到了半空，仰天一声龙吟，旋即炸裂成亿亿万颗水珠。

无数颗圆圆的水珠炸散开来，静静地悬浮于空中，十二仙宗掌门齐声再化手印，大喝："化形！"

无数的水珠瞬间化作一柄柄飞剑，狭长、尖锐、透明的小飞剑，密密匝匝，铺天盖地，他们仍然静静地悬于天地之间，似乎只等一声令下便要发动。

比较森罗魔尊化白骨为箭、招十万妖魂的惊人手笔，这化水为剑的宏大场面更是惊人。

正道众人为之振奋，魔道中人为之失色，森罗魔尊满面欣赏，赞道："好手段！好手段啊！蜀山屠魔剑阵，原来是这样的！却不知，由当年的蜀山剑侠施展开来，这屠魔剑阵的威势能再强几分？果然了得，果然了得啊！"

十二仙宗掌门要用法力维持这剑阵，肃立原地不能移动，但仍能说话。任青峰冷笑道："若是由当年蜀山前辈施展此阵，阵法威力能增强五倍，便是真正的魔界大圣，也要抱头鼠窜！不过，这剑阵用来对付你，却已绰绰有余了！"

"是吗？"

森罗魔尊哈哈大笑，大笑声中，祈无颜突然款款向前，娇声斥道："动手！"

正道众人一愣，如此铺天盖地神剑面前，不想着逃跑，还要动手？却不想护侍在十二仙宗周围的那些长老中，突然有几人猝然突袭，目标直指他们的本宗掌门。

砰！

南山老人首先中招，被他的一位师叔一掌拍中后心，悬于其身前的东篱钟猛地摇晃了一下，险些失去控制摔落下去。

紧接着沧浪山山主也中了招，被他的一位师弟一剑刺穿后心，鲜血淋漓的剑尖从前胸透了出来，另外几位宗主也有遇袭的，不过有的及时撤去对剑阵的维护，以自身法力抵住了偷袭，有的则是其他护法者反应迅速，将袭击者拦下了。

比如五行宗也有一位长老猝然出手，但站得更近的程青嵘反应极快，一剑横空，便将他拦下，震开两步，惊怒道："吴长老，你做什么？"

森罗魔尊哈哈大笑，大笑声中，失去控制的漫天飞剑俱又化为水滴，向地上落去。无数的水滴，顷刻间变成了一场倾盆大雨，所有的人都沐浴在暴雨之下，淋得落汤鸡一般，却无一人动作，所有人都被变故惊呆了。

众多掌门、长老都有些震惊于往昔亲如兄弟的这些同门骤然的反叛，纷纷惊愕质问，那些反叛者却是一言不发，破除屠魔剑阵的目的已达，便缓缓退向森罗魔尊身边。

森罗魔尊得意大笑："外魔易去，心魔难除！既有七情六欲，做不到太上忘情，修的什么仙？不如做一个率性而为、真我唯我的魔！"

森罗魔尊把猩红的招魂幡一举，大喝道："十二仙宗最后的倚仗业已破去！仙道已衰，魔道当立，给我杀！"

第五十五章　一败涂地

"杀！"刚刚反叛的那些仙宗长老率先扑了出来！

"杀！"森罗十殿殿主、护法和诸多魔道豪杰杀了出来！

"杀！"这一声喊，却是来自正道仙宗的阵营，一些原本结阵自保的散修突然向猝不及防的身畔的其他门派掩过去。此时他们已全无掩饰，所施道法黑气纵横，竟然都是以散修身份混入栖霞山的魔道中人。

森罗魔尊摇动招魂幡，大喝道："杀杀杀！杀他个天翻地覆、血流成河！"

随着他招魂幡的摇动，刚刚殒命摔下云空死去的那些各方豪杰尚未散去的魂魄竟然冉冉地飞了起来。那些半透明的灵魂挣扎着、凄号着，百般不愿地被吸进了招魂幡。

这些英魂一旦进入招魂幡，就被无边妖气洗去记忆，抹去尚未散逸的人性，变成了不折不扣的嗜血妖魂。方才森罗魔尊一场大战，被仙宗毁灭数万妖魂，这一下就弥补了大半。

森罗魔尊再一展招魂幡，无数妖魂便倾巢而出，白骨王座尽化利箭，骷髅凄号，漫空飞舞，将整个栖霞山变成了鬼域地府。

弥漫天地的，只有森罗魔尊响彻天地的声音：“杀！给我杀光他们！杀、杀、杀、杀、杀、杀、杀！”

杀，杀得天翻地覆。

栖霞山顶，便是修罗战场。

楚渊仗着刚刚领悟的御剑术，在这修罗场中也算一个不大不小的高手，杀得浑身浴血，身上倒是没有太重的伤势。

不远处，俞婉儿正与百巧门弟子合力抵御漫天飞舞的幽灵，有心相助，无力相援。花如娇的同门也是暗伏于内的内应，此时纷纷向仙宗门人发起了攻击，花如娇却是周旋于楚渊身畔，她身上有祈无颜打下的魔道印记，那些白骨箭、幽灵鬼魅还有咆哮的骷髅都不会向她发起攻击，所以成功地帮楚渊挡下许多凌厉的进攻。

“你这傻瓜，快跟姐姐走！”

此刻一场混战，花如娇“摸鱼儿”，帮助楚渊一时还不至于被人发现，可再拖得久了，早晚被人发现，是以愈发焦急。

楚渊也不是迂腐之人，眼下敌势强大，失败已是不可避免，仙宗门人都在竭力突围，各自逃散，以保全宗派元气，他没有同门，单枪匹马，如此下去，难免殒命，既有花如娇相助，正该马上逃走。

再者说，他今日当众使出了御剑术，因森罗魔尊猝然来袭，众人暂时顾不上他，可用不了多久，此事传开，恐怕无论正邪两道，都会找上蜀山，他得马上离开，把师父和师弟们另行安置一下。

是以，楚渊答应一声，道：“好！我们走！”

花如娇大喜，向他妩媚一笑，道：“小弟弟，这才乖！跟我来！”

花如娇飞身上前，一把牵住楚渊的手，便降落山巅，取陆路离开。此刻漫天“神佛”乱斗，法宝横飞，剑气纵横，还真不如地面安全。

谁料，这一幕情景旁人无暇顾及，偏就有人看在眼里，这人正是王浩然。王浩然败于楚渊之手，实是不忿已极。人常说，最惦念你的人，不是你的亲人，而是你的仇人，此言着实不假，王浩然拼斗之中，还不忘时时看一眼楚渊，只盼他横死当场。

花如娇牵着楚渊的手按落云头，挥手之间便驱散蜂拥而来的幽灵鬼魅，被王浩然看个正着，登时戟指大呼：“楚渊是魔道内应！楚渊是魔道内应！”

此言一出，他的许多同门都向他所指方向看去，叶金斗也不管真假，马上跟着大叫起来：“蜀山楚渊，乃魔道内应！”

眼看楚渊对此毫无察觉，与那俊俏少年匆匆逃去了，王浩然嘴角勾起一抹阴毒的笑容，落实了这个罪名，想除掉楚渊，就名正言顺了，正邪自古不两立，从此天下之大，再无楚渊容身之地！当然，就算要杀楚渊，他也要先逼出楚渊的御剑术再说。

俞婉儿擅用傀儡，而傀儡多是物理攻击，应付起无形无质的幽灵来着实吃力，那些幽灵直接攻击他们的灵魂，一个不慎，就会着了道儿，是以谨小慎微，不敢大意，竟未看到楚渊被花如娇拉着降落山头的情景。

直到楚渊已经降下栖霞山，沿着山道狂奔而去，俞婉儿这才抽空看了一眼，一见楚渊已经脱离战场，俞婉儿不禁松了口气。

汤思悦香汗津津，她主修的道法与俞婉儿不同，更适合于灵魂攻击，所以承担了抵御的主要力量，这时快要累得虚脱了。

她拭了把额头的汗水，对俞婉儿道："大师姐，快抵不住了，咱们撤吧！"

百巧门作为十二仙宗之一，综合实力还是很强的，要突围也容易些，之所以迄今不退，是为了给其他人制造脱离的机会。能做正道领袖的宗门，可不仅仅凭着超人一等的实力，还需要你能承担起责任。

如今，已经有大批仙宗中人已经脱离战场，俞婉儿四顾一眼，便果断地道："我们也撤！"

她的师父任青峰还在高空与魔道大能交手，不过那已不是他们这些人能参与的层次了，而且也不用他们操心。以任掌门的本领，如果想走，还是没人能留得住他的。

天空中大战继续，渐渐地，只剩下盘旋于高空之上的超一流高手间的对决。

远远仰望，人们看得最清楚的，是那黑云滚滚，和黑云中偶尔一现的累累白骨凝结而成的森罗王座，王座之后大旗飞扬，血红、血红……

第五十六章　魔高一丈

仙宗大会，每一次举行，都会引起天下瞩目。

不知多少默默无名之辈，因这次大会而名扬天下，而为明日之星。也不知会有多少已经成名的人物，因此而被打下神坛，蒙受屈辱。但是，从没有一次仙宗大会，像这一次一样震惊天下。

很快，消息就传开了，甚至就连凡人界都传得沸沸扬扬。

森罗魔殿率魔道群雄堂堂正正挑战仙宗大会，大获全胜！

栖霞山已经变成了栖魂山，不知多少冤魂，埋骨于此！

十二仙宗掌门，使出了惊天地泣鬼神的屠魔大阵，却被内奸破坏，功亏一篑。

十二仙宗屠魔剑阵，据说脱胎于蜀山剑派！

蜀山剑派有弟子参加了仙宗大会，还使出了传说中的御剑术！

南山宗掌门南山老人的师叔竟然暗算掌门，叛出师门，归顺了魔尊。

沧浪山山主被他的小师弟刺死，沧浪山群龙无首。

种种消息，迅速传扬天下，而有些消息，则只在修真界的一部分人之中悄悄传播着：

传说森罗魔尊已经与魔界取得了联系，还获得了魔界大圣的传授，所以才魔功大成！

传说，那蜀山剑派的楚渊，其实也是魔道中人，他的御剑术，其实也是来自魔界。

不管如何，蜀山火了，楚渊火了，这个只有一师三徒，在五行宗旁一个小山丘上苦挨度日，靠给农夫打短工养活自己的小门派，一日之间，名扬四海。

一座山谷里，楚渊坐在小河边，赤着上身，臂上缠着绷带。

花如娇坐在旁边大青石上，白生生的一双脚儿调皮地戏弄着清澈的流水。

“喂，小弟弟，接下来你打算怎么办？”

“回蜀山！”

楚渊坦然回答，没瞒着她。

花如娇歪着头，鸟儿般睇着他：“因为御剑术？”

楚渊点了点头。

花如娇道：“确实！御剑术失传已久，一旦能传播开来，于整个修真界……”

花如娇顿了一顿，道：“想不到你们蜀山默默无名，居然如此有底蕴。”

楚渊苦笑一声，没有说师父和两个师弟也不会这门功法。他虽不怀疑花如娇对他抱有恶意，但有些事还是不能说透的。

花如娇嘘了口气，道：“我得去找师父，也不知道一场大战，最后结果如何了。”

她虽这么说，神色间倒没露出多少担心，当时明显是魔道占了上风，祈无颜是不大可能遇到杀身之祸的。

楚渊道：“无论如何，救命之恩，我都要谢过。”

花如娇豪爽地挥挥手：“谢什么！你救了大姐，还不兴大姐拉扯你一把？以后呢，就是我魔道一统天下的时候，仙宗正道得夹起尾巴做人了，不过你不用担心，姐姐会罩着你的。”

楚渊哼了一声，道：“自古道邪不胜正！森罗魔尊此次猝袭得手，可也未必就能压得住仙宗！我相信，仙宗必然还有手段，不会如此轻易服输！”

花如娇皱了皱鼻子，道：“你这犟脾气，驴子一般！不过，我喜欢驴子，嘻嘻！”

楚渊却没心情与她调笑，仰首望了望天，便道：“娇娇姐，我得走了。”

花如娇有些不舍，不过两人各自有事，却也不能再缠绵下去，便道：“来日我若想寻你时，去哪里找你？”

楚渊道：“一时之间，我还不曾想过去何处安顿。不过，江湖，我总要回来的。”

说话间，他心中已经想到了一个绝妙去处："泽精秘境！"

那里的泽精确实不好打交道，不过除非触怒他们，否则他们这些天泽精灵也很少杀人。楚渊的师父一琼真人和两个师弟都是好相处的人，虽然要迁入泽精秘境有些困难，可一旦能住进去，他就可以高枕无忧了。能在泽精秘境里惹事生非的人怕还没有几个，纵然以森罗魔尊的本领，在那里也未必能讨得了好去。只是那些泽精，依其出生地而生存，终生不会远离，纵然有通天彻地之能，也只能守候在那里，无法对天下大势产生影响罢了。

花如娇听他说到这里，却是展颜一笑，道："那就好！我合欢宗消息耳目最是灵通，要寻你却也不难。"

花如娇不是矫情女子，也不惺惺作态，她利落地穿上鞋袜，道："你我这便各自上路吧！"

楚渊刚要答应，山脚下忽然转过一行人来，一眼看见楚渊，那当先一人马上叫道："是楚渊！魔子楚渊！"

楚渊一呆，蜀山楚渊什么时候变成魔子楚渊了？这是什么绰号？他却不知，五行宗王浩然、叶金斗等人到处传扬他是魔道中人，后来更是给了他一个魔道至尊森罗魔尊秘传大弟子的身份，如此一来，他就成了魔子，未来的魔尊了。

此时喝破他身份的，正是叶金斗。叶金斗这一喊，随行其后的王浩然也看到了楚渊，马上叫道："把他围起来，莫要叫他跑了。"

一行人匆匆赶过来，几乎人人带伤，其中不但有五行宗的人，还有百巧门的俞婉儿、汤思悦等人。

楚渊惊喜道："俞姑娘，你也无恙，甚好！"

俞婉儿看到楚渊，也是颜色一喜，眸波一转，看到长发披肩、容颜婉媚的花如娇，却是一怔。

第五十七章　为你亮剑

五行宗的弟子将楚渊和花如娇团团围住，王浩然看一眼花如娇，冷笑道："楚渊，此人可是魔道中人？"

花如娇见自己被人围住，心中暗惊，面上却是夷然不惧，负起双手，冷笑道："你管我？"

叶金斗道："怎么，你连自己的宗门都不敢报吗？栖霞山大战时，我可是亲眼看到那些幽灵鬼魅都是避着你的，你还敢说你不是魔道中人？"

这时花如娇已经换回了女装，不是栖霞山时男装打扮，汤思悦一眼看到她袖口合欢花，忍不住叫道：“她是合欢宗的人！”

楚渊心中一紧，花如娇见已经被人识破，挺起胸膛道：“不错！本姑娘正是合欢宗的人，你们这些丧家之犬，想怎么样啊！”

她看这些人大多带伤，形容狼狈，自然知道他们的处境不太好。

五行宗众弟子勃然大怒，纷纷拔剑指向她，楚渊立即反手握住剑柄，喝道：“且慢动手！”

王浩然冷冷一笑，对俞婉儿道：“俞姑娘，我没有说错吧，他对这合欢宗弟子百般维护，两人共处山谷，亲密无间，你还不相信他是魔道中人吗？”

俞婉儿凝视着楚渊，道：“楚大哥，你是魔道中人吗？”

楚渊沉声道：“我不是！”

叶金斗马上叫道：“魔道中人对你百般维护，你不是魔道中人？蜀山剑派早已没落，你却能突然使得出御剑术，你敢说不是受了森罗魔尊指点？你是魔尊的亲传弟子，你是魔子！”

楚渊从小到大，没少受五行宗弟子欺凌，对他们的话早已当作放屁一般，他淡淡地瞟了叶金斗一眼，没搭理他，只是看向俞婉儿，认真地道：“俞师妹，我不是魔道中人！”

俞婉儿眉头一挑，道：“真有马文才这个人吗？”

马文才这个名字，是他们二人受困泽精秘境时，楚渊随口杜撰，用来哄弄那些泽精的故事里的人物，在那故事里，这个马文才是森罗魔尊的儿子。俞婉儿这时说起，楚渊想到二人共居泽精秘境时的温馨日子，嘴角不禁也逸出甜蜜的笑意：“那是我编的！森罗魔尊姓什么，我根本不知道。”

俞婉儿脸上缓缓露出一丝笑容：“我信你！”

花如娇瞧他二人眉来眼去，心头忽然涌起一股酸溜溜的味道，忍不住挽住楚渊的胳膊，娇滴滴地道：“楚郎，你有什么好忌讳的，看他们如此狼狈，魔尊显然是大获全胜了，这些丧家之犬，何足为惧！”

楚渊眉头一皱，道：“娇娇姐，平时玩笑，也没什么。但若你不知轻重，我可要恼了你了！”

楚渊还是头一回向花如娇发火，但花如娇偏偏吃他这一套，马上敛了刻意做出来的荡意，同时放开了手臂。

叶金斗冷笑道：“现在撇清，还来得及吗？”

楚渊正色道：“娇娇姑娘确实是合欢宗的人。前番在宣弥城时，我不知她身份，见她负伤而来，曾救过她性命。娇娇姑娘知恩图报，所以在栖霞山时，出手救了我一次。楚渊是蜀山弟子，从未入过魔教，更不是什么魔子！”

俞婉儿这才恍然，不知为何，楚渊明明没拿出任何证据，可他一说，她就信了。

王浩然略一思索，道：“宣弥城？我知道了，你这妖女，就是在宣弥城刺杀我师父离火真人的那个人。”

花如娇恨声道：“可惜那老狗命大，没有宰了他。那老狗可死在栖霞山了吗？”

叶金斗冷哼道：“我五行宗掌门道法高强，谁能杀得了他！”

花如娇绽颜一笑，道：“那就好！早晚要亲手结果了他，我才甘心！”

王浩然厉声道：“大言不惭！”

王浩然看了楚渊一眼，突然心生一计，道：“楚渊，你说你不是魔道中人，好！这妖女被你救了一次，又救你一次，也算是两清了！现在，你是仙宗正道，她是魔道妖人，你杀了她，我就相信你说的话！”

楚渊一听就洞悉了他的心思，淡淡答道：“楚渊是个什么样的人，不需要你认可！我救她，是无心之举！她救我，是有意为之！我欠了娇娇姑娘的！又岂能举剑相向？”

楚渊说到这里，回首看了花如娇一眼，递个眼色，道：“你走吧！”

花如娇见他冒着身败名裂的危险，尚且如此维护自己，心中不由得一暖，脸上却是笑靥如花：“我若走了，你怎么办？这些人面目可憎，有什么好相处的，不如你就跟我走了吧。”

楚渊摇头：“楚渊头上顶着蜀山这块招牌，入不得魔道！你快走吧！”说着已是缓缓抽出那口毫无卖相可言的锈剑，显然是要掩护她离开。

王浩然厉声大喝：“楚渊，你要纵此魔道之女离开，你就是魔道！”

楚渊冷冷地道：“何谓魔？何谓正？栖霞山上，那些猝然出手，刺杀十二仙宗掌门，毁了蜀山屠魔剑阵的人，都是仙宗正道！都是仙宗正道中有头有脸的人物！正道中可以有行魔道之事的人，魔道之中，难道就人人该杀，没个好人了吗？”

王浩然缓缓抽剑，声色俱厉：“任你舌灿莲花！楚渊，你若纵她离开，从此就是魔道！人人得而诛之！”

楚渊不语，亮剑，用行动做出了回答。

第五十八章 重回蜀山

王浩然狞笑一声，道：“杀！两个人都杀了！”说着却是目光闪烁，想着关键时刻总要留下楚渊一口气来，才好逼问御剑术的秘密，只是有百巧门的一群人在旁边，怎么打发离开才好。

这时，俞婉儿却说话了：“摆阵！”

叶金斗喜道：“俞姑娘深明大义，如此奸邪，正该人人得而诛……”

话还没有说完，叶金斗的眼珠子突然凸了出来，结结巴巴地道：“俞姑娘，你……你这是干什么？”

俞婉儿缓缓走到同门摆下的大阵阵眼处站定，望着王浩然和叶金斗等人：“我相信楚渊的话！楚渊不是魔道中人！楚师兄救过婉儿一命，如今楚师兄有难，婉儿岂有坐视之理？”

王浩然惊愕，怒道：“俞姑娘，你要为了楚渊，包庇那魔道妖女？”

俞婉儿垂下眼帘，道：“婉儿只是要为救命恩人，出一臂之力！至于那位姑娘，如果她真有什么大奸大恶之事，我不会放过她！我相信楚师兄也不会放过她！如果她没有做过什么奸恶之事，出身魔道，不是取死之由！”

王浩然怒吼：“她曾刺杀我的恩师离火真人！”

花如娇心中一痛，尖声道：“离火老狗杀我父母，我父母不曾做过一件坏事，只因我的母亲出身合欢宗，他便杀了我的母亲，还有我的父亲，他的亲师弟！我为父母报仇，何罪之有！”

五行宗这件事，江湖上多有传闻。许多门派的长辈都会对晚辈说起这件事，希望晚辈引为教训，免得和魔道中人有所瓜葛，最后闹个身败名裂。

是以，俞婉儿也是听师门长辈说起过的，此时听花如娇一说，才知道她就是那个故事中幸存下来的女婴。她回头望了花如娇一眼，道：“不想楚师兄为难的话，还不速去！”

花如娇微一犹豫，狠狠一跺足，腾空而起，身下青鸾展翼，直飞云霄。王浩然作势欲追，俞婉儿皓腕扬起，已经准备出手，王浩然这些人个个带伤，虽然不信俞婉儿等人真会和他们拼个你死我活，可真要耗尽气力，再有魔道中人追上来怎么办？

王浩然心存顾忌，只得恨恨住手，俞婉儿没有回头，只是说道：“楚师兄，你也离开吧！”

楚渊情知此刻留下不如离开，他感激地看了一眼俞婉儿靓丽的背影，沉声道：“山高水长，后会有期！”

一声剑吟，悠然不绝，楚渊已腾空而起，这一次，他乘的不是呆头鹅，而是踏上了飞剑。楚渊双足一踏上去，那剑迅速扩大十倍，变成一柄巨剑，楚渊停在空中，又回头望了一眼俞婉儿单薄而挺拔的背影，只一闪，身影便已消失在天际青云之间，较之呆头鹅或者其他人的什么飞行符箓，速度快了何止十倍！

一人一剑，瞬息千里。

楚渊能明显地感觉到，御剑术与飞行符箓的不同。两者虽然都是载着人在天上飞，可那区别……

乘飞行符箓，就好似乘着热气球，而御剑而行，却是驾驶着战斗机，两者虽然都是腾空而行，实在没有可比之处。

剑横长空，飒若流星，剑尖处自动逸出剑罡，形成一道弧形防御罩在前方，不虞狂风扑面，风沙迷眼。

楚渊新奇的感受渐渐过去，察觉这剑随心意而动，倒不必一直拿捏着架势站着，便坐了下来，俯瞰天下，大好河山，转眼便过。

楚渊从蜀山赶往风阑城，驾呆头鹅而行，日行夜宿，耗时二十多天，此刻御剑而行，却不过小半个时辰，便见到了熟悉的地理，知道到了蜀山范围。

楚渊放慢速度，降低了高度，看到那处熟悉的山头，便接近过去，老远就见二师弟朱平安和三师弟陈厚正持木剑在山头习武较量。

楚渊心念一动，突然加快了速度，剑化虹光，绕着山巅疾旋了几匝，剑罡破空，发出殷殷风雷之声。

朱平安和陈厚听见大晴天的打雷，愕然抬头，就见一道虹光绕山疾旋，隐约可见那道虹光之上，似乎站着一个人，只是因为速度太快，人也幻出了一个个虚影。

朱平安张大了嘴巴，手中木剑吧嗒一声落了地，忽然扯开嗓子吼了起来："师父，快来看剑仙哪！"

第五十九章　未雨绸缪

"剑仙？屁的剑仙！要说剑仙，天下间还有比咱蜀山更多的吗？想当初……"

一琼真人拎着酒葫芦，摇摇晃晃地从小破屋里出来，望空一瞧，脸色倏变。

楚渊看见师父，却不敢再加戏弄，意念一动，立即悬停于空中，朱平安和陈厚见了更加惊讶，陈厚指着楚渊，结结巴巴地道："是大师兄！大师兄，羽化成仙了！"

楚渊听了也不禁好笑，急忙落在山上，向一琼真人屈膝拜倒："师父，弟子回来了！"

"渊儿，真的是你！"

一琼真人又惊又喜，上前扶住楚渊，道："你这飞行符箓，是何人帮你炼化，比起为师那呆头鹅，可强了千倍万倍。咦，这飞行符箓是剑形的？奇怪，样子怎么这么熟悉？"

楚渊道："师父，这不是飞行符箓，这就是师父您送给我的那口镇山宝剑！"

一琼真人张口结舌道："啊？此剑……此剑可以乘御吗？原来它还有这样的功能，为师却是不知……"

楚渊激动地道："师父，不是此剑可以乘御，而是……弟子练成了御剑术！"

吧嗒！

一琼真人的酒葫芦落在地上，掺了百花酿的酒水汩汩流出，那是一琼真人用来喂食体内暖阳酒虫的救命酒，可他却恍然未见，一把揪住楚渊的衣服，颤声道："你说什么？御剑术？御剑术！你从哪儿得来的御剑术？"

楚渊道："此事说来话长……"

一琼真人打断他的话道："那就长话短说！"

楚渊一囧，却也明白难怪师父着急，任是哪一个修真者，听说失传已久的御剑术重现人间，如何会不急切。

楚渊便帮师父捡起酒葫芦，一起在石上坐了，楚渊就把此行仙宗大会的事情对一琼真人说了一遍。什么森罗魔尊奇袭栖霞山，什么十二仙宗屠魔剑阵，一琼真人全不在乎，只是不敢置信地追问道："于是，关键时刻，你就领悟了御剑术？"

楚渊道："弟子觉得，在桃花源荒域祖地听到的那个神秘声音所说的传承，应该是真的，只是弟子当时不解，不明白如何获得这传承。现在看来，应该是前辈高人直接用莫大神通，把那传承放进了我的识海……"

楚渊指指大脑，道："弟子每次练功，都能感觉到识海中多了一柄被浓稠的金云笼罩的巨剑，弟子一直想走到那巨剑旁边，可是功力不济，每进一步，都不知要耗费多少力气。那一日，王浩然以定魂枪刺下，弟子眼看不敌，就要丧命当场，识海中突然金云离散，现出那柄巨剑，剑上无数纹络，其中有一缕突然变得巨大而清晰，却是一句剑诀……"

楚渊闭上了眼睛，虽然他早已把那句剑诀背得烂熟于心，还是情不自禁地闭上眼睛，努力回忆了一下，才一字字地说了出来。

说是一句剑诀，却是一篇如何导气运行、驾驭法器的心法。只不过上古年间的文字较之现在古朴简拙了许多，一个字常常蕴含了十几个字的含义，所以这一句剑诀仅十三个字，实际上却相当于一篇百十来字的御剑心法了。

若换一个普通的修真者，光是要理解这简短的十三个字且不出现错误，怕都得费上极大功夫。好在蜀山剑派传承久远，而且没落后与其他各派极少交流，因此没有与时俱进，修行时所习所用的文字和口诀，还是上古年间蜀山剑派的文字形式，楚渊才能一听就懂。

同样的，一琼真人和朱平安、陈厚，也是一听就懂。一琼真人理解得甚至比楚渊更深，只一品咂，就知道这是一篇真正的御剑心法。一时间，一琼真人竟然痴了："御剑术！真的是御剑术……"

一琼真人喃喃自语，两行混浊的老泪滚滚而落，他是喜极而泣，他知道，蜀山复兴有望了。不凭别的，就凭这门御剑术，蜀山就可以在修真界中重新拥有一席之地。

楚渊道："弟子感觉很奇怪，为何那金剑进入弟子的识海中，便没有动静了。为何在弟子危及关头，金剑才主动打开识海，将这御剑术传授给弟子，如果真是我蜀山前辈将传承给了弟子，为什么不早早让弟子明白呢？"

一琼真人醒过神儿来，正色道："不可置疑前辈！前辈高人既然这么安排，必有深意。不管什么功夫，都要循序渐进，想来是怕你贪多，根基不稳，重蹈师父的覆辙。"

楚渊道："是！"

楚渊想了一想，道："对了，弟子在仙宗大会上露了一手'御剑术'，现在整个天下都知道了。恐怕不只仙宗正道各派，就连魔道中人，也会追索弟子下落。弟子担心他们找上师门，所以急急赶回，弟子有御剑术，到得早些，但若再迟些，恐怕一些道行高深的人，也会赶到了。其中恐不乏有人会巧取豪夺，谋夺我蜀山功法，所以……师父，两位师弟，这里待不得了，咱们得马上走！"

一琼真人醒悟过来，惊道："不错！匹夫无罪，怀璧其罪。我蜀山没能力保此神功，难免不会被人所害。可……我们该避到哪里去？"

楚渊微微一笑，道："弟子心中，倒是有个极好去处！"

第六十章　避难桃源

一辆小货车，车上泥娃娃、布偶、拨浪鼓、兽棋、捶丸、毽子、掷箭壶、抱着大鲤鱼的胖娃娃的年画等嬉戏用具一应俱全。蜀山大弟子楚渊就像一个走街串巷的货郎，带着一琼真人和两个师弟，沿着那座山洞走到了尽头。

泽精们移来了十几户人家，就在洞口处住了下来，此刻那里已经起造了十几幢小屋，高度大约到成人腰部，瞧来仍是极小，对泽精们来说，却已是非常宽阔高大的屋子。

这是泽精们通往外界的唯一通道，虽然他们一生都不会远离出生地，却也不愿就此封闭了唯一通往外部世界的渠道，所以只是遣人看管，并未用什么手段堵死。

楚渊等人一到，泽精们就警惕地拥了过来。

"且慢且慢！各位各位，这里是老村长的手谕……"

楚渊笑眯眯地把手谕递过去，一个老泽精接过去看了看，狐疑地道："这上面只说你要出去，让我们放行，可没说你还要回来，而且还带着别人啊？"

楚渊笑容可掬地道："老人家，这上边没说我要回来，可也没说，不准我回来呀，你说是不是？事情是这样的，我上次是出去办事儿，事情办好了，自然要回来。喏，你瞧，这车上，就是奉老村长之命，采办的东西。"

楚渊说着，顺手从车上取下一幅年画儿，递给那老泽精："小小礼物，不成敬意，还请老人家笑纳。"

这些天泽精灵活在这世外桃源，虽然努力学习人类，可哪曾真个接触过人类世界。一瞧那花花绿绿的年画，再一瞧那画上憨态可掬的大胖小子，登时爱不释手。只是那画是按照人类社会设计的，那老泽精接在手里，得踮着脚尖儿才能把那画完全放开，一幅画，比那黄衣黄帽的老泽精还要宽大些、还要高一些，瞧它举着画沿儿的样子，着实可爱。

一琼真人和朱平安、陈厚，也早受过楚渊提醒，万万不可见了这些泽精便大惊小怪，要把他们当成司空见惯的人类，他们才会觉得欢喜，是以三人神色从容。

朱平安还从车中拿出一根棒棒糖，递给一个泽精小孩儿，笑眯眯地道："小朋友，这根棒棒糖送你吃！"

那泽精小孩儿其实也力大无穷，问题是他力气再大，身子总是矮小的，不借助大地之力时，他也不能变化身形，变成上次那样的巨人，于是这一根棒棒糖，对他来说，不亚于一面大鼓大小。

那泽精小孩儿像是抱着一面大鼓，接过棒棒糖，连前边的路都看不见了，跌跌撞撞往回就跑，其他几个小泽精立即追了上去，一群泽精小孩子吵吵闹闹的。

泽精老头儿笑眯眯地回头看了一眼抱着棒棒糖，因为看不见路，失足一跤摔下山坡的小孙子，又转向楚渊，忽然笑脸一收，将那卷起的年画儿往身后一藏，警惕地道："这是不是就是你们人类说的行贿啊？"

楚渊一脸委屈，道："老人家，看您这话儿说的，什么你们我们的，咱们大家都一样有手有脚，有五官四肢，不都是一样的吗？再说了，这怎么能叫行贿呢？我图您老什么啊，这不是看您老守护桃花源辛苦，一点小小心意嘛。"

泽精老头儿从善如流，抚着胡须连连点头："有道理！有道理，那你进去吧！"

"好嘞！"

楚渊向朱平安使个眼色，朱平安马上推起了小车儿，楚渊则对那泽精老头儿道："老人家，我们进去了哈！对了，忘了跟您老人家说，用不了多久啊，可能就会有一些大恶人要闯到这里来……"

泽精老头儿一怔，奇道："这里除了你，还很少有人来的，是哪些恶人要来？"

楚渊道："那可就多了，有男、有女，有的一看就是坏人，有的还会装成好人，他们有的像上次那个大恶人一样，要来桃花源找息壤，还有的是要烧光泽精村，把泽精村的小美人儿全都抢回去做老婆！"

泽精老头儿勃然大怒，要说到领土意识，还有比这本就是从土里诞生的泽精们更强的吗？黄袍老头儿立即领着众泽精攘臂高呼："寸土必守，寸土不让，誓把一切侵略者，打个稀巴烂！"

趁着他们高呼口号做战前动员的当口儿，楚渊已经跟着小车儿进了泽精村。

第六十一章　风萧萧兮

"马才文嫉恨交加，请出了他的父亲杭州太守……"

"呀！不对啊，小渊渊啊，你上次不是说那马文才是森罗魔尊之子吗？"

楚渊面不改色："是的，那马太守……暗地里是森罗魔尊，奸淫掳掠，无恶不作，表面上却是一方太守，地方大员！"

楚渊："马太守悍然出手，十二仙宗都是在地方上有产业的帮派，哪里能抗拒他发动黑白两道势力的压迫呀，婉儿为了师门，为了避免马太守加害于我，只好自我牺牲，含泪决定嫁给马文才！"

泽精们怒了："太无耻了！"

"太残忍了！"

"生生拆散了一对情侣啊！"

"人间悲剧，莫过于此！"

"打倒马文才！"

"打倒马太守！"

"森罗魔殿去吃屎！"

"十二仙宗窝囊废！"

一群小黄人儿攘臂高呼，群情激奋。

楚渊擦了擦并不存在的眼泪，向下按了按双手："肃静！大家肃静！婉儿为我做出偌大牺牲，如果我就此做了缩头乌龟，还配做她喜欢的男人吗？"

"不配！不配！去把婉儿抢回来！"

小黄人儿们很配合，楚渊提高了嗓门："不错！我是不会罢手的，我要去把婉儿抢回来！所以，我才把师父和两个小师弟带来，托付给各位乡亲父老！"

楚渊拱手，长揖："拜托诸位父老，帮我照顾他们，我这一去，也就安心了。"

小黄人儿纷纷长揖还礼："楚渊，你就放心大胆地去吧，你的师父和师弟，就交给我们了！谁也不敢到我们泽精村来欺负他们的！"

"多谢！"

楚渊声音颤抖，充满悲怆："诸位父老贤达如此仗义，楚渊感激不尽。楚渊一定打败马文才，击溃森罗魔殿，接回婉儿！"

楚渊行了一个罗圈揖，向一旁听故事听得张口结舌的一琼真人和朱平安、陈厚使个眼色，推着他们进了门，在满院子小黄人儿扼腕叹息中，"悲悲戚戚"地掩了房门。

这幢房子，当然还是黄衣泽精老头儿的酿酒房。

一琼真人结结巴巴地道："什么杭州太守、马文才，这都是什么乱七八糟的。"

"嘘~~~"

楚渊扒着门缝向外看了一眼，这才低声道："泽精喜欢模仿人类，但是他们一辈子都不会离开自己的出生地，所以手中只有几本不知从哪儿搜罗来的人类世界的书籍，便照那书中所载模仿人类。我编这故事，他们爱听。诺，这不，听了故事，他们就收容了咱们，还答应每日供应师父纯正的百花酿呢。”

一琼真人茫茫然地点头：“原来如此。”

楚渊道：“这些泽精，只要你投其所好，其实也不算难缠。每天不用干别的，给他们讲点或喜或悲的故事，他们就会非常开心。”

朱平安眉开眼笑地道：“这事儿我在行，大师兄放心吧！”

一琼真人担忧地道：“渊儿，你真要离开桃花源？”

楚渊道：“是！仅凭一个御剑术，还不足以重振蜀山声威。何况，如果我就此避世不出，外界恐怕更要把我说成魔道中人，说我蜀山投靠了森罗魔尊，那时该怎么办？我蜀山若就此避世不出，与断了香火有什么两样。再说……”

楚渊抚摸着那柄满是锈洞的镇山宝剑，低沉地道：“蜀山传承藏于识海，仅凭我的修行，恐怕直到死，也不可能一窥那传承之剑的全貌，我需要出去，找到解开它的办法！”

一琼真人点了点头，轻轻叹了口气道：“师父旧伤难愈，已经近乎废人，蜀山的一切，都担在你肩上了，渊儿，无论如何，你一定要保全这有用之身！”

楚渊点点头，道：“事不宜迟，那……弟子这就走了！”

楚渊走到门口，复又向跟上来的一琼真人和朱平安、陈厚爽朗地一笑：“你们不要出来送了，要不……我心里不好受！”

一琼师徒三人站住脚步，目送着楚渊走了出去。

“啊！楚渊，你这是要去抢媳妇了？”

“是啊！”

“好好好，这才对！管他什么马太守森罗殿，干丫挺的！”

“谢谢大爷！”

楚渊一路走，一路寒暄，刚出酒房的大门儿，宝宝气喘吁吁地迎了上来，后边跟着一帮泽精小孩儿，宝宝手里还捧着一部破破烂烂的古书。

楚渊的目光登时定在那古书上，心道：“什么东西，莫非是什么道法秘籍？”

却见宝宝跑到楚渊身边，大声道：“大个子，你要去打坏人，救小媳妇了，宝宝不知该怎么送你才好。方才费了好大劲儿，翻阅爷爷的藏书，找到一首说是用来送行的歌，我和小伙伴们都学会了，要唱给你听！”

楚渊哑然失笑，是啊，怎么可能秘籍满大街的可捡，自己真是想多了。他蹲下身，轻轻捏了捏宝宝红通通的小脸蛋儿，微笑道：“好啊！谢谢宝宝小妹妹，那你们就唱给我听吧！”

“嗯！”

宝宝用力点了点头，和那群小泽精迅速站成两排，看样子是要等楚渊走时再唱。

楚渊向他们笑笑，便从他们中间大步走了过去，身后，传来了宝宝等一群小泽精苍凉悲壮的大合唱：“风萧萧兮易水寒，壮士一去兮不复还……”

楚渊一个踉跄，险险跌个跟头。

第六十二章　东海长流

采菊东篱下，悠然见南山。

南山究竟在哪里？

南山，天下各地很多地方都有一座山叫南山，但是在修真界，却只有一座南山，那就是位于南海之滨的南天一柱。

南天一柱，奇峰突起，直入云霄，从地面上仰望上去，仿佛上连苍穹。

此刻，南山已经启动了护山大阵，山势四周，时不时有类似符文的闪电乍然一现。

南山之巅，钟形的东篱阁。这座宝阁，就是南山老人的东篱钟所衍化，衍化成阁时，却是高有十三层的一座古朴神殿。此刻，正有九个人坐在神殿最高层，香烟袅袅，宝相庄严。

坐在正中的是此间主人南山老人，南山老人在栖霞仙宗大会上被他的师叔偷袭了一掌，此刻伤势未愈，原本红润的脸上微微泛着一抹苍白。

南山老人道：“当年，师父欲传位给我时，小师叔也是欣然同意的，我怎知他竟是心有不甘，只是畏惧师父威严，假意奉迎。竟尔因此失了道心，被森罗魔尊诱惑，甘愿堕入魔道，唉！”

百巧门任青峰道：“南山道兄，不必感叹了。你福大命大，只是受了伤，可惜沧浪山山主被他师弟刺死，如今沧浪山已经分裂为两派，一派投了森罗魔殿，另一派另起山门，现在内斗斗得一塌糊涂。”

金铃门洛惊鸿苦笑一声道：“诸位道兄，如今森罗魔尊咄咄逼人，率领精锐，不断挑战各大仙宗。恐怕不日就要杀到南山，这护山大阵也未必挡得住魔功大成的他。沧浪子惨死，十二仙宗屠魔大阵已经无法发动，就算另找人修习屠魔剑阵，没个三年两载，他也是练不成这等高深复杂的剑阵的，时间不等人哪，我等该如何是好？”

任青峰想了想，道：“五行宗离火真人为什么还没有到？”

南山老人道：“他说吴长老叛逃魔教，吴长老在五行宗内势力庞大，他得回去先清理门户，随后再赶来。”

洛惊鸿冷哼一声道：“恐怕回去清理门户是假，觊觎蜀山御剑术是真！”

任青峰苦笑一声，道：“且不管离火道兄是何目的，他终归是我正道中人，蜀山已然没落，徒自保留着一门御剑术，也难以被他们发扬光大，如果离火真人真能学会御剑术，总是会壮大我仙宗力量的。”

莲花宗掌门悲苦大师捻须道："那楚渊十分警醒，栖霞山大会之后，便迅速迁走了他的宗门，现在无人知道他们的下落。离火真人又往何处去寻呢？"

听他语气，显然莲花宗也是派人找过楚渊的，不过，何止是莲花宗，其他门派又何尝不曾找过楚渊。他们要找楚渊，倒未必一定打着巧取豪夺的想法，比如百巧门的任青峰，他想找到蜀山剑派，以一门本门绝学来交换御剑术。

御剑术是一门可以发挥法器最大效力的功法，却也不是独步天下的神功，蜀山剑法没有高明道法，凭着那些微末之技，纵然有御剑术的加成，也不能唯我独尊。

而百巧门则是掌握着高深的道法，迫于人与法器之间的隔阂，无法把它发挥到极致，如果以一门神功交换，对彼此都是有益处的。

但是，谁也找不到楚渊，楚渊仿佛凭空消失了。知道泽精秘境的，只有百巧门、五行宗还有森罗魔殿。任青峰曾亲访泽精秘境，奈何那些守山的泽精都被楚渊洗了脑，任你如何解说，就是不肯放他进去。

任青峰对泽精这种奇怪的生物也是比较了解的，深知在泽精的地盘上，根本就是没人能奈何得了他们。简而言之，他们就是大地，就是大地人化的表现，试问一个人怎么可能揪着自己的头发提起来？没有毁灭大地之力，又如何伤害这些泽精？任青峰只好无功而返了。

他估计，五行宗此刻应该也是去探访秘境了，如果说蜀山剑派真能一夜之间便消失，让天下人都找不到，那么他们藏匿于泽精秘境的可能性便非常大，只是不知离火真人是否也要铩羽而归。

洛惊鸿略一沉吟，徐徐地道："听说，楚渊是投奔了魔教，拜魔尊为师，这才习练了御剑术……"

南山老人喟然道："江湖传闻，不必理会了。那魔尊自己，也是不会御剑术的。否则就凭他如今魔功大成，再掌握了御剑术的话，我们这些人，能不能有一半活着从栖霞山离开，都不好说。"

洛惊鸿点了点头，沉默片刻，涩声道："御剑术虽是一门难得的心法，可就算你我全都练会了，恐怕依旧不敌如今的森罗魔尊。众仙宗掌门会合在一起，或者尚有一搏之力，可你我各派散布于九州，总不能从此合在一起，这样一来，被他分而击之，后果……不堪设想。"

任青峰点了点头，道："这也是我没有耗费精力继续去寻找楚渊的原因，欲救仙宗正道，不能寄望在他的身上。"

南山老人摊手道："森罗魔殿究竟在哪里？我们一直不知道，而我们的山门，森罗魔尊却一清二楚。他随时可以来寻我们的晦气，我们却只能被动等待，长此下去，必败无疑，谁能力挽狂澜？"

一位一直默然不语的老者突然说道:“你们可还记得……盗墓者?”

众人皆是一呆，过了半晌，洛惊鸿才道:“东海长流子?”

第六十三章　星睿塔主

东海长流子，和大多数仙宗修真者的称呼一样，前边是他所属的门派，后边是他的道号或称呼。

东海长流子，就是东海门的弟子长流。

东海门，也是一个被仙宗各门派近乎遗忘的门派了，它如今的江湖地位，并不比一琼守候的蜀山强多少。

不过，东海门曾经出过一位奇才，或者说是奇葩，从而让这个几乎已被仙宗各派遗忘了的小门派大大地出了一阵风头，因为东海门出了一个盗墓者。

坟墓是维护祖先精神权威、体现宗族凝聚力的象征，保护冢墓，是一种从上到下，贯彻到整个社会的一种道德准则。盗墓，那是比杀人掳掠还要让人不齿的行为。

俗世之中，有发墓者诛的律条，修真界中，则把盗墓者视为比采花淫贼更卑劣无耻的人。可东海门，偏偏就出了这么一个盗墓者。他盗的当然不是还有后人看护的墓，如果是那样，东海门早被灭门了。

他盗的都是无主的古墓，踢寡妇门、刨绝户坟，那更是令人唾弃，被人诅咒不得好死必遭报应的事情，他的如此举动令东海门为之蒙羞，不但公开将他逐出门墙，而且掌门人不止一次率人寻找，想杀了他清理门户。

长流子盗墓，并不盗普通人的墓，图的也不是墓葬中的金银财宝。长流子是个修真的武痴，一心钻研道法，可惜东海门没落，根本没有多么精深的道法供他学习。

这长流子天资聪颖，智慧过人，没用几年工夫就已将师门道法全部贯彻领会，又没有新的道法可以学习，便走遍名川大泽，寻访隐藏其间的上古修真者的坟墓，一一发掘，试图从中找到一些道法诀要。

那些修真者的坟墓里，大多没有全本的完善的道经法典，毕竟有坟墓证明当时有后人，哪会把师门心法冒着泄露的风险放在墓里的道理。

不过，总有一些修真人士，天年将近时，会把平生得意绝学或者自己领悟的一些心得体会，卖弄似的留在墓葬中。就凭着这些支离破碎、毫无系统，其实根本无法领悟学习的口诀道法，聪颖至极的长流子居然从中揣摩体悟出了许多心得。

于是，他盗的墓越来越多，道法也越来越精深，而且由于他发掘的坟墓分别属于不同的仙宗门派，道法庞杂无比，竟尔让他渐渐综合悟出了属于他自己的一派道法，俨然是一派宗师了。

此时，他盗墓的举动也渐渐传开了，东海门倾巢出动，想清理门户，倒也曾经找到过他，却根本奈何不了他，后来东海门无奈，求助于十二仙宗。

十二仙宗对他的倒行逆施也是深恶痛绝，于是派出四位长老，陪同东海门找他算账。

他们找到了长流子，一场大战，这时才发现长流子已经进入长生境初期境界，与十二仙宗掌门相比也不落下风。四大长老联手，又有东海门众人出手，几乎还是不能力压长流子。

不过，长流子对东海门始终留着一丝香火情，不忍加害，出手难免有所束缚，对四位仙宗长老同样不敢下辣手，最后双方才斗个两败俱伤。

十二仙宗闻讯，也不禁吃惊于这长流子是个千年难得一见的修真天才，况且他除了掘无主之墓，实在没有其他的恶迹，最后双方各自妥协了一步，达成了一个条件：

长流子离开九州大陆，十二仙宗放弃追杀！

从此，盗墓者长流子从九州大陆上消失了，几十年过去，已经很少有人还能记起他的名字。

此时那位掌门一说，众人才想起此人。

那位老掌门道：“长流子天资出众，凭着些发掘来的支离破碎的道法诀要，居然被他悟出一身自成系统的道法，踏入一代宗师的长生境界，那时，他才不过三十岁啊！”

他长长地叹息了一声，道：“以此人的资质，这数十年下来，应该业已练至长生境巅峰了！”

任青峰动容道：“霍掌门是说，找到长流，请他出山？”

霍掌门缓缓点头：“恐怕只有长流出手，才能遏制魔尊了。”

洛惊鸿蹙眉道：“长流子是被十二仙宗逼出九州的，他肯为十二仙宗出面？”

那霍掌门微微一笑，道：“长流确实行径古僻，但是此人其实宅心仁厚，并非坏人。你以为我十二仙宗如此好说话，答应他退出九州大陆就了事了吗？其实当年，我们还有过第二次较量，那次，有两位仙宗掌门出手，我……是其一……”

洛惊鸿和任青峰年纪较轻，都是这二三十年才继承掌门之位，不知其事，不禁矍然一惊。

霍掌门缓缓道：“我又败了！而且，当时我刺了长流一剑，他本有机会一掌打得我神魂俱灭的，可他受了我一剑，还是没有下手，我今天才能好端端地活在这里。”

众人耸然动容，这长流子竟然这么厉害？以三十岁的年纪，独自力战两位十二仙宗掌门，居然还有机会杀死对方？

霍掌门道：“也正因如此，我才向当时的十二仙宗掌门提出，达成和解，不能对长流一诛了之！”

席上还有几位老掌门轻轻点头，显然这接下来的事，他们是经历过的。

任青峰道:“这样的话，今时今日的长流子，说不定倒真拥有和魔尊一较高下的本领，只是……他目前在哪里呢?”

众人面面相觑，昔年长流子答应退出九州大陆，不久便销声匿迹了，这数十年来，完全没有他的消息，要到哪儿去找他?

洛惊鸿想了想，忽然道:“何不去星睿塔，询问星主?”

第六十四章 瞬息千里

众人面面相觑，南山老人道:“星睿塔遗世而独立，向来不问人间是非，他们会帮我们占这一卜吗?”

洛惊鸿道:“何妨一试?我们十二仙宗出面，这个面子，她总得给吧?何况求助于她的，只是问一问长流子的下落，并非天下大势，耗费她太多力量。”

要对付日益嚣张的森罗魔尊，就得找到长流子，要找到长流子，无异于大海捞针，除非知道他的去向，如此一来，除了求问于星睿塔塔主，貌似也真没有什么好办法，众人思量半晌，最后终于同意。

星睿塔，屹立于九州最北方的雍州北方雪原，受当地蛮族供奉。

它的神奇之处在于，没有人知道它屹立于神州究竟多少年了，似乎开天辟地的时候起，那里就有一座星睿塔。而星睿塔塔主，也没有人知道她究竟是什么人，万年以降，人们也陆续知道，这星睿塔塔主，是一个女人，仅此而已。

即便是中州最雄才大略的一国之君，携无数金珠玉宝前去求星主为他卜算一卦，也不曾见过星主其人，而只闻其声，从其声音，才知道她是个女人。

这位星主拥有神奇之术，观天望星，可知过去未来。不过，对于仙魔两宗之争，星睿塔从不干涉其中，在十二仙宗看来，星睿塔确有秘术，可以观天望云，占卜未来，可这星睿塔甚至连普通的武功都不会，更不用说是修真道术了，是以也从未把它当成江湖的一分子。

而现在，这些修真奢望成仙的人，却不得不求助于这个在他们眼中不伦不类的星睿塔了。

众人商议一番决定由任青峰、洛惊鸿分别携带几位门人，代替大家去北方雍州。

森罗魔殿气势汹汹，正道领袖不能尽数离开，而且任青峰和洛惊鸿正当盛年，经得起跋涉，其他各位掌门年岁已高，气血渐衰，与森罗魔尊一战更是伤了元气，禁不起折腾了。

洛惊鸿和任青峰马上各自带了唐冰、俞婉儿、汤思悦等人启程前往雍州。特意让他们去还有一个原因，除了任青峰，她们都是女人，而星睿塔塔主也是女人，女人和女人之间，总是好沟通一些。

任青峰和洛惊鸿带了几个弟子，离开南天一柱不久，便有一道剑虹划破长空，直奔南山。来者正是楚渊。

楚渊安顿好师父和两个师弟后，便去寻找任青峰。在他看来，百巧门门主任青峰开明一些，比较好沟通。另外俞婉儿是百巧门少门主，有她在对自己也有帮助。

谁料楚渊赶到中州风阑城，才知道栖霞山大战之后第三天，森罗魔殿就卷土重来，强攻百巧门的山门，打破山门，百巧门死伤惨重，任青峰带弟子遁往他处去了。

楚渊好不容易打听到他们去了南山派，楚渊才又驾飞剑飞往南海，谁料又迟了一步。

楚渊是一定要与十二仙宗合作的，这不仅是蜀山要重新获得仙宗大派的认可与接受的问题，而且是在这场仙魔大战中，他和蜀山必须得表明立场，根本休想置身事外，他选择的，当然是仙宗。仙宗，可一直是蜀山维护及领导的。

“掌门，蜀山楚渊求见！”

南山老人送走任青峰等人，又安顿好其他仙宗领袖，正想吐纳一番休养伤势，便有弟子匆匆奔入。如今的楚渊，可是名声响彻江湖，那南山弟子一听他的名声，便马上来传报了。

南山老人大喜：“楚渊？他在哪里，带他来见我！”

那弟子略显尴尬：“掌门，楚渊……不肯进入南山大阵，他正御剑停于山外，等候掌门！”

“哦？”南山老人略一思忖，也就知道楚渊顾忌什么了，便颔首道：“我去看他！”

南山老人飞身出了东篱塔，信手一招，那宝塔便迅速缩小，变成了滴溜溜旋转于他手掌之上的一口青铜小钟，南山老人收好法宝，又取出飞行符箓，化作一头麋鹿，载着他向前奔去。

那麋鹿奔出不过十几步，便渐渐腾空脱离地面，向南山外的天空中飞去。

楚渊御剑停于空中，衣袂飘飘，哂然而立，见南山老人乘一麋鹿出来，连忙长揖：“蜀山楚渊，见过南山前辈。”

南山老人白须及胸，瞧来一派仙风道骨：“啊！楚渊，你此来南山所为何意，既然到了，为何不入山门？”

楚渊道：“晚辈此来，只为拜望百巧门任掌门，无意叨扰南山前辈，却不知任掌门他……”

南山老人白眉一蹙，略一思索，还是决定据实相告：“任掌门带了几个弟子，往雍州去了。”

楚渊诧然扬眉，南山老人喟然一叹，道：“魔道猖獗，任掌门决定去雍州，向星睿塔塔主，请教一件事情。”

楚渊这才恍然，道："既如此，晚辈这就去追他们！"

楚渊声落，身形一闪，已在百丈开外，再一闪，一道虹光遥遥划过天际，已经不见了人影儿。

南山老人此时刚刚举起手来，他正要留下楚渊，询问他是否可用本门一道修道心法，换取御剑术，却不想习了御剑术的楚渊身如闪电，走得如此之快。

第六十五章　不约而同

此时，泽精秘境洞口里，五行宗离火真人带着几位长老和王浩然、叶金斗等一群弟子，正向外拼命地狂奔着，后边一大群黄衣黄帽的泽精小黄人儿，纵跃如飞，仿佛是一群猴子，紧追在他们后边，一边攘臂高呼，一边大步追赶："打死抢我们桃花源美人儿的大色狼！"

"那个小白脸，一定就是马文才！打死他，打死他！"

"别放那花白胡子老头儿跑喽！"

洞里地形崎岖，动用不了飞行法器，离火真人一行人狼狈不堪，只能撒开双腿狂奔，这些泽精怪物的厉害，他们算是领教了，光是一个不死不灭、力大无穷，他们任有什么法术手段，也使不出了。

合欢宗耳目之灵通，冠绝天下，这也是森罗魔尊魔功大成，依旧器重合欢宗的原因。

此刻，在风阑城一家青楼的合欢宗秘密分舵里，祈无颜正懒洋洋地倚在美人榻上，由她的徒弟花如娇给她捏着肩膀。

一个青衣女子匆匆走入，抱拳道："宗主，百巧门任青峰、金铃门洛惊鸿，带几名弟子往雍州去了。"

"雍州？他们去雍州做什么？那是最为荒凉寒冷的所在，也没有什么正道修真人士中的大能！"

祈无颜柳眉一皱，忽又一扬，恍然道："雍州，唯有一星睿塔，难不成他们知道不敌魔尊，想要问计于星睿塔塔主？"

那青衣弟子道："宗主，我们该怎么办？"

祈无颜失笑道："星睿塔，只是能占卜过去未来，还不曾听说过他们有什么手段能改变命运，求助于他们，有什么用处？这些仙宗大派，看来是病急乱投医，有些不知所措了。"

那青衣弟子道："宗主，要不要禀报魔尊，拦截他们？"

祈无颜摇了摇头，道："魔尊正在试图与魔界再度取得联系，获取更多的魔功手段，这个时候，不必去打扰他。任青峰和洛惊鸿，玩不出什么花样。”

祈无颜拍了拍花如娇的掌背，道：“如娇，你去雍州，盯着他们的举动，如果真有什么大变故，速来回报！”

花如娇听了，大生排斥之感，嘟起嘴儿道：“魔尊出关之后，就要去寻五行宗晦气了吧？弟子想……跟魔尊去五行宗！”

祈无颜板起脸道：“离火真人就算成了丧家之犬，也不是现在的你所能对付的，要么，请魔尊出手，替你报仇，那样的话，你在不在又有什么关系？若是你想自己出手，也得讨了魔尊欢喜，传授你几门至高无上的魔功心法才行，不为魔尊立下几桩功劳，如何讨得魔尊欢心。”

花如娇垂首道：“弟子愚钝，多谢师尊点化，弟子这就去！”

祈无颜点点头，淡淡地道：“择机行事，自己小心！”

楚渊想追上任青峰他们，以他御剑术的速度，自然是极快的，可是任青峰他们虽然是往雍州去的，究竟走的哪条“路”，楚渊却不清楚。

任青峰等人自然走的是天空，不需要转折绕弯，但是他们起点的地方和楚渊哪怕只差一寸，出去百十里后，两者间的距离也变得极大了。

修仙者可以乘飞行符箓飞行，可以根据太阳或星辰的位置来确定自己的方向，却不可能把自己的“航线”精确下来，因此楚渊要找到他们也并不是那么容易。

楚渊追了一路，不见他们踪影，也估计自己是追岔了路，他放慢了速度，最后干脆往回飞，天晚的时候，估计到了以任青峰等人的飞行能力堪堪飞至处，便降落下去，在那小镇打尖，希望能够碰到他们。

小镇不大，一共百十户人家，只有一座小客栈。

楚渊先赶到小客栈，一问之下，并没有他所说的那样一行人在此投宿。楚渊不死心，又向镇上百姓打听，也不曾有外乡人投宿，楚渊无奈，只好回到先前的客栈住下。

这小客栈着实简陋，房间之间是用木板隔断的，楚渊随便吃了点东西，回房盘膝打坐，心神正要渐渐内敛，隔壁突然传来一阵喘息声。

楚渊皱了皱眉，继续凝神运气，可隔壁的喘息声却越来越明显，还伴着低低的呻吟。

楚渊在墙壁上叩了几下，隔壁的声音停了，可过不多久，喘息呻吟声再起，隐隐还有咳嗽的声音，楚渊皱了皱眉，起身下了榻，出了房间到了隔壁，叩门道：“我可以进来吗？”

“请……请进……”

楚渊轻轻推开门，只见这房间同自己的房间一样，就是一桌一榻，十分的简单。一个瘦小的白发老头儿蜷缩在榻上，正在痛苦地呻吟。

楚渊目光一凝，道："老人家，你生病了？"

老头儿咳嗽几声，摆摆手道："吵着你了，对不住。"

楚渊道："大家都是出门在外，本该互相体谅。老人家是生病了吗？"

楚渊说着，走近房去，那老者身材瘦瘦小小的，白发苍苍，可是肌肤……却似婴儿般娇嫩，目光更是澄澈如水，楚渊心中一动，道："老人家是修真之人？"

老头儿咳了几声，看看楚渊："莫非小兄弟你也是？"

楚渊颔首，道："晚辈五行宗萧鼎！"

蜀山现在名声在外，可惜同时也是麻烦缠身，楚渊不能不小心些。

老头儿恍然，道："啊，原来是五行宗的萧少侠。老夫……咳咳，是一个散修。这一次去仙宗大会见世面去的，结果魔道入侵，老夫受了点伤儿。"

楚渊动容道："老前辈的伤要不要紧，可惜晚辈身上没带疗伤的药物，可要帮前辈去请个郎中？"

老头儿摆手道："不用，不用，伤嘛，倒是不重，只是牵动了老夫的旧疾。"

老头儿嘿嘿一笑，道："老夫这旧疾，就是到了晚上至阴之时，任督二脉寒气如冰，有些难受啊，不过等天亮就好了，老毛病、老毛病。"

蜀山剑派落魄至今，楚渊最清楚无根无恃却要修行的人过得如何苦，因此大起怜悯之意，忙道："不知晚辈可帮得上什么忙？"

老头儿道："不用不用，这旧疾，治不好的。却不知少侠你是要去哪里啊？"

楚渊道："晚辈要去雍州，办些事情。"

老头儿喜道："甚好，老夫就是在雍州住的，如果少侠不嫌弃，明日一起起程啊？不怕你笑话，栖霞山上受的那点伤，不打紧的，倒是这旧疾……如果我路上万一有个什么好歹，少侠你也能帮我给家里送个信儿，叫他们知道我的结果。"

楚渊恻隐心起，道："前辈太客气了，那……明日咱们便一起上路。"

二人又说了几句，楚渊便起身告辞，门儿刚一掩上，那老头儿就一纵而起，贴着窗缝儿看着，瞧着楚渊从廊下从容走过，脸上露出一丝狡黠的笑，眸中更是带着调皮的意味。

她蹑手蹑脚地回去，坐到床上哎哟两声，又窃笑两声，赶紧捂住嘴巴，发出一个细微的女声："这个笨蛋，才分开几天呀，就认不出姐姐啦！"

那细细的女声，那灵动俏皮的眼神儿，分明就是花如娇。

第六十六章　星塔禁地

翌日，楚渊继续上路，身边多了一个瘦瘦小小的白发老头儿。

楚渊不想在这老者面前露出自己会御剑术的功夫，否则就要泄露了根底，再说，他就是以御剑术赶路，任青峰等人却没有这种瞬息万里的功夫，缓缓而行说不定更有机会碰到他们，于是楚渊又祭出了他的呆头鹅。

虽然他已经学会御剑术，可恩师送他的这张飞行符箓，他从没想过放弃。

白发老头儿骑乘的飞行符箓是一只大雁，据他介绍，自称姓成，叫成辛。楚渊便唤他成前辈。

一路下来，不管是住店还是在野外露宿，楚渊对这位老人家都很照顾，两人渐渐成了忘年之交。

这一日，终于踏入雍州境界，成辛笑道："萧少侠，老夫已经到了雍州地界了，却不知少侠你要去哪里啊，这儿我熟，一路上多亏你照顾，不如老夫送你过去。"

楚渊道："多谢前辈，晚辈还要继续往北走……"

楚渊犹豫了一下，还是说出了他的目的地："晚辈要去星睿塔，一路打听着去就行了，老前辈尚有疾病在身，还是早些回府上歇养吧。"

成辛道："不妨的，不妨的，既已到了雍州，老夫岂能不略尽地主之谊？你要去雪乡，访星睿塔？没关系，老夫陪你去。"

成辛不由分说，便驱动大雁当先飞去，楚渊无奈，只好追了上去。

星睿塔位于北地雪乡，这里终年积雪，四季不化，放眼望去，到处都是白茫茫一片。

在这片雪原上，生活着一个个以狩猎为生的蛮族部落。不过，这些蛮族部落的人虽然力大无穷，可以赤手搏虎，只凭一柄钢叉，就敢向狂暴的北极熊发起挑战，在修道人面前却是不堪一击的，所以深入雪乡，对楚渊来说，也并不为难。

二人第二天中午，终于赶到了星睿塔。

星睿塔，是以巨石垒就的一座高塔，塔如一座山，宏伟、巨大到了极点，这样的一座建筑，真不知要用多少年代、多少人力才能建造完成。

抬头仰望，甚至看不到塔顶，只能看到白云缠绕在漆黑的高塔半腰间，让整座塔更多了一分神秘之感。

"怎么塔下那么多人？"楚渊眼尖，老远就看见那圣塔下有一群人，立即降低了飞行高度，成辛眯了眯眼睛，也跟着他降落下去。

此时，那塔前肃立的人也感应到空中有同道中人飞来，扭头回顾，彼此眼神一对，都是一惊，原来站在塔前的那些人，正是任青峰、洛惊鸿和唐冰、俞婉儿、汤思悦等人。

唐冰一见楚渊，不禁叫道："哇！居然追到这里来啦，婉儿姐姐……"

"闭嘴！"

俞婉儿瞪了她一眼，有些忐忑地看了眼师父。任青峰没理会她们二人的对话，而是举步向楚渊迎去。

任青峰平静地道："楚少侠！"

楚渊赶紧施礼："楚渊见过任掌门！"

成辛惊呼起来："咦？你不是姓萧么，怎么又姓楚了？"

楚渊歉疚地道："老前辈，对不住，晚辈身份敏感，所以不好以真名实姓示人，绝非有意欺骗，还请见谅。"

成辛瞪着他，忽地恍然大悟："啊！我记起来了，我说看你那么眼熟，你是楚渊！蜀山楚渊！"

洛惊鸿走过来，看一眼这一惊一乍的老头儿，蹙眉道："他是谁？"

楚渊道："这位前辈姓成名辛，是雍州一名散修。晚辈路上遇见，是这位前辈带路，才找到这里的。"

听他说这人是散修，任青峰和洛惊鸿连一眼都没再多看成辛，任青峰道："楚少侠，天下人都在找你，你却来了北地，意欲何为？"

楚渊苦笑道："不瞒前辈，晚辈也知道现在外面关于晚辈的传言很多，不过晚辈此心天地可鉴，断然没有投靠魔道的事，至于那御剑术，也是晚辈无意间从蜀山前辈的一件遗物中得来。

"晚辈来到北地雪乡，其实是追随前辈而来，晚辈是想把事情原委说与前辈，前辈素来开明，当能明白晚辈的苦衷。"

任青峰一笑，道："清者自清，浊者自浊。其实从一开始，我就不相信你投奔了魔道的说法！洛掌门等其他十二仙宗掌门，也都是不信的。"

楚渊的心落了地，道："多谢前辈。"

任青峰点点头，目光回转那扇高有数丈、紧闭着的大门，神色复又转忧。

楚渊心头一动，道："前辈到此多久了，星睿塔中，尚无人接待吗？"

这时俞婉儿才插口道："楚师兄有所不知，我们到此，已经将近两个时辰了，先前叩门，也曾有人出来询问，可那人回复星主后，却告诉我们，星主不会为我十二仙宗卜算。"

楚渊蹙眉道："怎会如此？任掌门和洛掌门两位前辈高人亲至，这星睿塔塔主就算不想占卜，也不该遣一门童拒绝吧，也太狂傲了。"

任青峰道："如今是我们有求于星主，理当遵守星主规矩。"

成辛眨眨眼道："那……两位掌门打算怎么办？"

他似乎比较敬畏这两位仙宗高人，说话间目光闪烁，有些回避，不过这也正常，他一个散修，平时可是根本没资格凑到这样两位德高望重的仙宗高人面前来的。

任青峰看在楚渊面上，倒没有慢待他，喟然叹道："自然是再求，不管星主索要什么代价，我都需要她帮我占卜一卦！"

成辛赔笑道：“嗨，两位掌门何等本领，干脆飞上高塔，去见星主，她索要什么条件，愿不愿意占卜，当面问她，总好过让那门童传话。我看哪，没准是那门童想索要好处，故意刁难，根本不曾禀于星主。”

洛惊鸿哼了一声，道：“飞？你飞飞看！”

成辛眨眨眼睛，看向楚渊，楚渊低声问道：“俞师妹，怎么了？”

俞婉儿苦笑道：“幸亏你早早降了下来，若是贴近这高塔三丈以内还不降落，你恐要摔下来了。”

楚渊奇道：“这是为何？”

唐冰嘴快，道：“因为这星睿塔周围三丈之内禁魔，没有任何人可以驱动法力，我们站在这儿，完全和普通人没什么两样。”

第六十七章　星主召见

楚渊大惊：“竟然如此？”他试着默运了一下法力，发现唐冰所言果然不假，在这里根本无法调动天地灵气，楚渊不禁骇然：“这星睿塔传承万年之久，果然有些特别的手段！”

这时候，“轰~~~”，那两扇比城门还要高大的沉重塔门居然自己打开来了。

大门上还有一个角门儿，方才那守塔的小童就是从角门儿出来的，此刻，却是塔门大开。那个小童毕恭毕敬地站在边儿上，前边出现一道高高瘦瘦的人影，这是一个中年人，脸色带着一种常年不见阳光的苍白，眼睛却如天上的星星般闪闪发亮。

他的目光缓缓从人群中扫过，开口道：“谁人是刚刚到的？”

众人面面相觑，不由纷纷看向楚渊，楚渊疑惑地上前，道：“正是在下！”

高瘦中年人上下打量他一眼，点点头：“星主有请！”

成辛眼珠转了转，高声道：“我呢，还有我呢，小兄弟，咱们俩可是一块儿到的。”

“喔？”

高瘦中年人又看看他，颔首道：“那么，你也请进！”

成辛欢喜地就要上前，楚渊却一动不动，道：“这位先生，我不是来见星主的。”

高瘦中年人一呆，有些吃惊地看着他：“你说什么？”

楚渊道：“在下是来找……这位任前辈的，并不想拜会星主！”

高瘦中年人脸色有些难看，每年不知有多少人欲见星主一面而不可得，就算是一方帝王，诚惶诚恐地在门外守上几天的也不是什么稀罕事，这是头一回不用求见，星主就主动吩咐要见的人，他居然……不想见星主？

洛惊鸿见状，心中一动，赶紧上前一步道：“这位楚少侠，确实是来找任掌门的。不过，星主如果肯见我们的话，相信楚少侠也会愿意一起入塔。”

高瘦中年人面无表情，看看楚渊，又看看洛惊鸿，想到星主传话，务必要带刚到星睿塔前的那人进去，才勉强道：“既如此，跟上来！”

那人说完转身走进星睿塔。

楚渊和俞婉儿对视一眼，心中对星主更多了一些好奇。

走进星睿塔，楚渊才发现塔中竟然没有窗子，只有两侧燃烧的火把照亮了眼前的路，可是周围的一切都笼罩在黑暗之中，什么都看不到。

“请吧！”那接应的男子在第一层的楼梯处停下，做了一个请的手势，“星主在星睿塔的顶层等着你们。”

任青峰迫不及待地迈上台阶，楚渊抬头看了一眼，再次看向楼梯口的时候正好看到那引路的男子往后退去，瞬间隐没在了黑暗之中。

明晃晃的灯火只能照亮眼前的路，无边的黑暗中，他们仿佛站在唯一明亮的孤岛上。

“任前辈，大家慢一点走，不要走散了。”楚渊说话的时候，下意识地朝俞婉儿靠近了一些。俞婉儿什么话也没说，只是用一双亮晶晶的大眼睛看了看楚渊，暗中跟随的成辛轻轻撇了撇嘴，很女性化。

任青峰也觉得自己太过激动了，道：“也对，星睿塔向来以神秘著称，小心一些没错。”

“没事儿，星睿塔虽然神秘，不过既然星主要见咱们，就不会太过为难。”成辛插了一句嘴。

唐冰嘻嘻笑道：“有道理，楚渊，这回，我们可都是沾了你的光啊。”

成辛哼道：“没准是星主想见我呢！”

唐冰白了他一眼：“你又不白，也不俊！”

成辛啼笑皆非：“这和白不白、俊不俊，有什么关系？”

楚渊发现这成辛进了星睿塔之后有些过度活跃，不过也未多想，只是很自然地把俞婉儿拉到身后，低声道：“我走前面。”俞婉儿笑笑，顺从地跟在他的身后。

成辛似笑非笑地看了一眼唐冰，道：“瞧瞧人家，你是没人疼喽。”只是声音微微有些酸意。

“切，我的真命天子，还没出现呢，老前辈，你先走，我给你断后。”唐冰丝毫不在意。

成辛眨了眨眼，感慨地说了句：“老头子行走江湖这么多年，第一次看见比我还不要脸的！”

汤思悦虽然也顽皮，可在师父面前，可做不到像唐冰一样从容自然，因此只是偷笑，并不说话。

墙壁上隔一段距离才有一盏昏黄的灯，空荡荡的仿佛只有他们几人一样，脚步声回荡出老远。

“不是吧，这一层也太高了，这星睿塔不会从第一层直接走到最高一层吧？”楚渊不由得开口，这一层他们走了已经有大半个时辰了，竟然还在上楼梯。

俞婉儿握住了手中的摄魂铃，道：“说不定有人用了幻术，大家靠得近一些。”

任青峰手上捏决，随后颓然：“我忘了，这里不能施法。”

终于，前方出现一抹亮光，楚渊等人心中一喜。

“快看，终于走完第一层了！这什么鬼地方！”唐冰大大地松了口气，她真要以为这星睿塔要一通到底了。

人在黑暗中久了，就如同飞蛾，会奋不顾身地冲向光明，现在的他们也是如此，朝着那一片亮光快速地走去。

只是俞婉儿那冷若冰霜的脸上却隐隐有些疑惑，手中紧紧握着摄魂铃，因为法宝是摄魂铃的关系，她的感知力比一般人更加的敏锐。

忽然，她下意识地挽住了楚渊的手，沉声道：“我感觉有点儿不对劲，大家彼此手拉手，不要分开！”

第六十八章　神剑修复

她可以这么做，任青峰、洛惊鸿都是成名多年的仙宗前辈，岂能也如她一般，二人啼笑皆非地互望了一眼，倒也下意识地放慢了脚下，因为他们也发觉有些不对劲了，远处的光在变亮，变得更亮。

此时，他们终于发现了，远处的亮光竟然在以惊人的速度朝他们“奔”来，楚渊只觉得眼前刺目地一亮，再次睁开眼睛时，不禁惊讶得张大了嘴巴，他们竟然飘浮在空中！

入目的是漫天繁星，他们仿佛漂浮在银河中一般，脚下明明是虚幻的，可是却能感受到坚实的感觉。

咔咔……

楚渊背上的仙剑在鞘中咔咔作响，震颤着，就像那次在天宝阁中的动静一样，似乎想要破鞘而出，楚渊心中一动，伸手一按卡簧，铿的一声，那口在这禁魔的星睿塔中本来不可能施展的镇山宝剑竟然一声龙吟，脱鞘飞出。

锈迹斑斑、满是破洞的剑划过星空，仿佛带动了漫天的星斗，明亮的星辉汇聚成一条星河，绕着那剑旋转了一匝，忽然水银一般倾泻而下，化作细碎的点点光芒，朝那把破剑汇聚而去。

“好美啊。”

汤思悦由衷地赞叹，只有楚渊心中震动不已，这柄锈剑上无论他用什么办法都无法磨去的锈蚀，竟在纷纷脱落，而那些仿佛被虫子蛀出的孔洞，竟在由星光一点点补足，他的剑……他的剑在修补，在利用此间的星光自我修补。

此时，其他人显然也注意到了这一点，所有人都骇然看着，许久许久，那满天星光仿佛都被装进了剑里，那柄满是蛀洞的锈剑已经变成了一柄锋利、雪亮的长剑，四周星光已没，黑暗中只有这一口剑。剑静静地悬于空中，发出明月一般的光辉。

铮~~~

那剑发出一声欢鸣，忽然不受楚渊控制地向前飞去，它飞得并不快，拖曳出一道流光，似乎在给他们引路。

俞婉儿心中一动，脱口道：“跟上去！”

这个时候，谁也没想过要反驳什么，在这无尽的星空之中，根本就分不清方向，或许跟着那把创造了奇迹的仙剑才是最好的方法。

星空中的星星不断闪烁变化，似乎在不断地组成各种图案，楚渊偶尔眼角扫过，隐约觉得一些图案似乎在哪里见过。只是星空变化得太快，让他无从追寻。

“对了！”楚渊忽然想起，这些星图纹路和桃花源荒域祖地那处石碑上的花纹，还有他识海中那口金剑的花纹非常相似！星睿塔的星空，为何会有这样的东西？

楚渊的思绪有些混乱，最近见到的东西似乎总是把蜀山，把上古遗迹联系在了一起。就好像冥冥中有什么东西在牵引一般，让这些本不该有交集的东西交集在了一起。

“仙剑不见了！”唐冰惊呼。

楚渊道：“不要停，继续往前走，我能感觉到它！”

“啊！”话音才落，几人的脚下忽然一空，然后猛然从空中掉落了下去。

仿佛本能一般，楚渊握紧了抓着俞婉儿的手，心中只有一个念头，他绝对不能松手，也不会松手！

漫天的星光瞬间消失得无影无踪，就好像出现的时候一样突兀。

砰砰……

“啊！”

“哎哟……”

掉落的声音和尖叫声响起，楚渊他们都重重地落在了地上。

“你没事吧？”楚渊还是紧紧地拉着俞婉儿。

俞婉儿抿了抿嘴，道：“我没事，你呢？”

楚渊道：“我也没事，不知道这是什么地方。”

眼前是一片黑暗，空旷，死寂，还有一股遥远沉寂的气息，仿佛封存了成百上千年没人来过一般。

“大家都没事吧？”任青峰的声音在黑暗中响起，几人陆续应了，好在都没事儿，也没分散。

楚渊闭了闭眼睛，再次睁开的时候，左眼深处似乎有点点虹光闪烁，让他看清了这处漆黑的空间。

“……！”

才看了第一眼，楚渊不由得颤了颤，俞婉儿似乎感觉到什么，赶忙道：“楚渊，怎么了？”

“没事。”楚渊安慰一般拍了拍俞婉儿的手，眼睛却直直地看着眼前。

他看到了石像，巨大的石像，他的正对面，一条足足有十数丈的青蛇，盘绕在一根粗壮的石柱上，朝着他们吐着信子，栩栩如生！

楚渊不动声色地朝四周看去，他们应该是在一处宽大的殿堂之中，两侧都是那巨大的雕像，有人也有动物，各不相同，只是形态都无比的逼真。

当他的目光看到大殿正中央的时候，那里有一个宽大的座位，似乎是用某种白色的材质堆积而成，一道骨瘦如柴的身影坐在上面，然后，楚渊对上了一双晶亮的眼睛！

第六十九章　万年一梦

“啊！”

楚渊下意识的出声，那双眼睛，是活的！在这么诡异的地方，竟然看到一个活人，楚渊的反应绝对是正常人的反应，却把几人都吓了一跳。

唰唰唰……

伴随着楚渊的惊叫响起的，是一道道灯火点亮的声音，从大殿的末尾开始，一盏盏灯火自动点亮起来……

“啊！怪物啊！”

唐冰看到那雕像不由得惊叫出声，饶是俞婉儿那般镇定，也不由得轻呼一声，下意识地握紧了楚渊的手。

一直到所有的灯光点亮，整个大殿的样貌终于出现在大家的面前，大殿大得出乎楚渊的想象，因为他们一眼根本看不到尽头，但是他的目光还是落在了大殿正中那道身影身上。

在灯光下，楚渊终于可以看到那道骨瘦如柴的身影全貌，竟然是一个老婆婆！手中握着一根权杖，居高临下地看着他们。

成辛松了口气，道："是一位婆婆……"

那婆婆目光缓缓地落在了众人身上……

"你们来了。"缓缓的四个字从那位老婆婆口中吐出，却莫名的有些飘忽。

楚渊等人一怔，随即反应过来，全都恭敬地行了个礼："拜见星主！"

外界传闻中神秘的星主，竟然是这样一个老婆婆，不知道是不是自己的错觉，楚渊总觉得星主多看了他几眼。

"星主，如今魔教作乱，正道受虐，我等想请星主指点除魔之道。"任青峰再次行了一礼，心情有些忐忑，传说星主不是从不以真面目示人的吗？为何她今日却坦然以真实面目见人？能够得到星主召见的人都是幸运的，只不知道他们会不会得到想要的答案。

"一万年了，神魔现，天地变，是时候了……"

星主深深地叹息一口，那双苍老的眼睛却越发的璀璨，其中仿佛有无数的星辰明灭，演绎出不同的图案。楚渊等人不敢开口催促，只能静静地等待。

"天运循环，自有定数……"

星主说出这四个字，右手缓缓抬起，楚渊心头一震，骇然发现他的镇山宝剑竟然就提在星主手中，它那明月般的光已经消失了，此刻看起来就似一把普通的长剑。

任青峰拱手："望星主可怜天下苍生！"

"可怜天下苍生？像当年的他一样吗？"

星主的声音依旧飘忽，目光忽然抬起，像是越过了无尽的时空，最后定格在某一道身影之上。

天下苍生，若不是因为这四个字，那人又怎会……

为了天下苍生，他选择封印自己；为了他，她也选择了封印自己，一种另类的封印，于是，她拥有了万年不灭的寿命，她成为星睿塔之主，接受敬仰和朝拜。

没有人知道，星睿塔之主从不以真面目示人，是因为星睿塔之主一直就是一个人，历万年而不死！可这万年，是多么寂寞的万年啊！

没有人知道，被他们信仰、敬奉的星主心中也有自己的信仰，为了这个信仰，她把自己的青春都消磨在了这星睿塔里，一伫万年。

想到那人的眼神，这位活了上万年的先知那苍老的脸上竟然浮现了一抹淡淡的笑容。

"天运既定，我星睿塔却有偷天之术，姑且一试吧。为了……为了他！"

星主缓缓开口，枯瘦干瘪的脸上竟有一种异样的温柔，仿佛怀春的少女。她留恋地轻抚长剑，轻轻抬手，那剑便缓缓飞向楚渊。

星主温和地道："你是蜀山后人？"

楚渊接过长剑，诧异地答应一声。

星主的目光更和蔼了："他的后人呵……"

星主缓缓转向任青峰：“你要问什么？”

任青峰大喜，强抑激动，道：“东海门曾有一弟子长流，任某想知道，这长流子，现在何处！”

星主淡淡地瞥了他一眼，信手一挥，大殿中的灯光全部消失了。下一刻，漫天的星光陡然亮起，她的宝座也消失了，此刻就站在星空里。楚渊这才明白，原来那漫天的星光，是星主预测未来的时候所幻化的星图！

星空不断地变化，星主站在那里，高高地举着权杖，那干瘦的小小身躯，此刻却显得那么的高大，仿佛天地间只有她一人一样。

不知持续了多久，星主忽然动了一下，手上的权杖划出复杂的图案。

“定！”

一声沉稳坚定的字眼从星主口中冲出，是冲出，那个字仿佛实质一般，让整个星空在那一刻停止了转动。

楚渊觉得，那一刻时空似乎全都静止了，下一刻，星空中缓缓出现一道裂缝，里面是浓稠的、一望无际的黑，星主的权杖之中，一丝光亮缓缓出现，然后瞬间冲入了黑暗之中。

星主缥缈的声音从星空中传来：“长流子，现在南海真水岛！”

洛惊鸿惊喜交加地问道：“请问星主前辈，南海真水岛，又在何处？”

星主回答：“南海之南，去三千三百里，茫茫大海中，唯此一岛！”

洛惊鸿毕恭毕敬地道：“多谢星主！”

星主轻轻叹了口气，道：“你们都离开吧！”

任青峰目的已达，忙向星主施了一礼，刚准备走，却听星主又道：“蜀山的孩子，你留下！本星主还有话问你！”

随着这句话，星光忽然急骤地明暗闪烁起来，众人眼前一暗复又一亮，讶然发现他们已经出现在塔外，出现在大门前。

成辛惊叫：“楚渊！”

他刚想扑进塔去，那厚重的大门轰的一声闭合了！成辛徒劳地扑在大门上，一拳下去，甚至连声音都没发出来。

第七十章　唯情不老

俞婉儿也慌了，急道：“师父！”

任青峰定了定神，道：“不用惊慌！我等能破例进入星睿塔，见到星主，就是因为楚渊！看得出来，这位星主与蜀山似乎有着非同寻常的关系，相信她是不会加害楚渊的！”

洛惊鸿也道："不错！一直以来，我们都小看了星睿塔。如今看来，星睿塔塔主何止是能占卜过去未来，至少在这星睿塔内，她就是无敌的存在！如果她心怀叵测，方才就能把我们都留下，也不用把我们送出来了！"

俞婉儿听他们说的确有道理，心神这才稍安。

此时，星睿塔内，楚渊发现他和星主都已置身星空之中，仿佛他们也是天宇中的一颗星辰。

星主看着楚渊，微笑道："在你身上，我感觉到了他的气息，他，真的还活着！"

楚渊讶然道："星主婆婆说的他，是什么人？"

星主轻轻移动权杖，微微仰脸看向无垠的星空深处，微笑的样子像一位美丽的少女。

这一刻，她仿佛又回到了一万年之前，回到了她的青葱少女岁月，那个叫她回忆了无数遍、回味了无数遍的年代。

"他呀，他是你们蜀山最惊才绝艳的弟子！一万年前，蜀山弟子，无出其右者。一万年后的今天，应该也没人超得过他！"

楚渊赧然道："蜀山，从一万年前开始，就没落了！"

星主没有理会他这句话，自顾自地道："他姓丁，叫丁尹，小字凌涛……"

星主婆婆的思绪穿越万年时光，回到了当年。

当年，他是蜀山最优秀最杰出的弟子，蜀山掌门最钟爱的俗家小师弟！名满天下的丁尹丁大侠。

而她，只是金丹峰上一个小女修，属于一个很小的小门派。

那一年，她初出江湖，在一个渡口，邂逅了风度翩翩的丁大侠。

他们之间没有那么多狗血的悲欢离合，没有那么多大起大落的江湖风波。她当时只是因为遇到一条即将化形成龙的恶蛟，被丁尹救下，养伤期间，由他陪同着闯荡了一阵江湖。

然后，就没有然后了……

十六岁的小姑娘，初出茅庐的小女孩，就此不可自拔地爱上了他，那个蜀山最惊才绝艳的青年。

可是，这种爱恋只是她的单相思，丁大侠或许从来不曾意识到，有这么一个叫小青的小姑娘，一直偷偷地爱恋着他。

小青从此开始关心起丁尹的一举一动，他在哪里除了一个大魔头；他和哪几位青年才俊煮酒论剑，笑傲群伦；曾有哪位名门淑女，与丁大侠仗剑同闯江湖……

小青听到这样的消息，甚至没有一丁点儿嫉妒。她太爱丁尹，她知道自己很普通，出身门派很普通，武功道法很普通，就算样貌，都不算如何的俏美可人。

她只是一个普通的女孩子，所以，她觉得，能让她偷偷地爱着丁大侠，悄悄地关注着丁大侠，就已是上天对她的垂怜，她从未想得到更多。

后来，几位魔道大能联手打开了魔界之门，魔界大圣入侵中土大地，蜀山作为正道领袖，丁尹作为蜀山领袖，自然而然地承担起了除魔卫道的责任。

金丹门也加入了除魔之战，但是因为道法低微，她只是负责在后方照料那些在恶战中受了伤的正道中人。就是在这个时候，她有机会又见到了她心仪的丁大哥，并且照料他的伤势。

那是她最幸福的时光，因为她每一时、每一刻，都能看到他，听到他的声音。

可惜，好景不长。不久，形势更加恶化，神魔终极一战时，蜀山群雄和当时赶赴蜀山的其他各派英雄一致决定，祭蜀山为法器，镇压群魔。

可是那几位魔界大圣实在太厉害了，就算是以灵力充沛的蜀山，怕是也镇压不住他们。于是，他们毅然决定，搭上自己，与魔界中人一起永久封印。

那一刻，她肝胆欲裂！那一刻，她泪流满面！她没想阻止丁尹，因为那才是她心目中那个完美的男子汉！她只想留在他身边，陪他一起封印，可是……丁尹拒绝了她。

丁尹微笑地看着她："傻丫头，这一封印，也许就是永恒！化作天地间一块无知无识的石头，你凭什么要陪我白白搭上你的青春与性命？我宁可封印自己，就是为了天下苍生，为了像你这样的好女孩，能好好地活着，嫁夫生子，快活一生！去吧，离开这里，你活得好，我就没有白白付出！"

丁尹用无上道法，在蜀山屠魔剑阵即将发动之前，将她送出了蜀山。送她离开的，就是他用的那口剑！

从那一天起，蜀山不见了！丁尹不见了！于是她的心，也就不见了！

她还记得，被丁尹送出蜀山的时候，曾经大声哭叫："丁大哥，难道你从此真的就化为顽石，再无复生的机会了吗？"

遥遥之间，她听到了丁尹的回答："也许，万年镇压，魔气消敛之后，机缘一到，我等还有复苏的机会！也许，只是也许……"

小青听见了，就只为这一个也许，就为了再次见到她的丁大哥，小青离开了金丹峰，她把那口剑还给了蜀山幸存的弟子，那口剑在魔气纵横中遭到了侵蚀，出现了许多坑洞，但是对元气大伤的蜀山来说，它依旧不失为一口宝剑。

随后，她走遍天下，最后，来到了北地雪乡，星睿塔。

她得到了一个秘密，几乎天地初开，就亘立于此的星睿塔，拥有神奇秘法，成为星主的人，几乎拥有无穷无尽的寿元，至少一万年，才会枯竭。

为了等到一万年后的他，小青矢志要成为星睿塔塔主的继承人。她的资质并不高，为了成为星睿塔塔主的继承人，她付出了比别人多出千百倍的努力，终于，她如愿以偿。

只是，一万年不离星睿塔，一万年来日复一日重复那种枯燥无聊的日子，那是比死亡更加可怕的酷刑啊！

她忍下来了，这个小姑娘也许在别的地方都不及丁尹当年那些红颜知己优秀，但是有一点没有人比得上她，就是意志的坚韧！

但是，她算漏了一点，那就是容颜！

一万年过去了，始终处于封印之中的丁尹，在这段漫长的岁月里，是没有时间的，蜀山绝阵封印的不只是神魔，还有时间，一旦他醒来，还是那个意气风发的丁大侠。

而她呢，她早已熬尽了精血，变成了一个黑暗下形同骷髅的怪物！她盼了一万年，当希望终于快要降临时，她却面临着绝望。她不要以这样可怖的容颜面对他。

她希望在他心里，她永远是那个小青，那个娇憨的十六岁少女。

她感应得到丁尹的气息，也隐约地感应到，他重新复苏，似乎遇到了不可控的变化，她要帮助丁大哥！当年，一直是丁大哥帮助她，她从未帮上丁大哥什么忙，这一回，她要帮助她心爱的那个男人！

第七十一章　魂飞魄散

“蜀山小子，在你身上，蕴藏着一个秘密！一个天大的秘密！”

星主的一番话，令楚渊心头一震，马上戒备起来。

星主笑了：“放心吧，孩子！我是想帮你，而不是想害你！照理说，你就是那个大秘密的机缘，遇到你，那个大秘密就该重现人间了，但是……他遇到了麻烦！”

楚渊心头一震，他一直觉得，当日那个神秘的声音说出蜀山传承后就没了动静，直到栖霞山上他遇到危险才灵光一现地授予他一手御剑术，未免有点虎头蛇尾，听星主这一番话，难不成……是那传承又遇到了什么难题？这可是关系到蜀山的天大问题，由不得他不紧张。

星主道：“我会帮你！一会儿出现任何异状，你都要安静！”

楚渊忍不住问道：“星主婆婆，你打算如何帮我呢？”

星主微微一笑，权杖轻轻一顿：“人人都知道星睿塔能占卜过去未来，可是谁会知道？我星睿塔绝学，还能改天换地！”

“什么？”

楚渊大惊，能占卜过去未来，这已是极神秘极玄奥的术法，不过他们修真之士不太予以重视，也是有原因的。知道过去未来又能如何？不能避免的，依旧不可避免。

但……改天换地，那就是能够改变命运了！如果星睿塔还有这等神奇功夫，那天底下最了不起的门派，应该是星睿塔才对。

他却不知，星睿塔固然有改天换地的无上道法，但哪怕只使用一次，所需要付出的就是生命！天命不可逆，天命不可违，想改天换命，你就得以命抵命！

“#@￥%……”

星主开始朗诵起他听不懂的古老语言，楚渊能够感觉到一种奇怪的氛围将他们包围起来……

不知道过了多久，满天星辰都颤抖起来，星主那骨瘦如柴的身体剧烈地晃动着，像是暴风雨中的落叶，随时都可能倒下，楚渊忍不住失声唤道：“星主婆婆！”

星主仿若未闻，只是再次开始捏诀，手中的权杖再次留下道道痕迹，然后手上弹出一道道光芒，在光痕上形成一个个节点。

黑暗中，一个不知名的所在，之前那个引路的高瘦中年人陪着一个身穿连衣斗篷的少女静静地站在那里，当满天星象渐渐幻出真形的时候，那个身穿连衣斗篷的少女已经泪流满面。

紫微星卦！

传说中星主最为神秘、力量最大的占卜之术，据说可以偷得天运时机，是历代星主的终极手段！而紫微星卦一旦施展，也就是星主付出生命的时候了。

少女是下一任星主的继承人选，她不明白，为什么恩师明明可以还有千余年的寿元，比起世间无数修真人士还要久远得多，却宁愿放弃生命，她究竟为了什么？

但她知道，这是师父自己的选择，因为，没有人可以强迫她施展紫微星卦！哪怕她心中有一丝不情愿，那么即便被迫着使出紫微星卦，它也不会有一丝效果。

而此刻，繁星满天，紫微星正冉冉升起……

少女无声地哭泣着，跪倒在地，那个高瘦中年人也是一脸悲戚，慢慢跪在她的背后，行五体投地大礼，恭送星主的逝去。

紫微星缓缓上升，楚渊只觉得心潮澎湃，意识之中，那柄金剑沉沉浮浮，似乎也想要随着那紫微星冲天而起。

紫薇星光笼罩了天地，然后瞬间没入了星空中那一道裂缝之中！与此同时，楚渊只觉得一阵天旋地转，识海之中仿佛多了一点星光，那点星光倏然飞去，绕着金剑欢快地旋舞，躁动的金剑迅速安静下来，不动如山！

楚渊踉跄了一下，意识从识海中抽出，只见星主的衣袍无风自鼓，整个人看起来更加的缥缈和神秘，却也更加的遥远，仿佛下一刻就会飞升天际一般。

忽然，紫微星卦一阵晃动，像是反弹一般朝星主笼罩而来。

“噗！”

星主的身体陡然倒飞出去，像一片落叶，重重地落在了宽大的座位之中，鲜血如一道血剑远远射出，落入了那漆黑的裂缝里面。

“星主婆婆！”

楚渊大惊，猛然往前冲去，却在靠近星主的时候被紫微星卦的光芒阻挡在外，不得靠近。楚渊紧张不已，全身僵硬地站直了身子，目光一眨不眨地看着星主，唯恐发生什么意外。

“星主婆婆，你怎么样？”

星主没有开口，却是手上结印，紫微星卦的光芒在渐渐消失，那道星空中的裂缝也渐渐愈合，星空消散，大殿再次恢复了之前的样子。

楚渊道：“星主婆婆，你……没事吧？”

“咳咳……”星主忽然剧烈地咳嗽起来，然后缓缓睁开了眼睛。

“我，我凝聚了一点星力，投入了你的识海！希望，这能帮助他！”

楚渊还是一脸茫然：“帮助什么？”

星主微笑：“在你识海中，有一样东西，历经万年，它的力量也快要耗尽了。现在它想脱壳而出，犹如雏鸟初生，需要啄碎那困住它同时也保护、养育了它的那个壳。但是，它力气不够了……”

星主喘息了几下，道：“现在，我将我所凝练的星力真元，投入其中，就是帮它一把，或许，能让它快一点挣扎出来。”

楚渊大致听懂了，不禁欢喜地道：“多谢星主婆婆。”

星主缓缓摇头，似乎想送他离开，可是手抬了抬，却又虚弱地放下，只是说道：“你可以离开了！”

“是！星主婆婆！”

楚渊脚下，倏然出现一道光亮的长道，楚渊向星睿塔塔主再次郑重一揖，踏上了那条光道。

在他身后，星主微笑地望着他，然后慢慢把目光仰起，枯瘦干瘪的脸上漾起一抹温柔，低低地道：“丁大哥，你快重新出世了吗？小青好想你，想了……好多好多年……”

深陷的眼窝里，两颗晶莹的泪珠缓缓淌下，星主低低地道：“丁大哥，我等你，等了足足一万年。我累了，真的好累好累，我要睡一会儿，丁大哥，我……爱你！”

最后一个字吐出，星主缓缓地垂下了手，死寂，星殿里一点声音也没有，不知名的深处，那连衣斗篷的少女已是泣不成声。

星主的身体上爆发出点点乳白色的光晕，然后从手指的部分开始，一点点碎成点点星光，缓缓消散……

最让人震惊的是，随着星光消散的越来越多，骨瘦如柴，而又堆满皱纹的星主，竟然渐渐地开始返老还童，核桃皮一般的皮肤正慢慢地平整、白皙……

一头白发也变成了青丝，那分明是一个十六七岁的少女，只是还没来得及让人细细端详，在星主的身体完全变成青春模样的时候，像是最灿烂的烟火爆发，星主的身体瞬间化作了无数的星光碎片，将整片大殿照亮。

星光如流沙，缓缓消散，到最后大殿再次恢复了死寂一般的平静。

第七十二章 南海真水

楚渊已消失在光路的尽头，他不知道星殿中发生的一切，更不知道那位星主老婆婆，为了她心爱的人，守候了足足一万年，最终却在他即将醒来的时候，为了他放弃了生命。

当楚渊出现在星睿塔外面的时候，星睿塔中忽然传出虚无缥缈的歌声，歌声哀婉、悲凉，楚渊有些诧异地回头，可那大门正缓缓关上，直到闭拢，剪断了那催人泪下的哀乐。

“楚大哥！”

俞婉儿欢喜地迎上前。

唐冰忍不住问道：“喂，星主单独留下你，和你说了些什么啊？”

楚渊一呆，那个绝大的秘密是不能透露的，他也不知该如何应答了。

洛惊鸿替他解围道：“冰儿！人人都有自己的秘密，不该你知道的，不要乱问！”

“喔！”

唐冰撅了撅嘴儿，却白了楚渊一眼，似乎一切都怪他似的。

任青峰走过来道：“楚渊，我们要返回南山，之后要前往南海真水岛，你……”

楚渊断然道：“弟子也去！”

任青峰欣然道：“甚好！既如此，我们一起上路？”

成辛在一旁干咳一声，道：“呃……楚老弟，你既到了雍州，都不到老哥哥家里做做客吗？”

楚渊略一犹豫，觉得一路行来相处融洽，若是不去，未免不近人情。再者，方才在星睿塔中听星主一番话，此刻还有些没有消化，他也需要一段时间缓冲一下。便道：“任前辈，既如此，你们不妨先上路，我送成老哥回去，再追赶你们。以御剑之速，想来也耽搁不了什么。”

洛惊鸿微微一笑，道：“不必了，你这位成老哥，得跟我们一起走！”

成辛一惊，心乱如麻，只道被人识破了身份，却仍强作镇定，瞪起眼睛道：“洛掌门，我为什么要跟你们走？”

汤思悦道：“因为，你知道我们要去南海寻找长流子，而这件事，现在是不能叫人知道的。为了保密，这位老前辈，对不住啦，你得跟我们一起走才行！”

任青峰颔首道：“不错，事关重大，我等不能不谨慎，若有冒犯处，成老弟看在同为仙宗正派的分上，还请体谅我等的一番苦心！”

成辛嘟嘟囔囔，貌似不悦，心中暗暗紧张。

她若不能离开，可不敢在任青峰和洛惊鸿这两位前辈高人面前使手段与师门取得联系，可是强要离开恐怕更不可能，说不得只好与他们一起去南海了。

楚渊歉意地道："成老哥，实在对不住。任前辈说的有道理，这件事也太机密，再说，你若就此回了家，一旦有心人找来，难免去寻成老哥你，给你家里惹来麻烦，不如就跟我们去南海吧！"

成辛翻了个白眼儿，道："我想不去，成吗？得了，谁让我和小兄弟你一见如故呢，那就一起走吧！"

当下，一群人便离开星睿塔，启程再往南行。

这一南一北，正处于大陆两端，行程近乎一个月。沿途中他们也在关注江湖中的动静，森罗魔尊在连挑三个山门之后忽然也偃旗息鼓了。

江湖传闻，森罗魔尊与魔界大圣沟通时出了问题，遭魔力反噬，险些走火入魔，如今正在养伤。此事说的有鼻子有眼的，甚至还有发生日期，旁人听了并没什么，楚渊听了却是心中一动：森罗魔尊险些走火入魔的时间，恰恰是他在星睿塔，由星主施展无上道法，试图打开他识海秘密的时间，两者之间，莫非还有什么特别的联系？

这一日，他们终于赶回南海，在任青峰和洛惊鸿两人保证不会有人为难的承诺之下，楚渊也跟着他们登上了南山。他之所以冒险重出江湖，就是为了维护蜀山声名，让蜀山重新融入仙宗正道，冒上些许风险，也是应该的。

十二仙宗掌门除了已死的沧浪山山主外，其余尽数出现在南山东篱阁。离火真人一见楚渊，眼中便闪出一抹贪婪之意。只不过如今众仙宗高手云集，他是不可能当众逼问御剑术的奥秘的，只得忍耐。

任青峰和洛惊鸿一回来，马上同其他仙宗掌门召开会议，商讨寻找长流子的事情。

眼下，据传森罗魔尊受了伤，暂且偃旗息鼓了，容得大家有了一线喘息之机。但谁也不知道森罗魔尊何时痊愈，各家掌门身负重任，都是不可能抛下宗门，远赴南海之南的。

于是，众人一番商议，选定了十个人代表十二仙宗前往南海。

俞婉儿、汤思悦、唐冰、王浩然，还有这次在仙宗大会上脱颖而出的年轻一辈高手莲印和尚、上官靖、法正、常道为、战雷、申屠无病。

除此十人之外，楚渊也在其中，楚渊现在正试图重新获得仙宗正派的接受，不过却也不想一下子与他们接触太过密切。他能看得出各宗门都很在意他的御剑术，可各门派都有自己的独门绝学，一旦人家提出为了天下苍生，请他无私地献出蜀山御剑术诀要，他该如何拒绝这些前辈？

所以，楚渊抢着要与这十大年轻高手一起去南海找长流子。理由是，星主留下他时，曾单独告诉过他一些寻找长流子的讯息，有了这一条，众人便再无理由拒绝他前往了。

而成辛成老头儿，则嚷嚷着他和楚渊相交莫逆，要走一起走，要留一起留。扮成老头儿的成辛，实则是花如娇，眼下旁人都不重视她，一时还看不出破绽，她可不敢保证留在南山上，不会被这些老狐狸揪住她的狐狸尾巴，还是跟着楚渊溜之大吉的好。

有楚渊帮她说情，在众人眼中，这个散修成辛又是个可有可无的角色，自然她也就顺利成行了。

“你们是我仙宗正道最出色的弟子，这一次的重要任务就交给你们了。如见魔宗肆虐，唯有找到长流子才能应对的可能，希望你们此去南海，能够找到真水岛，请他出山。”

任青峰郑重地道：“此事关系到我们仙宗的生死存亡，你们可有信心完成？”

“有！”几人高声回答，只有扮老头儿的花如娇提了提裤子，松松垮垮地往那儿一站，好像扭出了十八道弯儿。

“好，不愧是我们仙宗弟子，海外野域，罕有人至，难说会有什么凶险等着你们，一定要小心行事。如果有什么难决之事，由婉儿决断！婉儿不能决断者，众人合议，听从大多数人意见！”

众人又应一声“是”，任青峰颔首道：“你们各自去准备吧，一个时辰后出发！”

楚渊和扮成辛的花如娇出了东篱阁，任青峰却追了上来：“楚渊，我这里有些伤药和养气解毒的丹药，你带着吧，以备不时之需。”任青峰递给楚渊一个锦囊。

楚渊没有拒绝，这些东西应该真的能派上用场：“那就多谢真人了。”

“不必言谢，楚渊啊，你身负御剑术，来日也是我正道仙宗的精英，这一次仙宗正道元气大伤，你们都要好好保全自己，为我仙宗留一分薪火！”

楚渊郑重点头，一旁花如娇却挖了挖鼻孔，一副粗鄙模样。

与此同时，离火真人也在悄然叮嘱他的弟子王浩然：“浩然，此去南海，如有机会，就挖出蜀山御剑术的诀要来！”

“弟子明白！”

师徒二人对视一眼，心照不宣地笑了。

第七十三章　海滨小镇

一个时辰之后，南山之巅，火凤青鸾、仙鹤朱雀，诸般神鸟造型的飞行符箓纷纷升空。

楚渊独自御剑的话大家是跟不上的，所以还是祭出他的大白鹅，在整个队伍中独树一帜，着实引人注目。

但俞婉儿却丝毫不在意楚渊飞行符箓的难看，她驾驭青鸾，飞到楚渊身旁，嫣然一笑，道：“楚师兄，请！”

楚渊也是一笑：“俞师妹，请！”

青鸾与白鹅同飞，瞧来竟有一种异样的和谐，大有比翼双飞的感觉。

王浩然心中嫉恨，啐了一口，道：“癞蛤蟆想吃天鹅肉！”

唐冰恰经过他身边，嘻嘻一笑，道：“连癞蛤蟆都争不过的人，是什么？”

王浩然怒气冲冲回头，唐冰已经乘着火凤凰得意扬扬地飞了过去。

莲印乘坐一朵八宝莲花，盘膝飞到王浩然身旁，双手合十，微微一笑：“阿弥陀佛。”

花如娇乘着一只大雁，跟在众人最后面，瞧着他们诸般反应，心道：“仙宗正派大难临头了，这些各派挑选出来的精英弟子间，还是如此的不团结呢。”

王浩然和常道为似乎以前就是相熟的朋友，两人并肩飞在一起，不时交谈着什么，忽然，王浩然声音抬高了一些，大声笑道：“山鸡就是山鸡，永远也变不成凤凰的。”

汤思悦气鼓鼓地横了他们一眼，对楚渊道：“人家分明在挑衅你呢，有没有种呀你，居然装没听见！”

楚渊摊摊手：“干吗那么幼稚？”

俞婉儿几乎是同时说道：“干吗那么幼稚？”

两人说罢，呆了一呆，不禁相视一笑。

飞在最后面的花如娇恨恨地扭过头去，嘴角撇到了耳根子上：“奸夫~~~淫妇！”

南山派居于南海，也临海，但却不是处于南地大陆的最南端，而是处于南方的一个海湾之内。

楚渊等人腾空飞去，还要经过一段陆地，抵达大陆最南端的天南镇。

他们在天南镇停了下来，在此还要雇佣大船，不然的话，大海茫茫，较之陆地不知还要广大多少倍，而且大海上几乎没有可以辨识方向的东西，一旦方向有误，可不知要多久才能回来了。

他们要休息、要睡觉、要进食，没有船，只凭飞行符箓，是万万不能入海的。

可是天南镇上虽然尽是渔民，靠海为生，一听他们要远出大海三千里，去寻找他们听都没听说过的什么真水岛，却是尽皆摇头，无人肯答应出海。

楚渊一行人在镇上耽搁了三天，始终找不到渔夫肯答应，不禁傻了眼。如果只买一条大船，没有渔夫，就凭他们这些从未出过海的人，可是根本无法成行的。

这时，厮混熟了的客栈掌柜指点道：“你们真要出海，不如去镇东找凡爷试试！”

俞婉儿忙问道：“掌柜的，这位凡爷是什么人？”

掌柜的道：“凡爷，那可是海上航行的一把好手，专司南北贩运。纵横海上数十载，现在多少海上讨生活的人，都是他的徒子徒孙。不过，上得山多终遇虎啊，这不就上个月，凡爷七海船的货啊，遇到一场海啸，全毁了！光是赔偿，就叫他倾家荡产，几十年的努力，化为泡影。你们要远航，说实话，没有哪个水手肯答应的，也就凡爷，如今上天无路，入地无门，或者会答应。不过这价儿，恐怕……”

金银财宝于修真之人来说，用处着实不大。但修真之人什么山川大泽、奇险难行之处都能去得，多年下来，任何一个门派，总会弄到许多天材地宝，又或者是五金之精，比如金银宝玉一类的东西。

这一次他们要去南海寻找长流子，各自师门随便给他们点珠玉之物，放在凡人界就是一笔价值连城的宝物，是以听掌柜的一说，俞婉儿等人毫不为难，当即欣然道：“还请掌柜的指点那位凡爷家的去路！”

凡爷，五十出头，头发花白，脸庞赭红，皮肤上隐隐还有水锈，显然真是个经常出海的人物。

此刻，他正瞪着桌上的一团珠光宝气，额头汗水涔涔而落，那酒意全都醒了。

“够不够？凡爷，只要你肯出海，你的人算我雇你的，这船算是我们买下的，桌上这些金银珠宝，只是买船之资。接着……”

俞婉儿向唐冰递个眼色，唐冰微微一笑，手腕轻扬，手指间拈着一个乾坤袋，向下一倾，“哗……”，无数金沙天河一般倾泻而出，刹那工夫就流满了屋子，将那凡爷的双脚都埋到了膝盖。

凡爷惊得目瞪口呆：“这……都是给我的？”

王浩然微笑：“没错！”

凡爷又看看唐冰手中那个荷包大小的小袋子，犹豫地道：“你们……这小小的袋子，怎么装得下这么多的金沙，你们……是仙人？”

上官靖和战雷互视一眼，笑道：“差不多吧，我们这次出海，是要寻访一位修道有成的上仙，凡爷，这么多的财宝，且又不是去找海妖作死，你还不答应？”

“如果我答应，这……这所有的财宝，都是我的？”

申屠无病微笑颔首：“没错，都是你的！”

凡爷的婆娘担心地扯了扯他的衣襟：“当家的，去远海，太危险了，你……”

凡爷的眼睛都红了，虽然没练过什么魔功，可是此刻比起森罗魔殿护法何洪宵，似乎也不遑多让。

他一把甩开婆娘的手，纵身一跃，扑到了那金沙上，狠狠掬起一捧，狂笑道：“我的，都是我的！全都是我的！欠下的债，都能还上了！老子要东山再起了！老子发达啦，哈哈哈……”

※※※※※※※※※※※※※※※※※※※※※※※※

第七十四章　海中巨兽

“这条船，可是耗费了我十年时间，用的是向阳山上的良木，绝对结实，我敢打包票，整个天南镇，甚至整个南海，没有一艘船能比它更坚固了。”凡爷拍着船舷，脸上带着自豪的笑容。

“这条船不是货船，所以上次没有跟着一起出海，也幸亏如此，今天我才有船可用！也幸亏我还没有把它卖掉抵债！苍天保佑啊！”

凡爷向着老天一个劲儿作揖，汤思悦笑道：“我说凡爷，你还是感谢我们吧！要不是我们恰巧要出海，老天也帮不了你！”

“嘿嘿，也要感谢！也要感谢的！”

虽然远航风险实在太大，可凡爷已经身处绝境了，此刻绝境逢生，竟是满面红光，神采飞扬。

“小的们，扬帆起锚，咱们出海啦！”

凡爷大手一挥，他的那些水手们立刻忙碌起来。这些人都是跟着凡爷讨生活的，如今凡爷给了他们各自家里一笔足以吃够三辈子的财富，也就横了一条心，跟他去远海了。

大船扬帆起锚，奔了远海。一连行了三天，也未见发生什么奇怪的事情，王浩然等人渐渐放了心。初出海时他们兴致勃勃，每日在船头观赏海上风景，现在也看得厌了，懒懒的连甲板也不愿上。

而凡爷却是比起前几天更加的谨慎，因为他知道，前几日未到人迹罕至的远海，反而更加安全。越是后来，越要谨慎。

这一晚，楚渊正在舱中打坐练功，忽然听到甲板上有人急声说道：“小心了，有海兽！驱散，快驱散！”

楚渊连忙起身，跃上甲板，就见几盏气死风灯惨白的灯光下，水手们正在忙碌着，此时俞婉儿、王浩然等人也都上了甲板，成辛已经奔到船舷边，向下望去，惊叫道：“哇！好多海兽！”

楚渊赶到船舷边就见漆黑的海面上散发着惨白的光泽，海面上浮动着的全是密密麻麻的海兽！这些海兽只是海族中的低级种类，虽然智商不高，体型也不大，对付起来虽然不算很难，却胜在数量庞多，比较费工夫。

王浩然一见，便冷笑道：“不过是些海兽罢了，较山中野兽有何区别！看我杀了它们！”

王浩然口念道诀，手结法印，忽然双手食指一并，向海中猛然一指，喝道：

"疾！"

就见一道电光猝然炸响于海中，几只海兽被炸得翻腾起来，登时泛起一片血水。

上官靖、常道为、法正等人哈哈大笑，道："正觉旅行无聊，这些海兽便送上门来解闷儿了，看我们的！"

一时间，他们纷纷使出各自本门的道法或法器，海中惨嚎连天，血水滔天。

凡爷急了，他们动作太快，凡爷竟未及阻止，此时不禁顿足大叫："住手！住手！且莫动手！要出大事的！"

楚渊听他呼喊，连忙气沉丹田，大喝一声道："统统住手！"

众人不明所以，纷纷住手，愕然望来，楚渊道："凡爷，你要说什么？"

凡爷冲到船边探头看了看，也顾不得他们是近乎仙人一般的人物了，涨红着脸道："到了船上，不管你们是什么人，就得听我的，怎么可以胡乱出手？我这船上备有专门驱散海兽的药物，那些海兽不喜闻这气味，只要不激怒它们，定能驱散。如今，你们杀了这么多的海兽，血腥之气，对海中大兽来说，隔着百里之远也能嗅见，一旦引来海妖该怎么办？"

唐冰怔了怔，道："山中老兽可以成精，这海中巨兽，也能成精？"

凡爷道："有什么区别？我跟你说，这海中妖兽发作起来，比山中妖兽还要可怕百倍呢！"

凡爷探头瞧了瞧海面，急急道："快快快，连夜赶路，马上脱离此地。狗剩子，狗剩子，一会儿船启动了，你在船尾撒药，把这些海兽轰开！"

正在船上忙碌的水手中的一个答应一声，本来因为夜晚已经落锚固定下来的大船，马上扬帆起锚，向茫茫夜色中驶去。

成辛抬头看看黑漆漆的天空，道："今晚无星无月，不能辨识方向，我说船老大，这么不辨方向地开出去，成吗？"

凡爷道："现在顾不上那许多了，先脱离此地，待天明再辨别方向吧，一旦真的招来海妖，那就惨啦！"

王浩然等"陆上神仙"，可是不甚明了这海妖究竟有何威力，犹自有些不以为然。

那船在夜色中漫无目的地开去，只管顺着风儿，走得快一些，被激怒的海兽穷追不舍，哪怕是船尾不断撒下令它们极其讨厌的气味的草药沫儿也不肯罢休。

本来被激怒的海兽就不再顾忌这些草药的气味儿，更何况船在行驶，草药气味难以持久，成群结队的海兽紧蹑其后，不断发出各种刺耳的嚎叫，吼得船上的人心烦意乱。

砰！

忽然间，船身剧烈地摇晃了一下，凡爷变色道："有大型海兽加入攻击了。"

"我们不会是跑进海兽的窝里了吧，怎么这么多啊？"唐冰惊诧不已。

凡爷苦笑道："姑娘，你可知这海有多深，有多大？海里的生物，本就是成群结队的。不过，成群结队的海兽倒还好，如果真碰到不成群的海兽或者海妖，那一定是……非常可怕的存在了！"

轰~~~

仿佛是在印证他这句话，前方海面上突然伸出一个巨大的铲状的东西，它冉冉地升出海平面，带得海浪滚滚，足足伸出海面十多丈，突然向船的正前方拍过来。

"小心！"

凡爷一声惊呼，马上抄起了旁边的一根缆绳，那是一条巨大的尾巴，仅仅是一条尾巴就如此巨大，也不知那条大鱼究竟有多庞大。

砰！

巨鱼的尾巴拍在海面上，海水仿佛海啸般向大船冲过来，激得大船船头一扬，又猛然一振，巨浪从船上涌过，几个措手不及的水手惨叫着被卷入了大海。

王浩然、楚渊等人虽然不大熟悉水性，可他们都是修真习武的人，身手敏捷，反应尤其得快，早已各自用了不同的办法，定住了自己的身子，倒是不曾被冲入大海。

"啊~~~！"

成辛发出一声尖叫，但尖叫声只持续了一刹，又陡然停止，仿佛被人掐住了脖子。

原来，这一个巨浪，把她头上的白发给冲掉了，脸上的化妆也冲了个乱七八糟，幸好是在黑夜之中，众人又都在手忙脚乱之中，才没人发觉。

第七十五章　真相败露

成辛暗暗叫苦："坏了坏了，这下子要露馅儿。他们是去寻找长流子的，一旦发现我这个魔道妖女，恐怕小弟弟也护不住我了！"

这样想着，成辛便向船尾方向悄悄摸去，想距他们尽量远一些。

楚渊抹一把脸上咸涩的海水，循声喊道："成老哥，你怎么样啊？"

成辛忙扮出苍老的声音道："我没事儿，你没事吧？"

楚渊大声道："还好！俞师妹，俞师妹……"

成辛听在耳中，心中一甜："关键时刻，小弟弟最关心的还是他的娇娇姐呀，先问了我的安危，才去问姓俞的！"却浑然忘了她现在扮的是个糟老头子，楚渊根本不知道她的真面目，之所以先问她情况，也是因为听到了她的尖叫。

俞婉儿一手紧紧扣着船舷，扬声道："我没事！这是一头巨兽，大家小心它再次拍打船只！"

可这时，周围的海水一阵剧烈地激荡，晃得那船摇来摇去，几乎把从不晕船的水手们都要摇吐了的时候，浪却突然缓了下来，这时天空已经泛起鱼肚白，海面上已经有了光，他们看到前方海面，有一团一团红色的血液不断翻滚涌来，仿佛整个大海都被染红了。

正惊愕间，就见水面上哗的一声，浮起一个巨蛋，雪白的巨蛋，仿佛一座山丘那么大。定睛一看，那海浪中一沉一浮的巨蛋微微露出下边的部分，唐冰忍不住叫道：“不是蛋！那是鱼！好大一条鱼！”

海面上，是一条巨大的鱼，雪白的鱼腹朝上，远远看去，便似一个蛋浮在海面上。王浩然吃惊地道：“这鱼，应该就是刚才攻击我们的那条大鱼吧？”

这时，凡爷却不知从哪儿冒了出来，扶着船舷仓皇四顾，颤声道：“海兽呢，海兽呢，怎么一只也不见了？”

上官靖笑道：“你这老头儿，海兽都走了，岂不更好？”

凡爷指着海面，尖叫道：“你看！你看！整个海面上都是血，那些海兽怎么会走？怎么会走？”

上官靖一呆，道：“你什么意思？”

凡爷尖叫道：“海妖！一定是有海妖来了！”

这厮简直就是一个乌鸦嘴，话音刚落，海面上突然有一条条小银鱼儿破浪而出，射向他们的大船。

楚渊一把按住凡爷，将他按趴在甲板上，一剑刺向那银鱼儿，却不料一剑劈去，那银鱼儿哗地一下溅开，喷了他一身一脸，居然是一道水流。

可这水流也实在太可怖了些，楚渊亲眼看到，一条不曾被击中的“银鱼儿”从一道桅杆上掠过，那浸过桐油、坚韧难破，凡人几十斧子也未必能劈断的桅杆就喀喇喇地响着，带着帆，倒向大海。

“有魔道妖人袭击，大家戒备！”

王浩然大叫一声，拔出定魂枪，寻找着他想象中的魔道妖人。

一只巨大的触手却在此时缓缓探出水面，这条触手，巨龙一般，长达十余丈，触手上满是一个个的吸盘，吸盘有大有小，遍布触手的一面，看起来非常麻人。

那些触手上的吸盘，最大的怕不比一扇磨盘还要大，巨大的触手扭动着，紧接着，是第二支、第三支、第四支……

忽然，那些触手同时沉入海水，一个圆溜溜的东西缓缓冒了上来，两只巨大的乌溜溜的眼睛似乎带些好奇地看着他们。

战雷持着降魔杵，愕道：“这是什么玩意儿？”

凡爷从甲板上爬起来，惊道：“这是……巨型章鱼？”

这时，他们分明可以看到，那条巨型章鱼好像动了动触须，眼神儿露出一丝很人性化的好笑的意味。

然后，它把口一张，无数的“银鱼儿”便呼啸而出，铺天盖地的泼向大船。

这是一条会吐飞剑的章鱼！这是一头海妖！

船上的人要么急急寻找掩体，要么驱动法器抵抗，一时间惊呼惨叫声此起彼伏。

花如娇眼见天色将亮，她那副模样根本瞒不了人了，所以总是离他们远远的，结果离船舷太近，密集的飞鱼式水箭袭来，花如娇拼命拨打了几下，肩头忽然被飞箭擦伤，哎哟一声，向船外翻去。

楚渊听见叫声，一扭头，恰看见花如娇倒翻出去的身影，只看到一双脚，一闪就不见了。

楚渊惊呼一声：“成前辈！”便飞身纵了过去，俞婉儿反应也快，马上紧随其后，仗剑帮他拨打连续不断的水箭，以防被水箭贯体。

楚渊这一纵，比利箭还快，飞身蹿出船舷，一把扣住了花如娇的足踝，自己的双脚则倒挂在船舷上。

“成前辈！”

楚渊用力向上一提，忽然一怔，瞪大眼睛，吃惊地道：“是你！”

匆忙去捂脸的花如娇眼见被他识破，干脆先发制人，瞪眼道：“是我又怎么样？”

“花如娇？你说你是成辛？”

“对啊！我就是诚心！”

楚渊气道：“你……藏头露尾的，跟着我做什么？”

花如娇比他还理直气壮：“我喜欢你，我暗恋你，我想追你，我想泡你，怎么着，不让啊？”这番话说出来，楚渊还没怎么样，她自己的脸蛋儿已经变成了大红布。

俞婉儿将一轮水箭拨打开，靠近船舷，道：“怎么了？”

两人这番对话，她仓促之间根本没有听清。

楚渊哭笑不得，狠狠瞪了花如娇一眼，道：“给我上来！”

楚渊双臂一振，将她扬向船头，此时一轮水箭射罢，那巨型章鱼海妖突然扬起两条巨大的触手，仿佛两条张牙舞爪的巨龙，向船上狠狠砸来。

“天哪！”

凡爷抱着脑袋，绝望地看着那不可抵御的巨粗无比的触手狠扫而来。

俞婉儿此刻正站在船尾位置，首当其冲，手中一口剑，刺在如此巨大的触手上，不过是跟蚊子叮了一口相仿，那口剑只一刺，半截刺入触手，嚓的一声断了。

俞婉儿被巨型触手一扫，哇的一声喷出一口鲜血，身子就飞了出去，落向远远的海面。

“俞师妹！”

楚渊刚把花如娇抛上甲板，一瞧俞婉儿落水，立即纵身跃了过去，嗵的一声就随着俞婉儿落进了海水。

第七十六章　深海为伴

俞婉儿被海妖这一击，五脏六腑都受了重伤，她迅速向海底沉去，根本无力挣扎，这时，她看到海面浪花一溅，楚渊也跟了下来。

一道道水箭从海面射入水中，从他们身边穿过，楚渊臂上中了一箭，鲜血涌出，但他不管不顾，只是挥动双手，迅速向她游过来。

楚渊的身影在视线中不断扩大，俞婉儿的意识已经迷离，恍惚中看着他越来越近的身影，心底有一抹温暖的味道渐渐扩散开来，脸上不禁绽放出了一个甜美的笑靥，对着楚渊无力地伸出了一只手。

海面上，被扫平了所有桅杆的船，被几条巨大的触手缠绕着，举到了高高的空中，站在船上的那些修真者，此刻看起来真如天地之间的几只蝼蚁。

水下，楚渊屏住呼吸，朝着俞婉儿下沉的方向奋力追去，他们是修炼者，在水下闭息的时间比普通人长，却也是有限制的，只能越快越好。

海水之中，忽然传来一阵若有若无的歌声，仿佛是歌声，又仿佛只是某种生物的鸣叫，楚渊听了只觉得大脑一阵眩昏，一时间悬在水中，竟似忘了自己要做什么。

迷蒙之间，看到俞婉儿的身子越沉越远，已经向大海深处坠去，楚渊突然又醒了过来，他定住心神，拼着最后的力气猛然加速，飞快地游到俞婉儿身边，紧紧地握住了她的手。

但这时，那种奇怪的歌声变得更响亮了，楚渊眼前一黑，突然失去了知觉。

泛着幽蓝光泽的深海，两道身影手掌交握，随波晃动着，向深深的海沟深处不断坠落、坠落……

沙沙……沙沙……

楚渊朦朦胧胧的意识中，仿佛有海浪拍打沙滩的声音，自己就像漂浮在水面上一样，随波逐流，找不到方向。

冰冷的触觉侵蚀着皮肤，让楚渊陡然睁开了眼睛，海水！意识回归的那一刻，楚渊陡然想起了自己的处境。

右手猛然一握，感觉到那柔若无骨的小手还在自己手心，他才稍微安心，然后迅速起身，将身边的俞婉儿也拉了起来。

两人搁浅在海滩上，不断起落的海水从两人身下流过，俞婉儿还在昏迷，楚渊紧张地拍了拍她的脸颊："婉儿？婉儿！"

俞婉儿没有任何回应，她的衣衫透湿，紧紧地贴在身上，显出玲珑的曲线，但是脸色煞白，呼吸微弱，有明显的溺水征兆。

楚渊看着那张美丽的脸，没有多少犹豫，将俞婉儿的身子放平，一手捏紧俞婉儿的鼻子，深深吸了口气，印在俞婉儿有些发白却依旧柔软的双唇上，使劲地吹了口气。

渡气，是他现在唯一想到的办法，虽然对俞婉儿来说有些亵渎，可为了救她，他也顾不得那么多了。

一口气渡过去，楚渊看俞婉儿的胸部微微起伏，说明有效，然后抬起头，朝旁边深深吸了一口新鲜空气，再次将嘴印了上去。

"嗯……"

反复几次之后，俞婉儿鼻子里传出一点微弱的声音，双眼有些迷离地睁开，映入眼帘的是一张贴在自己脸上的脸。似乎，自己的嘴唇上还有些异样的感觉……

微微愣了一下，俞婉儿忽然反应过来，只是她并没有推开楚渊，只是那么怔怔地看着他。

楚渊本来紧闭着眼睛，感觉到异样睁开眼睛，四目相对，两人都怔住了，却忘了他的唇还紧紧挨着她的唇。两两相望，几近天荒。

他的眼中只倒映着她的影子，楚渊只觉得心脏跳得厉害，朦胧的情感越发清晰，看到她遇险时候的奋不顾身，看到她醒来时的狂喜。他突然明白，他喜欢眼前的女子！从看到她的第一眼时，就喜欢上了她。

俞婉儿也看着楚渊，那个第一次见时自信却又狡黠的少年，那个从泽精手里救了自己的男孩，那个总是站在自己身前的男子。

原来不知不觉间，自己的目光早就被他吸引，心里的弦似乎轻轻地被拨动了，发出悦耳的乐声，俞婉儿于娇羞中豁然开朗："原来，我喜欢他！"

楚渊迅速起身，有些心虚地看了俞婉儿一眼："我……我刚才不是故意的……"

"我知道。"俞婉儿微微垂眸，脸上带着一抹淡淡的娇羞，却并没有生气的意思。

楚渊总算是放下心来，打量了一圈四周，疑惑地道："这是什么地方？"

他们明明掉落深海，为什么会在陆地上？印象中那片海域似乎也没什么岛屿吧？

海水轻轻冲刷着沙滩，上面积累了不少的贝壳海草，却安静异常，一个人也没有。

"楚渊，你听！"俞婉儿猛然抬头，远处传来了歌声，优美，婉转，却哀怨。

楚渊的脸色微微变了变："好像我们在海里听到的声音。"

昏迷之前，楚渊他们听到了深海传来的音乐。

"那我们去看看？"俞婉儿抿了抿嘴，伸出修长白皙的手掌，示意楚渊拉她起来。

楚渊先是一怔，随后伸手，两人不是第一次握手，可这一次却都是心中微震，两人之间似乎有什么不一样了。

“声音好像是从那边传来的。”楚渊拉着俞婉儿往前走去，偷偷地斜眼瞥了一眼，他还握着俞婉儿的手，而俞婉儿仿佛没有发现一般，任由他握着。

俞婉儿奇怪地发现，她受海妖那一击所受的伤，竟似已经好了，走起路来气息平稳，完全没有受了重伤的感觉。踩着沙滩，两人穿过礁石，然后就被眼前的景象震惊了！

全部是船只！有大有小，有些已经完全腐烂，有些还能看到轮廓，破破烂烂的桅杆上，烂成布条的旗帜随风飘荡。这里堪称是船的墓地！

“是……鲛人！”

楚渊指着前方，最前面的船舷上，坐着一个鲛人，海蓝色的长发披散，脸蛋白皙漂亮，只是下半身却是鱼尾，随着她的动作不断甩动。

第七十七章　鲛人女王

鲛人，是海族的一个种类，楚渊以前从书中见过。

“不止一个。”俞婉儿也发现了，人身鱼尾，虽然组合诡异，却又出奇完美。

“这次的祭品还真不一样，竟然能活下来。”

“喂，你们两个，跟我们走！”

船上的鲛人一个跳跃，鱼尾在空中划过漂亮的弧度，落在了两人面前。

楚渊和俞婉儿对视一眼，刚才鲛人的话他们听得清清楚楚，尤其是祭品两个字。

“我们不是祭品！”俞婉儿淡淡开口。

鲛人美女上下打量了俞婉儿一眼，道：“长得很漂亮，女王最喜欢这么漂亮的脸蛋了。”

楚渊感觉到危机，道：“这里到底是什么地方？”

“这里是鲛人国，你们人类，听说过我们鲛人吧？”鲛人美女眼中似乎有一丝恨意。

楚渊和俞婉儿沉默了，鲛人，他们当然听说过。鲛人，又名泉客，鱼尾人身，精于纺织，泣泪则化珠，用她们的身体熬出的鲛人油，一滴就可以燃烧数日不灭。

所以，有人捉了鲛人日日为他纺纱，有人捉了鲛人殴打欺凌，逼其流泪。还有帝王人家捉了鲛人，用其油熬制长明灯，以用作地宫照明。

那个鲛人冷笑一声，道：“看来你们很清楚，是吗？你们是小章抛下海眼献祭于我们女王的人，本该在献祭途中死去，可你们竟然还活着。既然活着，就得交由女王亲自发落了，跟我走吧！”

楚渊和俞婉儿对视了一眼，悄悄检视了一下，他们的法器和兵刃都还在，二人稍稍宽心了些。

鲛人用鱼尾向前跳跃着，带领他们向岛心走去。

“女王，海眼里飘来两个人类。”鲛人在洞口恭敬地低头通报。

片刻之后，洞中传出一个慵懒清丽的声音：“让他们进来！”

鲛人横了二人一眼，道：“你们两个自求多福吧。”

楚渊和俞婉儿小心翼翼地走了进去，这山洞洞口不大，里边却极宽敞，五颜六色的钟乳石，让这山洞辉煌如天宫。

一个钟乳石形成的华丽的浴池，一个身着火红华服的美人鱼横卧池中，鱼尾无聊地拍打着池水，也视着他们，容颜娇艳不可方物。

楚渊踏前一步，拱手道：“女王陛下，我们是前往海外的旅客，并无意冒犯鲛人国，还望女王开恩，放我们离开。”

“人类，是我们鲛人的死敌！千百年来，人类不断地捕捉我们，伤害我们，现在你们人类落到我手里，我为什么要放过你们，嗯？”

鲛人女王冷冷地睨向楚渊，楚渊道：“人类，也许有些人因为贪婪，伤害过鲛人，但我们两个……从来没有。”

鲛人女王放声大笑起来，洞中回音效果极好，她的笑声传出很远很远。

“那又怎么样？我们鲛人，同样没有伤害过人类。甚而，还有鲛人爱上过人类，帮助过人类，结果呢？只有伤害！永远只有伤害！你们人类，贪婪、残忍，个个都该死！”

水花四溅，鲛人女王从钟乳石的池中一跃而出，人还没有落地，那火红色的美丽尾巴竟然就变成了一双雪白、细腻、笔直、无瑕的美丽长腿，让她稳稳地落在地上。

鲛人女王看见楚渊紧张地护在俞婉儿前面，唇角不禁绽出一丝冷笑：“你们是一对恋人？”

楚渊先是一怔，旋即想到看过的古籍上说：“鲛人多情痴，为爱可以承受日日锥心之痛而化尾为腿……”

眼前的鲛人女王，难道是个情痴？若是如此，或许可以从“情”字上打动她！

“是！”楚渊马上毫不犹豫地回答。为了证明自己的话，他还牵起了俞婉儿的手。

俞婉儿嗔怪地瞪了他一眼：“这又不是泽精秘境，你又来？”

楚渊想解释自己只是为了取信于鲛人女王，但是看着俞婉儿似羞还喜，若有期待的眼神，他不由得答道：“上一次，是不得已而为之，骗他们的。这一次，我是真的！”

俞婉儿痴痴地看着他，忽然脸儿一红，垂下头去，牵着他的手轻轻紧了一紧，虽未说话，其意已明。

楚渊没想到此时此刻竟然在这样的时机下表白，而她竟也同意了，一时欢喜地不能自已。

鲛人女王将二人的表现看在眼里，心中忽然妒火中烧：“恋人吗？恋人更该死！天下所有相恋的人，统统都应该被烧死！”

楚渊吓了一跳，什么鬼？这个鲛人女王怎么不按套路出牌啊？

鲛人女王怒气冲冲地道：“你们也可以不用死在这里，我给你们一个机会，你们两人之中，只有一个人能活着离开，你们说，谁离开好呢？”

“女王陛下，你不用试探了，我们不会抛弃彼此的！”俞婉儿反腕扣紧了楚渊的手，沉声说道。

楚渊看了一眼俞婉儿，难掩喜悦，大声道：“不错，我们彼此，不离不弃！”

“哼，每一个人，在骗取他人情感时，都会这样花言巧语的！”鲛人女王猛然一拂袖子，鲜红的凤尾裙下一双雪白的长腿若隐若现，显得更加妖异美艳。

“你们若不选择，那就一起死。”鲛人女王高高在上地扬起了下巴：“我知道你们是修真者，自恃本领，觉得能够杀出去是吗？愚蠢，你们太愚蠢了，这儿是鲛人国，是我的地盘啊！”

鲛人女王放声大笑，红色的袍袖向左右一甩，如同凤凰张开羽翼。

第七十八章　同生共死

一股无形的劲气爆裂开来，可俞婉儿竟也在她张开双臂的同时出手了。

一只、两只、三只、四只、五只、六只……

俞婉儿借助牵丝手链，现在最多能同时控制六个傀儡，她便一气儿放出了六个傀儡，全部扑向鲛人女王。

在鲛人的地盘上，诚如鲛人女王所说，他们纵然浑身是铁，能打几根钉？打倒了一个，还有无数个，除非……擒贼先擒王，拿住鲛人女王为人质。

鲛人女王呵呵地笑起来：“聪明！可惜！作为鲛人王，在鲛人的地盘上，我不需要倚仗人多取胜！”

鲛人女王的手掐成一个兰花状，翻了两个复杂的手印，俞婉儿的六个傀儡攻到了，但是有六个鲛人女王同时迎了上来，各自对付一个，而真正的鲛人女王依旧稳稳地站在那儿，冷笑地看着他们。

这六个鲛人女王，都是由那巨大的钟乳石浴盆中的水化成的，虽然与真正的鲛人女王几乎完全一样，但她们看起来是半透明的。虽然是半透明的，可她们全部拥有和真正的鲛人女王完全相同的法力。

鲛人女王淡淡地道：“在鲛人部落，我是拥有鲛王领域的。在我的领域之内，只要有水，我就能无限复制我自己，复制的每一个我，都拥有和我完全相同的能力。除非你们的实力十倍、百倍地超过我，否则……”

随着她的声音，一个又一个的鲛人女王不断地出现，接着她的话，语气极其连贯地说了下去，但是每个鲛人女王都只说了一个字：“根、本、不、可、能、战、胜、我！”

这句话说完，又是八个鲛人女王出现，笑吟吟地站在楚渊和俞婉儿面前。

这根本就是一场无望的战斗，绝对没有胜利的可能。仅仅这个认知，足以让人崩溃绝望，但楚渊并没有放弃，他已练成御剑术，不需要繁复的手印和口诀，只是心念一动，已经在星睿塔修复完成、变得更加锐利、威力更加强大的镇山宝剑便铿然出鞘，只一剑，剑气冲霄，狠狠地劈了下去。

面对如此凌厉的一剑，鲛人女王也不禁色变，不由自主地退了一步，四个水晶鲛人女王同时出手，硬接了这一剑。

楚渊踏前一步，戟指一点，剑身铮的一声颤鸣，笔直地刺向鲛人女王的本体。虽然她前边拦着八个水晶鲛人女王，可这剑自空而来，却可以准确地攻击她本人。

八个水晶鲛人女王同时回救本体，楚渊戟指又是一连三点，鲛人女王色变之际，却见楚渊一把拉起俞婉儿，居然抽身就走。原来，这一连三点，不过是他虚张声势。

鲛人女王啼笑皆非，欲待追赶，奈何楚渊固然走了，可他的神剑却还在呈威。俞婉儿虽然走了，六个傀儡却还在她的遥控之下，攻出了最后几招，而这段时间，足够两人脱离了。

鲛人女王怒极而笑：“你们现在是在大海之下，鲛人王国！我倒要看看，你们能逃到哪里……噫！”

鲛人女王愕然发现，楚渊竟然不是向外逃，而是拉着俞婉儿，一头扎进了洞穴深处。

俞婉儿被楚渊拉着一路狂奔，喘息地道：“为什么要进洞来？”

楚渊道：“这是鲛人女王的领域，逃向外边也走不掉！”

俞婉儿啼笑皆非：“难不成往她老巢里闯，就能逃出去了？”

楚渊道：“我也不知道！我只是觉得，这洞穴深处，似乎有什么熟悉的东西，所以，就奔这儿来了！”

此时，那六个傀儡与俞婉儿彻底失去了联系，已经变成了一堆不会动弹的废铜烂铁。而那柄蜀山镇山宝剑，却在楚渊的意念呼唤下，化作一道虹光，追摄而去。

鲛人女王冷笑：“垂死挣扎！”

鲛人女王一抬手，脚下便出现一个巨大的蚌，那蚌壳莹白如美玉。鲛人女王踏上蚌壳，那巨蚌便像一辆装甲车般轰隆隆地追着楚渊二人的去处冲向洞窟深处。

“咦？”

楚渊循着那种特别的感应，七拐八绕地冲到洞穴深处，此处已奇寒无比，处处冰雪，在那无比晶莹的冰雪壁面上，竟然出现一个黑漆漆的洞口。

洞口飞快地旋转着，纯黑的颜色，似乎有无数道气流奔涌其中，看得人眼晕。与此同时，一股强劲的吸力，吸得二人直向那黑洞滑进，二人要用力定着脚下，才能避免被那气流吸走。

俞婉儿道：“这是什么？”

楚渊摇摇头：“不清楚！不过……那种感应，更近了，似乎，应该在里边！”

“呵呵呵呵，逃啊！你们倒是逃啊！我说过了，在这里，我能左右一切，你们是逃不掉的！”

鲛人女王乘着巨蚌，笑吟吟地出现了。

她瞟了壁上的黑洞一眼，道：“觉得那是出口吗？哈哈哈！那不是出口，而是地底海眼。一旦进去，你们知道是什么下场吗？”

鲛人女王举起双臂，亢然道：“在你们头顶，是无穷无尽的海水！深有千万丈，阔有十万万里！这么多的海水，形成的压力有无穷之大，就算是钢铁投入这黑洞，也会被这种伟力压成渣渣，更不要说是血肉之躯了。”

鲛人女王缓缓放下双臂，瞪着二人：“去啊！跳进去，做一对同命鸳鸯吧！”

“意引灵气，以气御形，剑气所向，罡气纵横，万剑齐发！敕令！”

楚渊忽然捏起剑诀，大喝一声。归鞘的长剑再度出鞘，陡然直飞当空，快速地旋转起来，伴随着刷刷的声音，像是分出了一道道长剑的影子，悬浮在主剑周围，形成了一个剑轮。

楚渊当初功力大进时，曾在蜀山派脚下痛殴五行宗叶金斗等人时用过这一招，一剑化万剑他当然是做不到的，但是化个十剑八剑还是可能的。

其实这一剑化万剑，和鲛人女王所用的水冰化形，原理是差不多的，都是以法力驱动，通过本体进行复制。当然，要说复杂程度，就是鲛人女王的身外化身难度更大了。

她用水所化的水晶鲛人女王，不但形体比一柄剑复杂，而且可以做复杂的动作，可以动用法力，可以完全复制鲛人女王本体的能力，这个功夫较之楚渊这一招，实在是高明千万倍。

不过，她这一招也有短处，它只能在鲛人王国内，在鲛人女王的“领域”内才能使用，一旦出了鲛人国，鲛人女王的这招必杀之绝技就废了，而楚渊的剑外化剑，却是在任何地方都能施展。

看到那剑轮，鲛人女王冷笑一声，道：“这一招群杀技能，倒也是对付本王身外化身的绝好办法，可惜！你的万剑呢？区区十余剑，就想奈何得了本王？”

鲛人女王神色一冷，身周突然涌起无数化身，个个嘴角噙着冷笑。

楚渊用力一挥手，十余光剑，向鲛人女王疾刺过去，鲛人女王的化身也向他们猛扑过来，而鲛人女王的本体，却在这时被她身下的大蚌一张蚌壳，包裹了进去。

轰！

灵气炸裂的声音响起，洞穴有扩大声音的效果，使得炸裂声更加惊人，但那巨蚌的壳也不知是何物做成，居然坚固无比，楚渊的剑劈在蚌壳上，爆发出一溜儿火星，竟然没有在蚌壳上留下半点痕迹。

此时鲛人女王的身外化身已猛扑过来，楚渊望空一抓，十余灵剑重又归一，长剑一挥，剑身上爆发出朦胧的光泽，仿佛一股沉睡的力量从远古苏醒，带着让人心惊和一往无前的气势转瞬即至。

砰！

足足三个鲛人女王的水晶化身被劈碎，化成了一地水珠，迅速又变成了冰珠，而其他的鲛人女王水晶化身颜色不变，依旧不畏不惧地扑过来，齐齐拍出一掌。

楚渊闷哼一声，如何抵得了数个鲛人女王的合力攻击，被这一掌震得倒摔出去，正撞在那个旋转的黑洞上，楚渊挣扎着想要跳出来，俞婉儿更是变了脸色，慌忙冲上去想抓住他。

但那黑洞的吸力何等强劲，俞婉儿刚刚触及他的指尖，楚渊已经被彻底地吸进了黑洞。

“楚渊！”

俞婉儿一声凄厉的惨叫，一声肝胆欲裂。

她今日刚刚与楚渊定情，还没来得及享受爱情的甜蜜滋味，她的情郎就在她的眼皮子底下惨死了。

巨蚌缓缓张开，鲛人女王俏生生地站在那里，嫣然道：“他死了！我说过，如果你们是恋人，只能活一个，现在，你可以走了！”

鲛人女王微笑地看着她，她知道这个姑娘会伤心，会痛恨她，可那又怎么样？她就是要放她走，什么情比金坚，全是狗屁！很快，她就会忘了曾经的痛，曾经的他，喜欢上另一个男人，为他生儿育女！

鲛人女王喜欢拆散，喜欢破坏，喜欢揭穿所谓的情深似海。爱情，根本就是经受不起什么严峻考验的调剂品，不是吗？

她微笑地看着俞婉儿，等着她悲怆，但是飞快地离开。但是俞婉儿望着她，目中噙泪，却没有动。

“都说鲛人鱼尾化腿是为情，我本以为女王也是个痴情之人，想不到，我错了！”

鲛人女王一怔，俞婉儿已然转身，毫不犹豫地跳入了那个漆黑的旋转的洞口。

你为我，跃下深海！

这一次，我为你，义无反顾！

俞婉儿的身影被漆黑的洞穴迅速吞噬，鲛人女王怔怔地站着，突然攥紧双拳，愤怒地嘶吼起来：“我不懂情？我不用情？如果不是他那般对我，我又岂会如此绝情！”

话毕，鲛人女王已是泪流满面。

一颗颗眼泪落到地上，化作一颗颗晶莹剔透的珍珠。

原来，鲛泪化珠的传说，是真的！

第七十九章　死寂之地

昏暗，不是那种伸手不见五指的黑，可是却没有光亮，也没有声音，仿佛天地之间只剩下了死寂一样的昏暗和安静……

已经死了？这是冥界？楚渊觉得并不像，他被吸入黑洞，经过一阵头昏脑涨的翻滚，就被那黑色的气流卷到了这里。

这里的确有种冥界的感觉，能看见东西，但没有光线射入的感觉，寂寞、压抑，充满陈腐的味道，寸草不生的地面，远处有几株张牙舞爪的干枯树木，同样是黑漆漆的了无生机。

这里，像是一片死去的大陆。

楚渊渐渐适应了周围的环境，他持剑在手，正想走开去勘察一下这个地方，就觉得空中有气流涌动，楚渊一抬头，就看见黑浊的气流呼啸而过，一个身着翠衣的身影落下来。

在这片死寂之地，那是黑白之外唯一的一抹颜色。

楚渊惊叫起来："婉儿！"

楚渊收剑，冲过去，张开双臂，稳稳地接住了俞婉儿。

俞婉儿手勾在楚渊的脖子上，讶然看看他，再看看四周："我们死了？"

楚渊道："我觉得不像！"

俞婉儿："看起来……真的像是地狱！"

楚渊道："但这里没有幽灵，也没有鬼魂。"

俞婉儿："也许他们只是还没有出现。"

楚渊微笑起来："怎么可能，幽灵最喜欢吞噬活人的灵魂，如果这里真有鬼魂幽灵，嗅到生人的气息，早就苍蝇一般蜂拥而至了。"

俞婉儿道："可是如果我们现在也是鬼魂呢？"

楚渊道："那也不对！如果我们也是鬼魂，那这里一定就是新的鬼魂出现的地方，就算阴曹地府不安排人在这里接收，也该有老鬼在这里……"

俞婉儿好奇地道："老鬼在这里干吗？"

楚渊眼中的笑意越来越盛："在这里等着接收你这样漂亮的女鬼，抢回去做压寨夫人啊！"

俞婉儿娇嗔地捶打了一下他的胸口，两人对望着，忽然觉得无比充实、无比甜蜜。

俞婉儿从楚渊的怀中跳下来，道："我们瞧瞧，这里究竟是什么地方！"

楚渊"妇唱夫随"，爽快地道："好！"

两人一路走下去，也不知道走了多远，路上开始不只出现枯死风干的老树，偶尔还会看到一些尸骸，有人类的，也有巨大的鱼类尸骨，甚至有些是说不出名堂的奇怪野兽的骸骨。

他们始终没有遇到一丁点儿的危险，这里完全没有活物，也没有鬼物，但是那种安静到了极致的诡异的氛围，却让人胆战心惊。

"楚大哥，你快看，前面有一艘船！"

楚渊顺着俞婉儿的手指看去，就看到了一艘船，一艘巨大无比的船，它倾斜在地上，仿佛横亘在那儿的一座山丘，比起楚渊他们乘坐出海的那艘船，它至少大了二三十倍。

楚渊和俞婉儿走过去，跳到船上搜索了一番，空荡荡的，没有找到什么有价值的东西，两人的心都有些沉重，这里广袤无边，根本不知道该如何离开。

"走吧。"楚渊轻轻地抿了抿嘴，牵起俞婉儿的手。俞婉儿默默地跟着他，两人沿着眼前这不算路的路走着，远远地，前面竟然出现了一道人影，两人快速地对视一眼，谨慎而兴奋地靠近。

"这位……"

俞婉儿才说了两个字，剩下的话就生生咽了回去，楚渊震惊地看着眼前的人，不，那不是人，而是一具尸体！

眼前是一具站立的干尸，衣服还完好的挂在身上，只是全身上下却没有一丝血肉，只剩下累累白骨！而且他的动作自然，仿佛还保持着走路的姿势，就那么诡异的死了！

"这人生前应该是个修真界的高手。"俞婉儿淡淡开口。

尸骨保存完好，散发着淡淡的光泽，普通人的尸骸死后很快就会腐烂，只有修真界的人，而且具备相当的造诣，已然洗髓伐骨，灵气内蕴，骨骼发生了根本的改变，才不会腐烂，眼前这个显然是个高手中的高手。

只是想到这么一个高手走着走着就死在了路上，两人只觉得脊背有些发凉。尸体除了身上的衣服之外，同样什么也没有，两人沉默地继续往前走着，不知过了多久，两人再次停下了脚步。

又一具尸体，只是这次不是站着，而是盘坐在那里，依旧只剩下骸骨，还有挂在骸骨之上的衣裳。

"天工，聂枫，毙命于此！"

骸骨旁边是一块干净平滑的石头，尸骸的手放在石头上，指尖深深地插入了石头之中，留下了那两行字。

“聂枫？”楚渊重复了一遍，他好像在哪里看到过这个名字。

“天工，聂枫！！”

俞婉儿想了一想，突然娇躯一震，有些激动。

楚枫忍不住道：“婉儿，你听说过这个人？”

俞婉儿点点头，又摇摇头：“我听过……不不，不是听说过，是看到过！”

楚渊有些惊讶：“你见过他？那他……应该死了还没几年！”

俞婉儿苦笑道：“我是在一份古籍上看到过，而不是看到过他的人。”

俞婉儿转向那位盘膝而坐的骸骨：“我百巧门，是十二仙宗之一，历史悠久，但是没有悠久到那场传说中的神魔大战的时候。那时候，仙宗正道中善造机械、善用傀儡的是天工门，天工门最后一位掌门，就叫聂枫！”

楚渊有些吃惊。

俞婉儿道：“天工门，不是我们百巧门可以比拟的。据说，天工门还存在的时候，他们可以造出浮空之城，他们造出的巨舰，可以稳稳地航行在大海上，任何风浪都击毁不了它……”

两人不约而同地回头，看向远处那座山丘般巨大的死船。

第八十章　仙魔坟场

俞婉儿道：“天工门还能造出巨型傀儡，它有一座山那么高，不需要人用法力去驱动，在傀儡身上，有法阵符图，只要激活法阵，它就可以按照你的念头行动或战斗！”

楚渊吃惊地道：“那……天工门岂非天下无敌了？”

俞婉儿摇头：“可那时的其他门派，同样拥有现在的诸多门派所不具备的神奇法术，可以移山倒海，那是……那是形同诸神存在的时代！”

楚渊神往一阵，问道：“那么，天工门怎么会灭亡的呢？”

俞婉儿徐徐地道：“据我百巧门古籍记载，魔道高手联手打开魔界之门时，为了避免遭到仙宗正派的阻挠，所以选择了罕无人迹的海外，因此，当仙宗正道获悉此事时，已经来不及阻止了。

“仙宗正道为了避免生灵涂炭，想把魔界妖人阻截在海外，于是，由各大仙宗门派组成了一支远征军。天工门因为善造大船，自然就成了这支远赴海外作战大军很重要的一部分。”

俞婉儿深深地吸了口气，道：“天工门造的不只有大船，还有无数的战神傀儡，门中精英尽出，出海阻敌。那一战，究竟打成如何模样，没有人知道，只知道……”

楚渊接口道：“只知道，魔界大军终究还是登上了大陆，剿灭各大仙宗，掀起一场腥风血雨，最后，他们决战于蜀山，然后……各派精英高手与亿万计的魔界妖兵同时消失了？”

俞婉儿惊讶地看了楚渊一眼，忽而恍然：“是了！你蜀山剑派的传承最是久远，曾经是一万年前神魔一战的一方领袖，自然知道这些事情。”

楚渊点了点头，俞婉儿道：“天工门经此一战，精英尽失！不过，魔界大军应该在天工门手里也没少吃亏，所以登陆后，第一件事就是讨伐天工门，这一来，天工门剩余的高手和无数年积存下来的资料、图纸也尽数毁去了，后来……就有了百巧门。”

俞婉儿幽幽地道：“百巧门的创派祖师，是天工门的一个弟子。”

楚渊道：“他既然是天工门弟子，为何不重新打起天工门的旗号，反而别创一派？”

俞婉儿苦笑道：“这个原因，我百巧门创派祖师在留给后人的札记中曾经提到过。祖师说，他只不过学了一点天工门绝学的皮毛，不配以天工门衣钵传人的身份重建天工门！所以……”

楚渊想到自己现在所在的蜀山剑派，其实也不过是当年蜀山剑派几个幸存的入门弟子所建，不禁苦笑。

楚渊看看前方一道灰扑扑的山坡，道：“走！咱们再往前看看，也许会发现更多的线索！”

俞婉儿是百巧门弟子，而百巧门不过是当年天工门的一点香火延续，这位天工门掌门聂枫，那就是她祖师爷的祖师爷了。俞婉儿不敢怠慢，先跪下向聂枫的遗骸郑重地跪拜一下，这才起身，与楚渊赶向山坡。

当二人登上山坡的时候，不由得停下脚步，彻底惊呆了。

尸骸！全部都是尸骸！一眼望去几乎看不到尽头。

或坐，或站，或躺……

有人，有动物，还有不知名的生物……

有渺小，有庞大，还有的已经破损得不成样子……

“咕咚”，楚渊不由得吞了口口水，即使只剩下尸体，可是他们好像还能感受到曾经的惨烈。难道这里其实就是一万年前仙宗远征大军与魔界妖人殊死一战的决战战场？

“我想，我明白这儿是哪了……”

楚渊两眼发亮：“这里，应该就是一万年前仙宗正道阻击魔界妖人的海外战场。不知何故，很可能就是因为当年参战的仙魔两道的绝顶高手太多，诸般斗法，以致他们决战之地都陆沉了，变成了这片死寂之地……”

俞婉儿颔首道：“应该就是如此了。鲛人女王对她洞穴中的奇异黑洞不可能不了解个底细，所以，她应该知道，这里究竟是什么地方。她知道你被吸入此地，是死不了的，所以……”

楚渊看她面现怒气，忍不住道：“所以什么？”

俞婉儿哼了一声道：“所以，她诳我说，你已经死了，她只杀一人，可以放我离开。太阴险了，原来她只是为了证明世间无真情，我若真的为了活命而离开，她就可以凭此嘲弄你我……”

俞婉儿说到这里，就见楚渊定定地看着她，双眼亮如晨星，不禁问道：“你怎么了？”

楚渊激动地牵起了她的手：“我以为，你也是被鲛人女王打下洞穴的，原来……她肯放你离开的。”

俞婉儿这才醒觉，自己无意之中，竟然表露了肯和他同生共死的情意，不禁有些羞涩，想要抽回手，抽了抽，双手被他紧紧握着，却是纹丝不动。

楚渊心怀激荡，情不自禁地拥住了她，激动地道：“婉儿，你真好！真好……”

楚渊轻轻放开俞婉儿，看着她微仰的俏脸，迷离的目光，忽然就要往她樱唇上吻去。俞婉儿似乎也意识到了什么，红着脸儿，轻轻闭上了眼睛，一副任君采撷的模样。

就在这时，楚渊肩后的镇山宝剑忽然铿的一声弹出了剑鞘。楚渊不由得一惊，急忙放开俞婉儿，抬头望去，就见那剑在空中只微微一定，就倏然化作一道虹光，冲向那无穷无尽的白骨。

楚渊和俞婉儿都吓了一跳，楚渊赶忙用意念想让那仙剑回来，可是仙剑却像是失去了控制一般，向着森森白骨堆中冲去。

第八十一章　剑神归一

铿！

长剑震颤的声音在寂静的空间里悠远的震荡开来，楚渊心头微微一震，抬眸看向远方，那里，似乎有什么东西正在召唤他！

楚渊拉着俞婉儿几个跳跃，就跃进了尸体坟场之中，置身一具具骷髅之间，纵然二人都是修真之人，也不免毛骨悚然，不过两人动作轻盈，却是没有碰触到任何一具尸体。

铿铿！

仙剑震动的声音越来越大，楚渊远远地就看到仙剑悬浮在空中，散发着迷蒙的光泽，而下面则是一具身着黑袍的尸体，虽然不知道那人是谁，但是那黑袍上的绣纹与森罗魔殿有六七分相似，这分明是个魔道中人。

仿佛无声的波动响起，仙剑上的光芒猛然大盛，几乎同时，那具尸体的黑袍陡然掀起，就连身子也动了动。

难不成还是个活的？活了上万年？

楚渊大惊，瞬间就将俞婉儿挡在了身后，却看到黑袍之中冲出一道光亮。一颗璀璨的宝石从黑袍的袖口冲出，朝着半空中的仙剑飞去。

啪！

仿佛久别重逢的情人一般，宝石和仙剑之间流淌着一抹奇怪却又和谐的氛围，然后在楚渊震惊的目光中，宝石竟然自动镶嵌到了仙剑的剑柄上！

这颗宝石一旦镶到剑柄上，镇山宝剑的色泽突转金色，形式模样与楚渊识海中那柄金剑几乎已完全相同，剑身上似乎也有隐隐的纹路流转，只是识海中那口金剑剑刃上的纹路是很清晰的，而这口剑上的纹饰却是忽隐忽现，极其淡薄，似乎还缺了点什么东西。

那金剑发出一声龙吟般的铮鸣，仿佛是在欢呼它的完整。曾经锈蚀的、满是细洞的剑，经由星睿塔星主婆婆以星力修复，此刻被魔教大圣抢走的剑柄上的宝石也归了位，似乎焕然一新。

它在寂寥的死地上空飞快地盘旋了一周，仿佛一个顽皮的孩子，等它回到楚渊头顶，剑柄朝下，忽然落了下来。楚渊握剑在手，却发现那剑身在不断颤抖，似乎还想纵身飞去，他竟然拿捏不住。

楚渊一惊，立即揽住了俞婉儿的纤腰。

俞婉儿微羞，道：“你做什么？”

楚渊道：“这剑……”

话犹未了，那剑突然金光大盛，一道金光笔直地冲向头顶浓墨似的云层，呼啸一声，便飞了起来。

楚渊一手握着剑柄，一手揽着俞婉儿的小蛮腰，随着那金剑，笔直地向上飞去。 璀璨的光芒和漆黑的墨云碰撞，眼前耀眼的光和漆黑的墨晕染开来。

“楚渊！”

两人随着金剑穿入了墨一般的云层，俞婉儿紧紧抱住了楚渊，而楚渊也尽量将她护在怀里，仿佛要用尽所有的力气，不管生死再也不会分开。

轰！

墨云尽头，竟然是碧蓝的海水。

两人冲入了海水，但犀利上冲的金剑撑开了一个弧形的保护罩，将二人罩于其下，免于被海水浸染之苦。

这海也不知几百几千丈深，那金剑带着他们飞快地上升，上升，就在楚渊觉得自己的五脏六腑都要被翻滚出来的时候，他们像是猛然挣脱了束缚似的，冲出水面，飞到了高空。

金剑仿佛用尽了力气，灿烂的金光内敛，剑身变成了暗金色。两人上冲的力道一尽，在空中略一悬停，就飞快地向下坠了下去。

嗵！

浪花飞溅，两个人落在大海上，溅起一阵巨浪，把旁边一个木筏子上的人浇成了落汤鸡。

两人又砸进水中一丈多深，重新浮上水面，楚渊紧张地问怀里的俞婉儿："婉儿，你没事吧？"

俞婉儿的水性并不好，咳了口水摇头："没事。"

旁边竹筏上传来一声惊呼："阿弥陀佛！楚师兄和俞师妹，从天而降！"

"他们还活着！"

楚渊和俞婉儿这才意识到旁边有人，扭头一看，就见两位姑娘喜极而泣地扑过来，欢喜叫道："师姐（婉儿姐姐）！"正是唐冰和汤思悦。

木筏上还乘着王浩然、莲印和尚、上官靖、法正等人。楚渊不禁喜道："你们都无恙？太好了！"

众人七手八脚把二人拉上木筏，汤思悦急急问道："师妹，你们两个沉入大海那么久，我都以为你们已经……你们这是遇到了什么事？"

楚渊目光一扫，脸色一变，失声道："怎么少了一个？"

花如娇不在筏上，筏上现在一共十一个人，独独少了花如娇。

唐冰道："你说成老头儿么？那位老人家，还真是把你当成了生死兄弟。你和婉儿姐姐落海之后，他像疯了似的扑进了大海，想要救你们，结果……这一去就再没回来！"

楚渊心里一沉："什么？"

莲印和尚合十道："阿弥陀佛，当时，那海妖把我们的船举到了空中，恰与海妖的头颅齐高，王浩然师兄便奋力一枪，把他的定魂枪投到了那海妖的一只眼睛里，那海妖痛得发狂，一条条触手在海上乱拍，掀起惊天巨浪。"

申屠无病道："我当时正在船舷边，看到成老前辈跳下海去想要救你回来，但是巨浪一起，他根本身不由己，被巨浪掀飞，忽隐忽现的，片刻工夫就冲远了。只可惜我们当时自顾不暇，实在抽不出余力救他，实在对不住！"

"花如娇死了？娇娇姐，就这么死了？"

楚渊呆呆地坐在那儿，心里一阵难受。

第八十二章　花女海祭

他听众人说话，隐约也能明白，在他跳入海中的一刹，花如娇就跟着他也跳进了大海，所以自始至终，其他人还没有看到花如娇恢复模样的样子，他们只看到她那身衣裳，依旧把她当成成辛。

楚渊一直没把花如娇说喜欢他的话当真，看她平时风流妖娆的样儿，谁会把她看似说笑的话当真？然而，她不惜一死跳下海去救楚渊的举动，又作何解释？

俞婉儿也不知道那成辛就是花如娇，眼见楚渊有些失神，也只当他是为忘年交成辛前辈的死而难过，便安慰地握了握他的手，柔声道：“别难过了，这不是还未发现成前辈的尸体吗，说不定他吉人天相，也会没事的。”

俞婉儿这态度……唐冰和汤思悦对视了一眼，总觉得他二人钻了一趟大海，再回来后，已经有些不同了。可具体有些什么不同，却又说不出来。

俞婉儿一回头，瞟见二人神色，不禁脸上微热，有些不自在地掠了掠湿淋淋的头发，问道：“那海妖逞威，非常可怕，你们是如何从它手中逃脱的？”

常道为道：“多亏浩然兄，我等才得以脱困。”

俞婉儿讶然不解，莲印和尚对她和楚渊解说一番，二人这才明白：原来，他们能够从海妖口中逃生，竟然是靠着法宝与那章鱼妖硬耗过来的。

那章鱼妖将他们的船举到空中时，王浩然将定魂枪当成了投枪，一枪掷入了章鱼妖的眼睛，章鱼妖狂暴起来，触手乱砸，还张开巨口，不管不顾地啃咬大船，把那异常结实的南山木嚼得木屑横飞。

被它硬生生咬碎的南山木崩裂时，如同一蓬蓬木箭四射，像凡爷那等普通人，不等被章鱼妖吞下肚，就被四处溅射的木屑射死了。而王浩然等人却聚在一起，暂时撑了下来。

王浩然此次出海，责任重大，他的师父离火真人给他准备了许多防身的法宝。叶金斗在栖霞大会上用过的金光罩就是其中之一，当时章鱼妖发狂，吞噬大船，仓促间，王浩然祭起金光罩，架起厚土盾，披上了寒冰甲，简直是全副武装，比难啃的龟壳还要坚硬。

其他各人也各有法器，暂时护住了自己。只是如果各自为战，待法力耗尽，还是不免被那巨型章鱼妖吞噬，所以王浩然放大了金光罩的范围，让他们都躲进来，然后以法力渡续，帮自己维持金光罩。

几个人抓住章鱼嘴巴里的突起物，不肯被咽下肚去，而有金光罩护体，章鱼妖又咬不破他们的防御，双方就这么耗上了。

待王浩然等人法力渐渐耗尽，快要撑不住的时候，他们本以为这回必死无疑，却不想那章鱼妖终于服软，竟然把他们吐了出来。

原来那章鱼妖体形庞大无比，每天需要摄入的食物量也是惊人的，不说是每时每刻都要进食吧，那也差不多了，可是有他们卡在嘴巴里，这章鱼妖饿着肚子，根本没法捕食。

幸亏如此，他们才得以脱困。待那章鱼妖悻悻离去后，他们就在海面上捡拾了一些大船的碎片，用漂在海面上的缆绳，拼凑成了这么一个木筏。

听他们说完经历，俞婉儿庆幸之余，又不禁发愁：“你我众人能安然无恙，实属庆幸。可是我们现在没有饮水，没有食物，也不知距那真水岛还有多远，凭我们的飞行符箓，是无法不眠不休地飞行的，不管是继续寻找真水岛，还是回返大陆，都是不可能的。”

众人听了也不禁垮下脸来，这件事他们也想过了，实际上在烈日的炙烤之下，他们现在就已嘴唇皲裂，有些饥渴难忍了。

他们出来的时候，任青峰曾经说过，众人中以俞婉儿为首，此时俞婉儿险死还生，他们自然眼巴巴地望着俞婉儿，等她拿主意。

俞婉儿沉吟半晌，看向楚渊，道：“楚大哥，你觉得，我们现在应该怎么办？”

王浩然见他请教楚渊，心中老大不悦，不过这种两难之境，他也没有良策，只得冷眼旁观。

楚渊还沉浸在花如娇葬身大海的事儿上，心中满是惆怅，听见她问，这才抬头，道：“我们已经出海这么久了，想返回陆地，很难。再说，重置海船，聘请水手，只怕并不容易。森罗魔尊随时可能再掀风云，我们等不起，必须继续南行，找下去！”

王浩然不耐烦地道：“这我知道，不过，大海茫茫，只要一直往南，就一定能找到真水岛、找到长流子？我看未必！啊！楚师兄，我想起来了，你会御剑术，瞬息千里，比起我们的飞行符箓，可大不一样！”

王浩然微笑道：“不如就请楚兄以御剑术前去探寻一番，如何？”

申屠无病道：“海洋浩瀚无边，只是一个向南，说实话，向南要搜索的范围也着实够大了。那真水岛，在这茫茫大海中，只怕和一根针也差不多，那么好找？”

申屠无病继续道：“再说咱们乘的这个破筏子，只要稍有风浪，就散了。这还是老天保佑，没有大型海兽或者海妖前来攻击我们的前提下。就算没有海妖攻击，也没有大风浪发生，那么……”

申屠无病摊了摊手，道：“楚师兄一路探察下去，无论找到或是没找到真水岛，又如何回来找我们呢？”

众人一怔，这确实是个问题，海上没有标志物可以定位，星象、日月，只是能定个大致方向，楚渊只要离开这个筏子，只怕就再也找不到他们了。

王浩然等的就是这一刻，马上正气凛然地道：“我等为天下苍生计，定要寻到长流子前辈，个人生死又算得了什么？我倒觉得，生死虽不为惧，就怕找不到长流子前辈，有负宗门之托……”

王浩然正要假天下大义，逼楚渊主动交出御剑术，让大家都学了御剑术，各自飞临深海寻找真水岛，他们面前的海水却奇异地拱了起来，唐冰第一个发现了异状，骇然叫道：“又有海妖！”

第八十三章　女儿心思

众人吓了一跳，慌忙跳起来戒备，却见那海水向上拱起一个巨大的坟状圆包，好像底下有什么东西突然升起顶起来似的。

海水倾泻而下，一个巨大的由海水组成的巨人冉冉升起，最后踏足于海上，身高百丈，众人站在她的裙裾下面，仰首望去，几乎看不到她的脸颊。

楚渊沉声道："鲛人女王！"

那个巨人缓缓弯腰，完全由海水组成的身体，水流奇妙地流动着，却始终维持着人体的形状，那张娇媚可人却比人类美女的脸大了无数倍的面孔俯瞰在他们头顶。

鲛人女王格格地笑了起来，那由海水组成的嘴巴一张一合，无比诡异地发出了声音："小家伙，真不简单啊！进了死寂之地，居然还能逃出来！"

楚渊扬眉道："鲛人女王，我们实在无意冒犯，你要怎样，才肯罢休？"

鲛人女王动了动眸子，道："我要杀你们的话，在这海上，易如反掌，你们信不信？"

随着她的声音，海水像烧开了似的翻滚着，那只章鱼海妖，还有如同一座山丘般巨大的乌龟，一头身长百丈的海鲸，从其他三面纷纷浮出水面，虎视眈眈。

木筏上的众人纷纷色变，如此情形，只怕真的难以逃脱了。他们想祭出飞行符箓，一旦势头不妙，就先腾飞空中再说。但是，他们马上就绝望地发现，一群群海鸟从远处飞来，笼罩了整个天空，仿佛一团密云，这显然是防着他们飞走。

那些海鸟最小的张开双翼也有一人大小，看其模样异常凶悍，恐怕也不是寻常的鸟类。上天无路，入地无门了。

俞婉儿听出鲛人女王话中有话，如果她想动手，甫一现身，就可以动手了，说这么多废话干什么？显然，她还别有目的。想到这里，俞婉儿心中萌生一线希望，忙道："大海，就是女王您的地盘，在这里，女王对我们，自然是可以生杀予夺的。"

鲛人女王格格一笑，道："好聪明的女娃儿。那么，你们是想死，还是想活呢？"

法正沉声道："想死如何，想活又如何？"

鲛人女王没理他，而是看着俞婉儿："你跳入死寂之地前，曾指责我不懂情！我告诉你，不是我不懂，而是你不曾为情所伤，所以你不明白我的苦！"

俞婉儿微微蹙了蹙眉："鲛人女王为情所苦？鲛人女王……爱的是什么？鲛人还是其他的什么拥有了智慧的海妖？"

鲛人女王道："你们要去真水岛，要去找长流子？"

俞婉儿心中一惊，这才知道方才众人的讨论全都被她听在耳中，俞婉儿无法否认，只好硬着头皮答道："正是！莫非……女王知道那真水岛的所在？"

"我当然知道！整个南海，还有哪儿是我不熟悉的所在？"

鲛人女王傲然说了一句，缓缓站直了身子，不过大概是为了方便与众人交谈，她缓缓下沉，最后留在水面上的只剩下一颗巨大的海水组成的脑袋。

"我可以不杀你们，还送你们去真水岛，不过，你要答应我一件事！"

王浩然忍不住问道："什么事？"

鲛人女王目不转睛地看着俞婉儿："我在问她，我相信，她做了承诺，就不会毁约！我要她答应我！"

俞婉儿回顾了众人一眼，眼下他们根本没有别的选择，貌似也只能同意，她深深地吸了口气，道："我答应！"

"很好！"

海水组成的脸上，勾勒出一个迷人的微笑："见到长流子之后，你们要带他来见我。放心，我不会阻止你们返回中原，我只是要和长流子说几句话！"

战雷奇道："女王这般神通，想见长流子前辈的话，为何不自去真水岛找他？"

"多嘴！我没问你！"

鲛人女王忽然大怒，双眼向他一瞪，眼中突然喷出两道水柱，将猝不及防的战雷狠狠地冲击出去。

鲛人女王的脸缓缓上仰，眼睛看向天空，那两道连绵不断的水柱抵着战雷的胸口，将他举到了高高的天空，与那些飞鸟比肩，随后，她突然又凌厉地向下望来，水柱断了，战雷手舞足蹈地从空中摔了下来，砰的一声落在木筏旁边，溅起一道水柱！

鲛人女王身形在变小，仅仅是组成头部的那蓬水流，重新衍化成了一个鲛人女王完整的身体，比起刚刚出现时的巨人模样小了无数倍，但仍比常人高大许多。

"她"在海面上疾旋，声音有些暴躁："他不见我！他不见我！那个负心人，当初要不是我，他如何能在南海立足？可他现在竟不见我！他下了禁制，我上不了真水岛！"

鲛人女王突然又停住，瞪向俞婉儿："你答应吗？"

原来鲛人女王的心上人，竟然是长流子？这个意外，令众人愕然。

楚渊道："女王，我们若能见到长流子前辈，一定会把你的意思带到。但长流子前辈肯不肯见你，我们……实在不敢保证！"

鲛人女王乖张地一扬手臂："这我不管！你们务必要带他来见我！我只想亲口问他一句话，如果你们不答应我，那你们就都去死！"

"我答应你！"

俞婉儿肃然说道。

楚渊急道："婉儿，长流子前辈的心意，我们不清楚，如何能代他作答？你……"

俞婉儿转向楚渊："长流子前辈，能让女王如此倾心，相信也不是无情无义之辈。我不知道女王陛下和长流子前辈之间有什么矛盾，但女王如此痴情，长流子前辈无论是否接受她的深情，难道连当面表明一下态度都不可以吗？"

楚渊："这……"

俞婉儿认真地道："我也是女人，我懂女王的心！这件事，我答应，我帮她！"

第八十四章　真水成岛

这番话，鲛人女王也听见了，显然俞婉儿的话打动了她，鲛人女王的脸色柔和了许多："我没有看错你！很好！很好！"

鲛人女王缓缓降向海水，天空的凶鸟也振翅飞去，章鱼海妖和那头巨鲸也沉入了海水。

鲛人女王道："小乌是我的朋友，它会载你们去真水岛。记着你的承诺，如果你能履行诺言，我会送你一份谢礼！"

鲛人女王其实不是沉入海水，而是重新融入海水，当这句话说罢，她整个人都化成了一滩海水，重新融入大海，波翻浪涌，海面平寂，一切都恢复了正常。

战雷狼狈地爬回竹筏，抹一把脸上的水："这个鲛人女王，好凶啊！"

远处，依旧静静地浮在海面上，像一座小山似的巨龟不耐烦地"呜"了一声！

大海浩渺无边，小山似的巨龟在这大海之上，看来也是无比的渺小，而坐在龟壳上的十一个人，几近于其上的几个小斑点，更加不引人注目了。

神龟太大了，龟甲上一道缝隙，就能容下他们在其中安睡，倒不用担心在风浪中睡着睡着就不小心滚下水去。

那巨龟只一拨掌，就能掀起一股巨浪，身形虽大，速度却快得惊人。巨龟已经修炼成海妖，远远近近的海兽无论多么凶猛都会在百里之外嗅到它的气息时就匆匆逃开，根本不敢打扰。

海中偶尔也有其他的海妖，本着王不见王的原则，也都回避了。其实端坐龟壳之上的楚渊等人不清楚，虽然大海无界，可是水域中的生物却是有很强的领土意识的，通常它们不会越界远行。

而这头巨龟所经海路，也分别有统治该片海域的巨兽或海妖，不过它们要么自忖不是巨龟的对手，要么通过神识沟通，获悉这只巨龟只是由此路过，也就懒得去与它一争长短了。

这一日，前方终于出现一个岛。

岛从空中俯瞰，仿佛一个水滴状，而从地面看来，水滴的下缘最接近海面，至于较圆的一头则地势渐高，其周围已是凌驾于海上百十丈的峭壁悬崖。

巨龟在海边停了下来，俞婉儿拍了拍楚渊的肩膀，楚渊正怅望着巨龟经过划出的浪花发呆，因为巨龟本就十分平稳，竟未发觉它已停下，俞婉儿一拍，他才醒过神儿来。

俞婉儿柔声道："还在思念成前辈？"

楚渊深深地叹息一声，道："如果不是因为我，或许……她不会死。"

楚渊不知道花如娇为什么扮成一个老头子模样，找机会和他走在一路。不过他却隐隐觉得，不管花如娇本来抱有什么目的和自己走在一起，一定有自己的原因在其中。

俞婉儿道："成前辈……或许没有死呢，毕竟他也是个修真者，想必有些自保手段……"

这话连俞婉儿自己都不信，成辛固然是个修真者，可在天地伟力面前，人类那点道法又算得了什么？何况，大海中不但有庞大到可以无视人类所拥有的法术伤害的巨型海兽，还有大量同样修炼出了法力的海妖。

不过，不这样安慰，她也不知该说什么好了。

俞婉儿顿了一顿，道："振作些，我们到了！"

楚渊一抬头，才发现前面赫然是一座大岛，而王浩然等人已经迫不及待地上了岛，正在左顾右盼。

楚渊动容道："这就是真水岛？"

俞婉儿道："乌前辈既然停在这里，应该就是这里了。"

二人沿着巨龟的背往前走，到了最前边，龟背的沿儿距地面足有二十几丈高，但以二人的能力自然不惧，甚至不用借助飞行符箓，二人纵身一跃，就跳了下去。

俞婉儿回身向巨龟长长一揖，道："多谢乌前辈！"

"呵呵，小丫头，有礼貌！"

这一路，他们就没听巨龟说过话，还以为这巨龟根本不懂人言，不料这只巨龟竟然开了口。正在左顾右盼的王浩然等人不禁吓了一跳，瞪大眼睛看着巨龟。

战雷更是脱口说道："我擦！它会说话！"

巨龟看了他一眼，有一个很明显的如人类一样的翻白眼的动作，然后又低头看向俞婉儿，嘴角牵了牵，貌似在微笑："这里就是真水岛了，岛上加了禁制，如果海妖登岛，一草一木、一石一砬，都会化为利剑，我就不上去了。"

巨龟说着，巨掌一拨，巨大的身子随着巨浪的涌动开始转身："别忘了小鲛嘱咐你的事情！"

楚渊忽想起一事，追上两步道："乌前辈，你走了，我们怎么离开啊？"

巨龟巨掌拨浪，滑游出百余丈，渐渐没入海水不见，一个嗡声嗡气的声音最后传来："长流子道行高深，几近仙佛，还怕他没办法带你们离开么？"

申屠无病嘟囔道："让长流子前辈带我们离开？它就不怕长流子前辈不肯跟我们出山？"

莲印和尚叹了口气，合十道："阿弥陀佛！乌老前辈这意思，分明就是我们不能请动长流子前辈离开的话，也就不用指望离开了。"

岛上，花草奇胜，雾气缈然，同完全野生野长的岛屿比起来，确实有种不一般的味道。

众人边看边走，走了许久，他们忽然发现，他们始终在原地打转。战雷惊咦一声，道："岛上设了阵法？我们从空中走！"

战雷右手一扬，腾空而起，一只苍鹫振翼长鸣，载着他向岛心飞去。

嗖嗖嗖嗖……

突然间，无数棵大树无风自摇，一片片树叶箭一般向他射过来。战雷挥舞兵器拨打，可惜顾上顾不了下，顾左顾不了右，那些树叶太密集了。

战雷哎呀一声，就从空中翻了一下，紧接着，那头化形苍鹫的飞行符箓就被无数的叶刀叶箭刺了无数个窟窿，飘摇地落了下来，半途中就变回了一张符箓。

符箓落回战雷手中，只见上边千疮百孔，已经彻底废了。

战雷心疼地道："哎呀！我的飞行符箓被毁了！"

俞婉儿沉声道："从空中过去，会触发岛上的禁制。从地面走，又有阵法阻挡。诸位，谁擅长阵法？"

众人互相看了看，莲印、法正、常道为同时踏前一步。

俞婉儿欣然道："好！有劳三位，看看能否破了这阵法！"

莲印是佛门弟子，法正是道门弟子，常道为虽不是出家人，于阵法一道也有独特研究。

三人各自琢磨，莲印先按佛家阵法领着大家走了一阵，最终却还是回到了海岸边。法正不服气，重又破解一番，也再度回到了岸边。常道为又是看罗盘，又是掐着手指念念有词一番，众人正无比期待地看着他，谁料他却苦笑一声，道："我也不成！"

楚渊其实也懂阵法，只不过，他对自己所习阵法并不自信，以前也没与人切磋过，不晓得自己的深浅，所以没有主动请缨，这时见三人连连碰壁，才忍不住道："不如我来试试！"

第八十五章　长流仙人

"你？"

王浩然有些不屑："你蜀山剑派还有高深阵法？"

唐冰实在气不过王浩然每每针对楚渊，便抢白道："十二仙宗屠魔大阵，可也是从蜀山剑阵中衍化出来的。”

王浩然不屑道：“那是森罗魔尊的说法！”

汤思悦道：“可十二仙宗掌门并未否认！”

俞婉儿道：“好了，你们不要争了。楚大哥，你懂阵法？”

楚渊不太自信地道：“略懂……”

稍一犹豫，他又道：“蜀山还有一些上古时流传下来的残卷，其中就有鉴宝和阵法的图录。虽然不全，可我平素也都认真看过的。”

“鉴宝吗？”

俞婉儿情不自禁地想到了两人在悬明城初相遇时，他帮自己寻找牵丝手链的事，俞婉儿轻轻摸了摸腕上手链，微笑道：“好，你且试试，如果实在不成，我们再另想别的办法。”

楚渊点点头，一马当先走在了头里。

众人跟在楚渊后面转悠了半天，王浩然又不耐烦了，道：“喂，你到底行不行呀，不要带着大家白费工夫。”

楚渊观察了这一阵，心里已经渐渐有了点想法，道：“大概看出来点儿了，这个阵，在我看来，并不是一个阵，而是阵中有阵，阵中套阵，各种阵法彼此相连，有的负责禁制、有的负责却敌，而要破解它，就得找到各个阵之间的联系，只要找出联系各个阵法的点，要破阵就容易了。”

莲印恍然大悟道：“连环阵？啊！是了！我说明明觉得找到了阵眼，欲待破解时却有种无从下手之感呢，原来是连环阵，那就难怪了。”

法正道：“可这联系各个阵法之间的节点在哪里呢？这儿并没有任何人造之物，诸如石台、阶梯等等。”

楚渊微笑道：“石台阶梯什么的确实没有，却不代表这里的一切都是天然之物，难道你们没有注意到，这里就连一草一木，都生长得整齐，分明是有人修剪整理过的。”

楚渊这一说，旁人还不甚明了，莲印、法正和常道为三个懂阵法的人却已恍然大悟，他们马上敏锐地观察起身周的环境。树木、花草、石头，又是小半个时辰过后，他们停下脚步，相视苦笑着摇摇头。

常道为道：“楚兄，这里的树木花草乃至山石之间，可看不出有什么必然的关联。”

楚渊道：“那么……光和影呢？”

“光和影？”

莲印和法正一呆，迅速向地面看去，山石草木当然都有影子，那些斑斓的影子在旁人眼中，都是很自然的现象，看不出之间有任何关联，但阵法造诣颇深的莲印和法正几乎是刹那之间就从那些杂乱斑斓的树影石影花影中找到了他们想要的东西。

“这里、这里、还有这里……”

“日升、日落，不管处于哪个时辰，这两者之间的影子都是相连的。还有这里……”

莲印和法正大喜，旁人依旧没有看出任何端倪，而他们却总能从那些树影石影中准确地找出他们想找的那个点。

“出来了！”绕过前边一片花丛，眼前的景色豁然开朗。山林郁郁葱葱，壁立千仞，飞流直下的瀑布如银带挂在山间，其中仙鹤飞舞，凤鸟鸣叫，远远能够看到半山腰上似乎有黄瓦飞檐，掩映在绿树白云之间。

众人兴奋地向那片飞瀑流泉走去。

瀑边大石上，一个身着宽大的月白色道袍，一头乌发披散在脑后，容貌看起来只有三十岁左右的男子缓缓放下竖在唇边的玉箫，诧然看向他们。

俞婉儿强抑激动，上前施礼道：“敢问前辈，可就是长流子先生？”

“长流子？”

面如冠玉、目似朗星的中年人沉吟了一下，喃喃地道：“好久没有听到这个名字了呵，你们是谁？”

王浩然抢着道：“晚辈等，是十二仙宗门人！”

长流子目光一冷，仿佛有电光在眸中一闪：“十二仙宗？”

唐冰赶紧道：“长流子前辈莫要恼怒，我们可不是来寻您晦气的。如今九州遭逢魔宗肆虐，森罗魔尊魔功大成，已练至长生境巅峰，十二仙宗损失惨重，我等受十二仙宗掌门所托，请长流子前辈出山相助！”

长流子呵呵一笑，唇角微翘，有些讥诮：“请我出山？我，可是被十二仙宗放逐海外的人呢！”

俞婉儿略显尴尬，道：“前辈，不管你和十二仙宗有什么争执，总归是我仙宗正道内部之争，如今魔道猖獗……”

长流子冷冷一笑：“与我何干？”

众人又是一呆，长流子摩挲着玉箫，淡淡地道：“自从长流被赶出九州大陆，与仙宗便没有任何瓜葛了，你们和魔道之间的恩恩怨怨，与长流无关，你们回去吧。”

俞婉儿心中一急，双膝跪倒，央求道：“长流子前辈，当年十二仙宗将前辈赶出九州大陆，只是因为不赞同前辈挖掘先人陵墓，实在谈不上什么不可解的仇怨，而今……”

“滚！”

长流子大袖一拂，一股无可抵御的气劲迎面扑来，将俞婉儿还没说完的话硬生生逼了回去，几人站立不稳，纷纷倒退几步。

楚渊一见俞婉儿如此受欺，不由得勃然大怒，猛然冲上前道：“长流子！”

长流子双眼微眯，看向楚渊，似因他的无礼有些动怒。

楚渊沉声道："长流子，你当年被十二仙宗逐出中原，是不是很不服气？"

长流子冷冷地乜了他一眼，没有说话。

楚渊道："你以为，发掘先人陵墓，是对是错？"

长流子昂起头来，道："人死如灯灭，一座坟茔而已，何必在意？你们……"

长流子戟指一点，有些激愤："你们都是十二仙宗大派，有祖上传下来的皇皇道法可以修炼，我呢？我出身小门小派，哪怕资质比你们更好，就活该永远屈居你们之下？天下没有这样的道理！"

楚渊高声道："什么道理？什么道理，也大不过一个德字！人若无德，为达目的不择手段，那与魔道何异？你觉得命运对你不公？你觉得十二仙宗对你不公？我倒觉得，十二仙宗对你太过宽宏大量了，就冲你亵渎先辈亡灵、毁弃先辈坟墓、盗取先辈墓葬的无耻行径，就该把你千刀万剐，以赎罪孽。"

长流子大怒，缓缓站起，衣袂无风自动："小子，你找死！"

第八十六章　驾岛而归

俞婉儿急忙拦到楚渊前面，抱拳道："前辈息怒！"

长流子冷哼一声："一个唱黑脸，一个唱红脸吗？十二仙宗？嘿！十二仙宗！马上离岛，否则，你们就不用再走了！"

楚渊一把拉开俞婉儿，道："我不是十二仙宗的人！"

长流子一呆，楚渊道："我是蜀山剑派弟子，你可听说过？"

"蜀山剑派？"

长流子想了一想，恍然道："啊！蜀山剑派！那个已经没落的蜀山派？"

楚渊道："不错！蜀山的没落，比东海门更惨！现在，蜀山只有我师父、我，还有两个小师弟。蜀山剑派现在没有产业，没有山门，要靠给附近农夫施云布雨，换些米粮糊口，要比惨，你东海门比得过我蜀山剑派？"

长流子愣了一愣，楚渊冷笑一声道："可是我蜀山剑派即便这么没落，我也没去挖坟掘墓，欺辱先辈！"

楚渊大步上前，道："因为，我还念着蜀山先辈的声名，你，有没有念着过？因为，我还记着师父的教诲，你，有没有记住过？因为，我知道，我在外边，代表的就是蜀山剑派，我不想让我的师父和同门没脸见人，你，有没有在意过？"

长流子被楚渊骂得狗血淋头，一时呆在那里。

俞婉儿大骇，这长流子的道法神功当年就已是长生境中段，现在不知又精进到了何等境界，要杀他们，易如反掌，楚渊一旦激怒了他，恐怕谁都救不了他。

可楚渊越骂越痛快，已经不理会这些了：“你觉得天道待你不公？笑话！比起十二仙宗弟子，你确实艰苦一些，可比起许多想要修行却投师无门的人，你又是何等幸运？凭什么，你就必须得获得天下最大的机缘、最好的机会，否则就怨天尤人，抱怨天道不公？我呸！你就是自私自利、无耻之尤的东西！”

王浩然等人都变了脸色，完蛋了！还请什么长流子回中原，长流子能放他们走，就算是法外施恩了。

楚渊已经走到了长流子对面，指着他的鼻子道：“你觉得，你被赶出中原，愤愤不平，是吗？你觉得，现在十二仙宗求到你的头上，你出了一口怨气是吗？心胸狭隘，目光短浅，你也配为一代奇人！”

楚渊厉声道：“你，就不该是被恭恭敬敬请回中原！你能有今天，是发掘无数前辈坟墓，从中获得修真道法，再辅以你的天人之资才练成的。要是没有那些前辈的遗述，你天资再高，也是个屁！现如今，仙宗正道面临困厄，你正该将功赎罪，回返中原，与魔尊一战！无论胜败，从此享有这些前辈心血，才能心安理得！否则，你避世隐居，在此逍遥快活，心就能安了？不！你就算死，也无法瞑目，也无法获得天下人的原谅，你！依旧是那个人人唾弃的盗墓者长流！”

楚渊骂完了，长流子仿佛石雕一般静静地立在他的对面，过了许久，忽然仰天狂笑：“哈哈哈哈，好！骂得好！骂得痛快！哈哈哈哈……”

俞婉儿冲上来，惶急地道：“长流子前辈，您大人大量，莫要与他一般见识。他……他只是心系仙宗安危，所以言语冒失了些……”

长流子笑吟吟地道：“自从我叛出东海门，成了盗墓者，不知被多少人骂过，你当我还会在乎被人骂吗？不过，却从来没有人能骂得我如此舒心快意！”

长流子笑容可掬地道：“好！我跟你们走！”

这回换了俞婉儿等人一呆：“求他不去，被人骂了个狗血喷头，他却肯回中土了，这位长流子，什么脾气？”

大海之上，碧波浩渺。

一座飞岛，缓缓而来。

长流子在海外数十年，居然把整座真水岛都祭炼成了法器。此刻，俞婉儿、楚渊等人就站在真水岛之巅，俯瞰着粼粼波光的海面飞快地闪向身后。

“哎呀！”

俞婉儿忽然一拍额头，楚渊忙道：“怎么了？”

俞婉儿急道：“鲛人女王的嘱咐，我们还没说与长流子前辈听。”

楚渊道：“不如先请长流子前辈回中土，等打败森罗魔尊之后再说。”

俞婉儿正色道：“人无信不立，答应了鲛人女王，岂能失信！”

俞婉儿走到正在石上闭目打坐的长流子面前，抱拳道：“长流子前辈！”

长流子微微张开眼睛，俞婉儿道：“长流子前辈，我等前往南海寻找真水岛的时候，遇到一个海妖，幸赖鲛人女王相救，并送我等到了真水岛。鲛人女王拜托我们一件事情，要我们返回中土的时候，请前辈与她见个面，她有一句话要问前辈。”

长流子脸色一冷，道：“那个女人，不见！”

俞婉儿急道：“前辈，晚辈答应了她……”

长流子道：“但我没有答应！哼！那个刁蛮任性的鲛人公主，啊！现在是女王了？那就更加的面目可憎了，不见！不见！”

长流子不肯见鲛人女王，俞婉儿也没法强迫他去，只得怏怏退下，对楚渊道：“哎，这一下，只怕真要失信于鲛人女王了。”

楚渊不想见她为难的样子，略想了一想，便道：“你先走开，我去聊聊！”

俞婉儿道：“为何要走开，你想怎么说？”

楚渊道：“放心吧，这回不会骂他了。这只是……男人之间的交流，你在这儿，不方便！”

第八十七章　鲛国玉蚌

俞婉儿狐疑地看了他一眼，慢慢走开了去。

长流子见楚渊走到面前，神色不善地看着他道：“小子，不要得寸进尺！”

楚渊笑嘻嘻地在他旁边坐了下来，回头看看，旁人都不算太近，听不见二人说话，便道：“长流子前辈，您知道俞姑娘是哪一门派的人吧？”

长流子瞟了他一眼，道：“有屁就放！”

楚渊道：“俞姑娘，是百巧门的人。在天下无数修真门派中，名列十二大派，也就是我们常说的十二仙宗。而且，她还是十二仙宗里百巧门的少门主，身份地位，贵重如高高在上的公主！而我，只是没落的蜀山剑派弟子，照理来说，给她提鞋都不配！可是，现在我们是情侣。”

长流子略略动容，冷冷地道：“那你就赶快分手吧！穷小子配上小公主，是没有幸福可言的！”

楚渊摇头道：“我可不这么想，从一开始，她就知道我出身低微，当时我甚至本事都没她大，但她就是喜欢了我，这不是真爱，是什么？”

长流子翘了翘嘴角，不屑地道：“真爱？真爱能当饭吃？久了你就会知道，这种身份高贵的女人，难侍候得很！”

楚渊道："也许吧！可是，她能为我忍受许多，包括要受的苦和别人的嘲笑，她能容忍我本事不如她，地位不如她，给不了她荣耀和富贵的生活，还愿意与我长相厮守，还愿意为我生儿育女，我就不能为她做出一些让步？"

长流子又是一呆，楚渊道："何况，人的脾气秉性也是会变的。既然她没有变心爱上别人，既然她愿意与我长相厮守，你怎么确定，她不会为我改变脾气，变得温婉可人起来？难道，她为我付出这么多，我连一点耐心都不能给她？"

长流子沉默起来，过了许久，缓缓说道："你小子，为什么每每说话，都能说到我的心坎里？"

楚渊长长地吐出一口浊气，道："因为，我和你的处境、你的遭遇，很相似。"

长流子慢慢地站了起来，走到崖边，面向大海，轻轻地拂了拂衣袖，那悬空飞行的岛便转了方向。

楚渊动容道："前辈，我们往哪里去？"

长流子板着脸："鲛人国！"

碧海潮生按玉箫。

一管玉箫，箫声一曲，这一曲还没吹完，海上便波涛汹涌，好像龙吸水一般，一股海水越卷越高，在海水的最高处，出现了鲛人女王。

这是她的本体，活色生香。

"长流！"

鲛人女王喜极而泣，一颗颗泪水滚落，化作一颗颗珠子，落入水中不见。

长流子当然不会让一些晚辈看他在这里缠绵悱恻秀恩爱，所以他很快就腾身过去，也不知低声说了句什么，那海浪就裹着他和鲛人女王沉入了大海。

"他们……在干什么？"

人人都很好奇，唐冰和汤思悦这样的女孩子好奇心尤其的重。

楚渊咳了一声，道："曾经有一位公主，喜欢了一个被流放海外的犯人。可是，小公主从小娇生惯养，还不太懂得，该如何与她喜欢的男人相处。而那个男人呢，又因为他出身卑微，声名狼藉，所以心思特别的敏感。于是，本来应该很恩爱的一对恋人，却因为种种误解，始终不能在一起。"

俞婉儿目光一闪，道："长流子前辈和鲛人女王？"

楚渊轻轻点头。

唐冰好奇地道："那现在呢，他们会怎么样？"

楚渊摊了摊手："我也不知道！"

大概过了两个时辰，平静的海面上巨浪再起，翻滚旋转着越升越高，长流子和鲛人女王并肩升了上来。

长流子一步便迈上了真水岛，鲛人女王含情脉脉看他一眼，目光又转向俞婉儿。

“婉儿姑娘，你履行了承诺，这是我答应你的谢礼！”

鲛人女王一扬手，一个白闪闪的东西就飞向俞婉儿，俞婉儿下意识地伸手接过，竟然是一只漂亮的蚌。

“呃……”

俞婉儿有些发愣，虽说这蚌很漂亮，不过一个蚌而已，就算送海鲜，起码也得凑一盘吧？

鲛人女王哪知道她在想什么，嫣然道：“这是我鲛人国皇族才拥有的护身法宝，现在赠给你了。启用它的口诀是……”

鲛人女王用神念在俞婉儿识海中留下一句真言，又向长流子柔婉地一笑，道：“我……等你回来！”便随着那海水，沉回了海底。

俞婉儿大吃一惊，这才知道这个小小的蚌，竟然就是她在鲛人国时见过的那种巨蚌。当时楚渊可是用蜀山镇山宝剑全力一劈，都没在它上面留下一道痕迹。

鲛人女王把它送给她做护身法器？这以后要是与人交战，真身躲在蚌内，驱动傀儡攻敌，只要对方攻不破巨蚌的防御，她就稳立于不败之地了。

想到这里，俞婉儿欢喜不胜，不禁看了楚渊一眼，含情脉脉。

说服长流子往鲛人国一行的可不是她，而是她的情郎，这护身法宝，也就相当于是楚渊送给她的了。

好奇宝宝唐冰和汤思悦如今和长流子也有点熟了，不复当初的敬畏，凑近了，好奇地问道：“长流子前辈，你和鲛人女王怎么回事呀？”

“长流子前辈，你们这算是和好如初了吗？”

长流子老脸一红，板起脸道：“废话什么，赶紧赶路！”

他把大袖一拂，悬停于空的真水岛，便加速向大陆飞去。

第八十八章　第一高手

轰！

远远地，众人就看到了冲天的火光和漫天的魔气，还有高手法器交手的轰鸣声。

“哈哈，什么正道仙宗，实力不过如此！”何洪宵看着被打倒在地的一个老者哈哈大笑。

忽然，头顶的阳光被遮住，天地暗了下来，那人抬头，就看到团巨大的黑影停在高处，仿佛……是一座岛？一道白色身影逆光挥手，遥遥劈来一掌。

砰！

何洪宵初时不以为意，待察觉那一掌威势惊人时，急忙举掌相迎，却被那掌风打得倒飞出去，闷哼一声，嘴角溢出鲜血。

何洪宵骇然问道：“你是谁？”

高高悬空的岛屿之上，传来一个响彻云霄的声音：“南海长流子！”

“盗墓者长流子！”

何洪宵猛然记起此人，不禁骇然失色。

长流子负手而立，淡然道：“今天我不杀你，回去！告诉森罗魔尊，一个月后，我与他决战于昆仑山玉虚顶，在此期间，不得再向仙宗门派发起挑衅。”

何洪宵虽然惮于长流子这个不世出的修仙奇才的传奇经历，听他想一言而定魔道行止，仍然觉得好笑，忍不住道：“凭什么？”

长流子淡淡地道：“就凭……我来了！”

长流子双臂一张，一股无形的气流回旋狂卷，渐渐化作一条狂龙，绕山一匝，那些正在围攻山门的魔道妖人像秋风中的败叶一般，根本无从抵御地被这股气流狂龙抛卷弹飞到了千丈之外，一个个狼狈不堪。

这么多的魔道中人，不是长流子一合之敌！而这，还是长流子未下重手的情况。何洪宵脸色又是一变，略一犹豫，想到长流子这一招所挟无可抵御的威势，终究不敢再说，把手一挥，喝道：“走！”

许多魔道中人便随着何洪宵匆匆遁去。

这是沿海一个仙宗门派，并不位列十二仙宗，实力有限，结果在何洪宵率人攻打之下，损失惨重。

上官靖与这个门派有些渊源，连忙降落云头，帮助收拾残局。

俞婉儿恭声道：“还请长流子前辈驾临南山派，我师父和十二仙宗众掌门，正在那里恭候大驾！”

“我去见他们做什么？”

长流子虽然答应返回中原与魔尊一战，可是与十二仙宗芥蒂犹在，却也是不愿相见。他把袍袖拂了一拂，道：“你们且去南山，告诉你们的师父，长流子已经来了，一个月后，与森罗魔尊于昆仑一战就是！”

长流子对楚渊倒是特别青睐，复又转向他道：“我已多年不曾回到中土，带我去你蜀山一观吧！”

“前辈要去我蜀山？”楚渊颇为诧异。

长流子笑了笑道：“当年，我知蜀山曾经是天下修道者的圣地，为了盗墓，在你们蜀山地界着实地住过几年，虽然不曾有所收获，总是有些感情的！”

楚渊倒也想知道师父和两个师弟如今的近况，便对俞婉儿道："婉儿，你且先回南山复命！我带长流子前辈先回蜀山，一个月后，咱们昆仑玉虚顶见！"

俞婉儿也知此刻不是儿女情长的时候，颔首答应，向长流子抱拳一揖，纷纷祭出飞行符箓，踏空而去。

长流子则驱动真水岛，带着楚渊，倏然消失于长空天际，一场大战，一招消弭。十二仙宗掌门，多少人视作仙人，却拜谒无门的大人物，他见也懒得一见，端地潇洒！

桃花源中，原本的荒域祖地，自从那上古神魔战场消失，此时失去了万年不散的杀气镇压，原本被压抑万年的生机瞬间焕发，已经变成了一片精灵般的天地。

参天的古树，密集的藤萝，茵茵的绿草，欢唱的鸟雀……

一株七八人合抱的巨大古树上，由于藤萝缠绕，近乎天然地形成了一间小屋。稍加整理，就成了一琼道长和朱平安、陈厚师徒三人的住处。

藤萝散发出一股淡淡的青草香气，这种香气能驱赶蚊虫，使得住在其内的人不受林中蚊虫袭扰，简直就是洞天福地。

此刻，这洞天福地中，就有一位仙人般白衣飘飘的中年美男子：长流子。至于他的那座岛，已经被他炼成法器，可大可小，达到了须弥藏于芥子的境界，此刻已然收在身上。

长流子看着一琼，一琼也在看着长流子。心情既激动又敬畏，对于达到长生境巅峰，再进一步便可羽化登仙的长流子，虽然自家是一万年前天下第一大宗的蜀山掌门，一琼也不禁心生敬畏。

而另一方面，又是无比的激动。在天下顶尖高手中，再没有像长流子一样让他如此敬畏的高手了。因为，长流子不属于十二仙宗，他是和一琼一样，甚至还不如一琼的没落的东海门的一个弟子，可是他离经叛道，别出心裁，居然就这么成就了绝顶高手的境界，岂不令人敬仰？

第八十九章　荒域祖地

"你的伤，很麻烦……"

长流子皱了皱眉："你不该妄求急进，走火入魔后又无护法人及时为你疗伤，以致伤势太过严重。虽然你用暖阳酒虫护住了心脉，但沉疴已久，经脉淤塞，疏通起来很麻烦。"

楚渊紧张地问道："长流子前辈，那……家师还有得救吗？"

长流子沉默片刻，忽然一笑，道："很难说。如果不治，继续以暖阳酒虫护住心脉，你师父应该还有三十年寿元。如果治……"

楚渊、朱平安、陈厚三人都紧张地瞪大了眼睛：“怎么样？”

长流子道：“一种可能，经脉老化严重，已经不堪疏通，结果郁积其内的真气，尤其是暖阳酒虫十余年来积累的浑厚真气，以及内伤造成的八脉寒气冲突起来，立时毙命！”

楚渊三兄弟惊呼一声，一琼却平静下来，凝视着长流子，道：“前辈，那么另一种可能呢？”

长流子道：“另一种可能，经络顺利疏通，你不但能重踏修真之路，而且阴阳两股极精纯的真气一旦合而为一，就会化为混沌之气……”

一琼身子一震，失声道：“前辈是说……先天真气？”

长流子缓缓点头：“没错！将后天真元，转化为先天真气，你将发生脱胎换骨的变化，不但可以重踏修炼之路，而且有生之年，很可能炼到长生境巅峰境界，甚至……更进一步也不是没有机会！”

一琼惊道：“更近一步？自一万年前神魔大战，天地元气混乱，我修真之士炼到如前辈一般的长生境巅峰，已是功德圆满。踏破虚空、羽化登仙，已经再无可能了呀。”

长流子微微一笑，道：“不错！所以此生，我也不做成仙之想了。不过你不同，混沌之气，源于无极，生于太极，阴阳合一，最是合乎天道。可是，修真之士修炼，不专修一途，绝难登峰造极，不登峰造极，便不可能突破长生境巅峰！所以，古往今来，也曾有人试图阴阳合修，结果无一例外，连长生境都练不到，更不要提羽化登仙了。而你因缘巧合，阴阳两脉真气都是精纯无比，一旦合而为一，却是能够踏至长生境巅峰的。”

一琼听了这话，激动得浑身发抖，颤声道：“既如此，晚辈恳请前辈千万施以援手。大恩大德，一琼没齿不忘！”

长流子凝视着他道：“可是，即便有我为你护法，成功的希望……也不足两成，你还要试吗？”

“不足两成？”

楚渊大惊，赶紧劝道：“师父，你现在就住在泽精村，与此间泽精关系融洽，不愁体内暖阳酒虫没有好酒吃，就不要冒这风险了吧。”

一琼豁然而笑，道：“傻徒弟，为师现在这样活着，不过就是个废人！不要说还有三十年寿元，就算还有三百年、三千年寿元又有何用？男儿当做大鹏鸟，翱翔于天地之间，趴在烂泥坑里做王八，活一万年又如何？”

不待楚渊再劝，一琼已经向长流子拱起双手，肃然一揖：“我的命，我做主！前辈，拜托了！”

朱平安激动地道：“师父！”

一琼扭头看了他一眼，眼神果决、刚毅，有着不容置疑的坚定，朱平安身子一震，讷讷住口。

长流子凝视一琼片刻，微微一笑，道：“好！这法儿，还是我当年从一位前辈高人的坟墓中得到的，多年来也无处去用，如今便冒险一试吧！”

长流子闭目沉思片刻，缓缓说出几样药草名字，楚渊经常在山中采药，长流子所说的药草，他纵然没有见过，却也是听过的，马上一一记在心里。

长流子说罢，张开眼睛，道：“我看此地天地灵秀，天材地宝必然不少，我所需要的这些药材，此间应该都有，你们且去搜寻一番。”

朱平安恭敬地询问道：“前辈，用了这些药草，都能加强成功的机会吗？”

长流子淡淡一笑，举起一只莹白如玉的手掌，道：“要化解阴阳真气，疗治你师父的伤势，就凭我一双手足矣。这些药草，是要熬炼出来，让你师父内服外敷，先行软化经络的，否则以他现在的状况，很难承受得住真元龙虎相冲的霸道，便连两成希望也没有了。”

三兄弟听了心中凛凛，马上乖乖去搜寻药草去了。

接下来的日子，长流子便一直住在荒域祖地，楚渊等人采了药来，他便按秘法熬炼，让一琼内服，再把剩下的药汁放进大木桶，熬煮成沸水，让一琼坐进去沐浴。

楚渊带着两个师弟漫山遍野地寻找药草，与此同时将自己从识海剑典中悟到的修炼法门倾囊而授，他已愈走愈远，不希望两个师弟落下。

一个宗门的崛起，从不是一个不世出的奇才就能撑得起来的，但凡大门大派，无不精英荟萃。所以，长流子虽然已经是正派第一高手，可他孤家寡人一个，名气再大，也无法开宗立派，建一宗门。

楚渊对蜀山的崛起很有信心，因为他隐隐觉得，他识海中的无字剑碑，很可能就是传说中蜀山已经失落的最高剑典——完整的蜀山《乾坤屠魔剑典》！只要他能将识海中的蜀山真传全部挖掘出来，蜀山绝对会恢复曾经的荣光！

第九十章　魔界大圣

已练至长生境巅峰的长流子出世，与森罗魔尊约战于昆仑山玉虚顶的消息在江湖上迅速传扬开来。正派仙宗人人振奋，在他们看来，长流子早已踏入长生境巅峰，就算森罗魔尊也到了这一境界，可先到与后到，对术法武学的领悟和造诣却还是有区别的，森罗魔尊赢不了。

森罗魔尊其实也不确定自己是不是长流子的对手，所以长流子如神龙一现后，魔道众人在他的约束下也暂时偃旗息鼓了。森罗魔尊要在这一个月内潜心修炼，保持最好的状态，以便与长流子一战。

从无人知道所在的森罗魔殿秘境内，森罗魔尊一人独自盘坐在大殿上，面前一只通体乌黑的圆球仿佛半泅于水中，轻轻浮沉，散发出一束束缥缈的魔气。

这是森罗魔尊费尽心血找到的一件上古魔器，他就是用这件魔器与魔界沟通，从而获得了魔界大圣的支持与传授，这才魔功大进的。现在他想确保有战胜长流子的希望，只能向魔界求援。

可是魔界之门在打开之前，是飘移不定的，必须当它移动到正确的位置，才能将森罗魔尊呼唤的信息传递到魔界，与魔界大圣沟通。魔尊也不确定，他在这一个月内，能否与魔界取得联系，所以只能在魔殿闭关，通过这件上古魔器不断发出呼唤讯号，以期被魔界大圣收听到。

南海之上，一座只露出海面少许的无名小岛上，花如娇正坐在礁石上，利用钗簪做成的鱼钩钓着鱼。

以花如娇的能力，猎取几条用以食用的鱼，或在小范围内下一场雨，弄点饮食和饮水不过是举手之劳，但是独自一人，孤零零地在这里无所事事，总要找点事来做，要不然人会因为寂寞无聊而疯掉。

她没有死，可是本就是符箓做成的飞行法器由于没有放在密封袋中，在入水后已经毁坏，即便没有毁坏，她也不可能凭自身真气驾驭飞行法器飞越大海回到陆地。

更糟糕的是这已是深海，纵有渔民和海商，惮于巨型海兽和海妖，也不敢进入这么深的海域，如何离开，成了她极头痛的问题。

此时，森罗魔尊正在森罗魔殿中利用上古魔器，一遍遍地呼唤着魔界大圣，那种只有魔界大圣级别的魔物才能接收到的讯号。

南海无名小岛上，海浪轻轻拍打着礁石，花如娇无聊地看着海面，鱼儿已经咬钩，她懒洋洋地提起鱼钩，将鱼解下来，抛回大海，下一个新饵，重新抛下鱼钩，重复着对她来说已经乏味到了极点，但已是唯一可以排遣寂寞的游戏。

很少有人前去的、通往深海鲛人国的海底上古神魔战场中，一缕黑色的魔气静悄悄地在地面凝结，最终凝缩成一个小小的黑色球体，在空寂的空中悬停了一阵，忽然一闪而逝。

花如娇的鱼钩又有鱼咬钩了，这里从无人至，鱼群众多，几乎是鱼钩抛进水里，顷刻间就能钓上一条鱼。花如娇轻轻叹了口气，懒洋洋地向上提用腰带做成的钓线，忽然，她的动作停住了。

一个声音正在她的识海中响起："你，是魔门弟子？"

花如娇腾地一下站了起来，惊喜地四顾："你是谁？你在哪？"

在这孤零零的荒岛上，最可怕的就是寂寞，她一个人真的快要疯了，虽然那个声音阴恻恻的透着诡异，可这时再可怕的同类，也让她觉得亲切无比。

"我感应得到你身上的气息，那是修炼魔界心法才有的气息。你怎么这么弱？"

那个声音有些不屑，花如娇不愿意了："哈！我弱？我可是合欢宗这一代最杰出的弟子，天赋异禀，聪明绝顶，我还弱？"

那个声音呵呵地笑起来："不要说笑话了，就你这样低微的修为，我全盛时候，吹口气儿都能灭了你！"

花如娇惊道："你是谁？"

那个声音忽然沉默起来，花如娇慌了，好不容易遇到一个人，对方却又突然消失，这……

花如娇大叫起来："喂！你不要走！回来！我承认自己弱还不成吗，你怎么这么小气，喂！"

又过了片刻，那个声音在她识海中再度响起："唉！我刚刚搜索了方圆五百里的范围，居然只有你一个人类！本大圣沉寂万年，力量已经衰弱到了极致，没有躯体，是无法返回陆地的，只好委屈一下，借助你这个不成器的魔门弟子躯体了。"

花如娇惊道："你说什么？大圣？什么大圣？你要借什么躯体，难道是借尸还魂？你……你是鬼物？"

那个声音又笑起来："也可以这么说！"

花如娇步步后退，紧张地道："你不要过来！我警告你，我可是修炼了魔功心法的人，寻常鬼魅根本奈何不了我，你要敢进入我的识海，我轻而易举就能让你灰飞烟灭！"

"聒噪！"

那个声音突然如同殷雷，震得花如娇一阵眩晕，险险摔倒。

"哼！要不是因为你的魔门气息，本大圣早就抹灭了你的神识！如今只是借你躯壳一用，那是你的荣耀！无知的小辈！"

随着这句话，一个黑色的小点从碧蓝的海水中冉冉升起，阳光下它竟然渐渐透出血红色，花如娇吃惊地看着这个拳头大的血色小球，忽然感到一种极其恐怖的感觉。

仿佛，她面前的不是一枚红色小球，而是……一片血海。

第九十一章 昆仑之墟

那血海中，是无尽的杀戮，是冲霄的魔气，纵然是出身魔门的花如娇，在这可怖的魔气下，都只想战栗、跪倒，仿佛整个身躯都会被它辗碎。

那个神秘意识说它沉寂万年，力量已经极度衰弱，居然还有这样可怕的意识，如果是在它全盛时期会怎么样？

花如娇没有来得及去想，因为那红球化作一团红光，只一闪，就冲向她的身体，迅速变小，消失在她的额头，花如娇仰面倒了下去。

过了大约小半个时辰，花如娇蓦然张开双眼，眼中透出诡异的红光，口中发出的声音也与她平时的腔调语气完全不同："真是太弱了！居然让我血神子花了足足半个时辰，才适应这具身体！"

随着这句话，她双臂一张，整个人诡异地直立起来，缓缓转向西面："有人在呼唤魔界！这个人，实力倒是不错！我已沉寂万年，为什么会醒来，难道是因为他的呼唤？不可能！难道……"

花如娇身子突然一震，眼中露出惊喜的光芒："我知道了！原来如此！他用的是我的本命法器，难怪能够唤醒我，哈哈哈哈……"

花如娇狂笑着，忽然一纵身，整个人贴着海平面，飞也似的向大陆方向飞去。

海中生物都有自己的活动区域，大型海兽和海妖则更是把他们各自的领域划为禁地，绝不容许实力强大的生物入侵，不过花如娇所过之处，山一般大的巨兽却是竭力向深海潜去，实力强大的海妖则屏息静气，动也不敢妄动。

附身在花如娇身上的血神子，绝对是一位了不起的上古魔界大圣，虽然它现在的实力极低，甚至没有实体化时都不能飞越大海，需要借助花如娇的躯壳，可它身上上位魔圣的气息太恐惧了，足以令这些立足大海，对无数修真界人士不屑一顾的海妖、巨型海兽敬畏万分。

一个月后，昆仑山，玉虚顶。

长流子一个人背负双手，屹立于山巅。

昆仑，万山之山，山中之祖，由此望去，山峦起伏，宛如一条巨龙，绵延东去。

忽然，一阵风雷破空声响起，长流子缓缓抬头，就见森罗魔尊独自一人，自空中缓缓降下。

长流子微微一笑，道："你的白骨王座、十殿殿主、八大护法呢？"

森罗魔尊冷冷一望，道："你的海外仙岛呢？"

长流子御岛而行，飞掠长空，只一击，震慑群魔，一个月来正邪双方偃旗息鼓，再无争斗的事，早已在天下传开。森罗魔尊当然知道他把一个岛炼化成了一件法器的事。

长流子微微一笑，道："在森罗魔尊面前，有什么排场好摆。"

森罗魔尊道："你我一战，又不是杂耍卖艺，为什么要给人看？"

长流子道："所以，我已放话出去，这一战，正派仙宗任何人，都不必赴昆仑绝顶观战！"

森罗魔尊脸上露出一丝微笑，道："我也放话出去了，昆仑绝顶方圆百里之内，谁若擅自闯入，杀无赦！"

长流子道："很好！反正那些道貌岸然的名门正派，我看着就不顺眼。"

森罗魔尊冷冷地道：“你的事，我知道！你有今天，十二仙宗于你毫无助力。相反，你还曾过街老鼠般被他们追杀，何苦为他们卖命？如果你肯投靠我，我以森罗魔殿副魔尊之位相赠。”

长流子笑了笑，猝然出手。

他一字未说，只用他的行动做出了回答。

只一出手，掌上居然就升腾出了熊熊烈焰，这火焰的颜色是青蓝色的，火焰先红而白，继而青蓝，如果升到极度高温，甚至可以完全失去颜色，但青蓝色的火焰，已经足以将金铁熔化。

森罗魔尊目光一厉，脱口叫道：“三昧真火？”

三昧真火，据说练到最高境界，可以遇石燃石，遇气燃气，遇水燃水，三界之中，无一物不可燃。但，森罗魔尊的功法不是天地人三界的，它来自魔界！

森罗魔尊双掌一推，掌上也幻化出了缕缕火焰，乳白色的火焰，这种白，不是火焰的第二重境界那种半透明的白，而是奶一样的乳白，而且这火焰燃起，它释放出来的居然不是热量，而是刺骨生寒的冰霜之意。

如果是别人要对付长流子的三昧真火，或许只能凭本元真气来抵抗，如此一来，此消彼长，先就吃了大亏，但森罗魔尊所用的魔功来自魔界，恰能克制三昧真火。

要说克制，似乎也不妥。水火不容，但谁能克制谁？要看谁的力量更大。而森罗魔尊的功力与长流子的功力相当，这时较量的就是他们的格斗经验和临战的运用了。

一见森罗魔尊催动白骨冷焰，长流子脸上依旧是一副恬淡模样，右手一张，刹那间仿佛头顶蓝天，脚踏大地，变得无比高大，大掌当头罩向森罗魔尊，掌心忽明忽暗，真元急旋，形同旋涡。

到了他们这一级别的高手，什么招式都是虚妄，他们举手投足，就能毁灭一座高山，斩断一条河流，如此威势，何须招式取巧？

这也是长流子选择昆仑绝顶交手的原因，此地荒无人烟，而且昆仑为万山之祖，自有其道理，不是轻易会遭到他们雄浑的法力破坏的。

“呵呵，长流，你掘坟盗墓，得到无数先贤遗著秘籍，可惜都是支离破碎，纵你天资聪颖，强行融合，终究缺了几分连贯圆润。你先天不足，纵然先我一步踏入长生境，又岂奈我何？”

森罗魔尊说着，双手连连结印，双掌一分，掌中一道十字形墨黑色的光陡然射向长流子。

十字黑焰离开他的手掌，迅速扩大十倍，那不是一道十字形的魔焰，是魔焰所化的两柄剑，双剑交叉，形成十字，陡然压向长流子。

森罗魔尊大喝道：“我的天魔焰，无坚不摧，毁天灭地！给我斩！斩！斩！”

第九十二章　棋逢对手

大十字黑色魔焰剑陡然化作无数个小十字魔焰剑，仿佛漫天飞舞的黑色蝴蝶，铺天盖地地斩向飞流子。

森罗魔尊狂笑："我这魔焰，不但能斩你身，还能斩你的魂！叫你神魂俱灭，不得超生，我看你怎么挡！"

漫天魔剑，无孔不入，几乎无可抵挡，飞流子似乎也无法抵挡了，那漫天魔剑透体而入，将他切得支离破碎。但身体破碎的飞流子并未溅出鲜血，那被魔剑切碎的身体瞬间化为虚无，消失不见。

森罗魔尊这一招，斩中的竟然只是一个虚影。

"哼！"

一声冷哼，在森罗魔尊右侧响起。

森罗魔尊也没想过凭此一招就一定能杀了长流子，但他想来，长流子要迎这一招必也吃力，怎知长流子在他双手结印的时候，就已留下幻影，真身遁入了虚空。

一见魔焰剑失效，森罗魔尊心神巨震，身体陡然一动，立即向正前方扑去，那里是长流子幻影消散的地方，也是长流子真身最不可能藏匿的地方，但他还是晚了一步。

在他右侧的哼声响起的时候，森罗魔尊已经向前扑出，但他身侧正有一排长流子跟着他同向闪出，脸色依旧恬淡，可身形却极是凌厉，如同紧盯猎物的苍鹰。

"天魔乱舞！"

"白驹一隙！"

"破碎虚空！"

"天魔三斩！"

"阴阳神雷！"

"破穹千机变！"

前三样是森罗魔尊使出的三种身法，可他连变三种身法，都未避开长流子，迫不得已，反守为攻，接连使用了三门绝学，杀气沸腾，凌厉无匹。

一个接一个的长流子在追蹑中被他劈斩破碎，可还有更多的长流子仍旧不紧不慢地紧蹑着他，而且任由他身法连变，绝招迭出，长流子始终没有出一招。

一身万化，这是长流子在海外仙岛上悟出的一门身法，与他和鲛人女王的身外万千化身心法也不无关系，此时使来，又是占了先机，森罗魔尊空有一身神通，偏就奈何他不得。

长流子没有出手，始终没有出手，他在等，纵然森罗魔尊神通广大，却也没有达到非人的境界，至少他还需要呼吸，哪怕他气息极其绵长，像鲸鱼一样可以深潜海底许久。

如今，在他全力出手下，更是气息消耗剧烈，他一定需要喘息。而人在呼吸一换的刹那，是最虚弱的时候，虽然这只是一瞬间事，但是对长流子这等高手来说，已经足够了。

这就是境界、经验，哪怕同等级的高手，能把战法融入兵道者，也能克敌制胜，更上一层楼。

森罗魔尊终于换气了，他正在疾飞，闪电般飞翔在昆仑万山之上，换息不过是刹那之间极快的一个动作，而长流子居然捕捉到了，在森罗魔尊吸气的同时，长流子出手。

在长流子脑后，一道恢宏、神圣、昂藏，带着无尽威压的光环一闪即逝。那是只有神脑后才有的神环。长生境高手哪怕是巅峰高手，基本上也不可能会在脑后幻现神圣光环，哪怕只是一刹那，因为他们毕竟还没有迈入神的行列，连半神都不算。

但，一个凭着盗墓，凭着从墓葬中搜集的支离破碎、完全不成系统、功法性质甚至是相悖相冲突的一些零散功法记载，就能自悟成才，成就一代长生境巅峰高手的长流子又岂是寻常修真者可比。

神之光环只在他脑后快速地一闪，甚至比森罗魔尊的一息还要短暂，就是这片刻，神威威压，万山之祖上无尽的灵气滚滚而来，长流子如长鲸吸水一般将这些天地灵气吸入体内，一时真元暴涨。

“喝！”

依旧是三昧真火，只不过这一次长流子仿佛成了火人，浑身上下冒着滚滚火焰，如同掌控火焰的火神共工，他那恬淡的神情也终于消失，这时的他威风凛凛恍如战神。

真元不只暴涨，而且属性发生了本质的变化。神灵脑后的神性光环，难道只是显现出来以彰显他们身份的？神当然不会那么无聊，那是一个收集器，也是一个提纯器，帮助神灵吸纳更多的天地灵气，同时提纯，为己所用。

虽然，那神性光环在长流子脑后只是一闪即逝，可是就这刹那间，它所起的作用，在人间界已经是无可匹敌。

暴涨的真元带了一丝神性，此时的三昧真火，才有了一丝真正的三昧真火的味道，烧毁一切神通、一切术法、一切有形无形的攻击，森罗魔尊的功法仿佛雪狮子向火，顿时消融，三昧真火及身，毁灭一切有形与无形。

森罗魔尊惊叫，他已经感觉到了无尽的凶险，这一击之力，他已根本无可逃脱，也无可抵御。但，他还有法宝，原本属于魔界大圣血神子的法宝：血魂珠。

森罗魔尊别无选择，只能祭出了血魂珠。

那颗漆黑如墨的珠子突然扩大，变成了一团浓黑如墨的迷雾，那其实不是黑色，而是血色，只是因为太红了，红到发黑。此刻在三昧真火的烧灼之下，它的边缘才隐隐透出暗红色。

血魂珠将森罗魔尊整个身体都笼罩了起来，带了一丝神性的三昧真火烧得它几乎要沸腾起来，因三昧真火而蒸发的血魂沸腾起来，方圆千丈之内都变成了一片殷红，真不敢想象，上古年间，魔界大圣血神子为了祭炼这件法宝，曾经牺牲了多少生命，恐怕要以亿万计数。

三昧真火最终没能毁灭血魂珠，但原本漆黑如墨的血魂珠，却已被三昧真火淬炼成了殷红色，至少降低了七成的威力，森罗魔尊收了血魂珠，既震惊又心疼。

这长流子，果然不是他所能敌，但是，他拥有上古魔界至宝，而长流子没有，一件得力的法宝，有时抵得上万年的修行，森罗魔尊狞笑一声，该他反击了！

第九十三章　两败俱伤

昆仑山万山丛中，一座不知名的小山。

这小山，也只是因为万山拱卫的昆仑绝顶太过恢宏壮观，所以才显得小了，如果把它单独搬出去，置于中原大地，都是不逊于泰山一般的存在。

在这山巅之上，一个人比花娇，姿容婉媚的少女擦一把额头香汗，说出来的却是阴恻恻的男人声音："可恶啊！祭用了我的法宝，还损毁了七成威力，这得耗用多久时光才能祭炼回来啊！真是该死！"

花如娇冷冷地咒骂了一句，加快了奔向昆仑绝顶的步伐。

在万山之上，受到森罗魔尊与长流子的道法威压，功力远逊于他们的人都无法腾空飞行，只能步行，顶多是远比常人矫健得多。

附身于花如娇的血神子是上古魔界大圣，功参造化，当然不受压制，但他被摧毁了本体，元神不灭，游荡万年，已经将真元消耗的七七八八，残余的一点能力他还有大用，是不舍得浪费在赶路上的。

昆仑绝顶，森罗魔尊和长流子却不知道正有一个可怕的存在正在靠近，森罗魔尊收了血魂珠，立即反手一击，滔天魔焰席卷而来，它的阴寒魔气可以侵袭一切，感染一切。

长流子方才致命一击被对方的法宝挡住，此刻正是虚弱时候，森罗魔尊魔焰袭击，长流子只觉周身三百六十大穴，同时受到阴寒魔力的侵袭，整个身体似乎要被瓦解一般。

长流子孤注一掷，却未能奏功，立即陷入了无尽危机。此时，血魂珠融化中散发出的殷红魔气弥漫千丈，千丈之内血云滚滚，血雾翻腾，这些与森罗魔尊所淬炼的魔焰本源一体的血魂之气，无疑淬炼了森罗魔尊法力的精纯与威力，现在换作长流子陷入危险了。

森罗魔尊有上古魔界至宝血魂珠，可长流子没有。他虽然发掘过许多上古坟墓，可是没有人会把如此至宝埋进坟墓，他只有自己祭炼而成的随身法宝：真水岛。

他能祭出的，也只有自己的本命法宝：他的仙岛。

长流子目光一凝，一个银色的斑点在他眸光中乍然一闪，脱颖而出，迅速变成实质，恢复了它的本体。

长流子这座岛，上面施加了层层禁制，虽然这些禁制主要作用是为了防止人登岛，但它作为一座法器祭出时，同样能增强它的威力。

随着仙岛完全长成，宽有三里、长有十里的一座大岛横在血云之中，长流子也脱离了血雾范围。

“魔化天地！”

森罗魔尊咆哮，漫天魔焰乌云般翻滚着，将真水岛笼罩起来。

魔焰在侵袭，在魔化仙岛，同长流子炼化仙岛所注入的法力争夺着它的控制权。

血魂珠散逸出来的血雾也无孔不入，向整座仙岛侵入。

这是长流子的本命法器，它若受损，长流子无疑也将受到重创，长流子只能将真元全力注入，与森罗魔尊抗衡。

侵袭、魔化、反侵袭、驱除，双方以真水岛为战场，开始了一场无比凶险但表面看来却只是诡异莫名的决斗。双方隔着一座真水岛一动不动，动的是岛。

岛上的树木、花草，时而枯萎落败，枯黄一片，时而绿草茵茵，苍翠一片。岛上的飞瀑流泉时而殷红如血，时而洁白如雪。随着双方不断注入法力，那岛上的一切枯了再生，生了再枯，渐渐地，那些树木花草的样子渐渐变得诡异起来，叶片俱都殷红如血，整个岛像是被血染过了一样。

长流子的脸色变了，借助血魂珠散逸出来的魔气，森罗魔尊占了上风，树木花草飞瀑流泉这些附着于仙岛表面的东西已经尽皆化为虚无，现在双方进入了真水岛本体控制权的争夺。

真水岛仿佛成了一座蜡雕刻出来的岛，正放在火上烘烤着，它在“变化”，像被融化了一样，岛上的小山、树木、瀑布、流泉，先是凝固，然后融化，变形堆积在一起。

长流子恬淡平静的表情终于变得凝重起来，拼尽全力进行最后一搏，将他的全部功力，包括意志，都融入他的本命法器之中，被融化的仙岛一点点地恢复着原状，仿佛有一柄无形的刻刀，正在把融化掉的蜡液重新雕刻出来。

“没有用的……”

森罗魔尊大笑：“多亏了你的三昧真火啊！哈哈哈，这件上古魔界法宝，我始终不懂催用之法，我用它的唯一作用，就是用来召唤魔界之门！护身，还只是因为它感应到毁灭的危险时，会自主发出反抗！”

森罗魔尊得意扬扬："换而言之，我几乎役使不了它，无法让它为我所用。而你炼化了它，虽然核心未毁，但熔炼掉的七成血魂，已经成了无主之物，足以为我所用！我，森罗魔尊全部的功力，再加上上古魔界大圣法宝的七成威力，长流，你拿什么挡！"

随着这一声大喝，森罗魔尊再度催发全部功力，所有意志凝聚起来，催动所有血魂之气，魔焰之气，形成了黑色的火焰，焚烧着整座真水岛。

长流子此时只能反击，而无力主动进攻了，他的三昧真火已经很难再发得出方才那般强大的威力，而且三昧真火可不辨敌我，它是焚毁一切的，此时如果在自己的真水岛上使用这真火，只怕森罗魔焰不曾被驱逐，反而毁了自己的本命法宝。所以，长流子只能饮鸩止渴般注入真元，苦苦挣扎。

"没用的，拜你之赐，我终于可以动用血魂珠的威力，你死定了！虽然，我因此失去了血魂珠七成的魔力，可是能杀死一个长生境巅峰高手……不！准确地说，是天下第一高手，值啦！哈哈哈哈……"

森罗魔尊狂笑，说话间魔焰威力再增，真水岛终于融化成了一团"烛泪"，随后，开始蒸发成气体，彻底融入虚无。

"不……"

本命法器受损，如同长流子自己的身体受损，长流子痛呼一声，一口鲜血喷了出去。

森罗魔尊狞笑一声，千丈距离，一闪即至，一掌向长流子当头拍去。

长流子本命法器被毁，身体、神志，尽受重创，此时已经陷入昏迷状态，根本无从抵抗，但是，魔焰及体，从他身上突然飞起一方白玉。

它迎风而长，迅速放大，变成了数丈之高，那不是玉，而是一个莹白如玉的蚌。

第九十四章　夺舍重生

白玉蚌张开大口，一开一合间，就把长流子吞了进去。森罗魔尊的一掌砰的一声击在蚌壳上，居然毫发无伤。

"南海鲛人女王？"

森罗魔尊一怔，脸上露出狰狞之色："鲛人女王，我魔门与仙宗争夺天下，与海族无关。你是要横插一手，将海族引入这场大战吗？"

"我早劝过他的……"

空中响起了鲛人女王空灵忧伤的声音："十二仙宗，对他并不好，我曾劝过他，不理魔门与仙宗之争，可他不听！我海族不想参与魔门与仙宗之争，但……长流子我要保！"

鲛人女王并未赶到昆仑山，但她的声音正借从白玉蚌发出来："长流本命法器被毁，已经神魂俱失，成为封闭六识，不言不动的活死人，你又何必赶尽杀绝，我要带他走。"

森罗魔尊脸上阴晴不定，半晌才缓缓地道：“好！我卖你这个面子，长流子，你带走吧。记住你的话，不要干涉我魔仙两宗之争！”

巨蚌冉冉飞到空中，忽地化作一道白色的流线，倏然飞向南海方向。眼看那巨蚌消失在视线尽头，森罗魔尊长吁一口气，忽然一头从云端里栽落下来，重重地砸在地上。

实际上，他现在业已到了油尽灯枯之境，否则又岂容南海鲛人女王在他面前逞威。不过，长流子虽是大敌，但本命法器被毁，除非有人帮他把本命法器从虚无中重新炼化出来，否则他绝不可能再醒来，倒也不必太过担心。

而南海鲛人女王，是绝对不可能有这份法力的，但南海鲛人皇族拥有白玉蚌，这东西和泽精本体一样，秉天地灵气而生，虽然南海鲛人不算如何了得，可是一旦她们使用白玉蚌，却是极难被伤害的，既然这样，森罗魔尊当然见好就收。

“哈哈哈，长流子已经成了活死人，正派仙宗，再无人是我对手，这天下，是我的了……”

森罗魔尊喘息着狂笑，这时候，花如娇出现在了山顶。

森罗魔尊先是一怔，没想到竟有人敢违抗正邪两派第一高手联合发出的禁令，但见是花如娇，却又心头一松，毕竟是自己这边的人。他在合欢宗宗主面前，见过她的这个得意大弟子。

森罗魔尊向她招了招手，喘息地道：“谁准你违反本尊禁令的？哼！念在你师父面上，这次就不惩罚你了。过来，扶本尊起来。”

花如娇定定地看着他，脸上露出一丝诡异的笑容：“不错！这具躯壳不错，勉强可以为本圣所用了。”

那是男人的声音，一个很诡异的男人声音，森罗魔尊一怔，隐隐感觉有种莫名的危险：“你说什么？你怎么这副腔调？”

花如娇笑得更妩媚了，但声音依旧是男人的声音，更显诡异：“尤其是你刚刚受了重伤，很难抵抗我的侵袭，很好！从现在起，你，属于我了！”

“什么？”

森罗魔尊刚刚发出惊怒的质问，花如娇眸中突地飞出一点红光，迅速变成一颗红色光球，向他缓缓飞去。红光一离体，花如娇就晕厥了过去。

“夺舍？”

几乎是一瞬间，森罗魔尊就明白了这光球要干什么，他又惊又怒，奋起余力要阻挡它的侵袭，但这时藏在他怀中的血魂珠突生感应，自主飞了起来，悬停于空中，与那红色光球迅速合而为一。

“呵呵，想不到你力竭之后，还有余力挣扎。衰微之极的我，要夺你之舍，本来还要费一番功夫。幸运的是，我的本命法宝，就在你的身上，哈哈哈哈……”

血魂珠发出猖狂的大笑，元神与血魂珠融合后，变得璀璨夺目，闪烁着令人心悸的猩红的光，突然向前一冲，钻进了森罗魔尊的眼睛。

森罗魔尊的身子仿佛定住了，但他的体内似乎正在进行着激烈的争夺，眼神不断地发生着变化，最后，森罗魔尊目中红光大盛，他张开嘴，发出了与方才血魂珠中一模一样的笑声："哈哈哈，时隔万年，我血神子终于复活了！而且借此人之躯，突破人魔之界的壁垒，复活在了人间，哈哈哈，天意！天意啊……"

第九十五章　百巧灭门

江湖，从那一天起变了模样。

没有人知道长流子和森罗魔尊那一战的结果最终如何，但是不需要知道，随后魔门的反应就已给出了答案。

那一战后，魔门的行动更加肆无忌惮，各个仙宗门派纷纷迎来了以森罗魔殿为首的各路魔门宗派的围攻打击，无数门派灰飞烟灭，江湖上一片血雨腥风。

位列十二仙宗的百巧门，如今也陷入了包围。

正派仙宗一直掌握着天下大势，魔门因此行踪诡秘，山门隐蔽，轻易不会被发现，这样一来，强弱之势一变时，魔门宗人就可以集中全力，肆无忌惮地对正派仙宗实施打击，而正派仙宗各有山门，顾此失彼，不能集中全力，因此落了下风。

其实正派仙宗也不是不明白这一点，但是他们能合力到一处吗？守谁的山门呢？他们的立派之地，无不是灵气充沛的洞天福地，经过了千百年的苦心经营，许多东西根本是搬不走的，谁能下定决心扔了这些"瓶瓶罐罐"，与魔门决死一战。

也因此，只能被各个击破。而今，百巧门被围，魔宗派出了五位殿主，可自顾不暇的十二仙宗其他门派无法派来一人相助，他们都担心一旦守山实力被削弱，自己反被魔门所乘。

自昆仑一战后，森罗魔尊也没有再出现过，江湖传言，长流子也不是易与之辈，他虽胜了长流子，却也胜得辛苦，受了重伤，可即便如此，万年休养、万年生聚的魔门，也已不是正派仙宗所能抗衡的了。

群魔环伺下的百巧门，一共七重守山大阵，都是经历代先贤精心铸炼的傀儡，又经后人不断完善的，简直是铜墙铁壁一般，而今，这七重傀儡大阵，已经被攻破了六重，魔门中人虽也伤亡惨重，但最后一重屏障很快也要被攻破了。

"师父！"

俞婉儿刚帮一位同门包扎好伤口，就见任青峰匆匆走来。

看到任青峰身上的斑斑血迹，俞婉儿不禁双眼一红，这一阵子师父撑得有多辛苦，她比谁都清楚，自从十二仙宗大会与森罗魔尊一战，师父的伤就一直没有好，能够撑到今天，已经是强弩之末了。

“婉儿，跟我来！”

任青峰神情严肃，片刻不停地从众弟子中间走过，俞婉儿连忙随在他的身后。任青峰径直走进百巧门的大殿，向上面敬奉的鬼斧和神工两块灵位拜了三拜，那是百巧门的开派祖师。

任青峰三拜起身，婉儿见师父跪拜，业已跟着拜下，任青峰等她三拜之后，双手轻轻一分，一道无形真气向前风一般展开，大殿正前方的两块灵位，本身就是两位创派祖师为自己打造的一个机关，只有百巧门功法才能打开，换作其他任何门派功法都没有用，如果想强行打开，机关就会自动摧毁其中的东西，宁为玉碎，不为瓦全。

鬼斧、神工两块灵位左右一分，中间一口石匣缓缓升起，任青峰抬手一招，那口石匣就落在他的手中。

任青峰抚着手中石匣，对俞婉儿道：“婉儿，这里面，就是我百巧门至宝七窍玲珑心，据说我百巧门创派祖师，当年就倚仗其中本领，在南海埋葬了万千魔兵，其中还包括了数位魔界大圣，可惜，少了功法，再也无人能参透其中秘密，可无论如何，这件至宝依旧是我百巧门镇山之宝。为师不求你一定能参透其中绝学，但你要保全它，让我百巧门香火不断！”

“师父！”俞婉儿骤然跪下。

师父这是在交代遗言，七窍玲珑心，百巧门的至宝，每一次掌门传位，必将七窍玲珑心传给新的掌门。

“婉儿，你是个聪明的孩子，知道师父的意思，也能看明白，为师已经抵抗不了魔宗的再一次进攻了，你连夜带余下的弟子离开吧。”

任青峰向来淡然的神色也多了一份凄然，百巧门数千年的基业，不能毁在他的手中，可现在，已经与毁在他手里无异了。

“师父，我不走，我要和师父一起面对，我们百巧门没有孬种，宁可战死也不能做逃兵。”俞婉儿猛然抬头，神色坚定。

任青峰微微一笑：“婉儿，留得青山在不愁没柴烧，当年魔宗被仙宗几近屠光，不也有了今天？听话，马上离开。”

“师父！”

任青峰双眉一轩，沉声道：“魔门倒行逆施，每至一处，焚其山门，掘其祖坟，这是逼着我们不能逃走，必须与其一战，你当我不明白其中的道理？我不走，有不走的理由！你必须走，也有必须走的理由！徒儿，你肩上的担子，比为师更重！还不走！”

俞婉儿噙着泪，跪在地上给任青峰重重地磕了三个头，身为百巧门大弟子，她明白自己肩上的担子，师父说的对，她有不得不走的理由。

当俞婉儿、汤思悦带着那些疲惫受伤的同门弟子远远登上一座山峰的时候，他们的宗门所在地，腾起了冲霄的火光，毫无疑问，那一定是魔门杀进了百巧门，他们要把百巧门夷为平地。

百巧门机关重重，以傀儡术立派，山中储放的各种可燃烧的材料也多，这大火也就格外显眼，看到那冲天大火，汤思悦扑到俞婉儿怀里，放声大哭："师姐，师尊他……我们以后怎么办？"

第九十六章　上天无路

刘瑾沉默了片刻道："婉儿，我带几个师兄弟引开魔尊的人，你带剩下的人离开吧。"

刘瑾不是一个毫无私心的道德君子，但也不是一个卑鄙无行的小人。他喜欢俞婉儿，曾讨好她、追求她，他也曾因为对楚渊的嫉妒而用过一些小小心计，但是在师门危难的时刻，作为一个师兄，他还是勇敢地站了出来。

没有人是天生的英雄，也很少有人能做一辈子的英雄，但这一刻，他就是一个顶天立地的男儿。

"不行。"俞婉儿马上反对，刘瑾这么说，无非就是要牺牲他们给自己等人搏一条生路。

刘瑾轻轻地摇摇头："婉儿师妹，这已是最好的办法。"

俞婉儿却道："魔门势大，刘师兄，你能抵挡多久呢？片刻工夫，何必牺牲。我们一起走，百巧门多一个人，便多一分薪火！"

她说得很不客气，却也是实情，连百巧门的护山大阵都被攻破了，刘瑾留下又能起多大作用？

刘瑾也深知这一点，沉默片刻道："那我们去哪里呢？落羽山？"

俞婉儿摇摇头："落羽山太远了，我怕我们来不及赶到就被追上。去五行宗吧，五行宗也是我们十二仙宗大派，或许他们的五行大阵能抵得住魔门的进攻！"

"什么人？"

俞婉儿他们还未到五行宗的山门，山中便飞起几具飞行法器，如临大敌地迎上来。

俞婉儿停在空中，道："我等是百巧门弟子，特来拜见离火真人！"

那五行宗弟子见他们俱都腰束孝带，面有戚容，不由惊道："百巧门？你们这是……"

俞婉儿悲声道："我百巧门受魔门攻击，家师与诸位师伯师叔，俱都以身殉道了！"

这时，五行宗弟子中一人轻呼一声，道："啊！我认得她，她是百巧门的大弟子俞婉儿，仙宗大会上见过的。"

“对对对，是她！”

有人认出了俞婉儿，五行宗弟子方才消去戒备，马上带他们赶往五行宗，进了山门，请进客堂，便有人去见离火真人。

谁料，五行宗对于前来投靠的百巧门弟子，却产生了极大分歧。

“诸位长老，百巧门是我仙宗名门，位列十二仙宗啊，任掌门慷慨赴死，也是为了我们仙宗正道，如今他的弟子到了五行宗，我们怎么能不收留？”

程青嵘既惊讶又气愤，马长老却道：“程长老，如今魔门势大，各大门派自顾不暇，我五行宗虽然实力雄厚，却也独木难支。魔尊要灭了百巧门，我们要是插手救人，这不是向魔尊挑衅吗？”

程青嵘气极反笑：“马长老，你这说法，也太荒唐了吧？就算我五行宗不收留百巧门弟子，难道魔门就会放过我们？”

“呵呵，程长老，这还真不好说。”金长老道：“据说，一万年前那场大战，魔界之门开在南海，当时曾有鬼斧、神工两位前辈，制造了大量的无敌战舰和海战傀儡，远赴南海阻敌，杀死万千魔兵，还有几位魔界大圣也殒命在那一战中。而百巧门，实为那两位前辈的弟子所创建，虽然今时今日的百巧门，本领远不及他们的前辈，可在魔门心中，仍是心腹大患，必欲除之而后快！而我们五行宗呢，我们远在僻壤，不在中土，魔门的目的是要争夺天下宗门中至高无上的地位，而不是要杀尽仙宗正道，我看，只要我们现在约束弟子，自在山中修行，少往外界走动，未必就会惹祸上门！”

“简直是自欺欺人！”程青嵘气得发抖，“我辈学道，为的是什么？连求道之本心都没了的话，学道又有何用！如果同道有难，我们胆小怕事不敢收留，那还算是名门正派吗？”

离火真人一甩袖袍：“好了，青嵘，不是我们不收留他们，我们五行宗走到今天不容易，我不能不管祖宗的基业，趁着魔宗没来，让他们走吧。”

“可是，师兄，百巧门已经灭了，你让他们去哪儿？”程青嵘不可置信地看着师兄，眼中有些失望，他竟然因为害怕魔尊而对百巧门的人视而不见。

马长老得意地一笑：“程长老，这就不用你操心了，别忘了你是五行宗的人。”

俞婉儿等人在山下等了半日，却只等来了王浩然，王浩然打量着俞婉儿，她的衣衫略微有些狼狈，曾经冷若冰霜的清高面容也有些憔悴，却有另外一种美，有一种令人怜惜的感觉。

“婉儿师妹，你怎么弄成这个样子，快跟我来吧。”

俞婉儿招呼其他人起来，王浩然却伸手阻止道：“婉儿妹妹，我不妨直说，师尊其实是拒绝了你们入山的，我也是看在和婉儿妹妹曾经的情分上才让你一人入山，不过，这是我自作主张，你要跟我入山，可得离开百巧门，投入我五行宗门下。至于其他人嘛，呵呵，不好意思了。”

百巧门的弟子都是一怔，俞婉儿也有些不相信：“王师兄，这是离火真人的意思？”

“难道我还敢假传掌门口谕？”王浩然玩味的笑望着俞婉儿。

俞婉儿的脸色冷了下来：“我明白了，原来五行宗是怕受我们连累。”

“哼，五行宗也是十二仙宗之一，曾经压制魔门的急先锋，现在装聋作哑、自闭山门，难道魔宗就会放过你们？”汤思悦冷笑地说道。

俞婉儿却抬起手，阻止了她：“君子绝交，不出恶言！算了，我们走。”

百巧门曾是何等地位的门派，就算如今宗门不在，百巧门弟子的一身傲骨却没丢。

王浩然眯起了眼睛：“婉儿妹妹，如今你们可是魔尊志在必得的目标，你若留下，有我五行宗庇护着，魔门想打你的主意，也得掂量掂量。如果离了我五行宗这棵大树……”

“呵呵，俞姑娘众同门的安危，就不劳你假慈悲了，五行宗不敢收留，我们蜀山敢！”

天空中一个清朗的声音突然响起，众人抬头一看，就见一人脚踏飞剑，衣袂飘飘，可不正是楚渊。

俞婉儿猛然回头，看到楚渊已经到了跟前，心头那根绷着的弦似乎猛然断裂了，仿佛忽然有了依靠一般，竟然有种想哭的冲动。楚渊伸出手，坚定地将她的手握住：“有我在，没事了。”

第九十七章　剑碑奥秘

王浩然嫉妒地看着二人握在一起的手，失笑道：“蜀山？就你们那座小山头，护得住他们？简直是滑天下之大稽！”

“护不住，是能力不够。不敢护，是贪生怕死！”

“这里是五行宗，你再说一遍试试？”

“浩然！”

门外有人沉声说话，程青嵘沉着脸走进来：“浩然，你可知道，你这个名字，取的是浩然正气之意！”

王浩然悻悻地施礼：“程师叔！”

程青嵘没有理他，而是转向俞婉儿，一脸羞愧：“俞师侄，这一次，是我五行宗的不是。程某……唉！”

程青嵘看了看那些身上有伤的百巧门弟子，从怀中摸出一个锦囊，道：“俞师侄，这是程某炼制的一些疗伤丹药，聊表心意吧。”

“谢谢程师叔！”

俞婉儿向程青嵘落落大方地施礼，但并没有接他的赠药，虽然，这是程青嵘个人的心意，但他是五行宗的人。接受了他的丹药，无疑就是承了五行宗的情，而越是在这种危难关头，作为百巧门代表的她，越不能做出丝毫有损师门的事来。

俞婉儿向程青嵘郑重地施了一礼，回身对百巧门十几个弟子肃然道：“我们走！”

十几个人，都是十八九岁二十出头的年轻人，脸带稚气，身上有伤，但他们走得昂首挺胸。

五行宗弟子都知道百巧门被灭，这些人是来五行宗投靠的，也都知道宗门怕惹麻烦，拒绝了他们，此刻眼见他们昂首挺胸走向山下，不免有些无地自容。尤其是那个依旧牵着俞婉儿柔荑的年轻人。

那个人，五行宗年轻一辈的弟子大多认得，那个人是被他们常常讥讽嘲笑的蜀山大弟子楚渊。从小，他们就嘲讽楚渊，嘲讽蜀山，而现在挺起脊梁接纳百巧门的，是蜀山，是楚渊。

这，令他们更加的无地自容。但是，他们能说什么呢？曾经，他们以为五行宗非常强大，强大到他们可以肆无忌惮地嘲笑他人的尊严，而现在，他们不但丢掉了尊严，也丢掉了骨气。

“刘师兄，我没眼花吧？那个小女人真的是大师姐？”

汤思悦实在是受不了了，她认识俞婉儿那么多年，俞婉儿都是清冷冷的，就连这一路逃亡，也都是成熟稳重，是大家的主心骨，可现在竟然……竟然被一个男人牵着手走。

还有，那俏脸微红，低头略羞的温婉模样……这人真的是她的大师姐吗？

刘瑾温和一笑：“你没眼花，这……才是你大师姐。”

刘瑾的眼眸深处有一抹淡淡的伤轻轻闪过，被他很好的掩饰掉了，他从小就喜欢这个师妹，一直期盼她能在自己面前露出如此小女人的一面。可惜，现在他见到了，却是为了另一个男人而流露。

然而，现在百巧门骤经大难，他才意识到，要爱一个女人，不是仅仅取悦她、讨好她就够了的。你要能做她的参天大树，为她遮风蔽雨，他是吗？

他知道俞婉儿为什么会露出如此小儿女的一面，因为他知道，小时候的俞婉儿就是这样的。但是当她渐渐显现出不同一般弟子的资质，被立为掌门弟子后，她的身份，迫使她必须沉着冷静，必须落落大方，要有一个掌门弟子的样子。

他知道，其实那不是俞婉儿所喜欢的。俞婉儿不喜欢做一棵参天大树，她想做一朵男人爱惜的花，一条柔柔地傍依着她的男人的藤。

百巧门的山门被摧毁，上一代精英被消灭以后，天知道她心里承担了多么大的压力，这压力都快要把她摧毁了。她需要一个有力的臂膀来倚靠，很明显，她找到了。

可惜，那双臂膀不是他的。

夜空漆黑，没有月亮，却镶嵌满了一颗颗璀璨的星辰，星辰汇聚成了星河，倒映进俞婉儿晶莹的眸光中。

楚渊和俞婉儿站在星空下仰望着天空，清凉的风从身边吹过，两人都不约而同的舒了口气。

楚渊手掌握起伸开，如此几次，才试探着朝俞婉儿的手伸去，白天虽然抓了很久，可那会儿气氛和现在完全不一样。

手指刚碰到俞婉儿的手指，俞婉儿忽然转头，晶亮的眸子望着楚渊："这就是你说的……荒域祖地？"

"是的！"

"这里……充满生机，一点也不荒凉。"

"嗯！"

楚渊走过去，尝试了很久，酝酿了很久，此时却自然而然地牵起了她的手，向前走出几步，指着前方一座长满树木的山谷："那里，曾经白骨累累，满坑满谷的都是锈蚀的兵器，可是它们一瞬间就不见了。"

"一瞬间？当时发生了什么？"

楚渊犹豫了一下，只对师父和两位师弟说过的秘密对她并未有所保留："我不清楚，我当时听到一个有如洪吕大钟的威严声音，其中提到了我们蜀山，然后，我晕了过去，等我醒来，累累白骨和锈蚀的兵器就都不见了……"

楚渊沉默了片刻，轻轻地道："我醒来后，就发现自己的识海中多了一座剑碑。同这谷里白骨堆中一模一样的碑，只是它从石碑变成了金色的。"

俞婉儿惊讶地望着他，楚渊所说，如同神话，但她相信楚渊说的话。

俞婉儿想了想，突然问道："你的御剑术，就是从那剑碑中悟到的？"

楚渊点点头，又摇摇头："是从那剑碑所来没错，却不是我悟到的。那方剑碑到了我的识海，就被一层层浓郁的金云掩映着，直到现在，我都无法在识海中看清它。但那日比武，我在定魂枪一击之下将要受重伤的时候，它突然主动驱散了金云，将御剑术的心诀展示给我……"

"是这样吗？好奇怪！那方剑碑，加上你在昏迷前所听到的话，明显说明，那方剑碑是有意识存在的，它想传承给你些什么。所以照理说，它不该再为你设置重重障碍。但是除了那次你遭遇极大危机，它又从不肯让你看到它的真面目，这其中究竟是什么原因呢？"

俞婉儿轻轻颦着秀气的眉，仰望着星空，似乎想从中找出答案。

第九十八章　情愫暗生

楚渊的目光却已从星河中抽离，投注在她的俏脸上。她的脸儿轮廓非常优美，一双熠熠的眼睛，比天空中的星辰更美丽，笔直小巧的鼻梁，花瓣状优美的唇线……

楚渊怦然心动，不知不觉地靠近了去。

晚风拂着她的发丝，有丝丝秀发轻拂在他的脸上，痒痒的，让他的心也痒了起来。

“哎，你说会不会……”

俞婉儿忽然若有所悟，兴冲冲地扭过头来。

她的唇，当然没有触及楚渊的唇，除非楚渊早早探出颈项，做出亲吻的举动，但是她这一甩头，更多的发丝掠过楚渊的眼睛、鼻子……于是，楚渊做出了一个他自己也没想到的举动。

“啊嚏！”

楚渊呆住了，傻傻地看着俞婉儿，恨不得地上有道缝，让他钻进去。他从没想过会如此唐突佳人。

完了完了！他心目中仙子般的人物啊，楚渊想着：“她一定会勃然大怒了。”

谁料，俞婉儿只是呆呆地看了他片刻，忍俊不禁地抽了抽嘴角：“你干吗？”

“我……我……啊！对不起！我只是……咳……”

俞婉儿低头看看他仍握着自己舍不得放开的手，再扬眸看看他青涩而慌乱的表情，唇角漾起一抹温柔的笑意。

忽然，她就松开了楚渊的手，张开柔软的双臂，轻轻环住了他的脖子，将她薄薄的、柔软的、芬芳的唇，向他吻了过去。

这一刻，楚渊的眼睛蓦然张大，眸子仿佛乍然一闪的流星，亮晶晶的……

同龄的男孩女孩，女孩总是更成熟一些，在俞婉儿和楚渊身上，体现的尤其明显。一种女性的柔情、一种母性的光辉，在这星光灿烂之下，体现得淋漓尽致。

而男人，女人可以容忍他的男孩子气，可以容忍他的青涩与懵懂，却不能容忍他的怯懦，因为哪怕他是男孩子，也得有点儿男人味啊。在这一点上，楚渊并不欠缺。

一直以来，他就是蜀山剑派的顶梁柱，虽然卑微，却不懦弱。当那柔柔的、甜美的唇触及他的双唇，楚渊的大脑轰地一下，仿佛炸响了一道惊雷，他不由自主地揽住了俞婉儿的纤腰，将她霸道地拉近了自己，主动地反吻上去。

俞婉儿拥抱着他，亲吻着他，不知不觉间，已经泪流满面。天知道，她心里承受了多少压力，而她是掌门大师姐，她从不能在人前展现，在师门被摧毁后，她就是百巧门的栋梁，是那根百巧门弟子心目中的擎天支柱，可又有谁知道，她早已不堪重负，她也需要依靠、需要慰藉。

天上的星星悄悄拉过一片云彩，遮住了它羞涩的眼睛。不管这里是蛮荒还是丛林，不管是闹市还是僻野，因为有了爱情，顿时便花好月圆，有了一种难以言喻的意境。

“尊主，西南方向的门派由近及远是碧云阁，四象门，五行宗，哦，还有一个蜀山，蜀山嘛，本来不值一提，不过蜀山弟子楚渊，懂得失传几千年的御剑术……”

森罗魔尊的眼睛里红光微微一闪，没有作声。

禀报消息的黑衣人微微有些奇怪，之前魔尊对那会御剑术的小子可是很在意的，所以他才特意打听了那小子的下落，怎么魔尊颇不以为然的样子。

他却不知，此时的魔尊，已经被一个上古大魔头给占据了躯壳，在当年，仙宗正道的高明术法不知凡几，一门并不算是如何神奇稀有的御剑术，他又岂会看在眼里。

而血神子因为他的本命法器血魂珠元气大伤，正在滋养当中，暂时无力穿过魔界之门，与魔界同道取得联络，所以同样不知道御剑术出世，意味着什么。

他是最早一批穿过魔界之门，进入人间大陆的魔界大圣，而他所率领的那一批魔兵魔将，全在东海遭遇仙宗门派的阻击，双方同归于尽，甚至把一块海外大陆都沉到了海底。

因此，之后发生的一切，他并不是很清楚，窃据了森罗魔尊的身体后，他也了解过当年的一些情况，知道在他之后曾经又有几批魔界大圣率人杀进人间界，造成了一场浩劫。

但最终，这些魔界大圣或死或退，入侵还是失败了，而正道仙宗付出的代价，就是当时如日中天的蜀山剑派全军覆没，陪葬的还有百余位各派顶级高手，以致天下仙宗元气大伤，用了几千年才渐渐恢复元气。

他并不知道，当年蜀山剑派是把整座蜀山祭炼成了一个伏魔至宝，又以整个蜀山剑法三千修道有成的弟子，外加其他各派百余位宗师级高手合力镇压，永远封印了那些入侵的魔兵魔将、魔界大圣。

在封印之内，没有空间、没有时间，一切都是永恒的，而如果有人能找到这失落之地，并且触发封印的剑碑，是有可能唤醒当年的无数英杰的。

如果血神子知道这一点，他会马上放下一切，不顾身份地率领所有魔头去找楚渊，必欲杀之而后快。可惜，他不知道。

这段时间，他在闭关，森罗魔尊虽然修习魔界功法，崇尚魔界，可不代表着他甘愿牺牲自己，成为某个魔界大圣的寄体，他的灵魂之力蜷缩在识海之内，一直在伺机夺回自己的躯体。

对血神子来说，这是个潜在的大麻烦，一旦与人斗到关键时刻，森罗魔尊在识海中猝然一击，后果不堪设想，所以，他凭着从与森罗魔尊共融的识海中抽取的记忆，找到森罗魔殿所在后，马上吩咐魔门倾巢出动，给各仙宗正派找点麻烦，免得他们反戈一击，找上森罗魔殿，而他自己则闭关，专门对付森罗魔尊。

如今，他已彻底融合了森罗魔尊的灵魂，成为这副躯壳的主人。嗜杀的欲望，让一万年来初次完整掌握了一副躯体的血神子蠢蠢欲动，他闭目沉思片刻，又缓缓张开眼睛，一抹血色一闪而逝："不臣服，那就死！准备一下，本尊要亲自碾压过去。"

碾压！

对血神子来说，比起上古时代修真门派已然大为没落的今天，他在人间，就是可以碾压一切的存在。

第九十九章　小薰发威

虽然，他如今仍旧算是实力大损，远不及当年神通，但比起森罗魔尊却又技高一筹，唯一勉强可与之一战的长流子又因本命神器被毁陷入长眠，天下再无敌手，他确实可以横扫一切。

碧云阁，四象门，五行宗……

血神子真是一路碾压过来，白骨王座过处，尸横遍野，血流成河。

血神子一路杀，一路用冤魂滋养他的血魂珠，血魂珠并非任何血液都可以滋养的，只有修习仙术的人或者魔界中的妖物，他们体内蕴有灵气，这样的血液才能滋养血魂珠，幸好是如此，血神子才懒得对万千平民百姓下毒手。

躲在泽精村中的楚渊等人，对于外边的消息并没有那么灵通，这一日，他们正在泽精的荒域祖地修炼道法，忽然觉得魔焰冲天，远远一朵乌云压空而来。

楚渊吃惊地道："森罗魔尊？他怎么找到泽精秘境来了？"

远处黑云滚滚，中间一片惨白的白骨王座，楚渊参加仙宗大会时见过森罗魔尊的出场，自然认得他。

"大个子哥哥！"

楚渊正脸色凝重地望向远方，小腿忽然被人抱住了，楚渊低头一看，黄衣黄花冠，那小小玲珑的人儿，可不正是泽精宝宝。

楚渊惊道："宝宝，你怎么来了？"

楚渊一弯腰，就把宝宝抱了起来："这里很危险，你快离开！"

"我知道危险啊！"

宝宝依旧粉雕玉琢，可爱无比。泽精的寿命太长，发育时间相对的也太长了。

宝宝道："所以我才特意跑来提醒你呀。谷外来了一群大坏蛋，领头的那个大坏蛋一生气眼睛就血红血红的……"

宝宝含着手指想了想，又补充道："和以前那个一生气就红眼睛的大坏蛋不一样，这个大坏蛋眼睛红起来的时候，很吓人，好像能把人的魂魄也摄走，所以，村长不知道和他怎么说的，居然允许他进来了。不然的话，真要被他摄走魂魄的话，虽然我们还是不会死，却会傻掉……"

宝宝啰啰唆唆地说了一顿，楚渊却并没有听得太明白。什么这个红眼睛的大坏蛋，那个红眼睛的大坏蛋！那个红眼睛显然是在说练功有些走火入魔的何洪宵，但是这个红眼睛的大坏蛋又是指谁？除了何洪宵，还有谁走火入魔了？

此时，阴风阵阵，那片乌云已经飞到了他们的上空，把阳光都遮蔽住了。乌云萦绕，一座白骨王座若隐若现，端坐白骨王座上的森罗魔尊倾身下望，一双眼睛探出尺余长的红光，即便在如墨的乌云中也异常清楚。

"他们，就是蜀山的人？"

"是！圣尊，他们就是蜀山的人，一共师徒四人。"

白骨王座旁边一人欠身回答，毕恭毕敬，楚渊等人见了不禁又惊又怒，朱平安已经失声叫了起来："是离火真人？他……他怎么？"

俞婉儿也失声道："果然是离火真人！"

森罗魔尊模样的血神子冷冷地道："下面可不止四人。"

离火真人赔笑道："其他人，是百巧门的余孽！"

血神子淡淡地嗯了一声，叹息道："一万年前天下第一大派，没落成这副样子，可悲，可叹！"

此时，一琼真人已经从所住的小树屋里跑出来，看到了云端的离火真人，不禁又惊又怒："离火老儿，你……竟然投靠了魔门？"

离火真人脸色不变，冷笑道："那又如何，我这叫识时务，你们蜀山不如效仿于我，说不定魔尊会网开一面。"

"行了，本圣尊如果不是因为对当年的蜀山还怀着一丝好奇，也不会到这儿来。你去，干掉他们，本尊要打道回府了！"魔尊不满地开口。

离火真人脸色微微一变，赶忙恭敬地道："属下知罪！"

离火真人纵身一跃，就从乌云之上跳了下来，一琼真人的旧伤在长流子的治疗下已经痊愈，再加上学了御剑术，已经比当初更胜一筹，不过阴阳融合，达到先天混沌这却不是一天两天能达到的境界，他此时也只比自己全胜时略微高明一点。不过，离火真人一派宗师，既然伤势已经痊愈，一琼真人就没有让弟子出手的道理，所以他义无反顾地迎了上去。

“哼，你的旧伤竟然好了？就算如此，你也不是我的对手！”离火真人手上结印，招招致命。

离火真人降了，他门下弟子自然也都降了，这些人也同时跃下云端，对楚渊等人发起了攻击，楚渊和俞婉儿并肩而立，一个手持仙剑，一个手握摄魂铃，傀儡配合仙剑，竟然让别人一时不得近身。

砰的一声，一道劲风从侧面袭来，楚渊下意识地控制着宝剑抵挡，身子不由得后退了几步。

“哼，臭小子，咱们又见面了！”何洪宵残忍地冷笑着，和一年前相比，如今的他头发和胡子也变成了血色，看起来更加骇人。在血神子的指点下，他的走火入魔之虞已经彻底摆脱，功法大进。

楚渊虽然掌握了一手上古御剑术，又岂是这等老魔头的对手，登时落了下风，只能苦苦支撑，俞婉儿被一名魔宗长老缠住，一时无法脱身，两人同时陷入危机。

“喂！红胡子坏老头儿，不许欺负大个子！”

宝宝叉起腰肢，气鼓鼓地跳向前来，其实她一直就站在那儿，只是她的个子太小了，何洪宵根本没有注意到这个小家伙的存在。

宝宝说着，已经狠狠地跳起来，一拳打在何洪宵的膝盖上。

咔嚓!

何洪宵的腿以一个奇怪的姿势曲折起来，他是一个修行者，举手投足，削山断流也不在话下，但这种神通并不能让他的身体发生坚固强化，近身物理攻击，正是这一类“魔法师”最忌讳的事。

而另一方面，宝宝又不是一个普通的小孩子，她是泽精，天泽精元所化，别看个子奇小，可力气极大，这一拳下来，何洪宵这样一个叱咤风云的大魔头，居然被她打断了腿。

第一百章　剑仙镇压

“啊！”

何洪宵暴怒:“小辈，该死！”何洪宵的头发、胡须、眼眸都变成了血红色，化血魔功已经被他修炼极致，作为放在魔界里也算相当不错的一门功法，他还受到了血神子的一番指点，更是霸道无匹。

何洪宵功凝脚掌，狠狠一脚向宝宝踩去，这一脚踏去，就是一块顽石，也得被他踏成石粉，但泽精这种天地灵物，只要双脚不离地面，便不死不灭，这一脚却是休想伤得到宝宝。

不过，宝宝已经化形成人，拥有人类的意识，自然不想被人一脚踩在头上，死虽不会死，却未免太难看，眼见一只巨大脚掌当头踏来，宝宝嘻的一声笑，整个人没入了地下，何洪宵这一脚踏了个空，周遭七八丈内的地面都轰隆地晃动了一下。

何洪宵运行功力，强行复原了他的伤势，刚想拔足冲向楚渊，穿黄衣戴黄色花冠俏皮可爱的宝宝，偏又从地里冒了出来，顽皮地对他吐了吐舌头，跳起来又是一脚。

何洪宵已经吃了一次亏，自然不会再上当，马上一抬腿，狠狠踢去，可宝宝嘻嘻一笑，再度没入了土中。

泽精只有等着自身的灵元消失，才会寿终正寝。否则的话，不死不灭，因为永远没有意外死亡的可能，所以任何危险对他们来说，不过是一个游戏，可何洪宵却被她的游戏弄得暴跳如雷。

血神子高坐云端白骨王座，冷冷地俯瞰着地面。楚渊的御剑术，对他这样一个见惯了无数绝学的上古大魔头来说，根本不屑一顾。一琼真人的功法比离火真人还要逊色一筹，他同样看不上。至于那个泽精小丫头，不死不灭之身的确是个麻烦，可泽精本身的能力也有限，阻碍不了他什么。况且泽精自诞生，就不会离开出生祖地太远，根本不足为虑。

所以，他只是冷冷地看着，面对一个没落的蜀山，再加百巧门一些丧家之犬，根本不需要由他出手，在他的王座之前，还有四位殿主，只要派他们下去，底下那群人，将一个不落，全部杀光，血魄灵魂被摄入他的血魂珠。

血神子微微抬起了手，只要他轻轻向前一挥，四位森罗殿主就会扑下云端，如狂风扫落叶一般，将那些人一举杀光。但他的手扬到一半，忽然停住了。

“嗯？”

血神子突然双手按着白骨王座的扶手，倾身向前探望，一双眸子仿佛发现了什么了不得的东西，在下方交战的众人中扫来扫去。

“不会错的！不会错的！我感觉到了……”

血神子喃喃地说着，竟尔站起身来，向前走出几步，站在云端边缘，目不转睛地向下望着。

血神子低着头，心中那股悸动越来越明显，眼底的血色控制不住地蔓延开来，忽然，他眸中红芒吞吐，仿佛蛇信，而他的目光，已经定在了一个人身上：楚渊！

“住手！”

血神子自空中沉声一喝，一只大手向下一按，半空中幻化成一只由真元凝聚而成的数丈大手，一股无形劲气轰然劈下。

一琼真人感觉到那股力量的强大，生生收回和离火真人大战的身子，飞身而起，同时手中结出一个手印，一道乳白色的光膜升起，挡在了众人面前。

嘭！

能量炸开，一琼真人首当其冲，所有人都被炸飞，实力弱的更是直接炸晕过去，爆炸响起的那一刻，楚渊一个翻转，将俞婉儿紧紧地护在了怀里，无形劲气劈在他的背上，虽有一琼真人结印抵消了一部分掌力，依旧让他喉头一甜，喷出一口鲜血。

“楚渊！”俞婉儿紧张地去扶楚渊，楚渊喘息着抹去唇边的血迹，对她摇了摇头，柔声道：“我没事！”

离火真人此时也无比狼狈，血神子那一掌的掌力，可不会分辨敌我绕过他去攻击敌人，所以他的道髻都被打散了，披头散发。

众人都愕然看向空中，就见森罗魔尊模样的血神子一步步从空中走了下来。

他脚踏虚空，仿佛脚下有一道无形的台阶，就那么一步步走下来，只是他的步伐迈得极大，一步迈出，怕有数丈之远。

血神子自空而降，一双眸子始终直勾勾地盯着楚渊，一脸的专注、热切，一脸狼狈的离火真人分了分披散的长发，不禁暗暗嘀咕：“魔尊在搞什么？这表情……难不成这楚渊是他失散多年的私生子？”

血神子眯起眼睛，冷冷地盯着楚渊，俞婉儿连忙护在受伤的楚渊面前，却被楚渊拉开了。在森罗魔尊面前，俞婉儿又怎么可能护得住他的性命。

而百巧门同样是森罗魔尊必须摧毁的门派，难不成两人今天要一起死在这里？楚渊和俞婉儿四目相对，情不自禁地伸出手去，紧紧握在一起。

这是两人在百巧门被天门后第三度牵手。第一次，楚渊把俞婉儿带回了泽精秘境，带走了她的人，也带走了她的心。第二次，荒域祖地月下，彼此牵手，情缘已定。而这一次，将要一起赴死吗？

两人四目相对，情意绵绵。

不远处，一琼真人挣扎着想要爬起来，愤怒地大吼：“森罗魔尊，你一代宗主，赫赫声威，亲自向一个小辈下手，不怕天下人耻笑吗？”

血神子没有理会他的激将法，只是定定地看着楚渊，可是因为此时战事已停，楚渊又明知绝非他一合之敌，毫无杀气，血神子已经失去了方才那种奇怪的感应。

“不对啊！不应该！明明是从你身上感应到的……”

血神子皱起了眉头，突然一伸手，楚渊就被一股无形的劲道提到了空中，动弹不得。俞婉儿和一琼真人，甚至朱平安、宝宝等人都想冲过去救他，不过血神子此时释放出了全部的威压，就连力大无穷的宝宝都无法挪动寸步。

突然，血神子祭出了他的本命法器血魂珠，一颗拳头大小的猩红色血珠悬停在空中，乍然一闪，就进了楚渊的识海。

第一百零一章　须弥世界

“啊……”

楚渊只听到身旁的俞婉儿发出一声惊呼，整个意识就回到了自己的识海，对外界的一切无知无识了。

识海中，远方那块金光闪闪的剑碑放射出更加灿烂的光芒，萦绕在它周围的金色云团更加浓郁，但是血魂珠一进入识海，就像一阵狂风卷起，那些厚重的几乎凝滞不动的金云马上激荡起来。

血魂珠小心翼翼地在楚渊的识海之上飞了一段，突然激动地一跳，围绕着那金色剑碑的外围急速旋转起来，它越旋越快，释放出一缕缕的血腥红云，腐蚀驱散着金云。

识海是楚渊的识海，意识回到识海的楚渊仿佛置身其外的一个旁观者，眼看着这惊人的一幕，金云渐渐变淡、收拢，在那金色剑碑之下仿若实质的金云慢慢缩回，露出了剑碑的下端。

识海中楚渊的意识不由得发出一声惊呼，他看到了金色剑碑的整体。金色剑碑果然是一块碑，而不是剑，只是雕作剑状的一块碑，它的下端，抵在一只乌龟身上。

剑碑金光灿烂，顶天立地，不知多高多大，在它之下的那只玄龟，通体如墨的巨大石龟，自然也不会小了，虽然它远在识海深处，楚渊无法估量它的实际大小，但只是随意估算，比起长流子的那座岛，至少还要大了十倍。

玄龟驮金剑，还是金剑镇玄龟？

惊讶中的楚渊不由自主地想到了这个问题。

幻起漫天血云的血魂珠忽然停了下来，此时的它仿佛一轮红彤彤的太阳，放射出亿万道血红的光，而那玄色石龟身上经过红光一照，渐渐有一道道金属质感的光芒在它身上闪烁起来，仿佛它要活了。

那剑碑此时也释放出了亿万道刺目的金色光芒，似乎想镇压意图复活的玄龟，抵消血魂珠的力量。可是，血魂珠现在虽然力量大为减弱，却依旧是天下间一等一的无上魔界法宝。

而那剑碑与玄龟呢，却似势均力敌地斗了亿万年，双方彼此僵持着，谁也无法取胜，谁也无法压制住谁，这时一股第三方势力突然加入，虽然它和剑碑与玄龟任何一方相比，都显得无比渺小，却足以成为那根压垮骆驼的稻草了。

金光与血光仿佛两个太阳彼此争锋斗芒的时候，楚渊的意识之眼受强光一照，短暂“致盲”了，他的意识进入了短暂的昏迷状态。

而在他的身体之外，所有人被森罗魔尊身上越来越强大的气势镇压着动弹不得，但他们能看到森罗魔尊的动作。

他们看到那枚血魂珠从楚渊的识海中退了出来，依旧悬停于空中。似乎，它在楚渊的识海中遇到了什么大麻烦，悬停在空中时已经由拳头大小变成了鸡蛋大小，颜色也变得愈加鲜红了，显然是有很大的耗损。

魔尊收回血魂珠，激动得双手微微发抖。他不知道为什么会这样！但他知道他发现了什么。楚渊的意识仿佛受到了什么禁制，他无法以元神突入，但他有血魂珠。

他的血魂珠能在人间向魔界传递信号。穿越虚空，无视禁制，正是它的特异能力之一。于是，他将血魂珠遁入了楚渊的识海，他不能看见楚渊识海中的一切，但他通过血魂珠感应到了几道熟悉的气息，他甚至感应得出那几道气息正向他发出微弱的求救信号。

虽然没有亲眼看到玄龟真貌，但他凭着感应，也能推测出楚渊的识海里究竟发生了什么事儿，那儿……封印着一方世界，封印着玄龟大圣的小世界。

玄龟大圣，那是比血神子更高一级的存在。人间修真之士以为在魔界能够称圣的就已是至高无上的存在，其实在魔界大圣中，还有顶尖四大高手，称为圣王。

四大圣王，有通天彻地之神通，而且各有专精。其中玄龟大圣最擅长的就是防御，绝对防御，可以让人绝望的防御。曾经有一次，玄龟大圣陷入沉睡，一个胆大包天的魔界大圣意图谋害他，那个魔界大圣用了五百年，想尽了一切办法，不管用什么办法、不管用什么武器，他甚至无法把玄龟大圣从睡眠中唤醒。

最后，那位魔界大圣自尽了！他是被他自己羞死的。

血神子已经飞快地揣测出了当年可能发生的事情：

一万年前，几位魔界大圣在人魔两界壁障最薄弱的时候，用无上神通联手在壁障上打开了一个通道，试图入侵人间。

而人间正当修真之士人才济济、实力最为鼎盛的时候。对于魔界的异动，他们不可能不有所察觉，所以当他们发现人魔两界的壁障在南海之外似乎要被天魔打开一个洞，马上就派出了远征军。

那一战，血神子就是带领第一批魔兵魔将兴冲冲地闯进人间界的魔界大圣之一，南海神魔一战，他们打沉了一方海外大陆，魔军全军覆没，而阻击他们的仙宗义勇之士也同归于尽，随着被他们打沉的大陆沉至大海深处，成为死寂空间。

之后的事血神子就不知道了，他的本体被毁灭，元神被重伤，万余年来，在沉睡中吸取死寂之地的死气，凭着他特异的功法，渐渐恢复，可意识也一直浑浑噩噩，如果不是森罗魔尊连续不停地召唤魔界，而且用的上古魔器正是血神子生前所用的本命法器，他也无法清醒过来。

不过，之后的事他现在已经能够猜测个七七八八了。在他之后突破魔界之门来到人间界的那些魔界高手显然下场也不怎么样，仙宗门派不知道用了什么无上道法，居然把他们困住了！

是困住，而非杀死！以当时魔界战力之盛，想杀死他们恐怕很难，便是搭上仙宗门派全部的力量怕也做不到，所以他们用了封印之术。

而显然，以玄龟大圣的无上魔功，也无法对抗这种封印之力，不过封印显然是有了效果，最后还要倚仗玄龟大圣举世无匹的超强防御力抵御住了这种封印力。

于是，玄龟大圣带领他的魔兵魔将就此休眠了，不生不死、不存不灭，在一个失去了时间和空间的异位面上，陷入了永久的睡眠。

如果，我能把他们释放出来……

血神子陡然兴奋起来：玄龟大圣和他所统率的可怕力量都被封印在了一件法器中，而这件法器在人间，所以避免了再度耗损巨大的力量来突破魔界之门。

只要他能释放出这股力量，以现在人间界仙宗道门的微弱力量，整个人间顷刻间就能变成一片魔域。而他救出玄龟大圣，必然会受到这位圣王的青睐，那么他在魔界的地位，也将水涨船高……

想到这里，血神子的心更加炽热起来，他的双眼已经完全变成血色，散发着诡异的红光，目光深深地落入楚渊的左眼之中，然后魔尊的眸子陡然一缩——

他终于看到了，他突破了楚渊识海中的禁制，看到了那一方世界！

第一百零二章　亿万魔兵

很显然，方才他的血魂珠进入楚渊的识海，被封印中的玄龟大圣同样感受到了本源的魔气，所以他竭尽全力，向他发出了召唤。所以才能短暂突破封印，让他看到自己的所在。

血神子看到了，他在楚渊的左眼中，看到了那一方世界！

也不知道怎么搞的，此刻楚渊的左眼，居然就是镇压玄龟大圣及其手下无数魔兵魔将的那一方世界，那颗眼球，就是一个小型的魔界，一个充满了异界魔兵的世界！

“哈哈，天助我也，天助我也！”

血神子疯狂地大笑起来，随着这长笑声，他的魔焰气势一节节地攀升着，整个荒域祖地风云突变，狂风大作，茂盛的原始森林也在这狂风中疯狂地摇摆着，发出道道呜咽。

“￥#&*……”

魔尊口中念出他们根本听不懂的咒语，紧盯着楚渊的眸子已经变得血红，天地间灵气涌动，全都朝这边汹涌而来。

“楚渊……噗……”一琼真人受了重伤，想要挣扎起身，却被血神子暴涨的魔焰镇压，再次跌倒。

距离魔尊最近的何洪宵也感觉到了魔尊的不同，有些惊惧地道："尊主，你……"

"滚！"魔尊双目赤红，不悦地猛然一震，以魔尊和楚渊为中心，一道无匹的能量爆发开来，周围的人全如落叶一般飘飞出去。

几乎同时，魔尊妖异的红眸中迸发出两道实质的光芒，右手一并，似刀一般，竟然直插楚渊的左眼！

"啊！"楚渊爆发出一声惨烈的尖叫。

俞婉儿更是尖叫一声："楚渊！"

她将所有的力量灌入摄魂铃，从灵台处飞出一道符箓，转瞬化为一道和她一模一样的人影，朝魔尊冲去。

那是她的本命傀儡，若这傀儡受损，她也会受到同等伤害，绝对的傀儡在人在，傀儡亡人亡，所有的傀儡师，不到自己生死存亡时刻，绝对不会使用自己的本命傀儡，而俞婉儿却义无反顾地施展了出来。

璀璨的光芒照亮了整片大地，而在光芒之中，魔尊双指在楚渊的眼中一钩一挖，然后毫不留情地拔了出来，双指之间多了一颗沾满鲜血的眼球。

轰！

在这一刻，天地震动，魔焰有若实质，在血神子身下形成一座纯黑色的莲花，黑莲瓣瓣绽放，傀儡扑上去，却被这魔焰黑莲一拍，登时被震得倒飞出去，俞婉儿只觉得胸口一闷，整个人仿佛失去了一切的直觉，逐渐模糊的视线之中，看到魔尊随手一抛，楚渊的身子便如破布一般被抛飞出去。

"楚渊……"

俞婉儿张了张嘴，却发不出任何一点儿声音，然后……

世界一片黑暗，耳边一片寂静，她落在地上，彻底的失去了知觉。

沙沙……

不知道过了多久，身体像被碾压过一般，无一处不疼，俞婉儿昏昏沉沉，脸上、身上却冰冷无比，俞婉儿缓缓睁开眼睛，天空昏暗，飘洒着小雨。

短暂的迷蒙之后，俞婉儿猛然睁开了眼睛，不顾身上的疼痛挣扎着爬了起来："楚渊，楚渊……"

她还在荒域之上，周围横七竖八地躺着自己的同门和蜀山弟子，她看到了趴在地上的一琼真人，看到了胖乎乎的朱平安，就是没有看到楚渊！

"楚渊……"

俞婉儿的眼泪止不住地流了下来，合着雨水落下，她拼命地朝记忆中最后楚渊落下的方向跑去，那里是后山的山坡，俞婉儿顾不得山坡陡峭，跌跌撞撞地往下寻找。

一道黑影孤零零地躺在山坡上，被一棵岩壁上长出的灌木拦住，手臂无力地垂下，雨水从他身下流过，还染着鲜红的血迹。

“楚渊！”

俞婉儿心中一惊，快速地跑了过去，荆棘划破了她的衣衫，割伤了她的皮肤，甚至她还跌倒了两次，可是却浑然不觉。

可是当她跑到楚渊身边，伸手将他抱入怀里的那一刻，俞婉儿却害怕得发抖，将楚渊翻个身，俞婉儿的眼睛陡然睁大，楚渊的左眼处还流着血，只剩下一个血淋淋的空洞！

魔尊挖掉了楚渊的左眼！

而且他身体冰凉，俞婉儿只觉得呼吸都不够了，颤抖着摸向他的鼻子，试探到那一丝若有若无的气息时，再也忍不住地失声痛哭！

还活着，幸好楚渊还活着！

七手八脚地将楚渊给拉上来，然后又一一查看，一琼真人等也还活着，她不知道魔尊是如何退走的，也不知道为什么没有杀他们，她现在眼中、心里，只有楚渊。

不远处，草丛中突然冒出一朵鹅黄色的花骨朵，然后，又是几朵。

那不是花，而是从地下钻出来的泽精小女孩宝宝，紧接着她的爷爷和老村长也钻了出来，他们正紧紧拉着宝宝的手，阻止她冲出去。

“爷爷……”

“噤声，听老村长的话，你想给我们桃花源带来灭顶之灾吗？”

“可是，我们泽精不死不灭……”

老村长缓缓开了口：“的确，我们不死不灭，但你愿意变成一块无知无识的石头吗？那个森罗魔尊，我感觉得到，他拥有非常可怕的秘法，可以让我们的神识陷入长眠。我不能拿全村的人冒险，丫头，我们帮他的已经够多了！”

宝宝抿着小嘴儿，眼泪汪汪。

她的爷爷紧紧握住她的小手，沉声道：“我们回去！”

他拉着宝宝消失在地面，老村长却仍留在那里，抬头看看天，悠悠地叹息一声：“这天下，怕是要出大乱子了，泽精村不应牵连其中。得叫人把他们赶出桃花源，免得给我们带来滔天大祸！”

老村长说着，身子也缓缓缩回土里，一切重归寂静。

第一百零三章　识海传功

高空之上，一朵浓重的黑云滚滚而去，在普通人看来，那就是风雨欲来的一种现象，只有修真之士才能感觉得到其上是何等可怕，魔焰冲天，刺骨生寒。

血神子坐在白骨王座上，无比珍重地捧着那颗眼珠，时不时发出咕咕的两声怪笑。

何洪宵刚刚触了他的霉头，此时可不敢上前，他甚至不敢问一句为何放过了蜀山众人和百巧门那群余孽。

殊不知，血神子并非是放过，而是困住了玄龟大圣及亿万魔兵的那颗神奇眼珠在手，他已经完全顾不及其他，所有的事都被他抛到脑后去了。

就连剿灭各大仙宗门派的事，此刻他都已不放在心上，什么蜀山剑派，早已没落了万年之久；什么百巧门先祖鬼斧和神工曾经造出神奇的傀儡，予之重创，只要他能破开封印，释放亿万魔兵，不用打，这整个天下就是他们的了，还用在意其他的事吗？

"咕咕咕，哈哈哈哈……"

因为忍笑，所以发出怪异咕咕笑声的血神子终于克制不住，仰天发出一阵狂笑。

泽精村老村长没有出面，或许对于驱逐受了重伤的楚渊等人离开，对他而言也很难堪。所以，他只派了一个泽精去，向醒过来的一琼真人说明了他们的苦衷。

一琼真人并非不通世故的人，何况如果泽精用强，他们根本不是对手。一琼真人对于一直以来泽精的庇护还是表示了感谢，带领所有人离开泽精秘境，回到了他原来所住的蜀山。

楚渊依旧昏迷不醒，甚至呼吸也越来越微弱，所有人都觉得他不行了，俞婉儿却还是寸步不离地守着他。

楚渊在深深地昏迷之中，四周一片黑暗，他不停地走，不停地走，却仿佛没有尽头，忽然，前方亮起了一点光亮，楚渊心中大喜，朝着光亮跑去。

越来越近，楚渊终于看清楚，那光亮竟然就是无字剑碑！

心中诧异无比，自己的左眼不是被魔尊挖走了吗？为什么无字剑碑还在这里？

"啊！"脚下猛然一滑，楚渊后退一步，才发现眼前竟然是一道深渊，无字剑碑就在深渊的上方，浮浮沉沉，散发着幽幽的光泽，楚渊能看到，却触摸不到。

"孩子，过来……"

楚渊惊魂未定，对面缓缓传来呼唤的声音。

楚渊意动，想要飞过去，默念咒语的时候，才发现自己身上根本就没有飞行符箓，也没有古剑。

正犹豫间，飘浮的无字剑碑开始慢慢涨大，延长，仿佛要化作一道桥梁，将深渊两边连接起来……

洁白光滑的剑碑化为桥梁，楚渊迈步走上去，眼前浮现出一幅幅虚影，时而是高手间的大战，山崩地裂，日月无光；时而有巨龙盘旋而过，神秘高贵……

长长的一段桥梁，沟通的不仅仅是深渊的两端，仿佛还有洪荒上古，古老，神秘，悲壮……

楚渊怀着虔诚的心情一步步往前走去，心底似乎有什么在雀跃，隐隐带着一抹深深地期待。

眼前越来越光明，走过深渊，楚渊不由得怔住，眼前出现了绵延的山峰，只是这山峰不管怎么看都有点儿眼熟，像极了蜀山！

这，就是蜀山！

当楚渊看到山下那棵古树的时候，不由得心头一震，古树的高矮和粗细似乎没多少变化，不同的是枝繁叶茂，生意盎然。

他自小长在蜀山，对蜀山的地貌熟悉无比，只是景象却大不相同，如今的蜀山破败荒芜，可是眼前的蜀山却巍峨无比，白云环绕之间，能够看到宫殿泛着金光的琉璃瓦顶。

像是为了响应某种召唤，楚渊一步步往上走去，还是那熟悉的道路，可脚下却十分宽阔，铺着整齐的青石板。楚渊边走边看，以前断壁残垣的地方，全都伫立着完好的宫殿！

终于，楚渊走上了山顶，入目的就是一个由五色石砌成的祭坛模样的传送通道，还不时地有人从中出现或者离开，只是他们都对楚渊视而不见。

楚渊开始还有些奇怪，不过很快他就明白了，那些人看不到他。

难道这些都是幻象？楚渊心中思索，他似乎看到了万年前蜀山繁荣时候的样子。

眼前的宫殿巍峨高耸，足足有九层之高，想到万年后蜀山顶上那一层破破烂烂的宫殿，更显得无比悲凉。

楚渊怀着复杂的心情走进大殿，然后就看到里面一个个男子全都转头看向他，这些人的面容有老者也有中年人，但是从服饰上来看，竟然全都是蜀山的人！

而坐在最上首那一位，怎么那么像师父珍藏的那幅画像中的人？

“孩子，你终于来了。”

楚渊刚要行礼，坐在最高处的那位老者缓缓开口，楚渊不由得一怔：“您，您能看到我？”

“呵呵，自从进入你的识海，我每天都在看着你，只不过，我当时实在无法分神与你说话罢了。”

楚渊心中震惊不已，但不知为何，对方虽未拿出可以证明身份的东西，楚渊却下意识地就相信了他们的身份，不自觉地跪了下去。

“蜀山后辈楚渊，拜见各位前辈！”楚渊跪地，恭恭敬敬地行了蜀山大礼。

那首座老者道：“我们现在的力量，很弱！要苏醒过来，很难！可是时间不等人，你既然来了，就为我们作那把钥匙吧！”

“什么？”楚渊满腹疑窦，他根本听不懂这位老人在说什么，他还有很多疑惑要问，但老者不容他开口，已经扬起了手掌。

轰！

识海中的楚渊身子一阵摇荡，几乎被那磅礴的伟力震散，他慌忙盘膝坐下，守正心神，一股磅礴之力挟着浩瀚庞杂的神识，迅速向他涌去。

第一百零四章　盘古之心

不知不觉盘膝坐下的楚渊那空洞的左眼中突然放出一抹毫光直冲云霄，在空中幻化成了一片海市蜃楼般的幻象，那幻象中，有巍峨群山，树木茂盛，其间还有仙鹤飞舞，蛟龙腾空。上面有云雾缭绕，还有隐约的琼楼玉宇。

“蜀山，这是蜀山圣地！”

一琼真人激动地喊了出来，虽然不甚分明，可是那显现的虚像之中，分明就是蜀山圣地！真正的蜀山早已化作一件法器，用以镇压上古年间入侵人间界的魔物，但在蜀山典籍中，甚至蜀山一代代门人的口口相传中，他们都曾不只一次事无巨细地描述过一万年前的蜀山，一琼真人马上就认了出来。

几乎同时，蜀山脚下那株古树也忽然哗哗作响，枝叶间有朦胧的绿光散发而出，散发出神圣的气息，和蜀山顶上的幻象散发出的气息交相辉映。

整个蜀山都被一种莫名的道韵笼罩着，像是生命的循环，从出生，成长，繁荣到死亡，然后再次轮回……

身处其中，不管是一琼真人还是俞婉儿，都感觉到了那丝天地间飘荡的“道”，似乎有什么在心底回响，让人受益匪浅。

不远处的五行宗也感受到了蜀山的变化，刚刚拜别森罗魔尊回到五行宗的离火真人更是飞上了半空，看向蜀山的方向。

“掌门，蜀山上似乎有种奇怪的能量波动，难道是有人晋级了？”一位长老开口。

马长老接话道：“看这气息，说不定是出了什么宝贝。”

离火真人道：“派人去看看。”

蜀山没落那么多年还能弄出一把仙剑，若是因祸得福，找到什么仙术也不是没有可能。要知道一万年前的蜀山仙术，那可是让所有门派都高山仰止的神圣存在，若是能够让他得到什么得力的法器，纵然是与森罗魔尊比肩，怕也未尝不可吧！

要知道一万年前，终结仙魔大战的可就是蜀山，虽然蜀山也因此没落，但是不难看出蜀山的厉害。

马长老看了一眼离火真人，开口道：“掌门，我觉得我们应该先发制人，我们现在归于魔尊，若是蜀山崛起了……”

离火真人眯了眯眼睛：“先等消息。”

楚渊的梦境之中，他的传道也到了关键时刻，一种莫名的道韵将他包裹，一条条仙术印入脑海之中，楚渊平心静气，专心致志地接受传承。

体内的桎梏全部被打开，灵气绵延不绝，楚渊只觉得通体舒畅，可身体却又像是穿越了时空。

一道道道韵在时空的长河里流动，楚渊不断地捕捉，炼化，演化，整个人越发得空灵起来……

而外面的世界，楚渊那空洞的眼睛里光芒越来越璀璨，蜀山之巅那虚幻的景象也变得越来越清晰起来。

“这，这是……”

一个百巧门的弟子震惊得结巴起来，他的面前，竟然有一株树苗长出，然后不断地增高，瞬间就变成了参天大树。

“天，天哪！”

另一个弟子激动地看着前方，他们临时住的草棚，竟然转眼就被一座高大的宫殿代替，朱红的漆柱，红墙黄瓦，比他们百巧门还要气派！

整个蜀山都在发生变化，一处处断壁残垣，像是逢春的枯木，全都渐渐变成了气派的宫殿，就连那长满荒草、满是碎石的上山小道，都变成了整齐的青石板路！

山在不断地升高，好像要一直升到天上去，原本矮小的山丘不断地疯涨，就像有人在其中撒了传说中的息壤，可以让这山川无限制地增高。

天空中光芒大盛，有仙乐传来，云雾之间，仙鹤翱翔鸣叫，威势震慑数百里。

山下的农庄，城镇，全都看到了那震撼的一幕，半空中逐渐演化出来的圣地，让一些人想到了蜀山那位醉醺醺的真人曾说过的话——

我们蜀山，一万年前可是大陆上第一门派，琼楼玉宇，仙光四射……

“是……圣地蜀山！圣地蜀山啊！”

有人高声喊着，不由得跪俯下来，朝着蜀山的方向磕头。越来越多的人跪下，虔诚而又膜拜。

“蜀山圣地再现，我们有救了！”人群中，有修炼者喊了一声。

这一年来正道修炼者如丧家之犬，被魔宗追赶杀害，蜀山圣地的出现仿佛一缕阳光，让所有人看到了希望。

一万年前蜀山能够救了天下苍生，一万年后蜀山圣地显化，是不是也是为了天下苍生？

蜀山，是盘古之心化成，是人间的圣地，那些古老的传说在蜀山没落的时候被遗忘，却在蜀山崛起的时候再次流传开来。

最激动的则莫过于蜀山的掌门一琼真人，复兴蜀山是他毕生的希望，这一刻，他终于看到了蜀山的荣光，一道混浊的老泪从眼中滴落。

然后，一琼真人也跪了下来，虔诚地对着圣地拜了下去。

“快看，那是什么？”

众人全都抬头，一座仙殿缓缓在半空中浮现出来。

“是，是凌云殿！”一琼真人激动出声。

凌云殿是传说中蜀山的正殿，飘浮在云朵之上，所以被称为凌云殿，是蜀山最为神圣的地方。

“啊！这里有个人！”汤思悦的身边竟然显现出一个人影，吓了她一跳。

“是个雕像，也吓了我一跳，你看那边也有。”

“咦，这些雕塑也太真了吧？好像真人一样。”

一琼真人越来越激动，祭出飞行符箓飞往半空中，蜀山的格局完全变了，和传说中几乎一模一样！还有那些各种姿势的“雕塑”，隐隐成阵。

一道五彩石铺成的石阶从凌云殿的殿门处开始往下延伸，一点点朝山顶垂落下来。

山顶上寂静无声，所有人都被眼前的一幕给震惊了，消失万年的蜀山竟然在他们面前重新显化，让他们激动之余更多的是不可思议。

第一百零五章　自甘堕落

“消失万年的真正蜀山，居然显化了？”

五行宗山顶上，离火真人目瞪口呆，马上腾空而起。

他已等不及别人回报消息，蜀山显化，刚才还是幻象，但现在已经变成实质。蜀山，真正的蜀山，那传说中的圣山，盘古之心所化的神圣存在，那上面该有多少神奇的功法？

马长老等人也都疯狂了，一个个红着眼睛，跟着离火真人扑向越来越高、雄视天下的那座巍峨仙山：蜀山！

一琼真人震惊不已，最初那毫光是从楚渊被剜去了左眼的空洞中射出来的，而此刻呈现在眼前的，却是一座真正的蜀山。他叫朱平安和陈厚以及两名百巧门弟子抬起不言不动，仿佛已经入定的楚渊，正要登上仙山，离火真人急吼吼地赶到了。

“一琼，没想到你们蜀山还有如此机缘，原来，蜀山曾经真的如此雄伟，哈哈哈哈……”

一琼真人警惕地按住了腰间的剑：“你这叛出正道投靠魔尊的无耻小人，想做什么？”

“蜀山显化，可这是万年前的蜀山！凭你一琼，有资格占有吗？”

离火真人一面说，一面贪婪地盯着那灵气萦绕的仙山：“我决定，把五行宗搬到这里来，蜀山，今后就是我五行宗的山门！哈哈哈哈……”

此时，马长老等人纷纷赶至，落到离火真人身边，离火真人恶狠狠地道：“给我杀光他们，冲上山去！”

马长老等人正欲动手，一道身影凌空而至，挡在他们前面：“师兄，你已经错了一次，不能再错第二次了。”程青嵘的样貌有些狼狈，却毅然地挡在了他的面前。

离火真人眼中闪过一抹戾气，道：“看守的人呢？怎么让他跑出来了？”

原来离火真人投降魔尊，程青嵘坚决反对，离火真人一怒之下将他关了起来，却不想在这个时候他会突然出现。

“师兄，我们五行宗自古就是仙宗名门，你不要继续错下去了。”程青嵘苦口婆心，他实在是无法相信自己的师兄会变成现在这个样子。

离火真人阴恻恻地一笑：“青嵘，错的不是我，而是你！识时务者为俊杰，而你，是要把我五行宗引上绝路吗？试问，谁能抗衡魔功大成的森罗魔尊？现在，一万年前的蜀山重现，上面一定有无数修真至宝，这是上天给我五行宗的一个机会，天予不取，反受其咎，你又要劝我罢手？青嵘，你再不回头，可就别怪师兄无情了！”

程青嵘脸色一变，不是害怕，更多的是失望，他坚定地摇了摇头：“师兄，我想师父和祖师他们，也和我的立场一样。”

“杀，一个不留！”离火真人冷声下令，同时法诀一捏，展开了攻击。一琼真人的手上也捏了一道剑诀，一柄碧绿色的宝剑冲天而起，迎上了离火真人的攻击，但因为身上有伤，所以有些吃力。

俞婉儿祭出摄魂铃，“唰唰唰唰”，四具傀儡守在了楚渊身前，不让人近身，王浩然握着长枪，嘴角带着一抹邪笑：“婉儿师妹，明明不敌，何必再做无谓的抵抗？”

“不要叫我师妹，我没有这种投靠魔尊的师兄！”俞婉儿冷声道，冷若冰霜的俏脸还带着厌恶。

王浩然不仅没有生气，反而心底升起一抹征服感，从第一次见到俞婉儿，他就被她身上那种清丽脱俗的气质给吸引了，她越是高傲，越是反抗，才越有征服的快感！

长枪一抖，王浩然身形一转就到了俞婉儿的身前，俞婉儿一惊，后退的同时再次召唤出一具傀儡迎战。

“嗞……”俞婉儿后退一步，手臂上的衣衫被划开，露出一段洁白的手臂，上面还有一道血痕。

王浩然玩味地一笑：“哎呀呀……婉儿妹妹，把你伤成这个样子我还真心疼。”

“无耻小人！”俞婉儿冷哼一声，手腕一甩，“牵丝”上有淡淡光芒流过，王浩然的实力比仙宗大会上要强了不止一倍，看来这一年他的进步非常快，或许是投靠了魔尊之后，受到了点拨。

像是给俞婉儿解答一样，王浩然忽然笑道："没想到魔宗的功法还真好用，比仙宗的功夫进步快多了，要是知道我早就投靠魔门了。"

"自甘堕落！"俞婉儿愤怒不已，王浩然轻佻的一笑，长枪顶端一抹黑气若隐若现，自从练成神功他还没有试过，今天正好用俞婉儿试试手。

俞婉儿感觉到了危险，手中摄魂铃快速摇动，同时手指结下一个又一个手印，只是出乎意料的，王浩然并没有攻击她，而是擦身而过，目标赫然是被放在了一边的楚渊！

俞婉儿来不及折身，只是手掌一动，守在楚渊身边的四具傀儡同时行动，挡住了王浩然的攻击。

砰砰……

连续两声闷响，其中两具傀儡被王浩然打飞出去，另外两具堪堪挡住，俞婉儿的身子微微一晃，唇角沁出一丝鲜血。她和一琼真人一样，在前几日魔尊来犯时都受了伤。

王浩然一边暧昧地笑着，一边收回长枪，轻轻吹了一口："婉儿妹妹，你若再这么负隅顽抗，我可忍不住想要辣手摧花了。"

"哼，那也要看你的本事了。"俞婉儿手上暗暗捏出印诀，若真到了万不得已，她不在乎和他同归于尽！

轰！

一琼真人和离火真人的较量已经到了白热化，其他弟子也在誓死抵挡，好在五行宗也不是人人都没了人性，除了铁了心跟着离火真人投靠魔门的几个死党，其他陆续赶到的五行宗门下大多不齿于这种行为，大多是出工不出力，其中甚至有人站到了程青嵘身边，造起了自己掌门的反。

"噗！"一琼真人暴退，一口鲜血喷出，脸色也越发的苍白。

离火真人得意地一笑："一琼，你浑浑噩噩活了这么多年，就不该醒来，今天我就给你一个了断吧。"

"哼，离火，我就是死，也不会让蜀山落在你这样的小人手中！"一琼真人眼中闪烁起狠色，蜀山再现，其中可是有守山大阵的，如果真守不住蜀山，他宁可用生命为代价也要唤醒剑阵却敌！

离火真人哈哈大笑："那你就去死好了！"

"楚渊！"在离火真人攻击一琼真人的时候，王浩然也打飞了俞婉儿，长枪已经落在了楚渊面前。

眼看就要得手，王浩然嘴角浮现阴冷得意的笑，楚渊啊楚渊，这个给他带来噩梦的混蛋终于要消失了！

只是他没想到，就在长枪距离楚渊剩下不到三寸的地方，一个巨大的肉球陡然砸了过来，不怕死地从侧面撞在了王浩然的长枪上!

“别想伤害大师兄！啊！”

撞上来的正是朱平安，他修为有限，不能直接和王浩然较量，在这种危急时刻，只能用自己的肉作为盾牌，保住大师兄，是他此刻唯一的念想。

“朱平安……”俞婉儿吃惊，却也因为朱平安这一撞，给她赢得了宝贵的时间，她的傀儡已经再次守在了楚渊身前，她也得以快速返回。

“找死！”王浩然脸上带着杀气，瞥向在地上打滚的朱平安，他替楚渊挡了一下，却也被长枪上的劲气所伤。

“二师兄！”陈厚气喘吁吁地冲过来，身上脸上血迹斑斑，也不知道是自己的还是别人的，却勇敢地对着王浩然亮出了长剑，蜀山没有懦夫!

俞婉儿手指一动，一具傀儡朝王浩然冲来，蜀山除了楚渊，另外两个弟子根本不可能是王浩然的对手，她必须替他们挡下王浩然的这必杀一击。

第一百零六章　神目重生

砰!

这边打得不可开交，另一边离火真人和一琼真人也是如火如荼，离火真人似乎也不想破坏了蜀山刚刚显化出来的琼楼玉宇，所以每次都尽量避开。

可是渐趋疯狂的一琼真人却像真的发了疯，招招同归于尽，逼得他十分狼狈，离火真人渐渐失去了耐心，出手更加狠绝。

一琼真人突然抽身后退，站到了踏向蜀山的白玉石阶上，狠厉地瞪着离火真人:“你这贪生怕死、投靠魔门的败类，今天，我要让你葬身蜀山脚下!”

说完，一琼真人手中忽然结出一系列奇怪的印子，离火真人冷笑，不屑地道:“一琼，你觉得你还能赢过我?”

“我赢不了你，但我蜀山剑阵，足以让你形神俱灭，永不超生！”一琼真人说着，双掌忽地分开，向空一扬，高声大喝道:“屠魔剑阵，出来啊！”

轰隆隆……

蜀山上开始传来轰鸣，有亮光从不同的地方爆发出来，虽然不算明亮，却带着一种毁天灭地的气势。

离火真人脸色大变:“是蜀山剑阵！”随即却又变成狂喜，“哈哈，一琼，蜀山剑阵可是需要合蜀山众剑修高手之力才能开启，就凭你一个人……哈哈哈，只要杀了你，这蜀山的一切都是我的，包括这蜀山剑阵！”

一琼真人眼底闪过一抹沉痛，冷笑道："离火，你别忘了，我是掌门，我蜀山的秘密，只有我才最清楚。"

轰鸣声还在继续，凌云殿中忽然冲出一道光亮，落在了一琼真人身上，他的气息陡然暴涨。

"混蛋，竟然想要牺牲自己来引动剑阵吗？！"离火真人没想到一琼真人这么果决，直接用自己的身体为媒介引动蜀山传承的力量，果然就算死也不想把蜀山给他！

只是随后他脸上却露出了一抹诡异的笑："一琼，可惜了，我的实力也不止如此！"

说完，手掌一翻，竟然祭出了一口漆黑的小鼎，上面波动的魔气和煞气让人心惊。

"你居然拥有魔门法器！"一琼真人脸色变了，他的身体是强弩之末，他能感觉到这法器的威力强大，恐怕他撑不到剑阵发动，就得丧命在这法器之下！

"这是黑魔鼎！一琼，你去死吧！"离火真人残忍地笑着，手掌一挥，黑魔鼎旋转着朝一琼真人头顶飞了过去："给我摄了他的魂魄，让他永不超生！"

剑阵正在发动，一琼真人作为剑阵发动人，一旦移动，就前功尽弃，他避无可避。

"那就一起死吧！"

一琼咬着牙沉声大喝，手掌快速地结出最后的印子，这是蜀山屠魔剑阵的最后一招，万剑合一，以万剑之力，引天地惊雷，他决定以身为引，诛杀离火真人！

这一招，对失去了蜀山的蜀山后代来说，就是一招"屠龙之技"，世间不见真龙，学了屠龙之技，又往何处施展？可蜀山后人从未觉得它已经没有用处，依旧把它一辈辈地传了下来，今天，终于要用上了。

"真人！"俞婉儿和王浩然对拼一掌分开，扭头看向一琼真人，他那决绝的神色让俞婉儿心头剧震，师父临死之前，岂不也是这样的神情？

楚渊的梦境之中，盘坐中的他修炼也已经到了最后关头，手掌上手印飞快变化，脑海中则是仙剑飞舞，一招一式都带着莫名的道韵，在他身周，有道道灵元真气凝聚而成的紫色云霞氤氲闪烁着。

"来不及了，你有危险，快回去！"老人的声音突然急促地响起，楚渊只来得及听到这么一句，然后就感觉整个身子陡然下沉，危机之间他猛然睁开了眼睛。

比之前更加璀璨的光芒从楚渊的左眼中冲击而出，一块剑碑随着光亮冲了出来，径直朝离火真人和一琼真人轰去。

轰！

强大的力量让两人分开，一琼真人想要同归于尽的动作生生被打断，经脉受到反噬吐出一口鲜血，却并无生命之忧。而那一块剑碑从半空中折返回来，再次没入了楚渊的左眼之中！

"楚渊！"俞婉儿惊喜出声，她和王浩然鏖战，身上的白衣已经被鲜血染红了大半。

楚渊闻声看去，见俞婉儿的样子心中一疼，身子一动就到了俞婉儿身前，别人甚至没有看到他是如何动作的。

“婉儿，辛苦了。”楚渊宠溺地给俞婉儿拢了拢有些散落的头发，俞婉儿嘴角一勾，眼睛却有些发涩，这些日子以来她一直撑着，此刻楚渊醒来，她忽然觉得有些疲惫。

抬眸看着楚渊，美丽的眸子忽然一动：“楚渊，你……”

楚渊的左眼之中光芒闪烁，似乎有什么在快速地形成，然后，就看到那血肉模糊的眼睛竟然以肉眼可见的速度快速地修复着。

不过是转瞬之间，楚渊被魔尊挖掉的眼睛竟然完全恢复了，完好如初，和以前一模一样，甚至比以前还要明亮。

俞婉儿抬手，颤抖的摸向楚渊的眼睛，略带温凉的手指抚过他的眼睛，俞婉儿心底的激动掩饰不住，深深地抱住了楚渊，激动道：“楚渊，你的眼睛好了，真的好了！”

楚渊自然也感觉到了，视觉从无到有，只是俞婉儿难得这么真情流露，让他也情不自禁地回抱了她。

“混蛋！”

王浩然睚眦欲裂，原本百分百可以赢的，却不想楚渊这个本该死了的人竟然醒了过来，眼睛居然还奇迹般地长好了！难不成这也是蜀山秘境的功劳？

王浩然更贪婪了，他长枪一抖，一道黑色的劲气朝楚渊打来，楚渊单手抱着俞婉儿，右手抬起，飞快地捏了一个剑诀，在战斗中被打落在地上的古剑猛然飞起。

当！

和王浩然的长枪对上，王浩然脸色陡然一变，身子一震，一道劲气透过长枪打在了他的胸口，直接将他彻底地打飞出去。

砰！

王浩然重重地落在远处的山石上，吐出一口鲜血，不可思议地看向楚渊，挣扎了一下却没有起来。

离火真人也是一震，很显然醒来的楚渊已经不可同日而语了，不仅眼睛修复，实力也增长了一大截，此人必须除掉，否则必成心腹大患！

打定主意，离火真人马上召回黑魔鼎，手掌往前一推，黑魔鼎一个旋转，朝楚渊打了过来。

“婉儿，你先休息。”楚渊轻轻一推，俞婉儿落在安全的位置，而他转身的瞬间，手上再次捏出剑诀，古剑在空中划过一道流光，瞬间和黑魔鼎相撞！

黑白两种光芒在半空较量，楚渊右手双指并起，口中念念有词，古剑身上的光芒越来越盛，封存万年的蜀山剑阵再次有了反应，一道道剑光从蜀山的各个地方冲天而起，然后朝半空中的古剑射来。

“蜀山剑阵！真正的蜀山剑阵！”

一琼真人激动不已，就连身上和嘴角的血迹也顾不得擦了，“天不亡我蜀山，不亡我蜀山啊！”

第一百零七章　三千剑仙

离火真人的脸却越来越难看，豆大的汗珠从额头上流下来，黑魔鼎是魔尊赏下来的，虽然威力巨大，可是反噬也很厉害，此刻他已经几乎驾驭不了了。

嘭！

古剑猛然飞起，然后重重落下，黑魔鼎在强烈的冲击下碎裂开来，化作片片碎片朝四面八方散落。

几乎同时，离火真人胸口一震，来不及做出下一个动作，就看到那柄古剑已经到了面前，楚渊一个挥手……

离火真人只看到天旋地转，整个蜀山，蜀山上的人和建筑，全都颠倒了过来，还有……自己的身体，只是已经没了头颅……

他死了？他死了！

头颅落地，离火真人才反应过来，他死了，死不瞑目。

整个山巅寂静无声，只有风吹过的声音，离火真人竟然就这么死了，被楚渊一个照面就杀死了？死得如此容易？

“咳咳……”紧绷的神经终于放下，一琼真人剧烈地咳嗽两声，身子摇摇晃晃，险些摔倒，楚渊一惊，急忙迎上去将他一把扶住。

马长老等人大惊失色，彼此打个眼色，趁机祭出飞行法器远远遁去，他们甚至不敢回近在咫尺的五行宗，看那逃跑的方向，是投奔森罗魔尊去了。

“楚渊，为师没事，你这是……”一琼真人惊喜地抓住楚渊。

楚渊道：“徒儿也不知究竟是怎么回事，方才在识海中，看到了很奇怪的景象，一会儿再给师父细说。”

“楚渊。”程青嵘看了看傻傻地站在身后的五行宗弟子，走向楚渊。

楚渊看到程青嵘，不禁轻轻叹了口气，道：“程长老，如今，您有什么打算？”

程青嵘看了一眼楚渊，又看向一琼真人，惭愧地道：“我五行宗，走错了路，做错了事！现在，离火师兄已死，马长老等人投了魔门，我想重整五行宗，今后与蜀山共进退，一同对付魔门，还望一琼真人能够答应！”

一琼真人看向楚渊：“楚渊，你怎么看？”

“但凭师父做主。”楚渊毫不犹豫地开口，他相信程长老的为人，当然是愿意结盟的。

可师父才是蜀山掌门，他自然要听师父安排，越是自己的功法高明，越不能得意忘形，僭越师父。

一琼真人略微沉吟了一下，道："五行宗传承数千年，向来是我正道仙宗的中坚力量，离火一人犯下错事，不该由五行宗来承担这罪孽与耻辱，程长老……"

一琼真人握住了程青嵘的手，诚挚地道："从此，我蜀山与五行宗，便是共同进退的兄弟之盟！"

"多谢真人。"程青嵘感动不已，五行宗做下这么多错事，现如今蜀山找回了消失的仙山，明显要重新崛起为正道仙宗的领袖，可是并没有嫌弃五行宗，这令他尤为感激。

"一琼真人，我五行宗现在需要马上进行一番整顿，程某这就告辞了。等我五行宗整顿完毕，再来拜访！"

蜀山再现，程青嵘可不想留在这儿引人猜忌，所以马上表态，率领五行宗没有跟着马长老等人逃离的弟子，收敛了离火真人的遗骸，默默地回转了五行宗。

"楚渊，我们去凌云殿看看。"安排好了五行宗的弟子，一琼真人不顾身上的伤势，迫不及待地与楚渊登上了凌云殿的阶梯。

古朴的石阶带着岁月的痕迹，还有悠远沉淀的气息，凌云殿的大门大敞，门口还有两名弟子，保持着手中挥剑的姿势。

"师父，这……不像是石雕。"楚渊仔细查看了一下。

一琼真人没有说话，但是脸上的神情却忍不住地激动，快步朝大殿走去，楚渊随后跟进去，然后被眼前的景象震撼了！

一个个"石雕"做出了各种姿势，仿佛正在进行一场大战，然后在战斗中凝聚，最高的位置上，一个老者手掌平摊，似乎在施展什么法术。

"这，这是燃眉祖师！"

看到老者面容的时候，一琼真人骇然惊叫，楚渊愕然发现，这个老者就是在梦中给他传道的那位为首老者，他就是蜀山败落之前的最后一任掌门燃眉真人？

一琼真人也激动无比，不住地自语："真的，果然是真的，果然是真的！"

"师父，什么是真的？"楚渊不明所以。

一琼真人激动地道："他们，他们就是万年前的蜀山之人，他们都还活着！"

楚渊一惊，下意识地就摸了摸身边的一个蜀山弟子，浑身冰凉坚硬，和石头一模一样，一点也不像师父所说的还活着啊。

楚渊疑惑地看向一琼真人，一琼真人已经毕恭毕敬地向首座上的燃眉真人拜了下去，楚渊只得暂时捺下心头疑惑，跟着一琼真人向祖师拜倒……

"师父，如何才能唤醒我蜀山前辈？"

三拜之后，楚渊马上开了口。他们这一路上山，整座蜀山上，到处都是石化了的蜀山弟子，至少三千之众，其中还有一些从衣着、武器上来看，明显属于其他门派的前辈高人，想来是当年与蜀山同道一起抵御魔界的前辈。

这些人一旦被唤醒，那将意味着什么？

第一百零八章　沟通元神

楚渊实在是有些迫不及待了。

一琼真人其实比他还要激动，比他还要迫切，但他强行抑制着自己的情绪，依旧跪在殿上，对楚渊道："我蜀山前辈精英，是在对抗魔界众高手时，以自身精气道行强行镇压时，将自身进入石化状态的。这万余年来，他们自身的真气精元耗损过甚，要唤醒他们，只有两种方法。"

楚渊道："哪两种方法？"

一琼真人道："第一种，是等他们自己复苏。蜀山乃盘古之心，本身就充盈无尽灵气，现在他们不必继续封印，可以从灵山汲收灵气滋养，等真元恢复，自然醒来。"

楚渊道："这得多久？"

一琼真人苦笑道："为师也不清楚，三五八年，三五百年，甚或上千年，这要看他们真元耗损的程度，以及灵气补充的速度。"

楚渊皱了皱眉，道："恐怕森罗魔尊一旦获悉消息，马上就会赶来，我们怕是等不到各位前辈自行复苏了。那另一种方法是什么？"

一琼真人道："另一种方法，就是催动蜀山灵气，主动贯注入他们的身体，而非自然滋养，如此，自然可以让他们很快醒来。"

楚渊大喜："那么，又该如何催动蜀山灵气呢？"

一琼真人摇摇头，缓缓看向楚渊："蜀山，是盘古之心，有灵性的。它一直藏在你的识海之中，或许你就是开启它的那把钥匙，可要如何与它沟通，为师也不清楚，这要靠你摸索！"

楚渊喃喃地道："原来是这样……"

一琼真人道："这就是我只带你上山的原因。之后，我也要下山，你留下，摸索其中的法门！"

楚渊郑重地点了点头。

一琼真人站起身，要走出大殿，楚渊忽然想起一事，道："师父，你说诸位前辈石化，是为了封印魔族众高手。可现在蜀山重现，被石化的各位前辈也都出现了，被他们镇压封印的那些魔族呢？"

一琼真人道："蜀山重现，自然证明他们已经完成了使命，原本镇压万年的魔族，应该已经灰飞烟……”

说到这里，一琼真人的脸色突然变了，楚渊的脸色也变得很难看。他们不约而同地想到了一件事：森罗魔尊为什么不杀他们了？森罗魔尊剜去了楚渊的眼珠，马上如获至宝地离开，他带走的，究竟是什么？

凌云殿上，只留下楚渊一人盘膝打坐，手上结印，能够把他和一万年前联系起来的，就只有在梦中得到的“道”。他需要尽快找到沟通蜀山灵气的方法。

否则，如果他们揣测属实，恐怕后果不堪设想。

俞婉儿安顿好百巧门受伤的弟子，悄悄地来到蜀山脚下，望着这座恢宏高大、无比巍峨的神山，心中满是敬畏。

这才是蜀山，这才应该是蜀山，那森严气度，她在其他任何一家仙宗门派的山门都不曾发现过。

朱平安和陈厚正守在山前台阶下，一见她来，陈厚便恭敬地道：“俞师姐！”

朱平安则笑嘻嘻地说了一句：“嫂子！”

俞婉儿俏脸一红，懒得与他们分辩，只对陈厚道：“你大师兄呢，还没下来吗？”

陈厚道：“大师兄正在山上沟通盘古之心，师父叫我二人守在这里，不许任何人去打扰他。”

“原来是这样。”

俞婉儿想了想，道：“好！我也为他在山下护法！”

“好嘞！”

朱平安屁颠屁颠地跑前几步，在一尘不染的白玉石阶上用袖子拂了几下，殷勤地道：“大嫂，你坐吧！”

俞婉儿终于忍不住白了他一眼，道：“别乱叫，我……我和你们一起站在这里就好！蜀山，可不容亵渎！”

第一百零九章　魂兮归来

凌云殿上，楚渊的意识沉入了自己的识海。蜀山再现，灵气充溢，他的真元凝聚速度比之前不知快了多少倍，很顺利地他就进入了识海。但是，他的识海就像他在拥有剑碑之前的感觉，一片茫茫的意识海洋，没有了浓云般的金云，也没有了浓云笼罩的剑碑。

楚渊在识海中焦急地寻找、呼唤，可是却没有任何声音回应他，剑碑不见了，蜀山前辈们的英魂也不见了，楚渊在无尽的识海中竭力地搜索着，可识海静寂，全无所见。

忽然，背在他肩上的长剑发出一声微弱的铮鸣，楚渊的识海此时无比寂静，六识敏锐之极，忽然听到这传自识海之外的一声剑鸣，楚渊不由得心中一动：

我是要和这身下的大山沟通，师父不是说过吗，这蜀山，乃盘古之心所化。我在自己的识海中，又怎么可能与之取得联系？

可，一旦走出去，我就走出了识海，通过眼耳鼻舌身五识，同样不可能与之取得沟通啊，除非是第六识：意识。然而，意识要走出自己的识海，那就等于练成了传说中的身外化身，我哪有这等高深功力？

楚渊隐隐觉得，他已找到了与盘古之心沟通的途径，但是他又没有那个能力。他的识海一片苍茫，在这识海中，他的意识根本走不到尽头，又怎么可能走得出去？

忽然，楚渊想到了燃眉祖师传功时萦绕在他身边的一条条道韵，那是天地大道，他的意识还未练到灵魂出窍的境界，那么能不能借由这道韵与盘古之心取得联系呢？

道韵……

道韵……

楚渊思索着，一道无形的门似乎若隐若现地出现在了他的面前，似乎捕捉到，走出去，就是一个崭新的世界。但，就是差了那么一步，他捉不到，也走不过去。

铮~~~铮~~~铮~~~

他肩后的剑，又渐渐发出了剑鸣，一个极轻微的声音在他识海中轻轻响起：“剑有法剑、道剑。道剑出于无形，法剑世俗共睹。法剑为金铁之物，与道者结合，心剑合一，便是上乘。而道剑为心灵之剑，内修成道，外修成剑，你这小子，既蒙祖师传授，已练成道剑，居然依旧不懂道韵之利用，实在蠢笨！”

这番话听在楚渊耳中，如醍醐灌顶，一番大道至理在心中豁然开朗。这时他又听见一个声音，这个声音苍老了许多，而且有些熟悉，正是之前在他识海中与他说过话的燃眉真人，他的声音同样轻微而清晰。

“呵呵，小丁啊，你以为似你一般的修真奇才随处可见吗？这孩子的资质，已经相当不错了，在你说话之前，他就已隐隐窥得门径，况且，之前他可没有接触过什么上乘道法，很不容易了。若假以时日，他的造诣，未必弱于你当年。”

“师兄这话，呵呵……”

先前说话的年轻口音不再言语，而燃眉真人的声音却突转庄严，字字如洪吕大钟，殷雷般震耳：采无极至精，合先天之元气，假乾坤之炉鼎，运元始之钳键，慧火炼成，灵泉磨利，以太极为环，刚中为柄，美利为刃，清静为匣，虚白灿烂，纯粹坚刚，运造化之机，乘秉威之令，举之无古今，按之无先后……

字字入耳，进入识海，化作斗大金字，照耀于识海之海，金字灿烂，映入识海，识海氤氲雾起，幻化成一道长虹，那长虹起于识海深处，横跨识海上空，探出了他的意识。

楚渊猛然睁开眼睛，两道精芒从他的双眼中爆射而出，那把随身古剑微微颤抖，猛地龙吟剑鸣，铿然出鞘，悬停于大殿上空。

嗡……

楚渊感觉到，蜀山剑阵再次启动了，不过它这次发出的不是杀气，不是镇压一切奸邪魔道的凌厉之气，而是如春风化雨，滋润着他的身心灵田，真元之力暴涨，道韵重现，天地元气疯狂暴涨，整个蜀山都笼罩其中。

啪……

清脆的炸裂声微微响起，楚渊下意识地看向燃眉真人，不只是他，殿上的每一个人都在解除石化，石质的表层正在寸寸分裂，石屑纷飞，刚刚飘到空中，就像初雪般化为虚无，露出他们的肌肤、衣服、形貌……

“祖……祖师……”

楚渊望着燃眉真人的方向，既惊且喜，可他还未等到燃眉真人完全解除封印，一道白色的人影已经从身旁走来。这人竟然先于燃眉真人解除了封印！

楚渊急忙向他望去，这是一个二十七八岁的年轻人，穿的不是道服，而是一袭道风飘逸的白色袍服，面如冠玉，目似朗星，风流倜傥，就连楚渊一个男人见了他，也有如沐春风之感。

这是……从刚才识海中两个声音来看，他就是燃眉真人所说的小丁，这口气，不像是对本派弟子说话，难不成他是其他门派当时赴援蜀山的一位少侠？

楚渊正满腹疑惑，那个小丁一抬手，楚渊悬停于空中的那口宝剑便铮鸣一声，仿佛小孩子见到了他久别的父亲，正拿着糖果向他招手，倏然向小丁飞去，稳稳地落在小丁的手上。

小丁横剑于胸，手指轻轻探过剑脊，轻叹道：“久违了啊，星剑。咦？”

小丁眉毛动了动，忽然有些疑惑：“记得当年，你被魔气侵蚀，锈蚀得厉害，怎么现在居然完好如初？”

第一百一十章　魔王蜃蛊

小丁疑惑地看向楚渊，虽然楚渊还不清楚他的身份，但楚渊可以确定，他必定是一位仙宗前辈，和自己比起来，辈份高得吓人。

所以楚渊马上毕恭毕敬地解释道：“丁前辈，这口剑，一直作为我蜀山镇山之宝留存下来，它一开始确实破烂不堪。不过后来我去星睿塔求见星主的时候，蒙星主出手，修好了它。”

小丁讶异地道：“这不可能，此剑通灵，就算有人拥有修复之术，这口剑也不会接受修复，以免被人趁机役使控制，那位星主是什么人，竟有如此神通？星睿塔？我倒隐约记得，是有这么一个神秘的所在。”

楚渊忽然想起星主婆婆说过的话，忙道："对了，我记得，星主婆婆说过，我们蜀山有一位最是惊才绝艳的弟子，万年以降，蜀山弟子中无出其右者，还说他叫丁尹，小字凌涛……"

小丁真正呆住了："丁尹……就是我！你说那位星主是女的？她居然认识我？她足足活了万年之久？"

楚渊道："是的，星主婆婆……拥有星睿塔秘法，寿元长达万年，便是许多泽精都无法与她的长寿相比。哦！对了，星主婆婆说，她原本是金丹峰上一个小女修，初出江湖时在一个渡口，邂逅了丁大侠，她遇到一条即将化形成龙的恶蛟，是丁大侠救了她。"

小丁轻轻拍着额头，暗恋了他一万年的那个女孩，可惜他从来也不知道。现在，他甚至想不起那个女子的存在。

楚渊道："卫道除魔之战中，金丹门也参加了，那位姑娘还曾照料过丁大侠您的伤势……"

小丁轻轻啊了一声，心中终于浮现出一个朦胧的少女的影子，他甚至已记不起那个女孩的长相，但他终于记起了她这个人，因为他就是为了送个小女孩离开，才掷出了自己随身的星剑。

也正是这个小女孩，在服侍他养伤期间，替他擦拭、照料星剑，星剑有灵，认得那个女孩，所以才肯接受她的治疗。

丁尹怔怔地道："原来是她，我想起来了……王浩然她叫什么来着……她加入了星睿塔？我记得那小丫头喜欢游走天下，怎么受得了约束于星睿塔中不见天日足足万年的日子？"

楚渊低声道："星主婆婆说，当年丁大侠你救她离开时，她曾问过你，是否这一生再无相会之期，你曾告诉她，'也许，万年镇压，魔气消敛之后，机缘一到，我等还有复苏的机会！也许，只是也许……'"

丁尹身子一震，低沉地道："于是，她加入了星睿塔，并努力成为塔主？为的……为的就是等我一万年？"

丁尹的身子禁不住地颤抖起来。他风流倜傥，当年不知多少名门闺秀迷恋于他，对于情，他当然不陌生。他其实当时就知道那个喜欢害羞的小姑娘喜欢他，但他从未往心里去，喜欢他的女孩多了，既然姑娘没有挑明，他又何必说破了让她难堪。

可他没有想到，那位他已记不住相貌、记不住名字的姑娘为了等他，居然去做了星睿塔塔主，足足等了他一万年。

丁尹对星睿塔并非一无所知，他深深地清楚，做了星睿塔塔主，纵然有万年寿元，其实远远比不过做一个普通人只活百岁。万余年不离星睿塔，万余年不见天日，万余年没有任何的生活，日复一日年复一年重复着枯燥无聊的观星，那是比死亡更可怕的酷刑啊！

丁尹颤声道：“她……她现在还在星睿塔吗？啊！我想起来了，她叫小青，对！她，她叫小青！”

随着丁尹唤出了小青的名字，丁尹手中那口剑上，突然跃起点点星光，星光渐渐凝聚成了一个娇憨、美丽的少女，她一身青衣，笑盈盈地站在那儿，眸含泪光，深情地凝视着丁尹。

“丁大哥……”

丁尹惊喜交集：“小青！”

丁尹忘情地扑上去，但那团星光像流萤一般被他扑散开来，又渐渐重新凝聚：“丁大哥，你终于回来了，我见到你了。”

小青欢喜地看着丁尹：“我等你，等了足足一万年，等得好累，好在，我终于等到你了……”

丁尹倏然变色，他知道星睿塔有秘术，可以让人寿元大增，但长寿不代表驻颜，小青不该还是万年前的样子，难不成她这是……

丁尹的声音禁不住地颤抖起来：“小青，你做了什么？为什么，你……你会这个样子？”

小青的声音依旧甜美，充满柔情：“丁大哥，我一直想帮你，可我好笨，本领比不上你，结果一直以来，只能让你照顾我，可我现在终于能帮上你了。”

小青嫣然一笑，神采飞扬：“魔界，其实不是你们所想的那个样子。之所以你们穷尽无穷力量，始终无法击败魔界，不是因为四大圣王，而是因为魔族的真正首领，是一只蜃蛊！”

燃眉真人等殿上被石化的人都已解除石化状态苏醒过来，只是他们刚刚苏醒，就听说了这么一个惊爆的消息，一时间哪还顾得上其他，纷纷围了上来。

丁尹讶然道：“蜃蛊？”

小青道：“是的，那只蜃蛊，才是魔王。只要魔王蜃蛊不灭，哪怕所有的魔族都死去，魔王蜃蛊还会诞生出无数魔魂，再次衍生出魔族。”

“不是吧，这么厉害！那岂不是魔族永远不败？”楚渊吃了一惊，魔族竟然有这么逆天的东西，那真的是没法打了。

小青凝眸看了楚渊一眼，似乎认出了他，向他微微一笑，但马上又把视线转回丁尹身上：“如果蜃蛊魔王一直留在魔界，你们又打不过去，那魔族的确是永远不败了。不过，那只魔王蜃蛊静极思动……”

小青出了下神，仿佛忆起了她守在星睿塔里的无数个令人发疯的日日夜夜：“他想看看人间界的样子，所以，上一次入侵人间时，他也过来了。”

众人大吃一惊，丁尹忍不住道："蜃蛊，他……在人间？"

小青柔声道："没错，魔界其实也非铁板一块，好勇斗狠的魔界高手很多，其中有些强大的圣王甚至想要挑战蜃蛊的地位，所以，蜃蛊留下了三个圣王镇守魔界，由玄龟大圣保护他来到了人间……"

第一百一十一章　唯爱永恒

小青轻轻叹了口气，道："可惜，他来的时候，正是人间修道之士的力量最强大的时候。你们蜀山施展天地同化之术，以蜀山作法器，以蜀山屠魔剑阵为阵眼，封印了魔族来犯之敌，蜃蛊也被封印其中了。"

"什么？"一直屏息静听的燃眉真人也不禁白眉一耸，惊叫出来。

小青道："没错！血神子发现了被封印的他们，把他们带走了，他们被封印万年，又没有盘古之心的灵气为他们补充元气，应该不会醒来得那么早。但是，如果魔王蜃蛊以吞噬魔族同胞的方法来聚拢元气，他未尝不能早日醒来，一旦他醒来，就是人间末日了。丁大哥，你可得早做防备。"

这时候，小青的身子开始忽明忽暗，本就是由星光凝聚成的她，似乎正在渐渐要破碎分散开来，丁尹惊骇地道："小青，你怎么了？"

他抢上一步，想要抓住小青的手，但忽又记起她并非实体，不由得眼神一黯，颓然停住。

小青欣慰地看着他，柔声道："上一次，蜃蛊没有出手，他本以为凭着亿万魔兵，足以征服这个世界。猝不及防之下，就被你们最强大的手段封印了，这一次他有了防备，你们不会那么容易得手了。"

"星主婆婆，那该怎么办？"楚渊焦急地问起来，虽然此时的小青只是个十六七岁的小姑娘模样，可他不敢有失恭敬，依旧称为星主婆婆。

小青道："天道轮回，生死相依，魔王蜃蛊也不可能只生不死。但是，只有神器，才能对魔界之王蜃蛊形成杀伤。"

楚渊道："神器？"

小青道："是的！盘古斧、东皇钟、伏羲琴、昆仑镜，四大神器，能得其一，就足以仗其对阵魔王蜃蛊。"

燃眉真人大为失望，喃喃道："四大神器么，据说上古真神飞升离开人界之时，已经将神器带离人间……"

小青道："不！四大神器，并没有都被带走，盘古开天辟地之时，从大地母髓之中孕育出的轩辕宝剑，还有东皇钟，都还在人间，只是，要找到他们，并不容易……"

小青的嘴巴依旧在一张一合，但楚渊已经听不到她的声音，看她目光所向，显然是在说给丁尹一个人听，当她终于说完了，脸上露出些疲惫的表情，望着丁尹轻轻一叹：“丁大哥，我终于等到你回来了，我等你，等了足足一万年。我累了，真的好累好累，我要睡一会儿，睡一会儿……”

小青说着，星光凝聚的身子冉冉向外飘去，丁尹呆了一呆，突然惊呼：“小青，你去哪里？你现在是星光聚魂，不能到日光之下……”

丁尹说着，快步追了上去，但小青移动飞快，已经飘出凌云殿。

蜀山之巅，乌云压顶，低沉得仿佛要压下来，这不是魔焰凝聚的黑云，这是真正的自然之威。一道道闪电时不时就在乌云中炸响，仿佛一条紫色的长蛇，在乌云中窜来窜去。

当小青从凌云殿中冉冉飘出，那正在不断凝聚、积蓄着力量，准备劈向有禁制罩护的凌云殿的巨雷闪电终于爆发了，顷刻间，闪电如电鞭，一道道地从长空中狠狠地抽下来，巨雷如战鼓，在天空中一声声擂响。

星睿塔塔主泄露天机太多，又没有身在特别秘法保护的星睿塔中，她必须要承受天劫。而已然失去肉身，成为星光灵魂体的小青，在这天劫之下，只一击就要形神俱灭，永不超生。

“不……”

从大殿中冲出来的丁尹悲呼一声，他已经明白小青为什么要离开凌云殿，凌云殿有蜀山正气保护，但天雷积蓄了足够的力量时还是会劈下来，那时大殿将毁去，众多刚刚苏醒、还未彻底恢复元气的高手在天威之下只怕也要形神俱灭，所以，她离开了凌云殿。

一道粗大的闪电从空中凌厉地劈了下来，狠狠地抽在小青身上，小青连头都没有抬，一直恋恋不舍地凝视着丁尹，直到那闪电劈中了她，整个身体化为一团星光，缓缓散逸而去。

喀喇喇……

暴雨倾盆，轰然倾泻下来，整座蜀山，顿时沐浴在倾盆大雨当中。丁尹呆呆地站在小青原本伫立的地方，脸上湿漉漉的，也看不出那是泪，还是雨。

楚渊也追出了凌云殿，看到星主消失，心中说不出的难过。雨水从前方的檐上滴落，仿佛一道密集的珠帘，站在外面的丁尹的身影也渐渐模糊起来。

燃眉真人缓缓走到楚渊身边，望着外边的倾盆大雨，悠悠一叹：“我们镇压魔族万年，本以为可以耗尽他们的魔气，将他们全部杀死，而魔族也着实狡猾，他们一直做出一副已经被我们榨干力量的样子来。”

燃眉真人道：“那次，你找到了剑碑。我感应到你是蜀山后人，非常欣喜，以为不日就能将魔族全部镇压，所以才说出要传承蜀山衣钵的话来，并且让剑碑化虚，遁入你的意识，让你带走！

“可是，当我们随着你离开后，才发现魔族是在佯装待毙，不得已，只好集中全力镇压，这也是之后再未传授你任何功法的原因，我们实在抽不出余力来与你沟通。其实，那时候我们已经快撑不住了……”

燃眉真人望向雨幕外：“那时，有一股纯正的星力涌入，这才帮助我们重新镇压住蠢蠢欲动的魔族。我方才，在那位姑娘身上感应到了相同的星力，应该就是她，帮助了我们……”

楚渊听着，不禁想起了星主说过的一段话：“在你识海中，有一样东西，历经万年，它的力量也快要耗尽了。现在它想脱壳而出，犹如雏鸟初生，需要啄碎那困住它同时也保护、养育了它的那个壳。但是，它力气不够了……

“现在，我将我所凝练的星力真元，投入其中，就是帮它一把，或许，能让它快一点挣扎出来。”

楚渊的泪，终于缓缓流了下来。

“孩子，你做得不错。”燃眉真人轻轻拍了拍楚渊的肩膀，又将目光转向雨幕中的丁尹，他的小师弟。

大雨倾盆，下了一天一夜，次日中午，天光放晴，烈日当空，整个蜀山苍翠欲滴，天空一碧如洗，山顶凌云大殿中闪烁着道道光芒，璀璨夺目，神圣之光，将整个蜀山都笼罩了。

第一百一十二章　风云再起

“真是该死！”

森罗魔殿中，血神子猛然睁开眼睛，一抹血色隐隐浮现，眼中带着浓浓的戾气，早知如此那日拿到封印之后就该彻底杀了那个少年，可他实未想到楚渊识海中还藏着一座蜀山，结果不仅让他逃了一命，竟然还唤醒了蜀山的众高手！

“你不甘心？”

忽然，一道声音传入耳中，血神子猛然眯起眼睛，望向被他搁在玉台上的眼球：“是谁？”

“你不知道我是谁？”那声音再次响起。

血神子的目光无比惊骇，这个声音他很熟悉，一辈子都不可能忘掉，可是……那个人怎么可能也被封印？他可是魔界之王啊。

“你没猜错，就是我！”

那个声音带着些苦笑：“我对人间界很好奇，所以我也跟了来，结果没想到人界众修真之士竟也有偌大神通，不慎中招。现在我很虚弱，只要能让我恢复力量，蜀山就不足为患了！”

魔王蜃蛊的声音中带着深重的仇恨，一万年前被蜀山重创封印，这个仇他一定要报。

“真的是魔王蜃蛊！”

血神子立即敬畏地跪在了那颗眼珠面前，恭敬地：“那么，臣下该怎么做？”

一万年前蜀山的掌门、长老和弟子复活，这个消息很快就传遍了大陆，蜀山理所当然的再次成为仙家圣地，被仙宗正道所敬仰。

而一些上古时期流传下来的古老门派更是扬眉吐气，因为蜀山有一百多个他们门派的祖师，这一次也从封印状态解封，回到了各自的门派，门派实力陡然大增。

燃眉真人广发英雄帖，召集天下仙宗正派共同抵抗魔宗，一时间仙宗士气大盛，连续胜利，收服了不少被魔宗占领的地方。

仙魔两宗的大战还在继续，但是魔宗却像是钻进了地穴的老鼠，根本寻不到踪影，饶是如今仙宗各派势力大炽，横扫魔门如秋风落叶，奈何却无处着手。

“师父，您的身体如何了？”闭关的一琼真人出关，楚渊关切地问道。

一琼真人面色红润，笑道：“祖师的指点果然不凡，我的暗伤本就痊愈了，此番闭关更是实力大进，我想，给我十年工夫，就能化解阴阳，练成混沌之气。”

楚渊大喜，燃眉真人微笑走来，一琼真人和楚渊连忙拱手，燃眉真人道：“一琼，你此番进境，看来进步颇大呀！”

一琼真人毕恭毕敬地道：“全赖祖师指点！”

燃眉真人微笑摇头：“师父领进门，修行在个人，这是你的造化！”燃眉真人又看向楚渊，神情严肃起来：“楚渊，你的诸位师祖秘密寻找上古神器迄今未见线索，我想让你也加入进去，寻找东皇钟。”

一琼真人听了，担心地道：“祖师，渊儿的本领虽然大有长进，可比起本宗前辈，依旧差得很远。如今魔宗全部遁隐，藏于暗处，渊儿离山的话……”

燃眉真人摇了摇头，道：“渊儿，是气运所钟之人，而上古神器，若不是大气运加身的人，又怎么可能找得到？我想，这就是本派那么多人行走天下，却毫无线索的原因！”

楚渊郑重地道：“事关天下苍生，弟子自然从命！师父，你不用担心，以前那样艰苦的处境，咱们都闯过来了，如今魔道势危，我又是寻找上古神器下落，不是与魔宗直接为敌，不会有多大凶险的。”

燃眉真人点点头，道：“该小心处，还是要小心的，你的自保之力有限，可以自行挑选些伙伴与你一起行走天下，表面上，自然另寻个理由，这样，魔宗即便重新出山，一时半会，也不会注意到你。”

燃眉真人这番话说的确实在理，自从蜀山再现，上古群雄复活，所有的人都在谈论那些上古年间就已封印的仙道正宗，就连曾经的十二仙宗掌门，也早已从江湖风云榜上撤下来，罕有人再提及他们，更不要说楚渊这个后辈中的后起之秀了。

所以，此时楚渊离山，哪怕高调一些，其实都是颇为安全的。

“带些人，以游历为幌子，叫人看起来越不像是身负重任越好！”

这是一琼真人对楚渊的建议。

所以，楚渊下山后，找到的第一个人就是俞婉儿。

俞婉儿欣然应允：“我和你去！”

楚渊略一犹豫，道：“可能……会很危险。”

“傻瓜！”

俞婉儿轻轻牵起他的手，含情脉脉：“只要和你在一起，什么危险我都不怕！”

楚渊轻轻地道：“可你是百巧门掌门了，百巧门未来的一切，全倚仗你，万一有点……”

一双薄薄的柔软的唇，吻住了楚渊，将他的话堵了回去，俞婉儿红着脸儿柔声道：“如果，就为了保住性命，从现在起，我不再接触任何有危险的事，那么我纵然长生不老，又如何将百巧门发扬光大？”

楚渊忍不住笑了：“如果长生不老……反正我是开心得很哪！”

俞婉儿轻轻打了他一巴掌，娇嗔道：“去你的，你呀，学坏了。”

“师兄！师兄你在哪儿？”朱平安的声音猛然响起。

楚渊扭头看到朱平安，不禁笑道：“你又偷懒了？”

朱平安道：“怎么会呢，我本以为是蜀山二弟子，威风得很呢，可现在一下子出现三千多个蜀山子弟，个个在我面前都是祖师级的人物，这三千祖师，有的比我年纪还小呢，结果，新投进山门的弟子也不拿我当回事儿了，我不抓紧练功，他们还不更加看不起我了呀。”

楚渊笑道：“这就对了！你啊，就算有了一万位师祖，你始终是这一代的二师兄！新入门的弟子，人人都得认。不过，咱们蜀山现在新入门的弟子可是有好多资质出众的，你可得抓紧修炼，否则二师兄还不如小师弟有本事，那才丢人。”

朱平安用力点头：“嗯！”

蜀山圣地再现之后，很多人慕名而来，甚至有些名门世家都专门把弟子给送了过来，投入蜀山门下，现在蜀山年轻弟子非常多，其中资质出色者不少，有了这样的新苗，蜀山也就有了未来。可对朱平安来说，压力确实不小，楚渊虽然打趣他，其实也看得出来，这个胖子，现在居然瘦了许多。

“楚渊！”

一个清朗的声音忽然响起，楚渊抬头一看，就见丁尹祖师白衣如雪，独立于一方山岩之上，连忙向俞婉儿和朱平安使了个眼色，快步迎了过去。

“寻找上古神器，一直没有线索！你是后生晚辈，师兄原也没指望把这么沉重的担子，压在你的肩上。”

丁尹沉吟了一下，道：“不过，气运一说，虽然玄妙，有时却真的别具奇效。让你下山，是我建议的，死马当作活马医吧。”

丁尹笑了笑，笑意有些萧索。

楚渊赶紧道：“师叔祖，诸位前辈祖师都未找到上古神器，弟子也不敢保证此番游历江湖能有所得。不过，魔门偃旗息鼓，显然是在寻找解开封印的办法。一旦魔王蜃蛊出现，天下大劫就要来临，上古神器是必须要找到的，晚辈会竭尽全力！”

丁尹颔首道：“正是如此！而且，魔门一旦解开封印，蜀山必定首当其冲，这也是我和燃眉师兄等主要人物片刻不敢离山的主要原因。我这口剑……”

丁尹一抬手，摘下了挂在腰间的星剑，这柄剑自那日小青魂飞魄散之后，就一直挂在他腰间。

丁尹的声音有些喑哑：“这口剑，你带上！它与我心灵相通，如果你遇到极大危难，可以通过它呼唤我。我这里心生感应，可以马上赶去救援！”

“师叔祖，这口剑……”

楚渊惶恐得很，蜀山重现后，他从那些年岁相当但辈份奇高的蜀山弟子口中，已经听说过这星剑的传奇。更知道小青补全的这口星剑，丁尹师叔祖看得是如何的重，如何敢接受。

丁尹笑了笑，道：“带上吧！”

丁尹手一抛，剑就落到了楚渊手上，感觉沉甸甸的。

丁尹返身向山上走去，楚渊想到他颌下的胡楂，想到他忧郁的眼神，不禁轻轻叹了口气。犹记得，他刚刚从封印状态解除时，虽然被封印万年，神采依然，可现在，却明显憔悴得很。

星主小青苦候万年，又为了向他泄露天机而遭天谴，魂飞魄散永不超生的事，对他打击很大。情之一字啊……

不知不觉间，俞婉儿已经走到他身边，两人并肩望着丁尹消失的方向，两只手儿紧紧地挽了起来。

第一百一十三章　再遇如娇

拜别师祖和师尊后，楚渊和俞婉儿就离开了蜀山。

一路行去，这一日傍晚，楚渊道："前面是灵石镇，天色晚了，咱们在那里歇脚吧？"

俞婉儿自无异议，二人找了间客栈落脚，在点菜的时候，俞婉儿叫了楚渊两声没有回应，抬头才发现楚渊盯着一个方向皱眉，疑惑道："楚渊，有事情吗？"

"哦，没有，刚才在想点事情。"楚渊微微一笑，目光却再次瞥了一眼远处。

二人一路疲惫，该说的话路上也都说尽了，晚饭后小聊一阵就各自回房休息，夜半时分，楚渊悄然打开房门，轻巧地穿过走廊，几个闪身就到了镇外的树林之中。

还没站稳，就见一道窈窕的影子从正面冲来，楚渊猝不及防，被那人抱个正着，温软玲珑的身子紧紧贴在他的身上，一双藕臂更是缠绕在了他的腰间。

"你个死没良心的，蜀山剑派大师兄，现在风光得很嘛！"

那人嘴里说着嗔怪的话，却是满面欢喜的泪痕。

楚渊非常惊讶，语气里带着一抹不敢置信的惊喜："你还活着？"

花如娇推开他一些，瞪着他道："你盼着我死，是不是？"

楚渊赶紧道："我没有！我只是……只是……"

花如娇突地扑哧一笑，嫣然道："好人不长命，祸害活千年，本姑娘哪有那么容易死的。"

看她模样，似乎清减了许多，尖尖的下巴越发尖锐，梨花带雨楚楚可怜，别有一番妩媚。

楚渊低头看去，正好看到她松散的衣领处，那让人血脉偾张的一痕雪沟，楚渊一窘，连忙抬头："你……你怎么在这里？"

花如娇道："现在我们魔门全都成了过街老鼠啊，人人东躲西藏。不过这样也好，没人要我做这做那，我就一个人游走江湖，倒也逍遥自在……"

花如娇说到这里，忽地俏眼一瞪，道："说，我在海上失踪后，你有没有伤心？"

楚渊道："当然有！"

花如娇："有没有想我？"

楚渊："……有！"

花如娇绽颜一笑，轻轻钩了下他的下巴，道："小弟弟好乖！姐姐也想你……"

楚渊微窘地退了一下，道："不管如何，你总是魔门中人，现在正道仙宗正大索天下，追查你们的下落，你还是销声匿迹，先藏起来的好，不要招惹是非。对了，你……怎么知道我在这里？"

楚渊忽然起了一丝警惕，如果花如娇能如此轻易地找到他，那岂不就是说，他从一下山，就已落入对方的耳目？

花如娇注意到他警惕的眼神，神色黯然，幽幽地道："你不用担心，我现在没有为师父做事了。我只是……从海上一回来，就一直守在蜀山附近，只是……从不敢靠近罢了。"

花如娇隐瞒了她被血神子附体的事，在那期间，她做过什么，自己都不太清楚，浑浑噩噩的，直到她在昆仑绝顶苏醒过来。

之后，她也听说了长流子和森罗魔尊在昆仑决战的事，在她想来，应该是那个控制了她的幽灵赶去昆仑绝顶，却因长流子和森罗魔尊一场大战，被波及后毁灭了元神，所以她又恢复了神志。

对于那段经历，她自然讳莫如深了。在那之后，她的确离开昆仑，赶到了蜀山一带。反正师门一时联络不上，她乐得独自逍遥，没多久，蜀山重现，一时间蜀山法度森严，气象万千，再非昔日蜀山可比，花如娇就更不敢上山了，所以一直挨到楚渊离山，她才悄悄跟了来。

楚渊听她诉说，自然感觉得到她的深情，当日他落入海中时，她义无反顾地随之入海，那时他就明白花如娇对他的情意了，可是，他能怎么办呢?

楚渊沉默片刻，真诚地看着她，道:“娇娇姐，你这么担心我，我很感激，但是……我们分属仙魔两门，不可能在一起的。而且……我已经有了喜欢的人。”

花如娇愣了一下，自嘲地一笑，道:“俞婉儿?”

楚渊坦然地点了点头。

花如娇眼中的光顿时沉寂下去，有些落寞，有些伤感，却在沉默片刻之后道:“我知道了。她……出身名门，确实配得上你。”

“我……哎！我该回去了。”面对花如娇，楚渊总有一种莫名的负疚感，同时，他有些畏惧自己的反应，明明她像一团火，可他总是忍不住想亲近，所以趁着还有理性，他就想逃得远远的。

花如娇身形一纵，挡在楚渊面前，道:“你就这么不想见我?”

“于公于私，我们都不合适再见面。”

花如娇盯着他的眼睛:“就算不合适你也来了，不是吗?”

“是，我来是因为我还当你是朋友，所以想告诉你，不要再跟着我们了，我不想……我们之间会兵戎相见。”

这句话定住了花如娇，她怔怔地看着楚渊掉头而去，黑夜中，一双眼睛闪闪发亮，不知是不是漾满了泪光。

第一百一十四章　侠少重聚

此番出山，楚渊打着游历的幌子，寻找上古神器固然是个任务，但游历江湖也是他的任务，何况寻找上古神器根本没有什么线索，只能漫无目的地寻找，自然也不急于赶路。

因此一来，又花了几天工夫，他们才赶到太仓城。一路上，花如娇再没出现过，楚渊也不知道她是否离开了，只是……他总是习惯性地猛一回头，而收回的，总是一抹失望的眼神。

太仓城街道上熙熙攘攘，那些被破坏的痕迹也渐渐修复，俨然一派欣欣向荣的景象，自从蜀山崛起，魔宗退缩，世上再次渐渐太平起来。

楚渊二人找了一家客栈投宿，刚一进门，就听一声欢呼，一道蓝色的影子一晃，便朝俞婉儿扑了过来，楚渊心头一凛，急忙挺身一挡。

“哎哟，楚渊，你想姐姐给你来个投怀送抱啊！”

那道蓝色身影乍然停住，正是唐冰，楚渊大喜，刚想说话，唐冰已经转向俞婉儿，上下打量几眼，笑吟吟地道：“婉儿，瞧你气色，这一阵子过得不错啊。”

“阿弥陀佛，楚渊，蜀山重现，恭喜了。”莲印几乎还是老样子，只是目光比一年前更加深沉和安静。

倒是他身后的上官靖吸引了楚渊的注意，因为帅气傲酷的上官靖竟然断了一臂！脸色酷酷的，对着楚渊点了点头。

楚渊听说过他的事，上官靖的手臂是他自已挥剑斩断的，严格来说，是被王浩然偷袭，手臂沾染了魔气，为了不让魔气扩散，他才毅然断臂。

王浩然在那一日随马长老等人逃脱，投入魔宗追随血神子，学了不少森罗魔殿的秘法，那几日蜀山尚未重现，血神子踌躇满志，魔门气焰大盛，王浩然为虎作伥，杀了不少仙宗之人。

楚渊目光扫了一圈，一起来的熟人居然还有申屠无病，其他几个各派年轻弟子他就不太熟悉了。

一番寒暄交谈中，楚渊才知道他曾经熟悉的话唠战雷，还有那个一说话就脸红的法正在这一年中已经遭遇不测，殒命在魔宗手里了。昔日十二仙宗杰出弟子同出沧海，一年后人事凋零，气氛不免有些凝重。

还是莲印释然一笑，开口道：“楚师兄，既然你们也是游历江湖，联络各大门派，不如我们同行吧。”

寻找上古神器的线索缈缈然无所查询，楚渊也就不介意与他们同行。他现在唯一的线索，是关于东皇钟的，据说东皇太一飞升之前，曾经降伏过一个魔界大圣，最后以东皇钟震碎了他的魔魂。

那位魔界大圣是上古天魔，比魔王蜃蛊更古老也更强大的一位魔界大圣，为了彻底消灭他的魔魂，东皇太一将他的东皇钟作为封印法器留在了人世间，完成了这件事，他也就功德圆满，顺利飞升了。

而这个线索来自哪里呢？来自……一个民间传说。

在实在没有其他线索的前提下，楚渊也只能去考察这个传说的真实性了。问题是，传说故事中，关于东皇太一降伏这个魔界大圣的地点也不尽相同。

“大家早些休息吧，我们游历江湖，一路上未必太平。”楚渊沉吟了一下，还是提醒了一句。之前既然见到了花如娇，说不定魔宗的其他人也早就盯上了他们，因为花如娇的出身，楚渊始终提高了一分警惕。

上官靖握了握仅有的一只拳头，冷声道：“哼，他们若来，杀了就是！”

上官靖杀气很重，尤其是他本门有位前辈也是万年前参与蜀山之战的高人，此番回山，上官靖受其点拨，武力大进，杀气也更重了。

上官靖说完这句话便起身回房，以前的傲气之中，似乎多了一些冷戾和孤单。

“唉，他们一门几乎被魔宗屠杀殆尽，连他唯一的亲弟弟……如今他的性情难免乖张了些，大家多多体谅吧！”

唐冰说着伤感起来，她的师父洛惊鸿也死在了魔宗手里，她和魔宗同样有血海深仇。

楚渊看到俞婉儿眼中露出的伤感，不禁伸手握住了俞婉儿的手，百巧门的事情是她永远的痛，那时候他没能陪在她身边，但是从现在开始，不管发生什么他都会陪着她。

“外面有人。”几人还在说话，楚渊忽然神色一凛，目光倏然看向窗口。

几个人的脸色顿时变得严肃起来，楚渊小心地靠近窗子，然后猛然打开。

扑通！

一个小小的身子瞬间栽了进来，哭丧着脸叫道：“呜呜，大个子哥哥你干嘛啊，人家长得这么人见人爱花见花开，你是想把我摔毁容了吗？”

“宝宝？你怎么在这里？”楚渊诧异，怎么也没想到来人会是宝宝。

宝宝爬起来，不满地拍了拍身上，道：“还不是因为大个子哥哥你不够意思，出门也不和我说一声，我只好自己跟来了。”

“宝宝，哥哥出来不是玩，乖，你快回去！”楚渊无语地叹了口气。

宝宝不满地哼道：“哼，大个子哥哥，我不是小孩子了，要论岁数，我比你还大几百岁呢，不要用哄小孩子的语气和我说话了！我大了！”

“一夜之间”就觉得自己长大了的宝宝努力挺了挺胸，道：“再说了，我来可是爷爷同意了的，他还给了我一张地图，说是上边有你想要的东西。你要是想赶我走，那我就把地图带回去了喔。”

楚渊脸色一变，众人异口同声道：“什么地图？”

俞婉儿也目光炯炯地盯着她，这些人中，唯有他们三人知道此行的真正目的，听宝宝一说，自然各有反应，其他几人虽然不明所以，但是这么小的小人国似的女娃娃，实在稀罕，他们忍不住也围了上来。

“哇！”宝宝看到莲印的大光头，不禁惊讶地道：“你这个怪人，得了什么怪病了吧，头发都不长一根，快别靠近我，万一传染了可怎么办呀？”

莲印一脸尴尬，他刚往前迈了一步，只好诵着佛号又后退了一步。

楚渊讪笑一声，道：“宝宝，不能乱说话，莲印哥哥不是天生不长头发。”

“那他为什么没有头发？”宝宝眨着亮晶晶的大眼睛，纯真地看着楚渊。

楚渊被问得无语，只好道：“为什么……这个回头再说，你快说，什么地图？”

“嘻嘻，这个嘛，你带不带我走？”

宝宝得意扬扬起来，拿乔地看着楚渊。

第一百一十五章　藏宝地图

楚渊可是深知泽精的喜怒无常，生怕她真的不顾轻重，掉头就走。泽精有日行千里的神通，借助大地之力，顷刻就能闪电般消失得无影无踪，他可追不上。

楚渊赶紧道：“如果你的地图确实是我需要的东西，那……就带上你。”

宝宝“嘻嘻”一笑，道：“抱我起来！”

楚渊赶紧听话地把她抱起来放到桌上，宝宝小大人儿似的在桌上踱了几步，这才从怀中掏出一个鼓蓬蓬的折叠的地图，道：“爷爷说，你们要去找一个什么钟，就让我把这图带来了。”

宝宝说着，把那张有些破旧的布帛递给了楚渊。楚渊着急知道那地图是否是他所想的东西，赶紧接过来，居然忘了宝宝本是泽精，乃大泽精华孕育，所以别看她小小的身子，却是重有千钧，不管是她方才爬窗，还是此刻站在桌上，都是可以顷刻压垮的，但此刻她站在那儿却毫无影响。

其实以泽精的体重，想被人抱起来也是绝不可能的，除非此人天生神力，可以力拔山兮。不过，宝宝每次被他抱起时，楚渊双脚都是贴着地面的，由此，泽精就可以借助大地之力，减轻自己的体重，或者说……转移自己的体重。

楚渊展开那地图，急急在灯下看了起来，俞婉儿马上也瞅了上去，倒是其他人，一直在好奇地看着宝宝。他们这些年轻弟子，还真未必个个都认得这种黄衣黄鞋黄冠黄带的小黄人儿。

泽精由于这种生物的本能和苛刻的生存条件，轻易不会离开他们的出生地，但并不代表他们不能短暂离开，否则他们的出生地常在深山大泽，也不可能搜集到那么多人类的典籍，从中学习模仿人类了。

而这次宝宝追来，她的爷爷不但同意了，而且还把这幅地图交给她，其实可不仅仅是她爷爷的意思，还是老村长的主意。

泽精，从来就不是一个大度的种族，相反，泽精气量极小，这也是他们给人以喜怒无常的主要原因。寻常一点小事，就能让他们翻脸的，何况是受了屈辱？

当日，血神子施展魔功，强势镇压，泽精村的泽精选择了忍让，并且为了避免更多麻烦，把接受他们庇护的楚渊等人赶出了泽精村，泽精们心中是无比羞辱的。

之后，蜀山重现，这么重大的事，泽精作为近邻，岂能不知道。泽精村中甚至有几个老泽精，就是当年蜀山还在时的老邻居，他们深知蜀山底蕴之强大。

于是，他们利用自己神鬼莫测的土行功夫，一直在悄悄打探着蜀山的消息，在获悉蜀山剑派在寻找上古神器，以期对付魔门之后，泽精们马上翻遍他们搜罗的人类世界的诸多秘辛，希望能提供帮助。

要知道，帮蜀山找到上古神器，借以击败魔门，最好将他们一网打尽，那就出了泽精的一口恶气。

泽精是天泽精灵，不修道法，本事是与生俱来的，什么法器他们也用不了，也生不出觊觎之心，自然乐得帮忙。

而要说到秘辛，天下间还有比他们这种寿命极其漫长的种族所知道得更多的吗？尤其他们一向喜欢搜集人类的人文资料，很多孤本在人间早就消失了，可他们因为相对安逸缓慢的生活节奏，所以在他们那里都还保有。

“这是地图？我怎么看不懂啊。”唐冰眨眨眼，再揉揉眼，再眨眨眼。

楚渊等人也皱起了眉头，这张布帛的确不像是一张地图，上面乱七八糟的画着横七竖八的线，一眼望去根本无迹可寻。

“宝宝，你家老爷子真说这是地图？”楚渊将布帛反过来正过去，这布帛虽然确实是古物，但难保不是这妮子为了跟着他闯江湖想出来的花招啊。

宝宝小脸一板，哼道：“大个子哥哥，宝宝不喜欢你了，你竟然怀疑最最最最诚实的宝宝！爷爷说了，这就是地图，你不要还我！”

“要，要，我这不是看不懂吗？”说到这里楚渊眼睛一转，将图拿到了宝宝面前：“宝宝，你看得懂吗？”

他差点忘了，宝宝和泽精爷爷都是泽精啊，说不定这画图的方式和人类也不一样。宝宝理所当然地点头：“当然懂啊，你不会看不懂吧，这也太笨了！”

几人都一头黑线，这乱七八糟的一堆线条，他们能看懂什么啊？楚渊赔着笑道：“那宝宝能不能告诉我这上面画的是什么？”

“喏，你看这里……”

宝宝指指点点起来，楚渊听了恍然大悟，难怪他看不懂，泽精是天泽精灵，可以在大地之间任意穿行，或者说他们是在入地处分解，直接出现在他们想去的地方，再重组身体，而这对他们来说，就像在母体子宫中一样悠游自在。

所以，这幅地图，根本不是人类意义上的一幅地图，而是一幅地下行走图，所以它的线条都是直的，也没有任何地表特征作为相对参照，而是完全以泽精才能理解的数据绘制的。

所以，楚渊明白了它的原理，还是不明白它指向的究竟是哪里，要找到这个地方，唯有靠宝宝。

莲印和尚皱了皱眉，忍不住问道："楚师兄，你看的这幅地图，究竟是什么东西？"

楚渊犹豫了一下，开口说道："是关于一件上古神器的藏匿地点！"

俞婉儿讶然看了他一眼，微微露出钦佩之色。

她本以为，楚渊会找个理由搪塞过去。如果楚渊真那么做了，她觉得也无可厚非，毕竟此事的确关系重大。

但，同样的，来日这些各派精英一旦获悉真相，纵然理解楚渊的苦心，彼此也再难做到肝胆相照，这是人性。

而楚渊，坦然说了出来。这样似乎显得轻率了些，但是一则这些人经过了正道仙宗最艰难的阶段，都是火炼的真金，可以信任。再者，魔门如果有所察觉，也自有其他渠道打听消息，从这些人身上打探消息的可能性反而最小。

楚渊开诚布公，这是胸襟，是气魄，是道法武功高低强弱都无法争取来的东西，这才是名门大派掌门弟子的风范。

莲印和尚震惊了，其他几人更是目瞪口呆：上古神器？

宝宝傲娇地道："是呀！准确地说，这是一口钟的藏宝图！"

楚渊目光一闪："东皇钟！"

宝宝拍手笑道："还好，大个子不是太笨！"

"等等，楚渊，地图给我看看！"

俞婉儿忽然有所感应，忍不住开口说话。

楚渊诧异地看了她一眼，将布帛递了过去。俞婉儿将布帛捧在手上，顿时，那地图上的线条就像染了金色的颜色，如流水般渐渐延伸开来。

那金色的线条渐渐沿着磨损的地图蔓延开来，继而向上升起，有高有低，有疏有密，渐渐形成了山川、河流的景象。

第一百一十六章　古空蒙山

唐冰忍不住惊叫起来："天哪！这……太神奇了！"

宝宝捂着耳朵依偎到楚渊身边，一脸嫌弃地道："大姐姐，你嗓门太大了，一点都没有楚渊哥哥的媳妇儿温柔。"

"咦？楚渊这小子成亲了吗？他媳妇儿是谁？"唐冰好奇不已。

宝宝眨了眨纯净的大眼睛，楚渊有种要把她的嘴巴捂住的冲动，但她的嘴巴却动得更快，她向俞婉儿一指："就是她啊。"

"啊……"唐冰指着俞婉儿，一副不可置信的表情，莲印等人也是目瞪口呆。

俞婉儿俏脸通红，慌乱地道："我几时成亲了？你们别听宝宝瞎说。"

"就是，就是，你们在泽精村睡在一张床上，我还亲耳听见你叫大个子为相公，大个子唤你为娘子呢。"宝宝据理力争，跳着脚儿面红耳赤地争辩，她是诚实的好孩子，才不想被人当成说谎鬼。

众人再度惊讶地看向俞婉儿，俞婉儿面红如血，恨不得找个地缝钻进去。如此一来，她手中的地图自然也恢复了原状。

楚渊也大窘，幸好他是男人，天生脸皮厚些，楚渊窘咳两声，赶紧道："那个……俞师妹，地图怎么又不见了？"

俞婉儿总算有了个台阶下，赶紧摁着胸口道："我……嗯……方才……"

俞婉儿话到嘴边，又不知道该怎么说了。她方才眼看着地图，忽然心口一热，她的七窍玲珑心忽然发生了反应，当她把地图捧在手中，七窍玲珑心涌出一股热力，从她的手掌直传到地图上，于是地图就发生了奇异的变化。

本来，这件事她是可以说的，可是通过这件事，她忽然悟到了一个关键的秘密。

百巧门一直以精于制造，尤其是傀儡制造名满江湖，而七窍玲珑心非金非铁，不知以何物构成，更兼它是百巧门至宝，历代传人研究它，都不敢稍生破坏之意，所以一直也未研究出个所以然来。

但是在百巧门历代传人的认知里，七窍玲珑心应该是一件机械，里边藏着鬼斧和神工两位前辈的秘籍。

可是今日，面对泽精依据人类古籍绘制的这幅古怪地图，那七窍玲珑心竟生出解读之意，主动出手破解了这个秘密，俞婉儿才突然想到：莫非七窍玲珑心根本不是一件死物？莫非它竟然是有意识的？百巧门历代祖师之所以始终揣摸不透它的奥秘，是因为研究走了错路？直到今天，这七窍玲珑心不忿泽精用他们特有的绘图在自己面前显摆，所以小试身手，这才被她发现奥秘所在。

既然找对了路，她再想参详七窍玲珑心的奥秘就容易了许多，而她一向心思缜密，此事关乎百巧门能否重振声威，她可不敢向楚渊一样坦荡荡地说出来。对楚渊，她当然无所避忌，可在场的人却实在太多。

楚渊瞧她脸色，有所恍悟，便不再追问。其他人却只当二人是借故掩饰，唐冰冷哼了一声，对俞婉儿道："今晚我们睡一屋，看我不好好审你！"

俞婉儿俏脸更红，道："我们先看地图！"

俞婉儿凝神聚气，意识集中，地图上金色的光线再现，汇成一幅山川地理图。

宝宝呆呆地看着她手中地图的异象，小嘴巴张着："哇……哇……好神奇呀……"

俞婉儿蹙眉看着那幅地图，对众人道："诸位游走天下，见多识广，可有人认得这样的地方？"

如果只是俞婉儿和楚渊，又不好拿这地图四处问人，还真不好确认这地图所指，但在场众人不但大多游历过天下，而且他们来自九州各个所在，对许多荒僻的地方也都熟悉。

"咦？这似乎是……古空蒙山？"

申屠无病突然指着地图惊呼起来，众人眼睛一亮，楚渊问道："申屠兄，你认得此处？"

申屠无病道："没错！我认得此处！"

申屠无病又仔细端详了一阵，肯定地道："这就是古空蒙山，不会错的！"

楚渊欣喜地道："多亏申屠兄，那咱们明天就去古空蒙山！"

唐冰道："且慢且慢，这东皇钟……难道不是随着东皇太一飞升仙界了？你要寻找东皇钟，又是为了什么？"

楚渊沉吟道："这件事，说给你们听也没什么，只是这桩危机，其实整个天下还没几个人知道，你们几位听了，千万要保密才好！"

几人见楚渊如此严肃，神情都冷肃下来，沉声道："我们晓得轻重，楚师兄请讲！"

楚渊请众人坐下，刚要开口说话，一直站在桌上，噙着小指，咕噜噜地转着眼珠听他们讲话的宝宝突然闪电般出手，一把抢过地图，塞进了自己怀里。

这次，她没有先把布帛地图叠得平整，衣服里顿时鼓鼓囊囊的，看起来臃肿不堪，引人发笑。

楚渊奇道："宝宝，你做什么？"

宝宝抢了地图，终于放心，拍了拍软绵绵的"肚子"，道："你家娘子会看我们的地图，你就用不到我了。地图得放在我这里，省得你不带我出去玩……"

楚渊等人："……"

经楚渊解说，莲印、唐冰、申屠无病等人才知道，原来魔界之王蜃蛊也来到了人间界，原来蜀山再现，并不意味着仙宗道门从此一统天下，更大的危机还在后面。

众人的神色立即冷峻下来，对此番探察古空蒙山，也前所未有的重视起来。就连唐冰，当晚也没了兴致"拷问"俞婉儿与楚渊定情的经过。

世界上最可怕的事不是任何可怕的事本身，而是你明知道将有可怕的事发生，但你不知道它哪一天到来。这个等待的过程，才是最叫人受折磨的。

第一百一十七章　五行败类

翌日，几人迅速整理行装，踏上了寻找东皇钟的旅程，出发的时候，宝宝坚决要求楚渊带她飞，唐冰百般示好都无果，最后楚渊只好将宝宝抱上了自己的大肥鹅。

“咦？对了啊宝宝，我记得你们一族，个个体重如山啊！当初你上树摘风筝都办不到，现在怎么变得这么轻了？我这呆头鹅居然载得动你。”

“哈哈哈哈……大个子真是大笨蛋！你都抱过我不止一回了，你说，如果我真得那么重，你怎么抱得起来？”

“啊！对啊！这……这是怎么回事？”

眼见楚渊迷惑的样子，宝宝乐不可支，咭咭地笑道：“在地上呢，我是和大地之母联系在一起的呀，我想轻就轻，想重就重！”

楚渊好奇地道：“那在空中呢？”

宝宝笑嘻嘻地道：“在空中啊……我不告诉你！”

看到楚渊哭笑不得的样子，宝宝哈哈大笑，仰躺在呆头鹅背上，两只脚在空中倒来倒去。泽精喜欢捉弄人的天性，又爆发了。

其他几人本来压抑沉重的心情受到宝宝影响，渐渐变得活泼开朗起来。唐冰眼珠一转，促狭地一笑，追上俞婉儿，轻声笑道：“喂，婉儿，你不觉得楚渊和那个泽精小妞儿太亲密了吗？”

“宝宝是个孩子。”俞婉儿瞥了她一眼，早已洞悉她的用心。

唐冰眼珠依旧乱转，道：“话也不能这么说啊，泽精是可以变化的，你怎么知道她本体是不是个小丫头，说不定啊，比你还成熟呢，万一她摇身一变成了个大美女，你家楚渊还能坐怀不乱？”

俞婉儿知道唐冰这是唯恐天下不乱，看向楚渊，笑了笑道：“我信他。”

“切，真无聊，你就不能满足一下我的好奇心和八卦心啊。”唐冰撇撇嘴。

俞婉儿好笑地扭过头，深深地瞥了她一眼，唐冰做娇羞状捧着自己的脸，道：“就算我长得好看，被人这么看也会害羞的啦。”

俞婉儿哭笑不得：“你呀，比宝宝还像个小孩子！”

“大家提高警惕，前面就要到了。”楚渊的声音从前面传来，马上就要到达地图上第一个节点位置了，可以想见，这样的上古神器，绝不是那么容易找到的，必须要小心谨慎。

几人都放慢了速度，很快就看到前面是一条河，一侧是浓密的树林，另一侧紧挨着悬崖峭壁。这里一片蛮荒，也亏得众人功力大进，才飞得这么快，当然啦，这也是因为古空蒙山就在中州大陆，要是在幽州那么遥远的地方，可就有得飞了。

上官靖俯身而下，盘旋于低空查看一圈，回来道："看起来很平静，不过……总觉得哪个地方不太对劲。"

"太静了。"俞婉儿开口，目光扫过四周，明明草木茂盛，可是却连一声鸟叫都没有。

楚渊下意识地靠近了俞婉儿，道："大家小心点儿。"

一行人缓缓降下，收起飞行符箓，这时候在空中的目标太大，还不如藏身林中，他们快靠近河边的时候，楚渊的手便按在了剑柄上，他能察觉到，周围有一双双眼睛正在看着他们！

嗖嗖……

几乎在同一时刻，一道道漆黑修长的身影从四面八方的丛林中窜了出来，目标赫然就是他们！

楚渊手指一并，捏出剑诀，长剑才刚出鞘，宝宝忽然哇的一声欢呼，雀跃着冲上前去，小手握成拳头，抡起来就朝迎面的黑影打了过去。

砰！

拳头和黑影碰撞，黑影瞬间被打飞出去，狠狠地撞在了一旁的树干上，竟然是一只黑豹！

全部都是黑豹，足足有十来只，黑豹不是群居的动物，这背后肯定有人在操纵！

唐冰眨了眨眼睛，不由得竖起大拇指："这泽……妞儿还真是厉害，力大无穷啊！"

黑豹的冲击力有多大，他们光看那头豹子奔过来的气势就知道了，他们是修真人士，单比肉身之力，并不如何强大，而宝宝……这丫头简直就是个小小号的铁金刚啊。

宝宝收回小拳头，傲娇地哼了一声，道："不长眼睛，打断你的牙都是轻的！"

"呜呜……"黑豹们似乎有那么一瞬间的害怕，往后退了退，却在片刻后继续扑了上来。

楚渊和俞婉儿靠在一起，道："有人指挥他们！"

俞婉儿道："应该就在周围，你掩护，我逼它们出来。"

楚渊点头："好，你注意安全。"说完手上剑诀一变，古剑在空中一个旋转，落在了俞婉儿旁边，做出守护的状态。

俞婉儿闭上眼睛，晃动摄魂铃，同时飞快地结出几个手印，三道略带虚幻的傀儡飞身而出，越过黑豹朝后侧的树林间飞去。自那日发现了七窍玲珑心的奥秘之后，她一直尝试用以前从未用过的方法与七窍玲珑心沟通，虽然迄今她还没有得到七窍玲珑心的回应，却发现自己役使傀儡的速度和精准度都大为提高了。

乒乒乒乒……

几道兵器的声音响起，很快几道身影从树林中走了出来，上官靖的目光陡然一凝，手中长剑一转，就朝那人扑去！

“王浩然，受死吧！”上官靖眼中迸发着恨意，仅剩的一只手臂执剑劈来，另一只袖管空空，随风飘起。

藏在林中那人居然正是王浩然，王浩然冷冷一笑，眼中尽是轻蔑：“就凭你？哼，你还不配！”

第一百一十八章　浩然入魔

王浩然长枪一挑，枪头上一缕黑色萦绕，眼看就要刺入上官靖的肩膀。

“阿弥陀佛。”一声佛号，莲印手掌一挥，一朵洁白莲花旋转飞来，斜斜地打在了王浩然的长枪上，长枪一偏，上官靖趁机躲开。

王浩然收回长枪，有些惋惜地一抖：“罗汉宗的人还真是会管闲事。”

“莲印所管之事，从来就没有闲事。王浩然，枉你曾为仙宗之人，竟然堕落如斯吗？”莲印喟然一叹，右手伸出，那朵莲花在离他手掌一尺左右的地方悬浮，不停地旋转着。

王浩然闻言猖狂地大笑起来：“哈哈哈，你这小秃驴，还轮不到你来教训我！仙宗？我也曾是仙宗中人，最知你们的底细，什么仙宗，不过是一群道貌岸然的伪君子罢了。”

“阿弥陀佛，王浩然，你被魔宗蒙蔽了心智……”

“少废话，受死吧！”

王浩然的长枪猛然一挥，竟然瞬间化为三柄，全都指向莲印的要害，上官靖早已落在莲印身边，和他并肩而立，银剑闪着寒光，如他的目光一般冰冷。

楚渊和俞婉儿没有插手，有些恩怨只有在自己手里了结，心里才会彻底放下，对视一眼，两人也开始出手，对付随着王浩然一同出来的几个魔宗之人。

剩下的唐冰等人则开始集中处理那些黑豹，只有宝宝最为轻松，有黑豹想要冲上来，只要她挥舞着小拳头瞪瞪眼，保准黑豹们立马改变自己的攻击目标。

“好无聊。”宝宝坐在地上，双手托着腮，看几个人你来我往打得不亦乐乎，偶尔会手舞足蹈地给楚渊加油。

一个魔宗的人看宝宝毫无防备，忽然纵身一跃，一把就将宝宝制住，抵着宝宝的脖子道：“别动，否则我就杀了她！”

楚渊同情地看了那人一眼，心想这人还真是作的一手好死，绝对是天堂有路他不走，地狱无门他闯进来啊。

“那也得你能杀了她才行啊。”

那人听地疑惑，一低头，就看到宝宝眨着一双清澈无辜的大眼睛看着他，顺手往那人口中扔了一个什么东西："大哥哥，送给你吃的哦。"

"少给我套近乎，啊……我的肚子……"那人正说着话，脸色陡然一变，额头上开始冒出汗珠，身子不由得佝偻着。

宝宝借力一推，就从那人身上跳了下来，两指一弹，道："长！"

"啊！"那人惨叫一声，肚子高高地拱起，似乎有什么要破土而出的感觉，在地下痛苦地翻滚。

宝宝冷冷地哼了一声："想要杀我，就拿你当肥料好了。"

噗！

那人的肚子被撑裂开来，一株嫩枝从中伸展而出，以肉眼可见的速度迅速生长，而那人也以肉眼可见的速度变得干瘪起来，显然是被植物吸尽了血肉！

"咕咚！"唐冰不由得吞了口口水，"我的个天哪，这，这也太恐怖了吧？这小丫头片子惹不起啊。"

就连楚渊也有些震惊，没想到宝宝出手竟然这么狠辣，以人做肥料，亏她想得出来！

"那……那女孩不是人！"魔宗那边有人受了刺激，仿佛见了怪物一般。

宝宝精致的小脸皱了起来，戾气隐现："你说谁不是人？"

泽精是种很奇怪的生物，明明比人强大，偏偏喜欢学人。而且最忌讳被人说他不像人，楚渊见宝宝要暴走，赶忙上前道："宝宝，大家收拾了这几个坏蛋就休息一下，你先去抓些鱼怎么样，一会儿烤给大家吃。"

宝宝咬着手指想了想，道："那……你也得让我烤。"

"没问题。"楚渊点头。

"哈！终于可以玩火啦！"宝宝兴高采烈地冲向前方那条大河，对打斗的双方理也不理了。

楚渊见宝宝走远，抬头一看，俞婉儿独战数人，稍有不支，不禁脸色一肃，手指剑诀一捏，星剑倏然射出，铿然一声，那当面之敌就像当日的离火真人一样，首级飞起。

楚渊冲上前去，大开杀戒！

那几人远不及王浩然，楚渊剑剑狠绝，毫不留情，在俞婉儿、唐冰等人的配合下，很快就把他们诛杀干净。

"噗！"

上官靖被王浩然正面击中，身形爆退，喷出一口鲜血。

王浩然冷笑："上官靖，少了一臂果然没什么长进啊，就凭你还想要报仇？下辈子吧。"

上官靖双眸渐红，冷声道："王浩然，就算我杀不了你，也要撕掉你一块肉！"

说完身影一纵，攻击疯狂而又凌厉，完完全全的是攻击，全然不顾防御，看样子上官靖是想要和王浩然同归于尽。

莲印盘坐下来，手上结印，那朵洁白莲花缓缓散发出三色光芒，威力似乎比之前更大了一些，旋转着朝王浩然攻击而去。

“哼，你以为两个人就能赢我？太天真了！”王浩然身子一震，一股黑气从身上缓缓渗透而出。

楚渊心中一惊，朝王浩然看去，那股气息……

王浩然浑身好像沐浴在黑气之中，长枪也完全被黑气雾气包裹，散发着让人心悸的力量，王浩然的脚下一动。

几人顿时睁大了眼睛，因为他们根本就没有看清楚，王浩然已经彻底消失在了原地！

“呃！”

砰！

一声闷哼，上官靖脸色苍白的后退，而莲印的三色莲花则和长枪在半空碰撞，不断旋转，黑色的魔气不断侵袭，三种颜色开始暗淡下来。

楚渊剑诀一改，右手往空中一握，长剑落入手中，脚下一蹬，飞身而起，猛然劈向虚空，黑气一闪，王浩然赫然出现在那里。

王浩然长枪一转，瞬间架上了楚渊的星剑，四目相对，王浩然诡异地一笑：“楚渊，我们之间这次终于该了结了！”

第一百一十九章　殊死一战

“呵，我也觉得是该了结的时候了。”楚渊冷笑，眼睛眯起。

王浩然身上有一种奇怪的气息，楚渊也很难说清楚那气息是如何形式，但他就是知道，因为那股气息，曾在他的左眼中待过很久！

那颗眼珠里，封印着亿万魔兵，封印着亿万魔兵的须弥芥子当时就藏在他的眼睛里。这一点楚渊已经从燃眉祖师那里了解到，而王浩然身上有须弥芥子的气息，这意味着什么？

不能放他离开！一定要问出蜃蛊的下落！

砰砰……

两人交手，一剑一枪，电光火石，几乎让人分不出彼此的身形。

“天哪，楚渊那小子是个怪胎吧？实力怎么进步那么多。”唐冰大为惊讶，王浩然本就是十二仙宗最出色的弟子之一，如今怎么看都知道是用了什么魔宗见不得人的手段实力大增，没想到楚渊竟然一点也不弱于他！

俞婉儿抬眸看了一眼，眼底有一丝淡淡的笑意，楚渊可是得到了蜀山剑仙的真传，怎么可能会输给王浩然！

“哼，看来蜀山那些老东西确实有两下子。”王浩然和楚渊拉开距离，握着长枪的手掌缓缓移动。

楚渊瞳孔陡然一缩，脚下一蹬，不是对着王浩然，而是朝俞婉儿的方向冲去！

几乎在楚渊动作的同时，王浩然的长枪之中，一道宛若实质的烟雾如长蛇般刺去，目标赫然就是俞婉儿！

“婉儿小心！”楚渊人未到，星剑已经飞到近前，瞬间就挡住了黑色烟雾。

黑色烟雾如长蛇一般灵巧地爬上楚渊的古剑，层层将它缠绕起来，王浩然嘴角溢出一抹冷笑：“楚渊，你上当了！”

说着，身形一动，长枪一晃变成两道，只取楚渊的心口和咽喉！王浩然嘴角带着冰冷嗜血的笑意，脸庞不断放大，楚渊看着王浩然，就在长枪落在面前的时候，忽然咧嘴一笑。

王浩然心中一惊，却见楚渊手指猛然一捏，星剑陡然一震，爆发出千万点璀璨的星芒，那缠绕着它的黑色雾气，在光芒中被炸成碎片，瞬间消散，而古剑则在光芒中化作数十把，悬浮在楚渊头顶。

随着楚渊一个挥手的动作，数十把星剑全都朝王浩然攻击而去。

乒乒乓乓……

一阵击打的声音，王浩然神色狼狈地抵挡和躲避着几十道长剑的攻击，身上被划出了血痕，衣衫褴褛，颇为狼狈。

“杀了他！”上官靖见状，不顾身上的重伤，举剑就要迎上，却被一旁的莲印拉住。

上官靖冷冷地看着莲印：“放开我！”

莲印诵了一声佛号：“上官靖，你被魔气侵袭，还是先疗伤为好。”

上官靖的脸颊上隐隐有黑气环绕，显然刚才被王浩然以魔气伤到了，而且已经隐隐有魔气入体的征兆。

上官靖还要动手，莲印缓缓道：“你别忘了你师父最后的愿望，你若想要你们一脉自此消失，那就去吧。”

上官靖的身子猛然顿住，虽然有些不甘，却盘膝坐下，开始用真元驱除魔气。

另一边，楚渊和王浩然已经斗了几百回合，虽然楚渊剑势凌厉，已经压制了王浩然，但王浩然显然还有一搏之力。

王浩然冷笑：“楚渊，你以为你杀了离火真人就能杀我？当初你不过是借着蜀山剑阵的力量，离开了蜀山，你什么都不是！”

说着，王浩然忽然身子一震，道道浓烈的黑气从王浩然身体中爆发而出，比刚才更浓烈十倍、百倍的魔气顿时蔓延开来，将所有人笼罩其中。

黑色雾气之中，王浩然的声音如从地狱中传来："哈哈哈，楚渊，受死吧！这，才是我真正的力量！哈哈哈哈……"

道道浓黑的魔焰当中，传出了楚渊凝重的声音："你……已成魔！"

王浩然的声音犹如厉鬼，干涩而又恐怖，黑雾之中，俞婉儿已经毫不犹豫地跃过去，准确地找到楚渊的位置，与他并肩而立，手中的摄魂铃散发着淡淡的冷光，随着她的动作发出悦耳的声音。

"哼，雕虫小技！"王浩然冷笑，手掌猛然一握，一片黑雾仿佛凝结一般，瞬间结成一个圆球，一具傀儡在其中挣扎不已。

俞婉儿身子微微一颤，楚渊伸手握住俞婉儿的手，紧紧地一握："把他交给我。"

俞婉儿深深地看了一眼楚渊，郑重地点头，然后微微向旁一闪，凝神观战，随时准备出手救援。

楚渊握紧星剑，缓缓扬了起来。

"楚渊，你们的生命，到此为止了！"王浩然说着，身上聚集的魔焰越来越浓郁，猛然席卷向楚渊。

楚渊毫不畏惧，挺剑迎上，他倒要看看，什么样的魔焰，在他的星剑之下，能不迎刃而解。这口星剑，流水都劈得开。

王浩然冷笑，刺来的长枪尖端的黑色魔焰旋转着，仿佛一个深不见底的黑洞，能够吞噬一切。周围的空气都变得有些扭曲起来。

"死吧！"王浩然长枪一抖，那漆黑的洞口朝楚渊笼罩而来，所过之处，地面上裂开一道道口子，而草木、石头，则无一例外被吸入洞口之中，瞬间就不见了踪影。

"楚渊！不要硬接！"

黑暗之中，仿佛亮起了一团红色的光，楚渊看到了花如娇的面庞，她面有惊色，猛然冲出，手中握着一个盒子，迅速地拦在楚渊前面，将那盒子打开，万道光芒从盒子中喷薄而出，堪堪阻挡了王浩然的攻击，让那黑洞消融不见。

王浩然的脸在黑色魔焰中若隐若现，无比狰狞："替死神光？你居然动用了替死神光！"

楚渊大吃一惊，替死神光他也听说过，那是合欢门的至宝，很显然，合欢宗宗主把这件至宝传给了她的爱徒。替死神光铸炼一次至少需要十年，而它的作用就是面对必杀场面时，能替主人抵挡一次死劫。方才那道魔焰，难道真能伤了自己？

花如娇的俏脸略微有些发白，转首对楚渊道："这道魔焰，我从未见过，就是……森罗魔尊，以前都从不曾使出过如此纯正的魔力，以你现在的功力，硬接不得！”

楚渊心生感动，不管他相不相信这魔焰的威力，至少花如娇冒死上前，耗费一道宝贵的替死神光，这份恩情之重，他不能不心生感激。

楚渊感激地望了花如娇一眼，猛然盯向王浩然，沉声道：“这道魔焰若真有偌大威力，相信你也不能随意运用！现在，该轮到你接我一剑了！”

第一百二十章　情肠寸断

楚渊星剑扬空，一道道真元潮水般注入星剑，剑身上缓缓蒙上了一层淡淡的银色光芒，狠狠地劈了下去！

“破开万象！”

璀璨的光芒席卷而去，巨大的力量蔓延开来，地面剧烈晃动，一道道裂缝在众人惊惧的目光中不断蔓延。

“哎哟，我刚抓的鱼！”

隐约间，还能听到宝宝不满地抱怨，不远处山石滚落，不断落入河中，溅起一片又一片水花。

轰隆！

王浩然仓促迎战，枪剑相交，真元爆炸，剧烈的气浪如同一阵狂风刮过，王浩然被剧烈的风暴席卷而去，瞬间不见了踪影，天空中只洒落了一片鲜血。

“楚渊，我会再来找你的！”王浩然凄厉的声音从远处传来。

楚渊没有理会他的叫嚣，只是看了眼花如娇，低声道：“多谢你出手相救！”

他狠了狠心肠，又道：“这里，不该是你来的地方，快走吧！”

“你……”

花如娇耗费了一道珍贵的替死神光，得来的却是这样一句无情的话，美目中顿时漾起晶莹的泪光。

“好……我走！”花如娇咬着牙，痛心地盯着楚渊，一步步退后，楚渊何尝不是心肠百转，万分纠结。可是当着这么多名门大派的子弟，他该如何做呢？他的立场，容不得他表露一丝温情。

“如娇姑娘！”俞婉儿忽然迎了上来。

花如娇顿住脚步，冷冷望去，仿佛受伤的小兽：“有何指教？”

俞婉儿从怀里掏出一个玉瓶，柔声道：“如娇姑娘方才舍命相救，伤了自身元气。这丹药，有大补功效，请姑娘收下。”

花如娇怔住，她没想到俞婉儿叫住她竟然是要送她丹药？她不可能看不出自己对楚渊的情意，可她……

花如娇仔细地看着俞婉儿，俞婉儿面色平静地与她对视，良久，花如娇忽然一笑："以前，我一直不明白，你虽然长得很漂亮，可也不是天下无双，楚渊怎么就喜欢了你，现在我有些懂了。"

花如娇向俞婉儿笑了笑，看也不看楚渊一眼，便大步走了。

俞婉儿托着那瓶丹药，怔怔地望着她远去的背影，幽幽一叹，默默地垂下了手。

"大个子，你们慢死了呀，我都抓了十几条鱼了，什么时候生火呀。"宝宝不满的声音从河边传来。

楚渊赶忙道："知道了，马上就来。"

楚渊赶紧向河边赶去，心中默默念诵："对不起！对不起！娇娇姐，我……你让我怎么办呢？"

"你不生气？"唐冰凑到俞婉儿身边，碰了碰她的手臂。

俞婉儿目光看向远方，淡淡道："我也不知道，确实有些不舒服，可是……那位如娇姑娘，唉，又如何叫人气得起来？"

楚渊一晚上都有些心不在焉，一边应付宝宝烤鱼，一边还要留意俞婉儿的态度，害得鱼都烤糊了三条，惹得宝宝好一顿吵闹。

吃罢晚餐，楚渊和莲印等人聚在一起，仔细讨论了一番今日的遭遇。

王浩然在他们刚刚落地时就发动了攻击，显然不像是明白他们的来意。尤其是来者之中，功夫最高的就是王浩然，那些成名已久的魔道大魔头一个都未出现，如果他们知道众人在找什么，绝不可能不来。

不过，王浩然此番铩羽而归，必然会向魔门高手禀报，他们是把众人出现在古空蒙山当成一次游历，还是会察觉什么，这很难说，所以众人一定得加快行动速度。

商议已毕，楚渊走到俞婉儿和宝宝的身旁，发现俞婉儿已经靠着树干睡着了。

楚渊轻轻叹口气，这一路上他们几乎没好好休息，俞婉儿肯定累坏了，于是取了自己的斗篷给俞婉儿披上，省得夜深露重受了凉。

他却不知道，在他转身之后，睡着的俞婉儿眉毛微微动了一下，嘴角弯起了一个微不可察的弧度。

"￥## ￥%……"

楚渊睡得并不安稳，睡梦中似乎有什么在说话，可是他一句也听不清楚，心底却隐隐觉得那是召唤。

楚渊不由得睁开眼睛，发现月亮挂在天空中央，正是半夜时分，那奇怪的声音已经听不到了。

楚渊打了个哈欠，扭头看看俞婉儿和宝宝，俞婉儿靠着树，宝宝整个人趴在婉儿身上，睡得都很香甜，楚渊唇边不禁浮起一丝满足的笑容。

他起身来到河边，掬水洗脸。一轮圆月明晃晃地倒映在河水当中。伸手碰触水面，水纹波动，将圆月打碎，楚渊擦了把脸，动作缓缓慢了下来，似乎……有什么不太对劲……

目光凝聚在河面之上，忽然，他猛然抬头，挂在天空中的是一轮弯月，不是圆月！那么河水的倒影……不，不是倒影，那圆形的光亮影子，是从河底映照上来的！

河里有东西！

“￥## ￥%……”

那声音再次在脑海中回响起来，楚渊揉了揉脑袋，终于可以确定，那听不清楚的，类似呼唤的语言，就是从河底传来的！

楚渊犹豫了一下，回头看了看睡梦中的众人，在地上留了一行字，便悄无声息地下水，如一条鱼一般朝水底最深处游去。

水好深，楚渊还从来没见过这么深的河，他已经潜了很久，简直有种无底河的感觉。

“￥## ￥%……过来……”

那股召唤忽然强烈起来，甚至他还听到了“过来”两字，背上的古剑仿佛也兴奋起来，发出铿铿的声响。

“这……”楚渊咬了咬牙，继续往下潜去，而随着下潜，那声音也越发的明显起来。

嗖！

忽然，一道影子从楚渊面前快速地游过，楚渊的动作猛然一顿，水下有东西！

不是鱼，他没有看清楚，却隐约觉得那东西有攻击性，所以动作不由得慢了下来，警惕地看着四周。

水底似乎有光芒微微一闪，楚渊顿时打起精神，就是那里！他在岸边看到的“月亮”！

随着他下潜的距离越来越深，那亮光也越来越亮，看起来和从河面上看到的已经相差无几，像是一轮圆月。

“铿铿铿铿……”，后背上的古剑也开始震动得越来越厉害。

嗖嗖！

忽然，眼前又有几道影子迅速地游过，楚渊的速度放得更加缓慢，小心谨慎地查看四周。

然后楚渊倒吸了一口凉气，周围的水草之中，一道道纠缠的身影清晰可见，蛇，又不像是蛇，表皮似乎没有蛇那种坚硬的外壳，看起来好像软软的。

“这是什么鬼东西？”楚渊不由得皱眉，不是蛇，也不是鱼。

楚渊小心地避开，朝那一抹光亮游去。

第一百二十一章　水底奇遇

“吱吱。”

水底仿佛响起了老鼠叫一样的声音，楚渊不由得停下动作，随后脸色猛然一变，那非鱼非蛇的东西竟然从四面八方朝他笼罩而来。

楚渊反手一抽，长剑在手一个翻转，划出一个漂亮的圆弧。

嗤嗤……

凡是碰到长剑的怪物全都断成了几节，在水中喷涌出墨色血液。

楚渊只觉得手指一麻，瞬间蔓延到手臂，他心中一惊，快速后退，和那些奇怪的生物保持距离，才没了那奇怪的反应。

“这些东西……带电？”手掌麻痹的感觉，就好像被雷电劈中的感觉，不过比雷电的威力要小。

嗖嗖！

仅仅平静了片刻，那些蛇一样的怪物忽然再次开始了行动，化作一道道水剑，朝楚渊袭击而来。

楚渊也不留情，长剑横竖不断挥舞，一道道剑花挽出，然后飞向四面八方，周围都是“嗤嗤”的声音，其中还夹杂着“吱吱”的叫声。

而楚渊也渐渐地接近了那光亮发出的地方，隔着一道近乎透明的石壁，只能看到一团光晕，却看不清楚里面是什么。

呼啦！

就在楚渊决定动手的时候，一道巨大的阴影朝他袭来，楚渊猛然一蹬，借着水的浮力一个旋转，躲过了一击。

“天哪，好大！”

那巨大的阴影已经浮现出来，竟然是和那些怪物一样的东西，只是无比巨大，两个水桶那么粗，至于多长，他并不知道，只看到那怪物盘踞着，围成几圈尾巴还能高高翘起。

它就堵在楚渊和那一团光亮之间，吐着信子，警惕地看着楚渊。

“难道这是守护者？”楚渊眼珠一转，想着对策，墙壁后面的东西对他来说肯定有用，可是眼前这个大块头……实在是难搞啊！

“吼！”那怪物似乎发出了一声咆哮，尾巴一甩，在水底也能卷起浪花，瞬间就拍打至楚渊的脸前。

楚渊手中不离长剑，一个漂亮的翻转，就将那一阵浪花挡下，同时长剑挽出几个剑花，瞬间甩了出去。

嗤嗤……

皮肉割破的声音响起，水中冒起墨色的血花，散发着难闻的腥臭之气。

楚渊的动作显然惹恼了那怪物，一声咆哮之后，身上陡然爆发出一阵白光。

噼里啪啦！

电光四射，楚渊只觉得不妙，身子就被电了个正着，只觉得浑身猛然一麻，意识也隐隐有些模糊起来。

咳咳咳……”

意识涣散的瞬间，楚渊的闭气失效，呛了几口水，剧烈地咳嗽着，倒是让他清醒了过来。

清醒的那一瞬间，楚渊猛然睁开眼睛，太险了，若是他就这么昏过去，他的小命可就不保了！

身形侧退，同时手中长剑翻飞，将对方的攻击一一化解。

“吼！”再次爆发出野兽般的吼叫声，楚渊心中隐隐有些不安。随即那怪物的脑袋快速探来，张开血盆大口，就要将楚渊给吞下去！

楚渊一个拧身，长剑从那怪物下颌上划过，顿时血流如注，那怪物哀嚎出声，却更加狂暴，尾巴一卷，重重地砸向楚渊。

楚渊眼珠一转，没有躲避，反而更加靠近那一扇近乎透明的墙壁。

砰！

咔嚓！

巨大的尾巴打在了那半透明的墙壁上，楚渊只感觉整个河底都在震荡，墙壁上开始出现一道道裂纹，却还没有破开。

“万箭齐发！”

楚渊捏出剑诀，古剑在水下一个旋转，瞬间分裂成十几道剑影，然后落雨一般纷纷朝那一面墙壁落去。

咔嚓……咔嚓……哗啦……

终于，那墙壁彻底破碎，倒塌的那一瞬间，炫目的光芒从其中暴涌而出，楚渊趁机扭身一滑，如一条鱼一般冲入其中。

待看清楚那光亮中的东西时，楚渊的眼睛陡然睁大，眼中带着不可思议……

“竟然……是这个……”

楚渊来不及细细端详，只觉得水底天翻地覆地搅动起来，水中啪啪作响，楚渊暗叫一声不好！

道道电弧在水中窜动，如一条条银蛇，楚渊已经感觉到周身都有些麻痹，他被水流包裹着，根本就无法躲避电流的冲击。

“这是，雷玄蛇？”楚渊眼睛陡然一眯，终于认出了怪物的身份。

雷玄蛇，是一种上古异兽，生活在深水之中，外表如蛇，可以产生雷电，但是头上有角，可是眼前这一条头上是秃的，虽然有电，却不足以成雷，看样子应该不那么纯种。

不过不管纯不纯种，楚渊都要尽快想一个对策出来，否则他可要被电熟了。

第一百二十二章　神剑碎片

“地震了，地震了，大家快起来！”唐冰猛然惊醒，大声呼喊着。

宝宝坐在一根树枝上，晃荡着小脚丫：“别喊了，你是最后一个醒的，睡得跟死猪一样。”

唐冰无语，这小丫头长得粉雕玉琢，人见人爱，这一开口怎么就让人爱不起来呢？

俞婉儿站在河边，她被河水的异常惊醒，然后发现了楚渊留下的消息，河中有异，我去探察！

“我下去看看，你们在这里等消息。”眼看河水如煮沸一样，俞婉儿忍不住了。

宝宝从树上跳下来，道：“先别动，好像有些不对劲。”

咕噜噜……

河面上不断地翻起大小不一的水花，几人还没明白过来，就看到一条条鱼翻了上来，肚皮朝上，越来越多……

“不是吧，这么多死鱼！难道这河里被下毒了？！”唐冰赶忙摸了摸自己的肚子，要是她吃了中毒的鱼……

莲印诵了一句佛号，然后蹲下身去，看样子是想要检查一下鱼的死因，手掌刚刚接触水面，脸上的表情陡然一变，瞬间后退了几步。

几人被他吓了一跳，佛印淡淡道：“不是毒，是电，这些鱼应该是被电晕了。”

俞婉儿脸色一变：“楚渊还在下面。”说着就要纵身跃下，唐冰眼疾手快，一把抓住俞婉儿：“婉儿，你不能下去，楚渊还没上来，我们不能把你也赔进去。”

宝宝在一旁点头：“是啊，我爷爷说了，楚渊哥哥大难不死必有后福，不会那么容易死的，而且电一下也没什么的，我们一族的小孩子犯了错还被雷罚呢，故意在雨天出去被雷劈，哎呀，劈得身上痒痒……”

唐冰的嘴角抽了抽。

俞婉儿没有理会她，而是蹲下身来，伸出手指，眉头不禁蹙起，水中的电流虽然不至于很强，却也不算弱，手指酥酥的，电流传到这里，尚有如此威力，那么在水底的楚渊呢？

水下，楚渊的脸色涨红，体力消耗严重，而且长时间的电流麻痹，让他的动作变得有些迟钝起来，一个不察被雷玄蛇给抽飞出去，重重地撞到了什么坚硬的东西上，喷出一口鲜血，呛了几口水。

往后一靠，觉得不太对劲，转头看去，自己竟然靠在那“一轮明月”旁边，它的周围似乎笼罩着一层看不见的屏障。

“吼！”

雷玄蛇大吼一声，却并没有追上来，楚渊眼睛一转，似乎雷玄蛇一直都在尽量避免靠得很近，难道，雷玄蛇不是守护者，它……害怕这东西？

铿铿……

古剑上爆发出璀璨光芒，自己飞起，然后再次飞回来，朝着那“一轮明月”落下，预想中的碰撞没有发生，古剑竟然毫无阻拦地穿透了那一层看不见的保护层，瞬间就落在了那“一轮明月”旁边。

难道那碎片……

那散发着柔和光泽的“一轮明月”其实是一块碎片，一块剑锷的碎片，确切地说应该是一块巴掌大小的碎片，和许多米粒大小的碎片，被一团皎洁如月光的光团包裹着。

轰！

没有声音，楚渊却感觉到有无形的力量从古剑处爆发出来，皎洁的光芒彻底将古剑包裹，朦胧中看不清古剑的样子。

楚渊目瞪口呆，古剑给他的感觉，竟然和那一日蜀山剑阵发动的时候有些类似，那块碎片到底什么来历？

楚渊的剑其实已经是完整的了，但这个完整，只是说它的剑刃，它的剑刃在万年前神魔大战时，被魔焰腐蚀，后来又被星主婆婆用星辰之力补全了。

但丁尹说过，这口星剑并非由他铸炼，他也是机缘巧合之下，得到了这口不知出于何人之手的宝剑。丁尹还曾悻悻地说，这口剑其实是不完整的，它的剑锷部分残缺了。

一口普通的剑的话，剑锷残缺实在不算问题，但这口神剑是修道人所用之剑，只炼到法剑境界的话缺了原本完整的剑锷同样没什么不妥，可一旦炼至道剑境界，未补全的剑锷部分就会成为道韵流转的障碍。

丁尹当年天资出众，已经炼到道剑境界，原本的随身宝剑就成了他更进一步的障碍，可他又实在找不到更好的宝剑，普通的凡铁的话，在他运转道剑的时候，直接就会因为承受不住而崩裂，所以只能使用这口宝剑，其结果就是，他的战力至少降低了三成。

可现在……

光芒缓缓退去，古剑叮的一声，再次飞回楚渊手中，只是剑锷部分有了些变化，原本古朴优雅的纹饰雕刻的剑锷变得异常的古拙，根本没有任何的雕饰，可是和这柄剑合在一起，却有一种异常流畅的线条美，没有丝毫的违和感！

那碎片，修补了他手中的剑！

“难不成……”

楚渊心思百转，也不过是瞬间的事情，雷玄蛇庞大的身躯后退了一些，仿佛对重组之后的古剑很是忌惮，却又隐隐带着攻击性。

楚渊握紧古剑，古剑上还残存着一股强大的力量，仿佛下一刻就会爆发出来，这是他最好的机会，杀了雷玄蛇，从水底逃出。

没有华丽的招式，没有多余的动作，剑返璞归真，楚渊的招式在这一刻似乎也有了新的领悟，有了种返璞归真的味道。

他抬手，端肘，出剑，无匹的能量从剑尖爆发而出，将水流生生劈开，一往无前地朝雷玄蛇冲击而去。

轰隆！

俞婉儿正要下水，却感到一股强大的力量从下往上汹涌而来，几乎是下意识的，她伸手拉起宝宝，快速地往后退去。

河水喷发而出，卷起了三丈多高的浪花，将岸边的灌木冲击得东倒西歪。

“还有东西。”宝宝瞪着大眼睛，动了动鼻子：“血腥味，很浓重的血腥味！”

俞婉儿顾不得还在下落的水花，一个箭步冲到了河边，河中央有大朵的水花翻起，渐渐地水花都变成了浓重的黑色，就仿佛墨汁一般浓稠。

哗啦！

一截圆滚滚的身子浮了上来，断口处平滑整齐，一看就是被利器斩断。

“这……不会是楚渊砍下来的吧？”唐冰吞了口口水，“这么大一条蛇啊。”

“这不是一般的蛇，而是雷玄蛇！它会放电。”宝宝在一旁普及知识。

俞婉儿紧张地看着水面，一串水花渐渐上来，哗啦一声楚渊从其中冒出头来，大口地呼吸着，若不是那碎片和古剑融合，这次他还真是凶多吉少了。

“楚渊！”俞婉儿一直紧绷的脸上终于露出了惊喜的神色，不顾河中满是血腥味，直接就跳了下去，飞扑到楚渊怀里。

莲印低低地诵了句佛号，宝宝气呼呼地撅着小嘴：“哼，大哥哥重色轻友，人家也很关心他的好不好，都不抱宝宝。”

“楚渊，幸好你没事，我快担心死了！”

俞婉儿第一次这么真情流露，楚渊还有些不习惯，轻轻拍了拍她的后背，道：“放心吧，我还舍不得丢下你呢。”

俞婉儿脸色微微一红，随即发现两人现在的姿势，又觉得不妥，赶忙松开，楚渊却伸手拉住了她的手，俞婉儿疑惑地看向手心，里面静静地躺着一颗珠子。

“这是？”

“雷玄蛇的内丹。”楚渊微微一笑，雷玄蛇的内丹能量充沛，是修炼者的大补之物，尤其是雷玄蛇作为一种异兽，它的内丹还可以使人常葆青春，延年益寿。

俞婉儿娇嗔道：“你嫌弃我会老吗？”

楚渊大呼冤枉：“怎么可能，女孩子都爱美嘛，所以我才想你会喜欢啊。”

“雷玄蛇的内丹吗？婉儿你要不要赶紧给我。”唐冰馋涎欲滴，一副作势要抢的样子。

俞婉儿赶忙把珠子揣起来：“谁说不要了。”

“切，小气鬼。”唐冰笑嘻嘻地道：“我说你俩，满河的腥血，还挺舒服呗？”

俞婉儿俏脸一红，二人赶紧上岸，等河水变清，二人又洗漱一番，众人便收拾行装，连夜离开了。毕竟这里血腥气太浓，随时都有可能引来其他兽类。

第一百二十三章　血神心术

森罗魔殿，其实是一个倒锥形的宝塔状建筑，倒立着插入地底，最上面居然是一个湖，谁能想得到，传承同样近万年的森罗魔殿，居然是在这样一个地方。

在倒立的塔尖状位置，也是深入地下足足近千丈的位置，已经完全没有任何人为的建筑和器具，这里是黝黑的岩石，地下是翻滚的岩浆，由于岩浆千万年的熏烤，淬去了岩石中的杂质，才变成了黝黑的铁色。

就是在这样可以焚烧一切的岩浆中，偏偏有一颗小小的眼球轻轻浮沉其上。

血神子盘膝坐在岩浆岸边，与岩浆中的眼球面面相对。

血神子道：“他们正在寻找东皇钟，也许，很快就会有线索！”

“东皇钟？”

眼球发出了声音，声音充满了激动，在其下的岩浆也顿时变得汹涌起来。

“必须阻止他们！绝不能让他们拿到东皇钟！”

眼球中，一个激动的声音咆哮着，声音在空洞的地穴中回荡，充满了焦虑不安的味道。

“咳！咳咳！我王……”

血神子捂着心口，痛苦地咳嗽了几声：“人间界，有一绝顶高手，号长流子。此人功参造化。万年前那场大战，导致天地元气混乱，迄今不曾恢复，人间界从此断了升仙之路，再无一人能跨过长生境，而此人却已超脱长生境之上，成为半神！”

血神子轻轻地吁了口气，惭愧地道：“属下无能，败于他手，如今只能躲在这不见天日处苟且偷生，在外界，只有一些忠心的弟子改名换姓，侦伺敌情，属下……只要一出面，恐怕就要遭到他们的围追堵截。”

血色眼球震惊道：“半神境？便是万年前趁我不备，将本王封印于须弥芥子，又以蜀山为器镇压的燃眉、丁尹一干人等，也只是一只脚踏进了半神境，此人居然已经成为半神境高手？”

血神子忙道：“我王，您有所不知，此人离经叛道，根本不在乎世间俗礼，发掘了大量上古坟茔，获得了大量珍稀罕见的功法，融会贯通，方有这般大神通。可惜，他虽离经叛道，不容于正道仙宗，却也不肯归附我魔门，弟子……”

血色眼球沉声道：“那该怎么办？万年前，仅凭须弥芥子，是困不住我的，可现在不成。本王支撑万年，不得丝毫补充，已经近乎耗尽元气，玄龟仍在抵御须弥芥子的压力，连话都说不出来。而你……”

血色眼珠转动着，发出气呼呼的声音：“而你这个废物！居然从外面都打不开封印！”

血神子羞惭地伏地请罪：“属下被摧毁魔体，魂飞魄散，用了万余年汇聚，方得还魂。如今借用的又是人间魔门高手的身体，原本实力十成中不剩了七成，心有余而力不足，属下有罪！”

血色眼球忽地冉冉升起，悬停于岩浆之上，怒声道：“不要说这些没用的废话！蜀山再现，当年那些老对头全都苏醒了！如果再让他们找到东皇钟，本王困于此处，根本毫无还手之力！你快想办法！”

血神子依旧伏在地上，眼珠微微一转，露出一丝狡狯之色：“属下无能，实在是……啊！属下倒是想到一个办法！”

血色眼球急道：“快说！”

血神子迟疑道：“只是……这个办法……”

血色眼球怒道：“婆婆妈妈的做什么，快说！”

血神子顿首道：“是！请我王恕罪！属下以为，如果我王肯把本源魔力渡给属下，属下道行精进，虽然不能以寡敌众，却也不至于没有逃逸之力，那时或可离开此处，咳咳……抢先找到甚而破坏东皇钟……”

血色眼球大怒：“本源魔力？血神子，你好大胆子，竟然觊觎本王的魔力！”

随着血色眼球这一声吼，岩浆四溅，溅到岸上许多，可血神子跪在那里，却一动也不敢动：“魔王恕罪，属下不敢！只是，属下有伤在身，如今法体、法力都不是全盛时候，实在不是仙宗对手。属下并不畏死，可属下一旦身死，那时无人照应我王，我魔之一族该如何是好啊！”

血神子说着，已经泪流满面，血色眼球见他真情流露，怒气渐消。血色眼球在空中徐徐地转动了几圈儿，缓缓说道：“你之所言，也不无道理！”

血神子伏地不动，嘴角却诡谲地翘了起来。

没有人天生壮志，也没有人天生野心。当血神子捧着那颗藏着须弥芥子的眼球回到森罗魔殿，发现被封印在须弥芥子中的不仅有玄龟大圣，还有至高无上的魔王蜃蛊，他的心就动了。

打圣王玄龟的主意，他不太敢，因为即便他拥有了玄龟的能力，还有其他三大圣王，圣王之上还有他们的魔界之王，除非成为一个叛逆者，遭到魔王蜃蛊的永世追杀，否则他不敢冒这个险。

但是，魔界之王也被封印在了须弥芥子之中，而且历经万年，即便已经失去了盘古之心的镇压，他们也没有余力自己破壳而出了，这令已经心动的血神子，产生了行动的野望。

尤其是当他得知魔王蜃蛊被封印于须弥芥子之中，对于外界的一切几乎一无所知，只能通过他获得外界的信息，血神子终于野心大炽，他……要篡位！

可是，魔王蜃蛊掌握着本源魔力，疲弱不堪的魔王此刻或许不是他的对手，但是魔王蜃蛊自己不肯交出本源魔力，他血神子虽以侵袭、吞噬见长，也无可奈何。

而现在，他的计划即将实现第一步了。

“来吧！本王传你一道本源魔力，助你恢复功力！”

血色眼球停止了转动，直直地盯着血神子，看起来颇为诡异。

血神子惊喜叩头：“多谢我王！多谢我王！”

第一百二十四章　如娇遇险

“根据地图上的标注，东皇钟应该就在这个范围之内，这里是空蒙山古战场的一部分，罕有人至，地形复杂。咱们分头去找，不要离得太远，若有线索便以啸声联系，如何？”

俞婉儿铺开地图，地图在她手中，依旧以金色光线幻化成立体图案，这让他们可以很容易辨识周围的环境。

其实，东皇太一的年代实在是太久远了，如此漫长的岁月，沧海桑田，变化甚大，任何一张那时候的地图，流传至今恐怕都要失去大部分作用。

但这张地图是泽精绘制的，很可能泽精当年不但根据人类的文献绘制了此图，而且还曾好奇地探察过这件宝物的所在，所以才能绘制得如此准确。

而他们绘制此图，不是依据当时的地表特征绘制的，而是根据地下地理绘制的，数百丈下的地理情况，千万年来的变化却是极小，七窍玲珑心依据这幅变化甚小的地下地理图还原地表样貌时，似乎能够参考当下外界的自然环境条件进行调整，所以其以金线绘制的三维立体图形非常符合当下空蒙山的真实情况。

宝宝带来的地图实际上已经非常精确，可在现实中依旧十分广阔，分开来寻找线索可以提高速度。很快每个人都选好了方向，宝宝难得没有粘着楚渊，被唐冰以冰糖葫芦给拐走了，楚渊等人都是单独行动。

“王浩然？你想做什么？”树林深处，花如娇微微后退，和王浩然拉开了距离。她的神情很狼狈，显然已经被追逐了很久。

王浩然上一次从楚渊手中逃离，并没有逃得太远，他痛恨花如娇破坏了他必杀的一记绝招，所以一见花如娇，立即追杀过去，两人一个追一个逃，竟然误打误撞，也进了空蒙山深处。

王浩然脸上带着玩味地笑：“做什么？花如娇，你这一路偷偷跟着楚渊而不下手，贵派掌门知道你对楚渊的心思吗？”

“那是我的事情，不用你管。”

王浩然脸上的笑容变冷：“呵，楚渊那小子还真是艳福不浅，能得到合欢宗最妖媚女魔头的青睐，不过你的魅力似乎和传说不符啊，楚渊那小子似乎没有为你着迷，居然赶你离开？”

“那是我自己的事情！”

王浩然玩味地一笑：“觉得难堪了？楚渊不要你，我要！跪下，侍奉我，我就饶你一死！”

“闭上你的臭嘴！”花如娇俏脸一变，五指一扬，一系紫色九节鞭剑一般遥指王浩然。

王浩然微笑道：“恼羞成怒了？谁不知道合欢宗的花如娇艳名在外，也不知有多少男人尝过你的味道，装什么贞节烈女！”

“王浩然，你还真是恶心！如此下作，怪不得俞婉儿根本就不正眼看你。”花如娇同样微笑，作为合欢宗的少宗主，她不知被多少双有色的眼睛看过了，根本不屑去辩论自己的清白。

王浩然见羞辱根本不见效，不禁恶狠狠地道：“花如娇，你别敬酒不吃吃罚酒！我不妨告诉你，不管是你，还是俞婉儿，都逃不过我的手心，早晚都要变成我的女人！乖乖从了我，我还能给你一个名分，否则，你只能做我的奴隶！”

“做你的春秋大梦！”

王浩然舌头一寸寸舔过嘴唇，脸上带着淫邪的笑：“是不是痴人说梦，你很快就知道了。”说完，王浩然脚下忽然一动，整个人陡然消失。

花如娇眼睛猛然睁大，身形暴退，同时九节鞭一挥，在眼前形成密密麻麻的影子。

砰！

长枪和九节鞭相撞，花如娇只觉得虎口一麻，脸色更加凝重起来，这么短的时间王浩然不仅伤势痊愈，实力竟然又进步了不少。

魔宗提升实力的方法有很多种，王浩然这般迅速，怕是用了禁法，花如娇且战且退，以她现在的实力和王浩然硬碰硬捞不着好处。

“怎么，又想跑？”王浩然看穿了花如娇的动作，嘴角带着一抹冷笑，“别白费力气了，老老实实跟了我，我就饶你一命，如何？”

“呸，老娘就算死也不会跟你这样的小人。”花如娇啐了一口。

王浩然眼睛眯起：“好，很好，其实对于你这样身经百战的女人我也不感兴趣，要不是看在你是楚渊女人的分上，我还真怕脏，不过你放心，我尝过之后，你还有的是乐子。”

两人越战越激烈，王浩然身上笼罩着浓浓的魔气，而花如娇则祭出了合欢宗的法器，一时间打得难分难解。

“噗！”

花如娇身子倒飞出去，抬手抹了一把嘴角的血迹，身上的衣服多处破损，裙摆更是被斩断一截，拖拉在地上。

花如娇吐了一口带血的唾沫，伸手刺啦一声就将那一截裙摆撕了下去，露出了笔直修长的大腿。

王浩然冒着淫光的眼睛从她的腿上扫过，笑道：“怎么，终于改变主意了？想要勾引我，那可得多脱一点才行。”

“呵，像是这样？”花如娇媚笑着一拉上衣，腰带解开，上衣骤然落下，只剩下一件贴身小衣，露出了洁白的小蛮腰。

王浩然似乎没想到她竟然真的会脱，微微有些愣神，花如娇抓住那一瞬，手中九节鞭一甩，攻向了王浩然的要害！

砰！

眼看就要得手，王浩然忽然抬手，长枪一转迎向了花如娇的九节鞭，冷笑道：“花如娇，你以为我会不防备你的媚术？”

第一百二十五章　英雄救美

王浩然劲气一吐，强烈的劲气将花如娇震得后退了几步，嘴角再次溢出一丝鲜血。

“要结束了，放心吧，在玩了你之前，我是不会杀你的。”王浩然勾起一抹邪笑，长枪在花如娇面前快速的一转，连人带枪消失了踪影。

花如娇的眼睛猛然睁大，她竟然跟不上王浩然的速度！不待反应，花如娇的九节鞭方向一转，既然不能杀了王浩然，那么她能做的就只有一样，不能落在王浩然的手中，她宁可自杀！

当！当！

一柄长剑斜斜挑起，将九节鞭从自己面前打偏，旋即一转，一个小小的半圆，堪堪挡住王浩然的一击。

花如娇微微一怔，随即狂喜："楚渊！"

楚渊背对她站着，身姿挺拔，手握星剑，与王浩然面对面，王浩然脸上的笑意一僵，从牙缝中挤出几个字："楚渊，你还真是阴魂不散！"

"哼，你来得正好！"

王浩然四下一扫，见只有楚渊一人，胆气顿壮。他一直认为，自己比楚渊高明得多，上次临阵脱逃，是因为手下都被干掉了，对方皆为一人时，他纵然杀了楚渊也必重伤，到时再难逃脱，所以有所保留，而此刻……

王浩然狞笑道："楚渊！今天就让你知道什么叫作无能为力，让你亲眼看着你的女人落在我手中，而你什么也做不了！"王浩然邪气地舔了舔嘴角，手掌一掷，长枪脱手而出，深深地钉入了一旁的岩石之中，微微颤抖着。

楚渊的瞳孔微不可见地缩了缩，回以冷笑："王浩然，你现在痴人说梦的功夫真的是见长了。"

王浩然诡异地笑着，手掌缓缓抬起，一方漆黑的长印缓缓浮现，上面缠绕着浓重的魔气。

楚渊脸色渐渐凝重起来，虽然不知道眼前的是什么，但是他能感觉到上面的魔气浓烈而又强大。

"知道这是什么吗？"王浩然笑着看向楚渊。

楚渊不语，却也知道这是魔宗之物，而且是厉害的法宝。

王浩然也不恼，缓缓解释："这方魔印称作黑暗魔印！当年森罗魔尊在古域战场上得到两件上古宝物，一件是血魂珠，一件就是这黑暗魔印！嘿嘿，如今黑暗魔印就在我的手上，楚渊，你觉得你能赢得了我？"

楚渊虽然实力大涨，可是和当初的长流子比起来还是差了一截，当初森罗魔尊以血魂珠迎战长流子，却没用黑暗魔印，可见它的威力远不如血魂珠，但……用来对付他应该绰绰有余了吧。

王浩然猛然一抛那方小印，厉声喝道："给我镇压他！"

那方漆黑的小印迎风便长，刹那工夫就化作数丈方圆大小，普通的金铁岩石有这么大小，也足以把人压得骨断筋折，这方魔印更不寻常，还未落下，就已产生紧迫的压力，让人连呼吸几乎都停止了。

楚渊绝不怀疑，若被这方魔印拍中，只怕他连骨头渣子都不会剩下，而他手中是一口剑。星剑虽是上古神剑，可它的剑锋毕竟单薄，对上这大巧不工的魔印，它……能抵得住吗？

俞婉儿在荒原丛林中寻找了半天，并没有发现什么线索，正要进一步向前寻找，忽然听到一声悠悠长啸，那是唐冰的声音，俞婉儿马上拔足赶去。

“唐冰，发现什么了？”俞婉儿和唐冰相距不算远，很快就和她汇合：“宝宝呢？”

唐冰递给俞婉儿一块五彩石头，道：“那小丫头被我打发玩儿去了，婉儿，你看这石头，这里还有很多，你说这里会不会是一个传送法阵？这些石头，很有古怪。”

地面上散落着不少五色石，虽然很多都破碎不堪，但上面的纹路依稀可见，如果这里有传送法阵，虽然已经因为损毁不可使用，但至少证明它附近就有经常使用这个法阵的人所居住的地方，而东皇钟，或许就在那里。

“我们先在四周找找看。”

俞婉儿低头看看那些五色石，拉上唐冰向附近搜索过去，走不多远，忽听轰隆一声巨响，地动山摇，仿佛地龙翻身一般。

二人一怔，俞婉儿侧耳一听，道：“有人打斗！”当下分开茂密的枝叶飞掠过去，唐冰眼见俞婉儿身形一闪，已经化作一道虚影，忙也急忙跟上。

楚渊抱着花如娇急急翻滚出数丈之远，扭头一看，不禁倒抽一口冷气，地面破开一个大坑，泥土翻卷，地下大石被击成了齑粉，正在纷纷扬扬地飘落。

尤其可怕的是，那块数丈方圆的地皮上本来长满花草，但是现在从泥土外翻的边缘处露出的花草正在迅速枯萎、变黑，风微微一吹，就化作黑灰。

这方黑暗魔印，显然不只具备强大的物理攻击力，而且附着魔焰攻击，可以抽离生物的生命力。

王浩然傲然立在那里，手指捏着剑诀指着天空，黑暗魔印又变成了小小的一块，在天空中滴溜溜地乱转，王浩然狂笑道：“躲？我倒要看你能躲过几次！镇压！镇压！镇压！”

随着他的声音，那方漆黑如墨的古印忽大忽小，不断放大，下击，缩小，高升，速度形同闪电，楚渊急忙祭出星剑，他怕星剑单薄，被古印毁了，不敢硬接，但使用御剑术，却是剑随意动，速如闪电，不虞再被魔印击中。

楚渊抱了花如娇踏上飞剑，王浩然气得哇哇怪叫，那方大印速度再快比起御剑术也嫌笨拙，竟然伤不着他了。

花如娇一被楚渊抱在怀里，便满心喜悦，此时踏上飞剑，眼见那方魔印打不中他们，更加放心，干脆心无旁骛，一双玉臂软绵绵地缠在了楚渊的脖子上，花瓣似的艳唇呵气如兰地贴着他的耳朵，其形其状，极其亲密。

第一百二十六章　化身器灵

楚渊尴尬不已："娇娇姐！"

花如娇昵声回答："嗯？"

这声音从鼻腔里发出来，更是柔媚，楚渊不禁脸上一热，慌忙找些话题："难怪上次遭遇王浩然不用这方黑暗魔印，依我看，他是道行不够，一旦驱动魔印，自己就无法移动。"

花如娇听了这句话，讶异地扭头看去，果见王浩然站在最初的地方，始终不曾移动半步。

花如娇顿时两眼一亮，道："既如此，何必再与其周旋，只要你踏飞剑遁走，他的魔印便徒劳无功了！"

楚渊道："我正有此意！"

二人正说着，俞婉儿已经掠至左近，正看到二人踏着飞剑耳鬓厮磨的样子，唐冰紧蹑而来，呼吸未稳，便见二人情状，顿时大怒："好啊！这小子脚踏两条船！"

俞婉儿一把拉住她，嗔道："小冰，别乱发火！看这样子，是王浩然追杀花如娇，楚渊适逢其事，出手相助。"

唐冰："哈？出手相助，助成这副样子？我说，你跟他，怕也不曾如此亲密过吧？"

俞婉儿笑了笑，看向空中踏剑的楚渊："这般亲密吗？我看，正在这么做的只有花如娇，楚渊……可没有回应！"

唐冰道："可他……也没有拒绝啊！"

俞婉儿好笑地道："怎么拒绝呢？他一手驭剑，一手揽着人，难不成……把花如娇推下来啊？"

"你呀，心还真大。"

"呵呵，我这是自信！"

俞婉儿说着，拔剑出鞘，唐冰道："你干吗？"

俞婉儿道："帮他们！"

俞婉儿飞身而起，一剑刺向王浩然背心。

二人赶来处正在一片茂密的灌木丛边缘，不只王浩然没有看到她们，就是踏着飞剑空中盘旋的楚渊和花如娇也没发现，但她一剑刺去，王浩然本能地察觉到了危险。

王浩然猛然旋身疾转，手掌凌空一招，插在一旁地上的长枪陡然飞出，铿然一声落在掌中，堪堪以枪尖抵住俞婉儿的剑尖，剑刃一弯如弓，王浩然则倒滑出三尺。

空中魔印失去驭使，倏然飞回王浩然掌中。

王浩然一见俞婉儿，后边又有唐冰仗剑奔来，当机立断就要逃走。

空中楚渊寒声道："王浩然，今天，你再也走不了啦！"

楚渊把花如娇向外一送，沉声道："拦住他！今日必杀此贼！"

花如娇空中祭剑，稳落西方，楚渊驭剑，守住东方，唐冰眼看追及俞婉儿，一见这架势，马上向旁一闪，占住了南方位置。俞婉儿本来就在北面，她腕上"牵丝"一摇，"唰唰唰"，三具傀儡自虚空乍现，虎视眈眈地盯住了王浩然。

王浩然有些慌了，高声喝道："枉你们身为名门正派，这是要以多欺少吗？"

唐冰哂笑一声，道："你以为这是十二仙宗大会比武较技吗？"

花如娇恶狠狠地道："少跟他废话，动手！"

四人各出奇招，同时攻向王浩然。

一直以为，叛徒都是比本来的敌人都更遭人恨的，尤其是王浩然这样，本来是仙宗正派，现在成为欺师灭祖、背叛宗门、为虎作伥者，此人显然已受魔门重用，诛杀了他，无异于斩敌羽翼，众人哪里还会手下留情。

眼见四人合攻，王浩然必死无疑，无处可逃的王浩然眼底掠过一丝狠色，忽然咬破舌尖，一口血喷到掌中黑暗魔印上，大声吟道："咕！哞！么！揑！哆……"

随着他口中古老晦涩的咒语响起，他掌中染了鲜血的黑暗魔印突然腾空而起，在空中旋转起来，一时间天地变色，风云涌动。

楚渊情知有变，喝道："速战速决！"

"吼！"

四人或用兵刃，或役使傀儡，重重地劈向王浩然，但空中那方黑印，陡然蜡一般融化了，从空中流瀑般披挂下来，一个巨大的头顶生有双角的黑色虚影站到了王浩然的身后。

这明明是一道影子，可四人威力巨大的攻击落在它的身上，却根本穿不过去，众人只觉虎口剧震，情不自禁地倒退几步，踉跄站定。

"吼！"

那头生双角、非人非兽的怪物虚影用力捶打着自己的胸口，恐怖的嚎叫声好像透过时空从远古传来，震得山川抖动、江河逆流，那怪物虚影一点点缩小、凝实，似乎有和王浩然合体的可能。

花如娇毕竟出身魔门，对此有所了解，登时俏脸煞白，吃惊地道："不好！他……他打开了法器的封印，放出了器灵，要与器灵合体！"

唐冰讶然道："什么意思？"

花如娇道："合体之后，他就是魔印，魔印就是他！换句话说，他就成了一个更强大的器灵，会被拘入魔印，从此不生不灭，但……但再也不是人了！”

王浩然桀桀怪笑：“不错！除非你们拥有毁灭魔印的能力，否则再也杀不死我！你们能毁灭魔印吗？不能！所以，你们都要死！”

花如娇又惊又怒：“王浩然，你这个疯子！为了杀我们，你不惜毁灭自己？你可知道，从此以后，你就成了一个器灵，只有这魔印的新主人需要你的时候，你才能出来充当打手，事毕立即被拘回魔印，永生永世！”

王浩然狂笑道：“那又怎样？你们要杀我，我还不能寻自保手段？”

花如娇道：“成为器灵，生不如死！”

王浩然道：“不会的，就算岁月无限之长，我只要想着你们一一死在我的手上，我就会开心，一直开心！”

王浩然的眼眸正在渐渐变黑，失去眼白，看着无比诡异：“楚渊，你算什么东西，凭什么你比我强？十二仙宗大会，你比我出风头！同往东海寻找长流子，首功归你！蜀山重现，你更是成为风云一时的蜀山大师兄！凭什么，凭什么！还有她们……”

王浩然向俞婉儿、花如娇一指：“她们也都对你情深意重！你算什么东西，这天下的荣耀、权力、美色，统统都是应该属于我的，你算什么东西，从小就被我骑着压着的一条狗！”

王浩然大声咆哮着，唾沫星子飞溅。

此时，他与器灵合体已经快要完成，他的身体正在渐渐融入魔怪的身影，面目也变得无比可怕：“我不服气！我不服气！我讨好魔尊，死心塌地，就是为了追求更强大的力量，现在，你们去死吧！”

花如娇转向楚渊，急切地道：“初次与器灵合一的时候，威力足足可增强十倍，直到他被拘入魔印，再次使用时，才会恢复正常威力，此时的他，不是我们所能对付的，我抵挡他，你们快走！”

花如娇知道俞婉儿和唐冰不走，楚渊也断然不会走，所以这句话是向他们三人喊的。

楚渊看向俞婉儿，俞婉儿迎风而立，雪白的衣裙在风中飘扬，漫天黑云却愈发显得她清丽无双。两人虽然没有一言一语，却都看懂了彼此眼中的意思。

那情意绵绵的对视，更加刺痛了王浩然的眼睛，一瞬间，他的双眼彻底变成漆黑色，他已经完成了魔化，他像方才那个虚影怪物一样，用力地捶着自己的胸口，仰天咆哮起来。

此时，他已只有做人时的最后一道意念：杀光眼前的人！

“你和我们走在一起，我只能赶你走！因为我是蜀山大师兄，而你是合欢宗大师姐！”

楚渊握紧了星剑，一步步走向那魔物：“你和我们一起遇到了生死之险，我必须和你同生共死！因为，你是成辛，我是楚渊！”

花如娇听得潸然泪下，她知道楚渊在说什么，知道他为什么要刻意提起成辛。因为，那时候，她为他义无反顾地跃下了大海。

楚渊这一刻，对她表明了心迹：作为蜀山剑派——正道仙宗第一大派的掌门大弟子，他一身牵涉重多，他必须得有个立场，不能顾及私情。而在此时此刻，生死存亡的刹那间，他背负的那些东西可以抛开，只论私情，他，可以为她死！

够了！

只要有这一点，就够了！

第一百二十七章　东皇钟现

“吼！”

彻底魔化完成的王浩然愤怒地扑上前去，与此同时，楚渊、俞婉儿、花如娇、唐冰也动了。他们的动作竟然带着某种同步的感觉。

剑影翻飞，铃音曼妙。

一柄长剑，迎风而长，仿若要贯通天地；

一串金铃，悦耳灵动，好像要渗入人心。

那高高在上的魔影渐渐凝实，手臂扬起，仿佛两口魔刀，巍然举起，重重劈向楚渊和花如娇。

楚渊剑诀一指，长剑化作流光，朝魔影魔刀迎去；俞婉儿伸手一指，一具傀儡乍然闪现，通体青金，周身铠甲，五官古拙，仿佛墓葬中的俑人，握紧钵大的双拳，轰然迎去。

王浩然狂笑，头上黑角如大水牛的角，猛地一摆，轰然一拳，将那看起来坚不可摧的青铜傀儡击成碎片，散向空中。

楚渊的星剑铮的一声，被那魔影震得飞闪回楚渊手中，亏得是神剑，居然毫发未伤，可剑刃在楚渊手中，依旧荡漾出颤颤虚影，显然是受到了不小的震撼。

此时的王浩然，与那浓黑如墨的古印是一体的，那是用魔界精铁铸造后修炼而成的一件法器，岂会轻易受损。

唐冰的剑，花如娇的飞绫此时也无功而返，唐冰握剑的虎口已经震裂出血，抬眼看向魔化王浩然的巨大身影，一脸惊骇。

“万剑齐发！”

楚渊使用了蜀山绝学，数不清的剑影盘旋而下，前赴后继，次第刺向那虚化黑影，“当当当当……”密集得几乎听不清的声音中，乱剑看似毫无章法，其实却有序地落在了王浩然的各个要害之处，更是集中攻击略显薄弱的部位。

但……没有用！王浩然虽然被剑雨刺得摇摇晃晃，却毫发无伤，以楚渊现在的力量，很难破开他的防御。

“要不要召唤丁尹师叔祖……”

楚渊记得丁尹说过的话，但是他试图召唤丁尹时，才骇然发现，他根本无法传递出讯息。

糟糕，是这空蒙山古战场灵元混乱，无法传递消息，还是这魔化了的王浩然，影响了我的星剑？

楚渊并不清楚，丁尹之所以说只要他以此剑为媒，是因为此剑剑灵与他心意相通，只要楚渊有所呼唤，他就能有所感应。可是……楚渊进入古空濛山后，巧巧的在无底河中，补全了星剑。

星剑因此威势大增，但它的剑灵就像此刻魔化了的王浩然一样，此时的王浩然已不是刚才的那只器灵，此时的星剑剑灵，也不再是与丁尹心意相通的那只剑灵。

可以说，从现在起，这口新的星剑所认的唯一主人，是楚渊，连丁尹也无法驭使它，这样的话，楚渊当然能发挥它最大的威力。对此时的楚渊来说，这一点还不明显，毕竟，原本有百斤之力，增加一成，也不过是十斤，能有多大区别。

可是有朝一日楚渊炼到长生境甚至半神境时会怎么样呢？如果一个人本来能力拔大山，举亿万斤之重，那它的百分之十，已经是一个不可想象的巨大数字。

然而，这个好处只能体现在未来，目前来说，却是使楚渊失去了最大的后援。

“走！”

眼见召唤失败，楚渊毫不迟疑，立即喝令三女后退，他想独自阻敌，为她们争取机会。

“走？谁也别想走！”王浩然化身两三丈的一个黑影巨人，魔气滚滚，大步流星地追上来。

楚渊祭出长剑，毫不犹豫地迎上去，古剑光芒璀璨，裹挟着悠远的霸气和魔气碰撞，漫天风云涌动，周围山峦落石滚滚。

“咦？呀！”

因为这里的打斗，独自在林中玩耍的宝宝终于跑来看热闹了，一见一个奇形怪状的黑大个子正追着楚渊跑，立即随手一抓，旁边的树藤顿时疯长起来，瞬间织成一道绿色的大网，阻挠了王浩然前进的速度。

同时她一弯腰，在地上双手一合一拉，手中便多了一条土黄色的锁链，朝王浩然双腿卷去。

“哼，找死！”

王浩然此时力大无穷，一路蹚来，藤萝障碍寸寸断裂，当那土黄色的粗大锁链锁住他的双脚时，他依旧不以为然，本想仗着神力把它抻断，但是令他讶异的是，那条土黄色锁链每次将要抻断时，都会迅速修补完整，一时间竟然拉扯住了他。

宝宝拍手娇笑："嘻嘻，这是土元之链，你扯不断的，它可是大地之力，只要还连在地上，就能源源不断！"

"大地之力？"

王浩然的魔影发出的声音嗡声嗡气。

他站住身子，忽然抬起脚，重重地踏在大地上，"轰！轰！轰……"

随着他脚踏大地，一道道裂纹飞快地蔓延向四面八方，地面上竟然出现了一道道深深的沟壑。

轰！轰！轰……

王浩然眼见众人东倒西歪，顿时乐不可支，踏地的动作越来越大，越来越响："轰！轰……"

当~~~

一声既清越又浑厚的钟声忽然响起，无从分辨它响起的方向，因为它是从四面八方涌来，清晰得仿佛就在耳畔。那声音明明洪亮无比，偏偏不会令人感觉耳膜不适。

楚渊等人讶然向空中望去，虚空中显现出一个大钟的样子，好像是青铜铸就，上面雕刻着繁复的花纹，看起来古朴无华，却又自带一种浑然天成的气势。

第一百二十八章　神钟魅影

"那……莫非是东皇钟？"

俞婉儿颤声说道。

楚渊伫足仰望，就见那笼罩着一层青蒙蒙道韵元气的古钟，似乎感应到了大地上浓重的魔焰，忽然灿如一轮烈日，千万道光芒瞬间散发开来，但凡接触到它的魔焰，仿佛雪狮子向火，登时烟消云散。

王浩然被那光芒一照，虚幻的身影竟然渐渐凝实，只是那凝实的三丈高的魔躯被光芒一照，仿佛焚烧似的处处冒烟，王浩然挥舞着手脚，惨叫连连。

高空中，那口古朴的青铜巨钟倏然化作一道青蒙蒙的流光，飞驰而下。

砰！

那青铜古钟自高空驰下，就已变成笆斗大小，但看起来恢宏的气势丝毫不减。

青铜古钟堪堪撞在王浩然两只足有五尺长的巨大牛角上，只这一撞，那青铜古钟便又发出当的一声鸣，悬于空中，滴溜溜地打着转。

王浩然受这一击，原本痛苦挣扎的身体顿时定住，仿佛一座巨大的黑曜石的雕像。

忽然，那雕像像玻璃似的破碎了，一道道纹路在他身上迅速蔓延，布满整个身体，然后整个雕像哗地一下，散作无数颗细小的碎块，那碎块还未落地，就已分解成更加细小的微尘，飘散于空中。

嗡~~~嗡~~~嗡~~~

青铜古钟还在悠悠旋转，铜钟急旋，划破周围的空气，发出嗡嗡的声音，但是在这过程中，青铜古钟的模样越来越虚化，越来越透明，渐渐地，嗡声越来越小，那青铜古钟好像熔化到了空气里。

宝宝仰着小脑袋，眼巴巴地看着空中："咦？那钟怎么不见了呀，人家还想敲敲看哪！"

一直没有说话的俞婉儿忽然道："那……不是东皇钟的本体！"

唐冰道："什么？"

俞婉儿道："它……是东皇钟的一道投影！"

这句话顿时让众人清醒下来，不错，从这口钟出现消失的始末来看，它的确应该是一道投影。

东皇太一曾经是正道仙宗中人，后来更是飞升仙界，他的遗世法宝，又怎么可能容得魔物在它面前逞威？王浩然脚踏大地，地裂山崩，惊动了东皇钟，东皇钟自然不会置之不理。

可……仅仅是一道投影，就能让一件在上古神魔大战中都不曾损毁，过了万年，落在森罗魔尊手中，依旧能大逞威风的魔界法器，居然……不堪东皇钟的投影一击！

这东皇钟的本体，该是何等了不起的一个存在？

楚渊激动地道："投影既现，东皇钟的本体应该也不会太远，找到它！"

俞婉儿道："可东皇钟突如其来，又突然消失，全无踪迹可寻，该往何处寻找呢？"

"楚渊！"

一声呼唤，莲印、申屠无病、上官靖等人从林中冲了出来。

这番恶斗，尤其是东皇钟出现，岂还惊动不了他们？大家循声赶来，只是终究慢了一步，战事已经结束。

楚渊见他们赶到，非常欣喜，忙把事情来龙去脉对他们一讲，申屠无病兴奋地道："上古神器东皇钟果然还在人间？哈哈，太好了！"

唐冰道："可惜，东皇钟就在眼前，我们却没办法找到它！"

宝宝咬着小手指，骨碌碌地转着水汪汪的大眼睛，一直在听他们说话，只是她实在是太小了，众人若是不小心，都能一脚踩到她，谁会注意到她，倒是花如娇，因为与这些人分属不同阵营，见他们靠近楚渊，下意识地便让开了些，倒把宝宝的神情看在眼里。

花如娇心中一动，蹲下身招招手，小声道："喂！小美女，过来！"

宝宝被人赞为小美女，登时心花怒放，立即跑过去，笑嘻嘻地道：“大美女，你好！”

花如娇笑笑，道：“小美女，那口大钟，你知不知道在哪里啊？”

宝宝向她眨了眨眼睛，用力摇了摇头。

她的神情，一副想要回答，却又怕回答错了丢脸的模样，花如娇不禁笑了，将她揽近了些，笑眯眯地道：“要说到对大地的熟悉，我们谁也比不上你，宝宝啊，你说说看，这附近，有没有让你觉得很奇怪的地方。”

宝宝点了点头，又摇了摇头，再点了点头，花如娇也不着急，只是笑眯眯地看着她，宝宝用食指按着嘴唇组织了一下语言，忽然侧身一指，稚声稚气地道：“喏！那个地方，怪怪的，我感应不出来，反正……怪怪的。”

花如娇抬起头来，只见云雾缭绕间，一座突兀而起的山峰因为方才化身成魔的王浩然脚踏大地，地裂山崩，那山上隐隐出现了一道裂痕。

花如娇缓缓站了起来，凝视着那道裂痕。有些兴奋地唤道：“小弟弟，你快来！”

楚渊正和几人商量，听她这么一唤，大窘，还是俞婉儿洒脱，向他微笑了一下，扬了扬下巴示意，他才走过去。

花如娇目不转睛地凝视着远处的山峰，对楚渊道：“宝宝感应到那里有些不同寻常，是不是去那里找找？”

楚渊顺着她的视线望去，忽然觉得自己背后的星剑微微有些颤动。

楚渊知道神剑通灵，不禁心中一动，唤过众人道：“我们去那里探察一下。”

唐冰看了看花如娇，警惕地道：“她呢？”

花如娇神色一黯，道：“我是被王浩然一路追杀至此的，幸蒙楚渊相救。现在，我该离开了。”

“你不能走！”

上官靖一闪身拦到了她身后，杀气腾腾地道：“事关东皇钟，容你去通风报信吗？”

花如娇也恼了，冷冷地看向上官靖：“你说什么？”

楚渊赶紧上前道：“如娇姑娘虽属魔门，却不是坏人！你们不要吵了！”

楚渊的身份与威望还是够的，上官靖冷哼一声，没再说话。楚渊对花如娇道：“你我同生共死，这个去处又是你向宝宝问出来的，我们对你岂能有所怀疑，不如我们同去，查个明白！”

花如娇笑靥如花：“好啊！”

宝宝仰着小脸儿，瞧他们机锋频频，忽然福至心灵，奶声奶气地道：“喂！大个子，你是不是也喜欢大美人儿姐姐呀！”

楚渊没好气地瞪她一眼，弯腰把她抱起来：“少乱讲话，没人把你当哑巴卖了！”

宝宝扁了扁小嘴巴。

一行人祭出飞行符篆，越过深渊向远山飞去，很快就到了那处裂缝旁停下。

那山间裂隙远远看去甚小，此时看来，却仿佛一道山涧，只是裂口处都是新痕，新鲜的泥土和犬牙交错锋利无比的岩石形成了极怪异的地貌。

“我们进去！”

楚渊将宝宝交到俞婉儿手上，掣出星剑，当下向山隙中走去。

第一百二十九章　声震三界

东皇钟鸣，震动三界！

那几声钟鸣，天下间无一处不可闻，无一人听不到。

只是普通人听见，只当左近有什么寺院一类的所在敲响了大钟，只有修真有成的人才能感应得到，那钟声中有无上道韵，恢宏庄严，诸邪闻之回避。

蜀山绝顶，正在打坐的燃眉真人霍然起身，正在竹林中酩酊大醉的丁尹蓦然清醒，三千名万年前遭到封印，迄今仍属青少的蜀山剑士齐齐东望。

“东皇钟出世了！”

燃眉真人沉声大喝，声传蜀山全境：“全体蜀山弟子，随我来！”

语落，燃眉真人脚踏飞剑，冉冉升空。

一口口飞剑腾空而起，每把长剑上都站立一人，三千多人齐齐升空，蔚为壮观。

刚刚入门的蜀山弟子站在山上仰望天空，神情无比激动。

朱平安慌慌张张地从修习之地跑出来，嚷道：“还有我，还有我！”

朱平安祭出飞剑，踮步拧足，踏上飞剑，却站立不稳，哎哟一声摔了个狗吃屎。

一琼真人立在门口，往下一看，沉声喝道：“平安，你的御剑术还未练成，留下守山！”

朱平安讪讪爬起，看见许多窃笑的同门，瞪起眼睛道：“看！看什么看！二师兄我已经一只脚踏入了御剑之境，再给我几天工夫，让你们好好瞧瞧！”

高空之中，燃眉真人凛然喝道：“东皇钟出世，蛰伏已久的邪魔外道必生干戈，蜀山众弟子，随我前去，为东皇钟护法！”

三千弟子齐声称喏，一口口飞剑化作流光，倏然划破长空，仿佛一道星河，驰往古空蒙山。

与此同时，当年一同被封印于蜀山之上，现在已被其原有宗门当成老祖宗的那些前辈高人，也都纷纷带了最得意的晚辈，驭剑飞行，驰往古空蒙山。

森罗魔殿最深处，血神子刚刚承受了魔王蜃蛊的一道本源魔力。

此时的魔王蜃蛊实力极为虚弱，但本源魔力与其他魔兵魔将甚至魔界大圣、圣王的魔焰有着本质的区别，这是魔界之源，它可以让魔界中人脱胎换骨，从本质上蜕变演化。

血神子吸收了这一道本源魔力，整个人的精气神已经在开始变化，原本他的胡须、头发乃至眼瞳都是血红色，这时却已转化成黑色，这是本源魔力的外在体现。

“我感受到了！好磅礴！好精纯的本源魔力！”

血神子激动地举起双臂，忽又警醒，向那颗沉浮在岩浆中的眼珠跪倒：“多谢魔王大人，属下这就出关，追寻东皇钟下落，决不……”

血神子刚说到这里，悠悠的钟声传来，这钟声可传遍三界，何况只是深藏地下千丈，这钟声听在正常人耳中，只是恢宏大气，无比庄严，但是对魔界中人，却有本能的排斥作用。

森罗魔殿各层中一些道行较浅的魔门子弟仿佛如“魔音穿耳”，已经痛苦地遍地打滚，道行造诣高深些的魔门子弟也马上盘膝打坐，力抗东皇钟声的侵袭。

地下最深处，血神子脸色骤变：“糟了！东皇钟已经出世！属下马上赶去！”

血神子转身就走，神色匆忙，心中却是狂喜。

他本来想着，先从魔王蜃蛊这里骗取一道本源魔力，出去转悠一圈，制造些伤势回来，迫使魔王蜃蛊传渡给他更多的本源魔力，魔王蜃蛊此时没有魔力补充，消耗一分就是一分。

不管是魔是人，在很多事上心态都是一致的，他最怕的就是蜃蛊不肯传渡本源魔力，可是只要他松了口，释出一道本源魔气，他的心防就打开了，血神子有的是办法诱使完全不知外界情况的魔王蜃蛊将更多的本源魔力传渡给他。

却不想，他还未及实施计划，东皇钟竟然出世了！

这一下，他就有了更加强大的理由，迫使魔王蜃蛊做出更多让步。

当然，东皇钟若真的落入仙宗手中，于他而言也是一个极大的威胁，但是……相对于取代蜃蛊，成为这一世的魔界之王，这个诱惑更大。

哪怕不敌东皇钟，被迫撕开空间，逃返魔界，那时他已成为魔王，也可大权在握，称霸一界，岂不好过为人走狗。

血神子的惺惺作态，让被困须弥芥子的魔王蜃蛊更加相信了他对自己的忠诚。可怜的魔王，原本就因魔王血统而成为天生王者，比较少接触下层魔将，又被封印于须弥芥子中万年，实力有所下降，智商变得迟钝，作为一个天生的统治者，他完全不了解下层人物的狡狯伎俩。

“站住！”

魔王开口了，血神子马上止步，毕恭毕敬地回身：“我王，您还有什么吩咐？”

血色眼球在岩浆中悠悠旋转着：“东皇钟出世，仙宗中人必会赶去……”

魔王的声音在大殿上回荡："你说的那个长流子，已经踏入半神境，即便接受了我的一道本源魔力，你也只能堪堪与他对敌。何况，还有燃眉、丁尹等七八个一只脚踏进了半神境的高手，你……不是对手！"

血神子一听，满面焦灼："啊？那……那该怎么办？属下以为，承蒙魔王陛下传功，如今已经人界无敌！这……属下如何夺回东皇钟，如何救我王出困啊……"

血色眼球悠悠地道："你过来，本王再传你三道本源魔力，那时，你才真的是人界无敌！"

血神子慌忙道："不不不，我王被镇压万年，现在身体虚弱之极，岂能再传功给我，万万不可！属下……还是出去拼死一战吧！哪怕一死，属下也一定把东皇钟夺回来！"

"愚蠢！你若死了，本王还如何脱困？如果让仙宗找到本王所在，本王如何反抗？过来！"

"是是是！属下愚钝！"

血神子从善如流，赶紧赶回岩浆旁，虔诚跪倒，黑瞳中一道幽幽有如实质的森寒目光闪过。

第一百三十章　神物自晦

楚渊一行人沿着那裂开的大山越走越深，外面的光已经因为曲折而透不进来，但前面却有青蒙蒙的光散发出来，使眼前不必一片黑暗。

他们又往前行了小半个时辰，楚渊突然站住了脚步。

宝宝被俞婉儿抱在怀里，不用担心脚下的路，也第一时间看到了前面，顿时哇的一声轻呼："好……好大喔……"

裂开的山间，竟是一个巨大的洞穴，也许这洞穴原本就是直通山顶的，因为从上面有好多藤蔓垂挂下来，新藤压旧藤，厚厚的，透着历史的沧桑感。

如果这洞穴本来是封闭的，里边不会生长植物，只会出现光滑的钟乳石。

在这巨大的天窟中，有一口巨钟，静静地横亘在那里，巨钟青蒙蒙的，钟身上有上古的朴拙文字，有恢宏大气的简单纹饰，你无法准确地说出它是什么，但它就是让这口大钟显得无比庄严神圣。

巨钟太大了，有一座山那么大，也只有这座更雄伟更高大的山才盛得下，可又有谁会想到，这么高的一座山竟然是空的，山腹里竟然藏了另一座"山"！

人常说，山外有山，如今却是山中有山。

他们所立处距大钟还很远，可他们只能看到大钟的一个面，如果不是因为他们就是来寻东皇钟的，所以很快悟到这是一口钟，否则因为不见全貌，他们甚至无法确认自己看到的是什么。

唐冰结结巴巴地道：“这……这么大？东皇太一当年怎么用的啊，难不成……东皇太一是顶天立地的一个巨人！”

俞婉儿嗔道：“别乱说话，冒犯神圣。我猜，这口钟自有驭使之法，可以让它变大变小。”

花如娇双眼一亮：“那它现在就是无主之物喽？”

上官靖马上警惕地看着她，一只独臂握紧了剑柄，冷冷地道：“你想干什么？”

花如娇冷哼一声，又把热切的目光投向楚渊：“小弟弟，快收了它！”

楚渊尴尬道：“你别乱说话！这是上古神器，我得把它运回蜀山，交由掌门祖师处治。”

宝宝咯咯笑道：“大个子大傻瓜，这是一座钟山欸！我都搬不动，你怎么拿走？”

楚渊皱了皱眉，道：“我们走近些，我想……该有法子的！”

众人继续往前走，前方的地面其实已经不是地面，而是无数的藤缠绕纠结而成的一道网，网下面至少还有百丈之深，因为那口钟展露给他们看的面，仅仅是钟的中间部分。

众人踏着藤网，小心翼翼地走到钟前，抚了抚那古朴浑厚的钟体，不禁人人皱眉：“这钟……确实就是一座山哪！如果不能操纵它变小，又怎么可能把它搬走？”

宝宝跳到钟面上，挥舞着一双小手大叫：“小小小！大大大！变小变小变小！给我变大大大大大……”

宝宝一屁股坐在钟上，沮丧地道：“大个子，没用欸！你还是收了它吧！”

楚渊苦笑着拍了拍钟体，道：“收？怎么收啊，我也不知道该如何，这东皇钟认主！”

这时候，楚渊背后的剑突然一阵急剧地抖动，没有人按动剑鞘卡簧，它竟铮的一声龙鸣，自己跃出剑鞘，倏然望空而去。

“星剑！”

楚渊惊呼一声，纵身一跃，死死抓住剑柄，可那剑仿佛疯了似的，竟要挣脱他的手臂，要破空而去似的。

俞婉儿一见，急忙一跃去抓楚渊，可是凭着两人的重量，那剑仍在飞升，花如娇一见急忙抓住俞婉儿的足踝，唐冰紧接着抓住花如娇的小腿。

剑仍在升，只是慢了许多，申屠无病、上官靖等人纷纷冲上去想把他们拖下来，所有的人连成了一条线，悬在这山腹大洞上空。

“嘻嘻，太好玩啦！你们要玩猴子捞月吗？”

宝宝拍手大笑，马上笨手笨脚地爬上去，扳着上官靖的身子往上爬，嚷嚷着：“大个子，抱我！”

俞婉儿仰头道：“楚渊，怎么回事？”

楚渊死死抓着剑柄，道：“我不知道！这剑，失去控制了，它好像要破开虚空，自行遁走似的。”

楚渊一面说，一面用意念镇压，他是星剑的主人，对剑拥有绝对的控制力，此刻这剑虽已失去控制，却仍能受他影响，在他不断施加意念之下，再加上这么多人的重量，星剑渐渐放松了挣扎，缓缓落向藤网。

此时，仍有一人没有出手和他们拉成一串，那就是莲印。

他站在钟上，仰首看着众人缓缓落下，神色忽然一冷，狠狠一掌拍向钟面。

当~~~

他站在钟上，本来很影响钟声的扩散，但是对这样一口巨钟来说，钟面上站几个人，与几只小蚂蚁无甚区别，丝毫影响不了钟声。

钟声轰然一响，众人哎呀一声，纷纷跌落下来，有的落在藤网上，有的落在钟面上，原本已经有些安静下来的星剑嗡的一声，似乎又要腾空遁去。

楚渊急了，一口咬破中指，将血涂在剑上，喝道：“本命元神，给我镇！”

星剑险然不想伤了自己的主人，所以没有尽全力挣脱，楚渊动用了本命元神，星剑终于放弃挣扎，带着他缓缓降落。

此时，莲印一击无效，突然祭出飞钹，望空疾旋，铿然斩向东皇钟，可是这一击，在东皇钟上连道印儿都没留下，倒是一对金钹爆碎，炸成了漫天碎片。

莲印发起狠来，恶声道：“我就不信！一口尚未择主、神通未复的东皇钟，居然也有偌大威势，可以不受伤害！给我破！破！破！”

莲印又祭出一根金刚杵，发了疯似的猛砸钟面，想将巨钟破坏。

“莲印师兄，你做什么！”

一个十二仙宗弟子惊呼，上前阻拦，莲印猛一抬头，眸中红焰一闪，右手猝然伸出，刀一般刺进了那人胸膛。那人眼睛陡然睁大，不可置信地看着莲印，然后低头看向自己的胸口，莲印的手已经深深刺进他的胸口。

“莲印师兄，你……”

莲印邪魅地一笑，猛然将手抽出，鲜血喷洒而出，落在了东皇钟上，他的手中，居然握着一颗一跳一跳的心脏，显得十分妖异恐怖。

众人大骇，上官靖手握长剑，怒声道：“莲印，你做什么？”

“他不是莲印师兄！”

俞婉儿寒声道，这人肯定不是莲印，虽然气息、身形都一模一样，但莲印是有道高僧，岂会做此行为？

莲印抛掉心脏，抬手舔着手掌上淋漓的鲜血，笑道：“莲印……呵，那个妄想让我放下屠刀立地成佛的小和尚？我已经送他见佛祖去了。”

第一百三十一章　钟灵伏魔

“你到底是谁？”楚渊与上官靖、俞婉儿等人已经多次联手却敌，心有灵犀，不动声色地就对他形成了包围，莲印看在眼里，却不以为然。

莲印冷笑道：“要死的人了，有必要知道吗？”

楚渊冷冷地道：“你是魔门中人变化？”

“呵，是……也不是，接招吧。”莲印诡异一笑，脚下一迈，瞬间消失在他们面前。

“啊！”一声惨叫，另一个十二仙宗弟子躲闪不及，只看到一道黑影闪过，自己的左臂竟然被生生削了下去，痛苦地哀号。

楚渊和上官靖对视一眼，两人毫不犹豫地冲上去，一左一右夹击。

砰砰……

楚渊厉喝：“不管你是魔门中人变化，还是莲印堕落，今天你死定了！”

“堕落？哈哈哈，魔族自古就存在，并不比神族晚，也不比神族弱，凭什么神族可以成为信仰，而魔族却备受压迫？我就要带领魔族，成为这世界的主宰！”

莲印笑得更加诡异冰冷，手指轻轻地按在自己的额头，然后一挥。一朵血色红莲从他额头飞出，如旋转的利刃，狠狠地朝楚渊飞去。

血莲花飞临楚渊头顶，突然绽放开来，一瓣瓣血色莲瓣纷纷飘落，浓郁的魔力充溢，很显然，这是一件很可怕的法宝。

当~~~

东皇钟不击自鸣，一口青蒙蒙的古钟钟灵突然再度出现，不过灯罩大小，在空中微微一停，突然掠向那朵血莲花。

可是，随着血莲绽放，东皇钟钟灵也苏醒了，东皇钟钟灵一声清鸣，万千道韵蒸腾，那无数血色莲瓣本来每一瓣边缘都有森寒光芒闪烁，楚渊一剑击去，如中巨石，可是被这钟声一荡，那血色莲瓣就变成了真的莲瓣，被钟声激荡，空中飘摇，缓缓飘落。

莲印大惊：“怎么会这样？”

楚渊与王浩然一战，他并未赶上，是王浩然身死之际他才赶来。如果他早些赶来，或许会看出端倪。王浩然就是彻底魔化后，东皇钟才现身的。

东皇钟就在那里，任你捶打攻击，它理都不理，一个巨人，会在乎一只小蚂蚁爬到他脚背上蹦跳叫嚣？它根本听不见，也看不见，看见了也不屑理会。

然而，魔物，彻底显化为魔物的生物再小也不行，东皇钟就是当年为了斩妖除魔而祭炼出来的无上法宝，它存在的意义就是除魔，在它的地盘上，绝不容许魔物逞凶。

莲印先前所用的金钹、降魔杵都是莲印的法器，即便他杀死十二仙宗一个同门时，也未彻底魔化，所以东皇钟未加理会，而这血莲却是不折不扣的魔界法宝，血莲一出，东皇钟鸣，莲印，被东皇钟盯上了。

东皇钟一出，虽然只是一道钟灵，莲印还是感到了莫大的威胁，他仓皇退了两步，双手一张，金钹的漫天碎片突然聚拢过来，形成一个急旋的磨盘大的金轮，旋转着切割向东皇钟的本体，无论如何，他一定要毁了这口钟。

东皇钟钟灵高高地升起，一束青蒙蒙的光透下，将莲印笼罩其中，莲印痛苦地惨叫起来，他在巨大的钟面上翻滚、惨叫，忽然双手撑着钟面，身子痛苦地成了一个弓形。

一个黑色的影子挣扎着被钟灵从莲印体内一丝丝抽离出来。

黑影咆哮着，挣扎着，突然化作一束魔气，想要逃逸，可是那束青蒙蒙的光罩着它，根本冲不出去，眼看着它被东皇钟钟灵渐渐净化、消失，莲印弓起的身体突然软软瘫倒。

楚渊冲过去，翻过莲印的身体，他的身体冰凉，显然那魔影不是说谎，他在占据莲印身体的时候，就已抹杀了莲印的灵魂。

但，楚渊分明发现，莲印方才还因挣扎而显得痛苦狰狞的面孔正在渐渐变得祥和，宝相庄严，嘴角也轻轻地抿起，露出一丝安详的微笑。

那是解脱，也是释然，也许，他的灵魂也感应到了此刻邪魔已经失去了对他身体的控制，他已彻底解脱。

楚渊扶着莲印的尸体缓缓抬头，目中满是悲愤：魔族！万恶的魔族！他们必须死！

第一百三十二章　血神弑主

森罗魔殿最深处，血神子一声闷哼，嘴角溢出一丝鲜血。

血色眼珠徐徐转动着，忽然一停，凝视着他道："出了什么事？"

血神子拭了一下嘴角，低沉地道："我的分身，被灭了！"

"什么？"

蜃蛊的声音猛然拔高了，分身被灭，可是大伤元气的，他才刚刚又渡了三道本源魔力给血神子，本以为他具备了一战之力，可以出马了，谁知道……

蜃蛊大起疑心，忽然狞声道："血神子，你是否在诳骗本王？"

此时，血神子已经拥有了魔王蜃蛊的四道本源魔力，而魔王蜃蛊一共拥有十道本源魔力，血神子已经具备与他一搏之力，尤其是蜃蛊被封印在须弥芥子之中。

但血神子依旧十分虔诚恭敬，他确实没有说谎，附着在莲印身上的那道魔魂，就是他的分身。他之所以敢坦然在此诳骗魔王骗取魔力，而不担心东皇钟的下落，很大原因就是他已经把莲印做了他的分身。

但现在莲印体内的那道分身魔魂被彻底毁灭了，他能感应得到，那么庞大的力量，必是东皇钟出手无疑。难不成东皇钟已经落到仙宗手上？

魔王蜃蛊突然定住，一束红光射向血神子，血神子知道他是要以秘法探测自己是否说谎，因此全无躲让。红光投在血神子身上，波动片刻，倏然收回，血色眼球一言不发。

他用魔功探测血神子，发现他确实残缺了一道分身，血神子并没有说谎。这个样子让血神子出战，很可能有极大危险，但东皇钟恐怕已经落入仙宗手中，他还能等多久？

尤其是他已经把四成魔力转注到血神子身上，如果血神子死了，这四成本源魔力就等于白白耗损了。如果他当初根本没有出手，此时或还可以果断放弃血神子，但现在……他能这么做吗？那不是壮士断腕，而是自损一半功力，他能狠得下心吗？

此时的魔王蜃蛊，仿佛一个赌徒，已经输掉的本钱，他舍不得。继续下注，他又担心血本无归。沉吟良久，他的神识内敛，落在了那亿万魔兵身上。

为了减少消耗，亿万魔兵都蜷缩着身子蹲在地上，处于沉睡状态。魔王蜃蛊盘算，即便再传血神子一道本源魔力，达到五五之分，只要他抽离这亿万魔兵的魔焰，从中淬炼本源魔力，依旧可以稳压血神子一头，魔界中还有三个圣王服从于他，不怕血神子实力大增后不肯从命。

想到这里，蜃蛊魔王故示大方："你来，我再传你最后一道本源魔力，随后，你速去毁掉或夺回东皇钟，再想办法解印须弥芥子！"

"是！是是……"

血神子慌忙答应，黑色的长袍上绣着的金色暗纹，随着他叩拜的动作宛如流波："一山不容二虎，魔族今后，有我一个血神子就够了！蜃蛊，你的时代，已经结束了！哈哈哈哈……"

血神子在心底里狂笑着。

血神子已经拥有四道本源魔力，再承受更多的魔力速度快了很多，第五道本源魔力眼看输送结束，魔王蜃蛊松了口气，缓缓地道："好啦！再加上这道本源魔力，我不信人家还有你的……"

魔王蜃蛊说到这里，突然声音一顿，旋即变得惊怒起来："血神子，你干什么？"

盘膝而坐的血神子缓缓睁开眼睛，双手伸出，两条闪电似的血色光波在他和血色眼球间紧紧相连。

血神子呵呵怪笑，方才他一直是被动承受魔力，此时他已化守为攻，利用血魔的吞噬能力，主动抽取着魔王蜃蛊的魔力。

"干什么？我的王，你就永远留在须弥芥子里面吧，这个世界，今后由我来替你打理就好了。哈哈哈……"

"血神子，你好大胆，竟敢背叛我？"

“大胆？你还不知道，为什么离开了蜀山的镇压，你依旧不能脱困吧？没错，被封印万年，你确实衰弱了，但是要没有我在须弥芥子外面又悄悄加了七层禁制，你也不会不能解开的，哈哈哈……”

“血神子，原来是你这个叛徒！你……你不要痴心妄想，你是炼化不了我的！”

“我的世界，没有不可能！”

“我是魔王蜃蛊！我是魔族的根本，谁也无法将我炼化，血神子——你也不行！”

“魔族的根本？笑话！我们魔族一向只讲强者为尊，我夺取了你的力量，我就是最强者，人人都要以我为尊！”

“要不是被蜀山封印上万年，本王弹指间就能灭了你！”

“好汉不提当年勇，这种无谓的话就不用说了！你还是让我融合了吧！我会替你完成让我魔族成为傲视各族的最伟大种族的愿望！”

“你该死！”

“可是，将要死去的，只能是你啊！”

两个人现在都拥有五成本源魔力，势均力敌。血神子实际上是一个修炼到大圣境界的血魔，而血魔最擅长的就是融合与吞噬，再加上魔王蜃蛊先前没有提防这一点，现在已经无法切断两人之间的联系。

宝塔最深处，魔气涌动，无数的魔影在其中翻飞，穷途末路的魔王蜃蛊，只能抽取沉睡的亿万魔兵的魔焰作为自己的补充，但……“吸血”不停，“输血”又能持续多久呢？

第一百三十三章　七巧玲珑

莲印死了，东皇钟再一次大展神威。

但一座山大的东皇钟要如何搬出去，成了一个解不开的难题。

楚渊他们都明白，这东皇钟作为一件神器，绝不可能一直就这么大，它的形体应该是可以变化的，可问题是东皇钟未认主，谁也无法驾驭它。

众人用尽了让法宝认主的办法，东皇钟始终毫无反应。在此期间，楚渊手中那口剑，还时时想要腾空而去。对此众人都不太理解，只能揣测为东皇钟是上古神器，神力气场太过强大，普通法器不敢在它附近长驻，所以才想避开。

宝宝也跟着大家起哄，她用的认主的法子可就有趣多了，通常都是童话故事或神话故事里让法宝认主的办法，东皇钟静静沉睡，当然不会理她。

俞婉儿想了想，拉着楚渊走到藤网上，小声道：“上次我们认不出泽精所绘地图，我的七窍玲珑心便发挥了作用。这七窍玲珑心，定有破解谜团的能力，要不……用它试试？”

楚渊喜道：“对啊！你怎么不早说，快试试！”

俞婉儿微露难色，道："我担心……万一七窍玲珑心真的破解了东皇钟之谜……"

楚渊奇怪地看着她："那不正好？"

俞婉儿嗔道："傻瓜，这是你蜀山之物啊！"

楚渊恍然，这才明白她在顾忌什么，便正色道："天下宝物，有德者居之。这东皇钟本无主之物，它认了谁，谁自然就是它的主人！只要都是我仙宗正道，持有此宝斩妖除魔，那就是了，谁说如今蜀山势大，得了宝物就得归我蜀山？何况……"

楚渊轻轻牵起她的手，低声道："你和我，还分什么彼此！"

俞婉儿红了脸，轻轻瞟他一眼。

楚渊道："东皇钟一响再响，恐怕此时已天下皆知。如果是我正道仙宗中人先行赶到还好，如果有邪魔外道赶来，夺去此宝，那就大势去矣。你有办法，不妨一试，婉儿，不必诸多顾忌。"

俞婉儿咬了咬唇，点头道："好！那我试试！"

俞婉儿走回东皇钟，上官靖等人见她神色凝重，知道必有所为，纷纷闪开。

俞婉儿从怀中取出一个盒子，轻轻打开，一缕红光登时透射出来。俞婉儿小心翼翼地从盒中取出一件东西，轻轻放在青铜的钟面上。

青铜钟面上，宝宝像只小狗狗似的爬过来，好奇地眨着眼睛："咦？这是什么东西，大个子媳妇儿姐姐，这是石榴吗？"

宝宝这一说，众人还真的发现，那个东西……像个石榴。

它有褐青色的外壳，但只包裹了一半，剩下的一面很不规则，仿佛掰开的石榴，里边的样子也像，一颗颗红色的晶莹剔透的颗粒，每个颗粒中间仿佛包裹着一个白色的小籽。

众人都屏息看着，俞婉儿道："这七窍玲珑心，是我百巧门传承万年之宝。万余年前，鬼斧、神工两位前辈制造了大批傀儡，前往东海狙击魔族，临走前也知此行险不可测，所以特意留下此物，说是只要解得开其中奥秘，就可掌握两位前辈的全部绝学，同时，还有不可预料之喜，可惜，万年以来，无人解开。"

申屠无病道："贵门这两位老前辈……为何要故弄玄虚呢？他们直接把七窍玲珑心的奥秘说给你们不就好了？"

俞婉儿苦笑道："实不相瞒，这七窍玲珑心的奥秘，鬼斧、神工两位前辈也未解开！"

众人一听顿时直了眼睛："什么？他们自己……也未解开？"

俞婉儿点头："不错！这件异宝，不知取自何处。鬼斧、神工两位前辈无意间得到此物，并且破解了它的外核部分，也就是被剥离的那一部分。"

俞婉儿深深地吸了口气，道："就是那一部分，成就了鬼斧、神工两位前辈，但这宝物的核心，他们穷尽一生，也未研究明白……"

俞婉儿刚说到这里，宝宝惊咦一声，道：“快看快看，石榴动了欸！”

众人仔细一看，七窍玲珑心还真地动了，它像一只背着壳的蜗牛，正在缓缓蠕动，似乎……想从东皇钟的钟面上爬下来。

俞婉儿惊咦一声，伸出青葱似的食指，轻轻将它按住，七窍玲珑心虽然没有脚，但俞婉儿依旧能感到一种挪动的力道，它的确是想逃走。

可是，因为俞婉儿按住了它，七窍玲珑心根本挪动不得，它想挣脱的力气比起楚渊的星剑差得可不是一点半点，于是……片刻之后，那颗“石榴”里的“籽儿”突然一颗颗剥离出来。

仿佛有一只无形的灵巧的手，将那一颗颗石榴籽儿剥出来，飞翔在空中，一颗、十颗、百颗……

片刻工夫，钟面上就只剩下了一个褐青色的空壳，空中有成千上万颗红色的石榴籽儿，它们一闪一闪的，仿佛一颗颗红星，然后每一颗红星射出一道血线似的细丝，垂落向俞婉儿。

众人惊讶地看着这一切，呼吸都屏住了。他们本来是想用七窍玲珑心解开如何让东皇钟认主之谜，可现在……似乎……反而是东皇钟迫使七窍玲珑心解开了它自己的禁制！

无数细密的红线，因为太细太晶莹，笼罩了俞婉儿全身之后，就像是在她身上笼罩了一层红雾，俞婉儿白玉一般的肌肤也开始泛红，颜色越来越深，呼吸也不再那么平顺，身子开始微微颤抖，似乎在承受着什么痛苦。

下一刻，俞婉儿忽然一动，手上快速地结出某些复杂的手印，随着她的动作，漫天的红线开始快速地流动，全都灌输到俞婉儿的身体之中。

叮！叮！叮……

一声声清鸣响起，当那红光被她全部吸收，就剩千万颗白色的籽儿悬停于空中，仿佛被人把果肉剔得干干净净，这时候，楚渊等人仰望着，发现那白色的籽里边，似乎又隐隐有一个黑色的核。

俞婉儿手腕轻扬，那无数颗白色的籽儿，忽然飞向她的掌心，失去了“果肉”的籽儿聚拢到她掌心，已经变得比拳头还小，然后它就化作了两条造型精美古拙的手链，俞婉儿手腕上原本有一条“牵丝”，还有一只储藏傀儡的储物手镯，此时自动脱落，两条皓腕被那两条“石榴籽儿”凝结成的手链缠住。

俞婉儿蓦然一震，张开眼睛，无比激动地道：“我明白了！我明白了！我……我解开了七窍玲珑心的奥秘！”

第一百三十四章　唯我独尊

楚渊兴奋地道：“怎么回事？”

俞婉儿的嘴角轻轻牵动了几下，道：“东皇钟，是四大上古神器之一，七窍玲珑心在它的威压之下也承受不起，何况是置于神器之上，这是冒犯，可它逃不开，所以只好解除禁制，主动认主……”

楚渊恍然大悟，敢情这七窍玲珑心傲娇得很，一直不屑认主，包括当年的鬼斧和神工，似乎没有什么主人是它能看得上的，它的这种傲娇，从众人解不开泽精所绘地图，它竟主动出手便可见一斑。

不过俞婉儿想让它解开东皇钟的奥秘，这可难为了它。七窍玲珑心虽然必定也是一件上古宝物，但在法器中的地位肯定不及东皇钟，所以靠近甚至置于东皇钟上，这令七窍玲珑心如坐针毡。

它没有本事逃走，在东皇钟皇者威仪的强大气场下又经受不住，无奈之下只好选择认主，以这种方式来逃避令它难堪的处境了。误打误撞之下，竟然促成了七窍玲珑心的认主，想到这一点，众人都有些啼笑皆非。

唐冰已忍不住道：“婉儿，这七窍玲珑心有什么特别的本领？你领悟了什么？”

俞婉儿摇头一笑，道：“一时间也说不清楚，有机会我再跟你详说。总之……”

俞婉儿神采飞扬：“总之，我百巧门复兴有望了！”说到这里，她的眼圈儿忽又一红，显然是想到了死去的恩师，七窍玲珑心的奥秘解开，百巧门何止是复兴有望，重新回到万年前全盛时期也不在话下，可惜这辉煌的一天，她的恩师已经看不到了。

俞婉儿解开了七窍玲珑心的奥秘，大家自然都为之高兴，可……那口山一般大的“大笨钟”怎么办？它不认主，没人能把它搬出大山。

申屠无病见众人一副束手无策的样子，便道：“算啦，也不用着急，我们不能让它认主，魔族更不可能！我们搬不走它，魔族一样搬不走，有什么好着急的？”

“笨！”

唐冰瞪了他一眼，道：“楚渊说过的话你没听到？魔界之王蜃蛊，也早在一万年前就到了人间界。一旦他破开封印，谁能抵敌？一万年前，他以及他手下第一大将玄龟大圣可是压根都没出手，就逼得蜀山剑派拼上了整座蜀山乃至全宗门的弟子来镇压。如今魔王蜃蛊一旦出世……”

长空中，一道“银河”！

尽管是白天，还是有无数人亲眼见到，一条闪烁的“银河”从高处掠过。

那是蜀山三千剑客，御飞剑而行，直奔古空濛山。

三千剑客到了古空濛山上空，此时已经有些离得近的昔年曾并肩一战的其他门派高手迎上来，众人会合，声势更壮。

燃眉真人俯首探视大地，沉声道：“诸位道友，东皇钟的声息发自此处，具体位置可曾察个明白？”

一位扶杖的老叟道：“东皇钟显然在其周围有禁制屏蔽它的气息，我们无法找到它的准确位置！”

丁尹蹙眉道：“究竟是谁激发了东皇钟的声音？如果它已落入魔族手中，后果不堪设想！”

丁尹认为楚渊正漫无目的地寻找着东皇钟，此时很可能不在这里。因为楚渊一旦发现东皇钟，必会用星剑通知他，可他现在毫无感应。他却不知，居然会因为楚渊的奇遇，抹杀了他和星剑之间的联系。

燃眉真人白眉一扬，沉声道：“东皇钟出世，魔道妖人断然不会袖手！大家散开，搜索整个空蒙山。”

蜀山三千弟子正要依令行事，远处忽然黑云翻滚，仿佛漫天卷地的一场大风暴，滚滚而来。

燃眉真人登时神色一冷，沉声道：“有魔界大圣到了！”

那黑云威势，较之当初森罗魔尊光临十二仙宗大会时还要震撼得多。这片乌云漫天卷地，足有三千里长，横亘了众人视线所及。

燃眉真人缓缓拔剑，沉声喝道：“结蜀山剑阵！各方道友，请集中于右翼，为燃眉掠阵！”

三千脚踏飞剑的弟子沉声领命，仿佛一群飞鸟，在空中一阵腾挪，迅速结成一座大阵，其他各派高手也集中于右翼，结了一个半月阵，为蜀山弟子掠阵。

黑云滚滚，还未及近处，森寒狂风已然席卷而至，丁尹冷笑一声，忽然掠身向前，于高空立定，双臂一扬，两条大袖飞起，沉声喝道：“风定！”

顿时，那乌云魔焰带起的浩大气势，仿佛被一堵无形的气墙堵在了外面。

乌云翻卷，中间闪现出一座白骨王座，上边高坐森罗魔尊，不过此时他已黑发黑瞳，只是眼瞳中眼白几乎全无，看着反而更加诡异。

燃眉真人目光一凝，沉声道：“你……就是森罗魔尊？”

森罗魔尊依旧坐在白骨王座上，目光微微一转，忽然定在丁尹身上：“呵呵，丁尹，一别万年，你毫无变化啊，可惜，我却已不复当年模样了。”

丁尹一怔：“你不是森罗魔尊？”

丁尹解除封印前，森罗魔尊便早已是人间界魔道领袖。而修真之士纵然长寿，也不过千年万年，丁尹是因为处于封印状态，没有时间、没有空间，这才保持了当年风貌，森罗魔尊既然认得他，还说一万年前就认识，那对方显然不是森罗魔尊。

难不成……封印已经打开，这是一万年前的一个老魔头夺舍还魂？

想到这一点，丁尹和燃眉等人顿时心中一沉。

森罗魔尊道："我，是血神子！"

森罗魔尊霍然起身，向前踏出几步："一万年前，东海一战！本圣的法体，就毁在你的星剑之下！东海一战，魔门仙宗死伤无数，活着遁出战场，回转蜀山的，应该只有你一个人吧？"

丁尹大吃一惊："血神子？你这老魔头居然还活着！"

血神子仰天狂笑："本圣岂止活着！而且，本圣如今已经是魔界之王！"

血神子双臂一张，高声喝道："天上地下，唯我独尊！"

第一百三十五章　仙魔再战

山腹中，巨钟嗡嗡地颤鸣起来，与此同时，楚渊等人也感应到了外面的冲霄剑气和无尽的魔焰。

楚渊道："我蜀山祖师到了！魔门高手，怕是也倾巢而出了！"

上官靖冷冷地道："这古空蒙山战场，只怕今日又要成为殊死一战的修罗场了！"

楚渊急道："我们快出去！"

当下众人也顾不得东皇钟这庞然大物，纷纷祭出法器，就从东皇钟上方的山穴出口飞升出去，甫一出去，就见一侧剑气凌云，一侧乌云翻滚，仙魔两宗已是一触即发。

几人立即向蜀山一方飞去，在空中停住，向燃眉祖师一拜，楚渊道："祖师！"

丁尹奇道："楚渊？你在这里？"

楚渊道："弟子已经找到东皇钟！"

丁尹怒道："我怎么吩咐你的，找到了东皇钟，为何不传讯于我？"

楚渊苦笑道："师叔祖，不是弟子不说，是弟子这柄星剑，突然失去了与师叔祖您的感应。而且，它现在好像出了问题，常欲腾空飞去，弟子几乎也要控制不住它了。"

丁尹这才发现，楚渊与他说着话，还是牢牢抓着剑柄，丁尹讶然道："怎会如此，你过来！"

楚渊赶到丁尹身边，丁尹伸手去抓楚渊手中宝剑，可这宝剑补完残片之后，等于脱胎换骨，剑中之灵已经不认得他这旧主人，剑一到丁尹手中，几欲立刻脱手而去，以丁尹之能，竟也被带飞起三十多丈。

“给我定！”

丁尹以无上法力强行震压，可那宝剑嗡嗡作响，仍是控制不住，楚渊连忙飞腾而起，从丁尹手中接过宝剑。他是星剑主人，镇压的意念无比强大，那星剑回到他的手中，挣扎力道登时大为减弱。

丁尹愕然：“怎会如此？怎会如此？”

此时，血神子已经不耐烦之至，他已几乎榨干了魔王蜃蛊，自觉此时已无比强大，哪有闲工夫看丁尹如何驯服星剑。

血神子沉声道：“丁尹，万年前你毁我魔躯，今日，新仇旧账一并了结，本王定要叫你形神俱灭！来人啊……”

血神子刚要下令，在他座下的合欢宗宗主祈无颜已经看到了独立中间、进退两难的花如娇。祈无颜脸色一沉：“如娇，过来！”

花如娇正左右为难，忽见师尊从云端出现，沉着脸色看她，略一犹豫，便硬着头皮过去，拜见师父。

血神子睇她一眼，认出是当初从南海把他带回中原的那个魔门女孩儿，便暂时停了手，没有即时发动决战。

祈无颜冷冷地道：“这些日子，你在做什么？”

花如娇支吾道：“弟子，我……”

啪的一声，花如娇的话音未落，脸颊上就被狠狠抽了一巴掌，祈无颜怒道：“不孝之徒，你和那些仙宗弟子同进同退，想干什么？你要欺师灭祖、背叛宗门吗？”

“我……王浩然对我意图不轨，我到处逃命，多亏楚渊仗义出手，他有恩于弟子，弟子……”

“混账！我们和仙宗誓不两立！只因他施恩于你，你就欺师灭祖？”

祈无颜飞起一脚踢在花如娇身上，花如娇哇的一声惨叫，口喷鲜血，向云下栽落。

血神子大手一抬，一股力量将花如娇稳稳托起，缓缓送回黑云，血神子懒洋洋地道：“好啦！你也不用惺惺作态，在本王面前演戏了！这个女娃儿，与本王有一段渊源，我不会追究她的！”

花如娇这才明白，师父骤下狠手，却是为了保全她，免得血神子出面追究，那时再无人保得住她。可血神子说自己与他有一段渊源，花如娇却是不解了，因为她实在想不起来与这大魔头能有什么渊源。

血神子放下花如娇，冷眼看向对面，道：“燃眉，给你最后一次机会，弃剑投降，归顺本王，投靠我们魔门。本王便免你一死，赐你护法之位，如若不然……”

燃眉放声大笑：“血神子，正邪不两立！我蜀山剑派第一道宗门规矩，便是当以斩妖除魔为己任，归顺于你，痴人说梦。”

血神子冷冷一笑："很好，你想死，本王成全你！动手！"

血神子沉声一喝，当先扑下云端，攻向燃眉真人。

三千剑士齐齐而动，一口口飞剑迎面刺来，血神子狂笑扑上，魔焰罩体，一口口飞剑在他凝成实质的黑色魔焰上刺碰出点点星光，擦掠而过，根本刺不到他的本体。

血神子一动，他座下无数魔门弟子也纷纷而动，血神子与燃眉真人交手数合，丁尹挺剑来助，师兄弟联手却敌，血神子鬼爪翻飞，对战几招，忽然倒纵百丈，于空中站定，一个身子蓦然变成千百丈高，大袖一拂，无尽魔焰从那袖中滚滚而出，抛落出来，竟然化作一个个魔兵魔将。

这是真正的魔兵魔将，是魔界高手，而非人间界修习魔门功法的修真之士。

血神子狂笑："本王吸收蜃蛊之力，尚留十万魔将化为己用，我倒要看看，你三千剑士，如何迎战我十万大军！"

俞婉儿冷笑道："十万魔军，很了不起吗？"

她突然双臂一举，衣袖褪落，露出皓腕上一对精致手链，那手链突然又化作一个个白色星点，弥漫空中，突然间无比放大，撑成了一个个数丈高的透明气泡，每一个气泡中都有一具傀儡，这些傀儡都是精金打造，遍体古朴符篆，显然是可以抵御法力的。

这小小星点，居然是类似于须弥芥子一类的储物空间，每一粒"石榴籽"便是一具盛装了傀儡的法器，这时气泡纷纷破灭，一个个精金傀儡蓦然张开眼睛，眼中透出红色光芒，嘶吼一声，就向那些魔兵魔将攻去，甫一交手，居然势均力敌。

第一百三十六章　如娇化神

燃眉真人见此神兵助阵，登时大感振奋，朗声大笑道："好！诸位同道，今日我们就诛杀这魔界妖孽，还我人间一个朗朗乾坤！杀！"

百余同道、三千剑士、十万傀儡，与魔兵魔将、魔门中人，彼此厮杀起来。

魔焰冲霄，就在自己头顶，东皇钟如何忍得，半空中突然一声清亮钟鸣，青蒙蒙东皇钟影复现，正道仙宗士气大振，纷纷叫道："东皇钟出现了！"

那钟声一响，许多魔门中人便双手抱头，痛苦呻吟起来。血神子吃了一惊，立即大袖一挥，漫天魔焰乌云将他的人全都护了起来。

那青蒙蒙的东皇钟似乎感应到了血神子是在场最强大的魔头，又是一声钟鸣，就向血神子撞去。

血神子一记"双鬼拍门"，啪地一掌拍中古钟，古钟嗡地一声，倒闪回百丈之远，血神子也凌空倒翻出百余丈远，脸上青气闪了几闪，复又恢复正常。

"哈哈哈……"

惊魂稍定的血神子忽然仰天狂笑："东皇钟尚未出世，这是神钟的钟灵。没有实体，只有一道钟灵的话，想伤我魔界之王？简直是痴心妄想！"

探出了东皇钟的底细，血神子胆气大壮，厉声喝道："东皇钟我来应付，你们给我杀光仙宗门人！"

血神子猛然扑向东皇钟钟灵，万千魔军也是胆气大壮，再次掩杀向前，整个天空，又是一片刀光剑影。

"师父，不要……"

眼见祈无颜一掌拍向楚渊，而楚渊手中宝剑不听使唤，他要运力压制宝剑才能与敌交手，功夫本就大打折扣，再加上祈无颜一代宗师，又受血神子指点过，如何是她对手，花如娇不由得大急，立即撑起余力，扑上去将楚渊一把推开。

"你……，不该出头！"

楚渊受花如娇相救，既感激又不安，两军交战之际，相助敌人，一旦被其他人注意到，祈无颜也护不了她了。为了整个合欢宗着想，祈无颜甚至得杀了她清理门户，以表明态度。

"我不后悔。"花如娇向他回眸一笑，褪去了平时的娇艳妩媚，竟然多了一丝清纯可爱。

祈无颜大怒，她亲手培养的得意弟子，竟然一而再再而三地站在对头一面，她能包庇得了花如娇一次，能有第二次、第三次吗？如今的血神子究竟有多可怕，她太清楚了，正因清楚，她不敢妄生一丝杂念。

祈无颜怒道："逆徒！再不悔悟，为师亲手杀了你！"

花如娇噙泪道："师父！弟子蒙恩师抚养教育，本不敢与恩师动手，可楚渊，弟子不想他死……"

"他若不死，你就得死！"祈无颜打定主意，定要杀了楚渊，一则断了爱徒念想，二来也可借此将功赎罪，免得战后血神子追究起来。血神子心狠手辣，到时恐怕不只要将花如娇处死，整个合欢宗都要陷入困境。

祈无颜立即凌厉地向花如娇出手，而楚渊已经受伤，但花如娇为他而战，他除了并肩一战别无选择，所以楚渊也义无反顾地冲了上来。

呼~~~

黑云缭绕中，一个红发、红须的魔头突然从虚空闪现，五指箕张，抓向楚渊的后心。花如娇一眼看到，惊叫一声："楚渊！"

花如娇来不及施救，立即纵身一掠，闪到楚渊背后，举剑刺向来人，但那人这一掌太快了，花如娇刚刚扬起剑，一只血红色的大手及胸，啪地一掌，震碎了花如娇的肺腑。

"娇娇姐！"

楚渊一声悲呼，奋不顾身地扑过去，将花如娇正要跌落尘埃的身子抱在怀中。

祈无颜眼见徒儿被一掌击中，登时呆了，竟然忘了攻击楚渊。

红发红须红瞳的何洪宵冷冷地瞪了她一眼，道："老夫回头再跟你算账！"说罢纵身就向楚渊追去！

俞婉儿其实一直在关心楚渊情况，可她虽然已经彻底参悟了七窍玲珑心，却是生平头一回操纵十万具傀儡，那一道道无形的红色丝线就是她与傀儡之间的联系，傀儡依其心念而动，实在分身不得了。

此时一见楚渊遇险，俞婉儿大急，正想不管不顾，宁可舍弃对十万傀儡的控制也要扑过去救人，独臂上官靖和唐冰已经不约而同地出现在楚渊背后，敌住了大魔头何洪宵。

楚渊抱着花如娇悲痛欲绝，掌中星剑再也控制不住，铮的一声龙吟，脱手飞去，刺向长空。

楚渊不管不顾，抱着花如娇一边缓缓向地面沉落，一边悲声道："娇娇姐……"

花如娇喘息着，苍白的脸颊上微微露出一丝浅笑："小弟弟，其实……我比你小，初相识时，我才十七呢。你怨不怨我占了你便宜？"

楚渊泪如雨下："不怨！不怨！娇娇姐……"

花如娇嘴角沁血，无比凄艳："小弟弟，我……就要死了。我若死了，你会不会想我？"

"会！我会！我会想着你，一千年，一万年……"

"我不信你，你们男人啊，最靠不住！"

"娇娇姐……"

"我不想，似星主一般苦挨万年！我不想，人鬼殊途，相聚不得！我……甘愿融入剑灵，与你长相厮守！"

楚渊身子一振，骇然道："娇娇姐，万万不可，一旦融入剑灵，你……"

花如娇深情地凝视着他，微微一笑，用毫不犹豫的行动回应了他。

她的双眼合上了，纯洁的灵魂透窍而出，化作一道流光，倏然追向天空中的星剑。

星剑穿云，直刺苍穹，飞到无数丈高空，天空澄净一片，再无一片云彩，万道太阳的霞光从远处射来，照映在星剑之上，闪电道道、惊雷震震，那口无坚不摧的宝剑，居然在一道道闪电雷光中渐渐熔化为一团青蒙蒙的金属溶液。

它扭曲着、变幻着，渐渐化作一只奇怪的三足向下的爪扣，上边一个星形圆环，在那电闪雷鸣中向下界落去。

花如娇的魂魄艰难地向苍穹上攀升着，一道虚魂承受不住天光的照射，越是往上越难升起，天光洗涤着她的灵魂，似乎随时都会被那天光净化。

楚渊把花如娇的身体放在地面，已然望空追来，眼见她要被天光净化，不禁肝胆俱裂，痛声大呼道：“娇娇姐，不要啊！”

这时，那星剑化形的古怪东西正飞速降下，已经成了灵魂状态的花如娇本能地感应到它就是自己正在追逐的星剑，立即投身过去，将即将被天光净化的身体遁入其中，与剑灵合一。

第一百三十七章　邪不胜正

哗~~~

那奇特的青铜纽扣似的东西被花如娇的灵魂融入，忽然望空一折，闪向极远处，楚渊大惊，马上追去，他身上只有星剑一口宝剑，此时宝剑飞走，使不得御剑术，他祭出了呆头鹅，追的速度便大为缓慢。

那青铜纽扣倏然飞去，堪堪飞到中空大山的上方，便投射下去，正砸在那口巨大无朋的东皇钟的顶端，啪的一声，三根铜足居然稳稳地扣住了大钟。

原来，这星剑竟然是东皇钟的钟纽！

楚渊正急急追向大山，忽然间，地动山摇，一道青蒙之气冲天而起，如火山喷发一般直接将整个山顶掀飞，一道巨大的裂缝从山腹开始蔓延开来，直到前面的高山，然后生生将高山裂成两半，裂口整整齐齐，就好像被人切开的一样。

可怕的力量肆虐着大地，所有人都停了下来，有些人甚至被掀飞出去，无论正邪，全都停止了打斗，骇然看向那座被硬生生崩开的大山。

山腹中，一只雄伟到似乎可以承载天地的巨钟冉冉升起，旋转着飞到空中，每旋一圈，它的体形都似缩小了一圈。

当……

当……

当……

悠扬沉稳的钟声不急不躁，声音悠悠远去，听到钟声的魔兵魔将像下饺子似的摔落地面，纷纷抱头惨呼，眼耳口鼻都沁出血丝，显见十分痛苦。

正与钟灵纠缠的血神子骇然看来，那与之交手的钟灵却是一声欢鸣，忽然飞向那口大钟，扑到近前，化作一道虚影，一闪即没，融入钟体。

巨钟仍在缩小、旋转、欢鸣，地面上的魔兵魔将开始痛苦惨嚎、遍地打滚，有一些承受不住的魔兵登时爆炸成了一团血雾。

当……

当……

当……

钟声持续不停，越来越多的魔兵魔将爆裂而亡，血神子浑身发抖，颤声道：“东皇钟！东皇钟苏醒了！”

巨钟越来越小，威力却越来越大，修炼魔界功法的魔门中人本体还是人类，而东皇钟乃东皇太一在人间时的随身法宝，兼爱世人，岂会加害。

随着钟声，这些人体内的魔法魔功在飞快地消逝，可身体却毫发无损，而那些魔兵魔将却是不堪钟声，纷纷爆裂。

巨钟最后化作只有一盏灯大小，旋转着，冉冉飘向呆立在那儿的楚渊手上。

他的星剑就是钟纽，星剑认他为主，这苏醒过来的东皇钟也就把他当成了继东皇太一之后自己的第二任主人。

血神子见了又嫉又恨，趁着楚渊现在还未必能了解东皇钟的全部能力，咆哮一声就向他扑来。

可是，神器一旦认主，彼此心意相通，要了解其能力，也不需要耗费太多时间，尤其这钟灵中现在融入了一道花如娇的灵魂，使得这神钟与楚渊更加契合。

一见血神子扑来，楚渊一把扣住钟纽，将东皇钟对准血神子，厉声喝道：“邪魔外道，给我收！”

东皇钟射出一束青蒙混沌之气，堪堪罩住血神子的身体，血神子立即痛呼一声，身上冒出滚滚魔焰，这不是他主动释放用以护身的魔焰，而是在青蒙之气下，正被消解融化。

“你……杀不了我的！我……是魔界……之王！”

血神子痛苦地挣扎着，惨厉地大笑：“打不过，我可以走！东皇钟，留不住我！姓楚的，你一口钟，罩不住整个天下！从今往后，我一日杀万人，我要让人间，变成修罗地狱！”

随着一声大吼，血神子突然挣脱了青色光束，就要遁身逃走，此时，天空中却突然飞临一只血色眼珠，堪堪堵住他的去路，眼球诡异地盯住了他，一道血色红光将彼此紧紧联系起来。

“血神子，你欺骗本王！我饶不了你！我要你魂飞魄散，永不超生！”

“蜃蛊？这不可能！你怎么还有余力……天！你吞噬了玄龟大圣！”

“玄龟是自愿被我吞噬的！否则，我几乎被你榨干全部魔力，怎么可能吸收他的魔焰！血神子，你害得我和玄龟再不得解脱，只能在须弥芥子中等死，我们恨不得食尔之肉！饮尔之血……”

“狂妄！我现在才是货真价实的魔界之王，你拿什么杀我！”

“哈哈哈哈，我杀不了你，但我能缠住你！那持东皇钟的小子，还不动手！”

“你疯了，东皇钟青蒙真气之下，我若死了，你也逃不了！”

“那又如何？让本源魔力回归魔界，重新孕育新王吧！而你血神子，必须死！死！死！”

魔王蜃蛊的话猛然提醒了楚渊，他万没想到，这场仗打到现在，竟是魔界旧王缠住了魔界新王，给他制造机会。

楚渊立即再祭东皇钟，望空一抛，大喝道：“东皇钟，给我收了这个妖孽！”

大钟腾空，钟声轰鸣，青蒙真气涌现，东皇钟迎风便长，万千道韵弥漫长空，将血神子和那囚禁于须弥芥子之中的魔王蜃蛊笼罩其下。

“你疯了！你真是疯了！蜃蛊，你该死！”

“血神子，你才该死！你以下犯上！你篡夺本王之位！你害死无数魔族！”

两个大魔头互相指责着，无比怨毒地纠缠在一起，最后，东皇钟轰然扣下，将两大魔头一起笼罩其下，摄入钟中炼化……

尾声

一年后。

仙魔大战之后，仙宗乘胜追击，将所有魔宗余孽消灭得干干净净，据说只有合欢宗的人逃过了一劫，可天下已经再也没有合欢宗这个名字。

燃眉真人闭关修炼，以期早日踏入半神境，直至飞升成仙。

蜀山丁尹挂剑而去，悠游天下，据说去了西极蛮荒之地历练，但是却有人说在北方雍州冰雪之地，曾经有人见过他的踪迹，当时他正在星睿塔周围逡巡。

楚渊接掌蜀山掌门，成为天下第一大派最年轻的掌门。

南海鲛人国女王成了蜀山剑派的贵宾，据说蜀山掌门楚渊已经答应利用蜀山绝学，帮她重新祭炼一座真水岛，以修复长流子受创的灵魂，让他苏醒。但这过程，大概得需要十年时光。不过，南海鲛人寿有千岁，十年对她们来说，倒也并不漫长。

蜀山除了五行宗、桃花源，还多了一个新邻居：百巧门！

百巧门虽已被焚毁，却在这里重新开宗立派了，山门就在蜀山旁的一座大山上。

此刻的蜀山凌云峰上，楚渊一身月白衣袍，样子虽没多少变化，气质却成熟了很多。他背负双手，看着一个胖子和一个少年斗剑，两人剑气纵横，纵跃腾飞，身手不相上下。看其功力，放到江湖上，已经是有数的一流高手，这两人正是朱平安和陈厚。

“你呀！叫平安他们歇歇吧，看他们累的满身大汗了！”

百巧门掌门人俞婉儿轻笑着走到了楚渊身边，此时的俞婉儿，温柔妩媚，一副少妇模样。

这位百巧门掌门，一个月里倒有二十七天待在蜀山，百巧门的事务多由她的小师妹汤思悦在处理。可是，谁也说不出半个不字，谁让俞婉儿已经嫁为人妻，成了蜀山掌门的妻子呢。

凌云殿后，花厅之中，罗汉榻上，一个胖乎乎的小娃娃爬呀爬呀，一个枕头对他而言，仿佛就是一座难以逾越的高山，费尽气力地挪动着小胖腿，想从上边爬过去，小嘴嚅出了几个口水泡泡，说不出的可爱。

在枕头那边，一只小小的铃铛大小的青铜古钟，正在一跳一跳地引诱他爬枕头，更叫人惊奇的是，那只铃铛大小的青铜古钟居然还会说话："喂，小楚骄，爬呀爬呀，快点爬过来，姨姨唱歌给你听！哎呀，钟灵老爷爷又嫌弃人家了，又想赶人家出去，那你告诉你爹，早点炼至通神境，帮人家再塑肉身好不好？那姨姨就可以陪你去玩泥巴了，嘻嘻……"